ullstein

Das Buch

Vor dreißig Jahren verschwand ein kleines Mädchen aus Fjällbacka. Damals wurden zwei Dreizehnjährige verdächtigt, das Mädchen entführt und getötet zu haben. Sie wurden von einem Gericht verurteilt, mussten die Haftstrafe aber nicht antreten. Heute lebt die eine zurückgezogen im Ort, die andere – inzwischen eine gefeierte Schauspielerin – ist gerade zum allerersten Mal in ihre alte Heimat zurückgekehrt, zu Dreharbeiten eines Films über Ingrid Bergman.

Da verschwindet wieder ein Mädchen, Linnea Berg heißt sie. Fjällbacka ist in Aufruhr: Sind vielleicht noch andere Kinder in Gefahr? Ist es ein Fluch aus der Vergangenheit? Die Angst vor der Wahrheit hat schreckliche Folgen ...

Die Autorin

Camilla Läckberg, Jahrgang 1974, stammt aus Fjällbacka – der kleine Ort und seine Umgebung sind Schauplatz ihrer Kriminalromane. Weltweit hat Läckberg inzwischen über zwanzig Millionen Bücher verkauft, sie ist Schwedens erfolgreichste Autorin. Heute lebt Camilla Läckberg in einer großen Patchworkfamilie in Stockholm.

Von Camilla Läckberg sind in unserem Hause bereits erschienen.

In der Reihe »Ein Falck-Hedström-Krimi«:

Die Eisprinzessin schläft (Band 1)
Der Prediger von Fjällbacka (Band 2)
Die Töchter der Kälte (Band 3)
Die Totgesagten (Band 4)
Engel aus Eis (Band 5)
Meerjungfrau (Band 6)
Der Leuchtturmwärter (Band 7)
Die Engelmacherin (Band 8)
Die Schneelöwin (Band 9)
Die Eishexe (Band 10)

Außerdem: *Schneesturm und Mandelduft*

Camilla Läckberg

DIE EISHEXE

Kriminalroman

Aus dem Schwedischen
von Katrin Frey

Ullstein

Besuchen Sie uns im Internet:
www.ullstein-buchverlage.de

MIX
Papier aus verantwortungsvollen Quellen
FSC® C083411

Ungekürzte Ausgabe im Ullstein Taschenbuch
1. Auflage November 2018

Titel der schwedischen Originalausgabe: *Häxan*
(Forum, Stockholm, 2017)
Umschlaggestaltung: zero-media.net, München
Titelabbildung: © Bianca Van der Werf / Trevillion Images
(Baum, Treppe, Waldhintergrund);
© FinePic®, München (Gras im Vordergrund)
Satz: LVD GmbH, Berlin
Gesetzt aus der Sabon
Druck und Bindearbeiten: CPI books GmbH, Leck
ISBN 978-3-548-29066-9

Für Polly

Niemand konnte wissen, wie das Leben des Mädchens ausgesehen hätte. Wer sie geworden wäre. Welchen Beruf sie ergriffen, wen sie geliebt, um wen sie getrauert, wen sie verloren hätte und wen erobert. Ob sie Kinder bekommen hätte und zu was für Menschen diese wiederum geworden wären. Auch wie das Mädchen als erwachsene Frau ausgesehen hätte, ließ sich nicht sagen. Im Alter von vier Jahren war alles noch unfertig. Die Augen changierten zwischen grün und blau, das bei der Geburt noch dunkle Haar war nun hell, aber das Blond hatte einen leichten Rotstich und konnte sich bestimmt wieder ändern. Im Moment war es besonders schwer zu erkennen. Sie lag mit dem Gesicht auf dem Grund des Sees. Ihr Hinterkopf war mit geronnenem Blut bedeckt. Nur die wogenden langen Strähnen vorne am Haaransatz wiesen hellere Nuancen auf.

Man konnte nicht behaupten, dass eine unheimliche Stimmung über der Szenerie lag. Nicht unheimlicher, als wenn das Mädchen nicht im Wasser gelegen hätte. Die Geräusche des Waldes klangen genauso wie immer. Das Licht wurde durch die Bäume gefiltert, wie immer, wenn um diese Tageszeit die Sonne schien. Das Wasser, das sie umgab, bewegte sich kaum, und nur wenn hin und wieder eine Libelle auf der Oberfläche landete, breiteten sich Ringe auf dem Wasserspiegel aus. Die Verwandlung hatte eingesetzt, und allmählich würde das Mädchen ein Teil des Waldes und des Wassers werden. Wenn niemand sie fand, würde die Natur das Ihre tun und sich das Kind wieder aneignen.

Noch wusste niemand, dass sie nicht mehr da war.

»GLAUBST DU, DEINE Mutter heiratet in Weiß?« Erica drehte sich im Doppelbett zu Patrik um.

»Sehr witzig, echt«, sagte er.

Erica knuffte ihn lachend in die Seite.

»Wieso belastet es dich so, dass deine Mutter heiratet? Dein Vater ist schon lange wieder verheiratet, und das findest du doch auch nicht seltsam.«

»Ich weiß, es ist albern von mir.« Patrik schüttelte den Kopf, schwang die Beine aus dem Bett und zog sich die Socken an. »Ich mag Gunnar und freue mich, dass Mama nicht allein sein muss …«

Er stand auf und schlüpfte in seine Jeans.

»Wahrscheinlich ist es nur ein wenig ungewohnt für mich. Mama war allein, seit ich denken kann, und wenn man das gründlich analysiert, spukt bestimmt irgendein Mutter-und-Sohn-Ding in mir herum. Ich finde es nur so … merkwürdig … meine Mutter hat ein … Liebesleben.«

»Du findest es also merkwürdig, dass sie und Gunnar miteinander schlafen?«

Patrik hielt sich die Ohren zu.

»Hör auf!«

Erica warf ihm lachend ein Kissen an den Kopf. Es flog umgehend zurück, und kurz darauf herrschte Krieg. Patrik stürzte sich auf sie, aber die Rauferei ging schnell in Zärtlichkeiten und tiefe Atemzüge über. Sie strich sanft über seine Hosenknöpfe und öffnete den oberen.

»Was macht ihr?«

Majas helle Stimme ließ sie innehalten. Sie schauten zur

Tür. Dort stand nicht nur Maja, sondern sie wurde flankiert von ihren kleinen Zwillingsbrüdern, die genau wie sie belustigt die Eltern im Bett beobachteten.

»Wir haben uns nur ein bisschen gekitzelt.« Außer Atem stand Patrik auf.

»Reparier endlich diesen Haken!«, zischte Erica und zog die Bettdecke über ihren nackten Oberkörper.

Dann setzte sie sich auf und zwang sich, die Kinder anzulächeln.

»Geht schon mal runter und deckt den Frühstückstisch, wir kommen gleich.«

Patrik, der sich mittlerweile vollständig angezogen hatte, scheuchte die Kinder vor sich her.

»Wenn du es nicht schaffst, diesen Haken anzubringen, frag doch Gunnar. Der ist doch allzeit bereit mit seiner Werkzeugkiste. Falls er nicht gerade an deiner Mutter rumschraubt ...«

»Es reicht.« Lachend ging Patrik aus dem Zimmer.

Mit einem Lächeln auf den Lippen legte Erica sich wieder ins Bett. Sie konnte es sich erlauben, sich mit dem Aufstehen noch ein wenig Zeit zu lassen. Dass sie nicht zu einem bestimmten Zeitpunkt irgendwo erscheinen musste, war einer der Vorteile daran, sein eigener Chef zu sein, konnte aber auch als Nachteil betrachtet werden. Die Arbeit als Schriftstellerin erforderte Charakterstärke und Selbstdisziplin, und manchmal fühlte man sich etwas einsam. Trotzdem liebte sie ihren Beruf, sie liebte das Schreiben, und sie liebte es, den Geschichten, die sie erzählte, Leben einzuhauchen, tief in die menschlichen Schicksale einzutauchen und herauszufinden, was eigentlich wirklich passiert war und warum. Den Fall, an dem sie zurzeit arbeitete, hatte sie lange im Auge gehabt. Dass die kleine Stella entführt und anschließend von Helen Persson und Marie Wall getötet worden war, bewegte noch immer ganz Fjällbacka.

Und nun war Marie Wall wieder da. Der gefeierte Hollywoodstar spielte die Hauptrolle in einem Film über Ingrid Bergman. Im Ort brodelte die Gerüchteküche.

Jeder hatte eine von beiden oder zumindest ihre Familien gekannt, und alle waren gleich bestürzt gewesen, als an diesem Julinachmittag 1985 Stellas Leiche in dem Waldsee gefunden wurde.

Erica drehte sich auf die Seite und fragte sich, ob die Sonne damals auch so schön geschienen hatte. Wenn sie so weit war, die wenigen Meter zu ihrem Arbeitszimmer hinüberzugehen, würde sie das sofort überprüfen. Aber das musste noch ein bisschen warten. Sie schloss die Augen und döste noch einmal ein, während sie unten in der Küche die Stimmen von Patrik und den Kindern hörte.

Helen beugte sich vor und sah sich um. Sie stützte sich mit den schweißnassen Händen auf den Knien ab. Obwohl sie später als sonst gelaufen war, hatte sie einen persönlichen Rekord aufgestellt.

Das Meer lag blau und still vor ihr, aber in ihr tobte ein Sturm. Helen richtete sich auf und schlang sich die Arme um den Leib, sie konnte nicht aufhören zu zittern. »Da ist jemand über mein Grab gegangen«, hatte ihre Mutter immer gesagt. Und vielleicht stimmte das auch ein bisschen. Nicht, dass jemand über ihr Grab gegangen wäre. Aber über ein Grab.

Die Zeit hatte ihren Schleier über die Vergangenheit gelegt, die Erinnerungen waren diffus. Am deutlichsten waren ihr die Stimmen im Gedächtnis geblieben, die genau wissen wollten, was geschehen war. Sie sagten so lange immer wieder das Gleiche, bis sie nicht mehr wusste, was deren Wahrheit war und was ihre eigene.

Damals war es ihr ausgeschlossen erschienen, hierher zurückzukehren und sich ein Leben aufzubauen. Doch sowohl das Getuschel als auch die Rufe wurden mit den Jahren verhaltener, verwandelten sich in ein leises Murmeln und verstummten schließlich ganz. Sie hatte das Gefühl gehabt, wieder ein ganz normales Mitglied der Gesellschaft zu sein.

Nun würde wieder geredet werden. Alles noch einmal ans Licht gezerrt werden. Und wie so oft im Leben kamen mehrere Dinge zusammen. Nach dem Brief von Erica Falck, in dem diese schrieb, dass sie an einem Buch arbeite und sich gern mit Helen treffen wolle, hatte sie wochenlang kein Auge zugetan. Am Ende musste sie sich ein neues Rezept für die Tabletten, auf die sie seit Jahren verzichten konnte, ausstellen lassen. Die nächste Neuigkeit hätte sie ohne das Medikament nicht verkraftet: Marie war wieder da.

Dreißig Jahre waren vergangen. Still und unauffällig hatten sie und James ihr Leben gelebt, James wollte es nicht anders, das wusste sie. Irgendwann wird das Gerede aufhören, hatte er gesagt. Und recht behalten. Bald lagen die finsteren Zeiten hinter ihnen, und sie brauchte nur noch dafür zu sorgen, dass alles seinen geregelten Gang ging. Und ihre Erinnerungen hatte sie in ein Versteck verbannt. Bis jetzt. Bilder blitzten in ihr auf. Ganz deutlich sah sie Maries Gesicht vor sich. Und Stellas fröhliches Lachen.

Helen wandte sich wieder dem Meer zu und versuchte, den Wellen mit dem Blick zu folgen. Doch die Bilder ließen ihr keine Ruhe. Marie war wieder da und mit ihr der Untergang.

»Entschuldigung, wo finde ich hier die Toilette?«

Sture aus der Kirchengemeinde sah Karim und die anderen, die in der Flüchtlingsunterkunft in Tanum zusammengekommen waren, um Schwedisch zu lernen, aufmunternd an.

Alle wiederholten den Satz, so gut sie konnten. »Entschuldigung, wo finde ich hier die Toilette?«

»Was kostet das?«, fuhr Sture fort.

Erneut im Chor: »Was kostet das?«

Krampfhaft versuchte Karim, die Laute, die Sture vorne

an der Tafel von sich gab, mit dem Text vor ihm in Zusammenhang zu bringen. Alles war so anders. Die Buchstaben, die sie entziffern, und die Laute, die sie bilden sollten.

Er sah sich im Raum um. Außer ihm hatten sich sechs Personen aufgerafft. Die anderen waren entweder draußen in der Sonne und spielten Ball, oder sie lagen in ihren Hütten im Bett. Einige versuchten, den Tag und ihre Erinnerungen zu verschlafen, während andere an Freunde und Verwandte in der Heimat mailten, die noch erreichbar waren, und einige verfolgten ständig Onlinenachrichten. Nicht dass viele Informationen verfügbar gewesen wären. Die Regierung verbreitete lediglich Propaganda, und die internationale Presse hatte Schwierigkeiten, Korrespondenten dorthin zu schicken. Karim war in seinem früheren Leben selbst Journalist gewesen und wusste, wie schwierig es war, sich aus einem im Krieg befindlichen Land, das innerlich und äußerlich so stark zerstört war wie Syrien, korrekte und aktuelle Nachrichten zu beschaffen.

»Danke für die Einladung.«

Karim rümpfte die Nase. Für diesen Satz würde er niemals Verwendung haben. Wenn er eins blitzschnell gelernt hatte, dann, dass Schweden reserviert waren. Abgesehen von Sture und den anderen Leuten, die in der Flüchtlingsunterkunft arbeiteten, hatten sie alle keinerlei Kontakt zu Schweden.

Es war, als wären sie in einem kleinen Land innerhalb des Landes gelandet, abgeschottet von der Außenwelt. Sie hatten nur mit Landsleuten Umgang, leisteten sich gegenseitig Gesellschaft und teilten ihre Erinnerungen. Die schönen, aber vor allem die schlimmen. Die viele von ihnen immer wieder durchlebten. Karim selbst versuchte, alles zu verdrängen. Den Krieg, der Alltag geworden war. Die lange Reise in das gelobte Land im Norden.

Er hatte es überstanden. Genau wie seine geliebte Amina und ihre beiden Kinder Hassan und Samia. Er hatte es geschafft, sie in Sicherheit zu bringen und ihnen eine Zukunft zu ermöglichen. Nachts in seinen Träumen plagten ihn die Leichen im Wasser, aber wenn er die Augen aufmachte, waren sie weg. Er und seine Familie waren hier. In Schweden. Alles andere war bedeutungslos.

»Wie man sagt, wenn man Sex mit jemand?«

Adnan lachte über seine eigenen Worte. Er und Khalil waren die Jüngsten hier. Sie saßen nebeneinander und stachelten sich gegenseitig auf.

»Etwas mehr Respekt!«, sagte Karim auf Arabisch und warf den jungen Männern einen strengen Blick zu.

Dann sah er Sture entschuldigend an, Sture nickte.

Khalil und Adnan hatten sich allein bis hierher durchgeschlagen, ohne Familie, ohne Freunde. Sie hatten es geschafft, aus Aleppo herauszukommen, bevor die Flucht aus der Stadt zu gefährlich geworden war. Fliehen oder bleiben. Beides hatte sie in Lebensgefahr gebracht.

Trotz ihrer offensichtlichen Respektlosigkeit wurde Karim nicht ärgerlich. Sie waren Kinder. Verängstigt und allein in einem fremden Land. Unverschämtheit war das Einzige, was ihnen geblieben war. Alles war ihnen fremd. Karim hatte sich nach dem Unterricht mit ihnen unterhalten. Ihre Familien hatten ihr letztes Geld zusammengekratzt, damit die Jungs hierherkommen konnten. Es lastete einiges auf ihren Schultern. Sie waren nicht nur in eine fremde Welt hineingeworfen worden, es wurde auch von ihnen erwartet, dass sie dort so schnell wie möglich eine Existenz aufbauten und den Rest der Familie vor dem Krieg retteten. Doch auch wenn er die beiden Jungs verstehen konnte, war Respektlosigkeit gegenüber dem neuen Heimatland inakzeptabel. Sosehr sich die Schweden auch vor ihnen fürchteten, sie hatten sie immerhin aufgenommen. Hatten ihnen ein Dach über dem Kopf und genug zu essen gegeben. Und Sture opferte seine Freizeit, um ihnen beizubringen, wie man nach einem Preis oder der Toilette fragte. Karim blieben die Schweden zwar fremd, aber was sie für seine Familie getan hatten, würde er ihnen ewig danken. Das sahen leider nicht alle so, und diejenigen, die ihr neues Land nicht mit Respekt behandelten, brachten alle in Schwierigkeiten, denn sie riefen bei den Schweden Misstrauen hervor.

»Was für ein schönes Wetter heute«, artikulierte Sture vorn an der Tafel deutlich.

»Was für ein schönes Wetter heute«, wiederholte Karim lächelnd.

Nach zwei Monaten in Schweden wusste er, warum die Schweden für Sonnenschein dankbar waren. »Scheißwetter« war eins seiner ersten schwedischen Wörter gewesen. Das »Sch« bekam er allerdings noch immer nicht richtig hin.

»Wie viel Sex man wohl in dem Alter hat?« Erica trank einen Schluck Weißwein.

Anna lachte so laut, dass die anderen Gäste im Café *Bryggan* sie anstarrten.

»Im Ernst, Schwesterherz? Über so was denkst du nach? Wie oft Patriks Mutter Geschlechtsverkehr hat?«

»Na ja, man fragt sich das ja auch aus Eigeninteresse.« Erica schob sich einen Löffel Bouillabaisse in den Mund. »Wie viele Jahre mit einem erfüllten Liebesleben bleiben einem noch? Verliert man irgendwann das Interesse? Weicht die Lust am Sex dann einem unbezwingbaren Drang, Kreuzworträtsel oder Sudokus zu lösen und Schokolinsen zu essen, oder bleiben die Triebe konstant?«

»Also …«

Kopfschüttelnd lehnte Anna sich zurück und versuchte, eine bequeme Position zu finden. Ericas Magen krampfte sich zusammen, als sie ihre Schwester so sah. Vor nicht allzu langer Zeit hatten sie einen Autounfall gehabt, bei dem Anna ihr ungeborenes Kind verlor. Die Narben in ihrem Gesicht würden nie verschwinden. Doch nun brachte sie bald ihr und Dans

Kind der Liebe zur Welt. Das Leben hielt wirklich Überraschungen bereit.

»Glaubst du zum Beispiel, dass …?«

»Solltest du es wagen, jetzt ›Mama und Papa‹ zu sagen, stehe ich auf und gehe.« Anna machte eine abwehrende Geste. »Daran will ich nicht mal denken.«

Erica grinste.

»Okay, dann müssen eben Kristina und Bob der Baumeister als Beispiel herhalten. Wie oft haben sie Sex?«

»Erica!« Anna bedeckte das Gesicht mit den Händen und schüttelte den Kopf. »Außerdem müsst ihr endlich aufhören, den armen Gunnar Bob der Baumeister zu nennen, nur weil er nicht zwei linke Hände hat und auch noch nett ist.«

»Okay, lass uns lieber über die Hochzeit sprechen. Bist du auch zur Stilberatung für das Kleid einberufen worden? Ich muss doch wohl nicht als Einzige gute Miene machen und einen grässlichen Tantenfummel nach dem anderen abnicken.«

»Nein, mich hat sie auch gefragt.« Anna beugte sich mühsam vor, um ihr Krabbenbrötchen zu essen.

»Leg dir das Brötchen doch auf den Bauch«, schlug Erica grinsend vor und wurde mit einem bösen Blick belohnt.

Dan und Anna hatten sich zwar sehnlichst ein Baby gewünscht, aber bei dieser Hitze war eine Schwangerschaft trotzdem kein Vergnügen, und Annas Bauch war, gelinde gesagt, riesig.

»Sollten wir das Ganze nicht ein wenig steuern? Kristina hat so eine tolle Figur, sie hat ja eine schmalere Taille und hübschere Brüste als ich – sie traut sich nur nie, sie zu zeigen. Stell dir mal vor, wie gut sie in einem hautengen Spitzenkleid mit ein bisschen Ausschnitt aussehen würde!«

»Wenn du dich an einer Verwandlung deiner Schwiegermutter versuchen willst, halt mich da bitte raus«, sagte Anna. »Ich werde sagen, dass sie umwerfend aussieht, egal, was sie uns präsentiert.«

»Feigling.«

»Kümmere du dich um deine Schwiegermutter, ich kümmere mich um meine.«

Anna biss genüsslich in ihr Krabbenbrötchen.

»Weil Esther ja auch so furchtbar anstrengend ist.« Erica sah Dans süße Mutter vor sich, die nie im Leben Missfallen oder Kritik geäußert hätte.

Das wusste Erica aus eigener Erfahrung, weil sie vor Urzeiten selbst mit Dan zusammen gewesen war.

»Da hast du recht, ich habe Glück mit ihr.« Anna fluchte, weil ihr das Krabbenbrötchen auf den Bauch gefallen war.

»Mach dir nichts draus, bei deiner Oberweite fällt der Bauch sowieso nicht auf.« Erica zeigte auf Annas G-Körbchen.

»Halt die Klappe!«

Anna wischte sich, so gut es ging, die Mayonnaise vom Kleid. Erica beugte sich vor, nahm das Gesicht ihrer kleinen Schwester in die Hände und küsste sie auf die Wange.

»Was war das?«, fragte Anna verdutzt.

»Ich mag dich.« Erica hob ihr Glas. »Auf uns, Anna. Auf dich und mich und unsere verrückte Familie. Auf alles, was wir durchgemacht haben, auf alles, was wir überlebt haben, und darauf, dass wir keine Geheimnisse mehr voreinander haben.«

Anna blinzelte ein paarmal, dann hob sie ihr Colaglas und stieß mit Erica an.

»Auf uns.«

Einen Moment lang glaubte Erica, einen Schatten in Annas Blick zu sehen, aber Sekunden später hatte er sich verzogen. Sie musste ihn sich eingebildet haben.

Sanna ging ganz nah an den Jasmin heran und atmete seinen Duft ein, aber er beruhigte sie nicht so wie sonst. Sie war umgeben von Kunden, die Pflanzen und Säcke mit Blumenerde auf Schubkarren luden, aber sie nahm sie kaum wahr.

Das Einzige, was sie vor sich sah, war Marie Walls falsches Lächeln.

Sanna konnte nicht fassen, dass sie zurückgekommen war. Nach all den Jahren. Als langte es nicht, immer wieder Helen über den Weg laufen zu müssen.

Sie hatte sich damit abgefunden, dass Helen in der Nähe lebte, und nickte ihr zumindest zu, wenn man sich im Ort traf. In Helens Augen sah sie die Schuld, die sie von innen zerfraß. Marie hingegen hatte nie Reue gezeigt, sie strahlte in jedem Promimagazin.

Und nun war sie wieder da. Die falsche, schöne, lachende Marie. Sie waren in dieselbe Klasse auf der Kyrkskola gegangen, und Sanna hatte sie nicht nur um die langen Wimpern und das lange blonde Haar beneidet, das in sanften Wellen bis auf den Po herunterfiel, sondern auch ihre schwarze Seite gesehen.

Zum Glück blieb Sannas Eltern erspart, die lächelnde Marie im Ort zu treffen. Sanna war dreizehn gewesen, als ihre Mutter an Leberkrebs starb, und fünfzehn, als ihr Vater aufhörte zu atmen. Die Ärzte hatten ihr keine genaue Todesursache genannt, aber Sanna wusste auch so, was passiert war. Ihr Vater hatte sich zu Tode getrauert.

Als Sanna den Kopf schüttelte, machten sich die Kopfschmerzen bemerkbar.

Sie war gezwungen worden, zu Tante Linn zu ziehen, aber zu Hause hatte sie sich dort nie gefühlt. Die eigenen Kinder von Tante Linn und Onkel Paul waren viel jünger als Sanna und wussten nichts mit einem verwaisten Teenager anzufangen. Sie hatten sie nicht geärgert, sondern sich Mühe gegeben, aber sie waren Fremde geblieben.

Sie hatte sich in der Oberstufe für den landwirtschaftlichen Zweig entschieden und nach dem Schulabschluss sofort zu arbeiten angefangen. Seitdem lebte sie für ihren Beruf. Sie betrieb eine kleine Gärtnerei gleich außerhalb von Fjällbacka, die zwar nicht viel, aber genug abwarf, um sie und ihre Tochter zu ernähren. Mehr brauchte sie nicht.

Ihre Eltern hatten sich in lebende Tote verwandelt, nachdem Stella ermordet worden war, und in gewisser Weise konnte Sanna sie verstehen. Manche Menschen strahlten von Geburt an heller als andere, und Stella war so jemand gewesen. Immer fröhlich, immer lieb und proppenvoll mit Küsschen und Zärtlichkeiten, die sie an alle in ihrer Umgebung austeilte. Hätte Sanna an diesem warmen Sommermorgen ihr Leben für das von Stella geben können, wäre sie für sie gestorben.

Doch es war Stella gewesen, die in dem Waldsee trieb. Danach war nichts mehr, wie es gewesen war.

»Entschuldigung, haben Sie eine Rose, die weniger Pflege braucht als andere?«

Sanna zuckte zusammen und schaute die Frau an, die auf einmal vor ihr stand.

Als die Frau sie freundlich anlächelte, glätteten sich die Kummerfalten in ihrem Gesicht.

»Ich liebe Rosen, aber ich habe leider keinen grünen Daumen.«

»Ist die Farbe wichtig?«, fragte Sanna.

Sie hatte die Fähigkeit, Leute mit den richtigen Pflanzen zusammenzubringen. Manche Menschen hatten ein Talent für Blumen, die besonders viel Fürsorge und Aufmerksamkeit benötigten. Sie konnten eine Orchidee dazu bringen, immer wieder zu blühen, und viele glückliche Jahre mit ihr verleben. Andere waren kaum in der Lage, sich um sich selbst zu kümmern und brauchten genügsamere und robuste Pflanzen. Es mussten nicht unbedingt Kakteen sein, die sparte sich Sanna für Härtefälle auf, aber sie schlug dann vielleicht eine Friedenslilie oder ein Fensterblatt vor. Sie war stolz darauf, für jeden Menschentyp die passende Pflanze zu finden.

»Rosa«, sagte die Dame verträumt. »Ich liebe Rosa.«

»Wissen Sie was, da habe ich genau das Richtige für Sie,

eine Dünenrose. Das Wichtigste ist, dass Sie das Einpflanzen gut vorbereiten. Graben Sie ein tiefes Loch, und wässern Sie es kräftig. Ein bisschen Dünger rein, den gebe ich Ihnen gleich mit, und dann die Rose. Alles mit Erde auffüllen und noch mal gießen. Während die Pflanze Wurzeln schlägt, braucht sie viel Wasser. Danach müssen Sie nur noch dafür sorgen, dass sie nicht austrocknet. Und schneiden Sie sie ruhig im Frühjahr zurück. Man sagt, der richtige Zeitpunkt ist gekommen, wenn die Birken Mäuseohren haben.«

Hingerissen betrachtete die Dame den Rosenbusch, den Sanna ihr in den Einkaufswagen gestellt hatte. Sie konnte sie gut verstehen. Rosen waren etwas Besonderes. Oft verglich Sanna Menschen mit Blumen. Stella wäre definitiv eine Rose gewesen. Eine *Rosa gallica*. Schön und prächtig.

Die Frau räusperte sich.

»Geht es Ihnen gut?«

Sanna schüttelte den Kopf, als sie merkte, dass sie in Erinnerungen versunken war.

»Ja, alles in Ordnung, ich bin nur müde. Diese Hitze …«

Die Frau nickte nachdenklich.

Aber es war nicht alles in Ordnung. Das Böse war zurückgekehrt. Sanna nahm es genauso deutlich wahr wie den betörenden Geruch der Rosen.

Urlaub mit Kindern hatte nicht das Geringste mit Erholung zu tun, dachte Patrik. Eine seltsame Mischung aus purem Glück und totaler Erschöpfung. Vor allem, wenn man wie er allein für drei Kinder sorgen musste, während Erica mit Anna mittagaß. Außerdem hatte er die Kinder wider besseres Wissen an den Strand geschleppt, weil sie in ihren vier Wänden alle einen Rappel bekommen hätten. Normalerweise ließen sich Konflikte unter ihnen leichter vermeiden, wenn sie beschäftigt waren, aber er hatte verdrängt, dass gerade das Strandleben alles verkomplizierte. Zunächst einmal bestand die Gefahr, dass eins der Kinder ertrank. Ihr Haus lag direkt oberhalb der Badestelle in Sälvik, und er war schon oft schweißgebadet hochgeschreckt, weil er geträumt hatte, eins der Kinder wäre aus dem Haus geschlichen und hätte sich an den Strand verirrt. Dann war da der Sand. Noel und Anton bewarfen nicht nur mit Begeisterung andere Kinder damit, so dass Patrik sich böse Blicke von deren Eltern einfing, aus unerfindlichen Gründen steckten sie sich auch mit Vorliebe den Sand in den Mund. Wobei der an sich nicht das größte Problem war. Patrik schüttelte sich bei dem Gedanken an all die widerlichen Dinge, die in ihren kleinen Mündern landeten. Er hatte bereits eine Zigarettenkippe aus Antons sandiger Faust geklaubt, und es war nur eine Frage der Zeit, wann sie die erste Glasscherbe im Mund hatten. Oder ein vollgesabbertes Beutelchen Snus.

Gott sei Dank gab es Maja. Manchmal hatte Patrik ein schlechtes Gewissen, weil sie so viel Verantwortung für ihre kleinen Brüder übernahm, aber Erica sagte immer, Maja gefiele das. Genau wie es ihr gefallen hatte, sich um ihre kleine Schwester zu kümmern.

Nun passte Maja auf, dass die Zwillinge nicht zu tief ins Wasser gingen, lotste sie ein ums andere Mal ins Flache, kontrollierte, was sie sich in den Mund stopften, und klopfte die Kinder ab, die von ihren kleinen Brüdern mit Sand beworfen worden waren. Patrik wünschte sich hin und wieder, sie wäre nicht immer so brav. Er befürchtete, dass ihr das eine oder andere Magengeschwür bevorstand, wenn sie so weitermachte.

Seit er einige Jahre zuvor Herzprobleme gehabt hatte, wusste er, wie wichtig es war, sich nicht zu übernehmen und sich immer wieder Ruhe zu gönnen. Obwohl er seine Kinder mehr als alles andere liebte, musste er zugeben, dass er sich manchmal nach der Stille in der Polizeidienststelle Tanum sehnte.

Marie Wall lehnte sich im Liegestuhl zurück und streckte die Hand nach ihrem Glas aus. Ein Bellini. Sekt mit Pfirsichsaft. Nicht so köstlich wie im *Harry's* in Venedig, leider. Echte Pfirsiche gab es hier nicht. Es war die schnelle Variante aus dem billigen Sekt, mit dem die Geizhälse von der Produktionsfirma ihren Kühlschrank gefüllt hatten, und dem Saft aus Konzentrat von Proviva. Aber damit musste sie sich begnügen. Sie hatte darauf bestanden, dass bei ihrer Ankunft alle Zutaten für reichlich Bellini vorrätig waren.

Es war ein höchst sonderbares Gefühl, wieder da zu sein. Nicht im Haus natürlich. Das war schon lange abgerissen. Immer wieder fragte sie sich unwillkürlich, ob die Besitzer des neuen Hauses, das auf dem alten Grundstück gebaut worden war, nach allem, was sich dort abgespielt hatte, nicht von bösen Geistern heimgesucht wurden. Vermutlich nicht. Das Böse hatten ihre Eltern wohl mit ins Grab genommen.

Marie trank einen Schluck von ihrem Bellini. Sie hatte keine Ahnung, wo sich die Eigentümer dieses Hauses hier befanden. In einer Augustwoche mit strahlendem Sommerwetter hatte man doch eigentlich am meisten Freude an einem Haus, dessen Kauf und Einrichtung Millionen gekostet haben mussten. Auch wenn man sich nicht oft in Schweden aufhielt. Wahrscheinlich waren sie in dem schlossartigen Anwesen in der Provence, das Marie bei ihrer Google-Recherche entdeckt hatte. Reiche Leute gaben sich selten mit weniger als dem Maximum zufrieden, und dazu gehörte auch ein Ferienhaus.

Sie war trotzdem froh, dass sie ihr das Haus vermieteten. Hierhin zog sie sich zurück, sobald die Dreharbeiten abends beendet waren. Sie wusste, dass sie sich nicht ewig verkriechen konnte. Eines Tages würde sie Helen begegnen und wieder spüren, wie viel sie einander einst bedeutet hatten. Aber sie war noch nicht so weit.

»Mama!«

Marie schloss die Augen. Seit Jessies Geburt versuchte sie vergeblich, das Mädchen dazu zu bringen, anstelle dieser grässlichen Bezeichnung ihren Vornamen zu benutzen. Das Kind ließ sich nicht davon abhalten, sie Mama zu nennen, als könnte sie Marie auf diese Weise in eins dieser rundlichen Muttertiere verwandeln.

»Mama?«

Da die Stimme direkt hinter ihr erklang, war Marie klar, dass sie sich nicht verstecken konnte.

»Ja.« Sie griff nach ihrem Glas.

Die Bläschen kratzten ein wenig im Hals. Der Körper wurde mit jedem Schluck weicher und geschmeidiger.

»Sam und ich wollen eine Runde mit seinem Boot rausfahren, darf ich?«

»Na klar.« Marie trank noch einen Schluck.

Sie blinzelte ihre Tochter unter der Krempe ihres Sonnenhutes an.

»Möchtest du auch was?«

»Ich bin fünfzehn, Mama«, seufzte Jessie.

Ach Gott, verhielt sich dieses Mädchen vorbildlich. Kaum zu glauben, dass sie ihre Tochter war. Zum Glück hatte sie in Fjällbacka wenigstens einen Jungen kennengelernt.

Marie sank zurück in den Liegestuhl, machte die Augen zu und öffnete sie sofort wieder.

»Worauf wartest du noch?«, fragte sie. »Du stehst mir in der Sonne. Ich versuche hier, ein wenig braun zu werden. Nach der Mittagspause drehe ich, und sie wollen mich mit natürlicher Bräune. Ingrid war immer knusprig braun, wenn sie im Sommer auf Dannholmen Urlaub gemacht hat.«

»Ich ...« Jessie wollte etwas sagen, doch dann drehte sie sich einfach um und ging.

Marie hörte die Haustür mit einem Knall ins Schloss fallen und grinste in sich hinein. Endlich allein.

Bill Andersson klappte den Picknickkorb auf und nahm eins der belegten Brote heraus, die Gun geschmiert hatte. Er schaute nach oben und machte den Korb schnell wieder zu. Die Möwen waren flink, und wenn man nicht aufpasste, war das Lunchpaket weg. Hier draußen auf dem Steg war man besonders angreifbar.

Gun stupste ihn an.

»Es *ist* eine gute Idee«, sagte sie. »Verrückt, aber gut.«

Bill schloss die Augen und biss von seinem Brot ab.

»Meinst du das ernst, oder sagst du es nur, um deinen Alten glücklich zu machen?«, fragte er.

»Seit wann sage ich Dinge, nur um dich glücklich zu machen?«, fragte Gun ihrerseits, und Bill musste ihr in diesem Punkt recht geben.

In ihrer vierzigjährigen Ehe hatte es nur wenige Momente gegeben, in denen sie nicht schonungslos ehrlich gewesen war.

»Seit ich diesen Dokumentarfilm gesehen habe, geht mir die Idee einfach nicht aus dem Kopf, und ich denke, es müsste hier auch funktionieren. Ich habe mit Rolf von der Flüchtlingsunterkunft gesprochen, und besonders viel Spaß haben die da oben nicht. Die Leute von hier haben noch nicht mal den Mumm, sich den Unterkünften zu nähern.«

»In Fjällbacka ist es ja schon schlimm, wenn einer aus Strömstad kommt, der bleibt immer ein Zugezogener. Kein Wunder, wenn die Syrer nicht mit offenen Armen empfangen werden.«

Gun nahm sich noch ein frisches Brötchen von der Bäckerei Zetterlind aus der Tüte und bestrich es dick mit Butter.

»Es wird Zeit, dass die Leute ihre Einstellung ändern.« Bill breitete die Arme aus. »Das sind Menschen, die mit ihren Kindern und all ihrer Habe vor Krieg und Elend geflohen sind und unterwegs noch mal genauso viel Schrecken erlebt haben, da müssen wir doch wenigstens dafür sorgen, dass die Leute hier mit ihnen reden. Wenn man Somalis beibringen kann,

Schlittschuh zu fahren und Unihockey zu spielen, muss es doch auch möglich sein, Syrern das Segeln beizubringen. Liegt Syrien eigentlich am Meer? Vielleicht können die schon segeln.«

Gun schüttelte den Kopf.

»Keine Ahnung, mein Herz, das musst du googeln.«

Bill griff zum iPad, das er nach seinem morgendlichen Sudoku beiseitegelegt hatte.

»Doch, Syrien hat auch Küste, aber es ist schwer zu sagen, wie viele von denen schon mal dort waren. Ich habe immer gesagt, jeder kann segeln lernen, und jetzt ist die Gelegenheit, es zu beweisen.«

»Reicht es denn nicht, zum Vergnügen zu segeln? Muss es gleich eine Regatta sein?«

»Das war doch gerade der Witz an dem Film *Nette Leute*. Die Herausforderung hat sie motiviert. Das war ein Statement.«

Bill grinste. Es machte ihn stolz, dass er sich so weltgewandt und klug ausdrücken konnte.

»Wozu denn unbedingt – wie hast du das genannt – ein Statement?«

»Weil es sonst nicht die gleiche Wirkung hat. Wenn noch mehr Leute davon inspiriert werden, genau wie ich, dann zieht die Aktion Kreise, und dann wird es für alle Flüchtlinge leichter, sich zu integrieren.«

Bill malte sich aus, wie er eine nationale Bewegung in Gang setzte. Große Veränderungen mussten schließlich irgendwo anfangen. Und das, was mit einer Unihockey-WM für Somalis angefangen hatte und mit einer Regatta für Syrer weiterging, konnte überallhin führen!

Gun legte ihm die Hand auf die Schulter und lächelte ihn an.

»Ich werde Rolf noch heute besuchen und mit ihm reden, und dann veranstalten wir ein Treffen in der Flüchtlingsunterkunft.« Bill nahm sich noch ein Brötchen.

Nach kurzem Zögern griff er erneut in die Tüte und warf den Möwen auch eins zu.

Eva zog an dem Kraut und legte es in den Korb. Wie immer, wenn sie den Blick über das Grundstück schweifen ließ, machte ihr Herz einen Sprung. All das gehörte ihnen. Die Geschichte des Hofes hatte sie nie belastet. Weder sie noch Peter waren übermäßig abergläubisch. Natürlich hatte es Gerede gegeben, als sie vor zehn Jahren den Hof von Familie Strand kauften, und die Leute hatten sich wieder von den vielen Unglücksfällen erzählt, die der Familie zugestoßen waren. Aber soweit Eva es verstanden hatte, war das Ganze eine große Tragödie gewesen, die alles andere nach sich gezogen hatte. Der Tod der kleinen Stella hatte zum tragischen Schicksal der Familie Strand geführt, doch mit dem Hof hatte das nichts zu tun.

Eva bückte sich wieder und suchte weiter nach Unkraut, ihre Knieschmerzen ignorierte sie. Für sie und Peter war das neue Zuhause ein Paradies. Sie kamen aus der Stadt, sofern man Uddevalla als Stadt bezeichnen konnte, hatten aber immer vom Landleben geträumt. Der Hof außerhalb von Fjällbacka war in jeder Hinsicht perfekt gewesen. Und da der Preis auf Grund der Vorfälle hier so niedrig war, hatten sie ihn sich auch leisten können. Eva hoffte, dass sie den Ort mit genügend Liebe und positiver Energie gefüllt hatten.

Das Beste daran war, dass Nea sich hier so wohl fühlte. Sie war auf den Namen Linnea getauft worden, hatte sich jedoch selbst immer Nea genannt, und deshalb war es auch für Eva und Peter selbstverständlich geworden, sie so zu nennen. Sie war vier Jahre alt und sehr eigensinnig und mit einem derart starken Willen ausgestattet, dass Eva jetzt schon vor ihrer Pubertät graute. Doch da es bei diesem einen Kind zu bleiben schien, konnten Peter und sie Nea zumindest ihre gesamte Aufmerksamkeit schenken, wenn es einst so weit war. Noch wuselte ein immer gutgelauntes kleines Energiebündel auf dem Hof herum. Das blonde Haar und die helle Haut hatte Nea von ihrer Mutter geerbt. Eva befürchtete immer, sie würde sich einen Sonnenbrand holen, aber stattdessen schien sie nur immer noch mehr Sommersprossen zu bekommen.

Sie setzte sich auf und wischte sich mit dem Handgelenk den Schweiß von der Stirn, um sich nicht mit den Gartenhandschuhen das Gesicht schmutzig zu machen. Sie liebte es, im Gemüsebeet Unkraut zu zupfen. Es war ein wunderbarer Kontrast zu ihrem normalen Bürojob. Diese kindliche Freude darüber, dass aus den Samen, die sie säte, Pflanzen wurden, die gediehen und schließlich geerntet werden konnten. Sie bauten nur Gemüse für den eigenen Bedarf an, leben konnte man von dem Ertrag nicht, aber sie konnten sich mit ihren Gemüsebeeten, dem Kräutergarten und dem Kartoffelacker praktisch selbst versorgen. Manchmal hatte sie ein schlechtes Gewissen, weil es ihnen so gut ging. Ihr Leben war schöner, als sie es sich je hätte vorstellen können, Peter, Nea und ihr Zuhause waren alles, was sie auf dieser Welt brauchte.

Eva zog Karotten aus der Erde. In der Ferne sah sie Peter. Er arbeitete bei Tetra Pak, aber seine Freizeit verbrachte er am liebsten auf dem Traktor. An diesem Morgen war er vor Tau und Tag hinausgefahren, hatte sich belegte Brote und eine Thermoskanne Kaffee mitgenommen und sie schlafen lassen. Zum Hof gehörte auch ein Stück Wald, in dem er einige morsche Bäume fällen wollte, und daher wusste sie, dass er am Abend, verschwitzt, verdreckt, erschöpft und glücklich, mit Brennholz für den Winter zurückkommen würde.

Sie legte Karotten für das Abendessen in den Korb. Dann zog sie die Gartenhandschuhe aus und ging auf Peter zu. Sie kniff die Augen zusammen und versuchte, Nea auf dem Traktor zu erkennen. Sie war bestimmt eingeschlafen, das tat sie dort immer. Nea war für ihre Verhältnisse früh aufgestanden, aber sie war besonders gern mit Peter im Wald. Ihre Mutter liebte sie vielleicht, aber Peter verehrte sie.

Peter fuhr auf den Hof.

»Hallo, Liebling«, sagte Eva, nachdem er den Motor ausgeschaltet hatte.

Ihr Herz machte einen doppelten Schlag, als er sie anlächelte. Nach all den Jahren bekam sie immer noch weiche Knie.

»Hallo, mein Herz! Hattet ihr einen schönen Tag?«

»Ja ...«

Was meinte er mit »ihr«?

»Und ihr?«, fragte sie schnell.

»Wieso ihr?« Peter gab ihr einen verschwitzten Kuss.

Er sah sich um.

»Wo ist Nea? Hält sie Mittagsschlaf?«

Es rauschte in ihren Ohren. In weiter Ferne hörte sie sich selbst sagen: »Ich dachte, sie wäre bei dir.«

Sie schauten sich an, ihre Welt stürzte ein.

Der Fall Stella

Linda sah Sanna an, die aufgeregt auf dem Beifahrersitz herumrutschte.

»Was Stella wohl sagt, wenn sie deine neuen Sachen sieht?«

»Ich glaube, sie freut sich.« Sanna lächelte auf eine Weise, dass sie für einen Moment genau wie ihre kleine Schwester aussah. Dann runzelte sie auf ihre typische Art die Stirn. »Vielleicht ist sie auch neidisch.«

Lächelnd fuhr Linda auf den Hof. Sanna war immer eine fürsorgliche große Schwester gewesen.

»Wir erklären ihr, dass sie auch etwas Schickes zum Anziehen bekommt, wenn ihre Einschulung ansteht.«

Sie hatte kaum den Motor abgeschaltet, als Sanna aus dem Auto sprang und ihre Einkaufstüten von der Rückbank holte.

Die Haustür ging auf, und Anders kam heraus.

»Tut mir leid, dass wir so spät dran sind«, sagte Linda. »Wir haben noch ein Stück Kuchen gegessen.«

Anders sah sie mit merkwürdigem Gesichtsausdruck an.

»Ich weiß, dass es bald Zeit fürs Abendessen ist, aber Sanna wollte so gern ins Café.« Zärtlich schaute Linda ihrer Tochter hinterher, die ihrem Vater ein Küsschen gab und ins Haus rannte.

Anders schüttelte den Kopf.

»Kein Problem, aber ... Stella ist nicht nach Hause gekommen.«

»Nein?«

Anders' Blick ging ihr durch Mark und Bein.

»Nein, und bei Marie und Helen habe ich schon angerufen. Sie sind beide auch noch nicht zu Hause.«

Linda atmete aus und schlug die Autotür zu.

»Weißt du, sie haben wohl die Zeit aus den Augen verloren. Du kennst doch Stella, sie wollte bestimmt durch den Wald gehen und den Mädchen alles zeigen.«

Sie küsste Anders auf den Mund.

»Da hast du wahrscheinlich recht.« Er klang nicht überzeugt.

Das Telefon klingelte, und Anders lief in die Küche.

Stirnrunzelnd bückte sie sich und zog die Schuhe aus. Es passte gar nicht zu Anders, sich solche Sorgen zu machen, aber er wartete natürlich auch schon seit einer Stunde und fragte sich, was los war.

Als sie sich aufrichtete, stand Anders vor ihr. Als sie ihm in die Augen sah, verkrampfte sich alles in ihr.

»Das war KG. Helen ist jetzt zu Hause, und sie essen gleich zu Abend. KG hat bei Marie angerufen und behauptet, die beiden hätten Stella gegen fünf hier abgeliefert.«

»Was sagst du da?«

Anders schlüpfte in seine Turnschuhe.

»Auf dem Hof habe ich alles abgesucht, aber vielleicht hat sie sich im Wald verirrt.«

Linda nickte.

»Wir müssen sie suchen.«

Sie ging zur Treppe und rief nach oben.

»Sanna? Papa und ich gehen noch mal raus und suchen Stella. Sie ist bestimmt im Wald. Du weißt ja, wie gern sie dort herumstreunt. Wir kommen bald wieder!«

Sie sah ihren Mann an. Sanna sollte von den Sorgen, die sie sich machten, nichts merken.

Doch eine halbe Stunde später konnten sie sie nicht länger voreinander verbergen. Anders umklammerte das Lenkrad so fest, dass seine Knöchel weiß hervortraten. Nachdem sie den an das Grundstück grenzenden Wald durchsucht hatten, waren sie die Straße hoch- und runtergefahren und hatten im Schritttempo Stellas Lieblingsorte abgeklappert. Doch sie war spurlos verschwunden.

Linda legte Anders eine Hand aufs Knie.

»Wir müssen zurück.«

Anders nickte und sah sie an. Die Angst in seinen Augen spiegelte die ihre.

Sie mussten die Polizei rufen.

GÖSTA FLYGARE BLÄTTERTE in dem Papierstapel, der vor ihm lag. An einem Montag im August war dieser nicht besonders hoch. Er hatte nichts dagegen, im Sommer zu arbeiten. Abgesehen von einer Runde Golf ab und zu gab es sowieso nichts Besseres zu tun. Zwar kam Ebba hin und wieder vorbei, aber seit dem neuen Baby waren ihre Besuche seltener geworden, und er konnte das verstehen. Ihm reichte es, zu wissen, dass er bei Ebba in Göteborg immer willkommen war. Ein kleines bisschen Familie war besser als nichts. Und er gönnte Patrik, der ja kleine Kinder hatte, den Urlaub im Sommer. Um das, was anfiel, konnten er und Mellberg sich kümmern. Von Zeit zu Zeit schaute Martin herein, um sich zu erkundigen, wie es den »alten Recken« ging, aber Gösta vermutete, dass er sich nur nach ein wenig Gesellschaft sehnte. Martin hatte seit dem Tod seiner Pia noch keine neue Frau kennengelernt, und Gösta fand das schade. Martin war ein feiner Kerl. Und seiner Tochter würde ein bisschen weibliche Fürsorge guttun. Er wusste, dass Annika, die Sekretärin der Dienststelle, sich manchmal um das Mädchen kümmerte. Unter dem Vorwand, ihre eigene Tochter Leia wolle mit ihr spielen, holte sie Tuva hin und wieder zu sich. Doch das reichte natürlich nicht. Das Mädchen brauchte auch eine Mutter. Aber Martin war noch nicht bereit für eine neue Beziehung, und dann konnte man es eben nicht ändern. Die Liebe machte, was sie wollte. Für Gösta selbst hatte es nur eine einzige Frau gegeben. Er fand nur, dass Martin zu jung war, um so zu leben.

Dass es nicht leicht war, sich neu zu verlieben, verstand er. Gefühle ließen sich nicht erzwingen, und in einem kleinen Ort war das Angebot ein wenig begrenzt. Außerdem war Martin eine Art Frauenschwarm gewesen, bevor er Pia kennenlernte, und riskierte daher die eine oder andere Wiederholung. Und so, wie Gösta die Dinge sah, wurde es beim zweiten Mal selten besser, wenn es nicht gleich geklappt hatte. Doch was wusste er schon? Seine große Liebe war seine Ehefrau Maj-Britt gewesen, mit der er sein ganzes Leben als Erwachsener verbracht hatte. Weder vorher noch nachher hatte es eine andere Frau für ihn gegeben.

Ein schrilles Telefonklingeln riss ihn aus seinen Grübeleien.

»Polizeidienststelle Tanum.«

Konzentriert lauschte er der Stimme am anderen Ende.

»Wir kommen. Wie lautet die Adresse?«

Gösta machte sich Notizen, legte auf und stürzte, ohne anzuklopfen, ins Nebenzimmer.

Zuckend erwachte Mellberg aus dem Tiefschlaf.

»Was soll das?« Er starrte Gösta an.

Die spärlichen Haare, die er sich über den kahlen Schädel gelegt hatte, fielen zur Seite, aber er strich sie rasch und geübt zurück.

»Verschwundenes Kind«, sagte Gösta. »Vier Jahre alt. Seit heute Morgen wie vom Erdboden verschluckt.«

»Heute Morgen? Und die Eltern rufen erst jetzt an?« Mellberg sprang auf.

Gösta warf einen Blick auf seine Armbanduhr. Es war kurz nach drei.

Verschwundene Kinder waren eine Seltenheit. Im Sommer hatten sie es in erster Linie mit Besäufnissen, Einbrüchen, Diebstahl, Körperverletzung und möglicherweise einer versuchten Vergewaltigung zu tun.

»Beide dachten, das Kind wäre beim anderen Elternteil. Ich habe gesagt, wir kommen sofort.«

Mellberg steckte die Füße in die Schuhe, die neben dem Schreibtisch standen. Sein Hund Ernst, der ebenfalls wach geworden war, ließ den Kopf wieder sinken, nachdem er sich davon überzeugt hatte, dass bei der ganzen Aufregung weder ein Spaziergang mit seinem Herrchen noch etwas Essbares für ihn herauskam.

»Wo müssen wir hin?«, fragte Mellberg, während er Gösta im Laufschritt zur Garage folgte.

»Zum Hof Berg«, sagte Gösta. »Wo früher Familie Strand gewohnt hat.«

»Ach du Scheiße«, sagte Mellberg.

Er kannte den alten Fall, der sich lange vor seiner Zeit in Fjällbacka ereignet hatte, nur vom Hörensagen. Gösta hingegen hatte alles miterlebt. Und das Ganze kam ihm nur allzu bekannt vor.

»Hallo?«

Patrik klopfte seine Hand ab, bevor er ans Telefon ging, aber das Handy wurde trotzdem sandig. Mit der freien Hand winkte er die Kinder zu sich und zog eine Schachtel Butterkekse und eine Dose Apfelschnitze aus der Tasche. Noel und Anton stürzten sich auf die Kekspackung und rissen sie sich gegenseitig aus den Händen, was natürlich dazu führte, dass ein Großteil der Kekse im Sand landete. Mehrere andere Eltern sahen interessiert zu, und Patrik spürte förmlich, wie sie die Nase rümpften. Dafür hatte er durchaus Verständnis. Er fand, dass er und Erica zwar relativ kompetente Eltern waren, aber die Zwillinge benahmen sich trotzdem manchmal wie die Wilden.

»Warte mal, Erica.« Seufzend hob er ein paar Kekse vom Boden auf und pustete die Sandkörner ab.

Noel und Anton hatten bereits so viel Sand verputzt, dass ein bisschen mehr auch keinen Schaden anrichten würde.

Maja setzte sich mit den Apfelschnitzen auf dem Schoß hin und blickte über die Badestelle. Patrik betrachtete ihren schmalen Rücken und die feuchten Locken im Nacken. Obwohl ihm der Zopf mal wieder misslungen war, sah sie ungeheuer hübsch aus.

»So, jetzt kann ich reden. Wir sind unten am Strand und hatten gerade mit einer Kekskatastrophe zu kämpfen.«

»Okay«, sagte Erica. »Und sonst ist alles in Ordnung?«

»Klar, alles super«, log er, während er erneut versuchte, seine sandigen Hände an der Badehose abzuwischen.

Noel und Anton klaubten Kekse aus dem Sand und mampften trotz des hörbaren Knirschens zwischen den Zähnen unverdrossen weiter. Über ihnen kreiste eine Möwe, die nur darauf wartete, dass sie die Kekse einen Moment aus den Augen ließen. Doch da hatte sich der Vogel geschnitten. Eine

Packung Butterkekse vernichteten die Zwillinge im Handumdrehen.

»Ich bin vom Mittagessen zurück«, sagte Erica. »Soll ich zu euch runterkommen?«

»Gerne«, antwortete Patrik. »Und bring mir doch bitte Kaffee in der Thermoskanne mit, den habe ich, ungeübt, wie ich bin, vergessen.«

»Verstanden. *Your wish is my command.*«

»Danke, Liebling. Du ahnst gar nicht, wie sehr ich mich gerade nach einer Tasse Kaffee sehne.«

Lächelnd legte er auf. Welch ein Segen, dass er nach fünf Jahren und drei Kleinkindern immer noch Schmetterlinge im Bauch hatte, wenn er die Stimme seiner Frau am Telefon hörte. Erica war das Beste, was ihm je passiert war. Abgesehen von den Kindern natürlich, aber andererseits hätte er die ja ohne Erica auch nicht gehabt.

»War das Mama?« Blinzelnd drehte sich Maja zu ihm um.

Aus manchen Blickwinkeln sah sie ihrer Mutter unwahrscheinlich ähnlich. Patrik war außerordentlich froh darüber. Für ihn gab es keine schönere Frau als Erica.

»Ja, das war Mama, sie kommt gleich.«

»Jaaa!«, rief Maja.

»Moment, ich muss schnell ans Telefon, das sind die Kollegen.« Er drückte mit einem sandigen Finger auf den grünen Hörer.

Auf dem Display stand: »Gösta«, und der würde ihn im Urlaub nicht stören, wenn es nicht wichtig war.

»Hallo, Gösta«, sagte Patrik, »einen Augenblick. Maja, kannst du den Jungs auch was von den Apfelstücken abgeben? Und nimm Noel mal schnell den alten Lutscherstiel aus der Hand, bevor er ihn sich in den Mund steckt. Danke, Süße.«

Er hielt sich das Handy wieder ans Ohr.

»Entschuldige, Gösta, jetzt höre ich zu. Ich bin mit den Kindern am Strand, und Chaos ist gar kein Ausdruck …«

»Tut mir leid, dass ich dich mitten im Urlaub störe«, sagte Gösta, »aber ich dachte, du möchtest vielleicht wissen, dass ein Kind vermisst gemeldet wurde. Ein kleines Mädchen, das seit heute Morgen verschwunden ist.«

»Wie bitte? Seit heute Morgen?«

»Näheres wissen wir auch nicht, aber Mellberg und ich sind jetzt unterwegs zu den Eltern.«

»Und wo wohnen die?«

»Das ist es ja. Sie ist vom Hof Berg verschwunden.«

»Oh, Scheiße.« Patrik lief ein kalter Schauer über den Rücken. »Wohnte da nicht Stella Strand?«

»Ja, genau der Hof ist es.«

Patrik schaute seine Kinder an, die nun einigermaßen friedlich im Sand spielten. Bei dem Gedanken, eins von ihnen könnte verschwinden, wurde ihm schlecht. Er brauchte nicht viel Zeit, um einen Entschluss zu fassen. Gösta hatte es zwar nicht direkt gesagt, aber Patrik begriff auch so, dass er sich Unterstützung von jemand anderem als Mellberg wünschte.

»Ich komme«, sagte er. »Erica müsste in einer Viertelstunde hier sein, dann mach ich mich auf den Weg.«

»Findest du den Hof?«

»Aber sicher«, antwortete Patrik.

Natürlich wusste er, wo der Hof lag. Er hatte in letzter Zeit zu Hause viel darüber gehört.

Während Patrik auf das rote Symbol drückte, spürte er, wie sich sein Magen verkrampfte. Er beugte sich hinunter und drückte seine drei Kinder an sich. Sie wehrten sich lautstark, und er wurde über und über mit Sand bedeckt, aber das war ihm vollkommen egal.

»Du siehst lustig aus«, sagte Jessie.

Er strich sich die Haare aus dem Gesicht, die ihm der Wind immer wieder vor die Augen wehte.

»Wieso lustig?« Sam blinzelte in die Sonne.

»Du siehst gar nicht so aus wie ein … Typ mit Boot.«

»Wie sieht denn ein Typ mit Boot aus?«

Sam drehte am Steuerrad und wich einem Segelboot aus.

»Du weißt schon, was ich meine. Die tragen Segelschuhe mit Bommeln, dunkelblaue Shorts und Polohemden und legen sich lässig ihre Wollpullover mit V-Ausschnitt um.«

»Du hast die Schirmmütze vergessen.« Sam grinste. »Woher weißt du das alles? Du warst doch noch nie auf See.«

»Nein, aber ich habe Filme gesehen. Und Fotos.«

Sam tat nur so, als wüsste er nicht, was sie meinte. Natürlich sahen die typischen Bootfahrer nicht so aus wie er mit seiner abgerissenen Kleidung, dem pechschwarzen Haar und den dicken Lidstrichen. Und den abgekauten, schwarz lackierten Fingernägeln. Doch das war keine Kritik. Er war der schönste Junge, den sie je gesehen hatte.

Ihre Äußerung über Typen mit Boot war bescheuert gewesen. Sobald sie den Mund aufmachte, kam etwas Dämliches heraus. Das bekam sie auf all den Internaten zu hören, zwischen denen sie hin und her geschubst wurde. Dass sie dumm sei. Und hässlich.

Sie hatten ja recht, das wusste sie.

Sie war dick und unbeholfen, hatte ein pickliges Gesicht, und ihr Haar sah fettig aus, egal, wie oft sie es wusch. Jessie spürte, dass ihr Tränen in die Augen stiegen, und blinzelte rasch, damit Sam es nicht merkte. Sie wollte sich vor ihm nicht lächerlich machen. Noch nie hatte jemand mit ihr befreundet sein wollen, aber Sam war ein Freund, seit er sich vor dem Centrumkiosk zu ihr in die Schlange gestellt hatte. Er hatte gesagt, er wisse, wer sie sei, und sie hatte begriffen, wer er war.

Und wer seine Mutter war.

»Scheiße, ist das voll hier.« Sam hielt Ausschau nach einer Bucht, in der nicht bereits zwei oder drei Boote vertäut oder vor Anker lagen.

Die meisten Stellen waren schon am Vormittag besetzt.

»Idioten«, murmelte er.

Es gelang ihm, auf der Rückseite von Långskär noch ein freies Plätzchen zu finden.

»Hier legen wir an. Springst du mit dem Tampen an Land?«

Sam zeigte auf das Tau, das vorne auf dem Boot lag.

»Springen?«, fragte Jessie.

Sprünge machte sie nie. Schon gar nicht von einem Boot auf eine Klippe.

»Keine Angst«, sagte Sam ruhig. »Ich bremse direkt davor. Geh in die Hocke und spring einfach vom Bug an Land. Es geht ganz leicht. Vertrau mir!«

Vertrau mir! Konnte sie das überhaupt? Jemandem vertrauen? Sam?

Jessie holte tief Luft, kletterte ganz nach vorn, griff nach dem Tampen und hockte sich hin. Als die Insel kam, bremste Sam, indem er den Rückwärtsgang einlegte, und sie glitten sacht auf die Klippe zu. Sie stieß sich zu ihrem eigenen Erstaunen vom Boot ab und landete sanft auf dem Felsen. Mit dem Tampen in der Hand.

Sie hatte es geschafft.

Es war der vierte Besuch bei Hedemyrs innerhalb von vier Tagen. Aber ansonsten konnte man in Tanum nicht viel machen. Khalil und Adnan streiften im Kaufhaus ziellos zwischen den Kleidungsstücken und Accessoires im Obergeschoss herum. Anfangs hatte er sich den Blicken schutzlos ausgeliefert gefühlt, dem Misstrauen darin. Mittlerweile hatte er sich daran gewöhnt, dass sie auffielen. Sie sahen nicht aus wie Schweden, redeten nicht wie Schweden und bewegten sich nicht wie Schweden. Wäre ihm in Syrien ein Schwede begegnet, hätte er ihn vermutlich auch angestarrt.

»Was glotzen Sie denn so?«, zischte Adnan einer Frau um die siebzig zu.

Sie fühlte sich anscheinend zur Zivilpolizistin berufen und

passte auf, dass sie nichts klauten. Khalil hätte ihr erklären können, dass sie sich niemals an fremdem Eigentum vergriffen hätten. Im Traum nicht. So waren sie nicht erzogen. Doch als sie naserümpfend zur Treppe ging, begriff er, wie sinnlos das war.

»Was denken die nur von uns? Es ist immer das Gleiche.«

Adnan fluchte auf Arabisch vor sich hin und stieß beinahe eine Lampe um.

»Lass sie doch! Sie haben eben noch nie Araber zu Gesicht bekommen.«

Endlich hatte er Adnan zum Lachen gebracht. Adnan war zwei Jahre jünger als er, erst sechzehn, und kam ihm manchmal wie ein Kind vor. Er hatte seine Gefühle nicht im Griff, sie hatten ihn im Griff.

Khalil fühlte sich schon lange wie ein Erwachsener. Seine Jugend hatte an dem Tag geendet, als die Bombe ihm seine Mutter und die kleinen Brüder nahm. Sobald er an Bilal und Tariq dachte, kamen ihm die Tränen. Khalil blinzelte, damit Adnan sie nicht sah. Bilal hatte ständig Unsinn gemacht, war aber immer so fröhlich gewesen, dass man ihm nicht böse sein konnte. Tariq war eine Leseratte gewesen, dem alle eine große Zukunft voraussagten. Von einem Augenblick auf den anderen waren die beiden verschwunden. In der Küche hatte man sie gefunden. Ihre Mutter hatte sich auf sie geworfen, aber sie hatte ihre Kinder nicht beschützen können.

Er ballte die Fäuste und sah sich um. Das war jetzt sein Leben. Er verbrachte seine Tage in einem kleinen Raum in der Flüchtlingsunterkunft oder stromerte durch die Straßen des seltsamen Orts, in dem sie gelandet waren. So still und öde und vollkommen geruch-, geräusch- und farblos.

Die Schweden lebten alle in ihrer eigenen Welt, sie grüßten einander kaum und machten einen beinahe erschrockenen Eindruck, wenn man sie ansprach. Und außerdem redeten sie ganz leise und gestikulierten nicht.

Adnan und Khalil gingen die Treppe hinunter und traten hinaus in die Hitze. Auf dem Bürgersteig vor dem Geschäft blieben sie stehen. Jeden Tag das gleiche Problem. Irgendeine Beschäftigung finden. In der Flüchtlingsunterkunft fiel ihnen die Decke auf den Kopf und schien sie ersticken zu wollen. Khalil wollte nicht undankbar sein. Er hatte diesem Land ein Dach über dem Kopf und genug zu essen zu verdanken. Und Sicherheit. Hier fielen keine Bomben. Hier wurde man weder von Soldaten noch von Terroristen bedroht. Doch auch wenn man sich sicher fühlte, war es schwer, sein Dasein in einer Art Vorhölle zu fristen. Ohne Zuhause, ohne Aufgabe, ohne Ziel.

Das war kein Leben, das war nur pure Existenz.

An seiner Seite seufzte Adnan. Schweigend gingen sie zurück in die Flüchtlingsunterkunft.

Eva war zu Eis erstarrt und hatte die Arme um sich geschlungen. Peter rannte noch herum. Er hatte jetzt überall gesucht, vier-, fünfmal sogar. Immer wieder hob er dieselben Bettdecken hoch, schob Kisten zur Seite und rief Neas Namen. Eva wusste, dass es sinnlos war, Nea war nicht hier. Sie spürte körperlich, wie sehr ihr das Kind fehlte.

Sie kniff die Augen zusammen und erahnte in der Ferne einen Fleck, der immer größer wurde und schließlich weiße Farbe annahm. Endlich kam die Polizei. Bald konnte sie auch die blau-gelben Streifen erkennen, und in ihr öffnete sich ein Abgrund. Ihre Tochter war nicht mehr da. Die Polizei kam, weil Nea weg war. Seit heute Morgen. Sie versuchte fieberhaft, das im Kopf zu verarbeiten. Wie konnten sie nur so schlechte Eltern sein, einen ganzen Tag lang nicht zu merken, dass ihre Vierjährige weg war?

»Sie haben angerufen?«

Ein älterer Mann mit silbergrauem Haar stieg aus dem Streifenwagen und kam auf sie zu. Sie nickte stumm und gab ihm die Hand.

»Gösta Flygare. Und das ist Bertil Mellberg.«

Ein Polizist ungefähr im gleichen Alter, aber mit einem sehr viel größeren Leibesumfang streckte ebenfalls die Hand aus. Er schwitzte kräftig und wischte sich die Stirn mit dem Ärmel seines Hemds ab.

»Ist Ihr Mann da?«, fragte der schmalere Polizist mit dem graueren Haar und sah sich auf dem Hof um.

»Peter!«, rief Eva und erschrak, weil ihre Stimme dünn klang.

Sie versuchte es erneut, und Peter kam aus dem Waldstück herausgestürzt.

»Hast du sie gefunden?«, rief er.

Als sein Blick am Streifenwagen hängenblieb, sackte Peter in sich zusammen.

Das Ganze erschien ihr so unwirklich. Es konnte doch gar nicht sein. Sie würde jeden Moment aufwachen und erleichtert feststellen, dass sie geträumt hatte.

»Können wir bei einer Tasse Kaffee reden?«, fragte Gösta Flygare ruhig und fasste Eva am Ellbogen.

»Ja, kommen Sie, wir gehen in die Küche.« Sie ging voraus.

Peter blieb mit hängenden Armen mitten auf dem Hof stehen. Sie wusste, dass er weitersuchen wollte, aber allein war sie zu diesem Gespräch nicht in der Lage.

»Komm, Peter.«

Schwerfällig folgte er ihr und den beiden Polizisten ins Haus. Eva wandte ihnen den Rücken zu, während sie an der Kaffeemaschine herumfuhrwerkte, aber die Anwesenheit der Männer war körperlich spürbar. Die Uniformen schienen den Raum auszufüllen.

»Milch? Zucker?« Beide nickten.

Sie stellte Milch und Zucker auf den Tisch, während ihr Mann in der Tür stehen blieb.

»Setz dich«, sagte sie in etwas zu scharfem Ton, aber er gehorchte.

Wie ferngesteuert holte sie Tassen und Löffel und legte eine Packung Ballerinakekse auf den Tisch. Nea liebte Ballerinakekse. Bei dem Gedanken zuckte sie zusammen und ließ einen Löffel fallen. Gösta beugte sich runter, um ihn aufzuheben, aber sie kam ihm zuvor. Sie legte den Löffel in die Spüle und nahm einen neuen aus der Besteckschublade.

»Wollen Sie nicht anfangen, Fragen zu stellen?« Peter starrte auf seine Hände. »Sie ist seit heute Morgen verschwunden, jede Sekunde zählt.«

Sie schenkte allen Kaffee ein und setzte sich.

»Wann haben Sie das Mädchen zuletzt gesehen?«, fragte der dicke Polizist, während er die Hand nach der Kekspackung ausstreckte.

In ihrem Kopf brauste die Wut auf wie ein Sturm. Sie hatte Kekse serviert, weil man das so machte, wenn man Besuch hatte, aber dass der Kerl es wagte, einen Schokokeks zu essen, während er sie zu Nea befragte, machte sie wahnsinnig.

Eva holte ein paarmal tief Luft, sie wusste, dass ihre Reaktion irrational war.

»Gestern Abend. Sie ist zur selben Zeit wie immer ins Bett gegangen, in ihrem eigenen Zimmer. Ich habe ihr noch eine Gutenachtgeschichte vorgelesen und dann das Licht gelöscht und die Tür zugemacht.«

»Und seitdem haben Sie sie nicht mehr gesehen? Sie ist nachts nicht aufgewacht? Es ist keiner von Ihnen aufgestanden und hat sie gesehen? Oder etwas gehört?«

Göstas sanfte Stimme tröstete sie beinahe darüber hinweg, dass sein Kollege erneut zu den Keksen griff.

Peter räusperte sich.

»Nein, sie schläft durch. Ich war heute Morgen als Erster auf, wollte mit dem Traktor in den Wald und habe nur schnell eine Tasse Kaffee getrunken und ein Brot gegessen, dann hab ich mich auf den Weg gemacht.«

Seine Stimme klang flehentlich. Als ließe sich in seinen

Worten eine Antwort finden. Eva streckte die Hand aus und legte sie auf seine. Sie hatten beide kalte Hände.

»Aber Linnea haben Sie am Morgen nicht gesehen.«

Peter schüttelte den Kopf.

»Nein, ihre Zimmertür war zu. Und ich bin ganz leise daran vorbeigeschlichen, um sie nicht zu wecken. Ich wollte Eva noch ein bisschen schlafen lassen.«

Sie drückte seine Hand. Das war ihr Peter, wie er leibte und lebte. Immer besorgt um sie und Nea.

»Und Sie, Eva? Wie haben Sie den Morgen verbracht?«

Göstas sanfte Stimme rührte sie fast zu Tränen.

»Ich habe lange geschlafen, bis halb zehn. Keine Ahnung, wann ich zuletzt so spät aufgewacht bin. Es war still im Haus, und ich habe als Erstes nach Nea geschaut. Ihre Zimmertür stand offen, und das Bett war zerwühlt. Da sie nicht da war, dachte ich …«

Eva schluchzte. Peter legte die andere Hand auf ihre Hände und drückte sie.

»Ich nahm an, sie wäre am Morgen mit Peter in den Wald gefahren. Sie tut das für ihr Leben gern und oft. Also habe ich mich nicht eine Sekunde gewundert.«

Eva konnte die Tränen nicht länger zurückhalten.

»Ich hätte das Gleiche gedacht.« Er hielt noch immer ihre Hände.

Sie wusste, dass er recht hatte. Und trotzdem. Wenn sie doch nur …

»Könnte sie bei einer Freundin sein?«, fragte Gösta.

Peter schüttelte den Kopf.

»Nein, sie bleibt immer auf dem Hof. Sie hat noch nie versucht, das Grundstück zu verlassen.«

»Irgendwann ist immer das erste Mal«, sagte der dicke Polizist. Er hatte bisher so still dagesessen und Kekse gemümmelt, dass Eva vor Schreck zusammenzuckte. »Sie könnte sich in den Wald verirrt haben.«

Gösta warf Mellberg einen unergründlichen Blick zu.

»Wir werden den Wald mit einem Suchtrupp durchkämmen«, sagte er.

»Glauben Sie wirklich, sie hat sich im Wald verlaufen?«

Der Wald war riesig. Allein bei dem Gedanken, dass Nea sich darin verirrt hatte, drehte sich ihr der Magen um. Bis jetzt hatten sie sich wegen des Waldes nie Sorgen gemacht. Und Nea war nie auf eigene Faust hineingegangen. Aber vielleicht waren sie naiv gewesen. Naiv und verantwortungslos. Eine Vierjährige unbeaufsichtigt auf einem Hof am Waldrand herumlaufen zu lassen. Nea hatte sich verlaufen, und es war die Schuld ihrer Eltern.

Als hätte er ihre Gedanken gelesen, sagte Gösta:

»Wenn sie im Wald ist, finden wir sie. Ich mache jetzt sofort ein paar Anrufe, und dann stellen wir in null Komma nichts eine Suchmannschaft zusammen. Innerhalb von einer Stunde können wir hier eine Kette bilden und das restliche Tageslicht ausnutzen.«

»Übersteht sie eine Nacht da draußen?«, fragte Peter tonlos.

Er war leichenblass.

»Noch sind die Nächte warm«, beruhigte ihn Gösta. »Sie erfriert nicht, aber natürlich tun wir alles, um sie vor Einbruch der Dunkelheit zu finden.«

»Was hatte sie an?« Bertil Mellberg streckte die Hand nach dem letzten Keks aus.

Gösta wirkte verwundert.

»Das ist eine gute Frage. Wissen Sie, was Ihre Tochter anhatte, als sie verschwand? Auch wenn Sie Nea heute Morgen nicht gesehen haben, können Sie vielleicht nachschauen, ob etwas Bestimmtes fehlt.«

Eva nickte und stand auf, um in Neas Zimmer hinaufzugehen. Endlich konnte sie etwas tun.

Doch vor der Tür zögerte sie. Sie holte ein paarmal Luft,

bevor sie diese aufstieß. Dort drinnen war alles wie immer. So herzzerreißend normal. Die rosa Sternchentapete, von der Nea in der Phase, als sie an allem herumknibbeln musste, ein paar Stückchen abgerissen hatte. Die Bettwäsche mit Elsa aus der *Eiskönigin.* Die Kuscheltiere am Fußende. Die Olaffigur aus Stoff, die immer neben ihr auf dem Kopfkissen lag. Der Kleiderbügel! Sie zuckte zusammen. Plötzlich wusste sie genau, was Nea anhatte. Sicherheitshalber warf sie einen Blick in den Kleiderschrank und sah sich im Zimmer um. Nein, es war nirgendwo. Sie eilte nach unten.

»Sie hat das Elsakleid an.«

»Wie sieht ein Elsakleid aus?«, fragte Gösta.

»Es ist ein blaues Prinzessinnenkleid. Mit einer Prinzessin vorne drauf. Elsa aus dem Film *Die Eiskönigin.* Sie liebt diesen Film über alles. Sie trägt bestimmt auch ein Höschen mit Anna-und-Elsa-Motiv.«

Eva begriff, dass Dinge, die Eltern von kleinen Kindern für selbstverständlich halten, in den Ohren von anderen befremdlich wirken. Sie selbst hatte den Film schon Hunderte von Malen gesehen und gehört, Nea schaute ihn ständig, kannte den Hit »Lass jetzt los« auswendig und tanzte dazu. Sie schluckte ihre Tränen hinunter. Ganz deutlich sah sie Nea in dem blauen Kleid mit den langen weißen Handschuhen herumwirbeln und singen. Wo war sie jetzt? Und warum saßen die Männer tatenlos herum?

»Ich gehe jetzt telefonieren, und dann beginnen wir mit der Suche«, sagte Gösta, als hätte er ihren stummen Schrei gehört.

Sie konnte nur nicken. Wieder sah sie Peter an. Beiden gingen die gleichen dunklen Gedanken durch den Kopf.

Bohuslän 1671

Es war ein bewölkter Novembertag, und Elin Jonsdotter saß fröstelnd neben ihrer Tochter in dem klapprigen Wagen. Im Vergleich zu ihrem und Pers kleinem Haus in Oxnäs erschien ihr der Pfarrhof, der immer näher kam, wie ein Schloss.

Britta hatte Glück gehabt. Wie immer. Dass sie der Augenstern ihres Vaters gewesen war, brachte ihr in ihrer Kindheit nur Vorteile, und niemand zweifelte daran, dass sie eines Tages eine gute Partie machen würde. Und Vater hatte recht behalten. Britta heiratete den Pastor, während Elin sich mit dem Fischer Per begnügen musste. Doch darüber grämte Elin sich nicht. Per war zwar arm, aber einen freundlicheren Menschen hätte man auf dieser Erde lange suchen müssen.

Beim Gedanken an Per wurde ihr das Herz schwer, dennoch richtete sie sich auf und sprach sich Mut zu. Es hatte keinen Sinn, noch mehr Tränen über etwas zu vergießen, das ohnehin nicht zu ändern war. Gott hatte ihr diese Prüfung geschickt, und sie und Märta mussten nun irgendwie ohne Per überleben.

Sie musste zugeben, dass Britta viel Wohlwollen gezeigt hatte, als sie ihr eine Stelle als Magd auf dem Pfarrhof und ein Dach über dem Kopf für sie beide angeboten hatte. Trotzdem war ihr nicht wohl in ihrer Haut, als Lars Larsson mit Pferd und Wagen und ihrer ganzen Habe auf den Hof fuhr. Britta war kein liebes Kind gewesen, und Elin glaubte nicht, dass sie mittlerweile friedlicher gestimmt war. Sie konnte es sich jedoch nicht leisten, das Angebot abzulehnen. Das felsige Grundstück direkt am Strand, auf dem ihre Fischerhütte stand, hatten sie nur gepachtet, und als Per starb, hatte der Bauer ihr einen Monat gegeben, ihre Sachen zu packen und auszuziehen. Ohne Haus und Einkommen war sie als arme Witwe auf die Großzügigkeit anderer angewiesen. Brittas Mann Preben, der Pastor von Tanum, war angeblich ein gutherziger Mann. Sie kannte ihn nur aus den Gottesdiensten, zur Hochzeit hatte man sie nicht eingeladen, und natürlich war es auch nie in Frage gekommen, dass sie und ihre Familie auf den Pfarrhof zu Besuch kamen. Aber freundliche Augen hatte er.

Als die Kutsche stehen blieb und Lars brummte, sie sollten absteigen, zog sie Märta für einen Moment fest an sich. Es würde alles gut werden, redete sie sich ein. Doch eine Stimme in ihrem Innern sagte etwas ganz anderes.

GRINSEND STUPSTE MARTIN die Schaukel noch einmal an. Tuvas fröhliches Juchzen war unwiderstehlich.

Es ging ihm jeden Tag ein wenig besser. Martin erkannte, das war vor allem Tuvas Verdienst. Seit sie Ferien vom Kindergarten und er Sommerurlaub hatte, verbrachten sie jede Sekunde zusammen. Und das tat beiden gut. Seit Pias Tod schlief Tuva bei ihm im Bett und schmiegte jeden Abend ihr Gesicht an seine Brust. Oft fielen ihr mitten in einer Geschichte, die er vorlas, die Augen zu. Wenn sie dann fest schlief, schlich er sich aus dem Zimmer und setzte sich noch für ein oder zwei Stunden vor den Fernseher und trank einen Becher von dem Beruhigungstee, den er im Naturkostgeschäft gekauft hatte. Annika hatte ihm im Winter, als er oft kein Auge zutat, dazu geraten. Er wusste nicht, ob der Kräutertee einen Placeboeffekt hatte oder tatsächlich wirkte, aber immerhin konnte er endlich wieder schlafen. Und vielleicht war das der entscheidende Unterschied. Obwohl die Trauer ihn noch immer rund um die Uhr begleitete, konnte er nun damit umgehen. Die schärfsten Kanten waren abgeschliffen, und er erlaubte sich sogar, an Pia zu denken, weil er nun nicht mehr sofort zusammenbrach. Er versuchte, mit Tuva über sie zu reden. Er erzählte von ihr und zeigte Fotos. Tuva war so klein gewesen, als Pia starb, dass sie selbst keine Erinnerungen an ihre Mutter hatte, und daher wollte er ihr möglichst viele von seinen abgeben.

»Höher, Papa!«

Tuva quietschte vor Begeisterung, als er der Schaukel einen noch kräftigeren Schubs versetzte.

Das dunkle Haar flog ihr ums Gesicht, und ihm fiel wieder einmal auf, wie unglaublich ähnlich sie Pia sah. Er zog sein Handy aus der Tasche, um ein Video zu drehen, und trat einen Schritt zurück, damit sie auch vollständig im Bild war. Als er mit den Fersen irgendwo anstieß, hörte er einen spitzen Schrei. Erschrocken drehte er sich um und sah ein Baby mit Schippe in der Hand, das aus Leibeskräften brüllte.

»Oh, entschuldige bitte«, sagte er bestürzt, hockte sich neben das Kind und versuchte, es zu trösten.

Er sah sich um, aber keiner der anderen Erwachsenen nahm Notiz von dem Knirps.

»So, keine Angst, wir finden deine Mama oder deinen Papa schon«, flüsterte er dem kleinen Jungen, der immer lauter schrie, liebevoll ins Ohr.

Ein Stück entfernt sah er eine Frau in seinem Alter neben einem Busch stehen und telefonieren. Er versuchte, sie auf sich aufmerksam zu machen, aber sie schien in Rage zu sein, denn sie sprach laut und gestikulierte dabei wild. Martin winkte ihr zu, aber sie sah ihn noch immer nicht. Schließlich wandte er sich an Tuva, deren Schaukel langsamer geworden war, seit er sie nicht mehr anstieß.

»Warte hier, ich bringe nur schnell dieses Baby zu seiner Mama.«

»Papa hat das Baby getreten«, sagte Tuva zufrieden, aber da schüttelte er heftig den Kopf.

»Nein, Papa hat das Baby nicht getreten, Papa wollte nur … ach, das besprechen wir später.«

Er nahm das schreiende Baby hoch, eilte los und hoffte, die

Mutter bereits erreicht zu haben, wenn sie bemerkte, dass ein fremder Mann mit ihrem Baby auf dem Arm herumlief. Aber seine Sorge war unbegründet, denn diese schien immer noch vollkommen in das Telefonat vertieft zu sein. Leicht verärgert sah er, dass sie weiter aufgeregt diskutierte. Man musste seine Kinder schon im Auge behalten. Und dieser kleine Junge brüllte wie am Spieß.

»Verzeihung?«, sagte er, als er direkt vor der Frau stand. Sie verstummte mitten in einem Satz.

Sie hatte Tränen in den Augen und verlaufene Wimperntusche im Gesicht.

»Ich muss Schluss machen, DEIN Sohn weint.« Sie steckte das Handy ein.

Dann wischte sie sich die Tränen ab und streckte die Hände nach ihrem Sohn aus.

»Es tut mir leid, ich bin rückwärts gegen ihn gestoßen«, sagte Martin. »Ich glaube nicht, dass es weh getan hat, aber er hat natürlich Angst bekommen.«

Die Frau drückte den Jungen an sich.

»Keine Sorge, er ist in dem Alter, in dem man vor Fremden Angst hat.« Sie blinzelte die letzten Tränen weg.

»Alles okay?«, fragte er und sah, dass sie rot wurde.

»Oh, mein Gott, wie peinlich, hier am helllichten Tag herumzustehen und zu flennen, und auf Jon habe ich auch nicht richtig aufgepasst. Sie müssen mich für die schlechteste Mutter der Welt halten.«

»Nein, nein, das dürfen Sie nicht denken. Ihm ist nichts passiert, ich hoffe nur, dass es Ihnen gutgeht.«

Er wollte seine Nase nicht in Dinge stecken, die ihn nichts angingen, aber sie sah so verzweifelt aus.

»Ach, es ist niemand gestorben, aber mein Ex ist ein Idiot. Seine neue Freundin hat offenbar kein Interesse an seinen ›Verpflichtungen‹, und deshalb hat er gerade die drei Stunden, die Jon bei ihm verbringen sollte, mit der Begründung abgesagt, Madde habe sich auf ein bisschen Zeit zu zweit gefreut.«

»Armselig.« Martin wurde wütend. »Was für ein Arsch!«

Sie lächelte ihn an, und sein Blick wurde unwillkürlich von ihren Grübchen angezogen.

»Und Sie?«

»Mir geht es gut«, antwortete er, und sie lachte.

Sie schien von innen zu leuchten.

»Nein, ich meinte, welches ist Ihres?«

Sie deutete auf den Spielplatz, er griff sich an den Kopf.

»Ach so, natürlich. Das meinten Sie. Die da drüben, das kleine Mädchen auf der Schaukel, das gerade furchtbar böse guckt, weil sie stillsitzen muss.«

»Oh, dann schubsen Sie sie lieber schnell wieder an. Oder ist ihre Mama auch hier?«

Nun wurde Martin rot. Flirtete sie mit ihm? Er ertappte sich dabei, dass er es hoffte. Er wusste nicht, was er auf die Frage antworten sollte, aber dann wurde ihm klar, dass er am besten die Wahrheit sagte.

»Nein, ich bin Witwer.«

Witwer. Das klang, als wäre er achtzig und nicht der junge Vater eines Kleinkinds.

»Oh, das tut mir leid.« Sie schlug sich die Hand vor den Mund. »Und ich bin auch noch so blöd, zu witzeln, es sei niemand gestorben. Typisch.«

Sie legte ihm die Hand auf den Arm, und er lächelte so freundlich, wie er konnte. Irgendetwas in ihm wollte sie auf keinen Fall traurig oder beunruhigt sehen, er wollte, dass sie lachte. Er wollte wieder diese Grübchen sehen.

»Schon okay«, sagte er und spürte, wie sie sich entspannte.

Hinter ihm rief Tuva immer schriller und fordernder: »Papaaa!«

»Sie sollten die Kleine schleunigst anschubsen.« Sie wischte Jon Rotz und Sand aus dem Gesicht.

»Vielleicht sehen wir uns hier mal wieder?«

Er hörte selbst den hoffnungsvollen Klang seiner Stimme. Sie lächelte ihn an, und die Grübchen waren noch deutlicher zu erkennen.

»Ja, wir sind oft hier. Bestimmt kommen wir schon morgen wieder«, sagte sie. Er nickte fröhlich und ging rückwärts auf Tuva zu.

»Dann sehen wir uns bestimmt.« Er versuchte, nicht allzu breit zu grinsen.

Dann spürte er, wie er mit den Fersen irgendwo anstieß. Dann ein gellender Schrei. Drüben auf der Schaukel hörte er Tuva seufzen.

»Mann, Papa!«

Zu allem Überfluss klingelte sein Telefon. Auf dem Display stand: »Gösta«.

»Wo habt ihr diese Person aufgetrieben?«

Marie stieß die Frau weg, die seit einer Stunde in ihrem Gesicht herumschmierte, und sah Regisseur Jörgen Holmlund an.

»Yvonne ist richtig gut«, sagte Jörgen mit diesem enervierenden Zittern in der Stimme. »Sie hat bei fast allen meinen Produktionen mitgearbeitet.«

Hinter sich hörte sie Yvonne schluchzen. Maries Kopfschmerzen, die sie hatte, seit sie sich in diesem Trailer aufhielt, wurden immer schlimmer.

»Ich werde Ingrid verkörpern, von Kopf bis Fuß, in jeder Szene. Sie war makellos, immer. Da kann ich doch nicht rumlaufen wie Kim Kardashian. Contouring, hast du so was Grauenhaftes schon mal gehört? Meine Züge sind perfekt, ich brauche kein beschissenes Contouring!«

Sie zeigte auf ihr Gesicht, das mit scharf voneinander abgegrenzten weißen und dunkelbraunen Flächen bedeckt war.

»Die werden doch noch verwischt, und dann sieht es ganz anders aus«, sagte Yvonne so leise, dass Marie sie kaum hörte.

»Das ist mir scheißegal. Meine Züge brauchen keine Korrektur.«

»Yvonne kann das bestimmt noch mal machen«, sagte Jörgen. »Nach deinen Wünschen.«

Ihm standen Schweißperlen auf der Stirn, obwohl das Maskenmobil klimatisiert war.

Das große Filmteam und das Produktionsbüro waren im *TanumStrand* untergebracht, einem Konferenz- und Hotelkomplex zwischen Fjällbacka und Grebbestad, aber am Drehort in Fjällbacka wurden für die Garderoben und die Maske Wohnmobile benutzt.

»Okay. Mach das ab und fang noch mal von vorn an!« Als Marie sah, wie erleichtert Yvonne aufatmete, konnte sie sich ein Lächeln nicht verkneifen.

Anfangs hatte sich Marie in Hollywood an die Vorstellungen anderer angepasst und alles getan, was man von ihr verlangte. Doch inzwischen war sie eine andere. Und sie wusste genau, wie sie ihre Rolle gestalten würde. Wie sie aussehen musste.

»Spätestens in einer Stunde müssen wir fertig sein«, sagte Jörgen. »Diese Woche drehen wir ein paar von den leichteren Szenen.«

Marie wandte sich um. Innerhalb von zehn Sekunden hatte Yvonne die Arbeit einer ganzen Stunde mit einem Kosmetiktuch entfernt, und ihr Gesicht war sauber und ungeschminkt.

»Willst du damit sagen, dass wir diese Woche die billigen Szenen drehen? Ich dachte, wir hätten grünes Licht von allen Seiten?«

Sie konnte nicht verhindern, dass sich ein besorgter Unterton einschlich. Dieses Filmprojekt war nicht so unangefochten, dass die Produzenten und Geldgeber Schlange standen. Das Klima in der schwedischen Filmbranche hatte sich verändert, und es wurden mittlerweile kleinere Filme bevorzugt, und die aufwendigen Produktionen hatten das Nachsehen. Schon mehrmals wäre dieses Projekt beinahe geplatzt.

»Es wird noch über, wie soll ich sagen, Prioritäten diskutiert ...« Wieder dieses nervöse Zittern in seiner Stimme. »Aber darüber brauchst du dir nicht den Kopf zu zerbrechen. Konzentrier du dich nur darauf, in den Szenen, die wir drehen, eine großartige Leistung abzuliefern.«

Marie wandte sich wieder ihrem Spiegelbild zu.

»Es gibt mehrere Journalisten, die dich interviewen möchten«, sagte Jörgen. »Über deine Verbindung zu Fjällbacka. Und darüber, dass du zum ersten Mal seit dreißig Jahren wieder hier bist. Ich verstehe ja, dass es ein eher heikles Thema ist, aber vielleicht könntest du ...«

»Gib ihnen Termine«, sagte Marie, ohne den Blick vom Spiegel zu lösen. »Ich habe nichts zu verbergen.«

Wenn sie eins gelernt hatte, dann, dass jede Art von Publicity gut war. Sie lächelte ihr Spiegelbild an. Möglicherweise ließ der grässliche Kopfschmerz endlich nach.

Nachdem Erica Patrik abgelöst hatte, war sie langsam mit den Kindern den Hügel hinaufgestiegen und nach Hause gegangen. Patrik war sofort losgerast, als sie eintraf, und sie hatte eine Spur von Angst in seinem Blick gesehen. Erica konnte das nachempfinden. Bei der Vorstellung, dass den Kindern etwas zustieß, hatte man das Gefühl, in einen Abgrund zu stürzen.

Zu Hause drückte und küsste sie ihre Kinder besonders fest. Dann brachte sie die Zwillinge zum Mittagsschlaf ins Bett, und setzte Maja vor *Die Eiskönigin*. Jetzt war sie endlich in ihrem Arbeitszimmer. Seit sie von Patrik erfahren hatte, von welchem Hof das Mädchen verschwunden und dass es beklemmenderweise im gleichen Alter wie die kleine Stella war, hatte sie das dringende Bedürfnis, sich mit ihrem Recherchematerial zu befassen. Sie fühlte sich längst noch nicht gerüstet, um mit dem Schreiben zu beginnen, aber auf ihrem Schreibtisch türmten sich bereits die Hefter, kopierten Zeitungsartikel und handschriftlichen Notizen über Stellas Tod. Eine Weile saß sie einfach da und betrachtete die Stapel. Bisher hatte sie lediglich Fakten gehamstert und noch nicht begonnen, das Material zu ordnen, zu sortieren und zu strukturieren. Das war erst der nächste Schritt auf dem weiten und verschlungenen Weg zum fertigen Buch. Sie nahm einen Zeitungsbericht in die Hand und schaute sich das Schwarzweißfoto der beiden Mädchen an. Helen und Marie. Dunkle Blicke. Es war schwer zu erkennen, ob in ihren Augen Zorn oder Angst aufblitzte. Oder das Böse, wie manche behauptet hatten. Erica fiel es schwer, sich vorzustellen, dass Kinder von Grund auf böse waren.

Immer wenn Kinder schreckliche Taten begingen, wurde darüber spekuliert. Mary Bell hatte im Alter von nur elf Jahren zwei andere Kinder getötet. Kinder hatten den dreijährigen James Bulger ermordet. Pauline Parker und Juliet Hume aus Neuseeland die Mutter von Pauline umgebracht. Erica liebte Peter Jacksons Film *Himmlische Kreaturen*, der auf diesem Fall basierte. Im Nachhinein sagte man Dinge wie »Sie war immer ein unheimliches Kind« oder »Ich habe das Böse in seinem Blick schon gesehen, als er noch ganz klein war«. Nachbarn, Freunde und sogar Familienangehörige hatten bereitwillig ihre Ansichten geäußert und auf angebliche Anzeichen einer gewissen angeborenen Bösartigkeit hingewiesen. Aber ein Kind konnte doch nicht böse sein! Da glaubte Erica schon eher, »das Böse sei die Abwesenheit von Güte«, wie sie irgendwo gelesen hatte. Und sicherlich tendierte man von Geburt an eher in die eine oder andere Richtung. Und je nach Milieu und Kindheit wurden diese Tendenzen verstärkt oder gemildert.

Daher musste sie so viel wie möglich über die zwei Mädchen auf dem Foto herausfinden. Wer waren Marie und

Helen? Wie waren sie aufgewachsen? Sie würde sich nicht mit dem äußeren Anschein zufriedengeben, sondern wollte auch wissen, was in den Familien hinter verschlossenen Türen passiert war. Welche Werte hatte man den Mädchen mitgegeben? Waren sie gut oder schlecht behandelt worden? Was hatten sie bis zu diesem schrecklichen Tag im Jahr 1985 über die Welt gelernt?

Beide Mädchen hatten nach einiger Zeit ihr Geständnis zurückgezogen und von da an beharrlich ihre Unschuld beteuert. Obwohl die meisten Leute von Helens und Maries Schuld überzeugt gewesen waren, gab es reichlich Spekulationen. Was, wenn jemand anders für Stellas Tod verantwortlich war, wenn diese Person an jenem Tag ihre Chance sah? Und was, wenn es nun wieder eine solche Möglichkeit gegeben hatte. Es konnte kein Zufall sein, dass vom selben Hof ein Mädchen im selben Alter verschwunden war. Wie hoch war die Wahrscheinlichkeit, dass so etwas passierte? Es musste ein Zusammenhang zwischen damals und heute bestehen. Hatte die Polizei womöglich die Spuren eines Mörders übersehen, der nun aus irgendeinem Grund erneut zugeschlagen hatte? Vielleicht inspiriert von Maries Rückkehr? Wenn ja, warum? Und waren andere Mädchen auch in Gefahr?

Wenn sie mit ihren Nachforschungen doch nur schon vorangekommen wäre. Erica stand von ihrem Bürostuhl auf. Wegen der drückenden Hitze beugte sie sich vor und machte das Fenster weit auf. Draußen ging das Leben wie gewohnt weiter. Sommergeräusche schlugen ihr entgegen. Kinder, die an der Badestelle gleich unterhalb des Hauses kreischten und lachten. Über dem Wasser Möwengeschrei. Wind in den Baumkronen. Die reinste Idylle, aber Erica nahm das gar nicht wahr.

Sie setzte sich wieder und begann, ihr Material zu sortieren. Mit den Interviews hatte sie noch nicht mal angefangen. Sie hatte eine lange Liste von Leuten, mit denen sie sprechen wollte, und selbstverständlich standen Marie und Helen an oberster Stelle. Helen zu kontaktieren hatte sie bereits versucht, hatte aber auf ihre Anfragen keine Antwort erhalten, und sie hatte mit Maries PR-Agentin gesprochen. Vor ihr auf dem Tisch lagen mehrere Interviews, in denen sich Marie zum Fall Stella geäußert hatte, und daher glaubte sie nicht, dass Marie ein Gespräch mit ihr ablehnen würde. Einer weitverbreiteten Ansicht zufolge hätte Maries Karriere sich gar nicht so rasant entwickelt, wenn die Presse nicht Wind von ihrer Vorgeschichte bekommen hätte, nachdem sie in einigen kleineren Produktionen Nebenrollen gespielt hatte.

Wenn Erica bei den Büchern, die sie über reale Mordfälle geschrieben hatte, eins gelernt hatte, dann, dass Menschen ein tiefes Bedürfnis hatten, sich auszusprechen und ihre Geschichte zu erzählen. Fast ausnahmslos.

Sie schaltete den Klingelton ihres Handys ein, falls Patrik sich meldete. Wahrscheinlich würde er zu beschäftigt sein, um sie auf dem Laufenden zu halten. Sie hatte angeboten, bei der Suche zu helfen, aber er meinte, es würden genug Freiwillige kommen, und es sei besser, wenn sie bei den Kindern bliebe. Erica hatte nicht widersprochen. Unten im Wohnzimmer war der Film an der Stelle angelangt, wo Elsa zusammenbrach und ein ganzes Schloss aus Eis baute. Sachte legte Erica die Kopien auf den Schreibtisch. Sie hatte schon viel zu lange nicht mehr mit Maja vor dem Fernseher gesessen. Sie würde die Prinzessin auf dem Egotrip schon irgendwie ertragen, sagte sie sich beim Aufstehen. Und Olaf hatte durchaus Charme. Dieses Rentier natürlich auch.

»Wie weit seid ihr?«, fragte Patrik ohne Umschweife, als er auf dem Hof ankam.

Gösta stand neben weißen Gartenmöbeln aus Holz vor dem Eingang des Wohnhauses.

»Ich habe in Uddevalla angerufen, sie schicken einen Helikopter.«

»Und die Küstenwache?«

Gösta nickte.

»Es sind alle informiert und unterwegs. Ich habe Martin angerufen und ihn gebeten, eine freiwillige Suchmannschaft zusammenzustellen. Dank des Buschfunks von Fjällbacka haben wir hier in Kürze genügend Leute, um den Wald zu durchkämmen. Aus Uddevalla kommen auch Kollegen mit Hunden.«

»Was denkst du?«, fragte Patrik leise, als er in einer gewissen Entfernung die Eltern des Mädchens umschlungen dastehen sah.

»Sie wollen sich selbst auf die Suche machen«, sagte Gösta, der gemerkt hatte, wo Patrik hinschaute. »Aber ich habe sie aufgefordert, zu warten, bis wir einen Trupp organisiert haben. Sonst verschwenden wir am Ende noch unsere Energie damit, nach den beiden zu suchen.«

Er räusperte sich.

»Ich weiß nicht, was ich denken soll, Patrik. Niemand hat das Mädchen gesehen, seit es gestern Abend um acht ins Bett gebracht wurde, und sie ist noch klein. Vier Jahre alt. Wäre sie in der Nähe, dann hätte sie sich im Lauf des Tages bemerkbar gemacht. Spätestens, wenn sie Hunger bekommen hätte, wäre sie nach Hause gekommen. Sie muss sich verlaufen haben. Oder …«

Er beendete den Satz nicht.

»Es ist ein merkwürdiges Zusammentreffen«, sagte Patrik.

Sein Magen war ein harter Klumpen, und die ganze Zeit drängten sich ihm Gedanken auf, die er nicht denken wollte.

»Ja, es ist derselbe Hof.« Gösta nickte. »Und das Mädchen ist gleich alt. Man muss einfach daran denken.«

»Ich gehe davon aus, dass wir nicht nur annehmen, sie könnte sich verlaufen haben.«

Patrik wandte den Blick von den Eltern ab.

»Nein«, sagte Gösta. »Sobald wir dazu kommen, befragen

wir die Nachbarn, jedenfalls die Anwohner der Straße, die hierher führt, ob ihnen im Laufe der Nacht oder des Tages etwas aufgefallen ist. Aber zuerst müssen wir uns auf die systematische Suche konzentrieren. Im August wird es ziemlich früh dunkel, und ich verzweifle schon bei dem Gedanken, dass sie allein und verängstigt irgendwo im Wald hockt. Mellberg möchte die Presse informieren, aber mir wäre es lieber, wenn wir damit noch warten.«

»Ja, natürlich will er das«, seufzte Patrik.

Mit wichtiger Miene begrüßte der Dienststellenleiter die Freiwilligen, die allmählich eintrafen.

»Wir müssen das gut organisieren. Ich habe eine Karte von dem Gebiet rings um den Hof dabei«, sagte Patrik, und Gösta strahlte.

»Wir werden das Gebiet in sechs Abschnitte unterteilen.« Er nahm Patrik die Karte aus der Hand.

Er legte sie auf den Tisch, zog einen Kuli aus der Hemdtasche und begann zu zeichnen.

»Was meinst du? Haben diese Abschnitte eine gute Größe? Wenn wir die Leute in Gruppen von je drei bis vier Personen einteilen?«

»Ich glaube, ja.« Patrik nickte.

In den letzten Jahren hatte die Zusammenarbeit mit Gösta ungeheuer gut funktioniert, und obwohl er meistens ein Team mit Martin Molin bildete, fühlte er sich auch mit dem älteren Kollegen wohl. Einige Jahre zuvor, als Gösta mit ihrem inzwischen verstorbenen Kollegen Ernst zusammengearbeitet hatte, war das anders gewesen. Manchmal war Gösta zwar mit seinen Gedanken immer noch mehr auf dem Golfplatz als in der Dienststelle, aber wenn es darauf ankam, so wie jetzt, war auf seinen Scharfsinn Verlass.

»Möchtest du die Leute kurz instruieren?«, fragte Patrik. »Oder soll ich das machen?«

Er wollte dem Kollegen nicht auf die Füße treten.

»Mach du das ruhig«, sagte Gösta. »Hauptsache, Bertil kommt nicht zu Wort.«

Patrik nickte. Mellberg ein Podium zu bieten war selten eine gute Idee. Am Ende war immer irgendjemand pikiert oder empört, und sie mussten erst einmal die Kohlen aus dem Feuer holen, anstatt sich ihren eigentlichen Aufgaben zu widmen.

Er schaute hinüber zu Neas Eltern, die, immer noch eng umschlungen, nun mitten auf dem Hof standen.

Nach kurzem Zögern sagte er:

»Ich will mich nur noch den Eltern vorstellen. Dann trommle ich alle zusammen, die schon da sind, und die Freiwilligen informieren wir eben nach und nach. Es werden die ganze Zeit Leute eintrudeln, wir schaffen es also gar nicht, sie alle auf einmal anzusprechen. Außerdem müssen wir so bald wie möglich anfangen.«

Vorsichtig ging er zu den Eltern des Mädchens. Der Kontakt mit den Angehörigen war immer schwer.

»Patrik Hedström, ebenfalls von der Polizei.« Er gab ihnen die Hand. »Wie Sie sehen, sind auf unseren Aufruf hin eine Menge Freiwillige gekommen, die systematisch die Umgebung durchsuchen werden. Ich erteile nur kurz einige Anweisungen, dann geht es los.«

Er merkte selbst, dass er sich unheimlich offiziell anhörte, aber hätte er sich nicht auf das Notwendige konzentriert, hätten ihn seine Gefühle übermannt.

»Wir haben unsere Freunde angerufen, und Peters Eltern haben schon gesagt, dass sie aus Spanien zurückkommen«, sagte Eva leise. »Das ist natürlich nicht nötig, haben wir gesagt, aber sie machen sich solche Sorgen.«

»Wir haben Suchhunde aus Uddevalla angefordert«, sagte Patrik. »Haben Sie vielleicht etwas für uns, das Ihrer Tochter gehört?«

»Nea.« Eva schluckte. »Eigentlich Linnea, aber wir nennen sie Nea.«

»Nea, schöner Name. Haben Sie ein Kleidungsstück von Nea, an dem die Hunde schnuppern können? Das würde bei der Suche helfen.«

»Die Wäsche von gestern ist noch im Korb, geht das?«

Patrik nickte.

»Perfekt. Können wir die Sachen sofort holen? Und vielleicht Kaffee für die Freiwilligen aufsetzen?«

Er hörte, wie abwegig es klang, dass Neas Eltern die Freiwilligen mit Kaffee versorgen sollten, aber zum einen wollte er den freiwilligen Suchern ungestört Anweisungen erteilen, und zum anderen war es erfahrungsgemäß besser, wenn die Angehörigen beschäftigt waren.

»Sollten wir nicht lieber mitsuchen?«, fragte Peter.

»Wir brauchen Sie hier. Wenn wir Nea finden, müssen wir wissen, wo Sie sind, und deshalb bleiben Sie am besten auf dem Hof. Außerdem sind genug Freiwillige da.«

Da Peter skeptisch wirkte, legte Patrik ihm seine Hand auf die Schulter.

»Ich weiß, wie schwer es ist, einfach abzuwarten, aber glauben Sie mir, hier werden Sie am meisten gebraucht.«

»Okay«, sagte Peter leise und ging mit Eva zum Haus.

Patrik pfiff auf zwei Fingern, um innerhalb von kürzester Zeit die Aufmerksamkeit der gut dreißig Personen auf sich zu lenken, die sich bisher auf dem Hof eingefunden hatten. Ein Mann um die zwanzig, der bis dahin gefilmt hatte, steckte sein Handy in die Tasche.

»Wir führen Sie gleich in den Wald, damit Sie mit der Suche beginnen können, denn wenn ein so kleines Kind verschwindet, zählt jede Minute. Wir suchen also nach der vierjährigen Linnea, genannt Nea. Wir wissen nicht genau, seit wann sie weg ist, aber ihre Eltern haben sie nicht gesehen, seit sie Nea gestern Abend gegen acht ins Bett gebracht haben. Beide haben heute den ganzen Tag gedacht, sie wäre beim anderen Elternteil, was ein bedauerliches Missverständnis war, und daher haben sie erst vor etwa einer Stunde bemerkt, dass ihre Tochter nicht mehr da ist. Wir gehen momentan unter anderem von der sehr wahrscheinlichen Annahme aus, das Mädchen könnte sich im Wald verlaufen haben.«

Er zeigte auf Gösta, der die Landkarte auf dem Gartentisch ausgebreitet hatte.

»Sie werden in Gruppen von drei bis vier Personen eingeteilt, und dann weist Gösta jeder dieser Gruppen ein bestimmtes Gebiet zu. Da wir nur diese eine Karte haben, müssen Sie sich Ihren Abschnitt mehr oder weniger genau einprägen. Vielleicht kann auch einer aus der Gruppe die Karte mit dem Handy abfotografieren, damit Sie auch wissen, wo Sie suchen sollen.«

»Die Karte gibt es auch online.« Ein Mann mit Glatze hielt sein Handy hoch. »Wenn Sie keine Karten-App haben, kann ich Ihnen eine empfehlen. Ich gehe nie ohne in den Wald.«

»Danke«, sagte Patrik. »Wenn Ihnen ein Abschnitt zugeteilt worden ist, durchqueren Sie ihn bitte im Abstand von einer Armeslänge voneinander. Gehen Sie ganz langsam. Ich weiß, dass mitunter die Versuchung groß ist, das Gebiet so schnell wie möglich zu durchsuchen, aber in einem Wald gibt es viele Schlupfwinkel, in denen eine Vierjährige versteckt sein oder sich verstecken kann, also seien Sie lieber gründlich, anstatt sich zu beeilen.«

Er hustete in seine geballte Faust. Der Klumpen in seinem Magen war noch größer geworden.

»Falls Sie«, er räusperte sich, »etwas finden.«

Er wusste nicht, wie er fortfahren sollte, und hoffte, dass die Anwesenden ihn auch auf diese Weise verstanden.

»Falls Sie etwas finden, dürfen Sie nichts anfassen. Lassen Sie alles so, wie es ist. Alles kann eine Spur sein.«

Einige nickten, aber die meisten senkten den Blick.

»Rühren Sie sich nicht vom Fleck, und rufen Sie mich sofort an. Das hier ist meine Telefonnummer.« Er befestigte einen großen Zettel an der Scheunenwand. »Speichern Sie die Nummer. Verstanden? Sie rufen mich an und bleiben, wo Sie sind. Mehr nicht. Okay?«

Ein älterer Mann in den hinteren Reihen hob die Hand. Patrik kannte ihn, es war Harald, der jahrelang die Bäckerei in Fjällbacka betrieben hatte.

»Besteht die ...« Er verstummte und nahm neuen Anlauf. »Besteht die Gefahr, dass es kein Zufall war? Mit dem Hof? Und dem Mädchen? Das, was passiert ist ...«

Mehr brauchte er nicht zu sagen. Alle wussten genau, was er meinte. Patrik überlegte, wie er antworten sollte.

»Wir schließen nichts aus«, sagte er am Ende. »Aber im Augenblick hat die Suche in der nächsten Umgebung Priorität.«

Aus dem Augenwinkel sah er Neas Mutter mit einem Stapel Kinderkleidung im Arm aus dem Haus kommen.

»So, dann legen wir los.«

Eine erste Gruppe von vier Personen kam auf Gösta zu und wollte wissen, welches Gebiet sie durchsuchen sollte. Gleichzeitig war über den Baumkronen ein Hubschrauber zu hören. Er würde problemlos landen können, der Hof war groß genug. Patrik schaute den Menschen hinterher, die sich auf den Waldrand zubewegten. Hinter sich hörte er den Helikopter zur Landung ansetzen, und gleichzeitig fuhren die Autos mit den Suchhunden aus Uddevalla auf den Hof. Wenn das Mädchen da draußen im Wald war, würden sie es finden, davon war er überzeugt. Was ihm Angst machte, war die Möglichkeit, dass sie sich nicht verirrt hatte.

Der Fall Stella

Die ganze Nacht war nach dem Mädchen gesucht worden. Immer mehr Freiwillige hatten sich angeschlossen, und Harald hatte überall im Wald Stimmen gehört. Auch an der Arbeit der Polizei war nichts auszusetzen und die Hilfsbereitschaft riesig gewesen. Die Familie war beliebt, und jeder kannte das kleine Mädchen mit dem rotblonden Haar. Sie war der Typ von Kind, der nicht lockerließ, bis man zurücklächelte, wenn man es beim Einkaufen traf.

Er litt mit den Eltern. Seine eigenen Kinder waren inzwischen groß, zwei seiner Söhne suchten mit. Er hatte die Bäckerei zugemacht, es war ohnehin nicht viel los, die Industrieferien waren vorbei, und die Glocke über der Tür klingelte nur selten. Allerdings hätte er den Laden vermutlich auch trotz großem Ansturm geschlossen. Er fühlte einen Druck auf der Brust, sobald er sich auszumalen versuchte, was Stellas Eltern durchmachten.

Mit einem Stock, den er vom Waldboden aufgehoben hatte, stocherte Harald im Gebüsch. Sie hatten keine leichte Aufgabe. Der Wald war groß und weitläufig, aber wie weit kam ein kleines Mädchen eigentlich auf eigene Faust? Sofern sie sich überhaupt im Wald befand. Es war nur eine der Möglichkeiten, die die Polizei in Erwägung zog. Mittlerweile war das Gesicht des Mädchens überall in den Medien zu sehen. Und natürlich war es denkbar, dass sie in ein Auto gezerrt worden und längst weit weg war. Im Moment durfte er jedoch nicht so denken, es war seine und die Pflicht aller anderen Suchenden, deren Stimmen er hörte, diesen Wald zu durchkämmen.

Einen Augenblick lang blieb er stehen und atmete den Geruch des Waldes ein. Er ging nur noch sehr selten raus in die Natur. In den vergangenen Jahrzehnten hatten die Bäckerei und die Familie seine Tage bestimmt, aber in seiner Jugend war er viel nach draußen gegangen. Er schwor sich, damit wieder anzufangen. Das Leben war kurz. Heute war ihm bewusst geworden, dass sich das Blatt von einem Moment auf den anderen wenden konnte.

Noch vor wenigen Tagen hatten Stellas Eltern mit Sicherheit zu wissen geglaubt, was ihnen das Leben zu bieten hatte. Sie hatten den Alltag vergehen lassen, ohne ständig innezuhalten und sich über ihr Glück zu freuen. So wie die meisten. Erst wenn etwas passierte, lernte man jede Sekunde zu schätzen, die man mit den geliebten Menschen verbringen durfte.

Langsam setzte er sich wieder in Bewegung, Meter für Meter. Nicht weit von ihm entfernt sah er das Wasser durch die Bäume schimmern. Für den Fall, dass sie auf Gewässer stießen, hatten sie klare Anweisungen erhalten. Sie sollten die Polizei informieren, die dann das Wasser mit Hilfe eines Draggankers durchsuchen oder, falls ein See tief war, Taucher anfordern würde. Abgesehen von den zarten Ringen, die ein paar Libellen bei der Landung aufs Wasser tupften, war die Oberfläche still und glatt. Er sah nichts. Mit bloßem Auge bemerkte man im Wasser nur einen Baumstamm, der schon vor Jahren vom Wind oder einem Blitz zu Fall gebracht worden war. Er ging näher heran und stellte fest, dass ein Teil des Wurzelwerks noch mit dem Boden verbunden war. Vorsichtig stieg er auf den Baumstamm. Er sah rein gar nichts. Nur das stille Wasser. Dann ließ er den Blick sacht bis zu seinen eigenen Füßen wandern. Da entdeckte er das Haar. Das rotblonde Haar, das wie Seegras im trüben Wasser wogte.

Mitten im Konsum blieb Sanna zwischen den Regalen stehen. Im Sommer hatte ihre Gärtnerei abends lange geöffnet, aber heute hatten ihre Gedanken sie nach Hause getrieben. Die Fragen, wie oft man Geranien gießen musste, waren ihr ausnahmsweise mal auf die Nerven gegangen.

Sie schüttelte sich und sah sich um. Vendela würde heute von ihrem Vater zurückkommen, und Sanna wollte gern ihr Lieblingsessen kochen und ihre Lieblingssnacks zu Hause haben. Früher hätte sie Vendelas Leibgerichte im Schlaf aufsagen können, aber nun wechselten sie so oft wie ihre Haarfarbe. In der einen Woche aß sie vegan, in der nächsten nur Hamburger, und in der dritten war sie auf Diät und lutschte an einer Mohrrübe, während Sanna sie zum Essen drängte und ihr Vorträge über Magersucht hielt. Nichts hatte Bestand, nichts war mehr wie früher.

Hatte Niklas genauso viele Probleme wie sie? Dass Vendela jede zweite Woche bei ihm war, hatte jahrelang gut funktioniert. Doch nun schien Vendela klargeworden zu sein, über wie viel Macht sie verfügte. Wenn sie das Essen nicht mochte, sagte sie, das Essen würde bei Niklas besser schmecken, und er erlaubte ihr wahrscheinlich auch, abends mit Nils herumzuhängen. Sanna war manchmal völlig erschöpft und fragte sich, wie sie die Babyphase anstrengend hatte finden können. Ein Teenager war zehnmal schlimmer.

Ihre Tochter kam ihr oft wie eine Fremde vor. Vendela hatte ihr immer Vorhaltungen gemacht, weil Sanna hin und wieder heimlich hinter dem Haus eine rauchte, und ihr unzählige Vorträge über das Krebsrisiko gehalten, aber als Vendela zuletzt bei ihr gewesen war, hatten ihre Sachen nach Rauch gerochen.

Sanna sah sich um. Schließlich entschied sie sich. Sie ging auf Nummer sicher. Tacos. Wenn sie sowohl normales Hackfleisch als auch das aus Soja kaufte, war sie gerüstet, falls dies eine vegane Woche war.

Sanna selbst hatte die Pubertät ausgelassen. Sie war zu schnell erwachsen geworden. Stellas Tod und all das Schreckliche, was danach passiert war, hatten sie direkt ins Erwachsenenleben katapultiert. Es gab keinen Spielraum, um sich über Teenagersorgen zu beklagen. Und da waren keine Eltern, über die man die Augen hätte verdrehen können.

Auf dem Landwirtschaftsgymnasium hatte sie Niklas kennengelernt. Sie zogen zusammen, als sie zu arbeiten anfing. Nach einiger Zeit bekamen sie Vendela, die eher ein Unfall gewesen war, wenn sie ganz ehrlich war. Dass es nicht funktionierte, war nicht seine Schuld gewesen, es lag an ihr. Niklas war ein guter Mann, aber sie hatte es nie geschafft, ihn an sich heranzulassen. Jemanden zu lieben, egal ob eine Tochter oder einen Ehemann, tat zu weh, das hatte sie früh gelernt.

Sanna legte Tomaten, eine Salatgurke und Zwiebeln in den Einkaufswagen und ging zur Kasse.

»Du hast es bestimmt auch schon gehört«, sagte Bodil, während sie routiniert die Waren scannte.

»Nein, was denn?« Sanna legte eine Colaflasche auf das Band.

»Von dem Mädchen!«

Sanna hörte nur mit halbem Ohr zu. Sie bereute jetzt schon, Coca-Cola für Vendela gekauft zu haben.

»Ein Mädchen ist verschwunden. Von eurem alten Hof!«

Bodil konnte nicht verhehlen, wie aufregend sie das fand. Mit einer Tüte geriebenem Käse in der Hand erstarrte Sanna mitten in der Bewegung.

»Von unserm Hof?« Es rauschte in ihren Ohren.

»Ja.« Bodil ließ das Band laufen, ohne zu bemerken, dass Sanna keine weiteren Lebensmittel darauf legte. »Von eurem alten Hof ist ein vierjähriges Mädchen verschwunden. Mein Mann hilft, den Wald zu durchsuchen. Da muss ein riesiger Suchtrupp zusammengekommen sein.«

Sanna legte die Tüte mit dem geriebenen Käse auf das Band. Dann ging sie zur Tür. Ihre Lebensmittel ließ sie zurück. Ihre Handtasche auch. Sie hörte noch, wie Bodil ihr hinterherrief.

Anna lehnte sich zurück und beobachtete, wie Dan ein Brett absägte. Ausgerechnet jetzt, bei der größten Sommerhitze, nahm er das Projekt »neue Terrasse« in Angriff. Sie redeten seit drei Jahren davon, aber nun war offenbar ein so günstiger Zeitpunkt gekommen, dass es nicht länger aufgeschoben werden konnte. Sie nahm an, sein männlicher Nestbautrieb war im Spiel. In ihrem Fall hatte er zu einer radikalen Inventur der Kleiderschränke geführt. Aus Angst, die Sachen könnten in der Altkleidersammlung landen, hatten die Kinder ihre Lieblingsklamotten versteckt.

Anna lächelte über Dan, der sich trotz Hitze abrackerte, und stellte fest, dass sie zum ersten Mal seit sehr langer Zeit das Leben genoss. Ihre kleine Einrichtungsfirma war vielleicht noch nicht ganz bereit für einen Börsengang, aber von den anspruchsvollen Sommerhausbesitzern wurde sie fleißig gebucht, und sie hatte bereits Kunden ablehnen müssen, um alle Aufträge bewältigen zu können. Und das Kind in ihrem Bauch wuchs und gedieh. Da sie sich das Geschlecht nicht hatten verraten lassen, lautete der Arbeitstitel bislang »Bebbe«. Die anderen Kinder waren in die Namensfindung eingebunden, aber mit Vorschlägen wie »Buzz Lightyear«, »Hannah Montana« oder »Darth Vader« keine große Hilfe. Eines Abends hatte Dan leicht frustriert Fredrik Schiller zitiert, der in der Fernsehserie »Sonnenseite« gesagt hatte: »Wir haben beide eine Liste gemacht, und dann haben wir einfach den obersten Namen meiner Frau genommen.« Nur weil sie seinen Vorschlag, das Kind Bruce wie Bruce Springsteen zu nennen, falls es ein Junge wurde, abgelehnt hatte. Er selbst war keinen Deut besser, denn er behauptete steif und fest, ihr Vorschlag, das Kind Philip zu nennen, klinge, als würde es im Matrosenanzug auf die Welt kommen. Das war der Stand der Dinge. Noch vier Wochen bis zum Geburtstermin und keine vernünftige Idee, weder für ein Mädchen noch für einen Jungen.

Aber es würde sich schon eine Lösung finden, dachte Anna,

als Dan auf sie zukam. Er beugte sich zu ihr herunter und küsste sie auf den Mund. Er schmeckte salzig nach Schweiß.

»Hier sitzt du und hast es gemütlich.« Er tätschelte ihren Bauch.

»Ja, die Kinder sind alle bei Freunden.« Sie trank einen Schluck Eiskaffee.

Sie wusste, dass manche Leute davon abrieten, in der Schwangerschaft zu viel Kaffee zu trinken, aber irgendein Vergnügen musste man sich ja gönnen, wenn Alkohol und Rohmilchkäse verboten waren.

»Ich wäre fast gestorben, als mein Schwesterchen zum Mittagessen ein großes Glas kalten Prosecco getrunken hat«, stöhnte sie. Dan umfasste zärtlich ihre Schulter.

Er hatte sich neben sie gesetzt und lehnte sich mit geschlossenen Augen zurück, um die Spätnachmittagssonne zu genießen.

»Bald, Liebling.« Er streichelte ihre Hand.

»Nach der Geburt werde ich in Wein baden«, sagte sie seufzend und machte ebenfalls die Augen zu.

Dann fiel ihr ein, dass sie aufgrund der Schwangerschaftshormone Gefahr lief, Pigmentflecken zu bekommen, und setzte fluchend den breitkrempigen Strohhut auf, der auf dem Tisch lag.

»Scheiße, nicht mal sonnen darf man sich«, brummte sie.

»Was?«, gab Dan träge zurück. Er war fast eingedöst.

»Nichts, Liebling«, sagte sie, obwohl sie plötzlich eine unwiderstehliche Lust verspürte, ihm, nur weil er ein Mann war und ihm deshalb alle Schwangerschaftszipperlein und alle Entsagungen erspart blieben, gegen das Schienbein zu treten.

Es war furchtbar ungerecht. Und diese Frauen, die verträumt säuselten, wie herrlich es doch sei, schwanger zu sein, und welch ein Glück, die Kinder austragen zu dürfen, die hätte sie auch am liebsten geschlagen. Nein, verdroschen.

»Die Leute sind Idioten«, murmelte sie.

»Was?«, fragte Dan, der diesmal richtig eingeschlafen war, noch einmal.

»Nichts.« Sie zog sich die Krempe tief ins Gesicht.

Was war ihr noch mal durch den Kopf gegangen, bevor Dan kam und sie aus ihren Gedanken riss? Ach ja, genau. Wie schön das Leben war. Und das stimmte ja auch. Trotz Schwangerschaftsbeschwerden und allem anderen. Sie wurde geliebt. Sie war umgeben von ihrer Familie.

Sie riss sich den Hut vom Kopf und hielt das Gesicht in die Sonne. Dann bekam sie eben Pigmentflecken. Das Leben war zu kurz, um die Sonne nicht zu genießen.

Sam wünschte, er könnte für immer hierbleiben. Von Kindesbeinen an hatte er das hier geliebt. Die aufgeheizten Felsen. Das gluckernde Wasser. Die kreischenden Möwen. Hier draußen konnte er allem entfliehen. Er brauchte nur die Augen zuzumachen, und alles war weg.

Jessie lag hinter ihm. Er spürte die Wärme ihres Körpers. Sie war ein Wunder für ihn. Kaum zu glauben, dass sie in sein Leben getreten war. Die Tochter von Marie Wall. Ironie des Schicksals.

»Liebst du deine Eltern?«

Sam öffnete ein Auge und blinzelte in ihre Richtung. Sie lag auf dem Bauch, hatte das Kinn auf eine Hand gestützt und sah ihn an.

»Wieso fragst du?«

Es war eine persönliche Frage. Sie kannten sich noch nicht lange.

»Ich habe meinen Vater noch nie gesehen.« Sie wandte sich ab.

»Warum nicht?«

»Keine Ahnung. Meine Mutter wollte es wohl nicht. Ich bin mir nicht mal sicher, ob sie weiß, wer mein Vater ist.«

Zögerlich streckte Sam eine Hand aus. Legte sie auf ihren

Unterarm. Sie zuckte nicht zusammen, und er zog seine Hand nicht weg. Ihre Augen bekamen einen ganz neuen Glanz.

»Und du, verstehst du dich gut mit deinen Eltern?«, fragte sie.

Die Geborgenheit und auch die Ruhe, die er eben noch empfunden hatte, verflogen. Aber er konnte verstehen, warum sie die Frage stellte, und in gewisser Weise war er ihr eine Antwort schuldig.

Sam setzte sich auf und schaute aufs Meer, während er antwortete.

»Mein Vater war ... ja, er war im Krieg. Manchmal war er monatelang weg. Und manchmal hat er den Krieg mit nach Hause gebracht.«

Jessie lehnte sich an ihn, legte den Kopf auf seine Schulter.

»Hat er ...?«

»Darüber will ich nicht reden ... jedenfalls noch nicht.«

»Und deine Mutter?«

Sam schloss die Augen. Ließ sich von der Sonne wärmen.

»Sie ist okay«, sagte er schließlich.

Eine Sekunde lang dachte er an das, woran er nicht denken durfte, und kniff die Lider noch fester zusammen. Er schob die Hand in die Tasche und tastete nach den Joints, die er mitgenommen hatte. Er zündete zwei an und reichte ihr einen.

Im Körper breitete sich Ruhe aus, das Rauschen im Kopf verstummte, die Erinnerungen verzogen sich mit dem Rauch. Er beugte sich vor und küsste Jessie. Zuerst erstarrte sie. Vor Angst. Und weil es so ungewohnt war. Dann spürte er, wie ihre Lippen weicher wurden und sich für ihn öffneten.

»Gott, wie niedlich!«

Sam zuckte zusammen.

»Schaut euch die Turteltauben an.«

Wie immer mit Basse und Vendela im Schlepptau kam Nils über die Klippen geschlendert. Die drei schienen nur noch zusammen existieren zu können.

»Wen haben wir denn da?« Nils setzte sich direkt neben sie und starrte Jessie eindringlich an. Sie zupfte an ihrem Bikinioberteil. »Hast du jetzt eine Freundin, Sam?«

»Ich heiße Jessie.« Jessie hielt ihm ihre Hand hin, aber Nils ignorierte sie.

»Jessie?«, fragte Vendela hinter ihm. »Das ist doch die Tochter von Marie Wall.«

»Ach, die Tochter von der weltberühmten Kumpanin deiner Mutter.«

Nun betrachtete Nils Jessie, die immer noch an ihrem Bikinioberteil zupfte, fasziniert. Sam wollte sie vor den Blicken schützen, sie in seine Arme schließen und ihr sagen, dass sie die drei nicht beachten solle. Stattdessen streckte er die Hand nach ihrem T-Shirt aus.

»Kein Wunder, dass die zwei sich gefunden haben.« Basse stieß Nils mit den Ellbogen an.

Er hatte eine hohe weibliche Falsettstimme, mit der ihn aber aus Angst vor Nils' Zorn niemand aufzog. Eigentlich hieß er Bosse, aber er hatte schon in der Unterstufe dafür gesorgt, dass ihn alle Basse nannten, weil das cooler klang.

»Nein, das ist wahrscheinlich kein Wunder.« Nils blickte zwischen Jessie und Sam hin und her.

Mit diesem Blitzen in den Augen, von dem Sam Bauchschmerzen bekam, stand Nils auf. Sein Blick verhieß nichts Gutes. Doch dann drehte er sich zu Vendela und Basse um.

»Ich sterbe vor Hunger«, sagte er. »Wir gehen.«

Vendela lächelte Jessie an.

»Bis später.«

Sam schaute ihnen verwundert hinterher. Was war das denn gewesen?

Jessie lehnte sich an ihn.

»Wer sind die?«, fragte sie. »Sie waren so seltsam. Nett, aber seltsam.«

Sam schüttelte den Kopf.

»Sie sind nicht nett. Kein bisschen.«

Er zog sein Handy aus der Tasche. Öffnete die Bildergalerie und durchsuchte die Videos. Er wusste, wieso er den Film aufbewahrt hatte, er erinnerte ihn daran, was Menschen einander antun konnten. Ihm antun konnten. Aber er hatte nicht vorgehabt, ihn Jessie zu zeigen. Es hatten ihn schon zu viele gesehen.

»Das hier haben sie letztes Jahr bei Snapchat hochgeladen.« Er reichte Jessie das Handy. »Ich konnte das Video gerade noch abfilmen, bevor es gelöscht wurde.«

Sam schaute weg, als Jessie das Video laufen ließ. Er brauchte es nicht zu sehen. Wenn er die Stimmen hörte, hatte er alles wieder genau vor Augen.

»Du bist so unsportlich!«, hörte man Nils kreischen. »Voll das Weichei. Schwimmen ist ein gutes Training.«

Nils war zu Sams Boot gegangen, das nicht weit von der Stelle, an der es heute lag, vertäut war.

»Du kannst nach Fjällbacka schwimmen. Das baut Muskeln auf.«

Vendela filmte das Ganze lachend mit der Handykamera. Basse rannte neben Nils her.

Nils warf den Tampen ins Boot und versetzte dem Bug einen kräftigen Tritt.

Zuerst bewegte sich das kleine Holzboot nur langsam rückwärts, aber dann wurde es von der Strömung erfasst und entfernte sich immer schneller.

Nils drehte sich um und grinste in die Kamera.

»Dann mal eine schöne Schwimmtour.«

Der Clip war zu Ende.

»Igitt«, sagte Jessie. »Igitt!«

Sie sah Sam mit glasigen Augen an.

Er zuckte mit den Achseln.

»Ich habe schon Schlimmeres erlebt.«

Jessie blinzelte ein paar Tränen weg. Er hatte den Verdacht, dass auch sie schon schlimmere Dinge erlebt hatte. Er legte ihr die Hand auf die Schulter und merkte, dass sie zitterte. Doch er spürte auch die Verbindung zwischen ihnen. Was sie vereinte.

Eines Tages würde er ihr sein Notizbuch zeigen. Und ihr alle seine Gedanken mitteilen. Den großen Plan. Eines Tages würden alle ihr blaues Wunder erleben.

Jessie legte ihm die Arme um den Hals. Er roch so wunderbar nach Sonne, Schweiß und Marihuana.

Es wurde langsam spät, aber das Licht blieb wie ein Souvenir der Sonne, die den ganzen Tag von einem strahlend blauen Himmel geschienen hatte. Eva blickte auf den Hof, wo die Schatten immer länger wurden. Kalte Hände legten sich um ihr Herz, während in ihr die Gewissheit wuchs. Nea war immer lange vor Einbruch der Dunkelheit ins Haus gerannt.

Draußen kamen und gingen Menschen. Stimmen mischten sich mit dem Gebell der Hunde, die ebenfalls in Gruppen auf die Suche geschickt wurden. Wieder umfassten die eiskalten Finger ihr Herz.

Gösta, der ältere Polizist, kam ins Haus.

»Ich wollte nur schnell eine Tasse Kaffee trinken, dann gehe ich wieder raus.«

Eva stand auf, um ihm Kaffee einzuschenken, sie hatte in den vergangenen Stunden zahllose Kannen gekocht.

»Immer noch nichts?«, fragte sie, obwohl sie die Antwort wusste.

Wenn er etwas gewusst hätte, hätte er das sofort gesagt. Und nicht nach Kaffee gefragt. Trotzdem hatte es etwas Beruhigendes an sich, die Frage zu stellen.

»Nein, aber es suchen jetzt viele mit. Ich habe das Gefühl, ganz Fjällbacka ist auf den Beinen.«

Eva nickte und versuchte, ihre Stimme in den Griff zu bekommen.

»Ja, die Leute sind großartig.« Sie sank wieder auf den Stuhl. »Peter hat sich auch auf die Suche gemacht, ich konnte ihn nicht aufhalten.«

»Ich weiß.« Gösta setzte sich ihr gegenüber. »Ich habe ihn in einer der Ketten gesehen.«

»Was …?« Die Worte blieben ihr im Hals stecken. »Was ist Ihrer Ansicht nach passiert?«

Sie wagte ihn nicht anzuschauen. Verschiedene Szenarien, eins schlimmer als das andere, forderten ihre Aufmerksamkeit, aber wenn sie versuchte, sich auf eins davon einzustellen und es zu begreifen, tat das so weh, dass sie keine Luft mehr bekam.

»Es gibt keinen Grund, Vermutungen anzustellen«, sagte Gösta sanft und beugte sich vor.

Er legte seine zerfurchte Hand auf ihre. Seine warmherzige Ruhe tat ihr gut.

»Sie ist schon sehr lange weg.«

Gösta drückte ihre Hand.

»Es ist Sommer, und es ist heiß, erfrieren wird sie nicht. Wir müssen ein großes Waldgebiet durchsuchen, das dauert einfach. Wir werden sie bestimmt finden. Sie wird verängstigt und durcheinander sein, aber das lässt sich wieder in Ordnung bringen, okay?«

»Aber bei dem anderen Mädchen war es nicht so.«

Gösta zog seine Hand weg und trank bedächtig einen Schluck Kaffee.

»Das ist dreißig Jahre her, Eva. Es war in einem anderen Leben und einer anderen Zeit. Es ist reiner Zufall, dass Sie auf diesem Hof wohnen und Ihre Tochter gleich alt ist. Vierjährige verlaufen sich. Sie sind neugierige Wesen, und wenn ich das richtig verstanden habe, ist Ihre Tochter eine besonders kesse Person, die es faustdick hinter den Ohren hat. Da ist es doch kein Wunder, wenn die Versuchung, eine kleine Expedition in den Wald zu unternehmen, am Ende unwiderstehlich wurde. Und dann kam alles anders, als sie es sich vorgestellt hatte, aber es wird sich alles aufklären. Es suchen unheimlich viele nach ihr.«

Er stand auf.

»Danke für den Kaffee! Die Suche wird die ganze Nacht weitergehen, aber es wäre gut, wenn Sie versuchten, ein wenig zu schlafen.«

Eva schüttelte den Kopf. Wie sollte sie schlafen, wenn Nea da draußen im Wald war?

»Nein, das habe ich auch nicht erwartet«, sagte Gösta. »Aber nun habe ich es wenigstens gesagt.«

Sie sah die Tür hinter ihm zugehen und war wieder allein. Allein mit ihren Gedanken und den kalten Fingern, die ihr Herz umklammerten.

Bohuslän 1671

Elin bückte sich und machte Brittas Bett. Dann griff sie sich an den Rücken. Sie hatte sich noch nicht an die harte Schlafstatt im Mägdezimmer gewöhnt.

Einen Augenblick lang betrachtete sie das schöne Bett, in dem Britta schlief, und gestattete sich so etwas wie Neid, schüttelte aber kurz darauf den Kopf und griff nach dem leeren Krug auf dem Nachttisch.

Verwundert hatte Elin festgestellt, dass ihre Schwester weder das Bett noch das Schlafzimmer mit dem Ehemann teilte, es stand ihr jedoch nicht zu, sich darüber ein Urteil zu bilden. Auch wenn für sie die Momente, wenn sie zu Per unter die Decke kroch, die schönsten des Tages gewesen waren. In seinen Armen hatte sie immer das Gefühl gehabt, nichts könnte ihr und Märta etwas anhaben.

Wie sehr sie sich getäuscht hatte.

»Elin?«

Sie zuckte zusammen, als sie die sanfte Stimme des Hausherrn hörte. So tief war sie in Gedanken versunken, dass ihr beinahe der Krug aus der Hand fiel.

»Ja?« Nachdem sie sich ein wenig gefasst hatte, drehte sie sich um.

Seine freundlichen blauen Augen ruhten auf ihr, und das Blut schoss ihr ins Gesicht. Schnell senkte sie den Blick.

Sie wusste nicht genau, wie sie sich dem Ehemann ihrer Schwester gegenüber verhalten sollte. Preben war immer so gut zu ihr und Märta. Er war Pfarrer und der Gutsherr. Und sie war nur eine Dienstmagd im Haushalt ihrer Schwester. Eine Witwe, die auf einem fremden Gut geduldet wurde.

»Lill-Jan sagt, Elin kann den Knieschuss behandeln. Meine beste Milchkuh ist krank.«

»Geht es um Stjärna?« Elin sah noch immer zu Boden. »Der Knecht hat heute Morgen so was erwähnt.«

»Ja. Ist Elin beschäftigt, oder kann Sie mitkommen und sich das Tier anschauen?«

»Natürlich kann ich das.«

Sie stellte den Krug auf dem Nachttisch ab und folgte Preben schweigend in den Stall. Ganz hinten lag Stjärna und brüllte. Sie hatte Schmerzen, das merkte man, und konnte nicht aufstehen. Elin nickte dem Knecht Lill-Jan zu, der ratlos neben ihr stand.

»Geh in die Küche und hol mir etwas Salz!«

Sie hockte sich hin und streichelte vorsichtig das Maul der Kuh. Stjärnas Augen waren vor Angst weit aufgerissen.

»Kann Elin ihr helfen?«, fragte Preben leise. Auch er strich der Kuh über das braungefleckte Fell.

Einen Augenblick lang berührten sich ihre Hände, aber Elin zuckte zurück, als wäre sie von einer Schlange gebissen worden. Wieder fühlte sie, wie ihr das Blut in die Wangen schoss, und auch im Gesicht des Gutsherrn meinte sie eine leichte Röte zu erkennen, bevor er sich rasch erhob, als Lill-Jan keuchend zurückkam.

»Hier, das Salz.« Der Junge lispelte leicht.

Mit einem Nicken nahm Elin das Salzfass entgegen und schüttete sich eine größere Menge in die Handfläche. Mit dem Zeigefinger der rechten Hand rührte sie gegen den Uhrzeigersinn in den Salzkörnern und sagte dabei die Worte, die sie von ihrer Großmutter gelernt hatte:

»Unser Herr Jesus, der Berge und Seen beschützt, möge auch den Wasserschuss, den Finnenschuss, den Hexenschuss und jeden anderen Schuss zwischen Himmel und Erde heilen. Gottes Wort und amen.«

»Amen«, sagte Preben, und Lill-Jan, stimmte rasch ein.

Stjärna brüllte.

»Was geschieht jetzt?«, fragte Preben.

»Nun muss man abwarten. Meistens hilft es, im Salz zu lesen, aber das kann eine Weile dauern, es kommt ein wenig darauf an, wie schwer der Schuss ist. Aber ich glaube, es könnte ihr schon morgen früh bessergehen.«

»Lill-Jan hat es gehört«, sagte Preben. »Er wird, wenn Er morgen aufsteht, als Erstes nach Stjärna schauen.«

»Jawohl, mein Herr.« Lill-Jan ging rückwärts hinaus.

Preben drehte sich zu Elin um.

»Wo hat Elin das gelernt?«

»Das hat mir meine Großmutter beigebracht.«

Das Gefühl, das die Berührung ihrer Hände ausgelöst hatte, beunruhigte Elin noch immer.

»Was kann Elin noch behandeln?« Preben lehnte sich an einen Verschlag.

Sie scharrte kaum merklich mit einem Fuß und antwortete widerwillig.

»Fast alles, von den schwersten Gebrechen abgesehen.«

»Bei Mensch und Tier?«, fragte Preben neugierig.

»Ja«, antwortete Elin.

Sie war erstaunt, dass Britta ihrem Mann nie davon erzählt hatte. Sogar dem Knecht waren die Gerüchte über Elins Wissen zu Ohren gekommen. Doch vielleicht war es gar nicht so verwunderlich. Als sie noch zusammen unter dem Dach ihres Vaters lebten, hatte ihre Schwester stets verächtlich von ihren und Großmutters Fähigkeiten gesprochen.

»Ich möchte mehr darüber wissen.« Preben ging zur Tür.

Elin folgte ihm zögernd. Es schickte sich nicht für sie, mit dem Hausherrn herumzuspazieren und zu plaudern, und vor bösen Zungen konnte man sich nicht genug in Acht nehmen. Doch da die Entscheidung bei Preben lag, folgte sie ihm schweren Herzens. Draußen stand Britta. Sie hatte die Hände in die Seiten gestemmt und schaute sie finster an. Elin wurde angst und bange. Genau das hatte sie befürchtet. Er riskierte nichts, aber sie konnte jederzeit in Ungnade fallen. Und mit ihr Märta.

Ihre Sorgen erwiesen sich als berechtigt. Britta war eine hartherzige Hausherrin, und wer, wie Elin und Märta, von ihr nur geduldet wurde, bekam oft ihr scharfes Mundwerk zu spüren.

»Elin hat sich um Stjärna gekümmert.« Gelassen erwiderte Preben den Blick seiner Ehefrau. »Und nun macht sie uns eine Kleinigkeit zu essen. Sie hat vorgeschlagen, dass wir zwei uns ein Stündchen ganz für uns gönnen, weil mich die Gemeinde in der letzten Zeit stark beansprucht hat.«

»Ach, das hat sie?« Britta klang noch immer misstrauisch, wirkte aber etwas milder gestimmt. »Ein guter Vorschlag, immerhin.«

Keck hakte sie sich bei Preben ein.

»Ich habe meinen Ehemann ganz fürchterlich vermisst und finde, dass er seine Frau ein wenig vernachlässigt.«

»Da hat meine liebe Frau vollkommen recht.« Gemeinsam mit Britta ging er aufs Haus zu. »Doch wir werden nun Abhilfe schaffen. Elin hat gesagt, dass wir uns in einer halben

Stunde an den Tisch setzen können, und das passt mir ausgezeichnet, dann habe ich noch Zeit, mich herzurichten, damit ich neben meiner schönen Frau nicht so verlottert aussehe.«

»Ach was, du kannst gar nicht verlottern.« Britta klopfte ihm auf die Schulter.

Elin ging hinter den beiden her und atmete erleichtert auf, weil sie für einen Moment in Vergessenheit geraten war. Den finsteren Blick ihrer Schwester kannte sie gut, und sie wusste, dass Britta keine Mittel und Wege scheute, um demjenigen, von dem sie sich ungerecht behandelt fühlte, eins auszuwischen. Diesmal hatte Preben sie und Märta gerettet, und dafür würde sie ihm ewig dankbar sein. Auch wenn er sie eigentlich gar nicht in diese Lage hätte bringen dürfen.

Sie lief in die Küche. Sie hatte nur eine halbe Stunde Zeit, den Tisch zu decken und die Köchin zu beauftragen, etwas besonders Gutes zuzubereiten. Während sie ihre Schürze glattstrich, spürte sie immer noch Prebens Hand.

»WAS MACHST DU da, Papa?«

Bill war so versunken in seine Lektüre gewesen, dass er vor Schreck zusammenzuckte, als er die Stimme seines Sohnes hörte. Er stieß versehentlich gegen die Tasse auf dem Schreibtisch, und ein wenig Kaffee schwappte über.

Er drehte sich zu Nils um, der in der Tür stand.

»Ich arbeite an einem neuen Projekt.« Er drehte den Bildschirm, damit Nils die PowerPoint-Präsentation sehen konnte.

»Noch nettere Leute«, las Nils laut vor.

Unter dem Text war ein Segelboot abgebildet, das stürmische Wellen durchpflügte.

»Was ist das?«

»Du erinnerst dich doch an diesen Film, den wir zusammen gesehen haben. *Nette Leute* von Filip und Fredrik.«

Nils nickte.

»Ach, die Schwarzen, die Unihockey spielen.«

Bill verzog das Gesicht.

»Somalier, die Unihockey spielen. ›Schwarze‹ sagt man nicht.«

Nils zuckte mit den Achseln.

Im schummrigen Licht betrachtete Bill seinen Sohn, der mit den Händen in den Taschen seiner kurzen Hose und den Ponyfransen im Gesicht lässig dastand. Sie hatten ihn erst spät im Leben bekommen. Er war ungeplant und eigentlich nicht gerade ersehnt gewesen. Gun war schon fünfundvierzig, er selbst fast fünfzig, und die beiden älteren Brüder von Nils hatten das Teenageralter fast hinter sich. Gun hatte darauf bestanden, das Kind zu behalten. Sie war der Meinung, dass es irgendeinen Sinn haben musste, wenn sie noch einmal schwanger wurde. Doch Bill hatte nie die gleiche Verbindung zu Nils aufgebaut wie zu den zwei älteren Söhnen. Er hatte keine richtige Kraft und auch keine Lust mehr, Windeln zu wechseln, in der Sandkiste zu sitzen und zum dritten Mal den Mathestoff der ersten Klasse durchzunehmen.

Bill wandte sich wieder dem Monitor zu.

»So will ich mein Projekt vorstellen. Ich will den Geflüchteten in unserer Gegend mit Hilfe eines positiven Zeichens helfen, sich besser in die schwedische Gesellschaft zu integrieren.«

»Willst du ihnen Unihockey beibringen?«, fragte Nils, dessen Hände noch immer in den Hosentaschen steckten.

»Siehst du nicht das Segelboot?« Bill zeigte auf den Bildschirm. »Sie sollen segeln lernen! Und dann machen wir eine Regatta einmal um Dannholmen herum.«

»Einmal um Dannholmen herum ist aber nicht das Gleiche wie die Unihockey-WM in Russland, an der die Schwarzen teilgenommen haben«, sagte Nils. »Das ist ein anderes Kaliber.«

»Du sollst nicht Schwarze sagen!«

Nils machte das bestimmt nur, um ihn zu ärgern.

»Ich weiß, dass die Umrundung von Dannholmen nicht vergleichbar ist, aber hier im Ort hätte es eine große Symbolkraft, und wir werden jede Menge Presse bekommen. Vor allem, da hier jetzt dieser Film gedreht wird.«

Nils rümpfte hinter ihm die Nase.

»Falls es überhaupt Flüchtlinge sind. Es kommen doch nur diejenigen hierher, die es sich leisten können. Diese Flüchtlingskinder haben einen Bart.«

»Mensch, Nils!«

Bill musterte seinen Sohn, der vor Aufregung knallrot geworden war. Es war, als würde er einen Fremden anschauen. Wenn er es nicht besser gewusst hätte, wäre er auf den Gedanken gekommen, sein Sohn könnte … Rassist sein. Aber nein, Jugendliche wussten eben noch nicht, wie die Welt funktionierte. Umso wichtiger war es, so ein Projekt durchzuführen. Die meisten Menschen waren im Grunde gut und brauchten nur einen Schubs in die richtige Richtung. Bildung. Darauf kam es an. Nils würde bald begreifen, wie falsch er lag.

Sein Sohn verließ das Arbeitszimmer und machte die Tür zu. Morgen fand das erste Treffen statt, und bis dahin musste für die Presse alles bereit sein. Das hier würde ein großes Ding werden. Ein richtig großes.

»Hallo?«, rief Paula, als sie und Johanna mit drei Reisetaschen, zwei Karren und je einem Kind auf der Hüfte durch die Tür kamen.

Als Paula die schwerste Tasche abgestellt hatte, lächelte sie Johanna an. Mit einem Dreijährigen und einem Baby auf Zypern Urlaub zu machen war nicht gerade die schlauste Idee gewesen, aber sie hatten es überlebt.

»Ich bin in der Küche!«

Als sie die Stimme ihrer Mutter hörte, entspannte sich Paula. Wenn Rita und Bertil da waren, konnten sich die beiden um die Kinder kümmern, während sie und Johanna in aller Ruhe auspackten. Oder erst mal aufs Auspacken pfiffen, es sich gemütlich machten und vor irgendeinem Film einschliefen.

Rita lächelte, als sie in die Küche kamen. Es war keine Seltenheit, dass ihre Mutter in Johannas und ihrer Küche stand und kochte, als ob es die eigene wäre. Rita und Bertil wohnten über ihnen, aber seit sie die Kinder hatten, war die Grenze zwischen den Wohnungen so vage, dass sie auch eine Treppe hätten installieren können.

»Ich habe Enchiladas gemacht, weil ich dachte, ihr seid bestimmt hungrig von der Reise. Hat alles gut geklappt?«

Sie streckte die Arme nach Lisa aus.

»Ja. Oder, besser gesagt, nein.« Paula überreichte ihr das Baby. »Erschieß mich, wenn ich jemals wieder eine Woche mit den Kindern verreisen will.«

»Stimmt, das war deine Idee«, brummte Johanna und versuchte, Leo aufzuwecken.

»Es war so schrecklich.« Paula zupfte ein bisschen goldgelb verlaufenen Käse von einer Enchilada. »Überall Kinder und erwachsene Menschen, die sich trotz der Hitze als Kuscheltiere verkleidet hatten und irgendein widerliches Kampflied sangen.«

»Ich glaube, als Kampflied kann man das nicht bezeichnen.« Johanna lachte.

»Nein, aber vielleicht als sektenartige Gehirnwäsche. Wenn ich den Scheiß noch einmal hören müsste, würde ich diesen zottigen Bären eigenhändig erwürgen.«

»Erzähl mal von dem Schokobrunnen«, sagte Johanna.

Paula stöhnte.

»Oh mein Gott, es gab jeden Abend ein Büfett, das vor allem auf die Wünsche der Kinder ausgerichtet war, und daher gab es Pfannkuchen, Fleischbällchen, Pizza und Spaghetti in Massen. Und einen Schokobrunnen. Ein Junge namens Linus ist uns besonders in Erinnerung geblieben. Dass er Linus hieß, war übrigens nicht zu überhören, denn seine Mutter rannte die ganze Woche rum und schrie: ›Nein, dies nicht und das nicht, Liiinus! So nicht, Liiinus! Nein, nicht das Mädchen treten, Liiinus!‹, während der Vater nur rumsaß und das erste Bier schon nach dem Frühstück trank. Und am letzten Tag …«

Johanna unterdrückte ein Kichern, während Paula einen Teller holte, sich eine Enchilada nahm und sich damit an den Küchentisch setzte.

»Am letzten Tag«, fuhr sie fort, »du ahnst es nicht, da ist er direkt in diesen Schokobrunnen reingerannt und hat ihn umgeworfen. Es war alles voll mit Schokolade! Und dieses Kind hat sich reingestürzt und in der Schokolade gewälzt. Während seine Mutter hysterisch durch die Gegend lief.«

Sie schob sich einen großen Bissen in den Mund und seufzte. Es war das erste Gericht seit einer Woche, das vernünftig gewürzt war.

»Opa Bertil?« Allmählich wurde Leo auf Johannas Arm wach.

»Wo ist Bertil eigentlich?«, fragte Paula. »Ist er jetzt schon vor dem Fernseher eingeschlafen?«

»Nein …«, sagte Rita. »Er arbeitet.«

»So spät?«

Er hatte selten abends Dienst.

»Ja, er musste noch mal los. Aber du hast ja Elternzeit.« Rita schaute fragend in Johannas Richtung.

Sie wusste, dass es nicht leicht gewesen war, ihre Tochter zu überreden, sich ein paar Monate freizunehmen, und Johanna befürchtete ständig, dass Paula zu früh wieder anfing zu arbeiten, denn vorher wollte die Familie den ganzen Sommer zusammen verbringen.

»Worum ging es?« Paula legte ihr Besteck ab.

»Sie suchen jemanden.«

»Wer ist denn verschwunden?«

»Ein Kind.« Rita wich Paulas Blick aus. »Ein vierjähriges Mädchen.«

Sie kannte ihre Tochter zu gut.

»Seit wann ist das Mädchen verschwunden?«

»Im schlimmsten Fall seit gestern Abend, aber die Eltern haben es erst heute Nachmittag gemerkt. Es wird also erst seit einigen Stunden nach ihr gesucht.«

Paula warf Johanna einen flehentlichen Blick zu. Johanna schaute zunächst Leo an, dann nickte sie.

»Natürlich musst du dahin. Sie können jede Hilfe brauchen.«

»Ich liebe dich und mache mich gleich auf den Weg.«

Sie stand auf und küsste ihre Lebensgefährtin auf die Wange.

»Wo ist es?«, fragte sie, während sie sich im Flur eine leichte Sommerjacke überzog.

»Auf einem Hof. Bertil hat ihn Hof Berg genannt.«

»Hof Berg?«

Paula hielt mitten in der Bewegung inne. Den Hof kannte sie gut. Seine Geschichte auch. Und sie war viel zu zynisch veranlagt, um an einen Zufall zu glauben.

Karim klopfte noch fester an die Tür. Er wusste, dass Adnan da war, und wollte nicht gehen, bevor er die Tür aufgemacht hatte. Nachdem ein Klopfen jahrelang für sie selbst oder ein Familienmitglied den Tod bedeuten konnte, widerstrebte es vielen von ihnen, die Tür zu öffnen. Karim klopfte noch einmal. Und schließlich ging die Tür auf.

Als er Adnans große Augen sah, bereute Karim beinahe, dass er so fest geklopft hatte.

»Ich habe eben mit Rolf gesprochen, und der hat mir erzählt, dass ganz Fjällbacka auf den Beinen ist und nach einem verschwundenen Mädchen sucht. Wir müssen mithelfen.«

»Ein Mädchen? Ein Kind?«

»Ja. Rolf hat gesagt, sie ist vier Jahre alt. Vermutlich hat sie sich im Wald verlaufen.«

»Natürlich helfen wir mit.« Adnan drehte sich um und schnappte sich seine Jacke. »Komm, Khalil!«

Karim ging ein paar Schritte zurück.

»Hilf mir, den Leuten Bescheid zu sagen. Sag ihnen, wir treffen uns am Kiosk. Rolf fährt uns.«

»Auf jeden Fall. Wir sollten uns beeilen. Es ist nicht gut, wenn ein kleines Mädchen nachts allein im Wald ist.«

Karim klopfte an weitere Türen und hörte, dass Khalil und Adnan das Gleiche taten. Nach einer Weile hatten sie fast fünfzehn Personen zusammengetrommelt. Rolf würde zwei- oder dreimal fahren müssen, aber das war sicher kein Problem. Er war nett. Und hilfsbereit.

Für einen Moment wurde Karim unsicher. Rolf war nett. Und er kannte sie. Aber wie würden die anderen Schweden reagieren, wenn sie auftauchten? Ein Haufen Kanaken aus dem Flüchtlingslager. Er wusste, dass sie so genannt wurden. Kanaken. Oder Schwarzköpfe. Doch für ein verschwundenes Kind waren alle zuständig. Egal, ob es ein schwedisches oder ein syrisches Kind war. Irgendwo weinte eine verzweifelte Mutter.

Als Rolf vorfuhr, standen Karim, Adnan und Khalil mit Rashid und Farid bereit. Karim sah Rashid an. Seine Kinder waren in Syrien geblieben. Rashid erwiderte Karims Blick. Er wusste nicht, ob seine Kinder noch am Leben waren, aber heute Abend würde er nach einem schwedischen Mädchen suchen.

Wenn die Kinder im Bett waren, herrschte eine himmlische Ruhe. Manchmal hatte Erica ein schlechtes Gewissen, weil sie den abendlichen Frieden so genoss. Als Maja klein gewesen war, hatte sie im Internetforum »Familienleben« auf Gleichgesinnte gehofft und sich ein wenig Frust von der Seele geschrieben. Sie hatte geglaubt, nicht die Einzige zu sein, die unter dem Konflikt zwischen ihrer Rolle als Mutter und dem Bedürfnis, hin und wieder sie selbst zu sein, zu leiden hatte. Der Shitstorm, der ihr entgegenschlug, nachdem sie offen und ehrlich ihre Gefühle geschildert hatte, vertrieb sie für immer aus diesem Forum. Die Beschimpfungen und Zurechtweisungen anderer Mütter, die ihr klarmachen wollten, dass sie ein schrecklicher Mensch war, wenn sie das Stillen, das nächtliche Herumtragen, die vollen Windeln und das Geschrei nicht in jedem Augenblick in vollen Zügen genoss. Sie bekam zu hören, sie hätte sich keine Kinder anschaffen sollen und sei ein egoistischer und um sich selbst kreisender Mensch, weil sie Zeit für sich brauchte. Erica spürte immer noch Wut in sich hochkochen, wenn sie an diese Frauen dachte, die sie verurteilten, weil sie nicht genauso handelte und fühlte wie sie. Warum konnte nicht jeder machen, was für ihn am besten war, fragte sie sich, während sie mit einem Glas Rotwein in der Hand auf dem Sofa saß und versuchte, sich vor dem Fernseher zu entspannen.

Ihre Gedanken wanderten zu einer anderen Mutter. Zu Eva, der Mutter von Nea. Sie konnte nur versuchen, sich auszumalen, was die durchmachte. Erica hatte Patrik per SMS gefragt, ob sie wirklich nicht helfen sollte. Kristina hätte vorbeikommen und auf die Kinder aufpassen können. Er hatte jedoch geantwortet, sie seien bereits so viele, dass sie keine weiteren Freiwilligen bräuchten, und sie bleibe am besten zu Hause bei den Kindern.

Erica kannte das Ehepaar Berg nicht und war noch nie auf ihrem Hof gewesen. Sie hatte mehrmals überlegt, ob sie hinfahren und fragen sollte, ob sie ein paar Fotos machen dürfte, weil sie den Ort so genau wie möglich schildern wollte, doch es war nie etwas daraus geworden. Es gab Fotos von früher, so dass sie den Hof in dem Zustand beschreiben konnte, in dem er gewesen war, als Familie Strand dort wohnte, aber selbst in die Atmosphäre einzutauchen, die Details wahrzunehmen und sich einen eigenen Eindruck vom Leben auf diesem Hof zu verschaffen, war natürlich etwas anderes.

Sie hatte sich nach Familie Berg erkundigt und herausgefunden, dass das Ehepaar aus Uddevalla hierhergezogen war, um auf dem Land Ruhe zu finden. Einen friedlichen Ort, an dem ihre Tochter aufwachsen konnte. Erica hoffte von Herzen, dass dieser Traum in Erfüllung gehen, sie bald einen Anruf oder eine Nachricht von Patrik bekommen und erfahren würde, das Mädchen sei verängstigt und durcheinander, aber lebend im Wald gefunden worden. Doch ihre innere Stimme sagte ihr etwas anderes.

Sie ließ das Rotweinglas in den Fingern kreisen. Trotz der drückenden Abendhitze hatte sie sich einen kräftigen Amarone gegönnt. Die meisten tranken im Sommer gekühlten Rosé oder Weißwein mit Eiswürfeln, aber sie mochte weder Weißwein noch Rosé, sondern trank unabhängig von der Jahreszeit nur Sekt und kräftigen Rotwein. Da sie allerdings nicht in der Lage war, einen teuren Champagner von einem billigen Cava zu unterscheiden, war sie günstig im Unterhalt, wie Patrik zu sagen pflegte.

Sie bekam sofort Gewissensbisse, weil sie gemütlich auf dem Sofa saß und über Wein nachdachte, während sich ein vierjähriges Mädchen im besten Fall im Wald verirrt hatte. Ihr Gehirn funktionierte jedoch oft so. Es war zu belastend, sich bewusstzumachen, was einem Kind alles zustoßen konnte, und deswegen beschäftigte sie sich automatisch mit banalen und bedeutungslosen Dingen. Dieses Privileg hatte Neas Mutter im Moment nicht. Für sie und ihren Mann musste es ein Alptraum sein.

Erica setzte sich auf, stellte das Weinglas auf den Wohnzimmertisch und nahm sich zum Collegeblock. Stift und Papier hatte sie immer griffbereit. Gedanken und Ideen, die ihr in den Sinn kamen, schrieb sie rasch auf, und sie führte ständig Listen der Dinge, die getan werden mussten, damit sie mit dem Buch vorankam. Und genau das hatte sie jetzt vor. Ihr Instinkt sagte ihr, dass Neas Verschwinden mit Stellas Tod zusammenhängen musste. In den letzten Wochen hatte sie ihre Arbeit schleifen lassen, Sommer und Sonne waren einfach zu verlockend gewesen. Jetzt würde sie die Sache ernsthaft angehen, und falls tatsächlich eine Katastrophe geschehen war, konnte sie mit ihrem Wissen über den damaligen Fall zur Aufklärung beitragen. Vielleicht fand sie die Verbindung, die es ihrer Ansicht nach geben musste.

Erica warf einen Blick auf ihr Handy. Immer noch nichts Neues von Patrik. Dann begann sie, fieberhaft zu schreiben.

Der Fall Stella

Sie begriff es bereits, als sie auf sie zukamen. Die schweren Schritte. Die Blicke, die zu Boden gerichtet waren. Sie brauchten nichts zu sagen.

»Anders!«, schrie sie mit schriller Stimme.

Er kam aus dem Haus gestürzt, blieb aber abrupt stehen, als er die Polizisten sah.

Vor der Tür fiel er auf die Knie. Linda raste zu ihm und schloss ihn in die Arme. Anders war immer so groß gewesen, so stark, doch nun musste sie ihn tragen.

»Papa? Mama?«

Sanna stand in der Tür. Das Licht aus der Küche umgab ihr blondes Haar wie ein Heiligenschein.

»Haben sie Stella gefunden, Mama?«

Linda konnte ihrer Tochter nicht in die Augen sehen. Sie drehte sich zu einem Polizisten um. Er nickte.

»Wir haben Ihre Tochter gefunden. Sie … ist tot. Es tut uns sehr leid.«

Er starrte auf seine Zehenspitzen und schluckte seine Tränen hinunter. Er war leichenblass, und Linda fragte sich, ob er Stella gesehen hatte. Tot.

»Sie kann doch nicht tot sein? Das geht doch nicht. Mama? Papa?«

Sannas Stimme hinter ihr. Fragen prasselten auf sie ein. Aber Linda konnte sie nicht beantworten. Und keinen Trost schenken. Sie wusste, dass sie Anders hätte loslassen und ihre Tochter in den Arm nehmen sollen. Doch nur Anders verstand den Schmerz, den sie in jeder Faser ihres Körpers fühlte.

»Wir wollen sie sehen.« Schließlich schaffte sie es, ihren Kopf von Anders' Schulter zu heben. »Wir müssen unsere Tochter sehen.«

Der größere der beiden Polizisten räusperte sich.

»Das werden Sie auch. Aber zuerst müssen wir unsere Arbeit machen. Wir müssen herausfinden, wer das getan hat.«

»Was getan? War es kein Unfall?«

Anders wand sich aus Lindas Umarmung und stand auf.

Der große Polizist antwortete mit leiser Stimme.

»Nein, es war kein Unfall. Ihre Tochter ist ermordet worden.«

Der Boden kam so schnell auf sie zu, dass Linda keine Zeit hatte, sich zu wundern.

Dann wurde ihr schwarz vor Augen.

Nur noch zwanzig.

Kaum außer Atem, absolvierte James Jensen den nächsten Liegestütz. Jeden Morgen das gleiche Ritual. Sommers wie winters. Egal, ob Weihnachten oder Mittsommer war. Solche Dinge waren nicht von Bedeutung. Wichtig waren feste Gewohnheiten. Konsequenz. Disziplin.

Noch zehn.

Helens Vater wusste, welche Bedeutung feste Strukturen hatten. James vermisste KG immer noch, obwohl diese Wehmut eine Schwäche war, die er sich eigentlich nicht zugestehen wollte. Seit KGs Herzinfarkt vor fast zehn Jahren hatte niemand die Lücke, die er hinterlassen hatte, füllen können.

Die letzte. James erhob sich nach hundert schnellen Liegestütze. Ein halbes Leben beim Militär hatte ihn gelehrt, was es wert war, in Höchstform zu sein.

James sah auf die Uhr. Eine Minute nach acht. Er war ein wenig spät dran. Zu Hause hatte er stets um Punkt acht gefrühstückt.

»Frühstück ist fertig!«, rief Helen, als hätte sie seine Gedanken gelesen.

James runzelte die Stirn. Offenbar war ihr die Verzögerung nicht aufgefallen.

Mit einem Handtuch wischte er sich den Schweiß von der Stirn und trat von der Terrasse ins Wohnzimmer. Aus der Küche daneben roch es nach gebratenem Speck. Er aß jeden Tag das Gleiche zum Frühstück. Rührei mit Speck. Auch das war eine feste Gewohnheit.

»Wo ist Sam?«, fragte er, nachdem er sich gesetzt und sofort mit dem Essen begonnen hatte.

»Er schläft noch.« Die knusprigen Speckscheiben, die Helen ihm auf den Teller legte, waren perfekt.

»Es ist acht Uhr, und er schläft noch?«

Ärger überkam ihn wie eine Gänsehaut. Das passierte ihm

mittlerweile jedes Mal, wenn er an Sam dachte. Bis morgens um acht schlafen. Er selbst hatte im Sommer immer um sechs aufstehen und bis spät am Abend arbeiten müssen. Andere Zeiten waren das gewesen.

»Weck ihn!« Er trank einen großen Schluck Kaffee, spuckte ihn jedoch schnell wieder aus. »Igitt, ohne Milch?«

»Oh, entschuldige.« Helen nahm ihm die Tasse aus der Hand.

Sie schüttete den Kaffee in den Ausguss, schenkte neuen ein und goss ein wenig Vollmilch nach.

Jetzt schmeckte er.

Eilig verließ Helen die Küche. Er hörte schnelle Schritte auf der Treppe und dann Stimmengemurmel.

Der Ärger überkam ihn wieder, genauso, wie wenn er mit seiner Truppe unterwegs war und einer der Soldaten absichtlich trödelte oder versuchte, bestimmten Situationen aus Angst auszuweichen. Für ein solches Verhalten hatte er kein Verständnis. Wenn man sich entschieden hatte, zur Armee zu gehen, vor allem in einem Land wie Schweden, wo niemand gezwungen wurde, sich in Kriegsgebiete zu begeben, dann sollte man einfach seine Pflicht tun. Und die Angst zu Hause lassen.

»Was soll die Panik?«, maulte Sam, dessen schwarzgefärbtes Haar vollkommen verstrubbelt war. »Wieso muss ich so früh aufstehen?«

James ballte die Hände zu Fäusten.

»In diesem Haus verschlafen wir den Tag nicht.«

»Ich habe aber keinen Ferienjob bekommen, verdammte Scheiße, also was soll ich deiner Ansicht nach machen?«

»Nicht fluchen!«

Helen und Sam zuckten zusammen. Vor Wut wurde James schwarz vor Augen, und er musste sich zwingen, tief Luft zu holen. Er musste alles im Griff haben. Sich selbst. Und diese Familie.

»Um Punkt neun treffen wir uns hinter dem Haus zum Schießtraining.«

»Okay.« Sam senkte den Blick. Hinter ihm hockte Helen.

Sie waren die ganze Nacht unterwegs gewesen. Harald schielte vor Müdigkeit, aber nach Hause zu gehen war undenkbar. Es hätte bedeutet, aufzugeben. Wenn die Müdigkeit ihn zu übermannen drohte, war er zum Hof zurückgegangen, um sich ein bisschen aufzuwärmen und einen Schluck Kaffee zu trinken. Eva Berg hatte jedes Mal mit versteinertem Gesicht dagesessen. Ihr Anblick hatte gereicht, um ihn zum Weitersuchen anzutreiben.

Er fragte sich, ob die anderen wussten, wer er war. Welche Rolle er vor dreißig Jahren gespielt hatte. Dass er das andere kleine Mädchen gefunden hatte. Die Leute, die damals schon in Fjällbacka gewohnt hatten, wussten es natürlich, aber er glaubte nicht, dass es Eva und Peter bekannt war. Er hoffte es nicht.

Als die Suchgebiete verteilt wurden, hatte er sich bewusst das Waldstück mit dem See ausgesucht, in dem sie damals Stella gefunden hatten. Und dort war er auch zuerst hingegangen. Das kleine Gewässer war seit langem ausgetrocknet und der Grund des ehemaligen Sees vom restlichen Waldboden nicht zu unterscheiden. Nur der alte Baumstamm lag noch da. Wind und Wetter hatten ihm zwar zugesetzt, und er wirkte morscher als vor dreißig Jahren, aber ein kleines Mädchen war nirgendwo zu sehen. Er hatte sich bei einem Seufzer der Erleichterung ertappt.

Die Gruppen waren im Lauf der Nacht ständig neu gebildet worden. Einige Leute gingen nach Hause, um ein paar Stunden zu schlafen, kamen wieder und schlossen sich anderen Gruppen an, und als die Sommernacht zu Ende ging, stießen neue Helfer dazu. Zu denen, die sich keine Ruhepause gegönnt hatten, gehörten die Männer und Jungs aus der Flüchtlingsunterkunft. Harald hatte sich während der Suche radebrechend mit ihnen unterhalten, auch wenn ihr schlechtes Schwedisch und sein schlechtes Englisch die Kommunikation erschwerten.

Seine kleine Gruppe bestand jetzt aus ihm selbst, dem Mann, der sich als Karim vorgestellt hatte, und Johannes Klingsby, einem Handwerker aus der Gegend, den er schon öfter mit Renovierungsarbeiten in der Bäckerei beauftragt hatte. Verbissen durchkämmten sie langsam den Wald, in den immer mehr Sonnenstrahlen eindrangen. Die Polizisten, die die Suche leiteten, hatten sie im Lauf der Nacht mehrfach ermahnt, sich nicht zu beeilen, sondern lieber sorgfältig und methodisch vorzugehen.

»Die Gegend ist die ganze Nacht durchsucht worden«, sagte Johannes. »So weit kann sie nicht gekommen sein …«

Er breitete die Arme aus.

»Beim letzten Mal hat die Suche vierundzwanzig Stunden gedauert«, sagte Harald.

Wieder sah er Stellas Leiche vor sich.

»What?«

Karim schüttelte den Kopf. Haralds breiter Westküstendialekt war für ihn schwer zu verstehen.

»Harald found a dead girl in the woods, thirty years ago«, sagte Johannes.

»Dead girl?« Karim blieb stehen. *»Here?«*

»Yes, four years old, just like this girl.«

Johannes hielt vier Finger hoch.

Karim sah Harald an, dieser nickte bedächtig.

»Yes, it was just over here. But it was water there then.«

Er schämte sich für sein schlechtes Englisch, aber Karim nickte.

»There.« Harald zeigte auf den Baumstamm. *»It was a, sorry, not a lake … it was a small …«*

»A small lake, like a pond«, fügte Johannes hinzu.

»Yes, a pond«, sagte Harald. *»It was a pond here over by that tree and the girl was dead there.«*

Langsam ging Karim auf den Stamm zu. Er ging in die Hocke und legte die Hand auf das Holz. Als er sich umdrehte, war er so bleich, dass Harald einige Schritte zurückwich.

»Something is under the tree. I can see a hand. A small hand.«

Harald schwankte. Johannes beugte sich über das Gebüsch und gab kurz darauf ein Schluchzen von sich. In Karims Augen sah Harald das Spiegelbild seiner eigenen Verzweiflung. Sie mussten die Polizei rufen.

Marie hatte das Drehbuch auf dem Schoß und versuchte, den Dialog der nächsten Szene zu lesen, aber es klappte nicht. Die Szene sollte in der großen Fabrikhalle in Tanum gedreht werden. Dort waren einzelne Panoramen aufgebaut worden, die man betreten konnte wie Spielzeugwelten. Die Handlung des Films fand größtenteils auf Dannholmen statt. Sie begann in der Zeit, als Ingrid noch mit dem Intendanten Lasse Schmidt verheiratet gewesen war, schilderte aber auch Ingrids Besuche auf Dannholmen nach der Scheidung von Lasse.

Marie reckte sich und schüttelte den Kopf. Sie wollte die Gedanken loswerden, die sie plagten, seit die Leute über das verschwundene Mädchen redeten. Sie dachte an die kleine Stella, die lachend vor ihr und Helen herhüpfte.

Marie seufzte. Sie war jetzt hier und würde ihre Traumrolle spielen. Hierfür hatte sie all die Jahre gearbeitet und nicht aufgegeben, als die Rollenangebote in Hollywood spärlicher wurden. Dies war die Belohnung, sie hatte sie verdient, und sie war gut. In eine Rolle zu schlüpfen und zu tun, als wäre sie eine andere, kostete sie wenig Mühe. Sie hatte schon als Kind damit begonnen. Der Unterschied zwischen Lüge und Theater war minimal, und sie war schon von klein auf auf beiden Gebieten Meisterin gewesen.

»Wie sieht meine Frisur aus?«, fragte sie Yvonne, die sich auf Zehenspitzen näherte.

Yvonne zuckte vor Schreck zusammen, musterte Marie von Kopf bis Fuß, zog aus dem Knoten in ihrem Nacken einen Kamm und korrigierte damit ein paar Kleinigkeiten. Dann reichte sie Marie einen Spiegel und wartete gespannt auf deren Reaktion.

»Sieht gut aus«, sagte Marie nach einer Weile, und Yvonnes Gesichtszüge entspannten sich.

Marie wandte sich der Wohnzimmerkulisse zu, in der Jörgen gerade mit Beleuchter Sixten das Licht diskutierte.

»Seid ihr bald fertig?«

»Gib uns eine Viertelstunde!«, rief Jörgen.

Die Frustration in seiner Stimme war nicht zu überhören. Marie wusste, woran das lag. Zeit kostete Geld.

Wieder fragte sie sich, wie es mit der Finanzierung des Films voranging. Es waren nicht ihre ersten Dreharbeiten, die begonnen hatten, ehe die gesamte Finanzierung stand, und dann plötzlich abgebrochen werden mussten. Nichts war sicher, bevor man nicht den Punkt überschritten hatte, an dem ein Drehstopp sich nicht mehr lohnte, weil man bereits zu viel Geld ausgegeben hatte. Und so weit waren sie noch nicht.

»Entschuldigen Sie, darf ich Ihnen in der Zwischenzeit ein paar Fragen stellen?«

Marie blickte vom Drehbuch auf. Ein Mann um die dreißig grinste ihr ins Gesicht. Eindeutig ein Journalist. Normalerweise hätte sie ohne vereinbarten Termin niemals ein Interview gegeben, aber sein T-Shirt saß einfach zu gut, um ihn wegzuschicken.

»Fragen Sie nur, ich sitze hier sowieso nur rum und warte.«

Zufrieden stellte sie fest, dass ihr die Bluse, die sie in der Szene tragen sollte, ausgezeichnet stand. Ingrid hatte ihr Leben lang Stil und Geschmack gehabt.

Der junge Kerl mit dem durchtrainierten Körper hieß Axel

und kam vom *Bohusläningen.* Er begann mit einigen braven Fragen nach dem Film und ihrer Karriere, um sich schließlich an das Thema zu wagen, das ganz offensichtlich der Grund seines Kommens war. Marie lehnte sich zurück und schlug elegant die langen Beine übereinander. Die Vergangenheit war ihrem Erfolg gut bekommen.

»Was ist es für ein Gefühl, wieder hier zu sein? Fast hätte ich gesagt, Sie sind wohl an den Tatort zurückgekehrt, aber betrachten wir das lieber als Freud'schen Versprecher, denn Sie und Helen haben ja immer Ihre Unschuld beteuert.«

»Wir *waren* unschuldig.« Erfreut stellte Marie fest, dass ihr der junge Mann wie gebannt in den Ausschnitt starrte.

»Aber Sie sind doch verurteilt worden.« Mühsam riss er den Blick von ihrem Busen los.

»Wir waren Kinder und gar nicht in der Lage, das Verbrechen zu begehen, das man uns vorwarf, aber Hexenverfolgungen finden eben immer noch statt.«

»Wie waren die darauffolgenden Jahre?«

Marie warf den Kopf in den Nacken. Diese Zeit würde sie ihm niemals beschreiben können. Er hatte wahrscheinlich phänomenale Eltern gehabt, die ihn beide in allem unterstützten, und lebte mit seiner süßen Freundin und gemeinsamen Kindern zusammen. Mit seiner Frau, nicht Freundin, korrigierte sie sich, nachdem sie einen verstohlenen Blick auf seine linke Hand geworfen hatte.

»Lehrreich«, sagte sie. »In meinen Memoiren werde ich sie irgendwann ausführlich beschreiben.«

»Apropos Memoiren, ich habe gehört, dass Erica Falck, die Schriftstellerin hier im Ort, an einem Buch über den Mord und über Sie und Helen arbeitet. Wirken Sie daran mit? Haben Sie und Helen Ihr Einverständnis gegeben?«

Marie zögerte. Erica hatte sie natürlich kontaktiert, aber sie verhandelte mit einem der beiden großen Buchverlage in Stockholm über eine eigene Darstellung.

»Dazu habe ich mich noch nicht geäußert.« Ganz offensichtlich war sie nicht bereit, auf dieses Thema weiter einzugehen.

Axel verstand den Wink und schlug eine andere Richtung ein.

»Ich nehme an, Sie haben von dem Mädchen gehört, das seit gestern verschwunden ist. Von demselben Hof wie Stella.«

Er verstummte und hoffte höchstwahrscheinlich auf eine Reaktion, aber Marie schlug nur wieder die Beine übereinander. Er verfolgte die Bewegung fasziniert, und sie wusste genau, dass nichts an ihrem Äußeren die schlaflose Nacht verriet.

»Ein merkwürdiger Zufall, aber sicher nur ein Zufall. Das Mädchen hat sich bestimmt verlaufen.«

»Hoffen wir es«, sagte Axel.

Er schaute auf seinen Notizblock, doch in diesem Moment winkte Jörgen Marie zu. Presse war gut, aber nun wollte sie im Wohnzimmer auf Dannholmen glänzen. Und die Produzenten davon überzeugen, dass dieser Film ein voller Erfolg würde.

Sie drückte Axels Hand ein wenig länger, als normal gewesen wäre, und bedankte sich für das Gespräch. Dann ging sie zu Jörgen und dem Team, blieb aber noch einmal stehen und drehte sich schwungvoll um. Da Axels Aufnahmegerät noch lief, beugte sie sich zum Mikrophon hinunter und hauchte mit heiserer Stimme einige Zahlen hinein. Sie sah Axel an.

»Das ist meine Telefonnummer.«

Nachdem sie ihm einen Blick zugeworfen hatte, betrat sie die siebziger Jahre und befand sich plötzlich auf der windgepeitschten Insel, die für Ingrid Bergman das Paradies auf Erden gewesen war.

Als Patrik den Anruf von der unbekannten Nummer entgegennahm, erkannte er schon an den ersten Silben, dass dies die Mitteilung war, vor der ihm gegraut hatte. Während er der Stimme am anderen Ende lauschte, winkte er Gösta und Mellberg zu, die sich ein Stück entfernt von ihm mit den Hundeführern unterhielten.

»Ja, ich weiß, wo das ist«, sagte er. »Fassen Sie nichts an, rein gar nichts. Und warten Sie auf uns.«

Als er das Gespräch beendete, waren Mellberg und Gösta bereits bei ihm. Er brauchte nichts zu sagen. Sie konnten seinen Gesichtsausdruck auch so deuten.

»Wo ist sie?«, fragte Gösta schließlich.

Sein Blick war auf das Wohnhaus gerichtet, in dem Neas Mutter in der Küche stand und Kaffee kochte.

»An derselben Stelle wie das andere Mädchen.«

»Verdammt!«, sagte Mellberg.

»Aber da haben wir doch gesucht. Ich weiß, dass dort sogar mehrere Gruppen waren.« Gösta runzelte die Stirn. »Wie konnten die Leute sie übersehen?«

»Ich weiß nicht«, sagte Patrik. »Harald hat angerufen, der Betreiber der Bäckerei Zetterlind, seine Gruppe hat sie entdeckt.«

»Stella hat er auch gefunden«, sagte Gösta leise.

Mellberg starrte ihn an.

»Ist das nicht ein bisschen seltsam? Wie wahrscheinlich ist es, dass ein und dieselbe Person im Abstand von dreißig Jahren zwei ermordete kleine Mädchen findet?«

Gösta machte eine abwehrende Handbewegung.

»Beim letzten Mal haben wir ihn überprüft. Er hatte ein lupenreines Alibi und hat nichts mit dem Mord zu tun.« Er sah Patrik an. »Denn es ist doch ein Mord und kein Unfall, oder? Angesichts der Tatsache, dass sie an derselben Stelle entdeckt wurde, scheint mir das auf der Hand zu liegen.«

Patrik nickte.

»Wir müssen auf die Techniker warten, aber Harald sagt, sie ist nackt.«

»Pfui Teufel!« Mellbergs Gesicht sah grau aus.

Patrik holte tief Luft. Die Morgensonne stieg am Himmel hinauf, und die Temperatur war bereits so hoch, dass ihm sein durchgeschwitztes Hemd am Körper klebte.

»Ich schlage vor, wir teilen uns auf. Ich mache mich auf den Weg zu Harald, er und seine Gruppe warten an der Stelle, wo das Mädchen gefunden wurde. Das Gebiet ringsherum sperre ich schon mal ab, das Absperrband nehme ich mit. Bertil, du rufst Torbjörn in Uddevalla an und bittest ihn, so schnell wie möglich mit einem Technikerteam zu kommen. Du könntest vielleicht auch die Leute informieren, die jetzt noch eintrudeln, damit niemand mehr losgeht. Und sag den Hundeführern und den Helikoptern, sie sollen nicht mehr suchen. Und du, Gösta …« Patrik verstummte und sah den Kollegen mit gequältem Gesichtsausdruck an.

Gösta nickte.

»Das übernehme ich«, sagte er.

Patrik beneidete ihn nicht um diese Aufgabe. Aber es war das einzig Folgerichtige, Gösta damit zu beauftragen. Er hatte am meisten und den besten Kontakt zu Neas Eltern gehabt, während sie hier draußen auf dem Hof gewesen waren, und Patrik wusste, Gösta war gefasst und ruhig genug, um diese Situation zu meistern.

»Ruf auch die Pastorin an.« Patrik sah Mellberg an. »Bertil, bitte fang Neas Vater ab, wenn seine Gruppe zurückkommt, damit er es nicht von anderen hört, bevor Gösta mit ihm gesprochen hat.«

»Das wird schwierig.« Mellberg verzog das Gesicht.

Auf seiner Oberlippe stand eine Reihe von Schweißperlen.

»Ich weiß, das wird sich in Windeseile rumsprechen, aber versuch es wenigstens.«

Mellberg nickte. Patrik ließ seine Kollegen zurück und ging auf den Waldrand zu. Er konnte es noch immer nicht begreifen. Das Gebiet, in dem vor dreißig Jahren Stella gefunden worden war, hatten sie als Erstes durchsucht. Trotzdem hatten sie das Mädchen übersehen.

Nach einem zehnminütigen Marsch querfeldein sah er die drei wartenden Männer. Neben Harald bestand die Gruppe aus zwei jüngeren Männern, von denen einer ein ausländisches Aussehen hatte. Patrik gab allen die Hand. Keiner konnte ihm richtig in die Augen sehen.

»Wo liegt sie?«, fragte er.

»Unter dem großen Baumstamm da drüben.« Harald zeigte mit einer großen vagen Handbewegung darauf. »Deswegen haben wir sie zuerst nicht gesehen. Unter dem Stamm hat sich ein Hohlraum gebildet, und in den hat sie jemand hineingeschoben. Man sieht sie nur, wenn man ganz nah rangeht und an dem Stamm ruckelt.«

Patrik nickte. Das erklärte alles. Dennoch machte er sich bittere Vorwürfe, weil er nicht angeordnet hatte, die Stelle gründlich zu untersuchen.

»Du weißt doch, dass sie wieder da ist, oder? Zum ersten Mal, seit sie weggeschickt wurde.«

Patrik brauchte nicht zu fragen, wen Harald meinte. Niemandem im Ort war entgangen, dass Marie Wall zurückgekehrt war, angesichts des spektakulären Anlasses wäre das auch gar nicht möglich gewesen.

»Ja, das wissen wir«, sagte er, ging aber nicht weiter auf die potentielle Bedeutung ihrer Rückkehr ein.

Doch der Gedanke war ihm auch gekommen. Es war, gelinde gesagt, ein erstaunliches Zusammentreffen, dass mehr oder weniger im Augenblick von Maries Rückkehr ein Mädchen vom selben Hof ermordet und an derselben Stelle gefunden wurde.

»Ich sperre hier alles ab, und dann schauen sich die Kriminaltechniker den Fundort an.«

Er stellte seine Tasche ab und holte zwei große Rollen blauweiß gestreiftes Absperrband heraus.

»Sollen wir zum Hof zurückgehen?«, fragte der jüngere Mann, der Johannes hieß.

»Nein, ich möchte Sie bitten, zu bleiben und sich möglichst wenig zu bewegen. Da Sie hier herumgelaufen sind, werden die Techniker Ihre Schuhsohlen und Ihre Kleidung untersuchen wollen.«

Der Mann mit dem ausländischen Aussehen machte ein fragendes Gesicht. Harald drehte sich zu ihm um und sagte in holprigem, aber verständlichem Englisch:

»*We stay here.* Okay, Karim?«

»Okay.« Der Mann nickte, und Patrik begriff, dass er einer der Männer war, die Rolf aus der Flüchtlingsunterkunft mitgebracht hatte.

Sie schwiegen eine Weile. Der Kontrast zwischen dem Grund, warum sie hier waren, und der idyllischen Umgebung war riesig. Das fröhliche Vogelgezwitscher ging weiter, als ob nichts passiert wäre, als ob nicht wenige Meter von ihnen entfernt eine vierjährige Tote läge. Das Rauschen der Bäume begleitete den Gesang der Vögel. Es war herzzerreißend schön, wie einzelne, messerscharf voneinander abgegrenzte Sonnenstrahlen durch die Bäume schienen. Direkt neben ihnen entdeckte Patrik eine mehrere Quadratmeter große Fläche, auf der Pfifferlinge wuchsen. Normalerweise hätte sein Herz vor Begeisterung einen Sprung gemacht. Nun war der Gedanke, Pilze zu sammeln, vollkommen abwegig.

Patrik wickelte Absperrband von der Rolle. Seine Arbeit so gut wie möglich zu machen war das Einzige, was er für das Mädchen tun konnte.

Eva stand am Spülbecken und wusch die Kaffeekanne aus. Im Lauf der Nacht hatte sie unzählige Kannen Kaffee gekocht. Als sie hinter sich ein leises Räuspern hörte, drehte sie sich um. Eva sah Göstas Blick, die angespannte Körperhaltung, und ließ die Kanne fallen. Zersplitterndes Glas klirrte, und kurz darauf ertönte ein Schrei, der ganz nah und doch weit weg war. Der Schmerz, dem dieser Schrei Ausdruck verlieh, ging über alles Vorstellbare hinaus.

Ein Schrei, den sie selbst ausgestoßen hatte.

Sie sank in Göstas Arme, und wenn er sie nicht festgehalten hätte, wäre sie zusammengebrochen. Sie rang nach Luft, Gösta strich ihr übers Haar. Sie wünschte, Nea wäre bei ihr und würde lachend um sie herumspringen. Sie wünschte, sie hätte Nea nie geboren, nie ein Kind bekommen, das ihr wieder genommen wurde.

Nun war alles verloren. Mit Nea war alles gestorben.

»Ich habe die Pastorin angerufen.« Gösta schob Eva zu einem Küchenstuhl.

Er fasst mich so behutsam an, also weiß er, dass ich innerlich zerstört bin, dachte Eva.

»Warum haben Sie das gemacht?« Die Frage war ernst gemeint.

Was sollte eine Pastorin jetzt für sie tun? Sie war nie besonders gläubig gewesen. Und ein Kind gehörte zu seinen Eltern und nicht zu einem Gott im Himmel. Wie wollte eine Pastorin ihr und Peter auch nur den geringsten Trost spenden?

»Peter?« Ihre Stimme klang trocken und brüchig.

Auch sie war mit Nea gestorben.

»Es wird nach ihm gesucht. Er ist bald hier.«

»Nein.« Sie schüttelte den Kopf. »Tun Sie das nicht! Sagen Sie ihm nichts!«

Lasst ihn in Ruhe, dachte sie. Mit seiner Hoffnung. Nur Peter war noch am Leben. Sie selbst war mit Nea gestorben.

»Er muss es erfahren, Eva.« Wieder legte Gösta den Arm um sie. »Das ist unausweichlich.«

Eva nickte an Göstas Brust. Natürlich konnte Peter nicht endlos durch den Wald streifen wie ein Waldwesen. Sie mussten es ihm sagen, auch wenn er dann ebenfalls sterben würde.

Sie löste sich aus Göstas Armen und legte den Kopf auf den

Tisch. Spürte das Holz am Gesicht. Sie war seit vierundzwanzig Stunden auf den Beinen, Hoffnung und Angst hatten sie wach gehalten. Nun wollte sie nur noch schlafen. Als wäre das Ganze ein Traum. Ihr Körper entspannte sich, das Holz an ihrer Wange fühlte sich an wie ein Kissen, und sie schwebte immer weiter davon. Eine warme Hand tätschelte ihren Rücken. Die Wärme breitete sich im gesamten Körper aus.

Dann ging die Haustür auf. Sie wollte nicht die Augen öffnen. Wollte den Kopf nicht heben. Wollte Peter nicht sehen. Aber Gösta umfasste ihre Schulter, und dann tat sie es doch. Sie blickte auf und sah in Peters Augen, die genauso leblos waren wie ihre.

Bohuslän 1671

Als Lill-Jan am nächsten Morgen nach ihr schaute, war Stjärna gesund. Preben sagte nichts dazu, aber er betrachtete Elin erneut fasziniert. Sie spürte seinen Blick, während sie das Frühstück vorbereitete. Nachdem sie Britta beim Anziehen geholfen hatte, war diese außergewöhnlich gutgelaunt. Doch das war sie sonntags immer. Sie liebte es, in schönen Kleidern und mit aufwendig frisierten Haaren ganz vorne in der Kirche zu sitzen und zu sehen, wie sich die gewöhnlichen Kirchenbänke nach und nach mit den Mitgliedern von Prebens Gemeinde füllten.

Vom Pfarrhof bis zur Kirche war es nicht weit, und die Bediensteten gingen gemeinsam. Preben und Britta waren mit Pferd und Wagen vorgefahren, damit Brittas Kleid nicht von Staub und Lehm beschmutzt wurde.

Elin hielt Märta fest an der Hand. Das Mädchen hüpfte mehr, als dass es ging, und ihre blonden Zöpfe tanzten auf ihrem abgewetzten Mantel. Gegen die eisige Kälte hatte Elin Märtas Schuhe sorgfältig mit Papier ausgestopft, doch die

Füllung sollte die Füße nicht nur warmhalten, sondern ihnen auch Halt geben, weil Märta die Schuhe von einer Magd mit sehr viel größeren Füßen geerbt hatte. Aber Märta beklagte sich nicht, Schuhe waren Schuhe, und sie hatte bereits gelernt, dass man froh sein musste, wenn man überhaupt etwas hatte.

Als die hübsch gelegene Kirche von Vinbäck vor ihnen aufragte, wurde Elin leichter ums Herz. Der neuerbaute Turm war beeindruckend, und das Bleidach glänzte in der Wintersonne. Eine Friedhofsmauer mit einer Abdeckung aus rot gestrichenen Brettern umgab die Kirche, und es gab drei große gemauerte Tore mit Ziegeldach und Eisengitter, die ungebetene Besucher davon abhalten sollten, auf dem Friedhof Unheil anzurichten.

Elins Herz jubelte schon, als sie durch die große Kirchentür eintrat, und im Innern der Kirche holte sie tief Luft und ließ sich von der stillen Atmosphäre erfüllen.

Sie und Märta setzten sich ganz hinten hin. Es gab insgesamt achtundvierzig Bänke, die aber in dieser Zeit nicht voll wurden. Krieg und Hunger hatten dem Ort zugesetzt, und allmählich verblasste die Erinnerung an den Strom von Menschen, die während der großen Heringsperiode vor hundert Jahren in die Küstenregion gezogen waren. Elins Großmutter hatte ihr von dieser Zeit erzählt, aber auch sie wiederum hatte es von ihren Großeltern gehört. Damals war alles anders gewesen. Es hatte so viel Hering gegeben, dass die Leute kaum wussten, was sie mit dem vielen Fisch machen sollten, und es ließen sich Menschen aus dem ganzen Land in der Gegend nieder. Doch der Hering verschwand, und der Krieg kam. Nun waren nur noch die Erzählungen übrig. Mehrere Kirchenbänke blieben leer, während auf den restlichen träge, bleiche und abgemagerte Bohusläninger saßen, deren Blicke erloschen wirkten. Was für ein geschundenes Volk, dachte Elin, als sie sich umschaute.

Die Kirche hatte nur auf der Südseite Fenster, aber das

Licht, das hereinschien, war so schön, dass Elin die Tränen kamen. Auch die Kanzel stand auf dieser Seite. Als Preben hinaufstieg, verstummte das Gemurmel.

Sie begannen mit einem Lied, und Elin sang wie immer besonders kräftig, denn sie wusste, dass sie eine schöne Stimme hatte. Diese kleine Eitelkeit gestattete sie sich, weil Märta sie gern singen hörte.

Sie bemühte sich, Prebens Worte zu verstehen. Dass in der Kirche mittlerweile nur noch Schwedisch gesprochen und gelesen werden durfte, bereitete allen in der Gemeinde Schwierigkeiten, weil sie mehr ans Dänische und Norwegische gewöhnt waren.

Aber seine Stimme war schön. Elin schloss die Augen und spürte sofort die Wärme seiner Hand. Sie machte die Augen wieder auf und zwang sich, den Nacken von Britta zu betrachten, die in der ersten Reihe saß. Elin hatte Brittas Haar am Morgen zu einem prächtigen Zopf geflochten, und Brittas frischgestärkter Kragen war blütenweiß. Sie nickte, während Preben sprach.

Elin schob die Gedanken an Prebens schöne Stimme und seine Hand auf ihrer beiseite. Er war Brittas Ehemann, und sie saß in einem Gotteshaus, und es war verboten, solche Gedanken auch nur zu denken. Es wäre kein Wunder gewesen, wenn ein Blitz in der Kirche eingeschlagen und sie zur Strafe für ihre Gottlosigkeit auf der Stelle getötet hätte. Sie drückte Märtas Hand und zwang sich, zuzuhören und die Worte von der Kanzel zu verstehen. Preben sprach über das Unwesen, das sich im ganzen Land ausbreitete und auch vor ihrer Gegend nicht haltmachte, und von ihren Landsleuten, die mutig gegen den Teufel ankämpften, indem sie seine Abgesandten ausfindig machten und zur Rechenschaft zogen. Die Gemeinde lauschte gebannt. Wie Gott gehörte auch der Teufel zu ihrem Alltag. Eine allgegenwärtige böse Macht, die ständig versuchte, Fuß zu fassen. Die Gefahr lauerte überall, im Auge der Katze, in der dunklen Tiefe des Meeres, in den Krähen in den Bäumen. Der Satan war so wahrhaftig wie ein Vater, ein Bruder oder der Nachbar im Haus nebenan. Dass man ihn nicht mit bloßem Auge sehen konnte, machte ihn umso gefährlicher, und man musste ständig auf sich und die Seinen aufpassen.

»Bislang sind wir verschont geblieben.« Prebens Stimme hallte so schön von den Mauern wider. »Aber es ist nur eine Frage der Zeit, wann er seine Klauen nach den Kindern und Frauen in unserer kleinen Welt ausstreckt. Deshalb bitte ich euch, seid wachsam! Die Zeichen sind erkennbar. Betrachtet eure Ehefrau, eure Tochter, eure Magd, eure Nachbarin, eure Schwiegermutter und eure Schwester mit den prüfenden Augen Gottes! Je früher wir die Bräute des Teufels unter uns entdecken, desto eher können wir zurückschlagen und Satan davon abhalten, sich bei uns einzunisten.«

Alle nickten und hatten vor Erregung rote Flecken im Gesicht. Kinder kicherten, bekamen aber harte Ellbogen in die Seiten gestoßen oder schlicht und einfach eine Ohrfeige, damit sie still waren.

Der restliche Gottesdienst ging viel zu schnell vorüber. Er stellte eine willkommene Unterbrechung des Alltags dar, einen Moment der Ruhe, Nahrung für die Seele.

Elin stand auf und packte Märtas Hand, damit sie im Gedränge nicht verlorenging. Draußen vor der Kirche erschauerte sie vor Kälte.

»Teufel!«, hörte sie hinter sich jemanden sagen.

Elin drehte sich verwundert um, aber als sie sah, wer den Fluch ausgestoßen hatte, senkte sie den Blick. Es war Ebba aus Mörhult, die Witwe von Claes, der mit Per und den anderen auf dem kleinen Kutter untergegangen war. Ebba war einer der Gründe gewesen, weshalb sie nicht in Fjällbacka bleiben konnte, sondern gezwungen gewesen war, das Angebot ihrer Schwester anzunehmen. Wenn Ebba ihr das Unglück vorwarf, kannte ihr Hass keine Grenzen. Und auch wenn die Worte, die sie Per an jenem verhängnisvollen Morgen entgegengeschleudert hatte, keinen Einfluss auf die kommenden Ereignisse gehabt hatten, wusste sie natürlich, warum die Witwe es so empfand. Nicht Elins Beschimpfungen hatten Per und seinen Männern den Tod gebracht, sondern der plötzliche Sturm.

Doch Ebba ging es nicht gut seit Claes' Tod, und dafür machte sie Elin verantwortlich.

»Nicht auf dem geweihten Grund und Boden der Kirche, Ebba«, ermahnte sie Helga Klippare und zupfte ihre Schwester am Arm.

Elin warf ihr einen dankbaren Blick zu und eilte mit Märta an der Hand weiter, bevor sich aus dem ohnehin unangenehmen Vorfall ein noch größeres Spektakel entwickelte. Viele Blicke verfolgten sie, und sie wusste, dass es hier einige gab, die Ebba zustimmten. Aber Helga war immer gutmütig und gerecht gewesen. Außerdem hatte sie ihr an einem Frühlingsmorgen vor acht Jahren geholfen, Märta auf die Welt zu bringen, und es gab auch kein Kind in dieser Gegend, das ohne Helgas Erfahrung und Können das Licht der Welt erblickt hätte. Es wurde gemunkelt, dass sie auch den armen Mädchen in unglücklicher Lage half, aber Elin war sich da nicht sicher.

Mit schweren Schritten ging sie den kurzen Weg zum Pfarrhof zurück. Die Seligkeit, die sie während des Gottesdiensts empfunden hatte, war wie weggeblasen, und die Erinnerungen an jenem unheilvollen Tag bedrückten sie. Normalerweise versuchte sie, nicht daran zu denken, denn es war, wie es war, nicht einmal Gott konnte daran etwas ändern. Und zu einem gewissen Teil war Per selbst schuld gewesen, denn ihn hatte sein Hochmut zu Fall gebracht. Davor hatte sie ihn gewarnt, seit sie ihm das Jawort gegeben hatte. Doch er hatte nicht auf sie gehört. Nun lagen er und die anderen als fette

Beute für die Fische auf dem Meeresgrund, während sie und das Mädchen wie Armenhäusler auf dem Hof ihrer Schwester geduldet waren. Sie würde bis ans Ende ihrer Tage damit leben müssen, dass die letzten Worte, die sie zu ihrem Ehemann gesagt hatte, hart gewesen waren. Und diese Worte legte ihr bei weitem nicht nur Ebba zur Last.

Mit einer Tonne Salz hatte alles angefangen. Sie hatten die Mitteilung erhalten, dass der gesamte Auslandshandel von nun an über Göteborg abgewickelt wurde, und in ganz Bohuslän war der Handel mit Norwegen oder den anderen Ländern, mit denen man bislang Waren ausgetauscht hatte, verboten worden. Die Armut in der Gegend hatte dadurch noch zugenommen, und der Groll gegen eine Obrigkeit, die leichterdings dafür sorgte, dass die Leute nichts mehr zu essen auf dem Tisch hatten, war groß. Nicht alle fügten sich dem Beschluss, und die Strandreiter, die die Küste bewachten, waren rund um die Uhr damit beschäftigt, unverzollte Ware zu beschlagnahmen. Elin hatte Per viele Male beschworen, sich an die Vorschriften zu halten, denn ein Verstoß konnte Unglück über die Familie bringen. Per hatte genickt und ihr versichert, er sehe das genauso.

Daher hatte sie Strandreiter Henrik Meyer seelenruhig die Tür geöffnet, als er an diesem Nachmittag Ende September anklopfte. Doch durch einen Blick zu Per, der am Küchentisch saß, wusste sie, dass dies ein Fehler gewesen war. Nach wenigen Minuten hatte Strandreiter Henrik Meyer die unverzollte Salztonne in der hintersten Ecke des Geräteschuppens gefunden. Elin wusste genau, was das hieß, und ballte die Hände in den Schürzentaschen zur Faust. Sie hatte Per so oft gesagt, er solle keine Dummheiten machen. Trotzdem hatte er es nicht lassen können. Wegen einer Tonne Salz.

Sie kannte ihn in- und auswendig. Seinen starrsinnigen Blick, aus dem trotz Armut ein Stolz blitzte, der ihn aufrecht gehen ließ. Allein die Tatsache, dass er um sie geworben hatte, bewies, dass er mehr Mut als die meisten anderen besaß. Er hatte nicht gewusst, wie wenig sich ihr Vater um ihr Schicksal scherte, und hatte nur die Tochter eines reichen Mannes in ihr gesehen, die eigentlich für ihn unerreichbar war. Doch derselbe Mut, genau dieser Stolz und diese Kraft hatten sie alle ins Verderben gestürzt.

Bevor die Strandreiter in ihre kleine Hütte kamen, hatte er angekündigt, mit dem Boot rausfahren zu wollen. Drei Tage wollte Per wegbleiben, und dann würden sie das Boot holen, für das er sich jahrelang abgerackert hatte, obwohl der Fischfang wenig hergab und ständig Hunger drohte. Er hatte etwas Eigenes besessen, und das hatte er für eine unrechtmäßig aus Norwegen eingeführte Tonne Salz aufs Spiel gesetzt.

Elin war wütend. Wütender als je zuvor. Sie wollte ihn schlagen, ihm die grünen Augen auskratzen und das blonde Haar ausreißen. Durch seinen verfluchten Stolz würden sie alles verlieren. Wovon sollten sie jetzt leben? Sie nahm jede Arbeit an, konnte aber nicht viele Riksdaler dazuverdienen, und für Per war es nicht leicht, Arbeit auf einem fremden Kutter zu bekommen, seit nicht mehr mit ausländischen Waren gehandelt werden durfte. Und mit der Fischerei ließ sich auch kein Staat machen.

Die ganze Nacht hatte sie wach gelegen und geschwiegen. Die Nachbarsfrau hatte erzählt, dass Henrik Meyer auf seinem Heimweg vom Sturm umgeweht worden und samt Pferd im Graben gelandet war. Das geschah ihm recht. Keinen Hauch von Mitleid hatte er gezeigt, als er ihnen die Nachricht überbrachte, dass er alles beschlagnahmen würde, was ihr Leben ausmachte. Ohne Boot hatten sie nichts.

Gegen Morgen hatte Per ihr zögerlich die Hand auf die Schulter gelegt, aber sie hatte sie abgeschüttelt und sich weggedreht. Mit dem Rücken zu ihm, hatte sie bittere Tränen geweint. Vor Zorn. Und vor Angst. Draußen vor der Hütte war der Wind immer stärker geworden, und als Per im Morgengrauen aufstand, setzte sie sich auf und fragte, wo er hinwollte.

»Wir fahren mit dem Boot raus«, antwortete er und zog Hemd und Hose an.

Elin hatte ihn wortlos angestarrt, während Märta drüben auf der Küchenbank friedlich schlummerte.

»Bei diesem Wetter? Hast du den Verstand verloren?«

»Wenn sie mir in drei Tagen das Boot wegnehmen, müssen wir vorher so viel wie möglich schaffen.« Er schlüpfte in seinen Mantel.

Elin zog sich hastig an und folgte ihm nach draußen. Er hatte sich nicht mal die Zeit genommen, etwas zu essen, sondern schien es so eilig zu haben, sich in das Unwetter zu stürzen, als wäre ihm der Teufel auf den Fersen.

»Du fährst heute nicht raus!«, schrie sie in den Sturm und sah aus dem Augenwinkel die neugierigen Zuschauer aus den Hütten ringsum kommen.

Claes, der Mann von Ebba aus Mörhult, kam ebenfalls nach draußen, auch er mit einer aufgebrachten Ehefrau im Schlepptau.

»Wenn ihr bei diesem Wetter rausfahrt, fordert ihr den Tod heraus!«, kreischte Ebba und zog Claes an der Jacke.

Er riss sich los und zischte:

»Wenn die Kinder was zu beißen haben sollen, bleibt uns nichts anderes übrig.«

Per nickte Claes zu, und dann gingen sie zusammen zum Boot. Elin blickte Pers breitem Rücken hinterher und wurde auf einmal von einem solchen Grauen gepackt, dass sie keine Luft mehr bekam. Mit voller Kraft schrie sie gegen den Wind an:

»Dann fahr doch raus, Per Bryngelsson, dann soll das Meer dich und deinen verfluchten Kutter ruhig holen, wenn es euch überhaupt haben will!«

Sie drehte sich um und erhaschte, als sie mit wehenden Röcken zurück ins Haus lief, noch einen Blick auf Ebbas entsetztes Gesicht. Sie warf sich weinend auf ihr Bett, ohne zu ahnen, dass diese Worte sie bis in den Tod verfolgen würden.

JESSIE DREHTE SICH im Bett um. Ihre Mutter war frühmorgens um kurz vor sechs zum Drehort gefahren, und Jessie genoss das Gefühl, das Haus für sich allein zu haben. Sie streckte sich, legte sich die Hand auf den Bauch und zog ihn so weit wie möglich ein. Er fühlte sich wunderbar flach an. Nicht so dick und teigig wie sonst, sondern dünn und flach. So wie der von Vendela.

Am Ende blieb ihr nichts anderes übrig, als Luft zu holen, und der Bauch quoll wieder hervor. Angeekelt nahm sie die Hand weg. Sie hasste ihren Bauch. Hasste alles an ihrem Körper. Alles an ihrem Leben. Der Einzige, den sie nicht hasste, war Sam. Sie schmeckte immer noch seinen Kuss auf ihren Lippen.

Jessie schwang die Beine über die Bettkante und stand auf. Unter dem Haus plätscherte Wasser, und als sie die Vorhänge aufzog, sah sie wieder strahlenden Sonnenschein. Sie hoffte, dass Sam auch an diesem Tag Lust haben würde, mit dem Boot rauszufahren. Trotz des Videos, das er ihr gezeigt hatte.

Solche Typen wie Nils, Basse und Vendela hatte sie ihr Leben lang kennengelernt, sie waren ihr auf verschiedenen Schulen, in verschiedenen Ländern und auf verschiedenen Erdteilen begegnet. Sie wusste, was sie wollten. Und wozu sie fähig waren.

Aber aus irgendeinem Grund wollten sie es nicht mit ihr machen.

Jessie hatte immer gemerkt, wann sich auf einer neuen Schule herumsprach, dass ihre Mutter Schauspielerin war. Zuerst wurde sie überall angelächelt, die Leute waren stolz, die Tochter eines Filmstars auf ihrer Schule zu haben. Doch wenn jemand gegoogelt und herausgefunden hatte, wer ihre Mutter in Wirklichkeit war, änderte sich das. Eine Mörderin, die als Schauspielerin Karriere gemacht hatte. Dann kamen die Blicke. Das Getuschel. Sie würde nie eins der beliebten Mädchen werden. Weil sie so aussah, wie sie aussah, und war, wer sie war.

Ihre Mutter verstand das nicht. In ihren Augen war jede Form von Aufmerksamkeit erfreulich. Egal, was sie durchlitt, Jessie musste auf jeder Schule bis zum nächsten Filmprojekt ihrer Mutter bleiben.

Bei Sam war es genauso. Was ihren Müttern vor dreißig Jahren passiert war, hing über ihnen wie eine dunkle Wolke.

Jessie ging in die Küche und machte den Kühlschrank auf. Wie üblich gab es nichts zu essen, aber jede Menge Sekt. Essen gehörte nicht zu den Prioritäten ihrer Mutter, im Gegenteil, sie war nur daran interessiert, ihre Figur zu halten. Jessie lebte von dem großzügigen Taschengeld, das sie von ihrer Mutter bekam. Der Großteil ging für Fast Food und Süßigkeiten drauf.

Jessie strich mit den Fingern über die kalten Flaschen. Dann zog sie langsam eine heraus. Sie war überraschend schwer. Sekt hatte sie noch nie probiert, aber ihre Mutter ... *Marie* trank ihn ununterbrochen.

Jessie riss die Alufolie ab und starrte ein paar Sekunden lang auf den Draht, der den Korken umgab. Dann drehte sie an der kleinen Drahtschlaufe. Sie zog am Korken, aber es ertönte nicht der vertraute Plopp, der Korken saß bombenfest. Richtig, Marie wickelte immer ein Geschirrtuch darum, wenn sie eine Sektflasche öffnete. Jessie griff nach einem der weißen Küchenhandtücher auf der Arbeitsplatte aus Marmor und drehte den Korken ein wenig, während sie daran zog. Schließlich bewegte er sich. Als Jessie noch ein wenig mehr zog, knallte der Korken plötzlich aus der Flasche.

Schaum quoll aus dem Flaschenhals, und Jessie wich einen Schritt zurück, um nicht nass zu werden. Rasch schüttete sie ein benutztes Wasserglas voll. Vorsichtig nahm sie einen Schluck und verzog das Gesicht. Widerlich. Aber wenn sie Saft dazugab, so wie Marie das immer machte, war das Zeug wahrscheinlich trinkbar. Da sie keine Ahnung hatte, in welchem Verhältnis sie Saft und Sekt mischen musste, füllte sie das Sektglas zu zwei Dritteln mit Sekt und goss dann Pfirsichsaft hinein. Als das Getränk überlief, schlürfte sie den ersten Schluck von oben ab. So schmeckte es schon viel besser. Richtig lecker sogar.

Jessie stellte die offene Sektflasche und den Saft in den Kühlschrank und ging mit ihrem Glas auf den Holzsteg vor dem Haus. Da ihre Mutter den ganzen Tag drehte, konnte sie machen, was sie wollte.

Sie griff zu ihrem Handy. Vielleicht hatte Sam ja Lust, vorbeizukommen und Sekt mit ihr zu trinken.

»Klopf, klopf!«

Zögerlich rief Erica durch die offene Tür, die von gigantischen Kletterrosen umgeben war. Sie hatte sich einen Augenblick Zeit genommen, um sie zu bewundern. Die hellrosa Blüten dufteten zauberhaft.

»Herein!«

Aus dem Innern des Hauses war eine hohe Stimme zu hören. Erica zog die Schuhe aus und ging hinein.

»Ach, hallo, Sie sind das!« Eine etwa sechzigjährige Frau kam mit einem Geschirrtuch in der einen und einem Teller in der anderen Hand um die Ecke.

Erica wunderte sich jedes Mal, wenn sie von Leuten wiedererkannt wurde, die sie gar nicht kannte. Seitdem sie einige erfolgreiche Bücher geschrieben hatte, war sie eine Art Promi und wurde hin und wieder sogar angesprochen, weil jemand mit ihr fotografiert werden oder ein Autogramm von ihr haben wollte.

»Hallo, ja, ich heiße Erica Falck.« Sie streckte die Hand aus.

»Viola.« Die ältere Dame strahlte.

Ihre Augen waren von einem feinen Netz aus Fältchen umgeben, die verrieten, dass sie oft und viel lachte.

»Haben Sie ein paar Minuten für mich Zeit?«, fragte Erica. »Ich schreibe ein Buch über einen alten Fall Ihres Vaters, und da er nicht mehr am Leben ist …«

» … wollten Sie mal fragen, was ich darüber weiß«, fügte Viola freundlich hinzu. »Kommen Sie rein, ich habe Kaffee aufgesetzt. Ich glaube, ich weiß, über welchen Fall Sie reden möchten.«

Viola ging voraus. Vom Hausflur aus gelangte man direkt in die helle und luftige Küche, in der einige Aquarelle an den Wänden die einzigen Farbtupfer waren. Vor einem der Bilder blieb Erica stehen. Sie hatte weder Ahnung davon noch ein übermäßiges Interesse an Kunst, aber sie spürte, ob ein Maler gut war, wenn sein Motiv sie in gewisser Weise gefangen nahm.

»Was für schöne Bilder!« Sie schaute sich eins nach dem anderen an.

»Danke.« Viola wurde rot. »Die habe ich gemalt. Lange Zeit war es nur ein Hobby, aber nun stelle ich sie auch aus und … es scheint sogar möglich zu sein, sie zu verkaufen. Am Freitag habe ich eine Vernissage im *Stora* Hotel, falls Sie Lust haben.«

»Das könnte gut sein. Und ich glaube gern, dass die Bilder verkäuflich sind, sie sind wundervoll.« Erica setzte sich an den großen weißen Küchentisch vor dem riesigen alten Sprossenfenster.

Sie liebte alte Fenster. Mit seinen Unregelmäßigkeiten wirkte altes Glas so viel lebendiger als moderne, industriell hergestellte Scheiben.

»Milch?«, fragte Viola. Erica nickte.

»Nur einen Schluck, bitte.«

Viola schnitt ein paar Stücke von dem Butterkuchen ab, der auf der Fensterbank stand. Erica lief das Wasser im Mund zusammen.

»Ich nehme an, dass Sie über die Ermittlungen meines Vaters im Fall Stella sprechen wollen«, sagte Viola, nachdem sie sich Erica gegenübergesetzt hatte.

»Ja. Ich möchte tatsächlich über den Fall Stella schreiben, und Leif, Ihr Vater, ist ein wichtiges Puzzleteil.«

»Mein Vater ist vor fast fünfzehn Jahren von uns gegangen. Sie wissen vielleicht schon, dass er sich das Leben genommen hat. Es war ein unheimlicher Schock, obwohl wir im Grunde damit hätten rechnen müssen. Er litt an einer schweren Depression, seit meine Mutter an Lungenkrebs gestorben war. Als er in Pension ging, wurde es noch schlimmer. Er sagte, er hätte keinen Grund mehr zu leben. Aber er hat bis zu seinem Tod viel über den Fall gesprochen.«

»Wissen Sie noch, was er gesagt hat?«

Erica verkniff es sich, genüsslich die Augen zu schließen, nachdem sie ein großes Stück von dem Kuchen abgebissen hatte. Butter und Zucker zergingen auf der Zunge.

»Es ist so lange her. Details sind mir nicht im Gedächtnis geblieben. Vielleicht kommen sie mir in den Sinn, wenn ich eine Weile überlege. Aber ich erinnere mich, dass ihn etwas quälte. Ihm waren Zweifel gekommen.«

»Zweifel woran?«

»Ob es wirklich die Mädchen waren.«

Nachdenklich trank Viola einen Schluck aus ihrer weißen Keramiktasse.

»Hat er bezweifelt, dass sie die Schuldigen waren?«

Das hörte Erica zum ersten Mal. In Ericas Bauch kribbelte es. Nachdem sie schon so viele Jahre mit einem Polizisten zusammenlebte, wusste sie aus Erfahrung, dass die Ermittler mit ihrem Bauchgefühl meistens richtiglagen. Wenn Leif bezweifelt hatte, dass die Mädchen schuldig waren, musste er einen Grund gehabt haben.

»Hat er gesagt, warum ihm Zweifel gekommen waren?«

Viola hielt ihre Tasse in beiden Händen und strich mit den Daumen über die Rillen.

»Nein«, antwortete sie zögerlich. »Er hat nie etwas Konkretes geäußert. Aber schließlich hatten die Mädchen ihr Geständnis zurückgezogen und haben dann jahrelang ihre Unschuld beteuert.«

»Es hat ihnen allerdings niemand geglaubt.« Erica hatte zahllose Zeitungsartikel über den Fall gelesen und wusste, was die Leute im Ort sagten, wenn der Fall in regelmäßigen Abständen zur Sprache kam.

Alle waren sich einig gewesen, dass die Mädchen die kleine Stella getötet hatten.

»Kurz vor seinem Tod sprach er davon, den Fall wieder aufzunehmen. Doch dann hat er sich das Leben genommen, bevor er dazu kam. Außerdem war er ja schon pensioniert und hätte den neuen Dienststellenleiter überreden müssen. Ich glaube nicht, dass der besonders scharf darauf gewesen wäre. Der Fall war gelöst. Die Schuldfrage war geklärt, auch wenn es nie zu einer regulären Strafe gekommen ist, weil die Mädchen so jung waren.«

»Ich weiß nicht, ob Sie mitbekommen haben …« Erica warf einen verstohlenen Blick auf ihr Handy. Immer noch keine Nachricht von Patrik. »Seit gestern, oder im schlimmsten Fall seit vorgestern Abend, ist ein kleines Mädchen vom selben Hof verschwunden.«

Viola starrte sie an.

»Was sagen Sie da? Nein, davon habe ich nichts gehört. Ich

habe mich in mein Atelier eingeschlossen und meine Ausstellung vorbereitet. Was ist denn passiert?«

»Das wissen sie noch nicht. Sie suchen das Mädchen seit gestern Nachmittag. Mein Mann ist auch dabei, er ist Polizist.«

»Was? Wie?«

Viola rang um Worte. Bestimmt kämpfte sie mit den gleichen Gedanken, wie sie Erica seit dem Vortag durch den Kopf gingen.

»Ja, es ist ein seltsames Zusammentreffen«, sagte Erica. »Zu seltsam. Das Mädchen ist genauso alt wie Stella damals. Vier Jahre.«

»Oh mein Gott«, sagte Viola. »Könnte sie sich nicht einfach verlaufen haben? Dieser Hof ist doch ziemlich abgelegen.«

»Ja, natürlich. Das hoffe ich.«

Doch Erica sah, dass Viola ihr ebenso wenig glaubte wie sie sich selbst.

»Hat sich Ihr Vater Notizen über den Fall gemacht? Könnte er Ermittlungsmaterial zu Hause aufbewahrt haben?«

»Nein, soweit ich weiß, nicht«, sagte Viola. »Meine zwei Brüder und ich haben uns nach seinem Tod um den Nachlass gekümmert, aber an etwas Derartiges kann ich mich nicht erinnern. Ich kann meine Brüder fragen, aber ich glaube nicht, dass es Notizbücher oder Ermittlungsordner gab. Und falls doch, fürchte ich, dass wir sie weggeworfen haben. Wir sind keine sentimentalen Typen, die alles aufbewahren, sondern glauben, dass man seine Erinnerungen hier hat.«

Sie legte sich die Hand aufs Herz.

Erica wusste, was sie meinte, und wünschte, sie wäre genauso gewesen. Sie hatte unglaubliche Schwierigkeiten, sich von Gegenständen mit Erinnerungswert zu trennen, und Patrik sagte oft im Scherz, er habe ein Eichhörnchen geheiratet.

»Es wäre toll, wenn Sie Ihre Brüder fragen könnten. Hier haben Sie meine Nummer, falls Sie wider Erwarten doch etwas finden. Oder wenn Ihnen noch etwas einfällt, was Ihr Vater über den Fall gesagt hat. Egal was, rufen Sie mich an. Auch die nebensächlichsten Dinge können von Bedeutung sein, man weiß nie.«

Erica zog eine Visitenkarte aus der Tasche und gab sie Viola, die sie eine Weile betrachtete und dann auf den Tisch legte.

»Wie schrecklich, das mit dem kleinen Mädchen. Ich hoffe wirklich, dass sie gefunden wird.« Sie schüttelte den Kopf.

»Das hoffe ich auch.« Erica schaute erneut auf ihr Handy.

Doch sie hatte keine Nachricht von Patrik bekommen.

»Danke.« Sie stand auf, um sich zu verabschieden. »Falls ich es zeitlich schaffe, komme ich am Freitag vorbei. Die Bilder sind wunderschön.«

»Dann sehen wir uns hoffentlich dort.« Aus Verlegenheit über das Kompliment war Viola errötet.

Als Erica zum Auto ging, hatte sie den Rosenduft noch in der Nase. Violas Worte hallten in ihrem Kopf wider. Leif hatte bezweifelt, dass Marie und Helen schuldig waren.

Das Warten erschien ihnen ewig, aber eine Stunde nach Mellbergs Anruf kamen Torbjörn Ruud und sein Technikerteam aus Uddevalla endlich anmarschiert. Sie gaben sich die Hand, und Patrik zeigte auf den Baumstamm hinter der Absperrung.

»Verdammte Scheiße!«, sagte Torbjörn. Patrik nickte.

Er wusste, dass der Kriminaltechniker einiges gesehen hatte und nicht mehr alles an sich heranließ, aber an den Anblick toter Kinder gewöhnte man sich nicht. Der Kontrast zwischen der Lebenskraft eines kleinen Kindes und der Unwiderruflichkeit des Todes war wie ein Schlag in die Magengrube.

»Liegt sie dort?«, fragte Torbjörn.

Patrik nickte.

»Unter dem Baumstamm. Ich bin noch nicht hingegangen, um zu gucken, weil ich auf euch warten wollte, damit nicht noch mehr Leute am Fundort herumtrampeln. Die Leute, die sie gefunden haben, sagten, unter dem Baumstamm sei ein Hohlraum, und in den wäre sie hineingelegt worden. Deshalb haben wir sie auch erst jetzt gefunden, nachdem wir die Stelle bereits mehrmals abgesucht hatten.«

»Haben die drei sie entdeckt?«

Torbjörn zeigte auf Harald, Johannes und Karim, die ein Stück entfernt standen.

»Ja. Ich habe ihnen gesagt, dass sie hier warten sollen, damit ihr alles Notwendige unternehmen könnt, um ihre Spuren herauszufiltern. Ich nehme an, ihr wollt ihre Schuhsohlen fotografieren, damit ihr ihre Fußabdrücke ausschließen könnt.«

»Korrekt.« Torbjörn gab einem der beiden Techniker, die er mitgebracht hatte, Anweisungen.

Dann zog er Overall und Schuhschützer über und reichte Patrik ebenfalls Schutzkleidung.

»Komm«, sagte er, als sie beide vorbereitet waren.

Patrik holte tief Luft und folgte Torbjörn zu dem Baum. Obwohl er sich innerlich auf den Anblick gefasst machte, traf der ihn mit solcher Wucht, dass er schwankte. Als Erstes sah er eine Kinderhand. Das nackte Kind lag zusammengekauert in einem kleinen Hohlraum, der sich im Waldboden unter dem Baumstamm gebildet hatte. Das Gesicht war ihnen zugewandt, aber teilweise von der schmutzigen Hand verdeckt. Auch das blonde Haar war voller schwarzer Erde und Laub, und Patrik musste sich zusammenreißen, um sich nicht zu dem Mädchen hinunterzubeugen und ihm den Dreck abzuwischen. Wer hatte einem kleinen Kind so etwas antun können? Wie war so jemand veranlagt? Wut rauschte in seinen Adern und gab ihm die Kraft, zu tun, was getan werden musste. Half ihm, kühl und sachlich zu bleiben. Das war er dem Mädchen und den Eltern schuldig. Seine Gefühle musste er jetzt beiseitelassen. Nach jahrelanger Zusammenarbeit mit Torbjörn wusste er, dass dieser es genauso machte.

Sie hockten nebeneinander und nahmen jedes Detail wahr. So wie das Mädchen dalag, war die Todesursache nicht zu erkennen, das würde später kommen. Im Moment ging es darum, eventuelle Spuren zu sichern, die der Täter hinterlassen hatte.

»Ich ziehe mich einen Moment zurück und lasse euch eure Arbeit machen«, sagte Patrik. »Sagt mir Bescheid, wenn die Leiche geborgen wird. Da möchte ich dabei sein.«

Torbjörn nickte, und die Techniker begannen, in der direkten Umgebung des Baums Spuren zu sammeln. Das war eine mühsame Arbeit. Und eine Aufgabe, die sich nicht beschleunigen ließ. Ein einzelnes Haar, ein Stück Plastikfolie, ja, alles, was rings um das Mädchen gefunden wurde, musste fotografiert, eingetütet und beschriftet werden. Von den Fußspuren im lockeren Waldboden mussten mit Hilfe einer zähflüssigen Masse Abdrücke genommen werden, die man, wenn sie fest geworden waren, später zum Vergleichen und als Beweismittel gegen einen eventuellen Täter verwenden konnte. Es war eine zeitraubende Tätigkeit, und Patrik hatte im Laufe von einigen Ermittlungen in Mordfällen gelernt, seine Ungeduld im Zaum zu halten und Torbjörn und sein Team nicht zu drängen. Es würde ihnen später zugutekommen. Wenn sie jetzt nicht sauber und gründlich arbeiteten, war das nicht wiedergutzumachen.

Er verließ den abgesperrten Bereich und ging etwas abseits, um sich innerlich auf die Aufgabe, vor der er stand, vorzubereiten. Der Erfolg ihrer Ermittlungsarbeit hing entscheidend von den ersten vierundzwanzig Stunden ab. Zeugen vergaßen rasch, Spuren verschwanden, und der Täter hatte Zeit, sie hinter sich zu verwischen; innerhalb von einem Tag konnte viel geschehen, und daher kam es jetzt darauf an, die richtigen Prioritäten zu setzen.

Er griff zum Handy, um Erica mitzuteilen, dass es spät werden würde. Ihm war klar, dass sie auf eine Nachricht von ihm wartete. Natürlich wollte sie wissen, was passiert war. Er vertraute auf ihre Diskretion und wusste, dass sie zu niemandem ein Wort sagen würde, bevor er nicht sein Okay gegeben hatte. Da er jedoch keinen Empfang hatte, steckte er das Handy wieder ein. Er würde sich später bei ihr melden.

Es war warm geworden. Eine Weile stand er mit geschlossenen Augen da und hielt das Gesicht in die Sonne. In die Geräusche des Waldes mischte sich das Gemurmel der Techniker. Patrik dachte an Gösta. Er fragte sich, wie es ihm ergangen war, dankbar, nicht mit Neas Eltern sprechen zu müssen.

Als eine Mücke auf seinem Arm landete, verscheuchte er sie, anstatt sie, wie sonst, zu erschlagen. Für heute hatte er genug Tod um sich gehabt.

Das Ganze hatte etwas Surreales. Hier stand er, mitten in einem schwedischen Wald, mit Menschen zusammen, die er noch nie gesehen hatte.

Karim sah nicht zum ersten Mal einen toten Menschen. Im Gefängnis in Damaskus war vor seinen Augen ein Toter hinausgeschleift worden. Und auf der Überfahrt übers Mittelmeer hatte er tote Kinder im Wasser treiben sehen.

Doch das hier war etwas anderes. Er war nach Schweden gekommen, weil es in diesem Land keine toten Kinder gab. Und trotzdem lag wenige Meter von ihm entfernt ein totes Mädchen.

Karim spürte eine Hand auf seinem Arm. Sie gehörte Harald, dem älteren Mann mit den freundlichen braunen Augen, dessen Englisch einen so starken schwedischen Akzent hatte, dass er ihn nur mit Mühe verstand. Aber er mochte ihn. Sie hatten sich die Zeit mit Small Talk vertrieben. Wo Worte nicht ausreichten, nahmen sie Gesten und Mimik zu Hilfe. Und Johannes, der jüngere Mann, hatte dem älteren Mann auf die Sprünge geholfen, wenn dem ein Wort nicht einfiel.

Karim fiel plötzlich auf, dass er zum ersten Mal, seit er in Schweden war, über seine Familie und seine Heimat redete. Er hatte die Sehnsucht in seiner eigenen Stimme gehört, als er von der Stadt sprach, in die er vielleicht nie zurückkehren würde. Ihm war bewusst, dass seine Schilderungen der Wirklichkeit nicht gerecht wurden, denn er vermisste nur die Dinge, die nichts mit dem Terror zu tun hatten.

Doch welcher Schwede konnte verstehen, was es bedeutete, sich ständig umzuschauen und das Gefühl zu haben, man könnte jeden Augenblick von einem Nachbarn oder sogar einem Familienmitglied verraten werden? Die Regierung hatte ihre Augen überall. Jeder sorgte für sich und die Seinen, alle versuchten, die eigene Haut zu retten. Jeder hatte jemanden verloren. Jeder hatte einen geliebten Menschen sterben gesehen und tat fortan alles, um so etwas nicht noch einmal erleben zu müssen. Als Journalist war er besonders gefährdet gewesen.

»*You okay?*« Haralds Hand lag noch immer auf seiner Schulter.

Karim begriff, dass man ihm ansah, was in ihm vorging. Er hatte einen Blick hinter die Fassade gestattet, hatte all seine Sehnsucht und auch seinen Frust offenbart, und nun fühlte er sich ertappt. Lächelnd machte er das Tor zu seinen Erinnerungen wieder zu.

»*I'm okay. I'm thinking about the girl's parents.*« Für einen Moment hatte er die Gesichter seiner eigenen Kinder vor Augen.

Amina machte sich wahrscheinlich Sorgen und steckte wie üblich die Kinder damit an, aber da sie hier keinen Empfang hatten, konnte er sie nicht anrufen. Sie würde wütend sein, wenn er zurückkam. Wenn sie sich Sorgen machte, wurde sie immer wütend. Aber das machte nichts. Wenn sie wütend war, fand er sie besonders schön.

»*Poor people.*« Harald hatte Tränen in den Augen.

In einer gewissen Entfernung arbeiteten Männer in weißen Kunststoffovcralls auf Knien neben dem Mädchen. Man hatte Karims Schuhe fotografiert und auch die von Johannes und Harald. Man hatte Klebestreifen auf ihre Kleidung gedrückt und anschließend sorgfältig in beschrifteten Plastikbeuteln verpackt. Karim begriff, worum es ging, obwohl er es noch nie erlebt hatte. Die Techniker wollten die Spuren, die er selbst und die anderen am Fundort der Leiche hinterlassen hatten, ausschließen.

Johannes sagte etwas auf Schwedisch zu dem älteren Mann, beide nickten. Johannes übersetzte für ihn:

»*We thought maybe we could ask the policeman if we can go back. They seem to be done with us.*«

Karim nickte. Er wollte gerne weg von dem Ort, an dem das tote Mädchen lag. Ihr blondes Haar, die kleine Hand, die das Gesicht verbarg. In Embryonalhaltung in einer Vertiefung im Boden versteckt.

Harald ging zur Absperrung und sprach mit einem der Polizisten. Sie sprachen leise miteinander, dann sah Karim ihn nicken.

»*We can go back*«, sagte Harald, als er wieder bei ihnen war.

Als sich die Spannung löste, begann sein Körper zu zittern. Karim wollte nach Hause. Zu seinen Kindern. Und zu Aminas funkelnden Augen.

Als Vendela die Treppe hinaufstapfte, schloss Sanna die Augen. Ihr Kopf war heute kurz davor zu platzen, und als die Tür zugeknallt wurde, zuckte sie zusammen. Sie sah vor sich, wie sich der Riss im Holz noch weiter fortpflanzte.

Sanna hatte Vendela lediglich vorgeschlagen, sie in die Gärtnerei zu begleiten. Vendela hatte nie viel für die Gärtnerei übriggehabt, aber nun schien sie es regelrecht als Strafe zu betrachten, sich dort aufzuhalten. Sanna wusste, dass sie den Kampf hätte aufnehmen müssen, aber sie konnte sich nicht dazu aufraffen. Seit sie von Neas Verschwinden wusste, hatte sie überhaupt keine Kraft mehr.

Oben ging die Musik an, die Bässe wummerten. Sanna fragte sich, wie ihre Tochter den Tag verbringen würde. In letzter Zeit schien sie meist mit diesen beiden Jungs herumzuhängen, und die waren mit Sicherheit nicht die beste Gesellschaft. Ein fünfzehnjähriges Mädchen und zwei Jungs im selben Alter, das konnte nur Probleme mit sich bringen.

Sanna räumte den Frühstückstisch ab. Vendela hatte nur ein Ei gegessen. Das Brot, das sie von klein auf zum Frühstück verzehrt hatte, enthielt anscheinend zu viel Zucker. Sanna toastete eine Scheibe Weißbrot und bestrich sie dick mit Orangenmarmelade. Sie war bereits so spät dran, dass es auf fünf Minuten auch nicht mehr ankam.

In gewisser Hinsicht war Vendelas Trotzanfall angenehm gewesen. Sanna war nicht dazu gekommen, an Nea zu denken. Und auch nicht an Stella. Als sie nun allein in der stillen Küche saß, stürmten alle Gedanken gleichzeitig auf sie ein. Sie erinnerte sich an alle Einzelheiten jenes Tages. Sie wusste noch genau, wie froh sie gewesen war, dass sie mit nach Uddevalla fahren durfte, um neue Sachen für das neue Schuljahr zu bekommen. Sie war hin- und hergerissen gewesen zwischen der Freude auf den Einkauf mit Mama und dem Neid auf Stella, weil die zwei coole ältere Mädchen als Babysitterinnen hatte. Doch ihre Eifersucht war in dem Moment vergessen, als sie zum Abschied gewinkt hatte und mit ihrer Mutter im Volvo losfuhr in die große Stadt.

Auf der Heimfahrt hatte sie die ganze Zeit auf die Rückbank geschaut, wo die Einkaufstüten mit den neuen Kleidungsstücken lagen. Wunderschöne Sachen. Vor Glück konnte sie kaum stillsitzen. Mama musste sie lachend ermahnen.

Danach hatte ihre Mutter nie wieder gelacht.

Sanna legte das Marmeladenbrot auf den Tisch. Der Bissen in ihrem Mund schmeckte plötzlich pappig. Sie erinnerte sich, wie sie aus dem Auto gestiegen waren, und Papa sie mit irrem Blick angesehen hatte. Die Übelkeit kam fast wie ein Schock. Sanna raste zur Toilette und schaffte es gerade noch, den Klodeckel anzuheben. Kurz darauf schwammen kleine Stückchen Apfelsinenschale in der Schüssel, und Sannas Magen stülpte sich wieder um.

Zitternd sank sie auf den gekachelten Fußboden. Über ihr dröhnte die Musik.

Auf einer der Zielscheiben, die an die Bäume hinter ihrem Grundstück genagelt waren, knallte es.

»Gut, Sam«, sagte James trocken.

Sam musste sich ein Grinsen verkneifen. Er wurde sonst nie von seinem Vater gelobt. Aber dass er mit einer Waffe zielen konnte, fand der offenbar lobenswert.

»Du wirst immer sicherer.« James nickte und sah ihn über den Rand seiner Sonnenbrille an.

Er trug eine Pilotenbrille mit verspiegelten Gläsern. Sein Vater war die Parodie eines amerikanischen Sheriffs.

»Versuch es mal aus größerer Entfernung.« James winkte Sam zurück, und dieser entfernte sich von dem Baum.

»Halt die Hand ruhig! Atme kurz vorm Schuss aus! Konzentriere dich!«

James blieb ruhig, während er Anweisungen erteilte. Er hatte jahrelang die schwedischen Eliteschützen trainiert, und Sam wusste, wie viel Ansehen James unter Kollegen genoss. Dass er ein gefühlloses Arschloch war, hatte seiner Karriere vermutlich genützt, Sam allerdings konnte den nächsten Auslandsaufenthalt seines Vaters kaum erwarten.

Wenn James monatelang weg war, manchmal an unbekannten Orten, konnte Sam freier atmen. Nicht nur er, sondern auch seine Mutter hatte einen leichtfüßigeren Gang, und er genoss es, dass sie öfter lachte. Kaum betrat James das Haus, verstummte das Lachen, und sie trainierte mehr. Vom Laufen wurde sie noch dünner. Bekam wieder diesen gehetzten Blick. Diese Mutter hasste er so sehr, wie er die fröhliche liebte. Er wusste, dass das ungerecht war, aber schließlich hatte sie sich entschieden, mit diesem Mann ein Kind zu bekommen. Sam wollte ihn nicht als seinen Vater bezeichnen. Und ihn schon gar nicht Papa nennen.

Hastig feuerte er ein paar Schüsse ab. Natürlich traf er.

James nickte zufrieden.

»Verdammt, wenn du ein bisschen Rückgrat hättest, könntest du ein guter Soldat werden.« James lachte.

Mama kam in den Garten.

»Ich laufe eine Runde«, rief sie, aber weder James noch Sam reagierten.

Sam hatte gedacht, sie wäre längst unterwegs gewesen, weil sie meistens direkt nach dem Frühstück loslief, um sich allzu hohe Temperaturen zu ersparen, aber heute war es schon fast zehn.

»Geh noch ein paar Meter zurück«, sagte James.

Sam wusste, dass er auch aus dieser Entfernung treffen würde. Wenn James nicht da war, trainierte er sogar aus noch größerer Entfernung. Doch aus irgendeinem Grund wollte er seinem Vater nicht zeigen, wie gut er wirklich war. Er gönnte ihm das befriedigende Gefühl nicht, seinem Sohn etwas vererbt zu haben, wofür er sich selbst auf die Schulter klopfen konnte. Es war nicht sein, nicht James' Verdienst. Nichts war sein Verdienst. Alles, was in Sams Leben gut war, hatte er trotz James, nicht dank ihm.

»*Nice!*«, rief sein Vater, als er wieder die ganze Serie ins Schwarze getroffen hatte.

Auch das ging Sam auf die Nerven. Dass James so oft ins Englische wechselte und mit breitem amerikanischen Akzent sprach. Dabei hatte er keine amerikanischen Vorfahren, Sams Opa hatte in seiner Jugend lediglich für James Dean geschwärmt. Doch James hatte so viel Zeit mit Amerikanern verbracht, dass er sich ihren Akzent angeeignet hatte. Er sprach wie ein Cowboy, der auf irgendwas herumkaute. Sam schämte sich für ihn, wenn er nicht Schwedisch sprach.

»*One more time*«, sagte James, als hätte er Sams Gedanken gelesen und wollte ihn absichtlich ärgern.

»*All right*«, antwortete Sam genauso breit und hoffte, James würde nicht auffallen, dass er ihn auf den Arm nahm.

Er zielte auf die Scheibe, drückte ab und traf. Mitten ins Schwarze.

Bohuslän 1671

»Das Mädchen war gestern im großen Haus, dabei weiß Elin, was ich dazu gesagt habe!«

Brittas Stimme klang schneidend, Elin senkte den Kopf.

»Ich werde mit ihr reden«, sagte sie leise.

»Dass es für die Bediensteten einen eigenen Trakt gibt, hat seinen Grund!«

Britta schwang die Beine über die Bettkante.

»Wir bekommen heute vornehmen Besuch«, fuhr sie fort. »Alles muss perfekt sein. Hat Elin mein blaues Kleid gewaschen und geplättet? Das aus Seidenbrokat?«

Sie schob die Füße in die Pantoffeln neben dem Bett. Das war auch notwendig. Auch wenn der Pfarrhof feiner war als jedes andere Haus, das Elin gesehen hatte, war es dort kalt und zugig, und die Böden waren im Winter eisig.

»Es ist alles fertig«, antwortete Elin. »Wir haben jeden Winkel des Hauses geputzt, und gestern war Boel aus Holta da und hat das Essen vorbereitet. Als Vorspeise wird sie gefüllte Kabeljauköpfe servieren, als Hauptgang Hahn mit Stachelbeeren und zum Nachtisch eine Süßspeise aus allem, was der Vorratskeller hergab.«

»Gut«, sagte Britta. »Harald Stakes Gesandter soll fürstlich bewirtet werden. Harald Stake ist der Gouverneur von Bohuslän und vom König persönlich beauftragt, mit den Pfarrern über die Plage zu sprechen, die das Land befallen hat. Erst vor wenigen Tagen hat Preben mir erzählt, dass in Marstrand eine Hexe gefangen genommen wurde.«

Brittas Wangen waren gerötet.

Elin nickte. Die Leute redeten nur noch über die Hexenkommission, die in ganz Bohuslän Verdächtige festnahm und ihnen den Prozess machte. Angeblich packte man das Übel jetzt im ganzen Land an der Wurzel. Gnadenlos. Elin lief ein Schauer über den Rücken. Hexerei. Wilde Tänze auf dem Blocksberg und Vereinigung mit dem Satan persönlich. Die Scheußlichkeiten waren unbeschreiblich.

»Ida-Stina hat mir erzählt, Elin habe Svea aus Hult geholfen, ein Kind zu bekommen«, sagte Britta, während Elin ihr beim Anziehen half. »Was immer Elin für sie getan hat, soll Sie bei mir auch machen.«

»Ich kann nur das, was ich von Großmutter gelernt habe.« Elin verschnürte Brittas Kleid am Rücken.

Die Bitte erstaunte sie nicht. Britta war schon fast zwanzig, und sie und Preben waren seit zwei Jahren verheiratet, ohne dass ihre Taille breiter geworden wäre.

»Elin soll nur das tun, was Sie für Svea getan hat. Es wird Zeit, dass ich Preben ein Kind schenke. Er hat schon gefragt, wann es endlich so weit ist.«

»Für Svea habe ich einen Kräutersud nach einem Rezept von Großmutter gemacht.« Elin bürstete Brittas langes Haar.

Äußerlich waren die Schwestern sehr verschieden. Elin hatte das blonde Haar und die hellblauen Augen ihrer Mutter geerbt, während Britta mit ihrem schwarzen Haar und den dunkelblauen Augen der Frau ähnelte, die bereits vor deren Tod den Platz ihrer Mutter eingenommen hatte. Im Dorf raunte man sich immer noch zu, Elins Mutter Kerstin sei an gebrochenem Herzen gestorben. Das stimmte zwar auch, aber Elin hatte keine Zeit, darüber nachzudenken. Ihr Vater war vor einem Jahr gestorben, und nun war Britta die letzte Verwandte, die sie vor dem Hungertod retten konnte.

»Sie hat mir auch beigebracht, Krankheiten zu besprechen«, sagte Elin vorsichtig. »Falls Britta nichts dagegen hat, kann ich den Sud vorbereiten und dabei ein paar Formeln sagen. Ich habe alles, was ich für das Gebräu brauche, im letzten Sommer habe ich genügend Kräuter für den Winter getrocknet.«

Britta machte eine abwehrende Bewegung mit ihrer schmalen weißen Hand.

»Sie kann tun, was Sie will. Ich muss meinem Mann ein Kind gebären, sonst bringe ich Unglück über uns.«

Elin lag auf der Zunge, dass es in dem Fall vielleicht das Beste wäre, das Ehebett mit ihm zu teilen, aber sie war klug genug, zu schweigen. Sie hatte selbst erlebt, welche Folgen es haben konnte, wenn man Brittas Zorn auf sich zog. Einen Augenblick lang fragte sie sich, wie ein so freundlicher Mann wie Preben eine wie Britta hatte heiraten können. Aber wahrscheinlich hatte ihr Vater seine Finger im Spiel gehabt. Er hatte sich mächtig ins Zeug gelegt, damit seine Tochter eine gute Partie machte.

»Den Rest schaffe ich allein.« Britta stand auf. »Elin hat bestimmt unendlich viel zu erledigen, bis Stakes Vertreter eintrifft. Und Sie soll mit Ihrem Kind sprechen, denn sonst spricht die Rute.«

Elin nickte, obwohl das, was ihre Schwester über Märta gesagt hatte, ihr Blut zum Kochen brachte. Noch hatte Britta nicht die Hand gegen das Mädchen erhoben, aber falls es eines Tages passierte, konnte Elin für nichts garantieren. Es war also am besten, wenn sie so bald wie möglich ein ernstes Wort mit ihrer Tochter redete, damit diese nicht mehr ins große Haus ging.

Draußen auf dem Hof sah Elin sich besorgt um.

»Märta?«, rief sie leise.

Britta mochte es nicht, wenn die Bediensteten laut waren. Auch das musste man bedenken, wenn man nicht in Ungnade fallen wollte.

»Märta?«, rief sie etwas lauter und ging auf den Stall zu.

Höchstwahrscheinlich steckte sie dort, auch wenn es ihr eigentlich verboten war, den Stall zu betreten. Leider hatte das Mädchen nicht nur die grünen Augen ihres Vaters geerbt, sondern auch dessen Sturheit, und Ermahnungen gegenüber war sie taub.

»Wir sind hier«, sagte eine vertraute Stimme.

Preben. Ruckartig blieb Elin stehen.

»Komm rein, Elin«, rief er freundlich aus dem hinteren Teil des Stalls, wo es stockdunkel war.

»Ja, komm her, Mutter«, sagte Märta eifrig.

Elin zögerte, doch dann hob sie ihre Röcke, damit sie nicht über den schmutzigen Boden schleiften, und ging mit raschen Schritten in die Richtung, aus der sie die Stimmen gehört hatte.

»Schau mal, Mutter«, sagte Märta andächtig.

Mit drei winzigen Kätzchen im Arm saß sie im hintersten Verschlag. Die Jungen schienen höchstens einen Tag alt zu sein und bewegten, immer noch blind, suchend die Köpfchen hin und her. Neben Märta saß Preben, auch er hatte den Arm voller Katzenjungen.

»Wenn das kein wahres Wunder Gottes ist.« Er streichelte ein kleines graues Kätzchen.

Es wimmerte jämmerlich und stieß mit dem Kopf gegen seinen Hemdsärmel.

»Hier, Mutter, fühl mal, wie weich es ist.« Märta reichte ihr ein schwarz und weiß geflecktes Tierchen, das die Tatzen ausstreckte.

Elin zögerte. Sie warf einen Blick über ihre Schulter. Britta würde keine Gnade kennen, wenn sie Märta und sie hier drinnen sah. Zusammen mit Preben.

»Setz dich, Elin. Mein liebes Eheweib hat alle Hände voll zu tun mit den Vorbereitungen für den hohen Besuch heute Abend.«

Preben lächelte.

Wieder zögerte Elin einen Moment. Dann konnte sie der Hilflosigkeit des schwarzweißen Kätzchens nicht länger widerstehen, nahm es auf den Arm und setzte sich damit ins Heu.

»Preben sagt, ich darf mir eins aussuchen, das nur mir allein gehört, Mutter.«

Märta sah den Pfarrer mit leuchtenden Augen an. Elin betrachtete ihn ungläubig, aber er lächelte, und sein Lächeln reichte bis zu den blauen Augen.

»Sie darf dem Kätzchen auch einen Namen geben«, sagte er. »Aber vergiss nicht, es muss unser Geheimnis bleiben.«

Er legte den Zeigefinger auf die Lippen und sah das Mädchen bedeutungsvoll an. Märta nickte ebenfalls ernst.

»Ich werde es hüten wie einen kostbaren Schatz.« Sie sah sich unter den Katzenjungen um. »Das da will ich.«

Sie strich einem grauen Tier über den Kopf, es war das kleinste. Elin schüttelte unauffällig den Kopf. Sie zweifelte an den Überlebenschancen des unterernährten Kätzchens. Doch Preben blieb ruhig.

»Märta hat ein Auge für Katzen.« Er kraulte das graue Tier hinter dem Ohr. »Ich hätte mir auch diese ausgesucht.«

Märta schaute Preben auf eine Weise an, die Elin nicht gesehen hatte, seit all das Böse passiert war. Es versetzte ihr einen Stich. Früher hatte Märta nur Per so angesehen, aber

Preben hatte etwas an sich, das an Per erinnerte. Eine Art Güte in seinen Augen strahlte Ruhe und Zuversicht aus.

»Sie soll Viola heißen«, sagte Märta. »Veilchen sind meine Lieblingsblumen.

»Eine hervorragende Namenswahl.« Preben nickte.

Er warf Elin einen Blick zu. Hoffentlich war es kein Kater.

»Märta möchte lesen lernen.« Preben strich dem Mädchen über das blonde Haar. »Der Küster unterrichtet die Kinder zweimal in der Woche.«

»Ich weiß nicht recht, was sie davon hätte«, sagte Elin.

Wenn sie im Leben eins gelernt hatte, dann, dass sich Frauen besser nicht hervortun. Oder sich zu große Hoffnungen machen. Das führt nur zu Enttäuschungen.

»Sie muss doch den Katechismus lesen können«, wandte Preben ein.

Da konnte Elin schlecht widersprechen. Wenn er es für angemessen oder sogar ratsam hielt, dass ihre Tochter lesen lernte, standen ihr keine Einwände zu.

»Dann nimmt Märta gern am Unterricht teil.« Elin senkte den Kopf.

Sie selbst konnte nicht lesen und meisterte Katechismusverhöre nur, weil sie alles auswendig konnte.

»Dann wäre das also entschieden.« Strahlend vor Freude tätschelte Preben Märta ein letztes Mal.

Dann stand er auf und klopfte seine Hose ab. Elin versuchte, ihn nicht anzuschauen. Irgendetwas an ihm zog sie an, aber sie schämte sich für solche Gedanken. Preben war der Mann ihrer Schwester, er war der Gutsherr und der Pfarrer dieser Gemeinde. Einem solchen Mann gegenüber war jegliches Gefühl außer Dankbarkeit und Ehrfurcht eine Sünde, und für die verdiente sie Gottes Strafe.

»Ich sollte Britta jetzt bei den Vorbereitungen zur Hand gehen, sonst überfordert sie die Bediensteten noch völlig.«

Gutgelaunt wandte er sich an Märta. »Und du pass gut auf Viola auf. Märta spürt, wenn ihre Hilfe gebraucht wird.«

»Danke.« Märta betete Preben geradezu an, und Elins Herz wurde weich.

Doch es schmerzte auch. Die Sehnsucht nach Per überkam sie mit solcher Wucht, dass sie sich abwenden musste. Während Preben wegging, zwang sie sich, nicht mehr an Per zu denken. Er war nicht mehr da. Daran ließ sich nichts ändern. Sie und Märta waren allein. Viola gehörte jetzt auch zu ihnen.

»Ja, das wird kein leichter Tag.« Patrik sah sich im Besprechungsraum um.

Niemand antwortete ihm. Er nahm an, dass die anderen, genau wie er, an ihre eigenen Kinder dachten. Oder die Enkelkinder.

»Bertil und ich möchten gern alle Beurlaubungen aufheben und euch umgehend zurück in den Dienst holen.«

»Ich glaube, ich kann für alle sprechen, du könntest uns sowieso nicht von hier verjagen«, sagte Paula.

»Das dachte ich mir.« Patrik war den Kollegen dankbar.

Sogar Mellberg. Nicht einmal der hatte gezögert.

»Könnt ihr es denn organisieren? Einige von euch haben ja kleine Kinder, deren Kitas geschlossen sind.«

Er sah vor allem Martin an.

»Pias Eltern nehmen Tuva, wenn ich arbeite.«

»Gut«, sagte Patrik.

Da sich niemand zu Wort meldete, ging er davon aus, dass auch Paula und Annika Lösungen für ihre familiäre Situation gefunden hatten. Wenn ein Kind starb, geriet alles aus den Fugen. Dann musste jeder mit anpacken, und es standen ihnen viele Stunden Arbeit bevor.

»Wie geht es den Eltern, Gösta?« Patrik lehnte sich an den Schreibtisch vorne neben dem Whiteboard.

»Den Umständen entsprechend.« Gösta kniff einige Male die Augen zusammen. »Die Pastorin war da, und den Bezirksarzt habe ich gerufen. Als ich ging, hatten sie beide ein Schlafmittel bekommen.«

»Haben sie keine Angehörigen, die ihnen beistehen können?«, fragte Annika, die ebenfalls mitgenommen wirkte.

»Evas Eltern sind tot, und Peters Eltern leben in Spanien, aber sie sitzen bereits im Flieger.«

Annika nickte.

Patrik wusste, dass sie eine große und quirlige Familie hatte und daran gewöhnt war, viele Menschen um sich zu haben.

»Was sagt Torbjörn? Wie weit sind sie?« Martin griff nach der Thermoskanne, die Annika vor dem Meeting mit Kaffee gefüllt hatte.

»Das Mädchen wird gerade zur Obduktion nach Göteborg gebracht«, sagte Patrik leise.

Die Bilder auf seiner Netzhaut würden nie verschwinden. Er war dabei gewesen, als man Nea unter dem Baumstamm hervorgeholt hatte, und er wusste, dass er diesen Anblick für geraume Zeit jedes Mal, wenn er die Augen schloss, vor sich hätte. Größere Tiere waren in der Grube nicht an sie herangekommen, aber ganze Insektenschwärme waren aufgeflogen, als der Leichnam geborgen wurde. Der Reihe nach blitzten die Bilder in seinem Kopf auf. Er hatte Obduktionen miterlebt und wusste nur zu gut, wie sie vor sich gingen. Wie das kleine Mädchen nackt und schutzlos auf dem kalten Stahltisch lag, wollte er nicht sehen. Er wollte nicht wissen, wo Pedersen die Schnitte ansetzte, wie er ihre inneren Organe entnahm und alles, was sie einst lebendig gemacht hatte, vermessen und gewogen wurde. Die Stiche, die ein großes Y auf ihrem Brustkorb bildeten, er wollte sie nicht sehen.

»Wie ist es am Fundort gelaufen?«, fragte Gösta. »Habt ihr noch was Nützliches entdeckt?«

Patrik zuckte zusammen. Er sah immer wieder Nea vor sich.

»Sie haben eine ganze Menge Material gesammelt, aber noch wissen wir nicht, was wir davon gebrauchen können.«

»Was für Material?«, fragte Martin neugierig.

»Schuhabdrücke, wobei die auch von den Leuten stammen können, die das Mädchen gefunden haben. Da das Gebiet mehrmals durchkämmt worden ist, haben wir sicherheitshalber von allen Beteiligten die Schuhabdrücke dokumentiert. Hat auch jemand von euch dort gesucht? Dann bräuchten wir eure Sohlen ebenfalls.«

»Nein, von uns war niemand für diesen Bereich eingeteilt.« Gösta schenkte sich eine Tasse Kaffee ein.

»Schuhabdrücke also. Was noch?«, fragte Paula.

»Ich weiß es nicht genau, ich habe nur gesehen, wie sie Dinge vom Boden aufgehoben und in Plastikbeuteln verpackt haben. Ich warte Torbjörns Bericht ab. Er rückt nicht gern mit Informationen raus, bevor er das Material nicht gründlich untersucht hat.«

Mellberg stand auf und ging an eins der Fenster.

»Teufel noch mal, ist das heiß hier drin.«

Er zerrte an seinem Hemdkragen, als bekäme er keine Luft. Unter den Achseln hatte er große Schweißflecken, und über einem Ohr hing seine dürftige Haarpracht. Der Verkehrslärm störte zwar ein wenig, aber niemand hatte etwas gegen die frische Luft, die in den stickigen Raum strömte. Der Dienststellenhund Ernst, der bis jetzt hechelnd vor Mellbergs Füßen gelegen hatte, stand auf, trottete ans Fenster und hielt die Schnauze in den Luftzug. Wegen seiner Körperfülle machte die Hitze ihm zu schaffen, die Zunge hing ihm weit aus dem Maul.

»Er hat also keinen bestimmten Fund erwähnt?«, fragte Paula.

Patrik schüttelte den Kopf.

»Nein, wir müssen abwarten, bis ich einen vorläufigen Bericht von Torbjörn bekomme. Und dann frage ich Pedersen, wie lange es dauert, bis wir das Ergebnis der Obduktion haben. Leider muss er vorher noch eine ganze Reihe von Fällen abarbeiten, aber ich rede mal mit ihm.«

»Du warst doch dort. Ist dir nichts aufgefallen? An dem Mädchen …« Martin verzog das Gesicht.

»Nein, und es bringt auch nichts, Vermutungen anzustellen, bevor Pedersen sie sich nicht angeschaut hat.«

»Mit wem sollten wir als Erstes sprechen? Gibt es offensichtlich Verdächtige?« Martin trommelte mit einem Kuli auf dem Tisch. »Wie schätzen wir die Eltern ein? Es wäre nicht das erste Mal, dass ein Elternteil das eigene Kind tötet und anschließend versucht, den Anschein zu erwecken, jemand anders hätte die Tat begangen.«

»Nein, das kann ich mir kaum vorstellen.« Gösta stellte seine Tasse so ruckartig ab, dass der Kaffee überschwappte.

Patrik hob die Hand.

»Zum gegenwärtigen Zeitpunkt besteht keinerlei Grund zu der Annahme, Neas Eltern wären in irgendeiner Weise in die Tat verwickelt. Aber wie Martin ganz richtig gesagt hat, dürfen wir diese Möglichkeit nicht ausschließen. Wir müssen so bald wie möglich mit ihnen reden, zum einen, um in Erfahrung zu bringen, ob sie ein Alibi haben, und zum anderen, weil sie uns vielleicht Hinweise geben können, die uns weiterbringen. Aber ich sehe das wie Gösta, es besteht kein Anlass, sie zu verdächtigen.«

»Da das Mädchen nackt war, sollten wir vielleicht herausfinden, ob sich straffällig gewordene Pädophile in der Gegend aufhalten«, schlug Paula vor.

Es wurde ganz still am Tisch. Niemand wollte darüber nachdenken, was das bedeutete.

»Da hast du leider recht«, sagte Mellberg nach einer Weile. »Aber wie stellst du dir das vor?«

Er schwitzte immer noch wie ein Schwein und keuchte angestrengt wie Ernst.

»Wir haben hier Tausende von Touristen«, fuhr er fort, »aber keine Möglichkeit, festzustellen, ob Pädophile oder Kinderschänder darunter sind.«

»Das stimmt natürlich, aber wir können die jüngsten Anzeigen durchgehen. Hat nicht erst diese Woche ein junger Kerl am Strand kleine Kinder fotografiert?«

»Ja.« Patrik nickte. »Die Anzeige habe ich selbst aufgenommen. Gute Idee. Annika, könntest du bitte alle Anzeigen seit Mai durchgehen? Zieh alles in Betracht, was von Interesse sein könnte, lieber zu viel als zu wenig, aussieben können wir später immer noch.«

»Okay.« Sie machte sich eine Notiz.

»Wir müssen über den Elefanten im Raum sprechen.« Paula pumpte mehr Kaffee in ihre Tasse.

Die Thermoskanne gab das Schnauben von sich, an dem man merkte, dass der Kaffee zur Neige ging. Annika stand auf, um neuen zu holen. Kaffee war der Brennstoff, den alle brauchten.

»Ich weiß, was du meinst.« Patrik wand sich ein wenig. »Den Fall Stella. Helen und Marie.«

»Ja«, sagte Gösta. »Ich habe damals, vor dreißig Jahren, schon hier gearbeitet. Leider kann ich mich nicht an Ermittlungsdetails erinnern. Die Sache ist lange her, und Leif überließ mir das Tagesgeschäft, während er die Ermittlungen leitete und die Vernehmungen durchführte. Ich weiß aber noch, was für ein Schock es für den ganzen Ort war, als Helen und Marie zuerst aussagten, sie hätten Stella getötet, und später ihr Geständnis zurückzogen. Meiner Ansicht nach kann es Zufall sein, dass Nea vom selben Hof verschwindet und an derselben Stelle gefunden wird. Und dass es genau dann passiert, als Marie nach dreißig Jahren zurückkehrt.«

»Da bin ich ganz deiner Meinung«, sagte Mellberg. »Wir

müssen mit beiden reden. Ich war zwar damals nicht dabei, aber ich habe selbstverständlich von dem Fall gehört, und zwei so junge Täterinnen, die ein kleines Mädchen erschlagen, waren mir immer unheimlich.«

»Sie beteuern nun beide schon seit vielen Jahren ihre Unschuld«, meldete sich Paula zu Wort.

Mellberg rümpfte die Nase.

»Ja, aber zunächst hatten sie den Mord gestanden. Ich war immer davon überzeugt, dass sie das Mädchen umgebracht haben. Man braucht kein Einstein zu sein, um sich auszurechnen, warum es genau dann, wenn die beiden nach dreißig Jahren zum ersten Mal wieder am selben Ort sind, erneut passiert.«

Er tippte sich an die Schläfe.

»Mit voreiligen Schlüssen halten wir uns zurück«, sagte Patrik. »Aber mit ihnen reden sollten wir auf jeden Fall.«

»Mir ist das Ganze sonnenklar«, sagte Mellberg. »Marie kommt zurück, sie und Helen sind wieder vereint. Ein neuer Mord geschieht.«

Annika kam mit der nachgefüllten Thermoskanne zurück.

»Habe ich was verpasst?«

»Wir haben nur festgestellt, dass wir uns die Parallelen zum Fall Stella genau anschauen müssen«, sagte Patrik. »Unter anderem werden wir Helen und Marie verhören.«

»Merkwürdig ist es ja schon.« Annika setzte sich.

Patrik sah das Whiteboard an.

»Wir dürfen uns nicht auf die beiden versteifen, aber es ist wichtig, dass wir uns den Fall Stella und die Ermittlungen, die 1985 angestellt wurden, vergegenwärtigen. Wärst du so nett, die Vernehmungsprotokolle und alle anderen relevanten Infos zu dem Fall herauszusuchen, Annika? Ich weiß, das ist bei dem Chaos im Archiv unten nicht so einfach, aber versuch es wenigstens.«

Annika nickte und schrieb etwas auf ihren Block.

Patrik saß eine Weile schweigend da und überlegte, ob wirklich durchdacht war, was er zu sagen hatte, aber früher oder später kam es ohnehin heraus, und dann würde man ihm die Hölle heißmachen, weil er es verschwiegen hatte.

»Apropos der Fall Stella ...« Er ließ den Satzanfang im Raum stehen. Dann nahm er noch mal Anlauf. »Nun, Erica hat mit ihrem nächsten Buch angefangen. Und sie hat beschlossen, über genau diesen Fall zu schreiben.«

Mellberg richtete sich auf.

»Das muss warten«, sagte er. »Deine Frau hat uns schon genug Ärger damit gemacht, dass sie sich überall einmischt. Dieser Fall ist Sache der Polizei und nichts für Amateure.«

Patrik biss die Zähne zusammen, um Mellberg nicht darauf hinzuweisen, dass Erica zur Aufklärung ihrer letzten großen Fälle sehr viel mehr beigetragen hatte als er. Mellberg zu beleidigen brachte nichts, und sein Glaube an die eigene Großartigkeit war sowieso unerschütterlich. Patrik hatte gelernt, um ihn herum und nicht mit ihm zu arbeiten. Und Patrik wusste auch, dass es sinnlos war, Erica zu sagen, sie solle die Finger vom Fall Stella lassen. Wenn sie sich erst mal in eine Sache vertieft hatte, ließ sie nicht locker, bis ihre Fragen beantwortet waren. Aber das brauchte er hier nicht unbedingt zu erwähnen. Er nahm an, dass es, abgesehen von Mellberg, ohnehin allen klar war.

»Sicher«, sagte er. »Ich richte es Erica aus. Da sie jedoch schon einige Recherchen angestellt hat, wollte ich vorschlagen, dass wir sie als Quelle nutzen, die uns mit Hintergrundinformationen versorgt. Was würdet ihr davon halten, wenn ich sie heute Nachmittag herbestelle, damit sie uns erzählt, was sie über den Fall weiß?«

»Ich finde den Vorschlag super«, sagte Gösta. Alle außer Mellberg waren einverstanden, doch auch der merkte, wann er sich geschlagen geben musste.

»Das dürfte gehen.«

»Gut, dann gebe ich ihr gleich nach unserem Meeting Bescheid«, sagte Patrik. »Vielleicht kannst du ihre Lücken mit deinen Erinnerungen ausfüllen, Gösta?«

Gösta nickte, aber sein schiefes Grinsen signalisierte, dass von ihm nicht viel zu erwarten war.

»Was steht noch an?«, fragte Patrik.

»Pressekonferenz.« Mellberg wirkte sofort munterer.

Patrik machte ein gequältes Gesicht, wusste jedoch, dass er in diesem Punkt machtlos war. Mellberg sollte seine Pressekonferenz haben, und ihnen blieb nichts anderes übrig, als zu hoffen, dass er so wenig Schaden wie möglich anrichtete.

»Könntest du die Pressekonferenz für heute Nachmittag ansetzen, Annika?«

»Klar.« Sie machte sich eine Notiz. »Vor oder nach Ericas Besuch?«

»Lieber vorher«, sagte Patrik. »Am liebsten um zwei, dann sorge ich dafür, dass Erica gegen halb vier kommt.«

»Okay, Pressekonferenz um vierzehn Uhr. Das Telefon klingelt sowieso ununterbrochen, schön, dass ich den Presseleuten jetzt was sagen kann.«

»Ja, wir sollten uns alle klarmachen, dass das ein richtiger Medienzirkus wird.«

Patrik saß mit übereinandergeschlagenen Beinen und vor der Brust verschränkten Armen da und wand sich unbehaglich auf seinem Stuhl. Im Gegensatz zu Mellberg betrachtete er das mediale Interesse als absolut hinderlich für die Ermittlungsarbeit. In seltenen Fällen führte die Berichterstattung zwar zu wichtigen Hinweisen aus der Bevölkerung, aber meistens überwogen die negativen Begleiterscheinungen.

»Keine Sorge, darum kümmere ich mich.« Zufrieden lehnte sich Mellberg zurück.

Ernst hatte es sich wieder auf dessen Füßen gemütlich gemacht, und obwohl sich das anfühlen musste, als hätte er dicke Wollsocken an, ließ Mellberg ihm das Vergnügen. Erica sagte oft, die Liebe zu dem großen, zottigen Hund wäre einer seiner wenigen sympathischen Züge.

»Nur leg alles, was du sagst, auf die Goldwaage«, bat Patrik, der nur zu gut wusste, dass Mellbergs Worte unzensiert und unüberlegt aus ihm hervorsprudelten.

»Mit der Pressemeute kann ich umgehen, das habe ich während meiner Göteborgära ...«

Patrik fiel ihm ins Wort.

»Super, dann nimmst du das in die Hand. Aber vielleicht könnten wir kurz vorher noch eine kurze Lagebesprechung machen und uns überlegen, was wir bekanntgeben, und was wir lieber für uns behalten.«

Mellbergs Miene verfinsterte sich.

»Wie gesagt, während meiner Zeit in Göteborg ...«

»Wie verteilen wir die übrigen Aufgaben?«, fragte Martin, um eine weitere Tirade von Mellberg im Keim zu ersticken. Patrik drehte sich dankbar zu ihm um.

»Ich rede mit Torbjörn und Pedersen und versuche, aus ihnen rauszubekommen, wann wir mit Informationen rechnen können.«

»Ich könnte mit Neas Eltern sprechen«, sagte Gösta, »aber ich würde vorher den Arzt anrufen und ihn fragen, in was für einer Verfassung sie sind.«

»Möchtest du jemanden mitnehmen?« Wieder spürte Patrik beim Gedanken an Eva und Peter einen Schlag in die Magengrube.

»Nein, das schaffe ich allein, wir haben genug zu tun«, sagte Gösta.

»Ich kann mit den Mädchen reden, die aufgrund des Stella-Mordes verurteilt wurden«, sagte Paula. »Oder mit den Frauen, sollte ich wohl besser sagen, Mädchen sind sie ja nicht mehr.«

»Ich würde dich gern begleiten.« Martin meldete sich wie ein Schulkind.

»Gut.« Patrik nickte. »Aber wartet damit, bis Erica hier war, dann können wir gezielter fragen. Und bis dahin widmet ihr euch bitte in der Umgebung des Hofes dem guten alten Klinkenputzen. Wer so abgelegen wohnt, neigt meist dazu, alle ungewöhnlichen Vorgänge zu registrieren. Es ist zumindest einen Versuch wert.«

»Okay«, sagte Paula. »Wir unterhalten uns mit den direkten Nachbarn.«

»Ich halte hier die Stellung«, erwiderte Patrik. »Das Telefon klingelt am laufenden Band, und ich sollte mir vor der Pressekonferenz noch einen Überblick über den Ermittlungsstand verschaffen.«

»Ich muss mich auch vorbereiten.« Mellberg kontrollierte, ob seine wenigen Haare ordentlich lagen.

»Na, dann haben wir einiges zu tun«, sagte Patrik, um zu verdeutlichen, dass die Sitzung beendet war.

In dem kleinen Raum war es nun so stickig und heiß, dass man kaum Luft bekam. Er konnte es kaum erwarten, hier rauszukommen, und er hatte den Verdacht, dass es den Kollegen genauso ging. Als Erstes würde er Erica anrufen. Er war sich nicht ganz sicher, ob es klug war, sie an der Ermittlungsarbeit zu beteiligen, aber er sah keine andere Möglichkeit. Mit ein wenig Glück verfügte sie über Informationen, die ihnen halfen, Neas Mörder zu finden.

Obwohl sie seit Jahren lief, war der erste Kilometer noch immer schwer, dann fielen ihr die Schritte leichter. Helen spürte, wie sich ihr Körper auf die Belastung einstellte und ihre Atemzüge immer gleichmäßiger wurden.

Sie hatte fast sofort nach dem Prozess mit dem Laufen angefangen. Beim ersten Mal rannte sie gleich fünf Kilometer, um den Frust abzuschütteln. Nur der Aufprall der Füße auf dem Sand und der Wind im Haar brachten die Welt zum Schweigen.

Sie lief jedes Mal ein bisschen weiter und wurde immer besser. Mit den Jahren waren es über dreißig Marathonläufe geworden. Aber nur in Schweden. Sie träumte von New York, Sydney und Rio, musste jedoch froh sein, dass James ihr wenigstens die schwedischen Läufe erlaubte.

Dass sie einem Hobby nachgehen und sich jeden Tag einige Stunden dem Laufen widmen durfte, lag nur daran, dass er Disziplin schätzte. Das Training war das Einzige, was er an ihr respektierte. Ihre Fähigkeit, Dutzende von Kilometern am Stück zu laufen und mit Hilfe von Willenskraft ihre körperlichen Grenzen zu überwinden. Dass sich beim Laufen alles, was passiert war, in einen verschwommenen und weit entfernten Traum aus längst vergangener Zeit verwandelte, hatte sie ihm nie erzählt.

Aus dem Augenwinkel sah sie das Haus, das an der Stelle von Maries Elternhaus gebaut worden war. Als sie nach Fjällbacka zurückkam, stand es bereits da. Ihre Eltern waren nahezu unmittelbar, nachdem alles zusammengebrochen war, weggezogen. Harriet konnte mit dem Gerede, dem Klatsch, dem Getuschel und den verstohlenen Blicken nicht umgehen.

James und KG, ihr Vater, hatten sich bis zum Tod ihres Vaters häufig gesehen. Manchmal hatten sie und Sam James nach Marstrand begleitet, aber nur, damit Sam seine Großeltern mütterlicherseits besser kennenlernte. Sie selbst wollte keinen Kontakt mit ihnen. Sie hatten sie im Stich gelassen, als Helen sie am nötigsten gebraucht hätte, und das würde sie ihnen nie verzeihen.

Ihre Beine fühlten sich allmählich taub an, und sie ermahnte sich selbst, auf ihre Lauftechnik zu achten. Wie so vieles andere im Leben, hatte sie sich diese hart erarbeitet. Nichts war ihr jemals zugefallen.

Nein, nun machte sie sich etwas vor. Bis zu jenem Tag war ihr Leben leicht gewesen. Damals waren sie noch eine Familie gewesen. Sie konnte sich an keine Probleme und keine Hindernisse erinnern, nur an helle Sommertage und das Parfüm ihrer Mutter beim Gutenachtkuss. Und an Liebe. Sie erinnerte sich an die Liebe.

Sie wurde schneller, um jene Gedanken zu verscheuchen, die beim Laufen normalerweise verschwammen. Warum drängten sie sich ihr jetzt auf? Sollte ihr nicht einmal diese Art von Rückzug bleiben? Hatte Maries Rückkehr alles zerstört?

Mit jedem Atemzug spürte Helen, wie sich alles veränderte. Schließlich bekam sie kaum noch Luft und musste stehen bleiben. Ihre Beine waren bleischwer, der Körper ganz erschöpft von der Milchsäure. Zum ersten Mal hatte ihr Körper ihren Willen besiegt. Erst als sie auf der Erde lag, merkte Helen, dass sie zusammengebrochen war.

Bill sah sich im Restaurant des Konferenzhotels *TanumStrand* um. Nur fünf Personen hatten sich versammelt. Fünf müde Gesichter. Er wusste, dass sie die ganze Nacht nach der kleinen Nea gesucht hatten, er und Gun hatten auf der Fahrt überlegt, ob sie das Treffen verschieben sollten, aber Bill war überzeugt, das hier war genau das, was sie brauchten.

Dass jedoch nur fünf Personen kommen würden, hätte er nicht gedacht.

Rolf hatte Thermoskannen voller Kaffee und Käsebrötchen mit Paprikastreifen auf den Tisch gestellt, und Bill hatte sich bereits versorgt. Er trank einen Schluck Kaffee, während Gun neben ihm ebenfalls an ihrer Tasse nippte.

Bill blickte von den müden Gesichtern zu Rolf hinüber, der am Restauranteingang stand.

»Vielleicht könntest du alle Anwesenden vorstellen?«

Rolf nickte.

»Das hier ist Karim, er ist mit seiner Frau und zwei Kindern hergekommen. In Damaskus war er als Journalist tätig. Dann haben wir noch Adnan und Khalil, sechzehn und achtzehn

Jahre alt, sie sind jeweils allein gekommen und haben sich in der Unterkunft kennengelernt. Ibrahim ist der Älteste in der Gruppe. *How old are you, Ibrahim?*«

Der Mann neben Rolf hatte einen Vollbart und hielt lächelnd fünf Finger in die Höhe.

»Fifty.«

»Genau, Ibrahim ist fünfzig und hat seine Frau mitgebracht. Und dann wäre da noch Farid, der mit seiner Mutter gekommen ist.«

Bill nickte einem Mann mit rasiertem Kopf und enormer Körperfülle zu. Er war wohl um die dreißig und schien, nach seinem Äußeren zu urteilen, einen Großteil des Tages mit Essen zu verbringen. Wenn einer allein mindestens dreimal so viel wog wie drei andere Personen zusammen, war die Gewichtverteilung manchmal knifflig, aber sie würden eine Lösung finden. Man musste positiv denken. Wäre er dazu nicht in der Lage gewesen, hätte er niemals überlebt, als er inmitten von nervös kreisenden Haien vor der Küste Südafrikas gekentert war.

»Und ich heiße Bill«, sagte er langsam und deutlich. »Ich werde möglichst viel Schwedisch mit euch sprechen.«

Er und Rolf waren übereingekommen, dass das am besten war. Schließlich waren die Leute hier, um die Sprache zu lernen und sich schneller zu integrieren.

Alle außer Farid machten fragende Gesichter, der in gebrochenem Schwedisch sagte:

»Okay, ich bin der Einzige, der Schwedisch versteht. Ich bin schon am längsten hier und habe hart dafür gearbeitet, sehr hart. Vielleicht kann ich am Anfang ein bisschen dolmetschen. Damit die Jungs kapieren, worum es geht.«

Bill nickte. Das klang vernünftig. Selbst Schweden hatten Schwierigkeiten mit der Terminologie des Segelns. Farid sprach in schnellem Tempo Arabisch und wiederholte alles, was Bill gesagt hatte. Die anderen nickten.

»Wir versuchen, Schwedisch … zu verstehen … und zu lernen«, sagte Karim.

»Prima! *Good!*« Bill hielt den Daumen hoch. »Könnt ihr schwimmen?«

Er machte Schwimmbewegungen, und Farid übersetzte die Frage ins Arabische. Die fünf unterhielten sich miteinander, und wieder antwortete Karim mühsam für alle.

»Ja. Deswegen machen wir diesen Kurs. Sonst geht nicht.«

»Wo habt ihr es gelernt?«, fragte Bill erleichtert, aber erstaunt. »Wart ihr oft an der Küste?«

Farid übersetzte rasch und erntete Gelächter.

»Wir haben ein Schwimmbad.« Er grinste.

»Natürlich.«

Bill kam sich blöd vor. Er wagte nicht, Gun anzusehen, aber ihr unterdrücktes Schnauben spürte er auch so. Um nicht wie ein vollkommen ahnungsloser Idiot dazustehen, würde er sich wohl ein wenig über Syrien informieren müssen. Er hatte schon viele Ecken der Welt bereist, aber ihr Land war für ihn ein weißer Fleck auf der Landkarte.

Er nahm sich noch ein Käsebrot. Es war dick mit Butter bestrichen, ganz nach seinem Geschmack.

Karim hob die Hand, Bill nickte ihm zu.

»Wann … wann fangen wir an?«

Karim sagte etwas auf Arabisch zu Farid, der hinzufügte: »Wann fangen wir an mit Segeln?«

Bill breitete die Arme aus.

»Wir haben keine Zeit zu verlieren, Rund-um-Dannholmen geht in wenigen Wochen vom Stapel, also fangen wir morgen an! Rolf fährt euch nach Fjällbacka, und um zehn Uhr geht es los. Nehmt etwas mehr zum Anziehen mit, bei Wind ist es draußen auf See kälter als an Land.«

Nachdem Farid übersetzt hatte, wanden sich die anderen ein wenig. Wirkten plötzlich verunsichert. Doch Bill setzte auf, was er für sein gewinnendstes Lächeln hielt, und sah sie aufmunternd an. Es wird toll! Kein Problem. Nur Lösungen.

»Danke, dass ich die Kinder eine Weile hierlassen durfte.« Erica setzte sich Anna auf der halbfertigen Terrasse gegenüber.

Dankbar hatte sie das Angebot angenommen, einen Eistee zu trinken, es war drückend heiß, und wegen der kaputten Klimaanlage im Auto fühlte sie sich wie nach einer vierzigtägigen Wanderung durch die Wüste. Sie leerte ihr Glas in einem Zug. Lachend goss Anna es aus einer Karaffe noch einmal voll, und nachdem Erica ihren größten Durst gestillt hatte, konnte sie etwas langsamer trinken.

»Es war alles wunderbar«, sagte Anna. »Ich habe sie kaum bemerkt, so lieb waren sie.«

Erica grinste.

»Bist du sicher, dass du von meinen Kindern sprichst? Die Große ist ja recht brav, aber die kleinen Wilden kann ich in deiner Beschreibung nicht wirklich wiedererkennen.«

Erica meinte es so, wie sie es sagte. Als die Zwillinge jünger gewesen waren, hatte es große Unterschiede zwischen ihnen gegeben, Anton war ruhiger und ernster gewesen, während Noel niemals stillsaß und an allem herumfummelte. Jetzt befanden sich beide in einer Phase, die von einem unerschöpflichen Energieüberschuss beherrscht war, und raubten ihr den letzten Nerv. Bei Maja hatte es das nie gegeben, sie schien nicht einmal eine nennenswerte Trotzphase durchlebt zu haben, und daher waren Erica und Patrik nicht richtig vorbereitet gewesen. Und das Ganze in doppelter Ausführung. Erica hätte die Kinder gern für den Rest des Tages bei Anna gelassen, aber ihre Schwester sah so müde aus, dass sie es nicht übers Herz brachte, sie noch mehr auszunutzen.

»Wie war es denn?« Anna lehnte sich in den Liegestuhl mit dem schrill gemusterten Polster zurück.

Anna beklagte sich über diese Polster mit dem Sonnenmuster jedes Mal, wenn sie auf der Terrasse saßen, aber Dans zuckersüße Mutter hatte sie genäht, und daher mochte Anna sie nicht austauschen. In dieser Hinsicht hatte Erica Glück gehabt. Kristina, Patriks Mutter, hatte mit Handarbeiten nichts am Hut.

»Nicht so toll«, sagte Erica düster. »Der Tod ihres Vaters ist schon lange her, und sie kann sich kaum erinnern. Außerdem glaubt sie nicht, dass es die Ermittlungsakte noch gibt. Sie hat jedoch etwas Interessantes gesagt. Am Ende war Leif sich nicht mehr sicher, ob sie das Richtige getan hatten.«

»Du meinst, ob die Mädchen die Schuldigen waren?« Anna verscheuchte eine Bremse, die hartnäckig um sie herumsurrte.

Erica behielt das Tier sicherheitshalber im Auge. Sie hasste alles, was sich Wespe oder Bremse schimpfte.

»Ja. Sie sagt, am Ende war er nicht mehr überzeugt, dass die Mädchen es getan hatten.«

»Aber sie haben die Tat doch gestanden?« Wieder schlug Anna nach dem Insekt.

Es war jedoch nur kurzzeitig benommen und setzte die Angriffe fort, sobald es wieder geradeaus fliegen konnte.

»Das Biest macht mich verrückt!«

Anna stand auf, rollte eine Zeitschrift zusammen, die auf dem Tisch lag und schlug die Bremse auf der Wachsdecke zu Brei.

Erica grinste über ihre hochschwangere Schwester auf der Jagd. Besonders anmutig wirkte sie nicht mehr.

»Lach nur.« Grimmig wischte sich Anna den Schweiß von der Stirn und setzte sich wieder. »Wo waren wir stehengeblieben? Ach ja, hatten sie nicht ein Geständnis abgelegt?«

»Ja, hatten sie, und dieses Geständnis lag auch dem Urteil zugrunde. Da sie noch so jung waren, bekamen sie keine Strafe, aber ihre Schuld galt als erwiesen.«

»Aber warum sollten sie denn nicht die Schuldigen sein,

wenn sie die Tat doch gestanden hatten und für schuldig befunden worden waren?«, fragte Anna.

»Was weiß ich? Das Gericht kam zu dem Schluss, die Mädchen hätten das Verbrechen gemeinsam begangen. Aber was das Geständnis angeht … Sie waren dreizehn. Dreizehnjährige sind beeinflussbar, unter solchen Umständen würden sie alles Mögliche sagen. Die beiden müssen Angst gehabt haben. Und als sie ihre Geständnisse zurückzogen, war es zu spät. Der Fall galt als abgeschlossen, und niemand glaubte ihnen.«

»Stell dir mal vor, sie wären tatsächlich unschuldig.« Anna starrte Erica an. »Wie tragisch. Zwei dreizehnjährige Mädchen, deren Leben zerstört wurde. Eine von ihnen ist doch noch hier, oder? Ganz schön mutig, muss ich sagen.«

»Da hast du recht. Unglaublich, dass sie nach einigen Jahren in Marstrand zurückgekehrt ist, man kann sich das Gerede hier im Ort leicht ausmalen. Irgendwann jedoch geht den Leuten der Gesprächsstoff aus.«

»Hast du sie kennengelernt?«

»Nein, ich habe ihr mehrere Anfragen geschickt, aber noch keine Antwort erhalten. Jetzt werde ich einfach hinfahren. Vielleicht ist sie ja bereit, mit mir zu reden.«

»Glaubst du, die Sache mit dem Mädchen hat Auswirkungen auf deine Arbeit an dem Buch?«, fragte Anna leise.

Erica hatte Anna angerufen, sobald das Mädchen gefunden worden war. Das Gerücht vom Tod des kleinen Mädchens würde sich ohnehin wie ein Lauffeuer verbreiten.

»Ich weiß nicht.« Stirnrunzelnd schenkte sich Erica noch mehr Eistee ein. »Möglicherweise sind die Leute jetzt redebereiter, aber vielleicht auch gerade nicht. Ich werde es ja sehen.«

»Und Marie? Unser Hollywoodstar? Wird sie ein Interview geben?«

»Ich bin jetzt seit einem halben Jahr mit ihrer PR-Agentur

im Gespräch. Wahrscheinlich will sie selbst ein Buch auf den Markt bringen und ist sich nicht sicher, ob mein Buch ein Zugpferd für ihres sein könnte oder ob es ihrem die Show stiehlt. Ich werde einfach mal zu ihr fahren.«

Anna gab ein Brummen von sich. Erica wusste, dass allein der Gedanke, wildfremden Menschen auf die Pelle zu rücken, ein Alptraum für ihre Schwester war.

»Wollen wir über was Schöneres reden?«, fragte Erica. »Wir müssen unbedingt einen Junggesellinnenabschied für Kristina organisieren.«

»Ja, natürlich.« Anna lachte so herzlich, dass ihr Bauch wackelte. »Aber was macht man mit einer Braut, die ein wenig ... in die Jahre gekommen ist? Im Ort Küsse zu verkaufen erscheint mir etwas deplatziert, ganz zu schweigen von Fallschirmspringen und Bungeejumping.«

»Stimmt, das kann man sich bei Kristina alles nicht vorstellen«, sagte Erica. »Aber vielleicht trommeln wir einfach ein paar von ihren Freundinnen zusammen und organisieren einen schönen Abend? Ein leckeres Essen im Café *Bryggan*, dazu guter Wein, mehr braucht man doch nicht.«

»Klingt nach einer ausgezeichneten Idee«, sagte Anna. »Aber irgendeine Art von Entführung sollten wir uns schon einfallen lassen.«

Erica nickte.

»Sonst ist es kein richtiger Junggesellinnenabschied! Apropos, wann wird Dan dich zu einer ehrbaren Frau machen?«

Anna wurde rot.

»Guck mich doch mal an. Wir haben beschlossen, dass wir erst mal das Baby abwarten und dann über Hochzeit nachdenken.«

»Wann sollen wir ...?«, begann Erica, wurde aber vom Klingelton »Mambo No. 5« unterbrochen.

»Hallo, Liebling«, sagte sie, nachdem sie ihr Handy aus der Handtasche gezogen hatte.

Sie hörte zu, während Patrik redete, und gab nur hin und wieder kurze Antworten.

»Auf jeden Fall. Keine Sorge, die Kinder werde ich los. Bis später.«

Sie legte auf und steckte das Handy wieder ein. Dann sah sie Anna flehentlich an. Es war viel verlangt, aber sie hatte sonst niemanden, den sie hätte fragen können. Kristina war den ganzen Nachmittag in Uddevalla.

»Ja, die Kinder können noch ein bisschen bleiben. Wie lange bist du weg?«, fragte Anna lachend, als sie Ericas unglückliches Gesicht sah.

»Könnte ich sie vielleicht gegen drei bei dir abliefern? Patrik hat mich gebeten, um halb vier in die Dienststelle zu kommen und über den Fall Stella zu berichten. Ich müsste also gegen fünf, halb sechs wieder hier sein. Ginge das?«

»Gar kein Problem«, sagte Anna. »Bei mir spuren deine Kinder besser als bei dir.«

»Sei still.« Erica warf ihrer kleinen Schwester eine Kusshand zu.

Aber Anna hatte nicht ganz unrecht. Die Kinder waren wie die reinsten Engel gewesen.

»Was meinst du, wovor haben sie Angst?«

Sam merkte, dass er lallte. Die Kombination von Sonne und Sekt hatte sofort Wirkung gezeigt. Er hielt das Glas in der linken Hand, die rechte zitterte und tat von den morgendlichen Schießübungen noch weh.

»Angst?«

Auch sie nuschelte ein wenig. Sie hatte bereits mehrere Gläser getrunken, bevor er kam, und nun waren sie bei der zweiten Flasche.

»Merkt deine Mutter nicht, wenn Flaschen fehlen?« Er deutete mit seinem Glas auf Jessie.

Die gelben Bläschen glitzerten, als sie von einem Sonnenstrahl getroffen wurden. Er hatte nie darüber nachgedacht, was Sekt für ein hübsches Getränk war. Andererseits hatte er sich ihn auch noch nie aus der Nähe angeschaut.

»Ach, keine Sorge, das ist ihr egal.« Jessie warf den Kopf in den Nacken. »Hauptsache, es ist genug für sie übrig.«

Sie streckte die Hand nach der Flasche aus.

»Aber was meinst du mit Angst? Die haben doch keine Angst vor uns.«

»Natürlich haben sie Angst vor uns.« Sam hielt ihr sein Glas hin.

Der Sekt lief schäumend über, aber er lachte nur und leckte sich die Hand ab.

»Sie wissen, dass wir anders sind als sie. Sie fühlen ... das Dunkle in uns.«

»Das Dunkle?«

Sie beobachtete ihn stumm. Er liebte den Kontrast zwischen ihren grünen Augen und dem blonden Haar. Er wünschte, sie hätte begriffen, wie schön sie war. Über die überflüssigen Kilos und die Pickel sah er hinweg. Am Centrumkiosk hatte er sich in ihr wiedererkannt, ihm war klar, dass sie die gleiche Verlorenheit empfanden. Und er sah die gleiche Dunkelheit.

»Sie wissen, dass wir sie hassen. Sie sehen den Hass, den sie in uns erzeugt haben, aber sie können nicht aufhören, sie kippen weiterhin ihren Müll über uns aus und schaffen etwas, das sie nicht kontrollieren können.«

Jessie kicherte.

»Gott, wie hochtrabend du klingst. Prost! Wir sitzen hier in der Sonne, auf einem Steg vor einem Luxusschuppen, trinken Sekt und haben es richtig *nice*.«

»Du hast recht.« Er lächelte, als sie anstießen. »Wir haben es tierisch *nice*.«

»Wir haben es verdient«, lallte Jessie. »Wir beide. Wir haben es so dermaßen verdient. Wir sind besser als die. Die haben noch nicht mal die Fussel in unseren Bauchnabeln verdient.«

Sie hob ihr Glas so schwungvoll, dass die Hälfte herausschwappte und auf ihrem nackten Bauch landete.

»Oops.« Sie kicherte.

Sie wollte nach einem Handtuch greifen, aber Sam hielt sie davon ab. Er sah sich um. Der Steg war von einem Windschutz abgeschirmt, und die Boote lagen ein Stück weiter draußen. Sie waren ganz allein auf der Welt.

Er kniete sich vor sie. Zwischen ihre Beine. Gespannt blickte sie auf ihn hinunter. Langsam schleckte er ihr den Sekt vom Bauch. Er saugte die kleine Pfütze aus ihrem Nabel und ließ seine Zunge dann über ihre sonnenwarme Haut kreisen. Sie schmeckte nach Sekt und Schweiß. Er hob den Kopf und sah sie an. Ohne die Augen von ihren abzuwenden, zog er langsam ihr Bikinihöschen herunter. Als er sie schmeckte, hörte er, wie sich ihr Keuchen mit dem Geschrei der Möwen über ihnen vermischte. Sie waren allein. Auf der ganzen Welt.

Der Fall Stella

Leif Hermansson holte tief Luft, bevor er den kleinen Besprechungsraum betrat. Helen Persson und ihre Eltern, Harriet und Karl Gustaf, der nur KG genannt wurde, erwarteten ihn da drinnen. Wie jeder, der in Fjällbacka wohnte, kannte er die Eltern, wenn auch nur oberflächlich. Bei Marie Walls Eltern war das anders. Mit ihnen hatte die Polizei Tanum im Lauf der Jahre öfter zu tun gehabt.

Leif schätzte seinen Chefposten nicht besonders. Er traf nicht gern Entscheidungen und mochte es nicht, über andere zu bestimmen, aber da er seine Arbeit ein wenig zu gut machte, war er unweigerlich in dieser Position gelandet. Aus der Dienststelle Tanum würde man ihn jedoch nicht wegbekommen. Alle Jobangebote, die einen Umzug mit sich gebracht hätten, hatte er dankend abgelehnt. Er war in Tanum geboren und wollte sein Leben hier verbringen, bis sein letztes Stündlein schlug.

An Tagen wie diesem war es ihm besonders zuwider, der Chef zu sein. Er wollte nicht verantwortlich dafür sein, dass der Mörder oder die Mörderin des kleinen Mädchens gefunden wurde. Die Last war zu schwer für seine Schultern.

Er öffnete die Tür zu dem trostlosen Raum mit den grauen Wänden, ließ den Blick für einen Moment auf Helens in sich zusammengesunkener Gestalt ruhen, bevor er Harriet und KG zunickte, die rechts und links von ihr saßen.

»Ist es wirklich nötig, das in der Dienststelle zu besprechen?«, fragte KG.

Er war Präsident des Rotary Clubs und ein hohes Tier in der lokalen Wirtschaft. Seine Frau Harriet war extrem gepflegt, immer frisch frisiert und perfekt manikürt, aber was sie machte, wenn sie sich weder ihrem Äußeren noch dem Verein Heim und Schule widmete, wusste Leif nicht so genau. Auf Festen hing sie mit einem Dauerlächeln im Gesicht an KGs Arm und hatte immer einen Martini in der anderen Hand.

»Wir dachten, es ist einfacher, wenn Sie zu uns kommen«, sagte Leif, um diesen Teil der Diskussion zu beenden.

Wie sie ihre Arbeit erledigten, war ihre Sache, und er hatte das Gefühl, dass KG versuchen würde, ihm die Zügel aus der Hand zu nehmen.

»Sie müssen mit dem anderen Mädchen reden.« Harriet strich ihre frisch gebügelte Bluse glatt. »Marie. Fürchterliche Familie.«

»Da einiges darauf hindeutet, dass sie die Letzten waren, die Stella lebend gesehen haben, müssen wir mit beiden Mädchen sprechen.«

»Aber Helen hat mit der Sache nichts zu tun. Das ist ihnen doch wohl klar.«

KG war so empört, dass sein Schnurrbart zuckte.

»Wir sagen nicht, dass sie etwas mit dem Tod des kleinen Mädchens zu tun haben, aber sie haben es zuletzt gesehen, und um den Täter zu finden, müssen wir uns den gesamten Ablauf der Dinge ansehen.«

Leif warf einen Blick in Helens Richtung. Sie starrte stumm auf ihre Hände. Sie war so dunkelhaarig wie ihre Mutter und auf eine unaufdringliche und alltägliche Weise hübsch. Ihre Schultern wirkten verkrampft, und sie fummelte an ihrem Rock herum.

»Helen, würdest du uns bitte in deinen Worten erzählen, was passiert ist?«, fragte er sanft und spürte zu seiner eigenen Verwunderung ein zärtliches Gefühl für das Mädchen in sich aufsteigen.

Sie sah so verletzlich und verängstigt aus, und ihre Eltern schienen viel zu sehr mit sich beschäftigt zu sein, als dass sie die Angst ihrer Tochter hätten auffangen können.

Helen sah ihren Vater an, der nickte kurz.

»Wir hatten Linda und Anders versprochen, auf Stella acht zu geben. Wir wohnen in der Nähe und passen manchmal auf Stella auf. Dafür sollten wir je zwanzig Kronen bekommen, und wir durften mit Stella beim Kiosk ein Eis essen gehen.«

»Wann habt ihr sie abgeholt?«, fragte Leif.

Das Mädchen schaute ihn nicht an.

»Ich glaube, gegen eins. Ich bin einfach mit Marie mitgegangen.«

»Marie«, schnaubte Harriet verächtlich, doch Leif brachte sie mit einer Handbewegung zum Schweigen.

»Also kurz nach eins.«

Leif schrieb etwas auf seinen Block. Im Hintergrund surrte das Tonbandgerät, aber handschriftliche Notizen halfen ihm, seine Gedanken zu sortieren.

»Ja, aber Marie weiß das besser.«

Helen rutschte von einer Pobacke auf die andere.

»Wer war zu Hause, als ihr sie abgeholt habt?«

Leif legte den Stift ab und lächelte Helen an, doch sie wich seinem Blick noch immer aus und zupfte unsichtbare Fusseln von ihrem weißen Sommerrock.

»Ihre Mutter. Und Sanna. Als wir kamen, wollten sie gerade los. Wir bekamen Geld für das Eis. Stella hat sich ganz doll gefreut. Sie hüpfte vor uns her.«

»Habt ihr euch sofort auf den Weg gemacht? Oder seid ihr noch auf dem Hof geblieben?«

Helen schüttelte den Kopf, und der lange dunkle Pony fiel ihr ins Gesicht.

»Wir haben ein bisschen auf dem Hof gespielt und mit Stella Seilspringen gemacht. Wir haben das Seil geschlagen, und sie durfte springen, das hat ihr Spaß gemacht, aber sie war nicht schnell genug und hat sich immer wieder im Seil verheddert, deswegen haben wir die Lust verloren.«

»Was habt ihr dann gemacht?«

»Dann sind wir mit ihr zu Fuß nach Fjällbacka gegangen.«

»Das muss doch ziemlich lange gedauert haben.«

Leif überschlug die Zeit im Kopf. Er selbst würde vom Hof Strand bis ins Zentrum zwanzig Minuten brauchen. Mit einer Vierjährigen im Schlepptau sehr viel länger. Man würde am Gras riechen müssen, Blümchen pflücken, und dann waren Steine im Schuh, man musste Pipi und bekam so schwere Beine, dass man nicht mehr laufen konnte. Für diese Distanz brauchte man mit einer Vierjährigen eine Ewigkeit.

»Wir hatten eine Karre dabei«, sagte Helen. »Zum Zusammenklappen.«

»Einen Buggy, nehme ich an«, sagte Harriet.

Leif warf ihr einen Blick zu, und sie hielt den Mund.

»Ja, stimmt, so nennt man das.«

Helen sah ihre Mutter an.

Leif legte erneut den Stift beiseite.

»Wie lange habt ihr für den Weg gebraucht? Mit Stella in der Karre?«

Helen zog die Augenbrauen zusammen.

»Es hat ziemlich lange gedauert, bis zur großen Straße geht man auf einem Sandweg, und da kamen wir nicht gut voran, die Räder haben sich die ganze Zeit gedreht.«

»So ungefähr? Was denkst du?«

»Vielleicht eine Dreiviertelstunde? Wir haben aber nicht auf die Uhr geguckt. Wir haben beide keine Uhr.«

»Natürlich hast du eine Uhr«, sagte Harriet, »du trägst sie nur nicht. Dass dieses andere Mädchen keine Armbanduhr besitzt, wundert mich allerdings nicht. Und wenn sie eine hätte, wäre sie bestimmt geklaut.«

»Mama! Hör auf!«

In Helens Augen blitzte es.

Leif sah Harriet an.

»Ich würde es begrüßen, wenn wir beim Thema blieben.«

Er nickte Helen zu.

»Und dann? Wie lange wart ihr mit Stella in Fjällbacka?«

Helen zuckte mit den Schultern.

»Weiß nicht. Wir haben uns alle ein Eis gekauft und saßen eine Weile auf dem Steg, aber wir haben aufgepasst, dass Stella nicht bis an die Kante ging, weil sie nicht schwimmen kann und wir keine Schwimmweste dabeihatten.«

»Das war klug von euch«, sagte Leif.

Er notierte sich schnell, dass er Kjell und Anita, die Kioskbetreiber, fragen wollte, ob sie sich erinnerten, die beiden Mädchen und Stella am Vortag gesehen zu haben.

»Ihr habt also Eis gegessen und auf dem Steg gesessen. Habt ihr noch was gemacht?«

»Nein, dann sind wir zurückgegangen. Stella war müde und hat eine Weile in der Karre geschlafen.«

»Ihr wart also ungefähr eine Stunde in Fjällbacka. Könnte das hinkommen?«

Helen nickte.

»Seid ihr den gleichen Weg zurückgegangen?«

»Nein, auf dem Heimweg wollte Stella in den Wald, also haben wir sie aufstehen lassen und sind das letzte Stück durch den Wald gegangen.«

Leif machte sich Notizen.

»Wie spät könnte es gewesen sein, als ihr ankamt?«

»Das weiß ich nicht genau, aber wir haben für den Rückweg ungefähr genauso lange gebraucht wie für den Hinweg.«

Leif las, was er sich aufgeschrieben hatte. Wenn die Mädchen gegen eins am Hof angekommen waren, etwa zwanzig Minuten gespielt und fünfundvierzig Minuten für den Hinweg gebraucht hatten, eine Stunde dort gewesen und noch einmal zirka fünfundvierzig Minuten zurückgegangen waren, müsste es bei ihrer Rückkehr etwa zwanzig vor vier gewesen sein. Angesichts von Helens vagen Zeitangaben schrieb er jedoch 15:30–16:15 Uhr auf seinen Block und zeichnete einen Kreis darum. Aber nicht einmal diesen Zeitraum hielt er für verlässlich.

»Und dann, als ihr bei Stella zu Hause wart?«

»Da das Auto ihres Vaters auf dem Hof stand, haben wir gedacht, er wäre zu Hause. Und als Stella aufs Haus zulief, sind wir gegangen.«

»Ihr habt ihren Vater also nicht gesehen? Oder wie sie ins Haus hineinging?«

»Nein.«

Helen schüttelte den Kopf.

»Seid ihr dann direkt nach Hause gegangen?«

»Nein …«

Helen warf verstohlene Blicke zu ihren Eltern.

»Was habt ihr gemacht?«

»Wir sind zum See hinter Maries Hof gegangen und haben gebadet.«

»Wir haben dir doch gesagt, dass du auf keinen Fall …«

Harriet verstummte, nachdem sie von Leif streng angeschaut worden war.

»Wie lange wart ihr dort? Ungefähr?«

»Weiß nicht. Zum Abendessen um sechs war ich wieder zu Hause.«

»Das stimmt.« KG nickte. »Uns hat sie nicht erzählt, dass die beiden gebadet haben. Sie hat gesagt, sie hätten die ganze Zeit auf Stella aufgepasst.«

Kopfschüttelnd betrachtete er seine Tochter, die immer noch an ihrem Rock herumfummelte.

»Wir haben natürlich bemerkt, dass sie nasse Haare hatte, aber sie hat behauptet, sie wären mit Stella über den Rasensprenger gehüpft.«

»Es war blöd von mir, zu lügen, ich weiß«, sagte Helen. »Aber ich darf eigentlich nicht dort sein. Meine Eltern mögen es gar nicht, wenn ich was mit Marie mache, und das liegt nur an ihrer Familie, aber für die kann sie ja nichts.«

Wieder blitzte es in ihren Augen.

»Der Apfel fällt nicht weit vom Stamm«, sagte KG.

»Sie ist einfach ein bisschen cooler als andere«, sagte Helen leise. »Aber vielleicht hat das auch einen Grund, habt ihr darüber mal nachgedacht? Sie hat sich ihre Familie doch nicht ausgesucht.«

»Jetzt beruhigen wir uns alle mal.« Leif hob die Hände.

Auch wenn der Streit einige nützliche Informationen über die Familiendynamik ans Licht brachte, war dies nicht der richtige Ort, um diese Dinge zu besprechen.

Er las seine Aufzeichnungen noch einmal vor.

»Stimmt das in etwa mit deiner Erinnerung überein?«

Helen nickte.

»Ja.«

»Und Marie wird das Gleiche sagen?«

Für einen Moment glaubte er, einen Funken Unsicherheit in ihren Augen zu erahnen. Dann antwortete sie ruhig:

»Ja, das wird sie.«

»Wie geht es dir?« Paula sah ihn forschend an.

Martin fragte sich, wie lange sich alle anderen noch Sorgen um ihn machen würden.

»Gut.« Zu seiner eigenen Verwunderung stellte er fest, dass es glaubwürdig klang.

Die Trauer um Pia würde niemals aufhören, er würde sich immer fragen, wie ihr gemeinsames Leben verlaufen wäre, und würde sie bei allen großen Ereignissen in Tuvas Leben wie einen Schatten im Augenwinkel wahrnehmen. Und bei den kleinen Ereignissen auch. Als Pia von ihm ging, sagte man ihm, er würde sich das Leben Schritt für Schritt zurückerobern. Eines Tages würde er wieder Freude empfinden, wieder lachen können. Dass die Trauer ihn immer begleiten, er aber lernen würde, Seite an Seite mit ihr zu leben. Damals, als er sich in tiefer Finsternis befand, war ihm das unmöglich erschienen. In der ersten Zeit hatte er oft einen Schritt vorwärts und zwei zurück gemacht, aber dann waren daraus zwei Schritte nach vorn und einer zurück geworden. Bis er sich allmählich nur noch vorwärtsbewegte.

Martin fiel die Frau ein, die er am Vortag auf dem Spielplatz getroffen hatte. Um ehrlich zu sein, hatte er seitdem ziemlich oft an sie gedacht. Ihm wurde klar, dass er sie nach ihrer Telefonnummer hätte fragen sollen. Oder wenigstens nach ihrem Namen. Aber im Nachhinein war man immer klüger. Er war von dem Wunsch, sie wiederzusehen, vollkommen überrumpelt worden. Zum Glück lebten sie in einem kleinen Ort, und er hatte gehofft, sie schon heute wieder auf dem Spielplatz zu treffen. Das war jedenfalls sein Plan gewesen, bis der Mord an Nea seinem Urlaub ein Ende bereitete.

Schuldgefühle überkamen ihn. Wie konnte er jetzt an eine Frau denken?

»Du siehst froh, aber auch ein wenig bedrückt aus«, sagte Paula, als hätte sie seine Gedanken gelesen.

Ohne lange zu überlegen, erzählte er von der Frau auf dem Spielplatz. Beinahe hätte er die Abfahrt verpasst und musste scharf links abbiegen.

»So hübsch also, dass du das Autofahren verlernt hast.« Paula hielt sich am Griff über dem Fenster fest.

»Auf dich wirkt das wahrscheinlich lächerlich.« Er wurde so rot, dass sich seine Sommersprossen noch deutlicher von der kreideweißen Haut abhoben.

»Nein, das ist doch ganz wunderbar.« Paula klopfte ihm auf den Oberschenkel.

»Und hab kein schlechtes Gewissen, das Leben muss weitergehen. Wenn es dir gutgeht, machst du auch deine Arbeit besser. Find raus, wie sie heißt, und ruf sie an. Wir können sowieso nicht rund um die Uhr konzentriert ermitteln, da machen wir nur Fehler.«

»Da hast du wohl recht.« Martin überlegte, wie er sie finden könnte.

Er wusste, wie ihr Sohn hieß. Das war immerhin ein Anfang. Tanum war klein genug, hier würde er sie schon ausfindig machen. Falls sie keine Touristin auf der Durchreise war. Was, wenn sie gar nicht in der Nähe wohnte?

»Sollen wir nicht irgendwo anhalten?«, fragte Paula, nachdem sie in den Sandweg eingebogen waren und Martin am ersten Haus vorbeiraste.

»Äh ... was? Doch, entschuldige.« Er errötete bis zum Haaransatz.

»Ich helfe dir nachher, sie zu finden.« Paula grinste.

Martin hielt in der Einfahrt eines alten roten Hauses mit weißen Tür- und Fensterrahmen und üppigen Schnitzereien und seufzte vor Neid. Von so einem Haus träumte er. Pia und er hatten darauf gespart und hätten beinahe genügend Geld zusammenkratzen können. Jeden Abend waren sie durch die Immobilienangebote im Internet gesurft, waren sogar schon zu einer Besichtigung gegangen. Dann kam die Krebsdiagnose. Und das Geld lag ungenutzt auf seinem Sparkonto. Der Traum vom Haus war mit Pia gestorben. Genau wie alle anderen Träume.

Paula klopfte an die Tür.

»Hallo?«, rief sie nach einer Weile.

Sie sah Martin an, drehte am Knauf und ging hinein. In einer Großstadt wäre das mit Sicherheit undenkbar gewesen, aber hier in dieser Gegend war es eher die Ausnahme, dass jemand seine Tür abschloss, und Freunde kamen oft einfach ins Haus. Die Dame, die ihnen entgegenkam, schien ebenfalls nicht im Geringsten verängstigt zu sein, als sie unbekannte Stimmen in ihrer Diele hörte.

»Ach, wie nett, kommt die Polizei mich besuchen?« Sie lächelte.

Sie war so klein und zierlich und zerknittert, dass Martin befürchtete, der Luftzug, der auf Grund der offenen Haustür zustande kam, würde sie umblasen.

»Kommen Sie rein, ich bin mitten in der dritten Runde zwischen Gustafsson und Daniel Cormier.«

Martin sah Paula fragend an. Er hatte keine Ahnung, worüber die alte Tante redete. Sein Interesse an Sport war äußerst begrenzt. Er konnte sich zwar unter Umständen vorstellen, ein Fußballspiel zu verfolgen, wenn Schweden beispielsweise das Halbfinale bei einer Welt- oder Europameisterschaft erreicht hätte, aber das war auch alles. Und wenn ihn nicht alles täuschte, interessierte sich Paula noch weniger für Sport als er.

»Was immer Sie von mir wollen, es muss warten. Nehmen Sie Platz.« Sie zeigte auf ein Sofa mit Rosenmuster.

Sie selbst setzte sich mühsam in einen großen Ohrenbackensessel mit passendem Hocker vor einem riesigen Fernseher. Zu Martins Erstaunen bestand die »Runde«, von der sie gesprochen hatte, aus zwei Männern, die in einer Art Käfig wie die Wilden aufeinander eindroschen.

»In der zweiten Runde hat Gustafsson ihn in den Schwitzkasten genommen, und Cormier hätte beinahe schlappgemacht, aber er hat sich in dem Moment, als der Gong kam, noch mal aufgerappelt. Das ist jetzt die dritte Runde, und Gustafsson scheinen die Kräfte zu verlassen, während Cormier wieder Rückenwind hat. Aber ich gebe noch nicht auf, Gustafsson ist eine Kämpfernatur, und wenn er es schafft, seinen Gegner auf den Boden zu drücken, holt er sich den Sieg. Stehend ist Cormier zwar stärker, aber am Boden kann er sich mit Gustafsson nicht messen.«

Martin starrte die alte Tante an.

»MMA oder?«, fragte Paula.

Die Tante sah Paula an, als wäre sie nicht ganz richtig im Kopf.

»Natürlich ist das MMA. Was denn sonst? Hockey?«

Sie gluckste vor Lachen, und Martin fiel auf, dass auf dem Tischchen neben ihrem Sessel ein großes Glas Whisky stand. Na klar, dachte er, wenn er erst dieses Alter erreicht hätte, würde er sich auch alles gönnen, worauf er Lust hatte und wann immer er Lust dazu hatte, ohne sich zu fragen, ob es gesund war oder nicht.

»Das ist der Titelkampf in Mixed Martial Arts.« Die Dame löste den Blick nicht vom Bildschirm. »Sie kämpfen um den Weltmeistertitel.«

Offenbar hatte sie begriffen, dass sie zwei komplette Ignoranten ins Haus gelassen hatte.

»Das hier ist das heißeste Match des Jahres. Bitte entschuldigen Sie, dass ich Ihnen nicht meine volle Aufmerksamkeit widme. Das hier lasse ich mir nicht entgehen.«

Sie griff nach ihrem Whiskyglas und trank einen ordentlichen Schluck. Auf dem Bildschirm streckte ein blonder Berserker einen dunkelhäutigen Mann mit absurd breiten Schultern nieder und legte sich auf ihn. In Martins Augen sah das nach schwerer Körperverletzung aus, die im wirklichen Leben mit mehreren Jahren Gefängnis bestraft worden wäre. Und diese Ohren! Was hatte der Typ mit seinen Ohren gemacht? Wie große, unförmige Lehmklumpen sahen sie aus. Schlagartig wurde ihm klar, was mit dem Begriff »Blumenkohlohren« gemeint war.

»Noch drei Minuten.« Die alte Tante genehmigte sich noch einen Schluck Whisky.

Martin und Paula wechselten einen Blick. Er sah, dass sie das Lachen kaum zurückhalten konnte. Das hier war, gelinde gesagt, überraschend.

Plötzlich fuhr die Dame brüllend vom Sessel auf.

»Jaaa!«

»Hat er gewonnen?«, fragte Martin. »Dieser Gustafsson?«

Der blonde Hüne tobte wie ein Verrückter durch den Käfig, sprang auf das Gitter und schrie aus Leibeskräften. Er hatte offensichtlich gewonnen.

»Cormier hat sich zu früh verausgabt, am Ende hatte er keinen Spielraum mehr und musste aufgeben.«

Sie leerte das Glas in einem Zug.

»Ist es der, über den in der Presse berichtet wird? *The … Mole*?« Paula war froh, auf dem Laufenden zu sein.

»The Mole.« Die alte Tante schnaubte. »The Mauler, Schätzchen. Gustafsson gehört absolut zur Weltspitze. Das müssten Sie eigentlich wissen, es ist Allgemeinbildung.«

Sie ging in die Küche.

»Ich setze Kaffee auf, möchten Sie auch einen?«

»Ja, gerne«, antworteten Martin und Paula im Chor.

Ein Tässchen Kaffee war unumgänglich, wenn man die Leute zu Hause aufsuchte. Wenn man im Laufe des Tages viele Gespräche führte, konnte man abends manchmal nicht gut einschlafen.

Sie standen auf und folgten der alten Dame in die Küche. Martin fiel ein, dass sie sich noch nicht vorgestellt hatten.

»Verzeihung, mein Name ist Martin Molin, und das ist Paula Morales von der Polizeidienststelle Tanum.«

»Dagmar Helin«, sagte die Dame gutgelaunt und stellte den Kessel auf die Herdplatte.

»Setzen Sie sich an den Küchentisch, das ist gemütlicher. Ins Wohnzimmer gehe ich nur zum Fernsehen. Ansonsten verbringe ich die meiste Zeit hier.«

Sie zeigte auf einen abgenutzten Holztisch, der mit Rätselheften bedeckt war. Hastig packte sie die Zeitschriften zu einem Stapel zusammen, den sie aufs Fensterbrett legte.

»Gymnastik für mein Oberstübchen. Im September werde ich zweiundneunzig, da muss man geistig in Bewegung bleiben, sonst ist man schneller dement, als man sagen kann: Äh, das hab ich vergessen.«

Sie schüttete sich aus vor Lachen.

»Wie kommt es, dass Sie sich für MMA interessieren?«, fragte Paula.

»Mein Urenkel betreibt diesen Sport. Er ist zwar noch nicht in der Profiliga, aber das ist nur noch eine Frage der Zeit. Er hat das Talent dazu und genügend Willenskraft.«

»Nun, ein wenig ungewöhnlich ist es schon«, sagte Paula vorsichtig.

Schweigend griff Dagmar mit einem gehäkelten Topflappen nach dem Kaffeetopf und stellte ihn auf einen Korkuntersetzer auf dem Tisch. Dazu kamen drei süße kleine Tassen mit rosa Muster und Goldrand. Erst als sie am Tisch saß und ihnen einschenkte, antwortete sie.

»Oscar und ich haben uns immer sehr nahegestanden, und deswegen habe ich angefangen, zu seinen Wettkämpfen zu gehen. Man fängt irgendwie Feuer. Es reißt einen so mit. In meiner Jugend war ich relativ erfolgreich als Leichtathletin, ich kann das Gefühl und die Anspannung also nachempfinden.«

Sie zeigte auf ein Schwarzweißfoto an der Wand von einer athletischen jungen Frau, die gerade einen Hochsprung machte.

»Sind Sie das?«, fragte Martin beeindruckt und verglich das Bild von der großen, schlanken und muskulösen Frau mit der zusammengeschrumpften grauen Person, die vor ihm saß.

Dagmar schien zu merken, was in ihm vorging, und grinste breit.

»Ich kann mir auch nur schwer vorstellen, dass ich das bin. Aber seltsamerweise fühlt man sich innerlich unverändert. Manchmal bekomme ich einen Schock, wenn ich mich selbst im Spiegel sehe, und denke: Wer ist denn die Alte da?«

»Wie lange waren Sie aktiv?«, fragte Paula.

»Aus heutiger Sicht nicht lange, aber für die damalige Zeit viel zu lange. Als ich meinen Mann kennenlernte, musste ich mit dem Sport aufhören und mich stattdessen um den Haushalt und unser Kind kümmern. Ich mache meiner Tochter aber keine Vorwürfe deswegen, die Zeiten waren eben so, und sie ist ein gutes Kind. Sie möchte, dass ich zu ihr ziehe, weil es mir immer schwerer fällt, das Haus in Schuss zu halten. Sie ist auch langsam eine alte Tante, im Winter wird sie dreiundsechzig, wir müssten also gut miteinander auskommen.«

Martin trank einen Schluck Kaffee aus der zerbrechlichen kleinen Tasse.

»Das ist Kopi-Luwak-Kaffee«, sagte Dagmar, als sie seinen zufriedenen Gesichtsausdruck sah. »Mein ältester Enkel importiert ihn. Nachdem die Bohnen von Zibetkatzen verspeist und dann wieder ausgekackt wurden, sammelt man sie ein, reinigt sie und röstet sie. Der Kaffee ist nicht billig, normalerweise kostet eine Tasse sechshundert Kronen, aber mein Enkel Julius führt ihn, wie gesagt, nach Schweden ein und kann einen besseren Preis aushandeln. Hin und wieder schenkt er mir ein paar Bohnen, weil er weiß, dass ich diesen Kaffee liebe. Es gibt keinen besseren.«

Martin guckte erschrocken in seine Tasse, aber dann trank er achselzuckend noch einen Schluck. Wenn der Kaffee so himmlisch schmeckte, war ihm egal, wo er herkam. Er überlegte einen Moment, doch dann beschloss er, dass sie genug Konversation gemacht hatten.

»Ich weiß nicht, ob Sie schon gehört haben, was passiert ist.« Er beugte sich vor. »Ein kleines Mädchen wurde hier oben im Wald tot aufgefunden. Sie ist ermordet worden.«

»Ja, meine Tochter ist vorbeigekommen und hat es mir erzählt.« Dagmars Gesicht verfinsterte sich. »Dieses süße blonde Ding, das immer wie ein Wirbelwind herumgetobt ist. Ich mache immer noch jeden Tag einen großen Spaziergang, und da komme ich oft am Hof Berg vorbei. Meistens hat sie draußen gespielt.«

»Wann haben Sie sie zuletzt gesehen?« Martin trank noch einen Schluck.

»Tja, wann war das?« Dagmar wirkte nachdenklich. »Gestern nicht, aber am Tag davor. Also am Sonntag.«

»Zu welcher Tageszeit?«, fragte Paula.

»Ich gehe immer am Vormittag spazieren. Bevor es zu heiß wird. Sie war draußen auf dem Hof. Ich habe ihr wie jeden Tag zugewinkt, und sie winkte zurück.«

»Am Sonntagvormittag, gut«, sagte Martin. »Und seitdem nicht mehr?«

Dagmar schüttelte den Kopf.

»Nein, gestern habe ich sie nicht gesehen.«

»Ist Ihnen etwas anderes aufgefallen? Etwas Ungewöhnliches. Jedes Detail kann von Bedeutung sein, also erzählen Sie uns lieber auch die Dinge, die Ihnen unwesentlich erscheinen.«

Martin leerte seine Tasse und stellte sie auf das Tellerchen. Seine Hand an dem zierlichen und romantisch geschwungenen Henkel erschien ihm plump.

»Nein, ich kann mich an nichts Besonderes erinnern. Von meinem Küchenfenster habe ich ja einen ziemlich guten Überblick, aber soweit ich mich entsinne, ist gestern nichts passiert.«

»Falls Ihnen später noch was einfällt, zögern Sie bitte nicht, uns anzurufen.« Nachdem Paula Martin einen fragenden Blick zugeworfen und dieser ihr zugenickt hatte, stand sie auf und legte eine Visitenkarte auf den Tisch.

»Danke für den Kaffee«, sagte Martin. »Er hat gut geschmeckt und war ein, äh, Erlebnis.«

»Wie so viele Dinge im Leben.« Dagmar lächelte.

Er schaute zu dem Bild von der schönen, jungen Leichtathletin hinüber und sah das gleiche Blitzen wie in den Augen der zweiundneunzigjährigen Dagmar. Er kannte dieses Blitzen. Pia hatte es auch gehabt. Dieses Blitzen verriet Lebensfreude.

Behutsam machte er die schöne alte Haustür zu.

Mellberg saß am Kopfende des Konferenztischs und streckte sich. Eine imponierende Anzahl von Journalisten hatte sich versammelt. Nicht nur die lokale Presse war gekommen, sondern auch Vertreter der überregionalen Zeitungen.

»Ist es derselbe Täter?« fragte Kjell vom *Bohusläningen*.

Patrik beobachtete Mellberg genau. Am liebsten hätte er die Frage für ihn beantwortet, aber in diesem Punkt war mit Mellberg nicht zu spaßen. Pressekonferenzen waren für ihn kostbare Augenblicke im Rampenlicht, und die ließ er sich nicht nehmen. Das Tagesgeschäft und alles andere, was auch nur ansatzweise anstrengend war, überließ er hingegen gern Patrik und den Kollegen.

»Wir können einen Zusammenhang mit dem Fall Stella nicht ausschließen, werden uns aber nicht auf diesen Ermittlungsansatz beschränken«, sagte Mellberg.

»Es kann aber doch kein Zufall sein«, bohrte Kjell nach.

Sein dunkler Bart war mittlerweile grau gesprenkelt.

»Wie gesagt, wir gehen der Sache nach, aber wenn etwas so offensichtlich erscheint, versteift man sich leicht darauf und verliert andere Möglichkeiten aus dem Blick.«

Gut gemacht, Mellberg, dachte Patrik verblüfft. Vielleicht hatte sein Chef doch dazugelernt.

»Aber natürlich ist es mehr als merkwürdig, dass dieser Filmstar erst kurz zuvor zurückgekehrt ist«, sagte Mellberg, und die Journalisten machten sich fieberhaft Notizen.

Patrik musste die Hände zu Fäusten ballen, um sich nicht an die Stirn zu schlagen. Er sah bereits die Überschriften in den Boulevardzeitungen vor sich.

»Werden Sie Marie und Helen vernehmen?«, fragte ein besonders schmieriger Vertreter der Regenbogenpresse.

Er gehörte zu den jüngeren Kollegen, und die machten am meisten Druck. Sie waren scharf auf eine Festanstellung und bereit, ziemlich weit zu gehen, um sich einen Namen zu machen.

»Wir werden mit ihnen reden«, bestätigte Mellberg. Es war nicht zu übersehen, wie sehr er die Aufmerksamkeit genoss.

Er überprüfte sicherheitshalber, ob sein Haar richtig lag, und hielt bereitwillig das Gesicht ins Blitzlicht.

»Die beiden sind also die Hauptverdächtigen?«, fragte eine junge Reporterin von der anderen großen Boulevardzeitung.

»Nein, nein, das würde ich nicht behaupten oder so formulieren …«

Mellberg kratzte sich am Kopf und schien zu merken, dass

er das Gespräch womöglich in die falsche Richtung gelenkt hatte. Er schaute zu Patrik, der sich räusperte.

»Zum gegenwärtigen Zeitpunkt verdächtigen wir niemanden«, sagte der. »Wie Bertil Mellberg schon gesagt hat, versteifen wir uns auf keine Spur. Wir warten auf den technischen Bericht und führen unter anderem Gespräche mit einem breiten Kreis von Personen, die uns hoffentlich mit Informationen zu Neas Verschwinden versorgen können.«

»Sie halten es also für einen Zufall, dass ein Mädchen vom selben Hof verschwindet und an derselben Stelle tot aufgefunden wird wie die kleine Stella, und das in der Woche, in der eine der beiden im Fall Stella Verurteilten zum ersten Mal seit dreißig Jahren wieder hier ist?«

»Ich glaube nicht, dass ein Zusammenhang immer so eindeutig ist, wie er erscheint«, sagte er. »Genau wie Mellberg betont hat, dürfen wir uns jetzt nicht auf einen Ermittlungsansatz versteifen.«

Kjell vom *Bohusläningen* hob die Hand.

»Wie ist das Mädchen zu Tode gekommen?«

Mellberg beugte sich vor.

»Wie Patrik Hedström bereits erwähnt hat, warten wir auf den kriminaltechnischen Bericht, und eine rechtsmedizinische Untersuchung hat auch noch nicht stattgefunden. Wir haben daher weder die Möglichkeit noch einen Anlass, uns zu dieser Frage zu äußern.«

»Besteht die Gefahr, dass weitere Kinder ermordet werden?«, fuhr Kjell fort. »Sollten Eltern in dieser Gegend nicht dafür sorgen, dass ihre Kinder im Haus bleiben? Wie Sie sich doch mit Sicherheit vorstellen können, machen Gerüchte die Runde, die Leute bekommen Angst.«

Mellberg antwortete nicht sofort. Patrik schüttelte leicht den Kopf und hoffte, dass sein Chef den Wink verstand. Es hatte keinen Sinn, die örtliche Bevölkerung in Angst und Schrecken zu versetzen.

»Momentan gibt es keinen Grund zur Sorge«, antwortete Mellberg schließlich. »Wir arbeiten mit dem kompletten Team an der Aufklärung des speziellen Falls und werden herausfinden, wie Linnea Berg ums Leben kam.«

»Ist sie auf die gleiche Art gestorben wie Stella?«

Kjell ließ nicht locker. Die anderen Journalisten blickten zwischen ihm und Mellberg hin und her. Patrik drückte die Daumen, dass Mellberg an seiner Strategie festhielt.

»Darüber wissen wir, wie gesagt, Genaueres, wenn wir den Bericht aus der Rechtsmedizin bekommen.«

»Sie sagen aber nicht, dass es nicht so ist.«

Dieser schmierige kleine Reporter war wirklich hartnäckig. Patrik hatte wieder das kleine Mädchen vor Augen, das einsam und schutzlos auf dem kalten Obduktionstisch lag. Er konnte es sich kaum verkneifen, verächtlich zu zischen.

»Wir haben doch schon gesagt, dass wir den rechtsmedizinischen Bericht abwarten!«

Der junge Reporter verstummte und machte ein beleidigtes Gesicht.

Wieder meldete sich Kjell zu Wort. Er sah Patrik an.

»Ich habe gehört, dass Ihre Frau ein Buch über den Fall Stella schreibt. Stimmt das?«

Obwohl Patrik mit dieser Frage gerechnet hatte, fühlte er sich unvorbereitet. Er blickte auf seine geballten Fäuste hinunter.

»Aus irgendeinem Grund diskutiert meine Frau ihre Projekte nicht einmal mit der Intelligenzbestie bei uns zu Hause«, sagte er schließlich, und es waren vereinzelte Lacher zu hören. »Daher bekomme ich davon nur am Rande etwas mit. Ich weiß nicht, wie weit sie mit ihrem aktuellen Buch gekommen ist, weil ich mich aus dem kreativen Prozess vollständig heraushalte, und immer erst am Ende involviert werde, wenn ich das fertige Manuskript lesen darf.«

Das war ein wenig gelogen, aber nicht ganz. Er wusste ungefähr, in welchem Stadium des Arbeitsprozesses Erica sich befand, doch er bezog seine Informationen nur aus beiläufigen Bemerkungen. Sie sprach äußerst ungern über ihre Bücher, während sie an ihnen arbeitete, und ihn zog sie nur zu Rate, wenn sie Fragen zur Polizeiarbeit hatte. Diese waren jedoch meistens so aus dem Zusammenhang gerissen, dass sie keine Schlüsse über das Buch selbst zuließen.

»Könnte das Buch eine entscheidende Rolle gespielt haben? Für den aktuellen Mord?«

Die junge Reporterin sah ihn hoffnungsvoll an. Patrik kochte innerlich vor Wut. Was sagte sie da? Seine Frau sollte für den Mord an dem kleinen Mädchen verantwortlich sein?

Er wollte gerade den Mund öffnen und der Frau den Kopf waschen, als Mellberg mit ruhiger, aber eindringlicher Stimme sagte:

»Diese Frage finde ich sowohl geschmacklos als auch irrelevant, und nein, es gibt keinerlei Hinweis auf einen Zusammenhang zwischen Erica Falcks Buchprojekt und dem Mord an Linnea Berg. Und wenn Sie in den …« Mellberg schaute auf seine Uhr, »… zehn Minuten, die uns von dieser Pressekonferenz noch bleiben, nicht wenigstens ein Mindestmaß an Anstand wahren, werde ich nicht zögern, sie vorzeitig abzubrechen. Haben wir uns da verstanden?«

Patrik wechselte einen verblüfften Blick mit Annika, und zu seiner großen Verwunderung hielten sich die anwesenden Journalisten bis zum Schluss zurück.

Nachdem Annika es geschafft hatte, auch die penetrantesten Pressevertreter rauszuscheuchen, blieben Patrik und Mellberg allein im Konferenzraum zurück.

»Danke«, sagte Patrik.

»Die sollen bloß Erica in Ruhe lassen«, brummte Mellberg und wendete sich ab.

Er schnalzte Ernst zu, der gemütlich unter dem Tisch lag,

auf dem Annika den Kaffee bereitgestellt hatte, und verließ mit ihm den Raum. Patrik lachte in sich hinein. Es war nicht zu glauben. Der Alte hatte doch tatsächlich so etwas wie Loyalität im Leib.

Bohuslän 1671

Elin musste zugeben, dass Britta bezaubernd aussah. Das blaue Kleid bildete einen schönen Kontrast zu ihren dunklen Augen, ihr langes offenes Haar war gebürstet worden, bis es glänzte, und wurde nur von einem hübschen Seidenband aus dem Gesicht gehalten. Sie bekamen nicht oft so vornehmen Besuch. Eigentlich nie, um ehrlich zu sein. Solche Berühmtheiten hatten keinen Grund, einen einfachen Pastor im Sprengel Tanum zu besuchen, aber der Befehl des Königs an seinen Bohusläner Statthalter Harald Stake war eindeutig gewesen. Alle kirchlichen Repräsentanten in dieser Region sollten am Kampf gegen Zauberei und satanische Mächte beteiligt werden. Staat und Kirche mussten mit vereinten Kräften gegen den Teufel angehen, daher der hohe Besuch auf dem Pfarrhof in Tanum. Die Botschaft musste bis in die entlegensten Winkel des Landes vordringen, das hatte der König mit Nachdruck deutlich gemacht. Und Britta ließ es sich nicht nehmen, die Gelegenheit zu nutzen. Für Verpflegung, Unterbringung und auch die Gespräche während Lars Hiernes Besuch würden sie sich nicht schämen müssen. Er hatte zwar höflich angeboten, im Gasthof zu übernachten, wo es einen speziellen Trakt für Angehörige des Adels und andere vornehme Leute gab, aber Preben hatte erwidert, das komme gar nicht in Frage. Dem Gesandten des königlichen Statthalters solle es auf dem Pfarrhof an nichts fehlen.

Als die Kutsche ankam, standen Britta und Preben in der Tür. Elin und die anderen Bediensteten blieben, die Köpfe gesenkt, im Hintergrund. Alle waren sauber geschrubbt und hatten frisch gewaschene, heile Kleidung angezogen, die Mägde hatten ihr Haar mit Wasser gekämmt, damit auch nicht eine Strähne unter einer Haube hervorlugte. Es roch herrlich nach Kernseife und den Kiefernzweigen, mit denen der Knecht am Morgen die Räume geschmückt hatte.

Als sie am Tisch Platz genommen hatten, füllte Elin den Wein in die großen Krüge. Sie waren ihr vertraut. In ihrer Jugend servierte ihr Vater Wein in ihnen, schenkte sie dann Britta zur Hochzeit. Elin bekam ein paar von ihrer Mutter bestickte Tischdecken. Andere feine Gegenstände würden in einer armseligen Fischerkate gar nicht zur Geltung kommen, fand ihr Vater. Und sie war in gewisser Weise geneigt, ihm zuzustimmen. Was sollten Per und sie mit prächtigem Schmuck? Der war auf dem Pfarrhof besser aufgehoben. Aber die Tischdecken hütete sie wie ihren Augapfel. Zusammen mit den Kräutern, die sie im Sommer sammelte, trocknete und in Papier einschlug, damit sie keine Flecke auf dem weißen Stoff hinterließen, verwahrte sie die Decken in einer Truhe.

Märta war es von klein auf streng verboten gewesen, die Truhe zu öffnen, nicht nur, weil Elin keine klebrigen Fingerabdrücke auf den Decken ihrer Mutter haben wollte, sondern auch, weil gewisse Kräuter giftig sein konnten, wenn sie falsch angewendet wurden. Ihre Großmutter hatte sie gelehrt, welche Kräuter man wofür benutzte, und welche Sprüche man wann aufsagte. Verwechslungen hatten mitunter katastrophale Folgen. Sie war zehn Jahre alt gewesen, als ihre Großmutter mit der Unterweisung begann, und sie war fest entschlossen, ihr Wissen erst an Märta weiterzugeben, wenn diese genauso alt war.

»Igitt, ist das scheußlich mit den Weibern des Teufels.« Britta lächelte Lars Hierne an.

Hingerissen starrte er ihre schönen Gesichtszüge an, die

von den vielen Kerzen in ein sanftes Licht gehüllt wurden. Der blaue Brokat war genau die richtige Wahl gewesen, der Stoff schimmerte und glitzerte vor den dunklen Wänden im Speisesaal des Pfarrhofs und verlieh ihren Augen ein Blau, das an das Meer im Juli erinnerte.

Elin fragte sich, wie Preben auf die schamlosen Blicke des Gastes reagieren würde, aber er wirkte unberührt, ja, er schien sie nicht einmal zu bemerken. Als ihr auffiel, dass er stattdessen sie anschaute, senkte sie schnell den Blick. Sie hatte jedoch genug Zeit gehabt, um zu registrieren, dass auch er ungewöhnlich elegant aussah. Wenn er nicht in seiner Funktion als Pfarrer in Erscheinung trat, trug er meistens schmutzige Arbeitskleidung. Für einen Mann in seiner Position hatte er einen merkwürdigen Drang, körperlich zu arbeiten und die Tiere zu versorgen. Bereits an ihrem ersten Tag auf dem Pfarrhof hatte sie die anderen Mägde danach gefragt und die Antwort erhalten, seltsamerweise würde der Hausherr oft Seite an Seite mit ihnen arbeiten. An solche Unsitten musste man sich gewöhnen. Seine Frau hingegen, fuhr die Magd fort, sähe es gar nicht gern, und es habe deswegen schon viel Verdruss gegeben. Dann war ihr bewusst geworden, wer Elin war, und sie errötete tief. Das passierte Elin auf dem Hof nicht selten. Sie war ein Mittelding zwischen Magd und Schwester der Hausherrin. Irgendwie gehörte sie dazu, aber irgendwie auch nicht, und oft, wenn sie die Mägdekammer betrat, verstummten die anderen jäh und wagten nicht, in ihre Richtung zu schauen. In gewisser Weise verschlimmerte das ihre Einsamkeit, aber auf der anderen Seite war es ihr ganz recht. Sie hatte nie viele Freundinnen gehabt und fand, Frauen würden zu viel tuscheln und sich das Maul zerreißen.

»Ja, die Zeiten sind beängstigend«, sagte Lars Hierne. »Doch zum Glück haben wir einen König, der weder die Augen verschließt noch vor dem Kampf gegen die bösen Mächte zurückschreckt. Es waren harte Jahre für das Reich, und der Satan findet so viel Zuspruch wie seit Generationen nicht. Je mehr dieser Frauen wir finden und verurteilen, desto schneller ersticken wir seine Macht im Keim.«

Er brach ein Stück Brot auseinander und kaute es genussvoll. Britta hing an seinen Lippen, und ihre Augen leuchteten fasziniert und zugleich entsetzt.

Elin hörte genau zu, während sie Wein in die Krüge füllte. Der erste Gang stand auf dem Tisch, und auch Boel aus Holta brauchte sich für das, was sie in der Küche zustande gebracht hatte, nicht zu schämen. Alle aßen mit gutem Appetit, und Lars Hierne lobte das Essen mehrmals.

»Aber wie können Sie sich ganz sicher sein, dass diese Frauen dem Teufel ins Netz gegangen sind?« Preben lehnte sich mit seinem Krug zurück. »Hier in unserer Gegend mussten wir noch keiner Frau den Prozess machen, aber ich schätze, dass wir nicht darum herumkommen. Bislang weiß ich aber nur vom Hörensagen, wie die Hexenkommission vorgeht.«

Lars Hierne riss sich von Britta los und wandte sich an Preben.

»Es ist im Grunde eine ganz einfache Angelegenheit, festzustellen, ob jemand eine Hexe oder auch ein Hexer ist. Ja, wir dürfen nicht vergessen, dass nicht nur Frauen den Verlockungen des Satans verfallen. Allerdings kommt es beim Weibsvolk häufiger vor, weil es weniger standhaft ist.«

Er sah Britta ernst an.

»Nachdem eine Hexe verhaftet wurde, findet als Erstes eine Wasserprüfung statt. Gefesselt an Händen und Füßen, werfen wir sie ins Wasser.«

»Und dann?«

Britta beugte sich vor. Sie schien das Thema ungeheuer spannend zu finden.

»Wenn sie oben schwimmt, ist sie eine Hexe, das ist von alters her bekannt. Geht sie unter, ist sie unschuldig. Ich kann aber voller Stolz sagen, dass wir bislang keine Unschuldige zu Unrecht angeklagt haben. Sie schwimmen auf dem Wasser wie die Vögel und offenbaren auf diese Weise ihre wahre Natur. Danach haben sie natürlich die Möglichkeit, ein Geständnis abzulegen und so Gottes Vergebung zu erlangen.«

»Haben sie denn gestanden? Die Hexen, die Sie festgenommen haben?«

Britta beugte sich nun so weit vor, dass die Schatten der Kerzenflammen auf ihrem Gesicht tanzten.

Lars Hierne nickte.

»Oh ja, sie haben alle gestanden. Bei einigen Hexen mussten wir ausgeklügeltere Überredungskünste anwenden, offenbar hat der Teufel manche fester im Griff als andere. Wir vermuten, dass es daran liegt, wie lang schon der Bund mit der Macht des Satans dauert. Oder möglicherweise welch großen Gefallen er an der jeweiligen Frau gefunden hat. Aber gestanden haben sie alle. Und dann wurden sie auf das Geheiß Gottes und des Königs hingerichtet.«

»Gute Arbeit.« Preben nickte nachdenklich. »Dennoch graut mir vor dem Tag, an dem wir hier im Sprengel vor dieser quälenden Aufgabe stehen.«

»Ja, es ist kein leichtes Kreuz, aber Gott bürdet uns nur Lasten auf, die wir auch tragen können.«

»Wie wahr.« Preben führte den Krug zum Mund.

Das warme Hauptgericht wurde aufgetragen, und Elin schenkte rasch mehr von dem roten Wein ein. Alle drei tranken reichlich davon und hatten bereits glänzende Augen. Wieder fühlte Elin Prebens Blick auf sich ruhen und musste sich beherrschen, um ihn nicht zu erwidern. Ein Schauer lief ihr über den Rücken, und ihr fiel beinahe die Kanne aus der Hand. Ihre Großmutter hatte in solchen Fällen immer gesagt, man habe wohl eine böse Vorahnung. Elin sagte sich, sie habe bestimmt nur den Luftzug von den undichten Fenstern gespürt.

Als sie jedoch spätnachts ins Bett ging, überkam sie das Gefühl erneut. Um es zu vertreiben, zog sie Märta in dem schmalen Bett noch dichter an sich, aber es blieb.

GÖSTA WAR FROH, dass ihm die Pressekonferenz erspart blieb. Seiner Ansicht nach waren diese Veranstaltungen ein unnötiges Spektakel. Er hatte immer das Gefühl, die Journalisten wollten gar nicht in erster Linie mit der Allgemeinheit kommunizieren und auf diese Weise zur Aufklärung der Fälle beitragen, sondern vor allem Fehler finden und Sand ins Getriebe streuen. Aber vielleicht war er mit den Jahren zum Zyniker geworden, das passierte ja leicht.

Während er einerseits froh war, der Dienststelle zu entkommen, zog sich beim Gedanken an das, was ihm bevorstand, alles in ihm zusammen. Er hatte mit dem Bezirksarzt gesprochen und erfahren, dass Eva und Peter zwar schwer erschüttert, aber ansprechbar waren. Er dachte an den Tod seines kleinen Sohns zurück. Damals waren er und Maj-Britt für lange Zeit wie gelähmt gewesen.

Vor einem kleinen roten Haus mit weißen Fensterrahmen sah er Paulas und Martins Auto stehen. Hoffentlich waren sie beim Klinkenputzen erfolgreich gewesen. Er wusste, dass die Leute auf dem Land meistens mitbekamen, was in ihrer Nachbarschaft passierte. Er wohnte selbst etwas abgelegen in der Nähe des Golfplatzes von Fjällbacka und ertappte sich oft dabei, wie er am Küchenfenster saß und die Passanten beobachtete. Ja, auch das war wahrscheinlich eine Gewohnheit, die man sich im Lauf der Jahre zulegte. Er konnte sich gut an seinen Vater erinnern, der immer am Küchentisch gesessen und aus dem Fenster geschaut hatte. Als Kind war ihm das entsetzlich langweilig vorgekommen, aber nun konnte er seinen Vater verstehen. Es war beruhigend. Nicht, dass er jemals irgendein Meditationsgedöns ausprobiert hätte, aber so in die Richtung stellte er sich das vor.

Er bog in die kleine Auffahrt ein. Am Vortag hatte hier fieberhafte Aktivität geherrscht, aber nun war der Hof leer und verlassen. Kein Mensch weit und breit. Es war still. Am Vormittag hatte eine leichte Brise geweht, doch seit die Sonne am höchsten Punkt stand, war es windstill. Die Luft vibrierte vor Hitze.

Neben der Scheune lag ein Springseil auf dem Boden, und Gösta ging vorsichtig um die Hüpfkästchen herum, die in den Sand geritzt waren. Wahrscheinlich hatte Nea das mit ihrem kleinen Fuß gemacht, falls ihre Eltern ihr nicht geholfen hatten.

Gösta blieb einen Moment stehen und betrachtete das kleine weiße Haus. Nichts verriet, was für eine Tragödie sich hier abgespielt hatte. Die alte Scheune wirkte noch verfallener und windschiefer, als er sie in Erinnerung hatte, aber das Wohnhaus war frisch gestrichen und auch sonst gut in Schuss, und der Garten blühte üppiger denn je. Neben dem Haus sah er Wäsche auf der Leine hängen, darunter Kinderkleidung, die ihre Besitzerin nie wieder anziehen würde. Er hatte einen Kloß im Hals und räusperte sich. Dann ging er aufs Haus zu. Egal, was in ihm vorging, er musste seine Arbeit machen. Wenn jemand mit den Eltern sprechen konnte, dann er.

»Klopf, klopf, darf man reinkommen?«

Die Tür stand einen Spalt offen. Eine gealterte und auffallend braungebrannte Version von Peter kam mit ausgestreckter Hand auf ihn zu.

»Bengt«, sagte er ernst.

Eine schmächtige Frau mit weißblondem Pagenkopf und einer ebenso kräftigen Bräune stand gleich auf und sagte, sie heiße Ulla.

»Der Arzt hat angekündigt, dass Sie kommen«, sagte Peter.

Seine Frau hatte sich wieder gesetzt. Der Tisch war mit zerknittertem Papier bedeckt.

»Nehmen Sie Platz. Ich hole Eva und Peter«, sagte Bengt mit leiser Stimme und ging auf die Treppe zu. »Sie haben sich ein bisschen hingelegt.«

Ulla hatte Tränen in den Augen.

»Wer tut so was? Sie war doch noch so klein.«

Sie riss ein Stück Küchenpapier von einer Rolle ab und tupfte sich damit das Gesicht ab.

»Wir tun alles, um das herauszufinden.« Gösta legte die gefalteten Hände auf den Tisch.

Aus dem Augenwinkel sah er Bengt mit Eva und Peter die Treppe herunterkommen. Langsam gingen die beiden hinter ihm her, und der Kloß in Göstas Hals wurde größer.

»Wollen Sie Kaffee?«, fragte Eva mechanisch.

Ulla sprang auf.

»Setz dich, mein Herz, ich mach das.«

»Aber ich kann doch ...« Eva drehte sich zur Küchenzeile.

Mit sanfter Gewalt schob Ulla ihre Schwiegertochter an den Tisch.

»Nein, du setzt dich hin, und ich koche Kaffee.« Dann kramte sie in den Schränken.

»Die Filter sind rechts über der Spüle.« Eva wollte aufstehen.

Gösta legte eine Hand auf ihren zitternden Arm.

»Ihre Schwiegermutter schafft das schon«, sagte er.

»Sie wollten uns sprechen?« Peter ließ sich auf Ullas freien Platz sinken.

Er starrte das Papier auf dem Tisch an, als hätte er keine Ahnung, wie es dort hingekommen war.

»Hat sich was getan?«, fragte Eva. »Wissen Sie schon mehr? Wo ist sie?«

Ihre Stimme war tonlos, die Unterlippe zitterte.

»Wir wissen noch nichts, aber glauben Sie mir, wir geben

unser Bestes. Nea ist jetzt in Göteborg, Sie werden sie später sehen können, falls Sie das möchten, aber im Moment nicht.«

»Was machen die mit ihr?« Evas Blick schnitt Gösta direkt ins Herz.

Er bemühte sich, nicht das Gesicht zu verziehen. Was mit dem kleinen Körper gemacht wurde, wusste er zwar ganz genau, aber eine Mutter brauchte sich die Details nicht anzuhören.

»Frag nicht, Eva«, sagte Peter. Gösta sah, dass er ebenfalls zitterte.

Ob es der Schock war oder ob der Körper gerade den Schock überwand, war schwer zu sagen. Jeder reagierte anders, und er hatte im Lauf der Jahre genauso viele verschiedene Reaktionen erlebt, wie er Opfer von Gewaltverbrechen gesehen hatte.

»Ich müsste Ihnen ein paar Fragen stellen.« Gösta nickte Ulla zu, die eine Tasse vor ihn hingestellt hatte.

Eine Aufgabe zu haben schien ihr gutzutun. Sie und Bengt wirkten deutlich gefasster, als sie sich ebenfalls an den Tisch setzten.

»Wir tun alles, was nötig ist. Wir beantworten Ihnen jede Frage. Aber wir wissen nichts. Wie konnte das nur passieren? Wer macht so was?«

Peter schluchzte.

»Eins nach dem anderen«, sagte Gösta ruhig. »Ich weiß, dass Sie einige dieser Fragen schon einmal beantwortet haben, aber wir müssen gründlich vorgehen.«

Gösta legte sein Handy auf den Tisch und drückte, nachdem er einen zustimmenden Blick von Peter aufgefangen hatte, den Aufnahmeknopf.

»Wann haben Sie Nea zuletzt gesehen?«, fragte er. »Nennen Sie bitte einen möglichst genauen Zeitpunkt.«

»Am Sonntagabend«, sagte Eva. »Vorgestern. Nach dem Zähneputzen habe ich ihr eine Geschichte vorgelesen. So gegen acht Uhr habe ich angefangen, sie fürs Schlafengehen fertigzumachen. Und dann habe ich vielleicht eine halbe Stunde vorgelesen? Es war ihr Lieblingsbuch, das von dem Maulwurf, dem jemand auf den Kopf gemacht hat.«

Gösta riss ein Stück Küchenpapier ab und hielt es Eva hin. Sie putzte sich die Nase.

»Das muss also irgendwann zwischen neun und Viertel vor zehn gewesen sein?«, fragte Gösta. Eva schaute fragend ihren Mann an. Er nickte.

»Ja, ich glaube, das stimmt.«

»Und dann? Haben Sie Nea danach gehört oder gesehen? Sie ist nicht vielleicht in der Nacht aufgewacht?«

»Nein, sie schlief immer wie ein Stein.« Peter schüttelte heftig den Kopf. »Außerdem schlief sie meistens mit geschlossener Tür, und wir haben nach dem Gutenachtsagen auch nicht mehr bei ihr reingeschaut. Selbst als sie noch ganz klein war, hat Nea nie Probleme mit dem Schlafen gehabt. Sie liebt ihr Bett ... sie liebte es.«

Seine Unterlippe bebte, und er kniff die Augen zusammen.

»Erzählen Sie uns vom nächsten Morgen«, sagte Gösta. »Montagmorgen.«

»Ich bin schon um sechs aufgestanden«, sagte Peter. »Ich bin auf Zehenspitzen durchs Haus geschlichen, um Eva und Nea nicht zu wecken, und habe mir nur schnell ein paar Brote für unterwegs geschmiert. Die Kaffeemaschine hatte ich bereits am Vorabend gefüllt, ich brauchte sie also nur noch einzuschalten. Und dann ... ja, dann bin ich losgefahren.«

»Ist Ihnen irgendwas aufgefallen? War die Haustür offen oder abgeschlossen?«

Peter schwieg eine Weile, dann sagte er mit belegter Stimme:

»Die Tür war zu.« Seine Stimme überschlug sich, er schluchzte wieder. Bengt strich ihm mit der braungebrannten

Hand über den Rücken. »Wenn die Tür offen gewesen wäre, hätte ich das auf jeden Fall bemerkt.«

»Und die Tür zu Neas Zimmer?«

»Auch zu. Sonst wäre ich natürlich stutzig geworden.«

Gösta lehnte sich in Peters Richtung.

»Es war also alles wie immer. Und auch draußen nichts Ungewöhnliches? Menschen? Autos, die vorbeifuhren?«

»Nein, nichts. Als ich aus dem Haus ging, hatte ich sogar das Gefühl, der einzige Mensch auf der Welt zu sein, der schon wach war. Nur Vogelgezwitscher war zu hören, und als einziges Wesen ist mir nur die Katze begegnet, die mir um die Beine strich.«

»Und dann sind Sie losgefahren? Wie spät war es da ungefähr?«

»Ich hatte mir den Wecker auf sechs gestellt und war etwa zwanzig Minuten in der Küche zugange. Sagen wir, zwanzig nach oder halb?«

»Und Sie sind erst am Nachmittag zurückgekehrt. Haben Sie jemanden getroffen? Jemanden gesehen? Mit jemandem geredet?«

»Nein, ich habe den ganzen Tag im Wald gearbeitet. Als wir den Hof kauften, war ziemlich viel Wald dabei, und der muss gepflegt werden …«

Ihm versagte die Stimme.

»Es kann also niemand bestätigen, wo Sie waren?«

»Nein, wieso? Was meinen Sie damit?«

»Kann jemand bestätigen, dass Sie tatsächlich im Wald waren?«

»Wird Peter etwa beschuldigt?«, fragte Bengt. Er wurde hochrot. »Das darf doch nicht wahr sein …«

Gösta hob die Hand. Mit dieser Reaktion hatte er gerechnet. Sie kam immer. Verständlicherweise.

»Wir müssen das fragen, damit wir Peter und Eva aus den Ermittlungen ausschließen können. Ich glaube nicht, dass sie in die Tat verwickelt sind, aber es ist meine Pflicht, alles gründlich zu prüfen.«

»Schon okay«, sagte Eva leise. »Ich verstehe das. Gösta macht nur seine Arbeit, Bengt. Je besser und schneller er vorankommt, desto …«

»Alles klar«, sagte Bengt, saß aber immer noch kerzengerade auf seinem Stuhl und war bereit, seinen Sohn zu verteidigen.

»Nein, ich habe den ganzen Tag niemanden getroffen«, sagte Peter. »Ich war mitten im Wald, und da ich dort nicht mal Empfang habe, werden Sie sehen, dass ich auch mit niemandem telefoniert habe. Ich war ganz allein. Und dann bin ich nach Hause gefahren. Um Viertel vor drei war ich da. Das weiß ich so genau, weil ich auf die Uhr geguckt habe, als ich auf den Hof fuhr.«

»Gut«, sagte Gösta. »Und Sie, Eva? Wie ist Ihr Tag verlaufen?«

»Ich habe bis halb zehn geschlafen. Das weiß ich ebenfalls genau, weil ich morgens immer als Erstes auf die Uhr schaue. Falls ich mir nicht den Wecker gestellt habe. Ich weiß noch, dass ich mich gewundert habe …«

Sie schüttelte den Kopf.

»Worüber?«, fragte Gösta.

»Dass es schon so spät war. Ich schlafe selten länger als bis sieben und wache von allein auf. Aber ich war wahrscheinlich müde …«

Sie rieb sich die Augen.

»Ich bin aufgestanden, in Neas Zimmer gegangen und habe gesehen, dass sie weg war. Aber Sorgen habe ich mir nicht gemacht. Ich habe mir überhaupt keine Sorgen gemacht.«

Sie hielt sich an der Tischkante fest.

»Warum haben Sie sich keine Sorgen gemacht?«, fragte Gösta.

»Weil sie Peter oft begleitet hat«, sagte Ulla.

Eva nickte.

»Ja, sie liebte es, mit ihm im Wald zu sein, und ist meistens auch früh wach geworden. Daher habe ich angenommen, sie hätte ihn begleitet.«

»Was haben Sie im Laufe des Tages gemacht?«

»Ich habe lange gefrühstückt, Zeitung gelesen und mich fertiggemacht und dann gegen elf beschlossen, nach Hamburgsund zu fahren, um ein paar Dinge einzukaufen. Ich habe selten Zeit für mich.«

»Haben Sie dort jemanden getroffen?«

Gösta trank einen Schluck von seinem Kaffee, aber da dieser mittlerweile kalt geworden war, stellt er die Tasse wieder hin.

»Warten Sie, ich schenke Ihnen frischen ein.« Ulla sprang auf.

Er erhob keinen Einspruch, sondern lächelte dankbar.

»Ich bin nur rumgelaufen und habe mir Geschäfte angeguckt«, sagte Eva. »Es war viel los, aber ich habe niemanden gesehen, den ich kannte.«

»Okay«, sagte Gösta. »Kam vor oder nach Ihrem Ausflug nach Hamburgsund jemand vorbei?«

»Nein, niemand. Es sind natürlich ein paar Autos vorbeigefahren, hin und wieder joggt hier jemand. Kurz bevor ich losfuhr, habe ich Dagmar gesehen. Sie macht jeden Vormittag einen Spaziergang.«

»Dagmar?«, fragte Gösta.

»Sie wohnt in dem roten Haus da hinten.«

Gösta nickte und nahm Ulla erfreut die volle Kaffeetasse aus der Hand.

»Danke.« Er trank einen Schluck von dem heißen Kaffee. »Okay, es hat also nichts Spezielles Ihre Aufmerksamkeit erregt? Nichts Ungewöhnliches?«

Eva zog die Stirn kraus.

»Denken Sie in Ruhe nach! Das kleinste Detail könnte wertvoll sein.«

Sie schüttelte den Kopf.

»Nein, es war alles wie immer.«

»Haben Sie mit jemandem telefoniert?«

»Nein, soweit ich mich erinnere, nicht. Doch, ich habe ja dich angerufen, Ulla. Als ich nach Hause kam.«

»Ja, stimmt, das hast du.«

Ulla schien erstaunt zu sein, dass das Leben erst gestern noch ganz normal gewesen war.

Und nichts darauf hindeutete, dass alles in sich zusammenstürzen würde.

»Wie spät war es da?«

»Tja.«

Eva sah Ulla an. Sie zitterte jetzt nicht mehr so stark. Gösta wusste, diese relative Ruhe war nur vorübergehend. Das Gehirn verdrängte die Wahrheit für kurze Momente. Und eine Sekunde später schlug sie wieder zu. Er hatte das in seinen Jahren als Polizist so oft erlebt. Die gleiche Trauer. In verschiedenen Gesichtern. Unterschiedliche Reaktionen, die sich im Grunde glichen. Es hörte nie auf. Immer wieder fiel jemand diesem Schmerz zum Opfer.

»Ich glaube, es war gegen eins. Bengt, du hast Evas Anruf doch mitbekommen. War es da ungefähr eins? Wir waren kurz zum Baden nach La Mata gefahren und sind kurz vor eins zurückgekehrt, um das Mittagessen vorzubereiten.«

Sie wandte sich an Gösta.

»Wir nehmen da unten in Torrevieja nur ein leichtes Mittagessen zu uns, ein bisschen Mozzarella mit Tomaten oder sowas, also, die Tomaten schmecken ja so viel besser als bei uns …«

Sie hielt sich die Hand vor den Mund. Merkte, dass sie einen Augenblick lang vor sich hin geplappert hatte, als wäre alles wie immer.

»Wir waren kurz vor eins wieder in der Wohnung«, sagte sie leise. »Kurze Zeit später rief Eva an. Haben wir etwa zehn Minuten telefoniert?«

Eva nickte. Wieder liefen ihr Tränen übers Gesicht, und Gösta streckte die Hand erneut nach der Küchenrolle aus.

»Haben Sie gestern mit noch jemandem gesprochen?«

Ihm war bewusst, wie absurd die Fragen nach Telefonaten und zufälligen Begegnungen in ihren Ohren klingen mussten, aber es war genauso, wie er gesagt hatte. Um die beiden auszuschließen, musste er herausfinden, ob sie eine Art Alibi hatten. Er glaubte nicht eine Sekunde, dass Eva und Peter etwas mit dem Mord zu tun hatten, aber er wäre nicht der erste Polizist in der Weltgeschichte gewesen, dessen Vorstellungskraft es überstieg, dass Eltern ihren eigenen Kindern etwas antun konnten. Leider waren viele seiner Kollegen eines Besseren belehrt worden. Es gab Unglücksfälle. Und erschütternderweise nicht nur das.

»Nein, nur mit Ulla. Dann kam Peter, und da habe ich begriffen, dass Nea weg war, und dann, ja, dann ging der Wahnsinn los.«

Sie umklammerte so fest das Stück Haushaltspapier, dass ihre Knöchel weiß wurden.

»Gibt es jemanden, der Ihrer Tochter etwas antun würde?«, fragte Gösta. »Ist Ihnen ein mögliches Motiv in den Sinn gekommen? Oder jemand, der als Täter in Frage kommt? Haben Sie oder Ihre Familie Feinde?«

Beide schüttelten den Kopf.

»Wir sind normale Leute«, sagte Peter. »Wir sind nie in kriminelle Machenschaften oder so was verwickelt gewesen.«

»Keine rachsüchtigen Expartner?«

»Nein«, sagte Eva. »Wir haben uns mit fünfzehn kennengelernt, da war sonst niemand.«

Gösta holte tief Luft, bevor er die nächste Frage stellte.

»Ich weiß, dass diese Frage ungemein verletzend ist, besonders unter diesen Umständen. Aber hat oder hatte einer von Ihnen noch eine Beziehung nebenher? Ich möchte nicht unverschämt sein, aber es könnte sich möglicherweise ein Motiv herauskristallisieren, falls es so wäre. Wenn jemand das Gefühl gehabt hätte, Nea stünde ihm oder ihr im Weg.«

»Nein.« Peter starrte Gösta an. »Mein Gott. Nein. Wir sind immer zusammen und würden niemals ... Nein.«

Eva schüttelte heftig den Kopf.

»Nein, nein, nein. Wieso verschwenden Sie Ihre Zeit mit so was? Mit uns? Warum sind Sie nicht längst unterwegs und suchen den Mörder? Gibt es in unserer Gegend ...?«

Sie wurde blass, als ihr klarwurde, welches Wort sie beinahe ausgesprochen hätte und was es bedeutete.

»Ist sie? War sie ...? Oh, mein Gott ...«

Ihr Schluchzen hallte von den Wänden wider, und Gösta musste sich zwingen, nicht einfach aufzustehen und zu gehen. In die Gesichter von Neas Eltern zu schauen, denen gerade aufging, dass es eine Frage gab, auf die sie keine Antwort haben wollten, war unerträglich.

Und Gösta hatte weder eine Antwort noch sonst irgendeinen Trost für sie. Denn er wusste es auch nicht.

»Sorry, aber hier ist heute der Teufel los.«

Jörgen drehte sich zu dem jungen Assistenten um. An seiner Schläfe pulsierte eine Ader.

»Was soll der Scheiß, wir arbeiten hier!«

Er schubste den Kameramann, der ihm zu nah gekommen war, versehentlich gegen einen Tisch in der Wohnzimmerkulisse. Beinahe wäre eine Vase runtergefallen.

Marie empfand fast so etwas wie Mitgefühl mit dem Assistenten, der nervös schluckte. Sie würden gleich den vierten Take drehen, und Jörgens Laune verschlechterte sich zusehends.

»Tut mir leid«, sagte der Assistent, der Jakob oder Jonas hieß, wenn Marie sich richtig erinnerte.

Er hustete.

»Ich kann die nicht länger bändigen. Da draußen steht eine ganze Horde von Journalisten.«

»Aber die Interviews sind doch erst ab vier geplant.«

Jörgen sah Marie an, die ratlos die Arme ausbreitete. Sie hoffte, dass er sich diesen Ton ihr gegenüber nicht angewöhnte, denn sonst würden die Dreharbeiten eine langwierige und quälende Angelegenheit werden.

»Sie haben was von einem toten Mädchen gesagt«, murmelte Jakob oder Jonas nervös, Jörgen verdrehte die Augen.

»Ja, das wissen wir bereits, aber vor vier geht es nicht.«

Jakob oder Jonas bekam rote Flecke am Hals, doch er rührte sich nicht von der Stelle.

»Sie meinten aber nicht das Mädchen, sondern ein anderes. Und sie wollen Marie sprechen. Sofort.«

Marie sah sich in dem kleinen Studio um. Der Regisseur, die Kameraleute, Skript, Maske und Assistenten, alle sahen sie an. Genauso hatte man sie vor dreißig Jahren angestarrt. In gewisser Hinsicht hatte das vertraute Gefühl etwas Beruhigendes.

»Ich rede mit ihnen.« Sie strich ihre Bluse glatt und kontrollierte, ob ihre Frisur saß.

Es waren bestimmt Fotografen dabei.

Sie wandte sich an den nervösen Assistenten.

»Schick sie in den Pausenraum.« Sie drehte sich zu Jörgen um. »Wir drehen den Plan einfach um. Lass uns die Szene nach den Interviews drehen. Dann verlieren wir keine Drehzeit.«

Der Drehplan galt eigentlich als unumstößlich, und Jörgen machte ein Gesicht, als würde eine Welt für ihn zusammenbrechen.

Als Marie in den kleinen Pausenraum kam, hielt sie einen Augenblick inne. Es waren beeindruckend viele. Sie war froh, wie Ingrid angezogen zu sein, die weißen Shorts mit den

Knöpfen an den Seiten, die weiße Bluse und das Tuch im Haar standen ihr ausgezeichnet. Es würden schöne Fotos dabei herauskommen, und das wiederum war eine gute Werbung für den Film.

»Hallo«, sagte sie mit der etwas heiseren Stimme, die ihr Markenzeichen geworden war. »Ich habe gehört, Sie möchten meiner Wenigkeit ein paar Fragen stellen.«

»Was sagen Sie zu dem, was passiert ist?«

Ein Mann mit hungrigen Klatschblattaugen schaute sie geifernd an.

Die anderen im Raum betrachteten sie mit ähnlich unverhohlener Neugier. Gemächlich ließ sie sich auf der Armlehne eines Sofas nieder, das einen Großteil des Raums einnahm. Wenn sie eins über das andere schlug, kamen ihre langen Beine am besten zur Geltung.

»Verzeihung, aber wir waren hier im Studio eingesperrt. Würden Sie mir bitte sagen, was passiert ist?«

Der Klatschblattreporter beugte sich vor.

»Das kleine Mädchen, das gestern von einem Hof verschwunden war, ist tot aufgefunden worden. Ermordet. Sie lebte auf demselben Hof wie Stella.«

Mit der Hand fuhr sie sich zur Brust. Marie sah ein kleines Mädchen mit rotblondem Haar vor sich. Sie hielt eine Eiswaffel in der Hand, und Eis tropfte über Waffel und Hand.

»Wie furchtbar!«

Ein älterer Journalist stand auf und holte Marie ein Glas Wasser.

Sie nickte ihm zu und trank einige Schlucke.

Die hungrigen Augen nahmen sie wieder ins Visier.

»Die Polizei hat soeben eine Pressekonferenz veranstaltet, und laut Dienststellenleiter Bertil Mellberg sind Sie und Helen Jensen für die Ermittlungen von Interesse. Was sagen Sie dazu?«

Marie betrachtete das Tonbandgerät, das ihr jemand hinhielt. Zuerst wollten die Worte nicht kommen. Sie schluckte ein paarmal. Sie erinnerte sich an einen anderen Raum, eine andere Vernehmung. An den Mann, der sie argwöhnisch angesehen hatte.

»Das wundert mich nicht«, sagtc sic. »Dic Polizci hat schon vor dreißig Jahren voreilige und falsche Schlüsse gezogen.«

»Haben Sie ein Alibi für den betreffenden Zeitpunkt?«, fragte der Mann, der ihr das Glas Wasser geholt hatte.

»Da ich nicht weiß, um welchen Zeitpunkt es geht, kann ich Ihnen das natürlich nicht sagen.«

Fragen prasselten immer schneller auf sie ein.

»Haben Sie seit Ihrer Rückkehr Kontakt zu Helen gehabt?«

»Ist es nicht ein etwas sehr merkwürdiges Zusammentreffen, dass im Moment Ihrer Rückkehr auf demselben Hof ein kleines Mädchen stirbt?«

»Hatten Sie und Helen in den vergangenen Jahren Kontakt?«

Normalerweise stand Marie liebend gern im Mittelpunkt. Aber nun wurde es selbst ihr zu viel. Sie hatte Vorteile aus ihrer Geschichte gezogen, hatte sie genutzt, um sich eine Karriere aufzubauen, hatte von dem besonderen Reiz profitiert, die sie ihr verlieh, und sich dadurch von Tausenden von anderen Mädchen abgehoben, die mit Händen und Füßen um Rollen kämpften, aber gleichzeitig waren ihr die dunklen Erinnerungen an die Substanz gegangen.

Und nun sollte sie all das noch einmal durchmachen.

»Nein, Helen und ich hatten keinen Kontakt. Wir sind getrennte Wege gegangen, seit man uns einer Tat beschuldigt hat, die wir nicht begangen haben. Kontakt zu halten hätte nur die schmerzhaften Erinnerungen wachgehalten. Wir waren als Kinder befreundet, aber wir sind nicht mehr dieselben wie damals. Und daher nein, wir hatten keinen Kontakt, seit ich wieder in Fjällbacka bin, und davor auch nicht. Wir haben nichts voneinander gehört, seit man mich weggeschickt hat. Und das Leben von zwei unschuldigen Kindern zerstört wurde.«

Die Fotografen knipsten fieberhaft, und Marie lehnte sich zurück.

»Was ist mit der Frage nach dem merkwürdigen Zusammentreffen?«, fragte der Klatschblattreporter erneut. »Die Polizei scheint es offensichtlich für durchaus denkbar zu halten, dass ein Zusammenhang zwischen den beiden Morden besteht.«

»Die Frage kann ich nicht beantworten«, sagte sie.

Sie zog bedauernd die Stirn in Falten. Sie hatte sich vor gut einem Monat Botox spritzen lassen und ihre Mimik pünktlich zum Drehbeginn wieder unter Kontrolle gehabt.

»Aber ich glaube auch nicht an einen Zufall. In meinen Augen beweist der aktuelle Fall, was ich schon seit Jahrzehnten sage. Nämlich dass der wirkliche Mörder davongekommen ist.«

Erneutes Blitzlichtgewitter.

»Wollen Sie damit sagen, dass die Polizei Tanum für Linneas Tod verantwortlich ist?«, fragte der ältere Journalist.

»Hieß das Mädchen so? Linnea? Armes Kind … Ja, ich behaupte, es wäre nicht dazu gekommen, wenn die Polizei vor dreißig Jahren ordentlich ihre Arbeit gemacht hätte.«

»Aber es ist doch, gelinde gesagt, bemerkenswert, dass, wenige Tage nachdem Sie zurückgekommen sind, ein Mord geschieht«, sagte eine Frau mit dunklem Pagenkopf. »Könnte Ihre Rückkehr der Auslöser dafür gewesen sein, dass der Mörder erneut zugeschlagen hat?«

»Das könnte durchaus sein. Wäre es nicht naheliegend?«

Sie malte sich die Überschriften und Titelseiten am nächsten Tag aus. Die Investoren würden außer sich vor Freude sein. Wahrscheinlich sicherte der Fall das Überleben des ganzen Projekts.

»Es tut mir leid, aber die Nachricht erschüttert mich. Bevor ich weitere Fragen beantworte, muss ich sie erst mal verdauen. Bitte wenden Sie sich vorerst an die Presseabteilung der Produktionsfirma.«

Als Marie aufstand, stellte sie verwundert fest, dass ihre Beine zitterten. Aber sie durfte jetzt nicht daran denken. Nicht an die dunklen Erinnerungen denken, die sie die ganze Zeit quälten.

Die Spitze war hart umkämpft, und wenn man sich dort halten wollte, musste man permanent liefern. Hinter sich hörte sie die Reporter zu ihren Autos und Computern rennen, um vor Redaktionsschluss noch etwas in den jeweiligen Blättern unterzubringen. Sie schloss die Augen und sah wieder das lächelnde rotblonde Mädchen vor sich.

»Wie *nice*, dass deine *Mom* so viel weg ist.«

Nils zündete sich eine Zigarette an. Er blies den Rauch in Vendelas Kinderzimmer an die Decke und ließ die Asche in eine leere Coladose auf ihrem Nachttisch fallen.

»Ja, aber heute hat sie versucht, mich in die Gärtnerei mitzuschleppen.« Vendela streckte die Hand nach Nils' Zigarette aus.

Nachdem sie daran gezogen hatte, nahm Nils sie ihr wieder ab. Er wischte Vendelas Lippenstift ab, bevor er weiterrauchte.

»Irgendwie kann ich mir dich gar nicht beim Blümchenpflanzen vorstellen.«

»Krieg ich auch eine?«, fragte Basse, der auf einem roten Sitzsack lag.

Nils warf ihm die Marlboro-Schachtel zu, und Basse fing sie mit beiden Händen auf.

»Stell dir mal vor, mich hätte dort jemand gesehen. Ich wäre das Gespött der Schule.«

»Wer so schöne Titten hat, wird nicht zum Gespött.«

Nils kniff Vendela in die Brust, und sie schlug ihm auf die

Schulter. Nicht heftig, sondern nur aus Spaß, denn eigentlich gefiel es ihr, das wusste er.

»Hast du gesehen, wie groß ihre Titten waren? Fette Sau.« Basse konnte eine gewisse Sehnsucht nicht verbergen.

Er war besessen von großen Brüsten.

Nils warf mit einem Kissen nach ihm.

»Sag nicht, dass du dich an den Titten der Sau aufgegeilt hast! Meine Güte, die ist potthässlich!«

»Ja, klar, aber sie hat verdammt große Titten.«

Er deutete den Umfang mit den Händen an. Vendela stöhnte.

»Du hast sie nicht alle.«

Sie blickte zu den hellen Rechtecken an der Decke. Vor einiger Zeit hatte Nils nicht mehr an sich halten können und gesagt, One Direction sei was für Kleinkinder. Am Tag darauf hatte Vendela die Poster abgehängt.

»Glaubst du, sie ficken?«

Nils blies einen Rauchring in Richtung Dachschräge. Er brauchte nicht zu erklären, wen er meinte.

»Ich dachte immer, er wäre schwul.« Basse versuchte vergeblich, Rauchringe zu formen. »Wie der sich schminkt. Kaum zu glauben, dass sein Alter das mitmacht.«

Als sie jünger gewesen waren, hatten sie alle zu dem Kriegshelden James Jensen aufgeblickt. Nun wirkte er nicht mehr taufrisch, aber er musste ja auch um die sechzig sein. Vielleicht hatten sie in der Grundschule überhaupt erst angefangen, Sam zu ärgern, weil er so anders als sein cooler Vater war.

Nils griff nach der Coladose. Mit einem Zischen landete die Kippe darin. Er seufzte. Da war wieder die alte Rastlosigkeit.

»Es muss bald was passieren, verdammte Scheiße!«

Basse sah ihn an.

»Sonst musst du selbst dafür sorgen.«

Langsam öffnete Leif die Tür. Mit Larry und Lenita hatte er in den vergangenen Jahren des Öfteren zu tun gehabt, aber ihre Tochter hatte er noch nie gesehen.

»Hallo!« Mehr sagte er nicht, als er den Raum betrat.

Larry und Lenita wandten sich sofort zu ihm, aber Marie schaute woandershin.

»Immer, wenn was ist, schleift ihr uns hierher«, sagte Larry. »Wir sind es inzwischen gewohnt, dass man uns die Schuld gibt, aber Marie zu verhören geht zu weit.«

Spucke spritzte durch seine Zahnlücken. Er hatte bei verschiedenen Schlägereien drei Frontzähne eingebüßt. Egal, ob irgendwo Scheunentanz, ein Konzert oder auch nur ein Besäufnis stattfand, Larry war dabei und immer bereit, jemandem eine reinzuhauen.

»Das ist kein Verhör«, sagte Leif. »Wir möchten uns nur mit Marie unterhalten. Bislang wissen wir nur, dass Marie und Helen die Letzten waren, die Stella lebend gesehen haben, und daher müssen wir rekonstruieren, wie diese Stunden verlaufen sind.«

»Rekonstruieren.« Lenita schnaubte so verächtlich durch die Nase, dass ihre blondierte Dauerwelle bebte. »Was anhängen wollen Sie ihr. Marie ist erst dreizehn.«

Empört zündete sie sich eine Zigarette an, aber Leif hatte nicht die Nerven, sie auf das Rauchverbot hinzuweisen.

»Wir wollen nur wissen, was sich in der Zeit mit Stella abgespielt hat. Das ist alles.«

Er beobachtete Marie, die bis jetzt stumm zwischen ihren Eltern gesessen hatte. Wie war es, in dieser Familie aufzuwachsen? Gebrüll, Diebstähle, Alkohol und immer wieder Körperverletzung.

Er erinnerte sich an einen Weihnachtsabend, als das Mädchen noch ein Baby gewesen war. Wenn er sich recht entsann, hatte der ältere Junge die Polizei gerufen. Wie alt mochte er damals gewesen sein? Neun? Als Leif eintraf, lag Lenita in der Küche. Das Gesicht blutverschmiert. Larry hatte sie mit dem Kopf gegen den Herd gestoßen, der ebenfalls mit Blutspritzern bedeckt war. Hinter dem Weihnachtsbaum im Wohnzimmer hatten sich die beiden Jungs vor Larry versteckt, und der tobte fluchend und schreiend durchs Haus. Der ältere Junge hielt das Baby im Arm. Leif würde den Anblick nie vergessen.

Wie immer weigerte sich Lenita, Anzeige zu erstatten. Nach jahrelangem Streit und unzähligen blauen Flecken verteidigte sie Larry immer noch. Manchmal zog auch Larry sich Blessuren zu, einmal, nachdem Lenita ihm die gusseiserne Bratpfanne übergezogen hatte, eine dicke Beule. Wie es dazu gekommen war, wusste Leif so genau, weil er dabei gewesen war.

»Schon okay«, sagte Marie leise. »Fragen Sie, was Sie wollen. Mit Helen reden Sie doch auch, oder?«

Leif nickte.

»Ja, ich habe sie kommen gesehen.« Marie faltete die Hände im Schoß.

Sie war auffallend hübsch, und bestimmt war auch Lenita in ihrer Jugend eine Schönheit gewesen.

»Erzähl uns in eigenen Worten von gestern.« Leif nickte Marie zu. »Ich mache mir Notizen und schalte das Tonbandgerät ein. Du bist hoffentlich einverstanden.«

»Ja.«

Die gefalteten Hände lagen still in ihrem Schoß. Sie trug eine schlichte Jeans und ein weißes Top, das lange blonde Haar hing ihr über den Rücken.

Ruhig und systematisch ging sie den Vortag durch. Ohne die geringste Abschweifung oder auch nur ein Zittern in der Stimme gab sie detailliert wieder, was sie und Stella unternommen hatten. Leif hörte fasziniert zu. Marie hatte eine etwas heisere, fesselnde Stimme und wirkte erstaunlich reif für ihre dreizehn Jahre. Vielleicht hatte eine Kindheit im Chaos auf manche Menschen diesen Effekt.

»Stimmen die Zeiten so?«

Er wiederholte, was Marie gesagt hatte, sie nickte.

»Und als ihr sie am Hof abgesetzt habt, stand der Wagen von Stellas Vater da, aber ihn habt ihr nicht gesehen?«

Da dies der springende Punkt war, sollte Marie es sicherheitshalber wiederholen.

»Ja, das stimmt.«

»Und dann seid ihr baden gegangen. Du und Helen?«

»Ja. Helens Eltern erlauben es eigentlich nicht. Wir dürfen uns nicht treffen.«

Erneut rümpfte Lenita die Nase.

»Snobs. Halten sich für was Besseres. Aber auf dem Scheißhaus sind sie genau wie wir, soweit ich weiß.«

»Seid ihr gute Freundinnen?«, fragte Leif.

»Ich glaube schon.« Marie zuckte mit den Schultern. »Wir waren schon befreundet, als wir noch ganz klein waren. Bis wir uns nicht mehr treffen durften.«

Leif legte den Stift hin.

»Seit wann dürft ihr euch nicht mehr treffen?«

Leif war sich nicht sicher, ob er seiner eigenen Tochter erlaubt hätte, mit jemandem aus der Familie Wall herumzuhängen. Wahrscheinlich war er auch ein Snob.

»Seit einem halben Jahr ungefähr. Sie haben rausgekriegt, dass ich rauche, und seitdem darf ihre kleine Prinzessin nichts mehr mit mir zu tun haben. Schlechter Einfluss.«

Larry und Lenita schüttelten den Kopf.

»Möchtest du noch etwas hinzufügen?« Leif sah Marie in die Augen.

Sie waren unergründlich, aber zwischen den Brauen zeichnete sich eine Furche ab.

»Nein. Ich will nur sagen, es tut mir schrecklich leid, was

Stella zugestoßen ist. Sie war so niedlich. Hoffentlich finden Sie denjenigen, der das getan hat.«

»Wir geben unser Bestes«, sagte Leif.

Marie nickte gefasst.

Es war schön, sich für eine Weile ins Büro zurückzuziehen. Sie hatten die ganze Nacht gesucht, und seit Nea tot aufgefunden worden war, ging alles drunter und drüber. Falls Patrik sich nicht bald ein wenig ausruhte, würden ihm am Schreibtisch die Augen zufallen. Aber sich im Ruheraum der Dienststelle hinzulegen konnte er sich nicht erlauben. Er musste mehrere Anrufe erledigen, und danach würde Erica kommen und berichten, was sie über den Fall Stella wusste. Darauf freute er sich. Was auch immer Mellberg auf der Pressekonferenz gesagt hatte, alle Kollegen hatten das Gefühl, dass die beiden Fälle in irgendeiner Weise zusammenhingen. Die große Frage war nur, wie? War es ein Mörder gewesen, der zurückgekehrt war? Oder ein Nachahmer?

Er griff zum Hörer.

»Hallo, Torbjörn«, sagte er, als der erfahrene Kriminaltechniker nach wenigen Sekunden am Apparat war. »Du, ich wollte nur mal fragen, ob du schon was Vorläufiges für mich hast.«

»Du kennst das Verfahren genauso gut wie ich«, sagte Torbjörn.

»Ja, ich weiß, dass zunächst alles gründlich untersucht werden muss, aber es geht um ein totes Mädchen, und jede Minute zählt. Ist dir was aufgefallen? War etwas an der Leiche ungewöhnlich? Oder in der Umgebung?«

»Es tut mir leid, Patrik, aber ich habe noch keinen Bericht für dich. Wir haben eine ganze Reihe von Spuren gesichert, und die müssen wir uns erst ansehen.«

»Alles klar. Einen Versuch war es wert. Zeit ist ein wichtiger Faktor, vor allem auf die ersten vierundzwanzig Stunden der Ermittlungen kommt es an. Mach deinen Jungs bitte ein bisschen Feuer unterm Hintern und melde dich, sobald du was Konkretes in der Hand hast. Wir sind auf jede Unterstützung angewiesen.«

Patrik schaute in den strahlend blauen Himmel vor dem Fenster. Ein größerer Vogel segelte mit den Aufwärtswinden nach oben, tauchte plötzlich ab und verschwand außer Sichtweite.

»Könntet ihr den Bericht vom Fall Stella raussuchen?«, fragte er. »Zum Vergleich.«

»Schon erledigt. Du bekommst ihn über das interne Mailsystem.«

Patrik lächelte.

»Torbjörn, du bist ein Schatz.«

Er legte auf und atmete einige Male tief durch, bevor er die nächste Nummer wählte. Sein Körper zitterte vor Müdigkeit.

»Hallo, Pedersen. Hedström hier. Wie kommt ihr mit der Obduktion voran?«

»Was soll ich sagen?«, antwortete der Leiter der Göteborger Rechtsmedizin. »Es ist jedes Mal schwierig.«

»Das kannst du laut sagen. Kinder sind am schlimmsten. Auch für euch, nehme ich an.«

Tord Pedersen murmelte zustimmend. Patrik beneidete ihn nicht um seine Aufgabe.

»Wann habt ihr voraussichtlich was für uns?«

»In einer Woche vielleicht.«

»Mist, in einer Woche erst? Geht das nicht schneller?«

Der Rechtsmediziner seufzte.

»Du weißt doch, wie das im Sommer ist.«

»Klar, die Hitze. Die Sterblichkeit steigt an. Aber wir reden hier von einer Vierjährigen. Du müsstest doch ...«

Er hörte selbst den flehentlichen Unterton seiner Stimme. Er hatte großen Respekt vor den Vorschriften und Regeln, aber gleichzeitig sah er Neas Gesicht vor sich und war bereit, zu bitten und zu betteln, falls sich der Prozess dadurch beschleunigen ließ.

»Gib mir irgendwas, womit ich arbeiten kann. Eine vorläufige Todesursache zum Beispiel. Du hast doch bestimmt schon einen Blick auf sie geworfen.«

»Es ist viel zu früh, um sich dazu zu äußern, aber sie hat eine Wunde am Hinterkopf, so viel kann ich dir verraten.«

Patrik klemmte sich den Hörer zwischen Ohr und Schulter und machte sich eine Notiz. Als die Leiche geborgen wurde, war ihm die Verletzung nicht aufgefallen.

»Okay, aber du weißt nicht zufällig, woher?«

»Nein, leider nicht.«

»Verstehe. Bitte beeilt euch, und ruf mich an, sobald du was hast. Okay? Danke, Pedersen.«

Frustriert legte Patrik auf. Er wollte die Ergebnisse jetzt. Aber es gab zu wenig Personal und zu viele Leichen. So war es im Lauf seines Berufslebens fast immer gewesen. Aber ein Detail hatte er zumindest erfahren. Wenn auch ohne Gewähr. Allerdings war er dadurch auch nicht schlauer geworden. Er rieb sich die Augen. Hoffentlich durfte er bald eine Pause machen.

Paula verzog schmerzlich das Gesicht, als sie am Hof vorbeifuhren, auf dem Nea gelebt hatte. Ihr und Johannas Sohn Leo war drei Jahre alt, und allein bei dem Gedanken, ihm würde etwas zustoßen, drehte sich ihr der Magen um.

»Eins von unsern Autos.« Martin zeigte mit dem Finger darauf. »Das muss Gösta sein.«

»Ja, ich beneide ihn nicht«, sagte sie leise.

Martin antwortete nicht.

Ein Stück weiter sahen sie ein weißes Haus. Es war nur

einen Katzensprung von Neas Hof entfernt und vermutlich von der Scheune aus zu sehen, aber nicht vom Wohnhaus.

»Dorthin?«, fragte Martin, Paula nickte.

»Es sind schließlich die nächsten Nachbarn«, sagte sie ruppiger als beabsichtigt, aber Martin nahm es ihr offenbar nicht übel und bog in die Einfahrt ein.

Sie klopften an die Haustür, doch niemand öffnete, und drinnen schien sich nichts zu rühren. Paula klopfte erneut, diesmal fester. Sie rief, aber sie bekam keine Antwort. Eine Klingel war nirgendwo zu entdecken.

»Vielleicht ist niemand zu Hause.«

»Lass uns erst mal hinterm Haus nachschauen«, sagte Martin. »Ich glaube, ich höre Musik.«

Sie gingen ums Haus. Paula konnte es sich nicht verkneifen, die Blumen in dem kleinen Garten zu bewundern, der fast unmerklich in Wald überging. Jetzt hörte sie die Musik auch. Hinterm Haus machte eine Frau zu Musik in voller Lautstärke Sit-ups.

Die Frau zuckte zusammen, als sie die beiden Polizisten erblickte, und riss sich die Kopfhörer von den Ohren.

»Entschuldigen Sie bitte, wir haben gerufen«, sagte Paula.

Die Frau nickte.

»Keine Sorge, ich habe nur einen kleinen Schreck bekommen, so versunken war ich.«

Sie machte die Musik auf ihrem Handy aus und stand auf. Die schweißnassen Hände wischte sie an einem Handtuch ab, bevor sie zuerst Paula und dann Martin die Hand gab.

»Helen. Helen Jensen.«

Paula runzelte die Stirn. Der Name kam ihr bekannt vor. Dann fiel der Groschen. Scheiße! Das war Helen. Sie hatte nicht gewusst, dass sie so dicht neben Familie Berg wohnte.

»Was führt die Polizei hierher?«, fragte Helen.

Paula sah Martin an. Ihm war anzumerken, dass er ebenfalls begriffen hatte, wer sie war.

»Wissen Sie es noch nicht?«, fragte Paula verblüfft.

Spielte Helen nur die Unwissende? Hatte sie die nächtliche Aufregung im Wald wirklich nicht mitbekommen? Im Ort war von nichts anderem die Rede.

»Was meinen Sie?« Helen blickte zwischen Martin und Paula hin und her. Mitten in der Bewegung hielt sie inne. »Ist Sam was zugestoßen?«

»Nein, nein.« Paula hob die Hand.

Sam musste entweder ihr Sohn oder ihr Mann sein.

»Das Mädchen auf dem Hof nebenan. Linnea. Sie ist gestern Nachmittag verschwunden, oder besser gesagt, gestern Nachmittag wurde bemerkt, dass sie verschwunden war. Und heute Morgen ist sie leider tot aufgefunden worden.«

Helen ließ das Handtuch auf die Terrasse fallen. Sie machte sich nicht die Mühe, es aufzuheben.

»Nea? Ist Nea tot? Wie das? Wo?«

Sie griff sich an den Hals, und Paula sah dort unter der Haut eine Ader pulsieren. Sie fluchte innerlich. Mit Helen hätten sie eigentlich sprechen wollen, nachdem sie Ericas Bericht gehört hatten. Aber nun war es zu spät. Nun waren sie hier und konnten nicht einfach wieder gehen. Sie mussten das Beste aus der Situation machen.

Sie sah Martin an, er nickte.

»Können wir uns setzen?« Sie zeigte auf die Gartenmöbel aus Plastik, die ein Stück entfernt standen.

»Aber sicher, entschuldigen Sie«, sagte Helen.

Sie ging durch die offene Terrassentür zurück ins Wohnzimmer.

»Verzeihen Sie, ich hole mir nur einen Pulli.« Sie zeigte auf ihren Sport-BH.

»Natürlich«, sagte Paula.

Die beiden Polizisten setzten sich auf die Kunststoffstühle und wechselten einen Blick. Paula sah Martin an, dass er mit der Situation genauso unzufrieden war wie sie.

»So einen Garten müsste man haben.« Martin sah sich um. »Jede Menge Rosen und Rhododendren und Stockrosen. Da hinten stehen auch so schöne Pfingstrosen.«

Er zeigte auf die andere Seite des Gartens. Paula konnte nicht genau erkennen, welche Blumen er meinte. Gärten waren nicht ihr Ding. Sie wohnte liebend gern in einer Wohnung und sehnte sich weder nach einem Haus noch nach Rasen.

»Ja, sie sind schön geworden«, sagte Helen, die soeben in einem leichten Hausanzug herausgekommen war. »Ich habe sie voriges Jahr umgepflanzt, vorher standen sie dort drüben.«

Sie deutete auf einen schattigeren Teil des Gartens.

»Aber ich dachte mir, sie würden sich hier wohler fühlen, und das tun sie auch.«

»Haben Sie den Garten selbst angelegt?«, fragte Martin. »Ansonsten macht das ja Sanna, der die Gärtnerei gehört, sehr gut, sie …«

Er biss sich auf die Zunge, als ihm die Verbindung zwischen Sanna und Helen bewusst wurde, aber sie zuckte nur die Achseln.

»Das habe ich alles selbst gemacht.«

Sie setzte sich ihnen gegenüber. Offenbar hatte sie rasch geduscht, denn im Nacken waren ihre Haare noch feucht.

»Was ist denn nun mit Nea passiert?« Helens Stimme zitterte ein wenig.

Paula musterte sie. Ihre Bestürzung wirkte echt.

»Sie wurde gestern von ihren Eltern vermisst gemeldet. Haben Sie wirklich nicht die Suchtrupps gehört, die die ganze Nacht unterwegs waren? Hier war unheimlich viel los.«

Es war seltsam, dass Helen die vielen Menschen nicht bemerkt hatte, die wenige hundert Meter von ihrem Haus entfernt den Wald durchkämmt hatten.

Helen schüttelte den Kopf.

»Nein, wir sind früh ins Bett gegangen. Ich habe eine Schlaftablette genommen und hätte einen Weltkrieg verschlafen. Und James hat im Keller geschlafen, weil es ihm oben zu heiß ist, und dort unten hört man nichts.«

»Sie erwähnten einen Sam«, sagte Martin.

Helen nickte.

»Das ist unser Sohn. Er ist fünfzehn. Und er war sicherlich lange wach, hat über Kopfhörer laute Musik gehört und am Computer gespielt. Und wenn er erst einmal eingeschlafen ist, kann ihn nichts wecken.«

»Es hat also keiner von Ihnen was gehört?«

Paula merkte selbst, wie misstrauisch sie klang, aber sie konnte ihre Verwunderung einfach nicht verbergen.

»Nein, jedenfalls soweit ich weiß, nicht. Heute Morgen hat keiner der beiden was davon erwähnt.«

»Okay«, sagte Paula langsam. »Sie verstehen sicher, dass wir auch mit Ihren Familienmitgliedern sprechen müssen.«

»Ja, natürlich, das ist doch klar. Im Moment sind sie beide nicht zu Hause. Sie müssen ein andermal wiederkommen oder anrufen.«

Paula nickte.

»Haben Sie Linnea gestern gesehen?«

Während Helen nachdachte, betrachtete sie ihre Finger. Ihre Nägel waren weder lackiert noch gefeilt, und ihre Hände sahen aus wie die Hände eines Menschen, der in der Erde wühlt und Unkraut zupft.

»Ich kann mich nicht erinnern, sie gestern gesehen zu haben. Ich gehe jeden Morgen laufen, und wenn sie draußen ist, winkt sie mir zu, ich glaube, das macht sie immer, wenn jemand vorbeikommt. Wenn mich nicht alles täuscht, habe ich sie gestern nicht gesehen. Aber ganz sicher bin ich mir nicht. Ich weiß es nicht mehr genau. Beim Laufen konzentriere ich mich nur auf mich selbst, und wenn ich erst den richtigen Rhythmus gefunden habe, verschwinde ich in meiner eigenen Welt.«

»Laufen Sie nur wegen der Fitness, oder nehmen Sie auch an Wettkämpfen teil?«, fragte Martin.

»Ich laufe Marathon«, sagte sie.

Das erklärte, warum sie so schmal und durchtrainiert war. Paula versuchte, nicht an die vielen überflüssigen Pfunde ihres eigenen Körpers zu denken. Jeden Montagmorgen nahm sie sich vor, endlich Sport zu treiben und ihre Ernährung umzustellen, aber wenn man sich neben dem Beruf um kleine Kinder kümmern musste, hatte man dafür weder Zeit noch Kraft. Und da sie wusste, dass Johanna sie genau so liebte, wie sie war, mit Speckröllchen und allem Drum und Dran, fehlte ihr auch von dieser Seite der Ansporn.

»Sind Sie gestern dort vorbeigejoggt?«, fragte Martin.

Helen nickte.

»Ich laufe immer dieselbe Strecke. Außer an meinen zwei Ruhetagen in der Woche, da laufe ich gar nicht. Aber das ist am Wochenende.«

»Sie glauben also nicht, dass Sie sie gesehen haben?«, fragte Paula.

»Nein, das glaube ich nicht.«

Helen runzelte die Stirn.

»Was ist denn ... wie ...?«, begann sie, verstummte aber und fing noch mal von vorn an. »Wie ist sie gestorben?«

Paula und Martin sahen sich an.

»Das wissen wir nicht«, sagte Martin.

Wieder griff sich Helen an den Hals.

»Eva und Peter tun mir leid. Ich kenne sie nicht besonders gut, aber da sie unsere nächsten Nachbarn sind, wechseln wir hin und wieder ein paar Worte. War es ein Unfall?«

»Nein.« Aufmerksam beobachtete Paula Helens Reaktion. »Nea wurde ermordet.«

Helen starrte sie an. Dann sagte sie langsam:

»Ermordet?«

Sie schüttelte den Kopf.

»Ein Mädchen im selben Alter, vom selben Hof. Jetzt verstehe ich, warum Sie gekommen sind.«

»Das war Zufall«, gestand Martin. »Wir wollten die Nachbarn fragen, ob sie etwas gehört oder gesehen haben, und wussten gar nicht, dass Sie hier wohnen.«

»Ich dachte, Ihre Eltern hätten ihr Haus verkauft und wären weggezogen«, sagte Paula.

»Das stimmt auch«, sagte Helen. »Sie haben ihr Haus gleich nach dem Prozess verkauft und sind nach Marstrand gezogen. Aber der Käufer war ein guter Freund meines Vaters. James. Als James und ich später geheiratet haben, wollte er, dass wir hier wohnen.«

»Wo ist Ihr Mann jetzt?«, fragte Paula.

»Er hat ein paar Dinge zu erledigen.« Sie zuckte die Achseln.

»Und Ihr Sohn?«, fragte Martin. »Sam?«

»Keine Ahnung. Es sind Sommerferien. Als ich von meiner Laufrunde zurückkam, war er weg, sein Fahrrad auch. Wahrscheinlich ist er zu irgendwelchen Freunden nach Fjällbacka geradelt.«

Einen Augenblick lang herrschte Stille. Helen sah sie mit neuem Schimmer in den Augen an.

»Denken jetzt alle, wir waren es?«

Ihre Hand wanderte vom Hals zum Haar.

»Die Zeitungen, die Leute … ich nehme an, jetzt geht alles wieder los.«

»Wir ziehen alle Möglichkeiten in Betracht.« Paula empfand ein gewisses Mitgefühl mit der Frau.

»Hatten Sie Kontakt zu Marie, seit sie wieder hier ist?«, fragte Martin.

Er konnte es sich nicht verkneifen, obwohl er wusste, dass sie mit allen Fragen, die sich auf den alten Fall bezogen, besser abwarteten.

»Nein, nein, wir haben einander nichts zu sagen.« Helen schüttelte den Kopf.

»Sie haben sich also weder getroffen noch telefoniert?«, fragte Paula.

»Nein«, wiederholte Helen. »Marie gehört einer anderen Zeit an, einem anderen Leben.«

»Okay«, sagte Paula. »Wir werden noch ausführlicher mit Ihnen sprechen müssen, aber im Moment befragen wir Sie nur als die Nachbarin. Ist Ihnen in den vergangenen Tagen etwas Ungewöhnliches aufgefallen? Ein Auto? Eine Person? Etwas, das anders war als sonst?«

Paula drückte sich so vage wie möglich aus. Sie wussten nicht genau, worauf sie abzielten.

»Nein«, sagte Helen langsam. »Nein, ich kann nicht behaupten, dass mir in den vergangenen Tagen etwas Ungewöhnliches aufgefallen wäre.«

»Wie gesagt, wir müssen diese Frage auch Ihrem Mann und Ihrem Sohn stellen.« Martin stand auf.

Paula fügte hinzu: »Und Sie werden wir noch ausführlicher befragen.«

»Ich weiß«, sagte Helen.

Sie blieb auf der Terrasse sitzen, als die beiden gingen, und blickte kaum auf. Hinter ihr blühten prächtige Rosen.

Erica drückte Patrik einen hastigen Kuss auf die Lippen, als er sie an der Rezeption abholte. Annika kam strahlend hinter dem Tresen hervor und umarmte Erica.

»Hallo, meine Liebe!«, sagte sie herzlich. »Wie geht's den Jungs? Und Maja?«

Erica erkundigte sich lächelnd nach Annikas Familie. Sie mochte die Frau, die in der Dienststelle das Ruder in der Hand hielt, und bewunderte sie von Tag zu Tag mehr. Manchmal schafften sie es, sich gegenseitig zum Abendessen einzuladen, aber das passierte viel zu selten. Wenn man kleine Kinder hatte, vergingen Wochen und Monate wie im Flug, und soziale Kontakte traten in den Hintergrund.

»Wir sind im Konferenzraum«, sagte Annika, und Erica nickte.

Sie war schon oft hier gewesen und wusste, welchen Raum Annika meinte.

»Ich komme gleich«, rief Annika ihr und Patrik nach.

»Hallo, Ernst!«, rief Erica, als der große Hund hechelnd und schwanzwedelnd auf sie zukam.

Vermutlich hatte er wie üblich unter Mellbergs Schreibtisch geschlafen und war losgerast, als er Ericas Stimme hörte. Zur Begrüßung wurde sie von einer nassen Zunge abgeschleckt und stupste sie eine feuchte Schnauze an, Erica kraulte daraufhin den Hund hinter den Ohren.

»Achtung, Zivilisten«, brummte Mellberg, als er verschlafen aus seinem Büro kam.

Aber Erica sah, dass auch er sich über ihren Besuch freute.

»Wie ich höre, bist du auf der Pressekonferenz über dich selbst hinausgewachsen, Bertil«, sagte sie ohne einen Anflug von Ironie in der Stimme und bekam Sekunden später Patriks Ellbogen in die Seite.

Er wusste genau, dass sie seinen Chef nur lobte, um ihn zu ärgern. Was an Mellberg jedoch spurlos vorüberging. Er strahlte wie ein Honigkuchenpferd.

»Ich bin schließlich Profi. Hier in der Gegend ist man professionelle Pressekonferenzen auf diesem Niveau nicht gewohnt. Die Journalisten haben mir aus der Hand gefressen. Wenn man sie im Griff hat, leisten sie der Polizei wertvolle Dienste.«

Erica nickte ernst, und Patrik streckte ihr unauffällig die Zunge raus.

Als sie den Konferenzraum betraten, fühlte sich der Ordner in Ericas Aktentasche plötzlich schwer an. Sie zog ihn heraus und legte ihn auf den Tisch. Während sie wartete, dass Patrik und Mellberg sich setzten, ging sie rasch um den Tisch und begrüßte Gösta, Paula und Martin.

»Patrik hat gesagt, du würdest mich bei der Zusammenfassung unterstützen«, sagte sie zu Gösta.

»Mal sehen, wie viel ich noch weiß.« Gösta kratzte sich im Nacken. »Wie gesagt, es ist dreißig Jahre her.«

»Ich bin dankbar für jede Hilfe.«

Annika hatte das große Whiteboard aufgestellt und Stifte bereitgelegt. Erica nahm Blätter aus ihrem dicken Ordner und befestigte sie mit kleinen Magneten. Dann nahm sie einen Stift in die Hand und überlegte, wo sie anfangen sollte.

Sie räusperte sich.

»Stella Strand war vier Jahre alt, als sie vom Hof ihrer Eltern verschwand. Zwei dreizehnjährige Mädchen, Marie Wall und Helen Persson, heute verheiratete Jensen, sollten einige Stunden auf sie aufpassen, weil Stellas Mutter Linda mit Stellas großer Schwester Sanna zum Einkaufen nach Uddevalla wollte.«

Sie zeigte auf zwei Schulfotos, die sie aufgehängt hatte. Auf einem war ein ernstes junges Mädchen mit dunklem Haar zu sehen, auf dem anderen ein blondes mit rebellischem Blick. Die Gesichtszüge der Blonden waren trotz ihres jugendlichen Alters ungewöhnlich schön. Helen dagegen hatte die undefinierbare Ausstrahlung eines Teenagers, sie war zwar kein Kind mehr, aber weder Fisch noch Fleisch, während Marie bereits den Blick einer erwachsenen Frau hatte.

»Da beide Mädchen in der Nähe vom Hof Strand wohnten, kannten sie Stella und ihre Familie und waren schon öfter zum Babysitten dort gewesen, zwar nicht regelmäßig, doch es war auch nichts Ungewöhnliches.«

Im Raum war es mucksmäuschenstill. Alle kannten Einzelheiten von dem Fall, hörten aber zum ersten Mal die ganze Geschichte.

»Sie kamen ungefähr um eins bei Familie Strand an, exakte Zeitangaben hat man nie aus ihnen herausbekommen, aber so um den Dreh. Als Linda mit Sanna nach Uddevalla fuhr, spielten die Mädchen mit Stella auf dem Hof. Kurz darauf machten sie sich mit Stella in einem Buggy zu Fuß auf den Weg nach Fjällbacka. Sie hatten Geld bekommen, um sich ein Eis zu kaufen, und gingen zum Kiosk. Nachdem sie dort eine Weile geblieben waren, gingen sie wieder zurück zum Hof.«

»Das ist ziemlich weit«, sagte Martin. »Ich weiß nicht, ob ich gewollt hätte, dass zwei junge Mädchen mit meiner Vierjährigen so weit laufen.«

»Es waren andere Zeiten«, sagte Erica. »Das Sicherheitsbedürfnis war damals ein anderes. Als wir klein waren, standen meine Schwester und ich im Auto zwischen den Sitzen, während mein Vater fuhr. Ohne Gurt. Heute kann man sich das kaum noch vorstellen, aber damals war es nichts Besonderes. Die Mädchen gingen also mit Stella in der Karre zurück zum Hof und kamen gegen vier dort an. Sie hatten mit Linda vereinbart, Stella um halb fünf bei Anders abzuliefern, aber da sie sein Auto auf dem Hof stehen sahen, nahmen sie an, er wäre früher von der Arbeit nach Hause gekommen, und setzten Stella einfach ab.«

»Sie haben ihn nicht gesehen?«, fragte Paula. Erica nickte Gösta zu.

»Er war im Haus«, sagte er.

Erica betrachtete das Whiteboard und überlegte, wie sie weitermachen sollte.

»Leif Hermansson war 1985 Dienststellenleiter. Ich habe am Vormittag mit seiner Tochter gesprochen und sie gefragt, ob sie sich an diesen Fall ihres Vaters erinnern könne. Aber sie wusste nicht viel darüber, und sie und ihre Geschwister haben auch kein Ermittlungsmaterial in seinem Nachlass gefunden. Allerdings hat sie gesagt, in den letzten Jahren seines Lebens habe er Zweifel an der Schuld der beiden Mädchen geäußert.«

Patrik runzelte die Stirn.

»Er hat nicht zufällig erwähnt, worauf diese Zweifel basierten?«

Erica schüttelte den Kopf.

»Nein, das wusste sie nicht. Gösta, was sagst du?«

Gösta hob das Kinn und kratzte sich am Hals.

»Ich kann mich nicht erinnern, dass Leif Zweifel gehabt hätte. Allerdings fand er das Ganze, genau wie wir alle, entsetzlich tragisch. Es wurden viele Leben auf einmal zerstört, nicht nur das von Stella und ihrer Familie.«

»Aber wie war es, als er an dem Fall arbeitete?«, fragte Martin. »Hat Leif in der Zeit Zweifel zum Ausdruck gebracht?«

Er beugte sich vor und faltete die Hände.

»Nicht dass ich wüsste«, sagte Gösta. »Nach dem Geständnis der Mädchen schien alles glasklar zu sein. Dass sie es zurückzogen, als ihnen der Ernst der Lage bewusst wurde, änderte in Leifs Augen nichts daran.«

Er starrte auf die Tischplatte, und Erica nahm an, dass er mit sich selbst ins Gericht ging. Von Leifs Zweifeln hörte er vermutlich zum ersten Mal.

»Was ist dann passiert?«, fragte Patrik ungeduldig. »Die Mädchen setzten Stella auf dem Hof ab, weil sie dachten, der Vater wäre wieder da.«

»Wurde der Vater verdächtigt?«, fragte Paula.

»Anders Strand wurde mehrmals vernommen«, antwortete Gösta. »Leif hat ihn vor allem wegen der Zeitangaben in die Mangel genommen und auch den Rest der Familie befragt, also Stellas Mutter und ihre große Schwester, um ...«

Er zögerte, aber Martin vervollständigte seinen Satz: »Um herauszufinden, ob in der Familie Gewalt und sexuelle Übergriffe vorkamen.«

»Ja«, sagte Gösta. »Es ist nie schön, solche Fragen stellen zu müssen.«

»Man tut, was man tun muss«, sagte Patrik leise.

»Es kam auch nichts dabei heraus«, sagte Erica. »Nichts deutete darauf hin, dass es sich nicht um eine normale und liebevolle Familie handelte, es schien alles in Ordnung zu sein. Also gingen die Ermittlungen in die nächste Phase über, und es wurde nach Außenstehenden gesucht.«

»Ohne den geringsten Erfolg«, sagte Gösta. »In der Umgebung des Hofs waren keine Unbekannten gesehen worden, weder vor dem Mord noch zu dem Zeitpunkt, als Stella getötet wurde, wir fanden keine auffällig gewordenen Pädophilen in der Gegend, nichts.«

»Woran ist Stella gestorben?« Zerstreut kraulte Paula Ernst hinter dem Ohr.

»Brutale Gewalteinwirkung auf den Kopf.« Zögernd hängte Erica das Foto auf.

»Oh, nein!« Annika blinzelte Tränen weg.

Gösta senkte den Blick. Er kannte die Bilder.

»Stella wurde mehrmals auf den Hinterkopf geschlagen. Im Obduktionsbericht stand, dass die Schläge vermutlich nach ihrem Tod ausgeführt wurden.«

»Mit zwei verschiedenen Gegenständen«, sagte Patrik. »Ich habe vorhin den Obduktionsbericht überflogen, den Pedersen mir geschickt hat, und das ist mir aufgefallen.«

Erica nickte.

»Ja, man fand Spuren von einem Stein und von Holz in der Wunde. Einer Theorie nach gab es zwei Tatwerkzeuge: einen Stein und einen Ast.«

»Das war einer der Gründe, warum Leif zwei Täter in Betracht zog.« Gösta hob den Kopf.

»Als die Mädchen Stella nicht, wie vereinbart, nach Hause brachten, machte der Vater sich natürlich Sorgen«, fuhr Erica fort. »Um halb fünf, als Linda und Sanna dann zurückkamen, war er völlig aufgelöst. Er bekam einen Anruf von KG, der ihm erzählte, Helen und Marie hätten Stella vor einer guten Stunde auf dem Hof abgesetzt. Linda und Anders suchten gemeinsam im Wald und an der Straße, gaben aber bald auf. Um Viertel nach sechs alarmierten sie die Polizei, und kurz danach begann die polizeiliche Suchaktion. Genau wie diesmal half eine große Anzahl von Freiwilligen mit.«

»Ich habe gehört, dass Stella und Nea vom selben Mann gefunden wurden«, sagte Martin. »Müssen wir uns das genauer anschauen?«

Patrik schüttelte den Kopf.

»Nein, meiner Einschätzung nach nicht. Es war vielmehr ein Glück für uns, dass er sich entschlossen hat, die Stelle von damals gründlich abzusuchen.«

»Mich wundert, dass die Hunde sie nicht gefunden haben.« Paula kraulte Ernst immer noch hinter dem Ohr.

»Die Hundestaffel hatte dieses Suchgebiet noch nicht erreicht.« Patrik verzog das Gesicht. »Erzähl uns noch mehr von den Mädchen.«

Erica wusste, worauf er hinauswollte. Sie gab sich immer große Mühe mit den Personenbeschreibungen und war überzeugt, dass sie wesentlich zum Erfolg ihrer Bücher über bekannte Mordfälle beitrugen. Jedes Mal hatte sie den Ehrgeiz, aus Personen, die bis dahin nur Bestandteil fetter Überschriften und grobkörniger Zeitungsfotos gewesen waren, Menschen aus Fleisch und Blut werden zu lassen.

»Tja, ich habe noch nicht viele Interviews mit Leuten gemacht, die Helen und Marie damals kannten, aber ein paar Gespräche habe ich schon geführt, und auf dieser Grundlage habe ich mir ein gewisses Bild von ihren Lebensumständen und ihren Familien gemacht.«

Erica räusperte sich.

»Beide Familien waren im Ort bekannt, allerdings aus vollkommen verschiedenen Gründen. Helen hatte, von außen betrachtet, das perfekte Elternhaus. Ihre Eltern waren, wenn man so will, aus der Schickeria von Fjällbacka nicht wegzudenken, der Vater war Präsident des hiesigen Rotary Clubs, die Mutter engagierte sich im Verein Heim und Schule, sie hatten einen großen Bekanntenkreis und veranstalteten oft Partys.«

»Geschwister?«, fragte Paula.

»Nein, Helen war Einzelkind. Ein braves Mädchen, gut in der Schule, still, so wird sie beschrieben. Sie übte fleißig Klavier, und ihre Eltern gaben gern mit ihr an, soweit ich gehört habe. Marie hingegen stammte aus einer Familie, mit der ihr anscheinend des Öfteren zu tun hattet.«

Gösta nickte.

»Worauf du einen lassen kannst.« Er räusperte sich.

»Schlägereien, Alkohol, Einbrüche, tja, ihr könnt es euch vorstellen ... Und dabei ging es nicht nur um Maries Eltern, sondern auch um ihre beiden älteren Brüder. Sie war das einzige Mädchen und hatte bis zu Stellas Tod keine Einträge im Jugendstrafregister. Ihre Brüder dagegen hatten sich schon einen Namen gemacht, bevor sie dreizehn waren.«

»Egal, was anstand, Fahrraddiebstahl, Kioskeinbruch, der ganze Mist eben, wir sind immer erst mal zum Hof von Familie Wall gefahren«, sagte Gösta. »Und in neun von zehn Fällen haben wir den Drahtesel, oder worum es jeweils ging, dort gefunden. Die Hellsten waren sie auch nicht.«

»Doch das betraf nicht Marie?«, fragte Patrik.

»Nein. Abgesehen von den Anrufen, die wir von der Schule bekamen, weil man dort den Verdacht hatte, sie würde zu Hause misshandelt. Aber sie stritt immer alles ab. Sagte, sie sei mit dem Fahrrad gestürzt. Oder hingefallen.«

»Ihr hättet doch trotzdem eingreifen können.« Paula runzelte die Stirn.

»Ja, obwohl das damals ganz anders lief.«

Gösta wand sich unbehaglich auf seinem Stuhl, stellte Erica fest. Vermutlich war ihm klar, dass Paula recht hatte.

»Es waren andere Zeiten. Das Jugendamt einzuschalten war der letzte Ausweg. Und Leif löste das Problem, indem er sich Maries Vater persönlich zur Brust nahm. Anschließend kamen keine Anrufe mehr von der Schule, aber man kann natürlich nicht wissen, ob er aufgehört hat, seine Tochter zu schlagen, oder nur geschickter wurde, keine Spuren zu hinterlassen.«

Er hustete hinter der geballten Faust.

»Obwohl die Mädchen aus sehr unterschiedlichen Milieus stammten«, fuhr Erica fort, »wurden sie sehr gute Freundinnen. Auch wenn es Helens Familie nicht gefiel, waren sie unzertrennlich. Anfangs sahen Helens Eltern vermutlich darüber hinweg, weil sie hofften, es würde vorbeigehen, doch mit der Zeit ärgerten sie sich immer mehr über den Umgang ihrer Tochter und verboten den Mädchen, sich zu treffen. Helens Vater lebt nicht mehr, und mit der Mutter habe ich noch nicht gesprochen, aber ich habe mit Leuten geredet, die die beiden damals kannten. Alle berichten von einem großen Drama, als Helen Marie nicht mehr sehen durfte. Ihr wisst ja vielleicht, wie Teenager sind. Am Ende mussten sie sich fügen und begegneten sich nur noch in der Schule. Das konnten Helens Eltern nicht verhindern, weil die Mädchen in dieselbe Klasse gingen.«

»Helens Eltern machten also eine Ausnahme, als die beiden gemeinsam auf Stella aufpassten?«, fragte Patrik nachdenklich. »Warum? Ist das nicht merkwürdig, wenn sie auf keinen Fall wollten, dass die Mädchen sich trafen?«

Gösta beugte sich vor.

»Stellas Vater war Bankdirektor und insofern auch ein hohes Tier in Fjällbacka. Da er und seine Frau Linda die Mädchen bereits gefragt hatten, wollte KG Anders Strand anscheinend keinen Strich durch die Rechnung machen. Deshalb die Ausnahme.«

»Menschen sind seltsame Tiere.« Martin schüttelte verwundert den Kopf.

»Wie lange hat es gedauert, bis sie ein Geständnis ablegten?«, fragte Paula.

»Eine Woche.« Erneut betrachtete Erica die Fotos am Whiteboard.

Immer wieder stellte sie sich die gleiche Frage. Wieso gestanden die Mädchen einen brutalen Mord, wenn sie ihn nicht begangen hatten?

Der Fall Stella

»Das ist widerlich. Hat Marie nicht genug durchgemacht?«

Lenita toupierte ihr voluminöses blondes Haar. Marie hatte die Hände in den Schoß gelegt und saß ruhig am Tisch. Langes Haar rahmte ihr schönes Gesicht ein.

»Wir müssen diese Fragen stellen. Ich bedaure das, doch es ist notwendig.«

Leif ließ Marie nicht aus den Augen. Ihre Eltern konnten sagen, was sie wollten, aber er war überzeugt, dass die Mädchen nicht die ganze Wahrheit sagten. Anders Strand hatten sie mehrmals vernommen, und auch die Familiengeschichte hatten sie gründlich abgeklopft, ohne etwas zu finden. Den entscheidenden Hinweis würden sie von den Mädchen bekommen, da war er sich sicher.

»Schon okay«, sagte Marie.

»Würdest du mir bitte noch einmal erzählen, was passierte, als ihr in den Wald gekommen seid?«

»Haben Sie das Helen auch öfter gefragt?« Marie sah ihn an.

Wieder wurde ihm bewusst, was für eine Schönheit sie als erwachsene Frau werden würde.

Welche Gefühle hatte das in Helen ausgelöst? Von seiner Tochter wusste er einiges über die Dynamik unter Mädchen, und es war bestimmt nicht immer leicht, die Unsichtbare neben der Hübschen zu sein. Neben der strahlenden Marie wirkte Helen unscheinbar. Wie hatte sich das auf die Freundschaft ausgewirkt? Die beiden waren in vielerlei Hinsicht so verschieden, dass er sich wirklich fragte, was die beiden verbunden hatte. Es war ihm ein Rätsel.

Leif legte den Stift weg. Jetzt oder nie. Er schaute Maries Eltern an.

»Ich würde gern einen Moment unter vier Augen mit Marie sprechen.«

»Kommt nicht in Frage!«

Lenitas gellende Stimme hallte von den kahlen Wänden in dem kleinen Dienststellenzimmer wider.

»Manchmal arbeitet unser Gedächtnis besser, wenn wir uns entspannen, und ich habe den Eindruck, Marie steht zu sehr unter Druck«, sagte Leif ruhig. »Wenn ich ihr ein paar Fragen zu dem Waldspaziergang stellen dürfte, erhalten wir vielleicht Informationen, die unsere Ermittlungen einen so großen Schritt voranbringen, dass die ganze Sache in null Komma nichts aus der Welt ist.«

Larry fummelte an einer seiner vielen Tätowierungen am Arm herum und sah seine Frau an.

Die schnaubte.

»In unserer Familie ist bei Vier-Augen-Gesprächen mit der Polizei noch nie was Gutes rausgekommen. Denk doch nur mal an das eine Mal, als Krille mit einem Veilchen nach Hause kam.«

Ihre Stimme war wieder schrill geworden.

»Dabei hatte er nichts gemacht. Er war fröhlich mit seinen Kumpels unterwegs, als die Polizei ihn aus heiterem Himmel abführte. Und dann hatte er ein blaues Auge.«

Leif seufzte. Er wusste genau, welchen Vorfall sie meinte. Krille war tatsächlich unterwegs gewesen und hatte sich amüsiert. Voll wie eine Strandhaubitze, hatte er den Eindruck, ein anderer junger Mann würde seine Freundin anbaggern, und fuchtelte mit einer kaputtgeschlagenen Bierflasche vor dessen Gesicht herum. Sie brauchten drei Männer, um ihn in den Streifenwagen zu verfrachten, und auf dem

Weg zur Ausnüchterungszelle wehrte er sich immer noch mit Händen und Füßen, und den Kollegen blieb nichts anderes übrig, als ihn etwas fester anzufassen. Im Tumult musste er versehentlich einen Schlag abbekommen haben. Leif wusste jedoch, dass es sinnlos gewesen wäre, sich auf die Diskussion einzulassen. Vor allem, wenn er eine Weile ungestört mit Marie reden wollte.

»Äußerst bedauerlich«, sagte er. »Wenn Sie wollen, kann ich mir den Vorfall noch mal genauer anschauen. Möglicherweise ist da sogar ein Schmerzensgeld drin. Zunächst aber müssen Sie mir unbedingt gestatten, unter vier Augen mit Marie zu sprechen. Vertrauen Sie mir! Sie ist bei mir in guten Händen.«

Er lächelte so gewinnend, wie er konnte, und registrierte, dass das erwähnte Schmerzensgeld sogar auf Lenitas Gesicht ein Strahlen gezaubert hatte.

Sie drehte sich zu Larry um.

»Natürlich müssen wir der Polizei die Möglichkeit geben, ein paar Worte mit Marie allein zu wechseln. Sie ist schließlich Zeugin in einem Mordfall. Ich verstehe nicht, warum du dich immer so anstellst.«

Larry schüttelte den Kopf.

»Aber …«

Lenita stand einfach auf.

»Wir lassen die Polizei jetzt ihre Arbeit machen, und wenn die beiden hier fertig sind, unterhalten wir uns über die andere Angelegenheit.«

Sie zog Larry aus dem Zimmer. In der Tür blieb sie stehen.

»Mach uns keine Schande, Marie! Nimm dir ein Beispiel an deinen Brüdern!«

Sie sah Leif an.

»Aus denen wird mal was. Aber die hier macht mir von Geburt an nur Kopfzerbrechen und Probleme.«

Als die Tür hinter ihnen zugefallen war, wurde es still.

Maries Hände lagen immer noch in ihrem Schoß. Langsam blickte sie auf und sah ihn überraschend finster an.

»Wir haben es getan«, sagte sie mit ihrer heiseren Stimme. »Wir haben sie erschlagen.«

JAMES ÖFFNETE DEN Kühlschrank, der gut gefüllt und aufgeräumt war, das musste er Helen zugestehen. James nahm die Butter heraus und stellte sie auf die Arbeitsplatte, wo bereits ein Glas stand. Wahrscheinlich hatte Sam versäumt, es wegzuräumen. James ballte die Faust. Enttäuschung erfüllte ihn. Sam sah aus wie ein Freak. Sam schaffte es nicht, sich einen Ferienjob zu organisieren. Gar nichts schien er hinzubekommen.

Aber schießen konnte er, das musste James zugeben. An guten Tagen war Sam sogar ein besserer Schütze als er selbst. Trotzdem würde Sam wahrscheinlich den Rest seines sinnlosen Lebens mit Computerspielen verbringen.

Mit achtzehn würde James ihn rauswerfen. Helen konnte sagen, was sie wollte, aber er hatte nicht vor, einen erwachsenen Menschen durchzufüttern, der so faul und unfähig war. Sam würde schon sehen, was für Chancen man mit der ganzen Schminke und der trostlosen Montur auf dem Arbeitsmarkt hatte.

Als es klopfte, zuckte James zusammen. Wer konnte das sein?

Er öffnete die Tür und musste die Hand über die Augen legen, um die Person zu erkennen, weil die Sonne ihn blendete.

»Ja?«, sagte James.

Ein Mann um die fünfundzwanzig stand vor ihm und räusperte sich.

»Sie sind doch James Jensen?«

James runzelte die Stirn. Was war denn das? Er machte einen Schritt nach vorn, und der Mann wich sofort einige Schritte zurück. Diese Wirkung hatte James oft auf Menschen.

»Ja, das bin ich. Worum geht es?«, fragte er.

»Ich arbeite beim *Expressen*. Und ich wollte fragen, ob Sie einen Kommentar dazu abgeben möchten, dass der Name Ihrer Frau erneut im Zusammenhang mit einem Mordfall erwähnt wird.«

James starrte ihn an. Er verstand kein Wort.

»Wieso erneut? Wovon reden Sie? Zu dem Mord, für den meine Frau zu Unrecht verurteilt wurde, haben wir nämlich schon lange nichts mehr zu sagen, und das wissen Sie auch!«

An seiner Schläfe klopfte eine Ader. Warum griffen sie dieses Thema wieder auf? Natürlich wurde er hin und wieder um ein Interview gebeten, weil irgendjemand einen »Rückblick verfassen« und Helen die »Gelegenheit« bieten wollte, »ihre Sicht der Dinge zu schildern«, aber das war nun schon lange nicht mehr vorgekommen. Bestimmt zehn Jahre.

»Ich rede von einem kleinen Mädchen, das heute Morgen auf demselben Hof wie Stella ermordet aufgefunden wurde. Und heute Mittag hat die Polizei auf einer Pressekonferenz Ihre Frau und Marie Wall erwähnt.«

Was zum Teufel war hier los?

»Ja, und nun würde ich gerne wissen, was Sie dazu zu sagen haben, wenn Helen nach dreißig Jahren erneut verdächtigt wird. Ich meine, sie hat schließlich immer auf ihrer Unschuld beharrt. Ist sie eigentlich zu Hause? Es wäre toll, wenn ich auch mit ihr ein paar Worte wechseln dürfte, denn sie sollte ihre Meinung äußern können, bevor die Leute voreilige Schlüsse ziehen.«

Die Ader klopfte heftiger. Schmeißfliegen waren das.

Würden sie ihnen auflauern, wie sie es früher bei Helens

Eltern gemacht hatten? KG hatte ihm erzählt, dass diese Hyänen abends in ihrer Straße im Auto gewartet, an ihre Tür geklopft und unentwegt angerufen hatten. Im Grunde war das Haus belagert worden.

Er sah, wie sich der Mund des Reporters bewegte. Er nahm an, dass der Mann weitere Fragen stellte und immer noch versuchte, ihn zu einem Gespräch zu überreden. James verstand jedoch kein Wort. Er hörte nur das Rauschen in seinem Kopf, und das würde sich erst legen, wenn dieser Mann den Mund hielt.

Er ballte die Faust fester und ging auf ihn zu.

Nach dem Treffen am Vormittag waren sie baden gegangen. Hatten über Bills Begeisterungsfähigkeit geredet und über den Wahnsinn gelacht, auf den sie sich eingelassen hatten. Niemand, den sie kannten, war je gesegelt. Oder auch nur auf einem Segelboot gewesen. Und in wenigen Wochen würden sie eine Regatta segeln.

»Das wird nie was.« Im Whirlpool schloss Khalil die Augen.

Er liebte Hitze. Hier war es immer nur oberflächlich warm, wenn man am wenigsten damit rechnete, wehte eine kühle Brise, und man bekam eine Gänsehaut. Er vermisste die drückende, trockene Hitze. Die immer gleich blieb und erst am Abend etwas nachließ. Sie roch einfach gut. Die schwedische Hitze roch nach nichts. Sie war so nichtssagend und naiv wie die Schweden. Aber er wagte nicht, das laut zu sagen.

Karim beschimpfte ihn, sobald er sich über Schweden beklagte. Oder die Schweden. Er sagte, man müsse dankbar sein. Dies sei ihr neues Heimatland, hier könnten sie in Frieden leben. Natürlich wusste er, dass Karim recht hatte. Es war nur verflucht schwer, die Schweden zu mögen. Sie strahlten Misstrauen aus und schauten auf ihn herab. Nicht nur die Rassisten. Die waren leicht einzuschätzen, mit denen konnte er umgehen. Sie machten keinen Hehl aus ihren Ansichten, aber ihre krassen Worte prallten an ihm ab. Mit den normalen Schweden hingegen kam er nicht so gut klar. Mit denen, die eigentlich gute Menschen waren und sich selbst als weitsichtig und offen betrachteten. Die sich über den Krieg informierten, über die schrecklichen Zustände in seiner Heimat entsetzten und Geld oder Kleidung an Hilfsorganisationen spendeten, aber im Traum nicht auf die Idee kämen, einen Geflüchteten zu sich nach Hause einzuladen. Nie würde er einen von ihnen persönlich kennenlernen. Und wie sollte er dann sein neues Land kennenlernen? Er brachte es nicht übers Herz, es als sein Heimatland zu bezeichnen, wie Karim das tat. Dies war keine Heimat, sondern nur ein Land.

»Guck mal, die da«, sagte Adnan. Khalil schaute in die gleiche Richtung.

Im Schwimmbecken planschten lachende Mädchen in ihrem Alter herum, eins war blond, zwei hatten dunkles Haar.

»Sollen wir sie ansprechen?« Adnan deutete mit dem Kopf auf sie.

»Das gibt nur Probleme«, sagte Khalil.

Im Schwedischunterricht hatte Sture thematisiert, wie man sich schwedischen Mädchen gegenüber zu verhalten hatte. Am besten sprach man nicht mit ihnen. Aber Khalil malte sich immer wieder aus, wie schön es sein musste, eine Schwedin kennenzulernen. Dann könnte er auch mehr über das Land erfahren und leichter die Sprache lernen.

»Komm, wir gehen mal rüber.« Adnan zog ihn am Arm. »Was soll denn passieren?«

Khalil riss sich los.

»Vergiss nicht, was Sture gesagt hat.«

»Ach, der ist doch ein alter Mann, was weiß der schon?«

Adnan stieg aus dem Whirlpool und machte einen Kopfsprung ins Schwimmbecken. Mit wenigen Zügen erreichte er die Mädchen. Khalil folgte ihm zögernd. Das hier war keine gute Idee.

»Hello!«, hörte er Adnan rufen und begriff, dass ihm nichts anderes übrigblieb, als bei ihm zu bleiben.

Die Mädchen wirkten im ersten Moment skeptisch, aber dann antworteten sie lächelnd auf Englisch. Khalil entspannte sich. Vielleicht hatte Adnan recht, und Sture irrte sich. Die Mädchen schienen es überhaupt nicht krummzunehmen, dass sie angesprochen wurden. Sie nannten ihre Namen und erzählten, dass sie mit ihren Familien hier Urlaub machten. Sie hatten sich in einer Ferienhausanlage kennengelernt.

»Was macht ihr da?«

Khalil zuckte zusammen.

Ein Mann um die fünfzig kam auf sie zu.

»Sorry, no Swedish.« Er breitete die Arme aus.

Khalils Magen verkrampfte sich. Er wollte nur noch hier weg.

Das blonde Mädchen warf dem Mann einen wütenden Blick zu und blaffte ihn mit ein paar Sätzen auf Schwedisch an. Aus der Art, wie die beiden miteinander umgingen, schloss Khalil, dass er ihr Vater war.

»Leave the girls alone and go back where you came from!«

Der Mann machte eine Handbewegung, als wollte er sie verscheuchen, und hätte in seinen Superman-Badeshorts zum Lachen ausgesehen, wenn die Situation nicht so traurig gewesen wäre.

»Sorry.« Khalil wich zurück.

Er wagte nicht, Adnan anzuschauen, der durch sein aufbrausendes Temperament schon öfter in Schwierigkeiten geraten war. Khalil spürte förmlich die Wut in seinem Freund hochkochen.

»We don't need people like you here«, sagte der Mann. *»Only trouble.«*

Khalil schaute in das rote empörte Gesicht des Mannes und fragte sich, was er wohl gesagt hätte, hätte er gewusst, dass sie die ganze Nacht nach der kleinen Nea gesucht hatten.

Aber vermutlich hätte das nichts geändert. Manche Leute hatten sich ihre Meinung gebildet.

»Komm«, sagte er auf Arabisch und zog Adnan mit sich.

Sie gingen jetzt besser. Das blonde Mädchen zuckte entschuldigend mit den Schultern.

Als Erica ihren kleinen Vortrag in der Dienststelle beendet hatte, war es schon halb sechs. Patrik sah den Kollegen an, wie kaputt sie waren, keiner von ihnen hatte geschlafen, und daher entschloss er sich nach gewissem Zögern dazu, alle nach Hause zu schicken. Es war besser, wenn sie am nächsten Tag ausgeruht und mit klarem Kopf wiederkamen und nicht aus Müdigkeit Fehler machten, die im Nachhinein nur schwer zu korrigieren waren. Das betraf insbesondere ihn selbst. Er konnte sich nicht erinnern, jemals eine solche Sehnsucht nach Schlaf gehabt zu haben.

»Vergiss die Kinder nicht«, sagte Erica, als sie nach Fjällbacka hineinfuhren.

Lächelnd lehnte sie den Kopf an seine Schulter.

»Mist, ich hatte schon gehofft, du hättest sie vergessen. Wir können sie nicht zufällig bis morgen bei Dan und Anna vergessen, oder? Ich bin vollkommen am Ende, und wir haben schon lange nicht mehr eine ganze Nacht durchgeschlafen, ohne dass jemand zu uns ins Bett geklettert wäre.«

»Ich fürchte, die Gelegenheit ist nicht günstig.« Erica strich ihm über die Wange. »Geh du heute Nacht ins Gästezimmer, ich übernehme die Kinder, und du schläfst mal richtig aus.«

Patrik schüttelte den Kopf. Er hasste es, ohne Erica zu schlafen. Und nachts die kleinen Füße über den Boden tapsen zu hören und zu spüren, wie sich eins oder auch gleich mehrere der Kinder zwischen sie kuschelten, war ja auch ganz gemütlich. Er brauchte seine Familie im Moment mehr denn je und opferte gern seinen Schlaf für sie. Der scherzhaft gemeinte Vorschlag, die Kinder bei Anna und Dan zu lassen, war dumm gewesen. Er musste sie an seiner Seite fühlen. Und so müde, wie er war, würden sie ihn sowieso nicht wachkriegen.

Sie nahmen drei glückliche und bis obenhin mit Zucker vollgestopfte Kinder in Empfang. Anna und Dan luden sie ein, zum Abendessen zu bleiben, aber nachdem Erica einen kurzen Blick in Patriks Richtung geworfen hatte, lehnte sie das Angebot dankend ab. Er sah aus, als würde er im Stehen einschlafen.

»Papa, Papa, wir haben ein Eis bekommen«, rief Maja von der Rückbank. »Und Süßigkeiten. Und Kekse.«

Sie überprüfte, ob ihre kleinen Brüder ordentlich angeschnallt waren. Ihre Eltern fand sie liebenswert und süß, aber keinesfalls reif genug, um die Verantwortung für die Zwillinge zu übernehmen.

»Dann wäre die vollwerte Ernährung ja gewährleistet.« Er verdrehte die Augen.

»Keine Angst«, lachte sie, »wenn wir das nächste Mal auf ihre Kinder aufpassen, rächen wir uns, indem wir sie mit Limo abfüllen.«

Er liebte ihr Lachen. Wenn er ehrlich war, liebte er alles an ihr. Sogar ihre schlechten Angewohnheiten. Ohne sie wäre sie nicht Erica gewesen. Er war so stolz auf sie gewesen, als sie gewissenhaft und methodisch das Ergebnis ihrer bisherigen Recherchen für ihr Buch vorgestellt hatte. Sie war ebenso brillant wie kompetent, und er hätte sofort unterschrieben, dass sie die Klügere von ihnen beiden war. Manchmal fragte er sich, wie sein Leben verlaufen wäre, wenn er Erica nicht kennengelernt hätte, aber sein Gehirn weigerte sich, dieser Frage auf den Grund zu gehen. Sie war da, sie gehörte zu ihm, und auf der Rückbank saßen ihre drei wunderbaren Rotzlöffel. Er griff nach ihrer Hand, während er weiter in Richtung Sälvik fuhr, und wurde mit dem Lächeln belohnt, das ihm jedes Mal das Herz erwärmte.

Da die überzuckerten Kinder, als sie zu Hause ankamen, kaum zu bändigen waren, beschlossen sie, ihnen einen Film anzumachen, damit sie sich gemütlich aufs Sofa kuscheln und ein bisschen runterkommen konnten, bevor es Zeit war, ins Bett zu gehen. Er hatte sich auf Streit gefasst gemacht, weil bei der Filmauswahl für gewöhnlich drei willensstarke Persönlichkeiten aufeinanderprallten, aber offenbar hatte Maja in weiser Voraussicht bereits auf der Heimfahrt Verhandlungen geführt und teilte nun naseweis mit:

»Papa, ich weiß, dass sie die *Eiskönigin* eigentlich nicht schauen dürfen, weil der Film zu unheimlich für sie ist und ihn nur *große* Kinder so spät noch sehen dürfen. Aber ich habe ihnen gesagt, dass ihr heute Abend eine Ausnahme machen würdet.«

Dann blinzelte sie übertrieben mit dem einen Auge. Patrik konnte sich das Lachen kaum verkneifen. Listig war das Kind ja. Das hatte sie von ihrer Mutter. Und sie klang wie eine Erwachsene, auch wenn sie nicht Ausnahme sagte, sondern Auslage. Er brachte es nicht übers Herz, sie zu korrigieren, und zwang sich, ernst zu bleiben. Die Zwillinge beobachteten ihn voller Erwartung.

»Na ja, ich weiß nicht ... Tagsüber ist das was anderes, aber abends ist der Film, wie du schon sagst, eigentlich ein biiisschen zu gruselig für kleine Kinder. Was soll's. Von mir aus. Heute machen wir eine Ausnahme.«

Die Zwillinge jubelten, und Maja lächelte zufrieden. Was sollte bloß aus dem Mädchen werden? Für einen Moment hatte er Rosenbad, den Sitz der schwedischen Regierung, vor Augen.

»Hast du gehört?«, fragte er lachend, als er zu Erica in die Küche ging.

Erica schnippelte grinsend Gemüse für einen Salat.

»Mein Gott, was soll nur aus ihr werden?«

»Staatsministerin, habe ich gerade gedacht.« Er stellte sich dicht hinter Erica, legte die Arme um sie und schnupperte an ihrem Nacken.

Er liebte ihren Duft.

»Setz dich, du bekommst gleich was zu essen.« Sie gab ihm einen Kuss. »Ich habe dir ein Glas Rotwein eingeschenkt und eine Lasagne deiner Mutter in den Ofen geschoben.«

»Es hat eben auch seine Vorteile, dass sie eine Glucke ist.« Patrik sackte auf einen Küchenstuhl.

Seine Mutter befürchtete ständig, die Kinder – oder Erica und Patrik – könnten wegen zu vieler Fertig- oder Halbfertiggerichte an Unterernährung sterben. Mindestens einmal in der Woche brachte sie ein hausgemachtes Gericht vorbei, das sich für Notfälle einfrieren ließ. Und auch wenn Erica und er sich dadurch bevormundet fühlten, war Kristinas Fürsorglichkeit in solchen Momenten natürlich Gold wert. Außerdem war sie eine gute Köchin, und aus dem Ofen roch es himmlisch.

»Was meinst du? War mein Bericht eine Hilfe?« Erica setzte sich Patrik gegenüber und schenkte sich auch ein Glas Wein ein. »Seid ihr mit den Ermittlungen vorangekommen?«

»Bislang haben wir keine konkreten Anhaltspunkte«, sagte Patrik stirnrunzelnd und drehte nachdenklich sein Weinglas.

Zwei Kerzenflammen spiegelten sich in der roten Flüssigkeit, und er ließ zum ersten Mal seit fast zwei Tagen die Schultern sinken, aber vollständig entspannen würde er sich erst, wenn sie herausgefunden hatten, was der kleinen Nea zugestoßen war.

»Hast du was von Helen oder Marie gehört?« Er schaute Erica an.

Sie schüttelte den Kopf.

»Nein, bisher keine Reaktion. Die Frage ist, welchen Rat Marie von dem Verlag bekommen hat, mit dem sie in Verhandlungen steht. Die werden ihr gesagt haben, ob sie sich für ein Interview mit mir zur Verfügung stellen soll oder nicht. Ich persönlich glaube ja, dass mein Buch ein gutes Zugpferd für ihres wäre und ihre Verkaufszahlen erhöhen würde, aber man weiß nie, wie der Verlag denkt.«

»Und Helen?«

»Die hat auch noch nicht geantwortet, aber ich glaube, die Chancen stehen fifty-fifty, dass sie ja sagt. Die meisten Leute haben das Bedürfnis, jemandem ihr Herz auszuschütten, aber andererseits hat Helen es irgendwie geschafft, sich wieder ein Leben in Fjällbacka aufzubauen, auch wenn sie dafür in einer Schattenwelt verschwinden musste. Ich bin mir nicht sicher, ob sie da freiwillig rauskommt. Allerdings wird man sie jetzt wohl ohnehin dazu zwingen. Sie und Marie werden wieder im Licht der Öffentlichkeit stehen.«

»Und was glaubst du?«, fragte Patrik, während er aufstand und die Ofenklappe öffnete, um sich die Lasagne anzuschauen.

Sie blubberte bereits, brauchte aber noch eine Weile, bis der Käse schön braun war. Er setzte sich wieder und sah Erica an. Sie legte die Stirn in Falten. Dann sagte sie zögerlich:

»Ehrlich gesagt, weiß ich das nicht mehr. Als ich mit der Recherche für dieses Buch begonnen habe, war ich von ihrer Schuld fest überzeugt. Auch wenn sie es später zurückgezogen haben und seitdem auf ihrer Unschuld beharren, finde ich die Tatsache, dass sie beide ein Geständnis abgelegt haben, gravierend. Warum zwei so junge Mädchen ein kleines Kind erschlagen, war der Ausgangspunkt meines Buches. Das wollte ich herausfinden und verstehen. Aber nun bin ich mir nicht mehr sicher. Dass Leif Hermansson sie für unschuldig hielt, hat meinen Blickwinkel völlig verändert. Schließlich war er am stärksten in den Fall involviert. Und es basierte alles auf dem Geständnis der Mädchen. Danach hat die Polizei nicht weiterermittelt. Als die Mädchen ihr Geständnis dann zurückzogen, hatte niemand mehr Interesse daran, den Fall wieder aufzunehmen. Nicht einmal Leif, dem erst viel später Zweifel kamen.«

»Was könnte Leif denn zu diesem Sinneswandel veranlasst haben?«

»Keine Ahnung.« Erica schüttelte den Kopf, und ihre blonden Locken fielen ihr ins Gesicht. »Aber ich werde es herausfinden. Während ich noch auf eine Nachricht von den beiden warte, fange ich einfach an, Leute zu befragen, die Marie und Helen vor dreißig Jahren kannten.«

Erica stand auf, um die Lasagne aus dem Ofen zu nehmen.

»Vorhin habe ich Helens Mutter angerufen. Sie schien nichts dagegen zu haben, dass ich sie besuche und ihr ein paar Fragen stelle.«

»Was Helen wohl davon hält«, sagte Patrik.

Erica zuckte mit den Schultern.

»Soweit ich weiß, kreist Helens Mutter vor allem um sich. Wahrscheinlich ist sie gar nicht auf den Gedanken gekommen, dass ihre Tochter etwas dagegen haben könnte.«

»Und Maries Familie? Ihre Eltern sind ja tot, aber sie hat doch zwei Brüder.«

»Stimmt, aber der eine ist offenbar im Stockholmer Drogensumpf versackt, und der andere sitzt wegen bewaffneten Raubs in Kumla.«

»Es wäre mir lieber, wenn du dich von denen fernhalten würdest«, sagte Patrik, obwohl ihm klar war, dass jede Warnung auf taube Ohren stoßen würde.

»Hm«, machte Erica, da ihr klar war, dass ihm klar war, dass sie sowieso tat, was sie wollte.

In stillem Einverständnis wechselten sie das Thema und machten sich über die Lasagne her.

Im Wohnzimmer ertönte in voller Lautstärke »Lass jetzt los«.

Bevor Leif in den kleinen Konferenzraum ging, versuchte er, sich zu sammeln. Das Ganze war logisch. Und auch wieder nicht. Am überzeugendsten war in seinen Augen die Ruhe gewesen, die Marie ausgestrahlt hatte. Ihre Stimme hatte während des Geständnisses kein bisschen gezittert.

Marie war ein Kind, sie wäre niemals in der Lage gewesen, einen erfahrenen Polizisten wie ihn hinters Licht zu führen. Warum sollte ein Kind so lügen? Allein die Ungeheuerlichkeit des Gedankens veranlasste ihn, ihr zu glauben. Sachlich und gefasst hatte sie ihm alles erzählt, vom Anfang bis zum Ende, ihre Mutter hatte heulend und schreiend danebengesessen, und ihr Vater hatte sie angebrüllt, sie solle endlich die Schnauze halten.

Schritt für Schritt hatte sie dargelegt, was passiert war. Mit einem immer mulmigeren Gefühl im Bauch hatte er der hellen Mädchenstimme gelauscht, die gefalteten Hände in ihrem Schoß betrachtet und den Lichtstrahl beobachtet, der auf ihrem blonden Haar tanzte. Es war ungemein schwer zu glauben, dass jemand, der aussah wie ein Engel, zu etwas so Bösem in der Lage war, aber er bezweifelte nicht, dass es die Wahrheit war. Ihm fehlten nur noch die letzten Mosaiksteine. Oder besser gesagt, das letzte Steinchen.

»Entschuldigen Sie die Verzögerung.« Er machte die Tür hinter sich zu.

KG nickte kurz und legte seiner Tochter eine schwere Hand auf die Schulter.

»Wir sind das alles langsam leid.« Harriet schüttelte den Kopf.

Leif räusperte sich.

»Ich habe gerade mit Marie gesprochen«, sagte er.

Helen hob langsam den Kopf. Ihre Augen wirkten verschleiert, als wäre sie ganz woanders.

»Marie hat zugegeben, dass ihr es wart.«

KG schnappte nach Luft, und Harriet schlug sich die Hand vor den Mund. Einen Augenblick lang meinte Leif, Verwunderung in Helens Augen zu sehen, doch die verflüchtigte sich genauso schnell, wie sie gekommen war, und im Nachhinein war er sich nicht einmal sicher, ob er sich nicht getäuscht hatte.

Ein paar Sekunden lang saß sie schweigend da, dann nickte sie.

»Ja, wir waren es.«

»Helen!«

Harriet streckte die Hand aus, während KG erstarrte. Sein Gesicht wirkte wie eine Maske.

»Sollten wir einen Anwalt nehmen?«, fragte er.

Leif zögerte. Er wollte der Sache jetzt auf den Grund gehen, aber er konnte ihnen natürlich nicht ihre Rechte verweigern.

»Wenn Sie das möchten, haben Sie das Recht dazu.«

»Nein, ich will die Fragen beantworten.« Helen drehte sich zu ihrem Vater um.

Zwischen den beiden schien sich ein stummer Kampf abzuspielen, und zu Leifs großem Erstaunen ging Helen als Siegerin daraus hervor. Sie sah Leif an.

»Was wollen Sie wissen?«

Punkt für Punkt ging er Maries Aussage mit ihr durch. An einigen Stellen nickte Helen nur, und dann erinnerte er sie im Hinblick auf das laufende Tonbandgerät daran, dass sie laut sprechen musste. Sie wirkte genauso ruhig wie Marie, und wieder wusste er nicht, wie er mit dieser Ruhe umgehen sollte. Im Laufe der Jahre hatte er viele Vernehmungen durchgeführt. Er hatte Fahrraddiebe verhört, Männer, die ihre Frauen verprügelten, und eine Frau, die ihr Neugeborenes in der Badewanne ertränkt hatte. Diese Menschen hatten ein breites Spektrum an Gefühlen gezeigt. Wut, Trauer, Panik, Zorn,

Verzweiflung. Doch noch nie hatte er jemanden verhört, der sich vollkommen neutral verhielt. Ganz zu schweigen von zwei Personen. Er fragte sich, ob es damit zusammenhing, dass sie noch Kinder und womöglich zu jung waren, um zu begreifen, was sie getan hatten. Das Böse schien nicht der Grund für die Kälte zu sein, mit der sie ihre schreckliche Geschichte erzählten.

»Hinterher seid ihr also baden gegangen? Marie hat ausgesagt, ihr hättet das Blut abwaschen müssen?«

Helen nickte.

»Ja, das stimmt. Wir waren voller Blut und mussten baden.«

»Waren auf eurer Kleidung nicht auch Blutflecken? Wie habt ihr die rausbekommen?«

Sie biss sich auf die Lippe.

»Das meiste haben wir mit Wasser rausgerieben. In der Sonne sind die Sachen schnell getrocknet. Meine Eltern haben mich nicht genau angeschaut, als ich nach Hause kam, und da habe ich alles in die Waschmaschine gesteckt und mich vor dem Abendessen umgezogen.«

Harriet hatte das Gesicht in den Händen vergraben und weinte. Helen sah sie nicht an. KG saß immer noch da wie erstarrt. Er schien um zwanzig Jahre gealtert zu sein.

Helens unglaubliche Ruhe verschaffte ihr Ähnlichkeit mit Marie. Jetzt wirkten die beiden gar nicht mehr so verschieden. Sie bewegten sich ähnlich, sprachen auf die gleiche Weise, und sogar Helens Blick erinnerte ihn an Marie. Ein Nichts. Eine stumme Leere.

Für einen Moment erschauerte Leif, während er das Kind ansah. Es war etwas in Gang gesetzt worden, dessen Widerhall Jahre, wenn nicht ihr ganzes Leben lang anhalten würde. Er hatte Antworten erhalten, die Anlass zu weiteren, noch größeren Fragen gaben. Fragen, auf die er wohl nie eine richtige Antwort bekommen würde. Helens Augen waren unergründlich und blank, als sie ihn anschaute.

»Wir werden doch an denselben Ort geschickt? Wir sind doch zusammen?«

Leif antwortete nicht. Er stand einfach auf und ging in den Flur. Plötzlich blieb ihm die Luft weg.

DER FELSEN UNTER ihm war glatt, aber Karim wechselte dauernd die Stellung. Obwohl ihm die Sonne seltsam heiß erschien, liefen ihm hin und wieder kalte Schauer über den Rücken. Er musste so viele merkwürdige Worte auf einmal lernen. *Luv, Pinne, am Wind, vorm Wind* und *Verklicker.* Rechts und links hießen stattdessen steuerbord und backbord, und obwohl es noch nicht einmal zehn war, hatte er schon die Nase voll.

»Wenn man so weit anluvt, dass man im Wind ist, zeigt der Bug direkt zum Wind, *the wind, and Bug is the front of the boat.*«

Bill gestikulierte wild, mischte schwedische und englische Begriffe, und gleichzeitig wurde alles von Farid ins Arabische übersetzt. Die anderen sahen zum Glück genauso verwirrt aus, wie Karim sich fühlte. Bill zeigte auf das Boot, neben dem er stand, und zog das Segel hierhin und dorthin, aber Karim ging vor allem durch den Kopf, wie entsetzlich klein und wackelig sich das Boot vor dem vielen Blau ausmachte. Der kleinste Windhauch würde es umpusten, und dann landeten sie im Wasser.

Warum hatte er sich bloß auf die Sache eingelassen? Doch er wusste ja, warum. Es war eine Gelegenheit, sich in die schwedische Gesellschaft zu integrieren, die Schweden kennenzulernen, zu kapieren, wie sie tickten, und sich in Zukunft vielleicht die schrägen Blicke zu ersparen.

»Im Wind flattert das Segel nur, und man kommt nicht

vom Fleck.« Bill illustrierte den Vorgang, indem er das Segel schüttelte. »Damit das Boot Geschwindigkeit aufnimmt, muss das Segel mindestens in einem 30°-Winkel dazu stehen. Und Geschwindigkeit ist gut, denn wir segeln ja eine Regatta!«

Er fuchtelte mit den Armen.

»*We must find the fastest way for the boat. Use the wind.* Nutzt den Wind!«

Karim nickte, ohne zu wissen, warum. Er spürte ein Stechen im Nacken und drehte sich um. Ein Stück entfernt saßen drei Jugendliche auf den Klippen und starrten sie an. Ein Mädchen und zwei Jungs. Da irgendetwas an ihrer Haltung Karim verunsicherte, wandte er seine Aufmerksamkeit wieder Bill zu.

»Das Segel wird mit der Schot reguliert. So nennt man den Tampen, der am Segel befestigt ist. Damit fiert man das Segel, oder man holt es dicht.«

Bill zog an einem Gegenstand, den Karim bislang als Seil bezeichnet hatte, und das Segel straffte sich. Sie würden es niemals schaffen, das alles in so kurzer Zeit zu lernen. Wenn überhaupt.

»Wenn man gegen die Windrichtung segeln möchte, ohne im Wind zu landen, muss man kreuzen. Der Kurs hat dann die Form eines Kreuzes.«

Neben ihm seufzte Farid.

»Man bewegt sich also im Zickzack vorwärts.« Wieder nahm Bill die Arme zu Hilfe. »*You turn the boat and then turn it back again*. Das nennt man Schläge.«

Wieder zeigte Bill auf das kleine Boot.

»Ich habe mir gedacht, dass ihr mich heute der Reihe nach auf einen kleinen Segeltörn begleitet, damit ihr ein Gefühl dafür bekommt, worum es geht.«

Er zeigte auf die Boote, die in einer gewissen Entfernung vertäut waren. Als sie sich am Morgen versammelten, hatte

Bill erzählt, dass man sie Laserjollen nannte. Sie sahen viel zu klein aus.

Bill lächelte Karim an.

»Als Ersten würde ich Karim mitnehmen, und dann bist du dran, Ibrahim. Ihr anderen könnt euch in die Glossare vertiefen, die ich euch kopiert habe. Ich habe die Begriffe im Internet auch auf Englisch gefunden, damit fangen wir an, und nach und nach lernt ihr auch die schwedische Terminologie. Okay?«

Rings um sie herum wurde eifrig genickt, aber Karim und Ibrahim warfen sich entsetzte Blicke zu. Karim erinnerte sich an die Überfahrt von Istanbul nach Samos. An die Übelkeit. Die Wellen. Das kenternde Boot vor ihnen. Die Schreie der Menschen. Der Ertrinkenden.

»Hier hast du eine Schwimmweste«, sagte Bill unbekümmert, weil er von den Stürmen, die in Karim tobten, nichts ahnte.

Karim zwängte sich in die Schwimmweste, die ganz anders konstruiert war als jene, die er sich für teures Geld für die Fahrt übers Meer gekauft hatte.

Wieder spürte er einen Stich im Nacken. Die drei Jugendlichen beobachteten sie noch immer. Das Mädchen kicherte. Karim gefiel der Blick des blonden Jungen nicht, doch er unterdrückte den Impuls, die anderen auf ihn aufmerksam zu machen. Sie waren ohnehin angespannt genug.

»So«, sagte Bill. »Dann wollen wir mal schauen, ob eure Schwimmwesten richtig sitzen, und dann geht's los!«

Er zurrte an den Gurten und nickte zufrieden. Dann fiel sein Blick auf irgendetwas hinter Karim, und er musste lachen.

»Sieh mal einer an, die Dorfjugend ist gekommen, um euch zuzujubeln!« Bill winkte den Jugendlichen zu. »Kommt doch mal rüber!«

Die drei Teenager rutschten auf den Hinterteilen von der

Klippe runter und kamen auf sie zu. Der Blick des blonden Jungen ging Karim durch Mark und Bein.

»Das ist mein Sohn Nils.« Bill legte dem Jungen mit dem finsteren Blick eine Hand auf die Schulter. »Und das hier sind Vendela und Basse, die sind mit ihm befreundet.«

Die Freunde des Sohnes gaben ihnen die Hand, aber Nils selbst glotzte sie nur an.

»Gib ihnen die Hand!« Bill versetzte Nils einen Stoß.

Karim streckte die Hand aus. Nach einer gefühlten Ewigkeit zog Nils seine Hand ebenfalls aus der Tasche. Sie war eiskalt. Doch sein Blick war noch kälter. Das Meer erschien Karim plötzlich wie ein warmer und friedlicher Ort.

Wie immer, wenn sie sich konzentrierte, biss sich Helen in die Innenseite der Wange. Sie reckte sich auf dem kleinen Hocker, und wenn sie sich noch weiter zur Seite lehnte, würde sie umfallen. Verletzen würde sie sich dabei nicht, aber James stören, der in Ruhe seine Zeitung lesen wollte.

Sie drehte die Konservendosen und Kartons im obersten Fach des Küchenschranks so, dass die Etiketten nach vorn zeigten. James' Blick spürte sie wie einen Nadelstich im Rücken. Ein Seufzer von ihm, nachdem er den Schrank geöffnet hatte, und schon verkrampfte sich alles in ihr. Wenn sie sofort etwas unternahm, kam sie eventuell um die Bestrafung herum.

Sie hatte gelernt, mit James zu leben. Mit seinem Kontrollwahn. Seinen Launen. Es gab einfach keine Alternative, das wusste sie ja. In den ersten Jahren hatte sie große Angst gehabt, aber dann bekam sie Sam. Von da an hatte sie keine Angst mehr um sich selbst, sondern nur noch Angst um ihn. Die meisten Mütter fürchteten den Moment, in dem ihre Kinder von zu Hause auszogen. Sie hingegen zählte die Minuten. Bis zu dem Tag, an dem er frei sein würde. Und sicher.

»Sieht es gut aus?« Sie drehte sich zum Esstisch um.

Das Frühstücksgeschirr war längst abgeräumt, die Spülmaschine gab ein leises Brummen von sich, und alle Oberflächen glänzten.

»Ist in Ordnung so«, sagte er, ohne von der Zeitung aufzublicken.

Seit einiger Zeit brauchte er eine Lesebrille. Aus irgendeinem Grund hatte es sie erstaunt, dass auch er Schwächen hatte. Er hatte immer großen Wert auf Makellosigkeit gelegt. Sowohl bei sich selbst als auch bei seinen nächsten Angehörigen. Deswegen war sie so besorgt um Sam. In ihren Augen war er perfekt. Aber für seinen Vater war Sam schon als Kleinkind eine Enttäuschung gewesen. Er war empfindsam und vorsichtig und ängstlich. Er spielte leise Spiele, kletterte nicht auf Bäume, konnte nicht schnell rennen und raufte nicht gern mit anderen Jungs, sondern saß am liebsten stundenlang in seinem Zimmer und erschuf mit seinen Spielsachen phantastische Welten. Als er größer wurde, baute er mit Vorliebe Dinge auseinander und setzte sie wieder zusammen. Radios, Kassettenrecorder, einen alten Fernseher, den er in der Garage entdeckt hatte, alles, was sich zum Basteln eignete, nahm er auseinander und baute es wieder zusammen. Gegen dieses Hobby hatte James erstaunlicherweise nichts einzuwenden. Trotz seines pedantischen Ordnungssinns überließ er Sam eine Ecke in der Garage, wo er tun und lassen durfte, was er wollte.

»Was soll ich heute noch erledigen?« Sie stieg vom Hocker herunter und stellte ihn zurück zu den anderen, die im Abstand von exakt zehn Zentimetern an der Kücheninsel aufgereiht waren.

»In der Waschküche habe ich einen Wäschehaufen gesehen. Und meine Hose müsstest du noch mal bügeln.«

»Okay.« Sie senkte den Kopf.

Vielleicht würde sie bei der Gelegenheit auch all seine Hemden erneut bügeln. Wenn sie schon dabei war.

»Ich gehe heute einkaufen«, sagte sie. »Brauchst du etwas außer den üblichen Dingen?«

Er blätterte um. Da er den *Bohusläningen* immer noch nicht durch hatte, standen ihm noch *Dagens Nyheter* und *Svenska Dagbladet* bevor. Er las die Zeitungen immer in dieser Reihenfolge.

»Nein, das Übliche reicht.«

Nun blickte er auf.

»Wo ist Sam?«

»Er ist mit dem Rad in den Ort gefahren. Dort wollte er sich mit jemandem treffen.«

»Mit wem denn?«

Er sah sie über den Rand seiner Lesebrille an.

Helen zögerte.

»Sie heißt Jessie.«

»Sie? Ein Mädchen, tatsächlich? Wer sind ihre Eltern?«

Er ließ die Zeitung sinken und hatte plötzlich ein Blitzen in den Augen. Helen holte tief Luft.

»Er selbst hat mir nichts davon erzählt, aber ich habe gehört, dass er mit Maries Tochter gesehen wurde.«

»Hältst du das für angemessen?«

»Wenn ich ihm verbieten soll, sich mit ihr zu treffen, brauchst du es nur zu sagen. Oder willst du selbst mit ihm sprechen?«

Helen starrte auf ihre Schuhspitzen. Der Krampf in ihrem Bauch war wieder da. Es wurden so viele Dinge aufgewühlt, an die sie sich lieber nicht erinnert hätte.

James hielt sich wieder die Zeitung vors Gesicht.

»Nein. Wir mischen uns da vorerst nicht ein.«

Ihr Herz raste, aber sie konnte nichts dagegen tun. Sie war sich nicht sicher, ob James' Entscheidung richtig war. Doch es stand ihr nicht zu, sich ein Urteil darüber zu bilden. Seit diesem Tag vor dreißig Jahren hatte sie selbst überhaupt nichts mehr entschieden.

»Hast du bei den Anzeigen was entdeckt? Ist ein Fall darunter, dem wir nachgehen sollten?«

Patrik nickte Annika zu, doch die schüttelte den Kopf.

»Nein, abgesehen von dem Typen, der am Strand gefilmt hat, war nichts dabei, was auch nur im Entferntesten mit der Belästigung von Kindern zu tun hat. Aber ich habe auch noch nicht den ganzen Stapel durchgesehen.«

»Welchen Zeitraum ziehen wir denn in Betracht?«

Gösta nahm sich eine Scheibe Brot und bestrich sie mit Butter. In weiser Voraussicht hatte Annika an diesem Morgen etwas zu essen bereitgestellt, weil sie sich schon gedacht hatte, dass ihre Kollegen so schnell wie möglich in die Dienststelle wollten und das Frühstück zu Hause hatten ausfallen lassen.

»Wie besprochen bin ich zurückgegangen bis Mai. Soll ich mir die noch früheren Vorfälle auch anschauen?«

Sie sah Patrik an, er schüttelte den Kopf.

»Nein, wir fangen erst mal im Mai an. Falls dir jedoch etwas auffällt, das mit Kindern zu tun hat, sollten wir in Erwägung ziehen, unsere Suche auch auf Vergewaltigung und sexuelle Belästigung auszuweiten.«

»Gibt es denn überhaupt einen Hinweis auf ein sexuelles Tatmotiv?« Paula biss in ihr Käse-Schinken-Brot.

Ernst saß neben ihr und sah sie flehentlich an, aber sie ignorierte ihn. Von den vielen Süßigkeiten, die er von Mellberg bekam, war er ein wenig fett geworden.

»Das wissen wir noch nicht, denn Pedersen ist noch nicht fertig mit der rechtsmedizinischen Untersuchung, aber Nea wurde nackt aufgefunden, und die beiden häufigsten Motive für Morde an Kindern sind entweder sexueller Natur oder …«

Er zögerte.

Gösta kam ihm zu Hilfe.

»Oder der Täter beziehungsweise die Täterin kommt aus dem engsten Umfeld.«

»Was ist dein Gefühl?« Paula stieß Ernst weg, der mit der Schnauze an ihrem Knie klebte.

»Wie ich schon gesagt habe, kann ich mir kaum vorstellen, dass Neas Eltern etwas damit zu tun haben. Aber schwören würde ich es nicht. Nichts ist ausgeschlossen. Das weiß man, wenn man so lange Polizist ist wie ich.«

»Drücken wir es doch so aus: Es ist aus unserer Sicht nicht das wahrscheinlichste Szenario«, sagte Patrik.

»Ich habe das Gefühl, wir dürfen den Zusammenhang mit dem Mord an Stella nicht ignorieren«, sagte Martin. »Die Frage ist nur, wie wir jetzt weitermachen. Es ist unheimlich viel Zeit vergangen.«

Er stand auf, holte die Kaffeekanne und schenkte allen am Tisch ein.

»Ihr habt gestern mit Helen gesprochen«, sagte Patrik. »Könntet ihr euch heute mit Marie unterhalten? Dann fahre ich zu Helen, ich möchte nämlich wissen, was die beiden für ein Alibi haben.«

»Um welchen Zeitpunkt geht es denn?«, fragte Paula. »Wir wissen doch nicht mal, ob Nea tatsächlich am Morgen verschwunden ist, wie die Eltern glauben. Sie haben das Mädchen, nachdem sie es ins Bett gebracht haben, nicht mehr gesehen, es könnte also auch im Laufe der Nacht entführt worden sein.«

»Wie sollte das denn vonstattengegangen sein?« Martin setzte sich wieder. »Gab es überhaupt Anzeichen für einen Einbruch?«

»Ich kann die Eltern fragen, ob jemand die Möglichkeit gehabt hätte, nachts unbemerkt ins Haus einzudringen«, sagte Gösta. »Die Nächte waren warm, und hier auf dem Land schlafen viele Leute bei offenem Fenster.«

»Gut«, sagte Patrik, »mach das, Gösta! Und du hast recht, Paula, wir müssen ihr Alibi bereits ab Sonntagabend überprüfen.«

»Okay, dann fahren wir zu Marie und schauen, was sie zu sagen hat.«

»Sprecht auch mit ihrer Tochter«, sagte Patrik. »Wenn ich mich richtig erinnere, ist sie ein Teenager und heißt Jessie. Ich hoffe, dass ich nicht nur Helen erwische, sondern auch ihren Sohn Sam und ihren Mann, diesen Blauhelmsoldaten, der so aussieht, als würde er zum Frühstück Stacheldraht knabbern.«

Er stand auf und stellte die Milch in den Kühlschrank, damit sie in der sommerlichen Hitze nicht sauer wurde. Sie hatten in der Küche keine Klimaanlage, nur einen alten Ventilator, und obwohl die Fenster weit offen standen, war es fast unerträglich heiß in dem kleinen Raum.

»Hat eigentlich jemand Mellberg gesehen?«, fragte er.

»Seine Tür ist zu, und als ich angeklopft habe, hat niemand reagiert. Wahrscheinlich ist er gerade in der Tiefschlafphase«, sagte Gösta mit schiefem Grinsen.

Niemand hatte mehr Lust, sich über Mellberg aufzuregen. Solange er in seinem Zimmer blieb und schlief, konnten die anderen wenigstens in Ruhe arbeiten.

»Hast du was von Torbjörn oder Pedersen gehört?«, fragte Paula.

»Ja, ich habe gestern mit beiden telefoniert«, sagte Patrik. »Torbjörn wollte wie üblich nichts sagen, bevor der Bericht fertig ist, hat mir aber den technischen Untersuchungsbericht vom Fall Stella geschickt. Und Pedersen konnte ich überreden, mir zu verraten, dass Nea eine Wunde am Hinterkopf hatte. Ich weiß zwar nicht, was das bedeutet, aber es ist immerhin ein Anfang.«

»Könnten Helen und Marie unschuldig gewesen sein?« Paula sah Gösta an. »Oder hat eine von ihnen erneut getötet?«

»Ich weiß es nicht«, sagte Gösta. »Damals war ich mir so sicher. Aber seit ich weiß, dass Leif Zweifel gekommen waren, bin ich natürlich auch ins Grübeln gekommen. Und dass sie dreißig Jahre später wieder ein Motiv haben sollten, ein kleines Mädchen umzubringen, klingt schrecklich weit hergeholt.«

»Es könnte ein Nachahmer gewesen sein.« Martin fächelte sich mit seinem Hemd Luft zu.

Das rote Haar klebte ihm am Kopf.

»Tja, momentan können wir nichts ausschließen.« Gösta senkte den Blick.

»Hast du die alten Vernehmungsprotokolle schon gefunden?«, fragte Patrik. »Und das übrige Ermittlungsmaterial?«

»Ich arbeite daran«, sagte Annika. »Du weißt ja, wie das damals mit unserem Archiv war. Unterlagen verschwanden. Unterlagen wurden zerstört. Aber ich gebe die Hoffnung nicht auf. Wenn es da unten noch Notizen zu dem Fall gibt, werde ich sie finden.«

Sie verzog das Gesicht zu einem gequälten Grinsen.

»Hast du schon mal deine Frau gefragt? Sie hat doch normalerweise viel mehr Talent als wir, alte Ermittlungsakten aufzuspüren.«

»Vielen Dank, das ist mir bekannt.« Patrik lachte. »Ich habe Zugang zu allem, was sie bis jetzt zusammengesucht hat, aber es handelt sich vor allem um kopierte Zeitungsartikel. Polizeiliches Material hat sie auch nicht entdeckt.«

»Ich werde weiterwühlen«, sagte Annika. »Sobald ich was finde, sage ich Bescheid.«

»Spitze. Dann haben wir ja einiges zu tun.« Patriks Magen verkrampfte sich wieder.

Er wollte den Fall nicht zu nah an sich heranlassen, aber das war schwierig. Nahezu unmöglich.

Im Flur erklang eine dröhnende Stimme.

»Ach, hier sitzt ihr also und frühstückt gemütlich!«

Mellberg blinzelte sie verschlafen an.

»Ein Glück, dass in dieser Dienststelle überhaupt jemand arbeitet. Komm, Ernst! Herrchen geht jetzt mit gutem Beispiel voran.«

Glücklich trottete Ernst hinter ihm her, und dann hörten sie, wie Mellbergs Tür zugeknallt wurde. Wahrscheinlich wollte er sein Nickerchen auf dem Bürostuhl fortsetzen. Niemand äußerte sich dazu. Sie hatten Wichtigeres zu tun.

Jessie genoss die Ruhe, die sich in ihr ausbreitete, während sie Sams gleichmäßigen Atemzügen lauschte. Es war alles so ungewohnt. Diese innere Ruhe. Das Gefühl von Geborgenheit. Und dass sie gesehen wurde.

Sie drehte sich auf die Seite und hoffte, Sam nicht zu wecken. Er hielt sie mit dem Arm, den er um sie gelegt hatte, nur noch fester. Nichts, was sie tat, schien ihn stören zu können.

Vorsichtig streichelte sie seinen Bauch unter dem schwarzen T-Shirt. Ein seltsames Gefühl. Einem anderen Menschen so nah zu sein. Einem Jungen. Ihn anzufassen, zu berühren und weder verhöhnt noch abgewiesen zu werden.

Sie hob den Kopf und sah ihn an. Die markanten Wangenknochen, die sinnlichen Lippen. Die langen schwarzen Wimpern.

»Warst du schon mal mit jemandem zusammen?«, fragte sie leise.

Seine Lider bewegten sich, blieben aber geschlossen.

»Nein«, sagte er schließlich. »Du?«

Sie schüttelte den Kopf und rieb das Kinn an seiner Brust.

Sie wollte nicht an die demütigende Zeit auf dem Internat in London denken, wo sie im Frühjahr gewesen war. Für einen kurzen, lieblichen Moment hatte sie geglaubt, Pascal würde sie begehren. Er war der Sohn eines französischen Diplomaten und so schön, dass ihr die Luft wegblieb. Er hatte angefangen, ihr Textnachrichten zu schicken, wunderbare, süße und bezaubernde Mitteilungen. Dann hatte er sie zum Schulball eingeladen, und sie hatte bei der Vorstellung, an seinem Arm in den Saal zu schreiten, kein Auge zugetan. Währenddessen simsten sie weiter, und er lockte sie aus ihrem Panzer, flirtete und scherzte mit ihr, bis sie beinahe die Grenze zum Verbotenen erreichten.

Eines Abends bat er um ein Foto von ihrer Brust. Schrieb, er wolle mit ihrem Busen vor Augen einschlafen, sie müsse die schönsten Brüste der Welt haben, und er könne es kaum erwarten, sie zu liebkosen. Schließlich hatte sie in ihrem Zimmer den Pulli gehoben und ihre Brüste fotografiert. Ohne BH, nackt.

Am Tag darauf hatte das Bild bereits die Runde gemacht. Die ganze Schule war in den Plan von Pascal und seinen Kumpeln eingeweiht gewesen. Sie hatten ihr eine Falle gestellt. Die Textnachrichten hatten sie gemeinsam verfasst. Sie wollte nur noch sterben. Vom Erdboden verschwinden.

»Nein«, sagte sie. »Ich hatte noch nie einen Freund.«

»Wahrscheinlich waren wir klug genug, auf die richtige Person zu warten«, sagte Sam mit sanfter Stimme und wandte ihr sein Gesicht zu.

Seine blauen Augen betrachteten sie aufmerksam, und sie wusste, dass sie ihm vertrauen konnte. Sie waren wie zwei verwundete Veteranen desselben Krieges und brauchten keine Worte, um sich über das, was sie durchgemacht hatten, zu verständigen.

Was ihre Mütter getan hatten, hatte sie beide geprägt.

»Weißt du eigentlich, dass ich praktisch keine Ahnung von dem habe, was vor dreißig Jahren passiert ist?«

»Wie meinst du das?« Sam hob den Kopf.

»Ich weiß das, was sich googeln lässt, aber man findet nicht alles im Internet, was damals in den Zeitungen stand. Und meine Mutter habe ich noch nie gefragt. Man kann nicht mit ihr darüber reden.«

Sam strich ihr übers Haar.

»Vielleicht kann ich dir helfen. Möchtest du das?«

Jessie nickte. Sie legte den Kopf an seine Brust und genoss die Ruhe, von der sie beinahe schläfrig wurde.

»In einem Jahr bin ich frei«, sagte Sam.

Die Schule. Sie wusste, was er meinte, ohne dass er es aussprach. Sie waren sich so ähnlich.

»Was willst du dann machen?«

Er zuckte die Achseln.

»Ich weiß nicht. Auf jeden Fall will ich in kein Hamsterrad. Und mich sinnlos abstrampeln.«

»Ich will reisen.« Jessie schloss ihn in die Arme. »Nur mitnehmen, was in einen Rucksack passt, und spontan irgendwo hinfahren.«

»Das kannst du erst mit achtzehn machen. Und bis dahin ist es noch verdammt lange hin. Ich weiß nicht, ob ich das aushalte.«

»Was meinst du damit?«, fragte Jessie.

Er wandte sich von ihr ab.

»Nichts«, sagte er leise. »Gar nichts.«

Jessie wollte noch etwas sagen, streichelte aber stattdessen seinen Bauch, als könnte sie auf diese Weise alles auflösen, was ihn bedrückte. Sie selbst hatte auch immer jeden Schmerz im Bauch gefühlt.

Als ihre Fingerspitzen einen kleinen Hubbel fühlten, zog sie das T-Shirt nach oben.

»Was ist das hier?« Sie strich über das runde Mal.

»Eine Brandwunde. Aus der siebten. Basse und ein paar andere Jungs aus der Klasse haben mich festgehalten, während Nils eine Zigarette auf mir ausdrückte.«

Jessie schloss die Augen. Ihr Sam. Sie wollte alle seine Wunden heilen.

»Und das hier?«

Ihre Hand war zu seinem Rücken gewandert und drückte leicht dagegen, damit er sich auf die Seite drehte. Lange Striemen zeichneten sich darauf ab.

»War das auch Nils?«

»Nein. Mein Alter. Mit dem Gürtel. Als mein Sportlehrer

mich danach gefragt hat, habe ich gesagt, ich hätte mir den Rücken in dornigem Gestrüpp zerkratzt. Ich glaube nicht, dass er mir geglaubt hat, aber niemand ging der Sache auf den Grund. Mit James legt sich niemand an. Später war er schlau genug, keine sichtbaren Spuren mehr zu hinterlassen. Und vor drei Jahren hat er ganz aufgehört, mich auf diese Weise zu bestrafen. Eigentlich weiß ich gar nicht, warum.«

»Hast du noch mehr Narben?« Fasziniert zog Jessie mit den Fingern die Striemen auf dem Rücken nach.

Ihre Wunden waren innen. Doch deswegen verursachten sie nicht weniger Schmerzen als ein Ledergürtel.

Sam setzte sich auf und krempelte die Hosenbeine bis über die Knie hoch. Sie waren vernarbt. Jessie streckte die Hand aus und streichelte auch seine Knie. Sie fühlten sich knotig an.

»Wie ist das passiert?«

»Ich musste auf dem Boden knien. Auf normalem Zucker. Es klingt nicht besonders schmerzhaft, aber glaub mir, es tut weh. Und hinterlässt Narben.«

Jessie beugte sich vor und küsste die Narben.

»Noch mehr?«

Er kehrte ihr den Rücken zu und ließ die Hose ein Stück herunter.

»Siehst du das?«

Ja, das tat sie. Es war eine kleine, punktförmige Narbe, aber keine Brandwunde.

»Eine Bleistiftspitze. Der gute alte Trick, bei dem man in dem Moment, wenn sich jemand setzen will, einen spitzen Bleistift hinhält. Er dringt ein und bricht ab. Die Klasse hat sich fast nass gemacht vor Lachen.«

»Shit«, sagte Jessie.

Mehr wollte sie nicht wissen. Keine weiteren Narben sehen. Sie spürte die eigenen in ihrem Innern viel zu sehr, um noch mehr von Sams äußeren Narben sehen zu wollen. Sie beugte sich vor. Küsste den Abdruck auf seiner Pobacke.

Drehte Sam behutsam auf den Rücken. Ohne ihn anzuschauen, zog sie langsam seine Hose herunter. Sie hörte, wie er tiefer und schwerer atmete. Zärtlich küsste sie seine Hüften und die Oberschenkel. Seine Hand wühlte in ihrem Haar. Einen Moment lang erschauerte sie, weil ihr die Fotos und die Zeit, in der sie in Umlauf waren, in den Sinn kamen. Dann öffnete sie die Lippen und verdrängte die Bilder und Erinnerungen. Sie war nicht mehr dort. Sie war jetzt hier. Mit ihrer Zwillingsseele. Mit Sam, der all ihre Wunden heilen konnte.

»Scheiße, ist das heiß hier.« Auf dem Weg zum Streifenwagen keuchte Martin wie ein Hund. »Schwitzt du gar nicht?«

Paula schüttelte grinsend den Kopf.

»Ich bin Chilenin. Für mich ist das gar nichts.«

»Aber du hast doch kaum in Chile gelebt.« Lachend wischte sich Martin den Schweiß von der Stirn. »Du bist genauso schwedisch wie ich.«

»So schwedisch wie du ist niemand, Martin. Du bist der waschechteste Schwede, den ich kenne.«

»Das klingt so negativ.«

Martin stieg ein und sprang sofort wieder auf.

»Mann, sind wir blöd, sie ist doch bestimmt im Studio.«

»Ja, natürlich.« Paula schüttelte den Kopf. »Das ist von hier ein Katzensprung.«

»Ich bin gespannt auf das Filmstudio.« Martin ging in Richtung Fabrikgelände, wo in einem der verlassenen Gebäude der Film über Ingrid Bergman gedreht wurde.

»Es ist bestimmt nicht so glamourös, wie du es dir vorstellst.«

Martin drehte sich zu Paula um, die mit ihren kurzen Beinen kaum mit ihm Schritt halten konnte, und zwinkerte ihr zu.

»Mal sehen. Auf jeden Fall freue ich mich, Marie Wall aus der Nähe zu sehen. Für ihr Alter ist sie nicht unattraktiv.«

Paula seufzte.

»Apropos Frauen«, sagte sie. »Wie läuft es denn mit der vom Spielplatz?«

Martin wurde rot.

»Ach, mit der habe ich doch nur ein paar Minuten geredet. Ich weiß nicht mal, wie sie heißt.«

»Ich habe aber das Gefühl, es hat gefunkt.«

Martin stöhnte. Er kannte Paula und wusste, dass sie so schnell nicht lockerlassen würde. Je empfindlicher er reagierte, desto mehr Spaß hatte sie.

»Also …«, begann er, aber ihm fiel einfach kein passender Kommentar ein.

»Lass gut sein«, sagte er schließlich. »Die Arbeit ruft.«

»Okay.« Paula lächelte ihn an.

Das Filmstudio war in einem unauffälligen Fabrikgebäude untergebracht. Es war von einem Bretterzaun umgeben, aber da das Tor nicht richtig zu war, gelangten sie ohne Probleme auf das Gelände. Eine Tür stand ebenfalls offen, sicher aufgrund der Hitze, und daher gingen sie vorsichtig rein. Innen sah das Gebäude aus wie ein Hangar, die Decke war extrem hoch und der Raum riesig. Vor ihnen standen eine Sitzgruppe und Kleiderständer mit Massen von Kleidern. Hinter den Türen auf der linken Seite schienen sich die Toiletten und ein provisorisch eingerichteter Maskenraum zu befinden. Rechts hatte man Wände mit Fenstern aufgebaut, um die Illusion eines echten Zimmers zu erzeugen, und um diese Kulisse herum standen unzählige Lampen.

Eine blonde Frau kam auf sie zu. Ihr Haar war zu einem lockeren Knoten hochgesteckt, der von einem Pinsel zusammengehalten wurde, und um die Taille trug sie einen Zimmermannsgürtel mit allen möglichen Schminkutensilien.

»Hallo, zu wem wollen Sie?«

»Wir sind von der Polizei und würden gern mit Marie sprechen«, sagte Paula.

»Sie dreht gerade, aber ich sage ihr Bescheid, sobald die Szene fertig ist. Oder ist es dringend?«

»Nein, wir können einen Augenblick warten, kein Problem.«

»Dann setzen Sie sich doch und nehmen Sie sich ruhig einen Kaffee.«

Nachdem sie sich mit Kaffee und ein wenig Knabberzeug vom Büfett neben dem Sofa eingedeckt hatten, machten sie es sich bequem.

»Du hast recht, es ist wirklich nicht besonders glamourös.« Martin schaute sich um.

»Wusste ich's doch.« Paula warf sich eine Handvoll Nüsse in den Mund.

Neugierig schauten sie zu den Kulissen hinüber, wo offenbar Dialoge gesprochen wurden. Nach einer Weile hörten sie eine männliche Stimme »Cut« rufen, und wenige Minuten später kam die Frau mit der Schminkausrüstung mit Hollywoodstar Marie Wall an ihrer Seite zurück. Plötzlich bekamen die Räumlichkeiten doch einen gewissen Glanz. Sie trug eine weiße Bluse, kurze, enge Shorts und ein weißes Haarband. Martin kam nicht umhin, festzustellen, dass sie für ihr Alter wahnsinnig hübsche Beine hatte, versuchte jedoch nach Kräften, sich davon nicht aus dem Konzept bringen zu lassen. Von schönen Frauen hatte er sich immer leicht den Kopf verdrehen lassen. Bevor er Pia kennenlernte, hatte das für zahllose Verwicklungen gesorgt, und es gab immer noch Orte in Tanum, um die er einen Bogen machte, um nicht Personen über den Weg zu laufen, die maßgeblich an diesen Komplikationen beteiligt gewesen waren. Manche Menschen waren nachtragender als andere.

»Was für ein herrlicher Anblick so eine schicke Uniform doch ist.« Von Maries heiserer Stimme bekam er eine Gänsehaut.

Nun war ihm klar, wie sie sich in Hollywood den Ruf eines

männermordenden Vamps erarbeitet hatte. Er hätte nichts dagegen gehabt, in ihre Fänge zu geraten.

Als Paula ihm einen wütenden Blick zuwarf, merkte er, dass er mit offenem Mund dasaß. Er räusperte sich, während Paula aufstand, um Marie zu begrüßen.

»Paula Morales und Martin Molin von der Polizeidienststelle Tanum. Es geht um den Mord an einem kleinen Mädchen aus Fjällbacka. Wir würden Ihnen gern ein paar Fragen stellen.«

»Selbstverständlich.« Marie nahm neben Martin auf dem Sofa Platz.

Sie nahm seine Hand und hielt sie einige Sekunden zu lange fest. Er hatte keine Lust, sich dagegen zur Wehr zu setzen, bemerkte aber aus dem Augenwinkel Paulas wütenden Blick.

»Ich nehme an, Sie wollen wegen dieser Geschichte vor dreißig Jahren mit mir sprechen.«

Martin räusperte sich erneut und nickte.

»Da es große Ähnlichkeiten zwischen den Ereignissen gibt, müssen wir das. Ebenso mit Helen.«

»Verstehe«, sagte sie verhältnismäßig unbeteiligt. »Sie wissen aber auch, dass Helen und ich seit dreißig Jahren unsere Unschuld beteuern. Man gibt uns seit dreißig Jahren die Schuld für etwas, das wir nicht getan haben.«

Sie lehnte sich zurück und zündete sich eine Zigarette an. Fasziniert verfolgte Martin, wie sie ein Bein über das andere schlug.

»Wir mussten vielleicht nicht ins Gefängnis, aber in den Augen der Öffentlichkeit machte das keinen Unterschied«, fuhr sie fort. »Jeder war überzeugt, wir hätten den Mord begangen, unsere Fotos waren in jeder Zeitung, ich wurde aus meiner Familie herausgerissen, und unser Leben war nie wieder wie vorher.«

Sie blies einen Rauchring und sah Paula in die Augen.

»Wenn das kein Gefängnis ist.«

Paula antwortete nicht.

»Als Erstes möchten wir Sie nach Ihrem Alibi für die Zeit zwischen Sonntagabend um acht und Montagnachmittag fragen«, sagte Martin.

Marie nahm noch einen Zug von der Zigarette.

»Sonntagabend bin ich mit der ganzen Crew ausgegangen. Wir haben im *Stora* Hotel einen improvisierten Kick-off veranstaltet.«

»Und wann waren Sie zu Hause?« Martin zog seinen Notizblock und einen Stift aus der Tasche.

»Tja. Ich bin über Nacht im Hotel geblieben.«

»Kann das jemand bestätigen?«, fragte Paula.

»Jörgen? *Darling*? Komm doch mal ...«

Marie rief nach einem großen dunkelhaarigen Mann, der hinten bei den Kulissen mit den Armen ruderte und sehr laut sprach. Als er Marie hörte, unterbrach er seinen Wortschwall sofort und kam herüber.

»Das ist Jörgen Holmlund. Der Regisseur des Films.«

Er nickte, gab ihnen die Hand und sah fragend Marie an, die die Situation offenbar genoss.

»Würdest du der Polizei bitte erklären, wo ich mich in der Nacht von Samstag auf Sonntag befand, *Darling*?«

Jörgens Kiefermuskulatur spannte sich an. Marie zog an ihrer Zigarette und atmete einen Rauchring aus.

»Keine Sorge, *Darling*, die beiden haben bestimmt kein Interesse daran, deine Frau anzurufen.«

Sichtlich genervt antwortete er schließlich.

»Wir hatten Kick-off im *Stora* Hotel, und es wurde so spät, dass Marie in meinem Zimmer übernachtet hat.«

»Und wann waren Sie am nächsten Morgen zu Hause?«, fragte Paula.

»Gar nicht, Jörgen und ich sind direkt ins Studio gefahren. Wir kamen gegen halb neun an, und um Punkt neun saß ich in der Maske.«

»Sonst noch was?« Jörgen machte auf dem Absatz kehrt, nachdem sie die Frage mit Nein beantwortet hatten.

Marie schien sich über sein Unbehagen zu amüsieren.

»Armer Jörgen.« Sie zeigte mit der Zigarette auf ihn. »Er verbringt viel zu viel Zeit damit, seine Eskapaden vor seiner Frau zu verheimlichen. Leider gehört er zu der Sorte von Männern, die nicht nur eine unersättliche Libido, sondern auch ein Gewissen haben. Eine unglückliche Kombination.«

Marie drückte ihre Zigarette in einer Coladose aus.

»Noch was? Mein Alibi gibt keine großen Rätsel auf, nehme ich an.«

»Wir würden uns gern auch mit Ihrer Tochter unterhalten. Ginge das? Da sie minderjährig ist, brauchen wir Ihre Erlaubnis.«

Martin bekam von der Rauchwolke, in die die Sitzecke mittlerweile gehüllt war, einen leichten Husten.

»Klar.« Marie zuckte mit den Schultern. »Mir ist der Ernst der Lage natürlich bewusst, aber wenn Sie keine weiteren Fragen haben, würde ich jetzt gern weiterarbeiten. Wenn wir den Drehplan nicht einhalten, bekommt Jörgen Pickel.«

Sie stand auf und reichte ihnen die Hand. Dann nahm sie Martin Block und Stift aus der Hand, schrieb etwas auf, und gab ihm beides mit hintergründigem Lächeln wieder, bevor sie rasch zurück an den Set ging.

Paula verdrehte die Augen. »Lass mich raten. Ihre Telefonnummer?«

Martin warf einen Blick auf das oberste Blatt und nickte. Er grinste.

Bohuslän 1671–1672

In den Tagen nach dem hohen Besuch schien es kein anderes Thema als Lars Hierne und die Hexenkommission zu geben. Brittas Erregung unterschied sich deutlich von Prebens Beklommenheit, aber bald kehrte auch wieder der Alltag ein, und das Gerede verstummte allmählich. Sowohl die Bediensteten auf dem Hof als auch Preben, der nicht nur für den Sprengel Tanum, sondern auch für Lur zuständig war, hatten viel zu tun.

Die Wintertage auf dem Pfarrhof boten wenig Abwechslung, waren aber nicht ganz so eintönig wie das Leben der meisten Menschen, die tagaus tagein von früh bis spät das Gleiche machten. Oft kamen Gäste, und Preben brachte von seinen vielen Reisen Geschichten mit. Er musste Streit schlichten, sich um tragische Schicksale kümmern, freudige Ereignisse feiern und mit Menschen trauern. Er taufte, traute und beerdigte die Leute und stand ihnen bei Fragen, die Gott oder die Familie betrafen, mit Rat und Tat zur Seite. Manchmal lauschte Elin heimlich, wenn er mit einem Gemeindemitglied sprach, und fand seine Ratschläge immer klug und durchdacht, wenn auch ein wenig zu zaghaft. Er war kein so mutiger Mann wie ihr Per einst und besaß auch nicht jenen Starrsinn, der ihren Ehemann ausgezeichnet hatte. Prebens Ecken und Kanten waren abgeschliffen, sein Blick war sanfter. Per hatte immer etwas Düsteres an sich gehabt, das mitunter auf seine Stimmung drückte, während Preben überhaupt keine seelische Pein zu kennen schien. Britta klagte ab und zu, sie sei mit einem Kind verheiratet, und schimpfte mit ihm, weil er jeden Tag mit schmutzigen Sachen aus den Ställen und von den Feldern kam, aber er lächelte nur. Er liebte das Vieh und den Ackerbau.

Gemeinsam mit den anderen Kindern wurde Märta nun vom Küster im Lesen unterrichtet. Elin wusste nicht recht, wie sie mit dem Eifer und der Freude umgehen sollte, die ihre Tochter an den seltsamen Schnörkeln hatte, die ihr selbst ein einziges Rätsel waren. Bestimmt war es ein Segen, Lesen und Schreiben erlernen zu dürfen, aber was sollte das Kind mit diesen Fähigkeiten anfangen? Elin war eine arme Dienstmagd, und deshalb würde für Märta das Gleiche gelten. Für Leute wie sie gab es keinen Ausweg. Sie war nicht Britta. Sie war Elin, die Tochter, die vom Vater nicht geliebt worden war. Sie war die Witwe eines Mannes, den sich das Meer geholt hatte. Daran konnte auch der Pastor, der unbedingt wollte, dass Märta lesen lernte, nichts ändern. Das Wissen, das Elins Großmutter an sie weitergegeben hatte, würde viel nützlicher für das Kind sein. Man bekam davon kein Essen auf den Tisch und keinen Lohn in Form von Reichstalern, erfuhr aber Respekt, und der war auch einiges wert.

Elin wurde oft an ein Kindbett geholt und zu Menschen mit Zahnschmerzen oder Schwermut gerufen. Es gab viele Beschwerden, die sie mit Kräutern und Sprüchen lindern konnte. Auch unglücklich Verliebte und Menschen, die unerwünschte Verehrer abwimmeln wollten, suchten ihre Hilfe. Sie behandelte sogar Tiere. Immer wenn etwas schiefging, wurde Elin gebraucht, und daher würde das Wissen ihrer Mutter für Märta viel nützlicher sein als Flausen im Kopf, die sie nur auf die irrige Idee brachten, sie wäre etwas Besseres.

Bei Britta schien Elins Gebräu allerdings nicht zu wirken. Ein Monat nach dem anderen verging, und immer wieder floss das Blut. Die Schwester war zunehmend verbittert und warf Elin vor, sie mache etwas falsch und verfüge wahrscheinlich gar nicht über das Können, mit dem sie sich brüste. Eines Morgens warf Britta den Krug an die Wand. Langsam lief die grüne Flüssigkeit daran herunter und bildete auf dem Fußboden eine Lache. Britta brach weinend zusammen.

Elin war kein böser Mensch, aber sie konnte es sich nicht verkneifen, sich insgeheim über die Verzweiflung ihrer Schwester zu freuen. Britta war oft bösartig und behandelte nicht nur die Bediensteten, sondern auch Märta schlecht, und manchmal dachte Elin, dass im Bauch einer so bösartigen Frau wohl kein Kind wachsen mochte. Dann machte sie sich wegen ihrer bösen Gedanken Vorwürfe. Sie wollte nicht undankbar sein. Wer wusste, was aus ihr und Märta geworden wäre, wenn Britta sich nicht ihrer erbarmt und sie unter ihre Fittiche genommen hätte. Erst wenige Tage zuvor hatte sie gehört, dass Ebba aus Mörhult mit ihren beiden Jüngsten im Armenhaus gelandet war. Ohne Britta hätte Elin und Märta vermutlich das gleiche Schicksal geblüht.

Doch Britta machte es einem nicht leicht, ein guter Christenmensch zu sein. Sie hatte etwas Hartes und Kaltes an sich, gegen das nicht einmal ein guter Mann wie Preben etwas ausrichten zu können schien. Manchmal ging Elin durch den Kopf, er hätte eine bessere Ehefrau verdient, eine warmherzigere und fröhlichere. Eine, die nicht nur äußerlich schön war und volles dunkles Haar hatte. Aber es stand ihr nicht zu, sich darüber ein Urteil zu bilden.

Immer öfter bemerkte Elin, dass Preben sie heimlich beobachtete. Sie versuchte, ihm aus dem Weg zu gehen, aber das war nicht leicht. Er bewegte sich so selbstverständlich unter den Bediensteten, als wäre er einer von ihnen, und man fand ihn oft im Stall oder draußen auf der Weide bei den Tieren. Er konnte gut mit allem Lebendigen umgehen, und Märta lief ihm wie ein Hündchen hinterher. Unzählige Male hatte sich Elin für ihre anhängliche Tochter entschuldigt, aber er schüttelte immer nur lachend den Kopf und sagte, angenehmere Gesellschaft müsse man lange suchen. Egal, wo man Preben sah, Märta war nicht weit weg. Nie schien ihnen der Gesprächsstoff auszugehen. Wenn Elin die beiden beobachtete, waren sie immer in eine angeregte Unterhaltung vertieft, und Märta hielt die Arme altklug hinter dem Rücken verschränkt, während sie versuchte, mit Preben Schritt zu halten. Wenn sie Märta fragte, worüber er mit ihr redete, zuckte diese mit den Schultern und sagte, über alles. Über die Tiere, Gott und Dinge, die Märta in Büchern gelesen hatte. Denn Preben hatte sich auch angewöhnt, ihr Bücher aus seiner Bibliothek zuzustecken. Sobald sie ihre Pflichten erledigt hatte und nicht gerade an Prebens Lippen hing, steckte sie ihre Nase in ein Buch. Elin wunderte sich darüber, dass die seltsamen Schnörkel auf den Seiten für ein Mädchen von so großem Interesse waren, ließ sie aber widerwillig gewähren, obwohl ihre innere Stimme deutlich sagte, Gutes könne dabei nicht herauskommen.

Und dann war da ja auch noch Britta. Sie betrachtete Prebens Interesse an dem Mädchen von Tag zu Tag mit größerem Verdruss. Mehrmals hatte Elin gesehen, wie sie das ungleiche Paar eifersüchtig vom Fenster aus beobachtete, und sie hatte auch schon den einen oder anderen Ehestreit über diese Freundschaft mitbekommen. Doch in diesem Punkt fügte sich Preben seiner Frau nicht. Märta durfte ihm folgen, wohin sie wollte. Und ihr wiederum lief das Kätzchen hinterher. Viola war im Lauf des Winters gewachsen und hing mit derselben Hingabe an ihrem Frauchen wie Märta an Preben. Ein lustiges Trio spazierte da über den Hof, und Elin wusste, dass die Bediensteten sich bereits über das Interesse des Hausherrn an dem Mädchen das Maul zerrissen. Doch was die Mägde und Knechte dachten, kümmerte Elin nicht im Geringsten. Sollten sie doch hinter ihrem Rücken tuscheln. Kaum hatten sie Kopfschmerzen oder einen vereiterten Zahn, war Elin wieder gut genug. Wenn die Leute leise fragten, was sie für die Behandlung haben wolle, bat sie um eine Unterstützung für das Mädchen. Etwas zu essen. Abgelegte Schuhe. Einen Rock, aus dem sie ein Kleid machen konnte. Märta war ihr Ein und Alles, und wenn sie glücklich war, war Elin auch glücklich. Britta sollte denken, was sie wollte.

Elin biss die Zähne zusammen, wenn Märta weinend zu

ihr kam, weil die Hausherrin sie gezwickt oder an den Haaren gezogen hatte. Dafür, dass das Mädchen hier relativ sicher war, ließ sich das in Kauf nehmen. Elin selbst hatte in ihrer Jugend ein paar feste Ohrfeigen verpasst bekommen, aber geschadet hatten sie ihr nicht. Preben würde Märta beschützen. Der freundliche Blick, mit dem er ihre Tochter betrachtete, wenn er sich unbeobachtet glaubte, hatte sie davon überzeugt. Und manchmal, wenn seine und ihre Augen sich für eine endlose Sekunde trafen, bebte der Boden unter ihren Füßen.

ERICA WURDE IMMER aufgeregter, je näher sie Marstrand kam. Sie hatte so viel über Helens Eltern gelesen und sich anhand der Interviews, die sie gegeben hatten, ein Bild von ihnen gemacht. Helens Vater KG war schon lange tot, aber nun würde sie zumindest die Mutter kennenlernen. Erica musste zugeben, dass sie Harriet Persson gegenüber voreingenommen war. Sie und ihr Mann hatten die Schuld auf Marie geschoben und Helen als unschuldiges Opfer dargestellt. Doch vor allem war Erica aufgefallen, wie sehr ihnen die öffentliche Schande zugesetzt hatte.

Erica wusste, dass sie in Fjällbacka zur High Society gehört hatten, bevor alles passierte. KG hatte eine Kette von Bürobedarfsgeschäften besessen, und Harriet war vor der Ehe Fotomodell gewesen. Er war reich, sie war schön. Das Übliche.

Auf Koö stellte sie das Auto ab. Es war ein warmer und sonniger Tag, und sie freute sich auf einen Ausflug nach Marstrand. Sie war schon lange nicht mehr dort gewesen, und nun wurde ihr wieder bewusst, wie schön der kleine Küstenort war.

Sie genoss die kurze Überfahrt nach Marstrandsö, aber kaum war sie an Land, konzentrierte sie sich auf das bevorstehende Interview. Während sie keuchend den Hügel hinaufstapfte, wirbelten ihr die Fragen durch den Kopf. Als sie die richtige Nummer erreicht hatte, blieb sie einen Augenblick stehen und bewunderte das traumhafte Holzhaus. Es war weiß gestrichen und mit schönen alten Schnitzereien verziert, im Garten blühten üppige Kletterrosen und Lupinen in Rosa und Lila, und zum Meer hin hatte das Haus einen großen Balkon. Wenn Harriet das Haus verkaufte, würde sie viele Millionen dafür bekommen, schätzte Erica.

Sie ging durch die weiße Gartenpforte und über einen schmalen gepflasterten Weg zur Haustür. Anstelle einer Klingel gab es nur einen altmodischen Türklopfer in Form eines Löwenkopfs. Die Tür wurde fast sofort von einer aparten Dame um die sechzig geöffnet.

»Erica Falck! Schön, Sie endlich kennenzulernen! Ich habe ALLE Ihre Bücher gelesen und halte Sie für eine außerordentlich begabte Frau. Es ist toll, dass Sie so viel Erfolg im Ausland haben.«

Sie schob Erica energisch in den Flur, ohne ihre Antwort abzuwarten.

»Ich habe den Kaffeetisch für uns gedeckt, so feinen Besuch bekommt man schließlich selten.« Sie ging durch ein geräumiges und helles Wohnzimmer zum Balkon.

Erica war keine Expertin, aber sie erkannte Möbelstücke von Josef Frank, Bruno Mathsson und Carl Malmsten wieder. Allerdings wirkte die Einrichtung auf so unpersönliche Weise perfekt, als hätte Harriet sie einem Innenarchitekten überlassen.

»Zunächst einmal möchte ich mich für die Einladung bedanken.« Erica setzte sich auf den Stuhl, den Harriet für sie ausgewählt hatte.

»Das ist doch selbstverständlich. Unserer armen Helen

zuliebe haben wir all die Jahre gehofft, dass endlich die Wahrheit zu ihrem Recht kommt. Ihr Buch ist ein Segen. Nicht zuletzt, da diese schreckliche Person selbst ein Buch schreibt, wie ich von Freundinnen aus Stockholm weiß.«

»Wäre das denn schlimm?«, fragte Erica vorsichtig und nickte, als Harriet ihr die Kaffeekanne hinhielt. »Marie hat doch genau wie Helen immer ihre Unschuld beteuert, und insofern müsste das Buch doch Helens Version untermauern.«

Harriet schürzte die Lippen, als sie den unglaublich dünn wirkenden Kaffee einschenkte.

»Ich glaube nicht, dass sie unschuldig ist. Ich glaube, dass sie das arme kleine Mädchen getötet und anschließend versucht hat, Helen die Schuld zuzuschieben.«

»Aber Marie hat den Mord doch als Erste gestanden.«

Erica trank einen Schluck Kaffee, der so schwach war, wie sie befürchtet hatte.

»Das war Teil ihres Plans, verstehen Sie das nicht?«

Harriets Stimme wurde plötzlich schrill, und sie schluckte einige Male.

»Auf diese Weise wollte sie Helen dazu verführen, ein Geständnis abzulegen«, sagte sie. »Helen war immer leicht zu beeinflussen, man konnte sie mühelos hinters Licht führen, und diese Marie war ein verschlagenes Gör aus einer grauenhaften Familie. Wir haben uns von Anfang an Sorgen wegen ihres Einflusses auf Helen gemacht, denn unsere Tochter war wie ausgewechselt, seit die beiden befreundet waren. Wir wollten uns nicht vorwerfen lassen, versnobt zu sein, und es ist natürlich wichtig für ein Kind, auch mit anderen Menschentypen in Kontakt zu kommen, aber diese Familie ... Wir hätten da von vornherein einen Riegel vorschieben sollen, das habe ich KG gleich gesagt, aber Sie wissen ja, wie Männer sind, wenn sie sich etwas in den Kopf gesetzt haben, hören sie überhaupt nicht zu, und er hatte eben die fixe Idee, wir sollten uns nicht einmischen. Und dann kam es, wie es kommen musste, und er sagte im Laufe der Jahre immer wieder: ›Warum habe ich bloß nicht auf dich gehört, Harriet?‹«

Sie holte Luft und trank einen Schluck Kaffee.

»Ich weiß nicht, ob Sie schon gehört haben, was passiert ist«, sagte Erica rasch. »Ein kleines Mädchen, das auf demselben Hof wie Stella lebte, ist ermordet aufgefunden worden, und zwar genau an derselben Stelle.«

»Ja, davon habe ich gehört. Furchtbar.«

Harriet erschauerte, und ihr Goldschmuck klimperte. Sie trug schwere Goldketten um den Hals und Armbänder an den Handgelenken und eine kleine diskrete Chanel-Brosche an der Bluse. Erica konnte sich vorstellen, dass sie Fotomodell gewesen war, sie hatte eine gerade Haltung und einen langgestreckten Hals, und ihr Haar war geschickt in verschiedenen Blondtönen gefärbt, die jedes eventuell graue Haar vollkommen kaschierten. Sie sah eher wie fünfzig aus als wie sechzig, und Erica richtete sich unwillkürlich ein wenig auf. Sie hatte die Tendenz, wie ein Kartoffelsack dazusitzen, eine Berufskrankheit, die sie sich während der Arbeit am Computer zugezogen hatte.

Harriet schenkte von dem dünnen Kaffee nach, und Erica verzog innerlich das Gesicht.

»Das beweist doch nur, was ich sage. Helen ist unschuldig. Wenn ein Mädchen genau dann zu Tode kommt, wenn Marie nach all den Jahren zurückkehrt, ist das unmöglich ein Zufall. Sie muss es gewesen sein.«

Sie durchbohrte Erica mit ihrem Blick.

»Warum hat Helen Ihrer Ansicht nach ein Geständnis abgelegt?«, fragte Erica. »Warum gesteht eine Dreizehnjährige einen Mord, den sie nicht begangen hat?«

Harriet gab zunächst keine Antwort. Sie zupfte nervös an ihrer Halskette und schaute hinüber zur Festung Carlsten. Als sie sich Erica wieder zuwandte, schimmerte in ihren Augen etwas Unergründliches.

»Helen war ein sehr verletzliches Mädchen. Das wird sie immer sein. KG hat sie verwöhnt. Wir haben keine weiteren Kinder bekommen, und sie war ein Papakind. Er beschützte sie vor allem und schenkte ihr alles, was sie haben wollte. Ich muss zugeben, dass ich mich manchmal etwas ausgeschlossen fühlte, die beiden konnten Stunden zu zweit verbringen, und dann schienen sie in ihrer eigenen kleinen Welt zu sein. Ich war auch ein Papakind und hatte daher Verständnis und ließ die beiden in Ruhe. Als Marie jedoch in Helens Leben trat, veränderte sich auf einen Schlag alles. Ihrer Ausstrahlung konnte Helen nicht widerstehen. Ich sah, wie fasziniert sie von ihr war. Das Mädchen war im Alter von dreizehn Jahren schon schön, hatte eine weltgewandte Aura und, wie soll ich sagen, eine Art Überlebensinstinkt. Ich glaube, Helen, die vor allem Angst hatte, fühlte sich an ihrer Seite sicher. Helen veränderte sich. Zog sich zurück. KG bekam das auch zu spüren und versuchte, noch mehr Zeit mit ihr zu verbringen. Wir waren beide gegen diese Freundschaft. Nach einer Weile versuchten wir, Helen den Umgang mit Marie zu verbieten, aber Fjällbacka ist ein kleiner Ort, und es ist schwer, hier zwei Menschen voneinander fernzuhalten. Was hätten wir tun sollen – in der Schule den ganzen Tag neben ihr sitzen?«

Ihre braungebrannte Hand spielte immer noch an der schweren Halskette herum.

Harriet war abgeschweift, und nun lotste Erica sie sanft zu ihrer ursprünglichen Frage zurück.

»Ich glaube, sie wollte Marie einen Gefallen tun. Wenn ich mich recht entsinne, hatte die Polizei ihr von Maries Geständnis erzählt, und da wollte sie nicht nachstehen. Typisch. So war Helen immer. So ist sie noch. Sie schwimmt mit dem Strom. Als Marie ihr Geständnis zurückzog, machte Helen es ihr nach. Aber es war schon zu spät.«

Ihre Stimme zitterte. Sie schob einen Teller Gebäck zu Erica herüber.

»Hier, die sind frisch, habe ich heute Morgen in der Bäckerei gekauft.«

Erica nahm sich eine Zimtschnecke.

»Helen durfte bei Ihnen bleiben«, sagte sie. »Im Gegensatz zu Marie, die in eine Pflegefamilie kam.«

»Ja. Gott sei Dank konnten die Mädchen nicht zu einer Gefängnisstrafe verurteilt werden. Das Jugendamt hat entschieden, was das Beste für die Mädchen war. Wie zu erwarten war, wurde Familie Wall nicht für geeignet befunden, sich um Marie zu kümmern. Aber Helen durfte nach kurzer Zeit in einem Heim nach Hause. Mit Recht. Nichts von alldem war unsere Schuld gewesen, an Helens Familienverhältnissen und unseren Erziehungsmethoden gab es nicht das Geringste auszusetzen. Wenn sie dieses grässliche Mädchen nicht kennengelernt hätte, wäre das alles nie passiert.«

»Aber Sie sind sofort aus Fjällbacka weggezogen?«, fragte Erica ruhig.

Harriet nickte.

»Ja, bei dem Klatsch und Tratsch dort konnten wir natürlich nicht bleiben. Es war überhaupt nicht schön, auf einmal wie ein Paria behandelt zu werden. KG wurde sogar als Präsident des Rotary Clubs abgesetzt. Als wäre er an dem Vorfall schuld gewesen.«

Sie holte einige Male tief Luft. Die alten Wunden waren offenbar noch nicht verheilt. Erica wunderte sich, weil Harriet sich über ihren und KGs sozialen Abstieg furchtbar aufregte, das traumatische Ereignis im Leben ihrer Tochter dafür kaum erwähnte.

»Helen entschied sich jedoch, zurückzukommen.«

»Das habe ich nie verstanden, aber James hatte uns eben das Haus abgekauft und wollte dort nicht weg, als er Helen heiratete. KG hat ihn in dem Entschluss bestärkt, also was sollte ich machen?«

»Wenn ich das richtig verstanden habe, waren James und

Ihr Mann eng befreundet. Und Helen war unheimlich jung, als sie einen Mann heiratete, der so alt war wie ihr Vater. Wie war Ihr Gefühl dabei?«

Erica beugte sich neugierig vor. Über diese Fragen hatte sie während der monatelangen Recherche oft nachgedacht.

»KG war überglücklich. Er und James waren schon als Kinder befreundet, und er bewunderte ihn maßlos. Er hat die beiden von Anfang an zu der Beziehung ermuntert, und ich konnte nichts Schlechtes daran erkennen, ich kannte James ja, seit KG und ich verheiratet sind, und in gewisser Weise gehörte er zur Familie. Als James das Thema kurz vor Helens achtzehntem Geburtstag zur Sprache brachte, sagten wir natürlich, das müsse Helen selbst entscheiden, aber wir hätten nichts dagegen.«

Erica beobachtete Harriets Mimik genau und glaubte, noch etwas anderes darin zu erkennen, als ihre Worte zum Ausdruck brachten. Konnte Harriet wirklich keine Einwände gehabt haben, als ein Freund der Familie, der alt genug gewesen wäre, der Vater ihrer Tochter zu sein, Helen einen Antrag machte und sie tatsächlich heiratete? Erica kaufte ihr das nicht ab. Irgendetwas stimmte hier nicht, aber sie begriff, dass sie nicht mehr aus Harriet herausbekommen würde.

»Ich habe mehrmals versucht, Helen zu erreichen«, sagte sie, »aber sie hat nie zurückgerufen, und ich glaube, sie möchte kein Interview geben, aber für das Buch wäre es äußerst sinnvoll, auch Helens Version zu hören. Können Sie mal mit ihr reden?«

Harriet nickte.

»Natürlich muss sie ihren Beitrag leisten. Ich weiß, sie hat Angst, die Vergangenheit wird wieder aufgewühlt, und natürlich habe ich zuerst auch befürchtet, dass das Gerede wieder losgeht, aber dann wurde mir klar, dies ist die Chance, auf die wir seit Jahren warten. Endlich können wir ein für alle Mal unseren Ruf wiederherstellen. Ob Sie es glauben oder nicht, die Leute schauen mich nach all den Jahren immer noch schief an, und von einigen gesellschaftlichen Anlässen auf der Insel bin ich bis zum heutigen Tag ausgeschlossen. Dabei könnte ich so viel beitragen!«

Sie schluckte einige Male.

»Aber ich werde mit Helen reden. Sie bekommen Ihr Interview.«

»Danke«, sagte Erica.

»Gleich heute rufe ich sie an.« Harriet nickte entschlossen. »Diese Chance, unseren Namen reinzuwaschen, darf sie sich einfach nicht entgehen lassen.«

Als Erica ging, blieb Harriet auf dem Balkon stehen.

Mitten am Tag war es immer ruhig. Entweder waren die Leute mit ihren Booten unterwegs, oder sie waren in den Ort gegangen und saßen in einem der Cafés oder Restaurants in der Sonne. Während der drückendsten Mittagshitze hatte niemand Lust, an den Reihen voller Blumen und Büsche entlangzuwandern. Sie selbst hatte sich immer im Gewächshaus am wohlsten gefühlt, wo ihr die am höchsten Punkt ihrer Bahn stehende erbarmungslose Sonne nichts anhaben konnte, auch wenn sie, wie jeden Vormittag, Kopfschmerzen hatte. Sie sah sich in Ruhe ihre Pflanzen an. Sie brauchten jetzt viel Wasser, und sie achtete darauf, auch das kleinste durstige Pflänzchen zu begießen.

Nun hatte sie Zeit, Töpfe wieder aufzustellen, die hastige Kunden umgeworfen hatten, ein wenig mit den Hortensien zu plaudern und sich den neuesten Klatsch der Rosen anzuhören. Die Kasse konnte Cornelia übernehmen. Die Qualität der Aushilfen schwankte enorm, aber diese Schülerin schien ein Volltreffer zu sein.

Wenn man Sanna gefragt hätte, wer ihre engsten Freunde wären, hätte sie gesagt, die Pflanzen. Nicht dass sie viele Alternativen gehabt hätte. Es war ihr immer schwergefallen, Menschen an sich heranzulassen. In der Oberstufe hatte sie einige hilflose Versuche unternommen, freundschaftliche Beziehungen zu anderen Schülerinnen aufzubauen. Hatte mit ihnen im Café gesessen, und vergnügt über Jungs und Schuhe geredet oder mit ernstem Gesicht über den Treibhauseffekt. Sie hatte sich bemüht, normal zu sein, aber sie verstand Menschen nicht, und dass sie mit Niklas zusammenkam, war ein Wunder. Pflanzen hingegen verstand sie. Und, was ihr bei Menschen nie passierte, sie fühlte sich von ihnen verstanden. Andere Gesellschaft brauchte sie nicht.

Vorsichtig steckte sie das Gesicht in eine große Hortensie und atmete ihren Duft ein. Mit ihm konnte sich keine Duftkerze auf der Welt messen. Er schenkte ihrer Seele Frieden, und sie konnte sich für einen Augenblick entspannen. Alle Erinnerungen und Gedanken rückten in den Hintergrund und machten einem leisen Summen Platz.

In ihrer Kindheit war es anders gewesen. Stella war diejenige gewesen, die den Wald liebte und von morgens bis abends dort spielte. Sanna blieb in der Nähe des Hauses und mied den Wald mit seinen fremdartigen Gerüchen.

Nach der Sache, die Stella zugestoßen war, nach Helens und Maries Tat, hatte sie noch weniger Grund, in den Wald zu gehen.

Jedes Mal, wenn Sanna an Marie dachte, regte sich etwas in ihr. Ein Bedürfnis zu handeln. Irgendeine Initiative zu ergreifen. Dreißig Jahre Grübelei hatten sich angestaut und in einen steinharten Klumpen verwandelt. Der Druck auf ihrer Brust wurde von Tag zu Tag fester.

Bald würde sie etwas dagegen tun müssen.

»Verzeihung, wo haben Sie die Kräuter?«

Sanna zuckte zusammen. Sie zog den Kopf aus der Hortensie und drehte sich um. Eine Frau mit einem ungeduldigen Kleinkind an der Hand sah sie fragend an.

»Ich zeige sie Ihnen.« Sanna ging voraus in die Abteilung mit den Pflanzen für den Küchengarten.

Sie hatte bereits erkannt, dass die Frau ein Basilikumtyp war, und sie irrte sich nie.

Das Leben war jahrelang eine Achterbahnfahrt gewesen, doch nun hatte Anna zum ersten Mal seit langem das Gefühl, einigermaßen festen Boden unter den Füßen zu haben. Zu wissen, wie schnell alles zusammenbrechen konnte, machte ihr unsagbare Angst. Die Jahre mit Lucas hatten sie von Grund auf verändert. Seine Tritte und Schläge hatten ihr Selbstwertgefühl nach und nach zerstört, und sie kämpfte immer noch darum, wieder die zu werden, die sie einst gewesen war.

Bevor sie Lucas kennenlernte, hatte sie sich für unbesiegbar gehalten. Das hatte sie zum Großteil Erica zu verdanken. Als Erwachsene hatte sie begriffen, wie sehr sie von Erica behütet und verwöhnt worden war. Vielleicht als Ausgleich für alles, was sie von ihren Eltern nicht bekommen hatten.

Anna hatte Elsy, ihrer Mutter, längst verziehen. Es hatte weh getan, die Wahrheit über ihr Geheimnis zu erfahren, aber gleichzeitig war es heilsam gewesen, dass Erica dieses blutbeschmierte Kleidungsstück auf dem Dachboden ihres Elternhauses gefunden hatte. Diesem Fund hatten sie ein neues Familienmitglied zu verdanken. Sie und Erica versuchten beide, ihren Halbbruder Göran so oft wie möglich zu sehen.

Alles hat irgendeinen Sinn, dachte Anna, während sie einen alten Trecker überholte, und griff, ohne die Fahrbahn aus den Augen zu lassen, nach ihrer Sonnenbrille, weil die Sonne sie blendete. Eine übermäßig waghalsige Fahrerin war sie nie gewesen, aber seit dem Unfall war sie besonders vorsichtig. Und nun kam sie wegen ihres Bauchs kaum noch ans Steuer. Vermutlich würde sie bald gar nicht mehr fahren können. Dan hatte angeboten, sie hinzubringen, doch das hatte sie freundlich, aber entschieden abgelehnt. Niemand sollte sich einmischen, sie wollte den Entschluss ganz allein fällen.

Anna erlaubte sich, die kurze Fahrt als eine Pause vom Alltag zu betrachten. Sommerferien waren in vielerlei Hinsicht eine tolle Erfindung – für die Kinder, aber für Eltern waren sie manchmal eine Qual. Jedenfalls wenn man so müde, verschwitzt und hochschwanger war wie sie. Sie liebte die Kinder, doch sie den ganzen Tag zu beschäftigen war harte Arbeit, und da der Altersunterschied zwischen ihren und Dans Kindern so groß war, wechselte sich zu Hause das Gequengel der Kleinkinder mit den Tobsuchtsanfällen der Teenager ab. Außerdem fiel es ihr schwer, nein zu sagen, wenn Erica und Patrik um Unterstützung baten. Dan schimpfte oft mit ihr und sagte, sie solle mehr an sich denken. Aber zum einen mochte sie die drei Kinder ihrer Schwester unglaublich gern, und zum anderen wollte sie sich auf diese Weise für das bedanken, was Erica in ihrer Kindheit für sie getan hatte. Hin und wieder auf Maja und die Zwillinge aufzupassen war das mindeste, was sie tun konnte. Dan sollte sagen, was er wollte, sie würde immer für ihre Schwester da sein.

Anna hatte den Sender Vinyl 107 eingeschaltet und genoss es, die Lieder mitsingen zu können. Seit sie Mutter war, hatte sie überhaupt keine Ahnung mehr von aktueller Musik, sie wusste zwar, wer Justin Bieber war, und konnte ein paar Songs von Beyoncé mitsummen, aber ansonsten war sie raus. Wenn auf Vinyl jedoch »Broken Wings« von Mr Mister lief, grölte sie aus vollem Hals mit.

Mitten im Refrain hielt sie fluchend inne. Scheiße! Das Auto, das ihr entgegenkam, kannte sie. Erica. Diesen altehrwürdigen Volvo würde sie unter Tausenden erkennen. Sie erwog, den Kopf einzuziehen, aber dann wurde ihr bewusst, dass Erica sie vermutlich ebenfalls anhand ihres Wagens identifizieren würde. Andererseits konnte ihre autoblinde Schwester einen Toyota nicht von einem Chrysler unterscheiden, und daher hoffte Anna, Erica würde den roten Renault, der an ihr vorbeisauste, nicht bemerken.

Ihr Telefon, das mit einem Magneten am Armaturenbrett befestigt war, summte. Sie warf einen Blick darauf. Scheiße, verdammte, Erica! Dann hatte sie das Auto doch erkannt. Anna seufzte, aber da sie nicht gern telefonierte, während sie fuhr, konnte sie noch ein Weilchen überlegen. Sie hasste es, ihre Schwester anzulügen, und hatte es in all den Jahren viel zu oft getan. Aber nun blieb ihr nichts anderes übrig.

Obwohl in der drückenden Hitze kein Lüftchen wehte, schwang eine Schaukel sacht hin und her. Gösta fragte sich, wann Nea wohl zuletzt daraufgesessen hatte. Sand knirschte unter seinen Füßen. Die Hüpfkästchen waren fast verwischt.

Mit einem Grummeln im Magen ging er auf die Tür zu, die sich öffnete, bevor er angeklopft hatte.

»Kommen Sie rein«, sagte Bengt.

Bengt lächelte ihn vorsichtig an, aber Gösta spürte die unterdrückte Aggressivität.

Gösta hatte seinen Besuch vorsichtshalber angekündigt, und es saßen alle bereits am Küchentisch und schienen auf ihn zu warten. Er nahm an, dass Peters Eltern noch eine Weile bleiben würden, sicher bis zur Beerdigung. Doch das würde noch dauern. Solange Nea nicht obduziert war, konnte sie nicht bestattet werden. Vielleicht wünschten sich die Eltern auch eine Einäscherung. Er schob den Gedanken und die damit verbundenen Bilder beiseite und sagte, ja, er würde gern eine Tasse Kaffee trinken. Dann setzte er sich neben Peter und legte ihm eine Hand auf die Schulter.

»Wie haltet ihr euch aufrecht?« Dankbar nickte er Eva zu, die eine Tasse kochend heißen Kaffee vor ihn hingestellt hatte.

»Von einem Augenblick zum anderen«, sagte Eva leise und setzte sich neben ihren Schwiegervater.

»Der Arzt hat den beiden ein Schlafmittel gegeben, das

hilft«, sagte Peters Mutter. »Zuerst wollten sie es nicht nehmen, aber er hat sie überredet. Es nützt niemandem was, wenn sie nicht schlafen.«

»Das ist gut«, sagte Gösta. »Nehmen Sie jede Hilfe an, die Sie bekommen.«

»Haben Sie was gehört? Sind Sie deswegen hier?«

Peter sah ihn mit trüben Augen an.

»Nein, leider nicht«, sagte Gösta. »Aber wir tun, was wir können. Ich bin gekommen, um Sie zu fragen, ob jemand vielleicht ins Haus eindringen konnte, während Sie schliefen? Stand vielleicht ein Fenster offen?«

Eva blickte auf.

»Es war so heiß, dass wir alle bei offenem Fenster geschlafen haben, aber die Fenster sind innen mit einem Haken befestigt, und es war alles genau wie immer.«

»Okay«, antwortete Gösta. »Bei meinem letzten Besuch sagten Sie, die Haustür sei abgeschlossen gewesen, aber vielleicht gibt es ja noch eine Möglichkeit, reinzukommen. Durch eine Kellertür zum Beispiel?«

Peter griff sich an die Stirn und deutete auf die Tür.

»Mein Gott, das habe ich letztes Mal vergessen! Wir haben ja eine Alarmanlage. Wir schalten sie jeden Abend ein, bevor wir ins Bett gehen. Als wir noch in Uddevalla wohnten, wurde mal in unsere Wohnung eingebrochen. Da hatten wir Nea noch nicht. Jemand steckte eine Tränengasgranate durch den Briefschlitz und brach die Tür auf. Wir besaßen nicht viele Wertsachen, aber es war unheimlich, dass jemand in unserer Wohnung war, während wir schliefen. Seitdem schalten wir immer die Alarmanlage ein, das war eins der ersten Dinge, die wir hier beim Einzug installiert haben. Da wir so abgelegen wohnen, erschien es uns besonders wichtig.«

Er versank in Gedanken, und Gösta glaubte zu wissen, was in ihm vorging. Gegen die Gefahr hatten sie trotzdem nichts ausrichten können. Die Alarmanlage hatte ihnen wahrscheinlich ein Gefühl von Sicherheit vermittelt, aber genützt hatte sie nichts.

»Sie haben die Alarmanlage also nach dem Aufstehen ausgeschaltet?«

»Ja, das habe ich.«

»Haben Sie sie wieder eingeschaltet, als Sie sich auf den Weg machten?«

»Nein.« Peter schüttelte den Kopf. »Es war ja schon hell und …« Er begriff, was Gösta sagen wollte.

»Vor halb sieben kann Nea also nicht das Haus verlassen haben.«

»Genau. Sie muss später verschwunden sein, denn sonst wäre die Alarmanlage ausgelöst worden. Oder kennt jemand außer Ihnen den Code?«

Nun schüttelte Eva den Kopf.

»Nein. Und außerdem werden wir jedes Mal, wenn die Alarmanlage ein- oder ausgeschaltet wird, per SMS benachrichtigt.«

Sie stand auf und holte ein iPhone, das auf der Arbeitsfläche aufgeladen wurde. Sie gab das Kennwort ein, suchte die App und hielt Gösta das Telefon hin.

»Schauen Sie, das war jene Nacht. Wir haben die Alarmanlage aktiviert, als wir um zehn ins Bett gingen, und um 6.03, als Peter aufstand, wurde sie wieder ausgeschaltet.«

»Dass wir daran nicht gedacht haben«, sagte Peter.

»Es wäre meine Aufgabe gewesen«, sagte Gösta. »Dort hängt ja das Gerät. In solchen Situationen lässt uns das logische Denken im Stich. Jetzt wissen wir wenigstens, dass wir einen nächtlichen Einbruch ausschließen können.«

»Haben Sie diese Leute in Tanum unter die Lupe genommen?«, fragte Bengt.

Ulla zog ihn am Arm und flüsterte ihm etwas ins Ohr. Verärgert riss er sich los.

»Wenn niemand wagt, es auszusprechen, muss ich es eben

tun!«, sagte er. »Man hört ständig von kriminellen Elementen in dieser Flüchtlingsunterkunft. Einige von denen haben offenbar mitgesucht. Versteht ihr denn nicht, was das für eine günstige Gelegenheit für sie war, Beweise zu vernichten? Einer von denen soll sie doch sogar gefunden haben. Wenn das kein merkwürdiger Zufall ist.«

Gösta wusste nicht recht, was er darauf erwidern sollte. Damit hatte er nicht gerechnet, auch wenn ihm im Laufe der letzten Jahre zunehmend bewusst geworden war, dass man Menschen mit fremdenfeindlichen Ansichten nicht mehr an ihren kahlrasierten Köpfen und den Stiefeln erkannte. Manchmal sahen sie auch wie ganz normale Rentner aus. Er fragte sich, ob Eva und Peter mit Bengt einer Meinung waren.

»Wir schließen nichts aus, aber wir haben nicht den geringsten Anlass, irgendjemanden aus der Flüchtlingsunterkunft zu verdächtigen.«

»Und, stimmt das? Gibt es dort Kriminelle?«

Es war schwer zu sagen, ob Bengt die Frage aus persönlicher Überzeugung stellte oder ob er nur ein verzweifelter Mann war, der nach jedem Strohhalm griff.

»Die Polizei müsste diese Menschen doch überprüfen, wenn sie hier ankommen. Es könnten ja Mörder, Diebe, Vergewaltiger und sogar Pädophile sein!«

Bengts Stimme wurde laut, und seine Frau zog ihn erneut am Ärmel.

»Pst, Bengt, das ist hier nicht der Ort dafür.«

Doch ihr Ehemann war nicht zu bremsen.

»Ich begreife nicht, was mit diesem beschissenen Land los ist! Vor genau dieser schwedischen Naivität sind wir geflohen! Die Leute kommen einfach über die Grenze, und wir geben ihnen was zu essen und ein Dach überm Kopf, und dann beschweren sie sich auch noch über die Unterbringung! Angeblich sind sie auf der Flucht vor Folter und Krieg, aber hier jammern sie rum, weil es kein WLAN gibt? Das sagt doch alles.«

»Ich muss mich für meinen Mann entschuldigen.« Ulla zog ihn nun so fest am Pullover, dass er zumindest die Luft anhielt. »Man weiß ja wirklich nicht, was das für Leute in dieser Unterkunft sind, und als wir im Ort einkaufen waren ... Nun, es gibt Gerüchte. Die Leute haben Angst, dass noch mehr Kinder entführt werden.«

»Im Moment gehen wir von anderen Szenarien aus«, sagte Gösta.

Die Wendung, die das Gespräch genommen hatte, war ihm zutiefst zuwider.

»Haben Sie etwa den Fall von vor dreißig Jahren im Sinn? Die Sache mit Helen und der Schauspielerin, die wieder da ist? Glauben Sie das wirklich?« Eva sah Gösta in die Augen. »Wir kennen Helen. Sie ist unsere Nachbarin und würde Nea niemals etwas antun. Und diese Schauspielerin, meine Güte, wieso sollte die unserm Kind was antun? Die beiden waren damals selbst noch Kinder. Nein, daran glaube ich nicht eine Sekunde. Dann glaube ich schon eher an das, was Bengt sagt.«

Gösta schwieg. Neas Eltern befanden sich in einer verzweifelten Lage. Es war nicht der richtige Zeitpunkt, um über Rassismus zu streiten.

»Wir schließen nichts aus, aber es besteht auch die Gefahr, dass man sich verrennt«, sagte er. »Die Ermittlungen stehen noch ganz am Anfang, wir warten auf den rechtsmedizinischen Bericht und die kriminaltechnische Analyse. Glauben Sie mir, wir versteifen uns auf keinen Lösungsansatz, aber unbegründete Vermutungen bringen uns auch nicht weiter. Also erschweren Sie bitte nicht unsere Arbeit, indem Sie Gerüchten Vorschub leisten.«

»Wir haben Sie gehört«, sagte Peter, der die verkrampften Hände auf den Tisch gelegt hatte. »Dafür müssen Sie uns versprechen, nichts aus falscher Rücksicht auszuschließen. Wenn diese Leute einen schlechten Ruf haben, gibt es vielleicht einen Grund dafür. Von nichts kommt nichts.«

»Das verspreche ich Ihnen«, sagte Gösta widerwillig.

Er hatte das unangenehme Gefühl, als wären Dinge ins Rollen gekommen, die schwer zu stoppen waren. Das Letzte, was er sah, bevor er die Tür hinter sich zumachte, war Peters dunkler, lebloser Blick.

Bohuslän 1672

Als das letzte bisschen Schnee geschmolzen war, sprudelten die Bäche vor Leben, und überall sprießte das Grün. Der Hof erwachte aus seinem Winterschlaf, und Elin putzte eine ganze Woche, um ihn zu vertreiben und die wärmere Hälfte des Jahres willkommen zu heißen. Federbetten und Matratzen wurden gereinigt und zum Trocknen rausgehängt, Flickenteppiche wurden gewaschen und die Böden geschrubbt. In den blankgeputzten Fensterscheiben konnte man sich spiegeln, aus den dunklen Ecken der Kammern verschwanden Staub und Schatten. Wärme nistete sich wieder in den Herzen ein und brachte zum Schmelzen, was in den langen Winternächten erstarrt war. Wenn Märta mit Viola im Schlepptau über den Hof tollte, schienen ihre Beine tanzen zu wollen, Elin ertappte sich dabei, dass sie summend die Dielen wischte, und sogar Britta wirkte heiter.

Die Nachrichten von den Hexenverbrennungen in ganz Bohuslän hatten zu der ausgelassenen Stimmung im Dorf beigetragen, und die Geschichten gingen abends im Kerzenschein von Mund zu Mund und von Haus zu Haus. Jeder, der die Schilderungen von wilden Tänzen auf dem Blocksberg und Ausschweifungen mit dem Satan weitererzählte, schmückte sie ein wenig aus. Die Mägde und Knechte, mit denen Elin und

Märta die Kate teilten, versuchten, sich gegenseitig bei der Beschreibung von rückwärts eingenommenen Speisen, auf dem Kopf stehenden Kerzen, fliegenden Kühen und Ziegen und Kindern, die von Hexen zum lüsternen Teufel gelockt wurden, zu übertreffen. Märta hörte mit aufgerissenen Augen zu, und Elin sah es ihr nach. Spannend waren die Geschichten ohne Frage, aber sie bezweifelte mitunter ihren Wahrheitsgehalt. Sie erinnerten sie an die Märchen und Sagen, die ihre Großmutter ihr erzählt hatte, als sie ein Kind war. Aber sie griff nicht ein. Menschen brauchten Märchen, um ihre Lebensumstände zu ertragen, und sie freute sich über Märtas glühendes Gesicht. Hätte sie ihr etwa diese Freude nehmen sollen? Sie würde noch früh genug lernen, zwischen Tagträumen und Wahrheit zu unterscheiden, und je länger sie in einer Märchenwelt bleiben konnte, desto besser.

Britta war in den vergangenen Tagen ungewöhnlich gut zu Märta gewesen. Hatte ihr über das blonde Haar gestrichen, ihr Süßigkeiten gegeben und sie gefragt, ob sie Viola streicheln dürfe. Elin konnte nicht genau sagen, warum, aber ihr war nicht wohl dabei. Sie kannte ihre Schwester. Britta tat nichts ohne Hintergedanken. Doch das Mädchen genoss ihre Freundlichkeit und zeigte Elin freudestrahlend die Leckereien, die sie von der Hausherrin bekommen hatte. Elin versuchte, die Sorge so weit wie möglich wegzuschieben. Vor allem, da sie an diesem Tag besonders viel zu tun hatten. Brittas Tante Ingeborg hatte ihren Besuch angekündigt, so dass der Frühjahrsputz ein wenig beschleunigt werden musste, damit bei ihrer Ankunft alles fertig war. Elin hatte Märta den ganzen Tag noch nicht zu Gesicht bekommen, weil sie alle Hände voll mit den Fußböden zu tun hatte, aber gegen Nachmittag sah sie sich dann unruhig nach ihrer Tochter um. Sie rief überall auf dem Hof nach Märta, schaute in ihrer Kate, dem Stall und den anderen Gebäuden nach, doch das Kind war nirgendwo zu entdecken. Elins Besorgnis wuchs, und sie rief immer lauter. Sie fragte jeden, den sie traf, aber niemand hatte das Mädchen gesehen.

Die Tür wurde aufgerissen.

»Was ist los, Elin?«, fragte Preben, der mit wild zu Berge stehendem Haar aus dem Haus gelaufen kam und sich gerade noch rechtzeitig das Hemd in die Hose steckte.

Immer noch rechts und links Ausschau nach den blonden Zöpfen ihrer Tochter haltend, rannte Elin verzweifelt auf ihn zu.

»Ich kann Märta nicht finden, und ich habe schon überall gesucht!«

»Ganz ruhig, Elin!« Preben legte ihr die Hände auf die Schultern.

Sie spürte die Wärme seiner Berührung und konnte nichts anderes tun, als sich in seine Arme zu werfen. Ein paar Sekunden lang stand sie so da, dann riss sie sich von ihm los und wischte sich mit dem Ärmel ihres Kleids die Tränen aus dem Gesicht.

»Ich muss sie finden, sie ist noch so klein, sie ist das Liebste und Teuerste, was ich habe.«

»Wir werden sie finden, Elin.« Energisch ging Preben auf den Stall zu.

»Da haben wir schon gesucht«, sagte Elin verzweifelt.

»Ich habe Lill-Jan da drinnen gesehen, und wenn jemand weiß, was auf dem Pfarrhof vor sich geht, dann er«, sagte Preben.

Er öffnete die Stalltür und ging hinein. Elin, die Röcke gerafft, folgte ihm. Im Dunkel des Stalls hörte sie die beiden Männer murmelnd miteinander reden und Brittas Namen sagen. Ihr Herz raste. Sie zwang sich, abzuwarten, bis Preben und Lill-Jan das Gespräch beendet hatten, aber als sie Prebens Gesicht sah, wusste sie, dass ihre Angst begründet war.

»Lill-Jan hat Märta vor einer ganzen Weile mit Britta in den Wald gehen sehen.«

»In den Wald? Was wollten sie dort? Britta geht nie in den Wald. Und wieso hat sie Märta mitgenommen?«

Sie hatte laut aufgeschrien. Preben sah sie ruhig an.

»Wir dürfen jetzt nicht den Kopf verlieren. Wir müssen sie finden. Britta habe ich gerade noch in der Bibliothek gesehen. Ich gehe gleich zu ihr und rede mit ihr.«

Preben rannte ins Haus und ließ Elin bestürzt zurück. Kindheitserinnerungen überwältigten sie. Alles, was sie liebte, nahm ihre Schwester ihr fort, und ihr Vater machte gute Miene dazu. Die Puppe, die sie von ihrer Mutter bekommen hatte, fand sie mit abgeschnittenem Haar und ausgerissenen Wimpern im Plumpsklo wieder. Der Welpe, den ihr ein Knecht geschenkt hatte, verschwand spurlos, aber sie wusste genau, dass Britta ihre Finger im Spiel gehabt hatte. Ihre Schwester hatte etwas Bösartiges an sich. Sie gönnte niemandem etwas, was sie selbst nicht haben konnte. So war es immer gewesen.

Und nun hatte Britta kein Kind, während Elin eine über die Maßen liebenswerte Tochter hatte. Ein Mädchen, das Brittas Mann mit liebevollen Augen betrachtete. Als wäre sie sein eigen Fleisch und Blut. Elin hatte geahnt, dass das kein gutes Ende nehmen würde, doch was hätte sie tun sollen? Sie wurde von ihrer Schwester nur geduldet und hätte mit ihrer Tochter sonst nirgendwohin gekonnt. Nicht, seitdem die Worte, die sie vor vielen Jahren unbedacht ausgesprochen hatte, so viel Hass und Abscheu ausgelöst hatten. Jetzt musste sie vielleicht mit dem Leben ihrer Tochter für diese Worte büßen.

Mit düsterem Blick kam Preben auf sie zugerannt.

»Sie waren am Waldsee«, sagte er.

Elin fragte nicht, was sich im Pfarrhof abgespielt hatte. Sie konnte nur daran denken, dass das kleine Mädchen nicht schwimmen konnte.

Das Herz schlug ihr bis zum Hals, während sie Preben durch den Wald hinterherlief und Stoßgebete zum Himmel schickte. Wenn der Herr auch nur ein kleines bisschen gnädig war, würden sie Märta lebend finden. Und wenn nicht, würde sie leichten Herzens mit dem Mädchen in dem dunklen See sterben.

Nils steckte sich die Zigarette in den Mund und nahm den ersten Zug. Neben ihm zündete sich Vendela ebenfalls eine Zigarette an. Basse knisterte mit den Süßigkeiten, die er bei Eva im Centrumkiosk gekauft hatte.

Sie saßen ganz oben auf dem Aussichtspunkt oberhalb der Königskluft. Nicht weit von ihnen entfernt fotografierten ein paar Touristen die Hafeneinfahrt von Fjällbacka.

»Glaubst du, dein Vater schafft das?«, fragte Basse. »Den Arabern das Segeln beizubringen?«

Er schloss die Augen und hielt das Gesicht in die Sonne. Sein sommersprossiges Gesicht würde krebsrot werden, wenn er noch lange hier saß.

»Besessen genug ist er jedenfalls«, sagte Nils.

Sein Vater war immer so gewesen. Wenn er etwas unbedingt wollte, arbeitete er rund um die Uhr mit unerschöpflicher Energie daran. Zu Hause hingen Fotos von Bill mit Nils' älteren Brüdern auf den Schultern, und auf anderen war zu sehen, wie er ihnen das Segeln beibrachte oder Bücher vorlas.

Nils hingegen hatte sich gefreut, wenn sein Vater ihn überhaupt mal fragte, wie es ihm ging.

Zerstreut schaute Vendela auf ihr Handy. Damit verbrachte sie einen Großteil des Tages, und Nils sagte immer, das Ding würde noch an ihrer Hand festwachsen.

»Schau mal, wie hübsch sie war«, sagte sie.

Sie hielt den beiden das Display hin, und die Jungs kniffen die Augen zusammen, um etwas zu erkennen.

Das Foto stammte aus den frühen Neunzigern. Marie Wall an der Seite von Bruce Willis. Nils hatte den Film mehrmals gesehen. Sie war darin wirklich *hot*.

»Wie kann diese Frau eine so hässliche Tochter haben?« Er schüttelte den Kopf. »Jessies Vater muss richtig scheiße ausgesehen haben.«

»Dafür hat sie abartig große Titten«, sagte Basse. »Größere als ihre Mutter. Ich frage mich, wie es ist, sie zu ficken. Hässliche Mädchen kompensieren ja beim Sex.«

Er zeigte mit der Zigarette auf Vendela.

»Kannst du nicht mal Jessie googeln?«

Vendela nickte. Während sie mit ihrem Handy zugange war, legte sich Nils auf den Rücken und schaute in den Himmel.

»Oh mein Gott!« Vendela rüttelte ihn. »Das müsst ihr sehen!«

Sie hielt Nils und Basse das Handy hin.

»Soll das ein Witz sein?« Nils spürte den Kick im ganzen Körper. »Das hast du im Netz gefunden?«

»Ja. War ganz leicht«, sagte Vendela.

»Wie. Geil. Ist. Das. Denn?«

Basse hopste auf und ab.

»Was sollen wir machen? Auf Snapchat posten?«

Vendela lächelte Nils an. Er saß schweigend da und überlegte in Ruhe. Dann grinste er breit.

»Wir machen nichts. Erst mal.«

Basse und Vendela waren enttäuscht. Doch dann erläuterte er ihnen seinen Plan. Basse lachte sich fast tot. Das war genial. Einfach. Aber genial.

Als Karim sich an den Küchentisch setzte, bestürmten ihn die Kinder mit Fragen, aber er hatte keine Lust, sie zu beantworten. Er brummte nur. Sein Gehirn war innerhalb von kürzester Zeit mit Unmengen von Wissen vollgestopft worden. Eine derartige geistige Erschöpfung hatte er seit dem Studium nicht erlebt. Im Grunde war das Ganze wahrscheinlich gar nicht so anspruchsvoll; was er an der Universität gelernt hatte, war viel komplizierter gewesen als Segeln, aber die Kombination aus der Sprache, die er nicht beherrschte, und dem beängstigenden Element machten das Lernen mühsam.

Die Erinnerung an die Fahrt über das Mittelmeer hatte ihn mit einer Wucht erwischt, die ihn selbst überraschte. Er hatte gar nicht gewusst, wie viel Angst er in dem Boot gehabt hatte. Für Angst war weder Zeit noch Raum gewesen. Er und Amina hatten sich auf die Kinder konzentriert. Doch an diesem Vormittag, mit Bill in der kleinen Jolle, da war ihm jede Welle wieder in den Sinn gekommen, jeder Schrei der Menschen, die ins Wasser gefallen waren, die Blicke derer, die plötzlich nicht mehr schrien, sondern still unter der Wasseroberfläche versanken und nicht mehr auftauchten. All das hatte er verdrängt und sich eingeredet, es käme nur darauf an, dass sie jetzt in Sicherheit waren. Ein neues Land gefunden hatten. Ein neues Zuhause.

»Möchtest du darüber reden?« Amina strich ihm übers Haar.

Er schüttelte den Kopf. Nicht dass er geglaubt hätte, sich ihr nicht anvertrauen zu können. Er wusste, sie würde nicht über ihn urteilen und niemals an ihm zweifeln. Aber sie war lange genug stark gewesen. In der letzten Zeit in Syrien und auf der langen Reise nach Schweden.

Jetzt musste er stark sein.

»Ich bin nur müde.« Er aß einen Löffel Babaganoush.

Aminas Auberginenpüree schmeckte genauso gut wie das seiner Mutter, auch wenn er das seiner Mutter natürlich niemals gestanden hätte. Sie war fast so temperamentvoll wie Amina gewesen.

Amina legte ihm eine Hand auf den Arm. Streichelte seine Narben. Er lächelte sie an.

Seine Mutter war gestorben, als er im Gefängnis saß, und dann mussten sie fliehen. Sie hatten nicht gewagt, irgendjemandem davon zu erzählen. Syrien war inzwischen mit Denunzianten durchsetzt, und man wusste nie, wer versuchen würde, die eigene Haut zu retten, indem er andere ans Messer lieferte. Nachbarn, Freunde, Verwandte – keinem konnte man mehr vertrauen.

An die Reise wollte er nicht denken. Er hatte mittlerweile begriffen, dass viele Schweden glaubten, sie hätten ihr Land in der Hoffnung auf ein Luxusleben verlassen. Die Naivität verblüffte ihn, wie kamen sie nur auf die Idee, irgendjemand würde alles, was ihm vertraut war, aufgeben, weil er sich vorstellte, im Westen würden einem gebratene Tauben in den Mund fliegen. Zwar waren auch ihm in seiner Heimat rücksichtslose und egoistische Leute begegnet, aber er wünschte, die Schweden hätten all die anderen gesehen. Diejenigen, die alles hatten zurücklassen müssen, um ihr eigenes und das Leben ihrer Familien zu retten. Die sich in dem Land, das sie aufnahm, mit all ihren Stärken und Fähigkeiten einbringen wollten.

Amina strich immer noch über die Narben an seinem Arm. Er blickte auf und merkte, dass er gar nichts gegessen hatte, weil er in Erinnerungen versunken war, die er verdrängt zu haben glaubte.

»Bist du sicher, dass du nicht darüber reden möchtest?« Sie lächelte ihn an.

»Es fällt mir schwer.«

Samia versetzte Hassan einen Tritt, und Amina warf den beiden einen Blick zu. Normalerweise reichte das aus.

»So viel Neues«, fuhr Karim fort. »So viele seltsame Wörter, und eigentlich weiß ich nicht genau, ob er nicht verrückt ist.«

»Bill?«

»Ja. Keine Ahnung. Vielleicht ist er ein Verrückter, der etwas machen will, das gar nicht möglich ist.«

»Alles ist möglich. Sagst du das nicht selbst immer zu den Kindern?«

Amina setzte sich auf seinen Schoß. Vor den Kindern, die sie mit großen Augen beobachteten, tauschten sie selten Zärtlichkeiten aus, aber sie spürte, wie sehr er ihre Nähe in diesem Augenblick brauchte.

»Verwendest du die Worte deines Mannes etwa gegen ihn?« Er strich ihr das lange schwarze Haar aus dem Gesicht. Es war nur eins der Dinge, die er an ihr liebte.

»Mein Mann sagt so kluge Sachen.« Sie küsste ihn auf die Wange. »Manchmal.«

Er lachte zum ersten Mal seit langem und der Krampf in seinem Bauch löste sich. Obwohl die Kinder den Witz nicht verstanden, lachten sie mit. Vor Freude.

»Du hast recht. Alles ist möglich.« Er klopfte ihr auf den Po. »Aber jetzt mach mal Platz, damit ich essen kann. Es schmeckt fast so gut wie bei meiner Mutter.«

Sie revanchierte sich mit einem Klaps auf seine Schulter. Er nahm sich noch ein gefülltes Weinblatt.

»Wirst du sie anrufen?«, fragte Paula grinsend, während Martin vor der Kurve einen Gang runterschaltete. »Cougars sind im Trend, habe ich mir sagen lassen. Und wenn mich nicht alles täuscht, wäre es ja auch nicht dein erstes Erlebnis mit einer älteren Frau ...«

Es war kein Geheimnis, dass Martin in Fjällbacka nichts hatte anbrennen lassen, und offenbar waren Frauen, die um einiges älter waren als er, besonders auf ihn abgefahren. Sie selbst hatte ihn erst kennengelernt, als er bereits Pia, seine große Liebe gefunden hatte, und hatte auch miterleben müssen, wie er sie verlor. Für Paula waren die Geschichten aus seiner Junggesellenzeit reine Legenden, aber sie verzichtete trotzdem nicht darauf, sie ihm immer wieder unter die Nase zu reiben. Maries schamlose Anmache war ein gefundenes Fressen.

»Ach, hör doch auf.« Er wurde rot.

»Hier ist es.« Paula zeigte auf eine Villa am Wasser.

Martin schien aufzuatmen. Zwanzig Kilometer hatte sie Zeit gehabt, ihn zu ärgern.

»Ich parke am Kai«, teilte er ihr unnötigerweise mit.

Über ihnen thronte das Hotel *Badis*, und Paula freute sich über die Restaurierung des funktionalistischen Baus. Sie hatte Fotos von seinem früheren Zustand gesehen, und es wäre eine Schande gewesen, es vollständig verfallen zu lassen. Sie hatte gehört, in dem Gebäude hätten sich eine Zeitlang Bars und wechselnde Clubs befunden, und nahm an, dass nicht wenige Einwohner ihre Existenz dem *Badis* zu verdanken hatten.

»Ich bin nicht sicher, ob sie zu Hause ist.« Martin schloss das Auto ab. »Wir versuchen es einfach mal.«

Er ging auf das schöne Haus zu, das Marie gemietet hatte, und Paula folgte ihm.

»Jessie ist ein Teenie und darf so wohnen«, sagte sie. »Meine Güte, ich wäre nicht vor die Tür gegangen.«

Paula musste sich die Hand über die Augen halten. Das Wasser direkt vor ihrer Nase versprühte glitzernde Sonnenreflexe.

Martin klopfte an. Sie hätten zwar vorher anrufen können, um sich zu vergewissern, ob Jessie zu Hause war, aber sie und Martin zogen es vor, unangekündigt zu erscheinen. Die Leute hatten dann nicht so viel Zeit, zu überlegen, was sie sagen sollten, und die Wahrheit kam ihnen leichter über die Lippen.

»Es scheint niemand zu Hause zu sein.« Paula trat von einem Fuß auf den anderen.

Geduld war nicht ihre Stärke, und Johanna, die Ruhe in Person, trieb sie mit ihrer Gemächlichkeit in den Wahnsinn.

»Moment.« Martin klopfte noch einmal.

Nach einer gefühlten Ewigkeit hörten sie im Haus Schritte. Offenbar kam jemand eine Treppe runter und auf die Haustür zu.

»Hallo?«, sagte ein junges Mädchen.

Sie trug ein schwarzes T-Shirt mit Hardrockmotiv und Boxershorts. Ihr Haar war ungekämmt, und das Shirt schien sie sich gerade übergeworfen zu haben.

»Wir sind von der Polizei Tanum und würden gern ein paar Fragen stellen«, sagte Martin in ernstem Ton zu dem Mädchen, das die Tür nur einen Spalt geöffnet hatte.

»Meine Mutter ...«

»Mit der haben wir gerade gesprochen«, fiel Paula ihm ins Wort. »Sie hat nichts dagegen.«

Das Mädchen sah immer noch skeptisch aus, wich aber nach einigen Sekunden einen Schritt zurück und öffnete die Haustür.

»Kommen Sie rein.« Sie ging voraus.

Beim Anblick des Raums, in den sie gelangten, bekam Paula Herzklopfen. Die Aussicht war phantastisch. Eine Glastür, die direkt auf einen Steg führte, stand offen, und man konnte die Hafeneinfahrt sehen. Es war unglaublich, wie manche Leute lebten.

»Was wollen Sie von mir?«

Ohne die beiden Besucher richtig begrüßt zu haben, setzte sich Jessie an einen großen Küchentisch aus Massivholz. Paula fragte sich im Stillen, ob das Mädchen schlecht erzogen war oder schlicht und einfach heftig pubertierte. Nachdem sie Jessies Mutter kennengelernt hatte, tendierte sie eher zu der ersten Vermutung. Marie war nicht gerade ein warmherziger, mütterlicher Typ.

»Wir versuchen, den Mord an einem kleinen Mädchen aufzuklären, und darüber ... ja, wir hatten Anlass, Ihre Mutter zu befragen, weil ...«

Paula merkte, dass Martin krampfhaft nach Worten suchte. Sie wussten nicht, inwieweit Jessie über die Vergangenheit ihrer Mutter informiert war.

Sie beantwortete ihnen die Frage selbst.

»Ich habe schon gehört, dass ein Mädchen an derselben Stelle gefunden wurde wie dieses Mädchen, das Mama und Helen angeblich umgebracht haben.«

Ihre Lider flatterten, Paula lächelte sie an.

»Wir müssen wissen, wo sich deine Mutter von Sonntagabend bis Montagnachmittag aufgehalten hat«, sagte sie.

»Woher soll ich das wissen?« Jessie zuckte die Achseln. »Am Sonntagabend war sie mit der Filmcrew auf irgendeiner Party, aber wann und ob sie nach Hause gekommen ist? Keine Ahnung. Wir schlafen schließlich nicht in einem Bett.«

Jessie stellte die Füße auf einen Stuhl und zog das T-Shirt über die Knie. Paula konnte keine Ähnlichkeit mit ihrer Mutter erkennen, aber vielleicht sah sie ja ihrem Vater ähnlich, wer immer das sein mochte. Bei ihrer Google-Recherche hatte Paula mehrmals gelesen, dass niemand wusste, wer Jessies Vater war. Sie fragte sich, ob das Mädchen es wusste. Oder Marie.

»Auch wenn du nicht mit deiner Mutter in einem Zimmer schläfst, müsstest du sie gehört haben, als sie nach Hause kam. So groß ist das Haus nun auch wieder nicht«, sagte Martin.

Er hatte recht, dachte Paula. Das umgebaute Fischerhaus war zwar luxuriös, aber besonders geräumig war es nicht.

»Ich schlafe mit Musik. Über Kopfhörer«, sagte Jessie, als wäre es das Normalste auf der Welt.

Paula, die ein eiskaltes, dunkles und stilles Schlafzimmer brauchte, fragte sich, wie man mit Musik in den Ohren schlafen konnte.

»Und das hast du in der Nacht von Sonntag auf Montag auch gemacht?« Martin ließ nicht locker.

Jessie gähnte.

»Das mache ich immer.«

»Du hast also keine Ahnung, wann oder ob deine Mutter nach Hause gekommen ist? War sie hier, als du aufgewacht bist?«

»Nein. Sie fährt meistens früh ins Studio.« Jessie zog sich das T-Shirt noch weiter über die Beine.

Dieses T-Shirt würde nie wieder seine ursprüngliche Form erlangen. Paula versuchte, zu lesen, was darauf stand, aber da die Buchstaben wie Blitze aussahen, war das unmöglich. Wahrscheinlich kannte sie die Band auch gar nicht. In ihrer Jugend war sie kurzzeitig Scorpions-Fan gewesen, aber im Grunde verstand sie nichts von Hardrock.

»Glauben Sie etwa, meine Mutter wäre auf diesen Hof gefahren und hätte irgendein Kind erschlagen? Ernsthaft?«

Jessie pulte an ihrer Nagelhaut herum, und Paula tat es körperlich weh, als sie die abgekauten Nägel sah. An manchen Stellen war unter der abgebissenen Haut das rohe Fleisch zu sehen.

»Können Sie sich vorstellen, wie das für ihre Familien war? Für uns? Wie viel Scheiße wir uns anhören mussten, weil man unseren Müttern eine Tat anlastete, die sie nicht begangen hatten? Und nun kommen Sie hier an und fragen schon wieder nach einem Mord, der nichts mit unseren Müttern zu tun hat!«

Paula sah Jessie stumm an. Sie musste sich auf die Zunge beißen, um nicht zu sagen, dass Jessies Mutter eine ganze Karriere auf diesem Kindheitstrauma aufgebaut hatte.

Martin wandte sich an Jessie.

»Wieso unsere?«, fragte er. »Sprichst du von Helens Sohn? Kennt ihr euch?«

»Ja, wir kennen uns.« Jessie warf das Haar zurück. »Wir sind zusammen.«

Ein Geräusch von oben ließ alle zusammenzucken.

»Ist er hier?« Paula warf einen Blick auf die steile Treppe ins obere Stockwerk.

»Ja.« Jessie bekam rote Flecken am Hals.

»Könntest du ihn vielleicht bitten, runterzukommen?«, fragte Martin freundlich. »Ein Kollege von uns wollte eigentlich mit Helen und ihrer Familie sprechen, aber wenn er schon mal hier ist …«

»Okay.« Jessie stellte sich an die Treppe. »Sam. Die Polizei ist da. Sie wollen mit dir reden.«

»Seit wann seid ihr ein Paar?«, fragte Paula. Das Mädchen richtete sich auf.

Paula nahm an, dass sie noch nicht oft einen Freund gehabt hatte.

»Oh, wir sind erst seit kurzem zusammen.« Jessie zierte sich ein wenig, aber Paula merkte, dass sie gern über das Thema sprach.

Sie erinnerte sich noch an das Glücksgefühl, als sie zum ersten Mal zu jemandem gehörte. Teil eines Paars war. In ihrem Fall war es allerdings kein Sam, sondern eine Josefine gewesen. Und sie hatten sich definitiv nicht getraut, in der Öffentlichkeit dazu zu stehen. Ihr Coming-out hatte sie erst mit fünfundzwanzig, aber anschließend fragte sie sich, warum sie so lange gewartet hatte. Der Himmel stürzte nicht ein, die Welt brach nicht zusammen, und es traf sie auch nicht der Blitz. Ihr Leben war nicht zerstört. Im Gegenteil. Zum ersten Mal fühlte sie sich frei.

»Hallo.«

Ein schlaksiger Junge kam mit nacktem Oberkörper die Treppe runtergeschlendert.

»Sie hat mein T-Shirt.«

Paula musterte ihn neugierig. Die meisten Leute in Fjällbacka kannten seinen Vater, denn es gab nicht viele Blauhelme in dieser Gegend, aber den Sohn von James Jensen hätte sie sich definitiv anders vorgestellt. Pechschwarzes Haar. Mit Kajal umrandete Augen und ein trotziger Blick, hinter dem sich etwas anderes verbarg, wie sie instinktiv spürte. Diesen Blick hatte sie bei vielen Jugendlichen gesehen, und es steckten selten schöne Erlebnisse und Erfahrungen dahinter.

»Hast du was dagegen, mit uns zu reden?«, fragte Paula.

»Möchtest du deine Eltern anrufen und sie um Erlaubnis bitten?«

Sie wechselte einen Blick mit Martin. Eigentlich war es ein grober Verstoß gegen die Vorschriften, einen Minderjährigen ohne seine Eltern zu befragen, aber sie beschloss, die Befragung einfach als gewöhnliches Gespräch zu betrachten. Es wäre dumm gewesen, die Gelegenheit nicht zu nutzen.

»Wir gehören zum Ermittlerteam, das den Mord an eurer Nachbarin Nea aufklärt. Und aus Gründen, die wir mit Sicherheit nicht näher zu erläutern brauchen, müssen wir wissen, wo eure Mütter waren, bevor die kleine Nea verschwand.«

»Haben Sie schon mit meiner Mutter geredet?« Er setzte sich neben Jessie.

Während sie ihn anlächelte, veränderte sich ihr Aussehen vollkommen. Sie strahlte.

»Ja, wir haben deine Mutter getroffen.« Martin stand auf und ging zur Küchenzeile hinüber. »Kann ich mir ein Glas Wasser nehmen?«

»Klar.« Jessie zuckte mit den Schultern, ohne den Blick von Sam abzuwenden.

»Was hat sie denn gesagt?« Sam spielte mit dem Zeigefinger an einem Astloch in der Tischplatte herum.

»Wir würden lieber wissen, was du zu sagen hast.« Paula lächelte ihn sanft an.

Irgendetwas an ihm rührte sie. Er war weder ein Kind noch ein Erwachsener, und sie sah förmlich, wie sich diese beiden Seiten bekämpften. Sie fragte sich, ob er selbst spürte, zu welcher Seite es ihn hinzog. Mit einem Vater wie James aufzuwachsen konnte nicht leicht gewesen sein, nahm sie an. Sie selbst hatte nie viel für muskelbepackte Krieger und Machos übriggehabt, was vielleicht daran lag, dass diese auch wenig mit Frauen wie ihr anfangen konnten.

»Fragen Sie doch einfach.« Er zuckte scheinbar gleichgültig die Achseln.

»Was hat deine Mutter von Sonntagabend bis Montagnachmittag gemacht?«

»Geht das etwas genauer? Ich habe die Uhr nicht so im Blick, und meine Mutter beobachte ich auch nicht ununterbrochen.«

Er pulte immer noch an dem Astloch herum.

Martin kehrte mit einem Glas Wasser an den Tisch zurück.

»Erzähl einfach, was du noch weißt«, sagte er. »Fang mit Sonntag an!«

Die Hälfte des Glases trank er in einem Zug leer.

Paula bekam auch Durst. Am Kopfende des Tisches stand ein Ventilator, aber der nützte nicht viel. Obwohl die Türen offen standen, vibrierte die Luft im Raum vor Hitze. Es regte sich kein Lüftchen. Das Wasser lag spiegelglatt im Hafen.

»Wir haben früh zu Abend gegessen.« Sam schaute an die Decke, als würde dort der Verlauf des Sonntagabends abgebildet. »Köttbullar und Kartoffelbrei. Den macht meine Mutter selbst, weil mein Vater den aus der Tüte hasst. Dann ist mein Vater auf irgendeine Dienstreise gefahren, und ich bin in mein Zimmer gegangen. Keine Ahnung, was meine Mutter gemacht hat. Ich ziehe mich abends zurück. Und am nächsten Morgen habe ich, ich weiß es nicht mehr genau, aber ziemlich lange geschlafen. Ich schätze, meine Mutter ist laufen gegangen. Das tut sie jeden Morgen.«

Paula holte sich auch ein Glas Wasser. Die Zunge klebte ihr bereits am Gaumen. Nachdem sie den Wasserhahn geöffnet hatte, drehte sie sich um.

»Aber gesehen hast du sie nicht?«

Er schüttelte den Kopf.

»Nee. Ich habe geschlafen.«

»Wann hast du sie denn an dem Tag gesehen?«

Martin trank sein Glas leer und wischte sich den Mund mit dem Handrücken ab.

»Weiß nicht. Gegen Mittag vielleicht? Es sind ja Sommerferien. Wer achtet da schon auf so was.«

»Später sind wir mit dem Boot rausgefahren«, sagte Jessie. »Ich glaube, so gegen zwei. Am Montag.«

Sie ließ Sam noch immer nicht aus den Augen.

»Ach ja, genau.« Er nickte. »Wir waren mit meinem Boot unterwegs. Oder besser gesagt, dem Boot meiner Eltern. Es gehört der ganzen Familie, aber meistens benutze ich es. Meine Mutter kann das gar nicht, und mein Vater ist eigentlich nie zu Hause.«

»Wie lange ist er diesmal schon zu Hause?«, fragte Paula.

»Ein paar Wochen. Er geht bald wieder zurück. Wenn die Schule wieder angefangen hat, glaube ich.«

»Wohin?«

Sam zuckte mit den Schultern.

»Keine Ahnung.«

»Fällt euch zu Montag noch was ein?«

Beide schüttelten den Kopf.

Paula sah Martin an, er nickte. Sie standen auf.

»Danke für das Wasser. Und das Gespräch. Es könnte sein, dass wir noch mehr Fragen haben.«

»Klar«, sagte Sam.

Wieder zuckte er mit den Schultern.

Die Jugendlichen brachten sie zur Tür.

Bohuslän 1672

Als Elin Märta schreien hörte, rannte sie so schnell wie noch nie. Vor sich sah sie Prebens weißes Hemd zwischen den Bäumen verschwinden, er war schneller als sie, und der Abstand zwischen ihnen wurde immer größer. Das Herz hämmerte in ihrer Brust, und ihr Rock blieb am Gestrüpp hängen. Zweige knackten und Stoff riss, hinter Bäumen schimmerte der Waldsee, und Märtas Schreie kamen immer näher.

»Märta! Märta!«, rief sie mit schriller Stimme, und als sie das Ufer des Sees erreichte, fiel sie auf die Knie.

Preben war bereits auf dem Weg zu dem Mädchen, er watete durch das dunkle Wasser, doch als es ihm bis zur Brust reichte, blieb er fluchend stehen.

»Ich bin mit dem Fuß hängengeblieben und komme nicht los! Elin muss zu Märta schwimmen, sie hält nicht mehr lange durch!«

Aus Prebens Blick sprach Entsetzen.

Verzweifelt schaute Elin von ihm zu Märta, die verstummt war und kurz davor zu sein schien, unter die Oberfläche des nachtschwarzen Wassers zu sinken.

»Ich kann nicht schwimmen!«, schrie sie, sah sich aber gleichzeitig nach einer Lösung um.

Sie wusste, dass Märta auch ertrinken würde, wenn sie sich blindlings in den See stürzte, um ihre Tochter zu retten. Und sie selbst mit ihr.

Sie rannte um den See herum. Er war nicht groß, aber tief, und nun ragte nur noch Märtas Schopf aus dem Wasser. Ein dicker Ast hing darüber, und an dem hielt sich Elin fest. Dann streckte sie den anderen Arm nach ihrer Tochter aus, doch die war noch mehr als einen Meter von ihr entfernt. Sie rief Märta zu, sie solle kämpfen.

Das Mädchen schien sie zu hören, denn es fuchtelte wieder mit den Armen. Unter Schmerzen hangelte sich Elin an dem Ast entlang und kam nun so nah an Märta heran, dass sie sie berühren konnte.

»Nimm meine Hand!« Sie streckte sich so weit vor, wie es eben möglich war, ohne den Halt zu verlieren.

Auch Preben brüllte aus vollem Hals.

»Märta! Nimm Elins Hand!«

Das Mädchen versuchte verzweifelt, Elins Hand zu fassen

zu bekommen, rutschte aber immer wieder ab und schluckte Wasser.

»Märta! Nimm meine Hand! Guter Gott, ich flehe dich an!«

Wie durch ein Wunder hielten sie sich plötzlich an den Händen. Von irgendwoher hatte Elin auf einmal die Kraft, ihre Tochter festzuhalten und sich gleichzeitig an dem Ast zurückzuhangeln. Auch Preben hatte sich endlich befreit und schwamm auf sie zu. Als sie sich dem Ufer näherten, erreichte Preben die beiden und packte Märta. Elins Muskeln schmerzten vor Erschöpfung, aber über ihr Gesicht liefen Tränen der Erleichterung. Kaum hatte sie wieder Boden unter den Füßen, zog sie Märta an sich und schmiegte sich auf diese Weise gleichzeitig an Preben, der mit Märta im Arm auf der Erde kniete.

Hinterher wusste Elin nicht mehr, wie lange sie so dagesessen hatten, zu dritt in einer innigen Umarmung. Erst als Märta zu bibbern begann, begriffen sie, dass sie allmählich nach Hause mussten, um dem Kind und sich selbst trockene Sachen anzuziehen.

Preben trug Märta behutsam durch den Wald. Er hinkte ein wenig und hatte offenbar einen Schuh verloren. Wahrscheinlich auf dem Grund des Sees, dachte Elin.

»Danke.« Ihre Stimme zitterte noch immer. Preben sah sich lächelnd um.

»Ich habe nichts getan. Elin wusste selbst Rat.«

»Gott hat mir geholfen«, sagte Elin leise und spürte, dass es stimmte.

Sie hatte es Gott zu verdanken, dass Märta ihre Hand schließlich festgehalten hatte, davon war sie überzeugt.

»Dann werde ich ihn heute Abend besonders loben.« Preben drückte das Mädchen an sich.

Märta hatte blaue Lippen und klapperte mit den Zähnen.

»Was wollte Märta denn im See? Märta weiß doch, dass sie nicht schwimmen kann.«

Elin bemühte sich, nicht vorwurfsvoll zu klingen, aber sie verstand es nicht. Sie hatte Märta verboten, zu nah ans Wasser gehen.

»Sie hat gesagt, Viola würde ertrinken«, murmelte Märta.

»Wer hat das gesagt?« Elin runzelte die Stirn.

Sie glaubte jedoch, die Antwort zu kennen, und sah Preben über den Kopf des Mädchens hinweg an.

»Hat Britta das gesagt?«, fragte Preben.

Märta nickte.

»Ja, und sie ist mit mir ein Stück in den Wald hineingegangen und hat mir gezeigt, in welcher Richtung der Waldsee liegt. Dann sagte sie, sie müsse zurück zum Pfarrhof, und ich solle das Kätzchen retten.«

Rasend vor Wut sah Elin Preben an. Seine Augen waren so schwarz wie der See.

»Ich werde mit meiner Frau sprechen«, sagte Preben tonlos.

Als sie sich dem Pfarrhof näherten, kochte Elin vor Wut. Am liebsten hätte sie ihrer Schwester das Gesicht zerkratzt, sie geschlagen und ihr die Haare ausgerissen, aber sie wusste, dass sie auf Preben hören musste. Sonst hätte sie sich selbst und das Mädchen unglücklich gemacht. Denn Britta war eiskalt, sie war eine richtige Eishexe, und man musste sich vor ihr in Acht nehmen. Elin zwang sich, tief durchzuatmen, und bat die höheren Mächte, ihr die nötige Kraft zu spenden, Ruhe zu bewahren.

»Was ist passiert?«

Lill-Jan kam mit mehreren Mägden und Knechten im Schlepptau auf sie zugerannt.

»Märta wäre fast im See ertrunken, aber Elin hat sie gerettet.« Mit großen Schritten ging Preben zum Haupthaus.

»Das Mädchen soll in meiner Kammer liegen.« Elin wollte nicht, dass Britta in Märtas Nähe kam.

»Nein, Märta braucht ein warmes Bett und trockene Kleidung.«

Er wandte sich an die jüngste Magd.

»Kann Stina ihr ein Bad einlassen?«

Sie nickte und lief ins Haus, um den Kessel auf den Herd zu stellen.

»Ich hole trockene Sachen«, sagte Elin.

Widerstrebend ließ sie Preben und Märta zurück, strich aber dem Mädchen noch übers Haar und küsste dessen eiskalte Stirn.

»Mutter kommt gleich wieder«, sagte sie, als Märta leise jammerte.

»Was ist hier denn los?« Britta hatte den Tumult auf dem Hof offenbar mitbekommen und stand mürrisch in der Tür.

Als sie Märta auf Prebens Arm erblickte, wurde sie so weiß wie das Hemd ihres Mannes.

»Was ... was um alles auf der Welt?«

Verwundert riss sie die Augen auf. Elin betete fieberhaft, sie betete mit einer Inbrunst, die sie noch nie erlebt hatte, um die Kraft, Britta nicht auf der Stelle zu erschlagen. Ihr Flehen wurde erhört. Sie schaffte es, den Mund zu halten, eilte aber sicherheitshalber sofort in ihre Kammer, um trockene Kleidung zu suchen. Was Preben zu seiner Frau sagte, hörte sie nicht mehr, doch sie hatte seinen Blick gesehen. Und zum ersten Mal in ihrem Leben hatte ihre Schwester Angst bekommen. Doch hinter dieser Angst lauerte etwas, was Elin erschreckte. Ein Hass, so heiß wie die Flammen der Hölle.

Die Kinder spielten unten. Patrik war in der Dienststelle, und Erica hatte Kristina gebeten, noch ein bisschen zu bleiben, damit sie ungestört arbeiten konnte. Sie hatte versucht zu arbeiten, wenn sie allein mit den Kindern zu Hause war, aber es war unmöglich, sich zu konzentrieren, wenn alle fünf Minuten ein süßes Stimmchen nach ihr rief. Irgendjemand wollte immer etwas von ihr. Entweder sie hatten Hunger, oder sie mussten aufs Klo. Kristina hatte zum Glück nichts dagegen gehabt, noch eine Weile zu bleiben, und dafür war Erica äußerst dankbar. Über ihre Schwiegermutter konnte man sagen, was man wollte, aber mit den Kindern war sie großartig, und sie half, wo sie nur konnte. Manchmal fragte sich Erica, wie sich ihre eigenen Eltern wohl als Großeltern gemacht hätten. Da sie vor der Geburt der Kinder gestorben waren, würde sie es nie erfahren, aber sie stellte sich gern vor, dass ihre Kinder das Herz ihrer Mutter weich gemacht hätten. Dass die drei, im Gegensatz zu Anna und ihr, den harten Panzer, der ihre Mutter umgab, geknackt hätten.

Seit sie die Lebensgeschichte ihrer Mutter kannte, hatte sie ihr verziehen und beschlossen, daran zu glauben, dass aus Elsy eine warmherzige Großmutter, die gern spielte, geworden wäre. Was für ein phantastischer Großvater ihr Vater geworden wäre, zog Erica nicht einen Augenblick in Zweifel. Er war auch ein phantastischer Vater gewesen. Manchmal sah sie ihn in seinem Lieblingsstuhl auf der Veranda vor sich. Während Maja und die Zwillinge um ihn herumtollten, paffte er gemütlich seine Pfeife und erzählte eine Räuberpistole nach der anderen. Wahrscheinlich hätten sich die Kinder bei seinen Gespenstergeschichten wohlig gegruselt, das hatten sie und Anna auch getan. Und sie hätten den Tabakgeruch genauso geliebt wie die kratzigen Wollpullover, die er immer trug, weil Elsy an der Heizung sparte.

Ihre Augen brannten, und sie zwang sich, an etwas anderes zu denken. An der großen Pinnwand, die so breit wie der Raum war, hingen alle Kopien, Ausdrucke, Fotos und Notizen, die vorher auf einem Stapel auf ihrem Schreibtisch gelegen hatten. So ging sie bei ihrer Arbeit immer vor. Zuerst einmal erzeugte sie Chaos. Sie häufte Material an und sammelte alles, was sie finden konnte. Dann versuchte sie, eine Art von Struktur in das Durcheinander zu bringen. Sie liebte diese Phase. Oft lichtete sich dann der Nebel, und aus dem, was anfangs überhaupt nicht greifbar gewesen war, begann sich eine Geschichte herauszukristallisieren.

Diesmal ging es nicht nur um ein Buch. Was zunächst nur als Schilderung eines tragischen alten Falls gedacht gewesen war, hatte eine überraschende Wendung genommen. Ein neuer Mordfall war dazugekommen, ein weiteres Mädchen war tot, noch mehr Menschen trauerten.

Erica verschränkte die Hände hinterm Kopf, kniff die Augen zusammen und versuchte, eine Struktur zu erkennen. Es kostete sie mittlerweile etwas mehr Anstrengung, aus dieser Entfernung zu lesen, aber sie war noch nicht bereit, vor der bitteren Wahrheit zu kapitulieren und sich eine Lesebrille anzuschaffen.

Sie betrachtete die Fotos von Marie und Helen. Die beiden waren unheimlich verschieden. Sowohl vom Aussehen als auch von der Ausstrahlung her. Die dunkelhaarige Helen hatte etwas Duckmäuserisches an sich und wirkte unauffällig. Marie hingegen war blond und schön und schaute immer gelassen in die Kamera. Es war frustrierend, dass die alten Vernehmungsprotokolle nicht aufzufinden waren. Möglicherweise waren sie nicht nur verlegt, sondern zerstört worden. Sie wusste aus Erfahrung, dass in der Dienststelle Tanum nicht immer die preußische Ordnung geherrscht hatte, auf die Annika mittlerweile achtete. Doch wenn man älteres Material brauchte, war man manchmal aufgeschmissen. Die Vernehmungsprotokolle hätten ihr geholfen, sich ein Bild von der Freundschaft der beiden Mädchen zu machen und zu verstehen, was an jenem Tag wirklich passiert und wie das Geständnis zustande gekommen war. In den Zeitungsartikeln aus der damaligen Zeit wurde nicht viel nach dem Warum, sondern nur nach dem Was gefragt. Und da Leif tot war, konnte er ihr auch nicht weiterhelfen. Sie hatte gehofft, bei dem Besuch bei seiner Tochter würde mehr herauskommen, aber Viola hatte nicht zurückgerufen. Sie hatte auch nicht genau sagen können, ob Leif tatsächlich Ermittlungsakten aufbewahrt hatte, sie hatte nur so ein Bauchgefühl, weil Leif der Fall Stella offenbar keine Ruhe gelassen hatte. Zu diesem Punkt kehrten ihre Gedanken immer wieder zurück. Er hatte Maries und Helens Geständnis zu Protokoll genommen, er hatte der Presse mitgeteilt, der Fall sei gelöst. Warum hatte er seine Meinung später geändert? Warum glaubte er Jahre später nicht mehr, die Mädchen wären die Täterinnen?

Erica kniff die Augen zusammen, bis die Buchstaben scharf wurden. Unten hörte sie die Kinder mit ihrer Oma Verstecken spielen, was nicht ganz einfach war, weil die Zwillinge noch ziemlich kreativ mit Zahlen umgingen: »Eins, zwei, zehn, ich KOMME!«

Plötzlich weckte ein Artikel aus dem *Bohusläningen* ihr Interesse. Sie stand auf und nahm ihn von der Pinnwand. Obwohl sie ihn bereits mehrmals gelesen hatte, kreiste sie eine Stelle mit dem Bleistift ein. Wenige Tage nachdem die Mädchen ihr Geständnis zurückgezogen hatten, war der Artikel erschienen. Ein Reporter hatte Marie dazu gebracht, eine Frage zu beantworten.

»Jemand ist uns in den Wald gefolgt«, lautete das Zitat.

Maries Behauptung wurde als Lüge abgetan, als kindlicher Versuch, die Schuld auf jemand anders abzuwälzen. Doch was, wenn den Mädchen an diesem Tag tatsächlich jemand in den Wald gefolgt wäre? Was bedeutete das für den Mord an Nea? Erica schrieb »Jemand im Wald?« auf einen gelben Klebezettel, den sie mit dem Artikel an der Pinnwand befestigte. Dann blieb sie mit hängenden Armen davor stehen. Wie sollte sie weiter vorgehen? Wie konnte sie herausfinden, ob den Mädchen wirklich jemand gefolgt war? Und wenn ja, wer?

Ihr Handy auf dem Schreibtisch gab ein *Ping* von sich. Sie

drehte sich um und sah nur eine Nummer auf dem Display, keinen Namen, aber aus dem Inhalt der Textnachricht konnte sie auch so schließen, wer sie ihr geschickt hatte.

»Wie ich höre, haben Sie mit meiner Mutter gesprochen. Wollen wir uns treffen?«

Nachdem sie eine kurze Zusage geschrieben hatte, legte Erica das Handy lächelnd weg. Vielleicht würde sie nun wenigstens auf einige ihrer Fragen Antworten bekommen.

Patrik beendete den Bericht über das Gespräch mit Helen und James und klickte auf »Drucken«. Sie waren beide zu Hause gewesen und hatten bereitwillig seine Fragen beantwortet. James hatte Helens Aussage, niemand in der Familie habe von der Suchaktion in der Nacht von Montag auf Dienstag etwas mitbekommen, bestätigt, und er hatte erklärt, womit er am Montag beschäftigt gewesen war. Er war auf Dienstreise gewesen und hatte bereits am Sonntagabend in einem Hotel in Göteborg eingecheckt. Dort hatte er bis Montagnachmittag um vier verschiedene Meetings gehabt, und danach war er mit dem Auto nach Hause gefahren. Helen war am Sonntagabend gegen zehn ins Bett gegangen. Sie hatte eine Schlaftablette genommen und bis zum nächsten Morgen um neun durchgeschlafen. Dann war sie, wie immer, eine Runde laufen gegangen.

Patrik überlegte, ob das jemand bestätigen konnte.

Das Klingeln des Telefons riss ihn aus seinen Gedanken. Während er zu verhindern versuchte, dass sich der Inhalt des Stiftebechers, den er versehentlich umgestoßen hatte, über den ganzen Schreibtisch verteilte, meldete er sich zerstreut. Als er hörte, wer dran war, setzte er sich kerzengerade hin und griff zum Notizblock.

»Du hast es geschafft, uns an der Schlange vorbeizumogeln«, sagte er erleichtert und bekam eine brummige, aber erfreuliche Antwort.

»Leicht war es nicht. Du bist mir was schuldig. Andererseits … Morde an Kindern …« Pedersen seufzte, und Patrik begriff, dass Neas Tod den Rechtsmediziner genauso mitnahm wie ihn. »Ich komme gleich zur Sache. Der endgültige Bericht ist noch nicht fertig, aber wir haben bereits festgestellt, dass das Mädchen durch einen Schädelbruch am Hinterkopf zu Tode gekommen ist.«

»Okay.« Patrik machte sich eine Notiz.

Er wusste, dass ihm Pedersen gleich nach dem Telefonat einen ausführlichen Bericht schicken würde, aber die Aufzeichnungen halfen ihm, seine Gedanken zu sortieren.

»Irgendwelche Hinweise, was diese Verletzung verursacht hat?«

»Nein, nur Dreck in der Wunde. Ansonsten war die Leiche gewaschen worden.«

»Dreck?« Patrik runzelte beim Schreiben die Stirn.

»Ja. Ich habe eine Probe in die Forensik geschickt, mit ein wenig Glück wissen wir in ein paar Tagen mehr.«

»Und der Gegenstand, mit dem ihr diese Verletzung zugefügt wurde, müsste also dreckig gewesen sein?«

»Ja …«, erwiderte Pedersen gedehnt.

Patrik wusste, dass der Rechtsmediziner so reagierte, wenn er sich nicht ganz sicher war und weder zu viel noch zu wenig verraten wollte. Falsche Fakten konnten bei der Aufklärung von Mordfällen eine verheerende Wirkung haben. Das wusste Pedersen.

»Ich bin mir nicht sicher.« Wieder machte er eine Pause. »Aber der Wunde nach zu urteilen, muss es entweder ein sehr schwerer Gegenstand gewesen sein, oder …«

»Oder was?«, fragte Patrik.

»Oder es handelt sich um eine Sturzverletzung.«

»Eine Sturzverletzung?«

Patrik sah die Lichtung vor sich. Man konnte dort eigentlich nicht stürzen. Falls das Mädchen nicht von einem Baum gefallen war, aber wer hatte sie dann unter dem Baumstamm versteckt?

»Ich glaube, dass die Leiche bewegt worden ist«, sagte Pedersen. »Sie hat eindeutig eine gewisse Zeit auf dem Rücken gelegen, aber als ihr sie gefunden habt, lag sie auf dem Bauch. Jemand muss sie in dieser Haltung dort hingelegt haben. Wie lange sie in welcher Haltung lag, kann ich dir leider nicht genau sagen.«

»Konntest du Ähnlichkeiten mit dem Fall Stella erkennen?«, fragte Patrik.

Er hielt den Stift über den Block.

»Ich habe mir zum Vergleich den alten Obduktionsbericht angesehen«, sagte Pedersen, »aber außer den tödlichen Kopfverletzungen keine weiteren Übereinstimmungen entdeckt. Bei Stella wurden in der Wunde Stein- und Holzspuren gefunden. Außerdem war das Mädchen eindeutig auf der Lichtung am Wasser getötet worden. Was sagt denn Torbjörn? Ich kann zwar erkennen, dass Nea nachträglich dorthin verfrachtet und unter den Baum gelegt wurde, aber nicht unbedingt von weit her. Das Mädchen könnte ebenfalls ganz in der Nähe getötet worden sein.«

»Ja, vorausgesetzt, die Verletzung ist ihr mit einem Gegenstand zugefügt worden und stammt nicht von einem Sturz. In der direkten Umgebung kann man nirgendwo runterfallen, der Boden ist flach. Ich rufe Torbjörn sofort an, aber am Fundort habe ich mit bloßem Auge keinen Hinweis darauf entdeckt, dass sie auch dort getötet wurde.«

Patrik rief sich die Lichtung noch einmal vor Augen. Er hatte keinen einzigen Blutfleck gesehen. Torbjörn und sein Team hatten dort alles genau unter die Lupe genommen, und wenn es etwas zu entdecken gab, hatten sie es gefunden.

»Hast du sonst noch was für mich?«, fragte Patrik.

»Nein. Nichts von Interesse. Das Mädchen war eine gesunde Vierjährige, gut ernährt, keine Verletzungen außer der am Kopf, der Mageninhalt bestand aus einer Mischung aus Waffel oder Keks und Schokolade. Ich tippe auf Schokoladenkekse.«

»Okay, vielen Dank«, sagte Patrik.

Nachdem er das Gespräch beendet und den Bleistift weggelegt hatte, wartete er eine Weile. Dann rief er Torbjörn Ruud an. Er wollte gerade wieder auflegen, als Torbjörn endlich ans Telefon ging.

»Hallo?«

»Hallo, hier ist Patrik Hedström. Ich habe gerade mit Pedersen gesprochen und wollte mal fragen, wie weit ihr seid.«

»Wir sind noch nicht fertig«, sagte Torbjörn barsch.

Patrik hatte sich mittlerweile daran gewöhnt, dass Torbjörn immer klang, als wäre er wütend. Torbjörn war einer der Besten auf seinem Gebiet. Er hatte sowohl aus Stockholm als auch aus Göteborg Jobangebote bekommen, aber er war zu verwurzelt in seiner Heimat Uddevalla, um wegzuziehen.

»Wann werdet ihr voraussichtlich fertig sein?«, fragte Patrik.

Den Stift hielt er wieder in der Hand.

»Das kann ich dir unmöglich sagen«, brummte Torbjörn. »Wir wollen unsere Arbeit in diesem Fall gründlich machen. Bei anderen Fällen schlampen wir natürlich auch nicht, aber du weißt ja, wie das ist ... Die Kleine hat kein langes Leben gehabt, und das ...«

Er räusperte sich und schluckte schwer. Patrik verstand ihn gut, doch das Beste, was sie jetzt für das Mädchen tun konnten, war, einen kühlen Kopf zu bewahren und so sachlich wie möglich vorzugehen. Und den Täter zu finden.

»Kannst du mir schon irgendwas sagen? Pedersen hat das Mädchen obduziert. Todesursache ist ein Schädelbruch. Könnte irgendein Gegenstand am Fundort als Tatwerkzeug benutzt worden sein? Und ist sie möglicherweise dort in der Nähe gestorben?«

»Nein«, antwortete Torbjörn widerwillig.

Patrik wusste, dass der Kriminaltechniker nicht gern Informationen weitergab, bevor seine Untersuchungen nicht vollständig abgeschlossen waren, andererseits aber auch Verständnis für Patriks Drängen hatte.

»Wir haben keinen Hinweis darauf gefunden, dass sie auf der Lichtung ermordet wurde. Es gab dort keine Blutspuren, und wir haben auch an keinem Gegenstand Blut entdeckt.«

»Wie groß ist das Gebiet, das ihr rund um die Lichtung abgesucht habt?«

»Groß. Wie groß genau, wird im Bericht stehen, aber wir haben keine Mühe gescheut. Und, wie gesagt, keine Blutspuren, und bei einem Schädelbruch müsste sie viel Blut verloren haben.«

»Klingt eindeutig, als wäre die Lichtung nicht der primäre Tatort.« Patrik machte sich ein paar Aufzeichnungen. »Also muss der irgendwo anders sein.«

»Bei dem Mädchen zu Hause? Sollten wir dort nach Blutspuren suchen?«

Patrik schwieg eine Weile. Dann sagte er zögerlich:

»Gösta hat ja die Familie befragt. Er glaubt nicht, dass es einen Grund gibt, ihre Eltern zu verdächtigen.«

»Ich bin mir da nicht so sicher«, sagte Torbjörn. »Wir wissen beide, was in Familien passieren kann. Manchmal sind es Unglücksfälle. Manchmal nicht.«

»Du hast recht.« Patrik verzog das Gesicht.

Er hatte das beklemmende Gefühl, sie hätten vielleicht einen Irrtum begangen. Einen dummen, naiven Irrtum. Er konnte sich weder Naivität noch Sentimentalität erlauben. Sie hatten in all den Jahren schon zu viel gesehen, sie hätten es besser wissen müssen.

»Patrik?«

Ein zaghaftes Klopfen an der Tür holte ihn zurück in die

Wirklichkeit. Nach dem Gespräch mit Torbjörn hatte er nur dagesessen und vor sich hin gestarrt, während er überlegte, wie er nun weitermachen sollte.

»Ja?«

Annika stand mit sorgenvollem Gesicht in der Tür.

»Es gibt da etwas, das ihr wissen müsst. Wir bekommen Anrufe. Viele Anrufe. Und sie sind ziemlich unangenehm ...«

»Wie meinst du das?«

Annika kam herein und stellte sich mit verschränkten Armen vor seinen Schreibtisch.

»Die Leute sind empört. Sie sagen, wir würden unsere Arbeit nicht machen. Es kommen sogar schon Drohungen.«

»Wieso? Ich verstehe das nicht.«

Patrik schüttelte den Kopf. Annika holte tief Luft.

»Viele Anrufer sind der Meinung, wir würden die Menschen in der Flüchtlingsunterkunft nicht in ausreichendem Umfang unter die Lupe nehmen.«

»Warum sollten wir auch? Es gibt doch gar keine Hinweise in dieser Richtung?«

Patrik runzelte die Stirn. Er begriff nicht, was sie meinte. Warum riefen Leute wegen der Flüchtlingsunterkunft an?

Sie schaute auf ihren Notizblock und las laut vor

»Laut einem Herrn, der anonym bleiben möchte, war es ›eindeutig einer von diesen Schwarzen‹. Und laut einer Dame, die ihren Namen ebenfalls nicht nennen wollte, ist es ein ›Skandal‹, dass wir nicht ›jeden Einzelnen dieser Kriminellen zum Verhör einbestellt‹ haben. Sie war sich außerdem sicher, dass keiner von denen vor irgendeinem Krieg geflohen wäre, sondern alle nur auf einen Vorwand gewartet hätten, sich von – Achtung, ich zitiere – ›den Schweden durchfüttern zu lassen‹. Ich habe Dutzende solcher Anrufe bekommen. Alle anonym.«

»Oh mein Gott!« Patrik seufzte schwer.

Das war das Letzte, was er jetzt gebrauchen konnte.

»Jetzt weißt du Bescheid.« Annika ging zur Tür. »Wie soll ich reagieren?«

»So wie bisher«, sagte Patrik. »Höflich und nichtssagend.«

»Okay.«

Er rief sie noch einmal zurück.

»Annika?«

Sie steckte den Kopf durch die Tür.

»Könntest du Gösta bitte zu mir schicken? Und ruf die Staatsanwaltschaft in Uddevalla an. Wir brauchen einen Durchsuchungsbeschluss.«

»Mach ich sofort.« Sie nickte.

Er war es gewohnt, dass sie nicht nachfragte. Sie wusste, dass sie früh genug erfahren würde, worum es ging.

Patrik lehnte sich zurück. Gösta würde nicht erfreut sein. Aber es war unumgänglich. Und hätte längst passiert sein müssen.

Martin wurde warm ums Herz, als er Tuva im Rückspiegel beobachtete. Er hatte sie bei Pias Eltern abgeholt. Sie würde noch mal bei ihnen übernachten, damit er arbeiten konnte, aber die Sehnsucht nach ihr war so groß und überwältigend geworden, dass er Patrik gebeten hatte, ihm eine Stunde freizugeben. Er brauchte ein wenig Zeit mit seiner Tochter, um wieder Kraft zu tanken. Ihm war klar, dass die enorme Sehnsucht nach Tuva mit seiner Sehnsucht nach Pia zusammenhing. Irgendwann musste er lernen, seine Tochter loszulassen. Momentan wollte er ihr so nah wie möglich sein. Pias Eltern und Annika waren die Einzigen, denen er sie anvertraute, und das auch nur, wenn seine Arbeit es erforderte. Seine eigenen Eltern hatten nicht viel Interesse an kleinen Kindern. Sie kamen gern mal zum Kaffeetrinken bei ihm und Tuva zu Besuch, aber sie hatten noch nie gefragt, ob sie mal auf das Mädchen aufpassen dürften, und er hatte sie auch noch nie darum gebeten.

»Papa, ich will auf den Spielplatz«, rief Tuva von der Rückbank, und er sah sie im Rückspiegel an.

»Natürlich, meine Süße.« Er warf ihr eine Kusshand zu.

Wenn er ehrlich war, hatte er gehofft, dass sie diesen Wunsch äußern würde. Die Frau vom Spielplatz ging ihm nicht aus dem Kopf, und die Wahrscheinlichkeit, ihr dort wieder über den Weg zu laufen, war zwar nicht hoch, aber er wusste nicht, wie er sie sonst wiederfinden sollte. Er schwor sich, sie heute nach ihrem Namen zu fragen, falls sie auftauchte.

Er parkte neben dem Spielplatz und schnallte Tuva ab. Mittlerweile beherrschte er die Verschlusstechnik des Kindersitzes im Schlaf, aber er erinnerte sich noch an seine Kämpfe, als Tuva ganz klein war. Wutschnaubend hatte er sich abgemüht, während Pia aus einer gewissen Entfernung zuschaute und sich über ihn kaputtlachte. So viele Dinge, die ihm damals schwierig erschienen, waren heute kein Problem mehr. Und vieles, was damals leicht wirkte, war heute furchtbar schwer. Martin stahl sich einen Kuss, während er Tuva aus dem Auto hob. Sie wollte immer seltener mit ihm schmusen. Es gab zu viele aufregende Dinge zu entdecken, viel zu wenig Zeit zum Spielen, und auf seinen Schoß wollte sie mittlerweile nur noch, wenn sie sich weh getan hatte. Er akzeptierte das und konnte es verstehen, aber manchmal hätte er gern die Zeit angehalten.

»Schau mal, Papa, das Baby, das du getreten hast.«

Martin wurde bis zum Haaransatz rot.

»Danke, dass du mich daran erinnerst.« Er tätschelte Tuva den Kopf.

»Gern geschehen, Papa«, sagte sie, ohne genau zu verstehen, wofür er sich bedankt hatte, und rannte auf das Baby zu, das sich gerade eine Handvoll Sand in den Mund schob.

»Nein, Junge, keinen Sand essen.« Fürsorglich griff sie nach seiner Hand und klopfte sie ab.

»Oh, das ist ja eine liebe kleine Babysitterin.« Die Frau strahlte Martin an.

Als er ihre Grübchen sah, wurde er wieder rot.

»Ich verspreche, diesmal aufzupassen, dass ich Ihr Kind nicht trete.«

»Das weiß ich zu schätzen.« Sie schenkte ihm ein Lächeln, von dem sogar seine Ohren rot wurden.

»Martin Molin.« Er gab ihr die Hand.

»Mette Lauritsen.«

Ihre Hand fühlte sich warm und trocken an.

»Norwegerin?« Plötzlich konnte er den leichten Akzent einordnen.

»Ja, ursprünglich stamme ich aus Norwegen, aber ich lebe seit fünfzehn Jahren in Schweden, weil ich einen Typen aus Tanum geheiratet habe. Das ist der, mit dem ich mich gestern gestritten habe. Sie haben es ja mitbekommen.«

Sie verzog bedauernd das Gesicht.

»Alles wieder in Ordnung?«, fragte er.

Aus dem Augenwinkel sah er Tuva mit dem Baby spielen.

»Das kann man wirklich nicht behaupten. Er ist immer noch zu beschäftigt mit seiner Neuen, um sich um unsern Lütten zu kümmern.«

»Das ist ja ein schöner Name«, scherzte Martin, obwohl er wusste, wie Mettes Sohn hieß.

»Sehr witzig.« Lachend warf Mette ihrem Kind einen liebevollen Blick zu. »Er heißt Jon, nach meinem Vater, aber ich nenne ihn den Lütten. Hoffentlich schaffe ich es, mir das rechtzeitig abzugewöhnen, bevor er in die Pubertät kommt.«

»Ist wahrscheinlich besser.« Martin machte aus Spaß ein ernstes Gesicht, und sein Magen machte einen Luftsprung, als er das Glitzern in ihren Augen sah.

»Und was machen Sie sonst so?«, fragte sie.

Einen Moment lang hatte er das Gefühl, sie würde mit ihm flirten, aber vielleicht war das reines Wunschdenken.

»Ich bin Polizist.« Er hörte selbst den Stolz in seiner Stimme.

Und er war tatsächlich stolz auf seinen Beruf. Er konnte etwas bewirken. Schon als Kind hatte er Polizist werden wollen und hatte auch später nie an diesem Berufswunsch gezweifelt. Als Pia starb, hatte die Arbeit ihn gerettet, und seine Kollegen waren mehr als Kollegen, sie waren seine Familie. Sogar Mellberg. Jede Familie brauchte schließlich ein dysfunktionales Mitglied, und Mellberg füllte diese Rolle mit Bravour aus.

»Polizist«, sagte sie. »Cool.«

»Und Sie?«

»Ich bin Buchhalterin in einer Firma in Grebbestad.«

»Wohnen Sie hier?«, fragte Martin.

»Ja. Jons Vater lebt ja hier, aber wenn er sich nicht engagieren möchte, werde ich vielleicht …«

Sie warf einen langen Blick auf ihren Sohn, den Tuva nun herzte und küsste.

»Sie hat noch nicht gelernt, nicht *zu* viel Interesse zu zeigen«, sagte Martin lachend.

»Manche von uns lernen es nie«, antwortete sie mit noch breiterem Grinsen.

Dann zögerte sie.

»Falls Sie das nicht zu aufdringlich finden … Würden Sie vielleicht mal mit mir essen gehen?«

Sie schien die Frage sofort zu bereuen, aber Martins Magen schlug Purzelbäume.

»Gerne!«, sagte er etwas übereifrig. »Unter einer Bedingung …«

»Ja?«, fragte Mette skeptisch.

»Ich lade Sie ein.«

Da waren die Grübchen wieder, und in Martin begann ganz, ganz langsam etwas aufzutauen.

»Wo sind Martin und Paula? Sind sie noch nicht zurück?« Gösta setzte sich auf den Stuhl vor Patriks Schreibtisch.

Als Annika ihn bat, in Patriks Zimmer zu kommen, hatte er gedacht, alle würden sich dort versammeln, aber bislang war er der Einzige.

»Ich habe ihnen freigegeben. Martin verbringt ein bisschen Zeit mit Tuva, und Paula wollte auch mal schnell zu Hause hallo sagen, aber sie kommen nachher wieder.«

Gösta nickte. Er wartete darauf, dass Patrik den Anfang machte.

»Ich habe noch mal mit Pedersen und Torbjörn telefoniert«, sagte Patrik.

Gösta setzte sich aufrecht hin. Seitdem das Mädchen gefunden worden war, hatte er das Gefühl gehabt, sie würden auf der Stelle treten, und daher war das kleinste bisschen Information wertvoll.

»Was haben sie gesagt?«

»Die Obduktion ist abgeschlossen, und ich habe einen vorläufigen Bericht bekommen. Torbjörn und seine Männer sind noch nicht ganz fertig, aber ich habe ihn zu einer Einschätzung gezwungen.«

»Und?« Gösta bekam Herzklopfen.

Er wollte Neas Eltern so gern etwas sagen, das ihnen half, mit Neas Tod abzuschließen.

»Das Mädchen ist höchstwahrscheinlich nicht auf der Lichtung getötet worden. Der Fundort ist vermutlich nur ein sekundärer Tatort, und wir müssen so schnell wie möglich den primären finden.«

Gösta schluckte. Er war davon ausgegangen, Nea wäre auf der Lichtung gestorben. Dass sie an einem anderen Ort getötet und anschließend dorthin gebracht worden war, veränderte alles. Auch wenn sich momentan noch nicht sagen ließ, inwiefern.

»Wo fangen wir an zu suchen?«, fragte er.

Sobald er die Frage gestellt hatte, wusste er die Antwort selbst.

»Scheiße«, sagte er leise.

Patrik nickte.

»Es ist nur logisch. Dort müssen wir anfangen.«

Patrik betrachtete ihn sorgenvoll. Er wusste, wie leid Gösta die Familie des Mädchens tat. Obwohl sie Fremde waren, hatte er sich ihre Trauer von Anfang an mitfühlend zu Herzen genommen.

»So gern ich auch widersprechen würde, es geht nicht anders.« Sein Herz wurde schwer.

Er sah Patrik an.

»Wann?«

»Ich warte noch auf den Durchsuchungsbeschluss aus Uddevalla, aber der dürfte kein Problem sein. Am liebsten gleich morgen früh.«

»Ja«, seufzte Gösta. »Haben sie noch was gesagt?«

»Sie ist an einem Schädelbruch gestorben. Entweder aufgrund eines Sturzes, oder er ist ihr mit einem Gegenstand zugefügt worden. Wenn, dann wäre allerdings vollkommen unklar, mit was für einem. In der Wunde waren außer Dreck keine Spuren.«

»Diesen Dreck müsste man doch spezifizieren können.« Gösta beugte sich interessiert vor.

Patrik nickte.

»Ja, es ist alles ins Labor geschickt worden. Aber es wird eine Weile dauern, bis wir die Ergebnisse haben.«

Beide saßen schweigend da. Draußen war die Sonne gesunken und das harte Licht des Tages sanften Rot- und Orangetönen gewichen. Die Temperatur in der Dienststelle war fast angenehm.

»Kann ich heute Abend sonst noch was tun?« Gösta zupfte an einem unsichtbaren Faden an seinem Uniformhemd.

»Nein, fahr nach Hause und ruh dich aus. Ich halte dich auf dem Laufenden. Martin und Paula kommen später und protokollieren ihre heutigen Vernehmungen, und du hast deinen Bericht von dem Gespräch mit Neas Eltern ja schon geschrieben, wie ich von Annika weiß.«

»Ja, das stimmt. Ich helfe Annika, Fälle von sexueller Nötigung und so Sachen durchzugehen, aber ich kann die Anzeigen auch mit nach Hause nehmen, wenn du nichts dagegen hast.«

Er stand auf und schob den Stuhl an den Schreibtisch.

»Tu das.« Patrik nickte. Dann schienen ihm Zweifel zu kommen. »Hast du von diesen Anrufen gehört? Wegen der Flüchtlingsunterkunft?«

»Ja«, antwortete Gösta knapp.

Er dachte an die Bemerkungen, die Peters Eltern gemacht hatten, behielt sie aber für sich.

»Das ist Angst«, sagte er. »Angst vor dem Unbekannten. Menschen haben schon immer Außenstehenden die Schuld gegeben. Das ist weniger belastend, als sich vorzustellen, jemand aus der eigenen Gruppe könnte etwas Schlimmes getan haben.«

»Denkst du, es könnte zum Problem werden?«, fragte Patrik.

Er faltete die Hände auf dem Tisch.

Gösta ließ sich mit der Antwort Zeit. Er dachte an die fetten Überschriften in den Boulevardzeitungen, an *Schwedens Freunde*, die trotz der Skandale eine immer größere Wählerschaft hatten. Er wollte nein sagen, hörte sich jedoch bestätigen, was Patrik bereits zu wissen schien.

»Ja, das kann zum Problem werden«, sagte er.

Patrik nickte wortlos.

Gösta ging und holte noch die Anzeigen aus seinem Büro, die er mit nach Hause nehmen wollte. Er setzte sich eine Weile an seinen Schreibtisch und schaute aus dem Fenster. Der Himmel sah aus, als würde er brennen.

Vendela horchte auf die Fernsehgeräusche im Erdgeschoss und öffnete vorsichtig das Fenster. Obwohl ihr Zimmer im ersten Stock lag, kam sie seit langem unbemerkt aus dem Haus. Direkt unter ihr befand sich das Verandadach, und von da aus erreichte sie den großen Baum neben dem Haus. Sicherheitshalber hatte sie ihre Zimmertür von innen abgeschlossen und die Musik voll aufgedreht. Wenn ihre Mutter klopfte, würde sie davon ausgehen, dass Vendela sie nicht hörte.

Während sie den Baum hinunterkletterte, guckte sie ins Wohnzimmer. Sie sah nur den Hinterkopf ihrer Mutter, die allein auf dem Sofa saß und irgendeine öde Krimiserie schaute, wie immer mit einem Glas Wein in der Hand. Es war so hell draußen, dass ihre Mutter sie hätte sehen können, wenn sie sich umgedreht hätte, aber Vendela war schnell unten und schlich über das Grundstück. Wenn ihre Mutter getrunken hatte, merkte sie sowieso nichts. Früher hatte sie abends auch hin und wieder Wein getrunken, meistens mit einem Foto von Stella in der Hand. Am nächsten Tag klagte sie über Kopfschmerzen, als wüsste sie nicht, woher die kämen. Seit Marie Wall nach Fjällbacka zurückgekehrt war, trank ihre Mutter jeden Abend.

Marie und Helen. Die Frauen, die ihre Tante getötet und ihre Mutter zu einer Kartonweinsäuferin gemacht hatten.

Gleich hinter der Grundstücksgrenze warteten Nils und Basse auf sie. Vendela verdrängte die Gedanken an Marie und Helen und deren Kinder Sam und Jessie.

Nils küsste Vendela zur Begrüßung und drückte sich an sie.

Er und Basse waren mit dem Fahrrad gekommen, und Vendela setzte sich auf Nils' Gepäckträger. In schnellem Tempo radelten sie an Tetra Pak, dem großen Parkplatz mit der kleinen Feuerwache, der Pizzeria und dem Platz mit der Rasenfläche vorbei. Ganz oben auf dem Galärbacken hielten sie an, und Vendela schmiegte sich noch enger an Nils und befühlte seinen flachen, harten Bauch.

Der Abhang war steil, und Nils bremste nicht. Der Wind erzeugte Druck auf ihren Ohren, das Haar flatterte hinter ihr her. Bei jedem Loch hatte sie ein Ziehen im Bauch, und sie musste schlucken, um ihre Angst in den Griff zu bekommen.

Sie kamen am Ingrid-Bergmans-torg vorbei, und schließlich wurde die Strecke wieder eben. Vendela atmete auf. Auf dem Platz war einiges los, und ein paar gestylte Jugendliche mussten zur Seite springen, als sie durch die Menge rasten. Sie drehte sich um und sah einige von ihnen die Fäuste in die Luft recken, aber sie lachte nur. Diese dämlichen Touristen kamen für ein paar Wochen im Jahr und glaubten, Fjällbacka würde ihnen gehören. Sie hatten keine Ahnung, wie es hier im November aussah. Nein, sie waren aus ihren schönen Häusern und ihren teuren Privatschulen nur kurzfristig aufgebrochen, kamen mit ihren feinen Familien auf schicken Yachten angesegelt, drängelten sich überall vor und lästerten über die »Landeier« hier.

»Hast du Badesachen dabei?« Nils drehte sich zu ihr um.

Langsam fuhren sie über den kleinen Pier zur Badestelle.

»Mist, die habe ich vergessen. Aber ich kann auch so ins Wasser.«

Lachend streichelte sie seinen Oberschenkel. Vendela hatte schnell gemerkt, was ihn anmachte. Je aufreizender, desto besser.

»Da sind schon welche.« Basse zeigte auf den alten Sprungturm.

»Ach, das sind doch nur ein paar Idioten aus der Klasse unter uns. Die verziehen sich, wenn wir kommen. Glaub mir.«

Trotz der Dunkelheit ahnte Vendela, dass er grinste. Wie immer spürte sie sofort ein Kribbeln im Bauch. Sie warfen die Fahrräder neben dem alten Badehaus in den Sand und gingen hinüber zum Sprungturm, auf dem sich drei juchzende Jungs vergnügten. Als sie sahen, wer sich näherte, verstummten sie.

»Haut ab, jetzt baden wir hier«, sagte Nils ruhig, und die drei schwammen wortlos zurück an den Steg.

So schnell sie konnten, rannten sie über die Klippen zu den Umkleiden. Da es ein altes Kurbad war, zog man sich in offenen Kabinen unter freiem Himmel um, aber Nils, Vendela und Basse machten sich diese Mühe nicht. Sie rissen sich einfach die Kleider vom Leib.

Während Vendela sich etwas langsamer auszog, stiegen die Jungs schon die Leiter des Holzturms hinauf. Der Sprungturm war nicht Vendelas Ding. Basses wohl auch nicht, aber er machte Nils alles nach.

Vendela rannte zur Badeleiter, stieg ein paar Stufen hinunter und ließ sich rückwärts ins Wasser fallen. Genoss das Wasser, das sie umschloss. Sofort gingen ihre Ohren zu, aber das machte es nur noch leichter, sich für einige Sekunden von allem zurückzuziehen. Vom Anblick ihrer Mutter mit dem Glas Wein in der einen und dem Foto von Stella in der anderen Hand. Irgendwann war sie gezwungen, an die Oberfläche zurückzukehren. Sie ließ sich auf dem Rücken treiben und blickte hoch zum Sprungturm.

Basse zögerte, und Nils stand grinsend daneben. Der Turm war nicht wahnsinnig hoch, aber immerhin so hoch, dass man ein Ziehen in der Magengegend spürte, wenn man dort oben stand. Immer noch unsicher wagte sich Basse an die Kante vor. Da versetzte ihm Nils einen Stoß in den Rücken.

Basse schrie, bis er unten ankam.

Nils nahm Anlauf und landete dicht hinter ihm mit einer Arschbombe. Als er wieder auftauchte, schrie er in Richtung Himmel:

»Mann, ist das geil!«

Er nahm Basses Kopf in die Hände und drückte ihn unter Wasser, ließ ihn aber nach einigen Sekunden los. Dann schwamm er mit einigen kräftigen Zügen zu Vendela. Er zog sie an sich und presste strampelnd seinen Unterleib an ihren.

Seine Hand wanderte in ihr Höschen. Kurz darauf drang ein Finger in sie ein. Vendela schloss die Augen. Sie dachte an Maries widerliche Tochter Jessie, die mit Sam bestimmt das Gleiche machte, und küsste Nils auf den Mund.

Plötzlich stieß Nils sich von ihr ab.

»Scheiße!«, fluchte er. »Eine Qualle!«

Er schwamm zur Leiter und stieg hinauf. Auf seinem rechten Oberschenkel zeichneten sich flammend rote Streifen ab.

Als Vendela aus dem Wasser kam, merkte sie, dass sie besser ein Handtuch mitgenommen hätten. Die zuvor noch so warme Luft war nun eiskalt.

»Hier«, sagte Basse leise und reichte ihr zum Abtrocknen sein T-Shirt. Sein blasses Gesicht leuchtete in der Dunkelheit.

»Danke.«

Nils hatte sich schon angezogen. Hin und wieder griff er sich an den Oberschenkel, aber der Schmerz schien ihm nicht viel auszumachen. Als er sich zu ihnen umdrehte, sah sie den Schimmer, der immer in seinen Augen aufblitzte, bevor das Leben eines anderen zerstört wurde.

»Was meint ihr? Bringen wir es hinter uns?«

Vendela sah Basse an. Sie wusste, dass er es nicht wagen würde, nein zu sagen.

Sie spürte ein Flattern in der Brust.

»Worauf warten wir?« Sie ging voraus zu den Fahrrädern.

Bohuslän 1672

In der folgenden Woche herrschte auf dem Hof eine merkwürdige Stimmung. Elin kochte vor Wut und Hass, aber ihr Verstand gewann die Oberhand. Hätte sie Britta etwas vorgeworfen, das sich nur mit kindlichen Worten zum Ausdruck bringen ließ, wären sie vom Hof vertrieben worden, und wo hätten sie dann hingesollt?

Nachts lag sie wach und hielt Märta fest, wenn Alpträume deren zarten Körper schüttelten. Während sie sich hin und her wälzte, murmelte sie immer wieder ängstlich etwas, das Elin nicht verstand. Einmal glaubte sie, das Wort Hexe gehört zu haben, aber ganz sicher war sie sich nicht. Und von Viola noch immer keine Spur. Mit der Katze war Märtas Freude verschwunden. Sie hüpfte nicht mehr über den Hof und beklagte sich nicht mehr, wenn sie unangenehme Pflichten erledigen sollte. Es brach Elin fast das Herz, in die Augen des Mädchens zu schauen, die mittlerweile so dunkel wirkten wie das Wasser des Sees, aber sie konnte nichts dagegen tun. Keins der Rezepte, die ihre Großmutter sie gelehrt hatte, half bei Kummer und Angst, und gegen Märtas Schmerz konnte nicht einmal Mutterliebe etwas ausrichten.

Sie fragte sich, was Preben zu Britta gesagt hatte. Seit er Märta ins Haus getragen hatte, zwei ganze Tage in seinem eigenen Bett schlafen ließ und selbst mit dem Gästezimmer vorliebgenommen hatte, schaute Britta Elin nicht mehr an. Die Tage liefen ab wie immer. Was die praktischen Dinge betraf, hatte sich nichts verändert, Britta erteilte ihr Aufträge, wie sie es von Anfang an getan hatte, seit Elin und Märta auf dem Pfarrhof lebten. Doch Britta wich Elins Blick konsequent aus. Nur einmal hatte Elin Britta ertappt, wie diese sie ungeniert beobachtete, während Elin die ehelichen Federbetten aufschüttelte. Der kalte Hass in Brittas Augen verschlug Elin beinahe den Atem. Sie begriff, dass sie sich ihre kleine Schwester zu einer noch größeren Feindin gemacht hatte. Aber es war besser, wenn Britta ihren Hass an Elin ausließ und nicht an dem Mädchen. In dieser Hinsicht vertraute sie auf Preben. Sie wusste zwar nicht, was genau er zu seiner Frau gesagt hatte, aber die würde es bestimmt nicht wagen, sich noch einmal an Märta zu vergreifen. Doch was in Märtas Seele zerbrochen war, konnte er nicht reparieren. Das Vertrauen und die Zuversicht eines Kindes gehörten zu den schönsten Gaben Gottes, und die hatte Britta ihr genommen.

»Elin?«

Als sie Prebens Stimme von der Küchentür hörte, fiel ihr beinahe der Kessel aus der Hand, den sie gerade reinigte.

»Ja.« Während sie sich umdrehte, trocknete sie sich die Hände an der Schürze ab.

Sie hatten seit einer Woche nicht miteinander gesprochen, und nun hatte sie plötzlich wieder vor Augen, wie er durch den Wald gerannt war. Sein weißes Hemd zwischen den Baumstämmen, sein verzweifelter Blick, als Märtas Gesicht langsam im dunklen Wasser versank. Die Zärtlichkeit in seinem Blick, als er das Mädchen über Stock und Stein nach Hause trug. Auf einmal bekam sie keine Luft mehr. Sie verbarg die zitternden Hände hinter der Schürze.

»Kann Elin kommen?«, fragt er gehetzt. »Ist Märta in der Kate?«

Stirnrunzelnd fragte sich Elin, was er von ihr wollte. Eine blonde Locke war ihm in die Stirn gefallen, und sie beherrschte sich nur mühsam, sie ihm nicht aus dem Gesicht zu streichen.

Hastig nickte sie.

»Ja, sie ist in der Kate«, sagte sie. »Dort habe ich sie jedenfalls zuletzt gesehen. Sie geht nicht mehr oft vor die Tür.«

Sie bereute die Worte sofort, weil sie zu direkt auf den Vorfall anspielten. Auf das dunkle Wasser des Sees und Brittas Untat. Die Untat seiner Frau.

»Dann aber schnell, Elin«, sagte Preben. »Worauf wartet Sie noch?«

Widerwillig folgte sie ihm.

»Lill-Jan? Wo ist Er?«, rief er auf dem Hof und strahlte übers ganze Gesicht, als der Knecht mit irgendetwas in den Armen auf sie zukam.

»Was ist denn los?«

Elin sah sich unruhig um. Sie wollte unter keinen Umständen, dass Britta sie mit Preben auf dem Hof stehen und reden sah, aber es war nicht zu übersehen, mit welcher Freude Preben Lill-Jan ein kleines Bündel aus der Hand nahm.

»Ich weiß, wie sehr Märta Viola vermisst. Und daher dachte ich, sie soll einen der Welpen haben, die Pärla heute Nacht bekommen hat.«

»Das können wir nicht annehmen«, sagte Elin streng, während sie sich abwandte, um ihre Tränen zu verbergen.

»Nicht doch.« Preben hielt ihr ein winziges braungeflecktes Hündchen hin.

Elin konnte nicht anders, sie musste das entzückende Wesen hinter den langen weichen Ohren kraulen.

»Irgendjemand muss mir helfen, diesen kleinen Racker zu einem tüchtigen Hofhund zu erziehen, und ich habe dabei an Märta gedacht. Pärla wird in ein paar Jahren ausgedient haben, und dann brauchen wir einen Ersatz. Ich glaube, der Kleine hier könnte ein richtig guter Wachhund werden, oder was meint Elin?«

Sie wusste, dass sie bereits besiegt war. Der Hund schaute sie mit seinen braunen Augen zutraulich an und streckte eine kleine Tatze nach ihr aus.

»Wenn Er Märta beibringt, was sie wissen muss, um einen Hund zu erziehen, dann will ich es erlauben«, sagte sie spröde, doch innerlich schmolz sie dahin.

»Dann bedanke ich mich demütigst für Elins Einverständnis.« Mit schelmischem Lächeln ging Preben zu den Katen der Bediensteten.

Nach einigen Metern drehte er sich um und sah sie aufmunternd an.

»Will Sie denn nicht dabei sein, wenn Märta den Welpen bekommt?«

In raschem Tempo ging er weiter, und Elin eilte hinterher. Doch, das wollte sie nicht verpassen.

Sie fanden Märta im Bett. Mit offenen Augen lag sie da und starrte an die Decke. Erst als Preben neben ihr kniete, wandte sie sich ihm zu.

»Darf ich Märta um einen großen Gefallen bitten?«, fragte Preben sanft, und das Mädchen nickte ernst.

Seit er sie vom See zurück zum Haus getragen hatte, war ihre Bewunderung für ihn nicht weniger geworden.

»Ich brauche Märtas Hilfe. Dieses arme Würmchen ist schwächer als die anderen Welpen und wird von seiner Mutter vernachlässigt. Wenn es nicht bald eine andere Mutter findet, muss es verhungern, und da dachte ich mir, wer wäre besser für diese Aufgabe geeignet als Märta? Falls Märta Zeit und Lust hat, natürlich. Das Tierchen muss rund um die Uhr gefüttert und in jeder Hinsicht umsorgt werden. Und es braucht einen Namen, nicht nur immer der Kleine.«

»Das schaffe ich.« Ohne den Welpen, der sich aus dem Tuch zu befreien versuchte, in das er gewickelt war, aus den Augen zu lassen, setzte sich Märta auf.

Behutsam entfernte Preben das Tuch und gab Märta den Hund. Sofort schmiegte sie das Gesicht in sein weiches Fell. Der kleine Schwanz wedelte.

Elin sah sie auf eine Weise lächeln, wie sie schon lange nicht mehr gelächelt hatte. Und als sie Prebens Hand fühlte, zog sie die eigene nicht weg.

Das Kissen war zerknautscht, aber Eva konnte sich nicht aufraffen, sich anders hinzulegen. Viel Schlaf hatte sie in der Nacht nicht bekommen. Sie wusste nicht mal, wann sie zuletzt geschlafen hatte. Ein Nebel hatte sich über ihr Leben gelegt. Ihr sinnloses Leben. Wozu sollte sie aufstehen? Wozu sprechen? Atmen? Peter konnte ihr das nicht beantworten.

Sein Blick war genauso leer wie ihrer. Seine Berührung genauso kalt. In den ersten Stunden hatten sie versucht, sich gegenseitig Trost zu spenden, aber Peter war ihr fremd geworden. Ohne sich zu berühren, lebten sie unter einem Dach, jeder allein mit seiner Trauer.

Peters Eltern taten, was sie konnten. Sie sorgten dafür, dass sie und Peter zu bestimmten Zeiten etwas aßen und ins Bett gingen und wieder aufstanden, wenn es sich gehörte. Wenn sie ausnahmsweise aus dem Fenster schaute, wunderte sie sich, dass die Blumen noch blühten. Dass die Sonne schien, die Mohrrüben in der Erde gediehen und die Tomaten prachtvoll an den Stielen hingen.

Neben ihr seufzte Peter. In der Nacht hatte sie ihn schluchzen gehört, war aber nicht in der Lage gewesen, die Hand nach ihm auszustrecken.

Unten näherte sich Bengt der Treppe.

»Es kommt jemand«, rief er.

Eva nickte zerstreut und hievte ächzend die Beine über die Bettkante.

»Dein Vater sagt, da kommt jemand«, sagte sie zu ihren Füßen.

»Okay«, sagte Peter leise.

Das Bett knarrte, als er sich ebenfalls aufrichtete. Schweigend blieben sie eine Weile so sitzen, Rücken an Rücken. Zwischen ihnen eine zerstörte Welt.

Langsam ging sie die Treppe hinunter. Sie war ins Bett gegangen, ohne sich vorher auszuziehen, und trug immer noch dieselbe Kleidung, die sie an dem Tag, als Nea verschwand, angehabt hatte. Ulla hatte mehrfach versucht, sie dazu zu überreden, sich umzuziehen, aber in diesen Kleidungsstücken hatte sie zum letzten Mal das Gefühl gehabt, alles wäre wie immer, in diesen Kleidungsstücken hatte sie Nea umarmen, mit ihr spielen und ihr etwas zu essen machen wollen.

Bengt stand am Küchenfenster.

»Es sind zwei Polizeiautos gekommen.« Er reckte den Hals. »Vielleicht wissen sie mehr.«

Eva nickte. Sie rückte einen Stuhl vom Tisch und ließ sich darauf sinken. Keine Gewissheit der Welt würde ihnen Nea zurückgeben.

Bengt ging zur Haustür und ließ die Polizisten herein. Sie unterhielten sich gedämpft, dann erkannte sie Göstas Stimme. Gott sei Dank!

Gösta kam als Erster in die Küche. Als er von ihr zu Peter schaute, bemerkte sie zum ersten Mal einen beklommenen Zug an ihm.

Bengt stellte sich an den Herd. Ulla hatte Peter die Hände auf die Schultern gelegt.

»Haben Sie was Neues erfahren?«, fragte Bengt.

Immer noch bedrückt, schüttelte Gösta den Kopf.

»Nein, leider haben wir keine Neuigkeiten für Sie«, sagte er. »Aber wir müssen eine Hausdurchsuchung durchführen.«

Bengt plusterte sich auf und machte ein paar Schritte auf Gösta zu.

»Soll das ein Witz sein? Reicht es nicht, dass ihr Leben zerstört wurde?«

Ulla ging zu ihm und tätschelte ihm beruhigend den Arm. Er schüttelte den Kopf, sagte aber nichts mehr.

»Lasst sie einfach ihre Arbeit machen«, sagte Eva.

Dann stand sie auf und ging zur Treppe. Aus der Küche hörte sie empörte Stimmen, aber sie gingen sie nichts mehr an.

»Werden wir noch viel Besuch von der Polizei bekommen?«

Jörgen lehnte sich in der Maske an die Wand. Marie betrachtete sein Stirnrunzeln im Spiegel. Sie war geschminkt und frisiert worden und machte nur noch einen letzten Check.

»Woher soll ich das wissen?« Sie zupfte ein Klümpchen Eyeliner aus dem rechten Augenwinkel.

Jörgen wandte sich schnaubend ab.

»Ich hätte mich nicht darauf einlassen dürfen.«

»Worum geht es überhaupt? War es dir unangenehm, nach meinem Alibi gefragt zu werden? Oder machst du dir Sorgen wegen Frau und Kindern?«

Jörgens Gesicht verfinsterte sich.

»Meine Familie hat damit nichts zu tun.«

»Genau.«

Ihr Spiegelbild grinste.

Jörgen sah Marie schweigend an, dann stürmte er aus der Maske und ließ sie allein zurück.

Ach, du meine Güte! Männer waren so durchschaubar. Mit ihr ins Bett wollten sie alle, aber keiner hatte den Mumm, die Konsequenzen zu tragen. Sie hatte erlebt, wie ihr Vater ihre Mutter behandelt hatte. Hatte die Spuren der Schläge gesehen, wenn er seinen Willen nicht bekam. In der ersten Pflegefamilie, in der Marie untergebracht worden war, hatte der Mann im Haus ihr deutlich gezeigt, wie wenig Achtung er vor ihr hatte.

Helen hingegen hatte zurück zu ihren Eltern gedurft, weil sie im Gegensatz zu Marie angeblich ein stabiles Elternhaus hatte. Doch Marie wusste, wie vielen Zwängen Helen zu Hause ausgesetzt gewesen war.

Viele Menschen hatten sie als sehr verschieden empfunden, aber in Wahrheit passten sie wie zwei Puzzleteile zusammen. Sie fanden in der anderen, was sie immer vermisst hatten. Einen Grund zu leben. Sie hatten ihre Sorgen geteilt.

Sie hatten sich nicht davon abhalten lassen, sich weiterhin zu sehen. Die heimlichen Treffen waren ein spannendes Spiel. Sie beide gegen den Rest der Welt. Nichts konnte sie trennen. Wie naiv sie gewesen waren. Sie begriffen den Ernst der Lage nicht. Nicht einmal an jenem Tag in dem Vernehmungszimmer. Sie war von einer Rüstung umgeben gewesen, in der sie sich unverwundbar fühlte.

Doch dann stürzte alles in sich zusammen. Und Marie geriet in die Pflegefamilienmaschinerie.

Wenige Monate nach ihrem achtzehnten Geburtstag packte Marie ihren Koffer und kehrte ihrer Vergangenheit den Rücken. Sie hatte sich befreit. Von ihren Eltern. Ihren Geschwistern. Und den zahllosen Pflegefamilien.

Ihre Brüder hatten einige Male versucht, Kontakt zu ihr aufzunehmen. Als ihre Eltern starben, als sie ihre erste Rolle in Hollywood bekam. Es war eine Nebenrolle, aber in Schweden eine Sensation. Da gehörte sie plötzlich zur Familie. Sie ließ ihren Anwalt mitteilen, bei ihr gebe es nichts zu holen. Sie seien für sie gestorben.

Jörgen fluchte da draußen. Sollte er ruhig. Dass endlich alle Investoren ihr Okay gegeben hatten und die Finanzierung stand, war ihr und dem Presserummel der vergangenen Tage zu verdanken. Sie hatte keinen Grund, sich über seine Sorgen den Kopf zu zerbrechen. Er betrog seine Frau bei jedem Dreh, weil er sich einfach nicht beherrschen konnte, aber das war nicht Maries Schuld.

Sie sah Helens Gesicht vor sich.

Am vergangenen Tag hatte Marie sie bei Hedemyrs gesehen, wo sie nach Drehschluss hingegangen war. Plötzlich stand sie mit einer Einkaufsliste in der Hand hinter einem Regal. Marie wich rasch zurück und hoffte, Helen hätte sie nicht bemerkt.

Das Grinsen auf Maries feuerrot geschminkten Lippen verflüchtigte sich. Helen war alt geworden. Das war am schwersten zu verdauen. Sie mochte gar nicht daran denken, wie viel Geld sie im Lauf der Jahre für Behandlungen, Operationen und Eingriffe ausgegeben hatte. Helen hingegen hatte nichts unternommen, um die Zeit aufzuhalten.

Marie betrachtete sich selbst im Spiegel. Zum ersten Mal seit langem sah sie sich selbst. Aber seit sie nicht mehr von der Gewissheit geschützt war, ausschließlich um sich selbst zu kreisen, konnte sie ihren eigenen Blick nicht mehr ertragen. Langsam wendete sie sich ab. Die Frau im Spiegel kannte sie nicht mehr.

»Ist das wirklich klug?« Anna hielt sich den Bauch. »Was machen wir, wenn es grauenhaft ist?«

»Ich bin mental auf Lachsrosa eingestellt.« Erica bog in Richtung Grebbestad ab.

»Auch für uns?«, fragte Anna entsetzt. »Glaubst du wirklich?«

»Du brauchst dir keine Sorgen zu machen. Dir werden sie wahrscheinlich ein altes Achtmannzelt umnähen. Mach dich darauf gefasst, dass irgendwo Fjällräven draufsteht.«

»Haha, sehr witzig, ich wusste gar nicht, dass meine Schwester Komikerin ist …«

»Tja, Glück gehabt.« Erica grinste.

Sie stieg aus und knallte die Tür zu.

»Ach ja«, sagte sie, »das wollte ich dich noch fragen. Bist du nicht gestern an mir vorbeigefahren, als ich aus Marstrand zurückkam?«

»Was? Nein.«

Anna stöhnte. Wie blöd konnte man eigentlich sein? Sie hatte sich doch eine Begründung zurechtgelegt, aber der Impuls, alles abzustreiten, war schneller gewesen.

»Ich bin mir aber ganz sicher, dass es euer Auto war. Und hinterm Steuer saß eine Frau. Habt ihr den Wagen verliehen?«

Während Anna in die Affärsgata einbog, spürte sie den forschenden Blick ihrer Schwester. Das Brautmodengeschäft, wo sie sich mit Kristina verabredet hatten, war noch ein paar hundert Meter entfernt.

»Ach ja, natürlich, entschuldige. Mein Gehirn ist so matschig von der Schwangerschaft und der Hitze und allem …« Anna zwang sich zu einem Lächeln. »Ich war gestern bei einem Kunden. Ich habe es einfach nicht mehr ausgehalten, nur zu Hause zu sitzen.«

Ein besserer Vorwand war ihr nicht eingefallen, doch Erica wirkte skeptisch.

»Ein neuer Kunde? Wenn jeden Moment die Wehen einsetzen? Wie willst du das schaffen?«

»Es ist kein großer Auftrag, aber so bin ich wenigstens beschäftigt, bis es so weit ist.«

Erica sah sie immer noch zweifelnd an, ließ das Thema aber schließlich fallen. Erleichtert atmete Anna auf.

»Hier ist es.« Erica zeigte auf ein Schaufenster voller Brautkleider.

Durch die Scheibe sahen sie Kristina lebhaft mit einer Verkäuferin diskutieren.

»War der Ausschnitt wirklich so tief?«, fragte sie mit schriller Stimme, als sie den Laden betraten. »Daran kann ich mich nicht erinnern. So kann ich nicht unter Leute! Mein Gott, darin würde ich ja aussehen wie eine Puffmutter! Sie müssen was am Ausschnitt geändert haben!«

»Wir haben gar nichts geändert«, sagte die Verkäuferin, die offenbar ins Schwitzen gekommen war. Anna warf ihr einen mitfühlenden Blick zu. Sie mochte Ericas Schwiegermutter, Kristina war kein böser Mensch, aber sie war manchmal so ... überwältigend. Vor allem, wenn man sie nicht kannte.

»Vielleicht solltest du es noch mal anprobieren«, sagte Erica. »Manchmal sehen Kleider auf dem Bügel ganz anders aus als angezogen.«

»Wozu sollte ich das tun?«, schnaubte Kristina empört, während sie zuerst Erica und dann Anna mit Wangenküsschen begrüßte. »Meine Güte, bist du dick geworden!«

Anna überlegte einen Moment, was sie darauf am besten erwiderte. Schließlich beschloss sie, sich jegliche Reaktion zu verkneifen. Bei Kristina musste man vorsichtig sein.

»Mir leuchtet überhaupt nicht ein, wieso ein Kleid angezogen anders aussehen soll als auf dem Bügel«, sagte Kristina, »aber ich kann ja noch mal reinschlüpfen, um Ihnen zu beweisen, dass ich recht habe. An diesem Ausschnitt hat sich etwas verändert!«

Sie rauschte in die Umkleidekabine, wo die Verkäuferin gerade das Kleid aufgehängt hatte.

»Sie haben hoffentlich nicht vor, mir zuzuschauen«, sagte Kristina barsch. »Auch für Service gibt es eine Grenze, und in Unterwäsche bekommt mich nur mein Mann zu sehen.«

Majestätisch zog sie den Vorhang zu.

Anna konnte sich das Lachen kaum verkneifen, ihre Augen tränten. Ein Blick in Ericas Richtung überzeugte sie davon, dass es der genauso ging.

»Es tut uns leid«, flüsterte sie der Verkäuferin zu, die achselzuckend erwiderte:

»Ich verkaufe Brautmoden. Glauben Sie mir. Ich habe schon viel Schlimmeres erlebt.«

»Und wie soll ich Ihrer Ansicht nach diesen Reißverschluss hochziehen?« Kristina riss den Vorhang zur Seite.

Sie war in das Kleid hineingestiegen und hielt es vor der Brust fest. Mit Engelsgeduld ging die Verkäuferin zu ihr und machte das Kleid auf dem Rücken zu. Dann wich sie zurück und ließ die werdende Braut in Ruhe ihr Spiegelbild betrachten.

Kristina verstummte für einen Moment. Dann sagte sie verblüfft:

»Das ist ja wundervoll.«

Erica und Anna stellten sich neben sie.

Anna lächelte sie an.

»Es ist wunderschön«, sagte sie. »Du siehst phantastisch aus.«

Erica nickte. Anna bemerkte eine Träne im Auge ihrer Schwester. Sie würdigten jedes Detail des enganliegenden Etuikleids. Der herzförmige Ausschnitt war kein bisschen zu tief, sondern genau richtig, und außerdem hatte das Kleid schlichte kurze Ärmel, war vorne ein bisschen kürzer als hinten und hob Kristinas immer noch tolle Figur perfekt hervor.

»Du siehst umwerfend aus.« Diskret wischte sich Erica eine Träne aus dem Augenwinkel.

Kristina nahm sie spontan in den Arm. Das passierte äußerst selten, abgesehen von den Kindern, die sie nach Herzenslust abküsste, war Kristina kein besonders körperlicher Mensch. Es war ein schöner Moment, aber er ging genauso schnell vorüber, wie er gekommen war.

»Dann wollen wir mal sehen, was wir für euch Mädels finden. Vor allem Anna ist eine Herausforderung. Meine Güte, bist du sicher, dass da keine Zwillinge drin sind?«

Hinter Kristinas Rücken warf Anna Erica einen verzweifelten Blick zu.

Aber ihre große Schwester grinste nur und zischte etwas zu laut: »Fjällräven.«

James schaute in die Bäume hinaus. Es war windstill, und man hörte nur das Krächzen der Krähen und hin und wieder ein Rascheln im Gebüsch. In der Saison wäre er aktiver gewesen, aber jetzt saß er hier vor allem, um seine Ruhe zu haben. Die Rehjagd begann erst in ein paar Wochen, aber zu Übungszwecken fand er immer ein Tier. Einen Fuchs oder eine Taube. Einmal hatte er sogar eine Kreuzotter von ihrem Aussichtspunkt auf einem Baum heruntergeholt.

Er hatte den Wald immer geliebt. Menschen verstand er eigentlich nicht, wenn er ehrlich war. Wahrscheinlich fühlte er sich deswegen beim Militär so wohl. Dort ging es weniger um Menschen als um Strategien und Logik, und Gefühle musste man möglichst aus dem Spiel lassen. Die Bedrohung kam von außen, und die Reaktion war kein Dialog, sondern eine Handlung. James und seine Männer kamen erst zum Einsatz, wenn keine Verständigung mehr möglich war.

Die einzige Person, der er nahegestanden hatte, war KG gewesen. Nur er hatte ihn verstanden, ja, das hatte auf Gegenseitigkeit beruht, aber seither hatte er dieses Gefühl nicht mehr erlebt.

Als Sam klein war, hatte James ihn mit auf die Jagd genommen, doch genau wie alles andere, was er mit Sam unternahm, war es eine Katastrophe. Der Dreijährige konnte nicht eine Minute stillsitzen und die Klappe halten. Am Ende hatte James die Schnauze voll. Er packte Sam am Kragen und schubste ihn vom Hochsitz. Das unglückselige Kind musste sich natürlich den Arm brechen, obwohl Kinder normalerweise geschmeidig und biegsam genug waren, um solche Stürze unbeschadet zu überstehen. Typisch, dass Sam ausgerechnet auf einem Stein gelandet war. Dem Arzt und Helen erzählte James, Sam wäre vom Pferd gefallen. Und Sam war klug genug, ihn nicht zu verpetzen. »Blödes Pferd«, sagte er nur.

Hier draußen fühlte sich James am wohlsten. Hätte er die Wahl gehabt, wäre er immer draußen im Feld gewesen. Je älter er wurde, desto weniger Sinn sah er in seinem Heimaturlaub. Das Militär war sein Zuhause. Nicht die Kameraden natürlich. Über jene, die glaubten, in der Armee wären alle Brüder, rümpfte er die Nase. Für ihn waren die anderen Bausteine, die er einsetzte und benutzte, um ans Ziel zu kommen. Danach sehnte er sich zurück. Nach der Logik. Den eindeutigen Handlungsmaximen. Den einfachen Antworten. In die schwierigen Fragen war er nie involviert, sie waren Aufgabe der Politik. Da ging es um Macht. Und um Geld. Um Humanität, Zusammenarbeit oder gar Frieden ging es nie. Immer nur darum, wer die Macht über wen hatte und an wen aufgrund welcher politischen Entscheidungen Geld floss. Nichts anderes. Die Leute waren nur so naiv, ihren politischen Leitfiguren edlere Motive zu unterstellen.

James setzte seinen Rucksack wieder auf und wanderte weiter. Die Naivität der Bevölkerung hatte ihnen durchaus genützt. Niemand ahnte die Wahrheit über Helen. Niemand konnte sich vorstellen, wozu sie fähig war.

Nachdem Torbjörn eine Weile die große Scheune von Familie Berg betrachtet hatte, drehte er sich um.

»Für welche Gebäude gilt der Durchsuchungsbeschluss?«

»Für alle auf dem Grundstück. Auch für die Scheune und den Schuppen.«

Torbjörn nickte und erteilte seinem Team ein paar kurze Anweisungen. Heute hatte er drei Personen dabei, zwei Frauen und einen Mann. Es waren dieselben Kriminaltechniker, die auch die Waldlichtung untersucht hatten, auf der Nea gefunden worden war, aber da Patrik sich zwar Gesichter, jedoch keine Namen merken konnte, hatte er keine Ahnung, wie sie hießen. Alle Techniker und Polizisten vor Ort trugen Schuhschützer aus Plastik und sahen ernst aus. Patrik und seine Kollegen hatten vor allem die Aufgabe, den ganzen Ablauf zu überwachen, aber möglichst nicht im Weg zu stehen. Je weniger Menschen hier rumtrampelten, desto besser, und daher dankte Patrik den Göttern, dass Mellberg sich entschieden hatte, ausnahmsweise in der Dienststelle zu bleiben. Normalerweise ließ er sich keine Gelegenheit entgehen, im Zentrum der Ereignisse zu stehen, aber die Hitze in Kombination mit seiner enormen Körperfülle machten sein Büro, in dem ständig drei Ventilatoren brummten, attraktiver.

Neben dem Wohnhaus nahm Patrik Gösta zur Seite. Er hatte Gösta allein ins Haus geschickt und sich im Hintergrund gehalten, während aus der Küche eine aufgeregte Diskussion zu hören war.

»Haben sie sich wieder beruhigt?«

Gösta nickte.

»Ja. Ich habe ihnen erklärt, dass unsere Vorgehensweise Standard ist, und dass wir das nur machen, um alle Eventualitäten auszuschließen.«

»Können sie damit leben?«

»Es bleibt ihnen ja nichts anderes übrig. Aber ich habe kein gutes Gefühl.«

Gösta verzog das Gesicht.

»Ich weiß.« Patrik legte ihm eine Hand auf den Arm. »Wir arbeiten so schnell und effizient wie möglich, und sie haben bald wieder ihre Ruhe.«

Gösta holte tief Luft, als er beobachtete, wie Torbjörn und sein Team ihre Ausrüstung ins Haus trugen.

»Eventuell habe ich gestern Abend was entdeckt«, sagte er. »Als ich die Berichte über sexuelle Belästigung durchging.«

Patrik zog die Augenbrauen hoch.

»Tore Carlson, wohnhaft in Uddevalla, war Anfang Mai in Tanum zu Besuch«, fuhr Gösta fort. »Er soll sich auf der Toilette eines Einkaufszentrums einem fünfjährigen Mädchen genähert haben.«

Patrik lief ein Schauer über den Rücken.

»Wo ist er jetzt?«

»Das finden die Kollegen aus Uddevalla gerade heraus. Ich habe sie vorhin angerufen.«

Patrik nickte und drehte sich wieder zum Haus um.

Die Techniker hatten beschlossen, das Team nicht aufzuteilen, sondern gemeinsam einen Raum nach dem anderen zu untersuchen. Patrik war nicht wohl dabei, untätig in der prallen Sonne zu stehen. Er hörte, wie Torbjörn die Familie freundlich aufforderte, das Haus zu verlassen. Peter kam als Erster auf den Hof, seine Eltern und zuletzt Eva folgten. Verschlafen blinzelte sie in die Sonne. Patrik nahm an, dass sie nicht vor die Tür gegangen war, seit man Nea gefunden hatte.

Langsam kam Peter herüber zu Patrik, der sich in den Schatten eines Apfelbaums zurückgezogen hatte.

»Hört das nie auf?« Er setzte sich ins Gras.

Patrik ließ sich neben ihm nieder. Ein Stück entfernt sah er Peters Eltern aufgeregt auf Gösta einreden. Eva saß mit gefalteten Händen auf einem der Gartenstühle und starrte auf die Tischplatte.

»Wir sind in ein paar Stunden fertig«, sagte Patrik, obwohl er wusste, dass sich Peters Bemerkung auf etwas anderes bezog.

Auf die Trauer. Und dabei konnte Patrik ihm nicht helfen. Er hatte keine tröstenden Worte für ihn. Nach diesem schrecklichen Autounfall waren er und Erica von Trauer gestreift worden. Mehr nicht. Mit dem abgrundtiefen Loch, in dem Neas Eltern momentan steckten, war das nicht zu vergleichen. Was sie durchmachten, konnte er sich nicht einmal vorstellen.

»Wer tut so was?« Mechanisch riss Peter Grashalme aus.

Der Rasen war seit einigen Tagen nicht gesprengt worden und an einigen Stellen bereits gelb und trocken.

»Das wissen wir noch nicht, aber wir tun alles, um es herauszufinden.« Patrik merkte selbst, wie hohl und abgedroschen das klang.

Er wusste nie, was er in solchen Situationen sagen sollte. Gösta konnte viel besser mit Angehörigen umgehen. Er selbst kam sich ungeschickt und dumm vor und gab oft zwanghaft eine Plattitüde nach der anderen von sich.

»Wir haben nur das eine Kind bekommen«, sagte Peter. »Wir dachten, Nea reicht uns. Vielleicht hätten wir uns noch mehr Kinder anschaffen sollen. Als Reserve.«

Er lachte blechern auf.

Patrik saß schweigend da. Er kam sich wie ein Eindringling vor. Der kleine Hof war so friedlich und so schön, und sie fielen wie die Heuschrecken des Alten Testaments darüber her und zerstörten auch noch das letzte bisschen Frieden. Die Dinge waren selten so, wie sie auf den ersten Blick wirkten, und nur weil jemand trauerte, war er oder sie nicht unschuldig. Das hatte er zu Beginn seiner Laufbahn gedacht, und manchmal sehnte er sich nach seinem naiven Glauben an das Gute im Menschen zurück. Im Laufe der Jahre war ihm viel zu oft bewiesen worden, dass sich in jedem Menschen etwas Dunkles verbarg und man nie wusste, wann es die Oberhand gewann. Er selbst hatte es bestimmt auch in sich. Daher gehörte er zu denjenigen, die felsenfest davon überzeugt waren, dass jeder in der Lage ist zu töten. Nur die Hemmschwellen sind unterschiedlich hoch. Zivilisation ist eine Fassade, hinter der sich uralte Instinkte verbergen, die zum Vorschein kommen, wenn die Bedingungen stimmen. Beziehungsweise nicht stimmen.

»Ich sehe sie immer noch.« Peter streckte sich im Gras aus, als hätte seinen Körper alle Kraft verlassen.

Ohne zu blinzeln, schaute er in den Himmel, obwohl Sonnenstrahlen durch die Baumkronen fielen und ihn eigentlich hätten blenden müssen.

»Ich sehe sie, ich höre sie. Ich vergesse, dass sie nicht nach Hause kommt. Und wenn mir einfällt, wo sie ist, habe ich Angst, dass sie friert. Dass sie sich allein fühlt. Ich denke, sie vermisst uns und versteht nicht, warum niemand kommt, um sie abzuholen.«

Seine Stimme schwebte undeutlich und träumerisch über dem Rasen, und Patrik spürte ein Brennen in den Augen. Die Trauer des anderen Mannes schnürte ihm die Luft ab, sie waren nicht mehr der Polizist und der Angehörige einer Verstorbenen, sondern Väter. Sie saßen im selben Boot. Patrik fragte sich, ob man jemals aufhören würde, sich wie ein Vater oder eine Mutter zu fühlen. Veränderte sich das Gefühl, wenn man sein einziges Kind verloren hatte? Vergaß man es mit der Zeit?

Er legte sich neben Peter und sagte leise: »Ich glaube nicht, dass sie sich einsam fühlt. Ich glaube, sie ist bei Ihnen.«

Er glaubte nicht an das, was er sagte. Als er die Augen schloss, meinte er, eine helle Kinderstimme und ein Lachen zum Himmel aufsteigen zu hören. Dann war da nur noch das Rauschen der Bäume und der schrille Schrei eines Vogels.

Peters Atemzüge neben ihm wurden tiefer, und bald darauf war er neben Patrik eingeschlafen, vielleicht zum ersten Mal, seit Nea verschwunden war.

Bohuslän 1672

Das Frühjahr war eine gesegnete Zeit, aber es gab viel zu tun, und alle arbeiteten von früh bis spät. Das Vieh musste versorgt und die Äcker vorbereitet werden, doch vor allem mussten sie die Gebäude instand setzen. Wie jeder andere Hausbesitzer auch, lebten sie in Angst und Schrecken vor Fäulnis. Wenn Balken faulten, kam Regen herein. Starb ein Pfarrer, und die Kommission stellte übermäßige Schäden am Pfarrhof fest, war seine Witwe zu einem Bußgeld verpflichtet. Waren Katen, Scheunen, Ställe und Wohnhaus hingegen besser in Schuss als vorher, wurde sie belohnt. Guter Grund also zur Umsicht. Die Kosten teilte sich der Pfarrer mit der Gemeinde. Da Preben stets auf die Erhaltung des Anwesens bedacht war, schallten ständig Hammerschläge über den Hof.

Über das, was am See passiert war, sprach niemand, und auch Märta schien allmählich wieder die Alte zu sein. Das Hündchen bekam den Namen Sigrid und folgte Märta genauso treu wie Viola.

Preben war oft fort. Meist machte er sich im Morgengrauen auf den Weg und kam bei Anbruch der Dunkelheit wieder, aber manchmal blieb er auch mehrere Tage weg. Viele in der Gemeinde brauchten Rat oder tröstliche Kunde von Gott, um ihr Dasein zu ertragen, und Preben nahm seine Aufgabe als Seelsorger ernst. Britta, der das gar nicht behagte, gab ihm oft harte Worte mit auf den Weg. Doch sogar ihre Stimmung besserte sich dank der Frühlingssonne, die die Menschen immer öfter ins Freie lockte.

Noch immer kam Brittas Blutung so zuverlässig, wie der Mond einmal im Monat voll wurde. Sie nahm Elins Gebräu nicht mehr ein, und Elin fragte nicht nach. Allein der Gedanke, in Brittas Bauch könnte ein Kind von Preben heranwachsen, erfüllte sie mittlerweile mit Abscheu. Bislang hatte Elin es geschafft, der Pfarrersfrau den nötigen Respekt zu erweisen, aber in ihr loderte der Hass mit immer hellerer Flamme. Sie hatte keine Ahnung, was sich zwischen Preben und Britta abgespielt hatte, nachdem Märta beinahe ertrunken war. Sie hatte keine Fragen gestellt und den Vorfall mit keinem Wort erwähnt. Britta behandelte Märta seitdem mit ausgesuchter Freundlichkeit und steckte ihr oft einen zusätzlichen Bissen aus der Küche zu oder sogar eine kleine Leckerei, die sie von einem ihrer Ausflüge nach Uddevalla mitgebracht hatte. Ein paar Tage im Monat verbrachte Britta dort bei ihrer Tante, und in dieser Zeit schien immer der ganze Pfarrhof aufzuatmen. Die Bediensteten gingen mit geraderen Rücken und leichteren Schritten durchs Haus. Preben summte vor sich hin und verbrachte oft ganze Tage mit Märta. Elin beobachtete die beiden heimlich, wenn sie in der Bibliothek die Köpfe zusammensteckten und völlig vertieft ins Gespräch über ein Buch waren, das er ihr gezeigt hatte. Wenn sie Märta und Preben so sah, wurde ihr auf ganz besondere Weise warm ums Herz. Nie hätte sie geglaubt, noch einmal etwas Derartiges zu empfinden. Nicht seit dem Tag, an dem Per in der Tiefe versunken war und ihre harten Worte mit in den Tod genommen hatte.

»Oh mein Gott, sind Sie bis hierher gerannt?«

Erschrocken sah Erica Helen an. Sie war schon außer Atem, wenn sie die Kinder aus dem Wohnzimmer verscheucht hatte, und allein bei der Vorstellung, bis zu Helens Haus laufen zu müssen, war sie schweißgebadet.

»Das ist doch keine Entfernung.« Helen grinste schief. »Die Strecke reicht gerade zum Aufwärmen.«

Sie zog sich einen dünnen Kapuzenpulli über, den sie um die Taille geknotet hatte, setzte sich an den Küchentisch und nahm Erica dankbar das Glas Wasser aus der Hand.

»Möchten Sie einen Kaffee?«, fragte Erica.

»Ja, gern.«

»Bekommen Sie keine Seitenstiche, wenn Sie was trinken?«, fragte Erica neugierig, während sie Helen eine Tasse Kaffee einschenkte und sich ihr gegenüber hinsetzte.

Die Kinder waren bei einem Freund in der Umgebung gewesen, während sie und Anna in Grebbestad gewesen waren, und als die SMS von Helen kam, hatte sie beschlossen, ihre kleinen Lieblinge einfach noch ein bisschen dortzulassen. Sie würde den Eltern eine Flasche Wein oder Ähnliches mitbringen, wenn sie sie abholte.

»Nein, mein Körper ist daran gewöhnt. Kein Problem.«

»Ich gehöre zu der Sorte von Menschen, die eigentlich mit Rädern auf die Welt hätten kommen müssen. Sport scheue ich wie der Teufel das Weihwasser.«

»Hinter mehreren kleinen Kindern herzurennen ist auch nicht ohne.« Helen nippte am Kaffee. »Ich weiß noch, wie das war, als Sam klein war. Ständig musste ich hinter ihm herlaufen. Das ist so lange her, als wäre es in einem früheren Leben gewesen.«

»Sie haben nur Sam, oder?«, fragte Erica, obwohl sie mittlerweile fast alles über die Familie wusste.

»Ja. So hat es sich eben ergeben.« Helen senkte den Blick.

Erica ging nicht näher darauf ein. Sie war froh, dass Helen sich bereit erklärt hatte, mit ihr zu reden, merkte aber, wie vorsichtig sie sein musste. Eine falsche Frage konnte Helen in die Flucht schlagen. Das war nicht neu für Erica. Während der

Recherchen für ihre Bücher traf sie immer wieder auf Menschen, die zwischen dem Drang zu reden und dem Drang zu schweigen hin und her schwankten. Dann musste man besonders vorsichtig vorgehen und einen Schritt nach dem anderen machen, damit die Leute sich allmählich öffneten und schließlich mehr sagten, als sie ursprünglich vorgehabt hatten. Helen war zwar zu ihr gekommen, aber ihr ganzer Körper drückte Widerwillen aus.

»Wieso sind Sie plötzlich bereit, mit mir zu reden?« Erica hoffte, mit dieser Frage nicht Helens Fluchtreflex auszulösen. »Ich habe Ihnen schon unzählige Anfragen geschickt, aber Sie waren nie interessiert.«

Bedächtig trank Helen mehrere Schlucke von ihrem Kaffee. Erica legte ihr Handy auf den Tisch und erklärte Helen, dass sie das Gespräch aufnahm. Helen zuckte mit den Schultern.

»Ich war der Meinung, und bin es immer noch, die Vergangenheit sollte genau das sein: vergangen. Andererseits bin ich nicht naiv. Mir ist klar, dass ich Sie nicht davon abhalten kann, dieses Buch zu schreiben, und ich hatte auch nie die Absicht, es zu versuchen. Außerdem zieht Marie selbst in Erwägung, über die Sache zu schreiben, und sie hat ja all die Jahre nicht gerade geschwiegen. Sie hat ihre Karriere auf dieser Tragödie aufgebaut, das wissen Sie genauso gut wie ich.«

»Ja, und eine Tragödie war es auch für Sie, oder?« Erica griff den Faden auf. »Das, was passiert ist, hat nicht nur das Leben von Stellas Familie zerstört, sondern auch das von Ihnen beiden und Ihren Familien.«

»Viele sehen das wahrscheinlich anders.« In Helens graublauen Augen blitzte etwas Hartes auf. »Die meisten haben beschlossen, an unsere erste Version zu glauben. An unser Geständnis. Alles, was danach kam, war irgendwie nicht mehr von Bedeutung.«

»Wieso ist das Ihrer Ansicht nach so?«

Erica beugte sich neugierig vor und kontrollierte unauffällig, ob die Aufnahme noch lief.

»Das liegt wohl daran, dass es keine andere Erklärung gab. Keinen Schuldigen. Menschen mögen einfache Lösungen und ordentlich geschnürte Päckchen. Als wir unser Geständnis zurückzogen, raubten wir ihnen die Illusion, in einer sicheren Welt zu leben, in der niemand ihnen oder ihren Kindern was zuleide tut. Weiterhin zu glauben, wir wären es gewesen, bestätigt sie in dem Glauben, es hätte alles seine Ordnung.«

»Und jetzt? Ein kleines Mädchen ist vom selben Hof verschwunden und an derselben Stelle gefunden worden. Könnte es ein Nachahmer gewesen sein? Oder ist irgendetwas zum Leben erwacht?«

»Ich weiß nicht.« Helen schüttelte den Kopf. »Ich habe wirklich keine Ahnung.«

»Ich habe gerade in einem Artikel gelesen, Marie hätte an diesem Tag jemand im Wald gesehen. Wie ist es mit Ihnen? Können Sie sich daran erinnern?«

»Nein.« Hastig wandte Helen sich ab. »Nein, ich habe niemand gesehen.«

»Glauben Sie, sie hat wirklich jemand gesehen, oder hat sie sich das aus irgendeinem Grund ausgedacht? Um das Interesse auf eine andere Person zu lenken? Vor allem, als sie ihr Geständnis zurückzog?«

»Da müssen Sie Marie selbst fragen.« Helen zupfte an einem Faden, der sich von ihrer engen Laufhose löste.

»Ich würde aber gerne wissen, was Sie denken«, bohrte Erica nach und schenkte Helens Kaffeetasse noch einmal voll.

»Ich weiß nur, dass ich niemanden gesehen habe. Gehört habe ich auch nichts. Und wir sind ja die ganze Zeit zusammen gewesen.«

Helen zupfte immer noch an dem Faden. Sie wirkte so angespannt, dass Erica rasch das Thema wechselte. Sie hatte noch mehr Fragen und wollte Helen nicht in die Flucht schlagen, bevor sie alle durchgegangen waren.

»Wie würden Sie Ihre Freundschaft beschreiben?«

Zum ersten Mal, seit sie da war, breitete sich ein Lächeln auf Helens Gesicht aus, und sie wirkte auf einen Schlag zehn Jahre jünger.

»Wir waren so verschieden. Aber wir waren trotzdem auf Anhieb ein Herz und eine Seele. Wir stammten aus unterschiedlichen Familien, waren völlig verschieden aufgewachsen, sie war extrovertiert, ich war schüchtern. Eigentlich hätten wir keine Gemeinsamkeiten haben dürfen. Überhaupt keine. Und ich kann bis zum heutigen Tag nicht begreifen, was Marie an mir fand. Alle wollten mit ihr befreundet sein. Man zog sie zwar mit ihren Familienverhältnissen auf, und sie musste hin und wieder abfällige Kommentare und abschätzige Blicke einstecken, aber nur im Scherz. Alle suchten ihre Nähe. Sie war so schön, so mutig, so wild.«

»Wild. Das habe ich im Zusammenhang mit Marie noch nie gehört«, sagte Erica. »Können Sie das genauer beschreiben?«

»Wie soll ich sagen? Sie war wie eine Naturgewalt. Sie wollte damals schon Schauspielerin werden und in den USA Filme drehen, ein Hollywoodstar wollte sie werden. Ich meine, so was sagen ja viele Kinder, aber sie hat es wirklich geschafft. Können Sie sich vorstellen, wie viel Kraft man dafür braucht?«

»Ja, sie hat ihr Ziel tatsächlich erreicht.« Erica kam nicht umhin, sich zu fragen, welchen Preis Marie dafür gezahlt hatte.

In allen Artikeln, die sie über Marie gelesen hatte, wurde die Schauspielerin als tragische Gestalt dargestellt, deren Leben von Leere und Einsamkeit beherrscht war. Ob Marie sich hatte vorstellen können, was sie für die Verwirklichung ihres Traums in Kauf nehmen musste?

»Ich war für mein Leben gern mit Marie zusammen. Sie verkörperte alles, was ich nicht war. Mit Marie traute ich mich, jemand zu sein, der ich sonst nie hätte sein können. Sie brachte das Beste in mir zum Vorschein.«

Helens Gesicht glühte, und sie schien sich zwingen zu müssen, ihre Gefühle im Zaum zu halten.

»Wie reagierte sie, als Sie sich nicht mehr treffen durften?« Erica beobachtete Helen genau.

In ihrem Hinterkopf regte sich ein Gedanke, aber der war noch so vage, dass sie ihn nicht richtig zu fassen bekam.

»Wir waren natürlich verzweifelt«, sagte Helen. »Vor allem ich. Marie hingegen konzentrierte sich sofort darauf, welche Möglichkeiten wir hatten, das Verbot zu umgehen.«

»Sie haben sich also weiterhin gesehen«, sagte Erica.

»Ja, wir gingen ja auch in dieselbe Klasse, aber auch in unserer Freizeit verabredeten wir uns, so oft es ging. Es fühlte sich ein bisschen an, als wären wir Romeo und Julia und würden von unserer Umwelt ungerecht behandelt. Aber wir waren nicht zu stoppen, denn wir waren alles füreinander.«

»Wo haben Sie sich getroffen?«

»Meistens in der Scheune auf Hof Strand. Die stand leer, denn sie hatten keine Tiere. Wir sind immer reingeschlichen und auf den Dachboden gestiegen. Marie hatte ihren Brüdern Zigaretten geklaut, und dann lagen wir da oben und rauchten heimlich.«

»Wie lange hielten Sie Ihre Freundschaft im Geheimen aufrecht? Bevor, ja, bevor es passierte?«

»Ungefähr ein halbes Jahr, glaube ich. Ich weiß es nicht mehr genau. Es ist so lange her, und ich habe immer versucht, nicht mehr an diese Zeit zu denken.«

»Wie haben Sie reagiert, als Familie Strand Sie fragte, ob Sie zusammen auf die kleine Stella aufpassen könnten?«

»Stellas Vater hatte ja zuerst meinen Vater gefragt, und der war, glaube ich, ein wenig perplex und antwortete, ohne zu überlegen. Verstehen Sie, der äußere Schein war damals sehr wichtig, und mein Vater wollte nicht als engstirnige Person dastehen, die ein anderes Kind aufgrund seiner Herkunft verurteilte. Das hätte keinen guten Eindruck gemacht.«

Helen verzog das Gesicht.

»Wir freuten uns natürlich wie verrückt, auch wenn uns klar war, dass es nichts ändern würde. Wir waren dreizehn. Wir lebten in den Tag hinein und hofften, wir würden eines Tages zusammen sein dürfen. Ohne uns in einer Scheune verstecken zu müssen.«

»Haben Sie sich auf das Babysitten gefreut?«

»Ja, auf jeden Fall.« Helen nickte. »Wir mochten Stella. Und sie mochte uns.«

Sie verstummte und hatte plötzlich einen verkniffenen Zug um den Mund.

»Ich muss bald nach Hause.« Sie trank ihre Tasse leer.

Erica wurde ein wenig panisch, sie hatte noch so viele Fragen. Sie wollte nach großen und kleinen Dingen fragen, nach Einzelheiten, Ereignissen und Gefühlen. Um ihrer Erzählung Leben einzuhauchen, brauchte sie viel mehr Zeit. Sie wusste allerdings auch, dass es nicht gut war, Helen zu sehr unter Druck zu setzen. Wenn sie sich mit dem zufriedengab, was Helen heute preisgegeben hatte, stiegen ihre Chancen, dass Helen sich auf weitere Gespräche einließ. Daher zwang sie sich zu einem dankbaren Lächeln.

»Ja, natürlich«, sagte sie. »Ich bin so froh, dass Sie sich Zeit genommen haben. Darf ich vielleicht noch eine Frage stellen?«

Wieder warf sie einen Blick auf das Handy, um sich zu vergewissern, dass die Aufnahme noch lief.

»Okay«, sagte Helen widerwillig. Erica spürte, dass sie das Haus gedanklich bereits verlassen hatte.

Von allen Fragen auf ihrer Liste war diese vermutlich die wichtigste.

»Warum haben Sie gestanden?«, fragte sie.

Quälend lange war es still. Helen saß reglos am Küchentisch, aber Erica spürte, wie die Gedanken in ihrem Kopf rasten. Schließlich kam ein langer Seufzer. Helen atmete aus, als würde sie eine seit dreißig Jahren aufgestaute Anspannung plötzlich loslassen.

Sie sah Erica in die Augen.

»Weil wir zusammen sein wollten. Und unseren Eltern wollten wir damit sagen, dass sie uns mal konnten.«

»Und dann holt ihr das Segel dicht!«, brüllte Bill in den Wind.

Karim gab sich Mühe, ihn zu verstehen. Bill hatte die Tendenz, auf Englisch anzufangen und dann automatisch ins Schwedische überzugehen. Einige Worte waren jedoch mittlerweile hängengeblieben, und daher wusste er, dass dichtholen bedeutete, er sollte an dieser Schnur am Segel ziehen.

Er zog daran, bis Bill ihm anerkennend zulächelte.

Adnan schrie laut auf, als das Boot sich zur Seite neigte, und klammerte sich an der Kante fest. Nachdem jeder Einzelne eine Runde allein mit Bill in einem kleinen Boot gesegelt war, saßen sie nun zusammen in einem größeren weißen Boot, das Bill Samba nannte. Sie waren zunächst skeptisch gewesen, als sie sahen, dass es hinten völlig offen war, aber Bill hatte versichert, es würde kein Wasser ins Boot dringen. Das Boot wurde offenbar auch genutzt, um Menschen mit Behinderungen das Segeln beizubringen, und falls man ins Wasser fiel, kam man bei diesem Modell besonders leicht wieder an Bord, aber diese Erklärung beruhigte Karim nicht. Wieso fiel man ins Wasser, wenn das Boot doch angeblich sicher war?

»Keine Sorge! *No worry!*«, schrie Bill Adnan grinsend ins Gesicht und nickte dabei eifrig.

Adnan reagierte skeptisch auf Bills Grinsen und klammerte sich noch fester ans Boot.

»It should lean, then it goes better in the water.« Bill nickte immer noch. »Es soll sich zur Seite neigen.«

Der Wind ließ nur Fetzen seiner Worte übrig, aber sie verstanden den Sinn auch so. Seltsam war das alles. Wie der wohl Auto fährt, brummte Karim. Er war von dem Projekt noch immer nicht überzeugt, aber Bills Begeisterung war immerhin ansteckend genug, um ihm und den anderen Freiwilligen eine Chance zu geben. Außerdem war letztendlich alles willkommen, was die Langeweile in der Unterkunft unterbrach. Wenn nur dieses blanke Entsetzen, sobald man ins Boot stieg, ein wenig nachlassen würde.

Er zwang sich, gleichmäßig zu atmen, und überprüfte zum fünften Mal, ob alle Gurte an der Schwimmweste festgezurrt waren.

»Ree!«, schrie Bill. Sie sahen sich verwirrt an. Ein Reh? Auf dem Wasser?

Bill fuchtelte mit den Armen.

»Turn! Turn!«

Ibrahim drückte die Pinne mit aller Kraft nach rechts, sie wurden zur Seite geschleudert, und kurz darauf schwang der Baum über ihre Köpfe hinweg, die sie glücklicherweise in letzter Sekunde einzogen. Bill fiel beinahe ins Wasser, konnte sich aber gerade noch festhalten.

»Teufel noch mal, so eine verfluchte Scheiße«, brüllte er. Diese Worte verstanden sie alle.

Schwedische Schimpfwörter hatten sie als Erstes gelernt. »Scheiß Araber« hatte man ihnen schon am Bahnhof entgegengebrüllt.

»Sorry, sorry.« Ibrahim ließ die Pinne los, als wäre sie eine giftige Kobra.

Fluchend stürzte Bill in den hinteren Teil des Boots, übernahm das Ruder, und als das Boot endlich wieder einen stabilen Kurs aufgenommen hatte, holte er tief Luft. Dann strahlte er übers ganze Gesicht.

»Keine Sorge, Jungs! *No worries! It's nothing compared to the storm when I crossed the Biscaya!*«

Fröhlich pfiff er vor sich hin, während Karim sicherheitshalber erneut kontrollierte, ob seine Schwimmweste richtig saß.

Annika steckte den Kopf durch die Tür.

»Bertil, da möchte dich jemand unbedingt sprechen. Unterdrückte Nummer und die Stimme klingt äußerst merkwürdig. Was meinst du? Soll ich durchstellen?«

»Ja, tu das.« Mellberg seufzte. »Bestimmt so ein dämlicher Telefonverkäufer, der mir irgendwas absolut Lebensnotwendiges andrehen will, aber an mir beißen die …«

Er kraulte Ernst hinter dem Ohr, während er wartete, bis das Lämpchen an seinem Telefon leuchtete. »Ja, hallo?« Wenn er etwas konnte, dann Verkäufer abwimmeln.

Aber die Person am anderen Ende der Leitung wollte ihm nichts andrehen. Die verzerrte Stimme machte ihn zunächst misstrauisch, aber sie hatte ganz eindeutig erstaunliche Dinge mitzuteilen. Er setzte sich gerade hin und lauschte gespannt. Als Ernst die veränderte Stimmung bemerkte, hob er den Kopf und spitzte die Ohren.

Bevor Mellberg dem Anrufer Fragen stellen konnte, um seine Identität zu überprüfen, hatte dieser aufgelegt.

Mellberg kratzte sich am Kopf. Diese Informationen stellten alles auf den Kopf und gaben dem Fall eine neue Wendung. Er wollte schon zum Hörer greifen, um Patrik anzurufen, ließ die Hand aber sinken. Der Rest des Teams war mit der Hausdurchsuchung auf dem Hof Berg beschäftigt, und diese Sache war von solcher Wichtigkeit, dass sie definitiv von höchster Ebene in die Hand genommen werden musste. Es war am einfachsten und sichersten, wenn er sich selbst darum kümmerte. Falls ihn die Allgemeinheit später mit Dankbarkeit überschütten würde, weil er es wieder einmal geschafft hatte, einen Fall aufzuklären, würde ihn das natürlich freuen, aber andererseits stand man als Chef eben ständig im Scheinwerferlicht. Ehre, wem Ehre gebührt, sagte er sich, wer außer ihm war die Seele der Polizeidienststelle Tanum? Und nun würde er höchstpersönlich diesen Fall lösen.

Er stand auf, und Ernst hob voller Hoffnung den Kopf.

»Tut mir leid, mein Guter«, sagte Mellberg, »aber du musst heute zu Hause bleiben. Ich habe wichtige Dinge zu erledigen.«

Er ignorierte die jämmerlichen Laute, die Ernst von sich gab, als er begriff, dass er nicht mitkommen durfte, und verließ eilig das Zimmer.

»Ich muss noch mal schnell los«, sagte er zu Annika, als er an der Rezeption vorbeikam.

»Was wollte der Anrufer?«, fragte sie.

Mellberg stöhnte. Wie lästig, wenn die Kollegen ihre Nase überall reinstecken mussten. Sie hatten gar keinen Respekt mehr vor ihren Vorgesetzten.

»Ach, nur was verkaufen. Wie ich mir gedacht habe.«

Annika warf ihm einen skeptischen Blick zu, aber er dachte nicht daran, ihr zu verraten, was er in Wirklichkeit vorhatte. Im Handumdrehen hätte sie Hedström angerufen, der mit Sicherheit darauf bestanden hätte, ihn zu begleiten. Macht versetzte in einen Rausch, das hatte er in all den Jahren gelernt, und er musste die jungen Kollegen ständig bremsen. Immer wenn es um einen spektakulären Durchbruch ging, drängten sie sich in den Vordergrund. Es war tragisch.

Draußen schnappte er nach Luft. Die tropische Hitze war ja unmenschlich. Das musste an diesem Treibhauseffekt liegen. Wenn das so weiterging, konnte man auch gleich nach Spanien ziehen, dachte er. Nicht dass er was für den Winter übriggehabt hätte. Frühling und Herbst waren nach seinem Geschmack. Wobei, so ein nasskalter schwedischer Herbst war auch nicht gerade eine helle Freude, wenn er es sich genau überlegte. Aber der Frühling konnte durchaus nett sein. Wenn er sonnig war. Und nicht so kalt, regnerisch und windig wie in den vergangenen Jahren.

Als er ins Auto stieg, wurde er beinahe ohnmächtig vor Hitze. Den Idioten, der den Wagen in der prallen Sonne hatte stehenlassen, würde er sich zur Brust nehmen. Es war ja die reinste Sauna hier drin. Sofort schaltete er die Klimaanlage ein, aber die Temperatur war erst ein wenig gesunken, als er zur Flüchtlingsunterkunft abbog. Mittlerweile war sein Hemd klitschnass. Er hatte seinen Besuch nicht angekündigt, weil er die Leitung nicht kannte und sich nicht sicher war, ob die betreffende Person die Leute womöglich warnte. Solche Sachen machte man am besten spontan. Dann war der Überraschungseffekt größer.

An der Rezeption war es angenehm kühl. Mellberg wischte seine rechte Hand am Hosenbein ab, bevor er den Mann begrüßte.

»Tag, Bertil Mellberg von der Polizeidienststelle Tanum.«

»Hallo, Rolf ist mein Name. Ich bin der Leiter hier. Was verschafft uns die Ehre?«

Rolf sah Mellberg besorgt an. Mellberg ließ ihn ein wenig schmoren, obwohl er eigentlich gar keinen Grund dazu hatte, nur eine Gelegenheit. Und die ließ er sich nicht entgehen.

»Ich brauche Zugang zu einem bestimmten Teil der Unterkunft«, sagte er.

»Aha.« Rolf erstarrte. »Zu welchem denn? Und warum?«

»Wer wohnt im letzten Haus? Direkt am Wasser?«

»Karim und seine Familie.«

»Karim? Was wissen Sie über ihn?«

Mellberg verschränkte die Arme vor der Brust.

»Na, er stammt aus Syrien und ist vor einigen Monaten mit seiner Frau und zwei kleinen Kindern hierhergekommen. Er ist Journalist, ein zurückhaltender und ruhiger Typ. Wieso fragen Sie?«

»Hat er sich am Montag an der Suche nach dem Mädchen beteiligt?«

»Ich glaube schon.« Rolf runzelte die Stirn. »Doch. Worum geht es überhaupt?«

Nun verschränkte auch er die Arme.

»Ich müsste mir mal sein Zimmer anschauen«, sagte Bertil.

»Ich weiß aber nicht, ob ich Ihnen das gestatten darf.« Rolf klang misstrauisch.

Mellberg setzte darauf, dass er wie die meisten Schweden nicht über die geltende Rechtslage informiert war.

»Da dies eine staatlich betriebene Einrichtung ist, können wir jederzeit Zugang zu den Räumlichkeiten verlangen.«

»Nun, wenn das so ist ... Dann gehen wir mal hin.«

»Da es sich um eine polizeiliche Angelegenheit handelt, mache ich das besser allein«, sagte Mellberg. Er war nicht scharf auf einen zaudernden Leiter, der ihm die ganze Zeit über die Schulter guckte. »Zeigen Sie mir einfach das Haus, ich finde mich schon zurecht.«

»Okay.« Rolf folgte ihm nach draußen. »Da entlang. Das letzte Haus.«

Wieder einmal wurde Mellberg buchstäblich schlagartig bewusst, wie höllisch heiß dieser Sommer war. Die Flüchtlinge fühlten sich wahrscheinlich pudelwohl. Wie zu Hause.

Von außen wirkte das kleine weiße Haus gepflegt. Vor der Tür lagen ein paar ordentlich aufgestapelte Spielsachen, und auf dem Treppenabsatz waren Schuhe aufgereiht. Die Tür stand weit offen, drinnen lachten Kinder.

»Hallo?«, rief er hinein, und eine schöne Frau mit langem dunklen Haar kam mit einem Kochtopf und einem Geschirrtuch in den Händen auf ihn zu.

»*What you want?*«, fragte sie.

Sie hatte einen starken Akzent, und ihre Stimme klang eisig und abweisend.

Über die Sache mit der Sprache hatte Mellberg nicht nachgedacht. Englisch war nicht seine Stärke, musste er zugeben. Und vielleicht konnte die Frau auch gar kein Englisch. In einer vollkommen unverständlichen Sprache redete sie weiter. Meine Güte, dachte er, war es denn wirklich so schwer, dort, wo man nun einmal gelandet war, die Landessprache zu lernen?

»I have to see in your house ...«

Von diesen englischen Wörtern wurde seine Zunge dick.

Die Frau breitete ratlos die Arme aus.

»I have some information ... dass Sie ... *that your man is hiding something in the house.*« Er versuchte, sich an ihr vorbeizudrängen.

Die Frau baute sich mit verschränkten Armen im Türrahmen auf, sah ihn mit blitzenden Augen an und schleuderte ihm eine zornige Tirade ins Gesicht.

Er verspürte einen Hauch von Zweifel, aber andererseits war er wütende Frauenzimmer von zu Hause gewohnt. Dieses harmlose Exemplar machte ihm keine Angst. Er begriff, dass er vielleicht doch einen Kollegen hätte mitnehmen sollen, aber nun war es zu spät, um sich Hilfe zu holen. Nein, er musste listig sein. Listig wie ein Fuchs. Hier in Schweden brauchte man zwar keine Papiere, aber er wusste, dass das in vielen Ländern anders war. Einer plötzlichen Eingebung folgend, zog er einen Zettel aus der Brusttasche und faltete ihn vorsichtig auseinander.

»I have permission to look in your house.« Mit gewichtiger Miene hielt er ihr das Blatt Papier vors Gesicht. *»Do you know this? A permission?«*

Zuerst wirkte sie nur verunsichert, dann wich sie einen Schritt zur Seite und nickte. Zufrieden steckte er Ernsts tierärztlichen Laborbericht wieder ein. In einer so wichtigen Angelegenheit waren alle Mittel zulässig.

Von ihrer Großmutter hatte Elin auch gelernt, den Wechsel der Jahreszeiten bewusst zu verfolgen. Im späten Frühling musste man die Blüten und Kräuter sammeln, die das ganze Jahr über benötigt wurden. Wann immer sie ein wenig Zeit erübrigen konnte, ging sie hinaus in die Natur. Sie trocknete die Pflanzen sorgfältig in ihrem kleinen Teil der Kate. Alles, was sie brauchte, wuchs in Hülle und Fülle. Nach einem verregneten Vorfrühling hatte überwiegend die Sonne geschienen, und die Erde war geradezu explodiert. Es grünte und blühte überall. Die Ländereien des Pfarrhofs waren wunderbar. Es gab feuchte und trockene Wiesen, Sümpfe, Weiden und Wald. All das war die reinste Pracht, und Elin summte vor sich hin, wenn sie mit ihrem Korb herumspazierte und die schönsten Exemplare der Pflanzen sammelte, die sie brauchte, um Linderung zu verschaffen und zu heilen. Es war die schönste Zeit des Jahres, und sie verspürte zum ersten Mal seit langem so etwas wie Glück.

An der alten Schäferhütte ruhte sie sich eine Weile aus. Das Gelände war uneben, und obwohl sie stark und gesund war, musste sie verschnaufen. Sie hatte zwei Stunden für sich, weil sie Stina, die jüngste Magd, überredet hatte, ihre Pflichten zu übernehmen. Im Gegenzug würde sie ihr beibringen, welche Zaubersprüche sie aufsagen musste, um einen Verehrer an sich zu binden. Elin wusste, dass sie diese Zeit nutzen sollte, um etwas Sinnvolles zu tun, aber es roch so gut, und die Sonne wärmte so schön. Es würde schon nicht schaden, ein paar Minuten vor sich hin zu träumen, sagte sie sich, legte sich mit ausgestreckten Armen ins Gras und schaute in den strahlend blauen Himmel. Obwohl sie wusste, dass Gott immer anwesend war, hatte sie das Gefühl, heute wäre er ihr noch näher und würde höchstpersönlich irgendwo sitzen und die Welt mit diesen wunderschönen Farben bemalen.

Ihr Körper wurde immer schwerer. Der Geruch von Gras und Blumen, die Wolken, die sanft über den Himmel glitten, der weiche Boden und das frische Gras, das sich an sie schmiegte, all das wiegte sie in den Schlaf. Schließlich konnte sie sich nicht mehr wehren, die Augen fielen ihr zu.

Sie wurde wach, als sie an der Nase gekitzelt wurde. Zuerst krauste sie die Nasenspitze, dann nahm sie auch die Hand zu Hilfe und rieb sich das Gesicht. Neben sich hörte sie ein dumpfes Lachen. Hastig richtete sie sich auf. Mit einem Grashalm in der Hand saß Preben neben ihr.

»Was erlaubt Er sich?« Sie bemühte sich um einen verärgerten Ton, aber das Lachen sprudelte einfach aus ihr heraus.

Er grinste breit und schaute sie mit seinen unwiderstehlichen blauen Augen an.

»Elin sah so friedlich aus im Schlaf.« Wieder strich er mit dem Grashalm über ihr Gesicht.

Sie wollte aufstehen, ihre Röcke abklopfen, sich den vollen Korb schnappen und zurück zum Hof marschieren. Es wäre das einzig Richtige gewesen. Aber im Gras vor der alten Schäferhütte waren sie nicht mehr Hausherr und Magd. Nicht einmal Schwager und Schwägerin. Sie waren Elin und Preben, und über ihnen hatte Gott alles mit dem blauesten Blau und unter ihnen und um sie herum alles in den schönsten Grüntönen bemalt. Im einen Moment wollte Elin das eine, im nächsten etwas anderes. Sie wusste, was sich schickte, und sie wusste, wozu sie in der Lage war. Aufstehen und gehen gehörte nicht dazu. Preben sah sie an, wie sie seit Pers Tod niemand mehr angesehen hatte. Sie hatte ihn mit Märta beobachtet, mit dem Welpen auf dem Arm, hatte die Locke bemerkt, die ihm ins Gesicht fiel, und seine schöne Hand, die sanft über Stjärnas Maul strich, wenn sie Schmerzen hatte. Ohne zu wissen, was in sie fuhr, beugte sie sich vor und küsste ihn. Zuerst erstarrte er. Sie spürte, wie seine Lippen ihr widerstrebten und sein ganzer Körper sich zurückzog, doch dann hörte er auf, sich zu wehren, und fiel in ihre Arme. Und es fühlte sich gar nicht an, als würden sie einen Fehler begehen, sondern als ob der Allmächtige zuschaute. Und lächelte.

»Mit dem Wohnhaus sind wir fertig.«

Torbjörn kam auf Gösta zu und zeigte auf die Scheune. »Wir machen dort drüben weiter.«

»Okay.« Gösta nickte.

All das hier ging ihm immer noch zutiefst gegen den Strich, und daher mochte er auch nicht zu Patrik und Peter gehen, die ein Stück entfernt im Gras lagen und sich unterhielten. Er hatte sich kurz zu Eva auf die Bank vor dem Haus gesetzt, aber sie war nicht ansprechbar, und Peters Eltern waren immer noch so aufgebracht, dass sie für vernünftige Argumente nicht empfänglich waren. Gösta ließ sie in Ruhe.

Die Kriminaltechniker hatten alle Hände voll zu tun, und Gösta kam sich überflüssig vor. Die Anwesenheit der Polizei war zwar erforderlich, aber er hätte sich lieber betätigt, als nur rumzustehen. Patrik hatte Paula und Martin den Auftrag erteilt, sich Bergs familiären Hintergrund etwas genauer anzuschauen, und Gösta hätte liebend gern mit ihnen getauscht. Andererseits wusste er, dass er hier gebraucht wurde, weil er die Familie am besten kannte.

Er schaute den Technikern hinterher, die ihre Ausrüstung in die Scheune trugen. Als sie das Tor öffneten, sprang ihnen eine graue Katze entgegen.

Eine Wespe summte dicht neben seinem rechten Ohr, und er musste sich zwingen, stillzuhalten. Egal, wie oft ihm die Leute schon erklärt hatten, dass man besser nicht hysterisch mit den Armen fuchtelte, er konnte sich nicht beherrschen. Irgendein Urinstinkt jagte Adrenalin durch seinen Körper, wenn eine Wespe in der Nähe war, und sein Gehirn schrie nur noch: Lauf! Diesmal hatte er allerdings Glück, denn das Insekt hatte ein interessanteres und süßeres Objekt entdeckt und ließ von ihm ab, ohne dass Gösta seine Würde verlor.

»Setz dich doch zu uns!« Patrik winkte ihm.

Gösta ließ sich neben Peter im Gras nieder. Obwohl dessen Zuhause gerade vollkommen auf den Kopf gestellt wurde, wirkte er erstaunlich ruhig und gefasst.

»Wonach suchen sie?«, fragte Peter.

Gösta nahm an, dass die Distanz ihm half, mit der Situation umzugehen. Er hatte Ähnliches schon oft erlebt.

»Das dürfen wir nicht sagen.«

Peter nickte.

»Weil wir potentielle Verdächtige sind.«

Seine Stimme hatte einen resignierten Unterton, und Gösta spürte, dass Ehrlichkeit unter diesen Umständen das Beste war.

»Ja, so ist es. Ich kann mir vorstellen, wie scheußlich das für Sie ist, aber ich nehme an, es ist in Ihrem Sinne, wenn wir alles in unserer Macht Stehende tun, um herauszufinden, was Nea zugestoßen ist. Leider dürfen wir auch unwahrscheinliche Alternativen nicht ausschließen.«

»Schon okay, ich verstehe das«, sagte Peter.

»Glauben Sie, Ihre Eltern haben auch so viel Verständnis?« Gösta schaute zu Bengt und Ulla hinüber, die in einer gewissen Entfernung aufgeregt diskutierten.

Peters Vater ruderte mit den Armen und war unter seiner Bräune hochrot angelaufen.

»Sie sind nur besorgt. Und traurig.« Peter riss das Gras jetzt in Büscheln aus. »Mein Vater war immer schon so. Wenn ihm etwas Angst macht, wird er wütend. Aber es ist nicht so wild, wie es sich anhört.«

Torbjörn kam aus der Scheune.

»Patrik?«, rief er. »Kommst du mal?«

»Klar.« Ächzend stand Patrik auf.

Seine Knie knackten laut, aber Gösta nahm an, dass seine eigenen später noch viel schlimmere Geräusche von sich geben würden.

Gösta blickte Patrik hinterher, während er mit gerunzelter Stirn über den Hof ging. Torbjörn hielt sein Handy in der Hand und redete eifrig auf Patrik ein, der ein betrübtes Gesicht machte.

Gösta stand auf.

»Ich gehe mal rüber und frage, was Torbjörn will.« Er schüttelte seine taub gewordenen langen Beine und humpelte auf die beiden zu.

»Was ist denn los? Habt ihr was entdeckt?«

»Nein, wir haben noch gar nicht mit der Scheune angefangen.« Torbjörn hielt sein Handy hoch. »Aber ich habe gerade einen Anruf von Mellberg bekommen. Er sagt, wir sollen hier sofort alles stehen und liegen lassen und stattdessen zur Flüchtlingsunterkunft kommen. Anscheinend hat er was gefunden.«

»Was gefunden?«, fragte Gösta verwirrt. »Wann denn? Und wie überhaupt? Als wir losfuhren, saß er doch im Büro.«

»Ich verwette meinen Arsch darauf, dass er irgendeinen Unfug angestellt hat«, brummte Patrik und drehte sich dann zu Torbjörn um. »Es wäre mir lieber, wenn wir erst die Hausdurchsuchung hier abschließen könnten, aber Mellberg ist mein Vorgesetzter, und deshalb muss ich seinen Anweisungen folgen. Wir müssen die Scheune absperren, zur Flüchtlingsunterkunft fahren und später wiederkommen.«

»Eine kriminaltechnische Untersuchung abzubrechen ist nicht zu empfehlen«, sagte Torbjörn. Gösta stimmte ihm zu.

Trotzdem war er mit Patrik einer Meinung. Formal betrachtet, war Mellberg ihr Chef und letztendlich der Verantwortliche, und auch wenn jeder wusste, dass dies eher theoretisch als in der Praxis galt, konnten sie sich seinen Anweisungen nicht widersetzen.

»Wir kommen mit«, sagte er und erntete ein dankbares Nicken von Patrik, der inzwischen vergeblich versucht hatte, Mellberg zu erreichen.

Gösta ging zur Familie hinüber und teilte mit, dass sie später noch einmal wiederkommen würden. Ihre Fragen beantwortete er nicht. Das mulmige Gefühl in seinem Bauch war noch stärker geworden. Ein Mellberg, der auf eigene Faust handelte, brachte nur Probleme mit sich. Und was konnte er in der Flüchtlingsunterkunft überhaupt gefunden haben? Er rechnete mit dem Schlimmsten.

Die Kinder hatten rein gar keine Lust gehabt, nach Hause zu gehen, aber Erica wusste, dass sie den Bogen besser nicht überspannte, wenn sie die drei jemals wieder hier abgeben wollte. Auf dem Weg zum Auto hielt sie die Zwillinge an den Händen, während Maja fröhlich vor ihnen herhopste. Dieses Kind war ein Segen. Immer gut gelaunt, immer rücksichtsvoll und positiv. Sie nahm sich vor, mehr Zeit mit Maja zu verbringen. Die wilden Zwillinge nahmen sie leicht zu sehr in Anspruch.

Noel und Anton schwatzten unbekümmert über alles, was sie im Lauf des Tages gemacht hatten, aber sie musste die ganze Zeit an Helen denken. So viele Fragen waren unbeantwortet geblieben. Sie wusste jedoch, dass sie mit ihrem Bauchgefühl richtiglag. Wenn sie Helen zu sehr unter Druck setzte, würde sie sich zurückziehen. Und Erica brauchte noch viel mehr Material für ihr Buch. Am ersten Dezember war der Abgabetermin, und sie hatte noch nicht eine Zeile geschrieben. Da sie am meisten Zeit für die Recherche aufwendete und das Manuskript selbst innerhalb von drei Monaten schrieb, lag sie eigentlich gut in der Zeit, aber wenn sie rechtzeitig fertig werden wollte, musste sie spätestens Anfang September mit dem Schreiben beginnen. Nun waren ihre fein ausgearbeiteten Pläne über den Haufen geworfen worden. Sie hatte keine Ahnung, welche Auswirkungen der Mord an Nea auf ihr Buch und dessen Erscheinungstermin hatte. Unabhängig davon, ob Helen und Marie nun an der Tat beteiligt gewesen waren, würde sie über die Ähnlichkeiten zwischen den Fällen schreiben müssen. Und da der Mord an Nea noch nicht aufgeklärt war, konnte sie auch noch nicht wissen, wie sie ihn in das Gesamtkonzept einfügen würde. Manchmal kam sie sich ein wenig kaltherzig vor, weil es in ihren Büchern um das Schicksal und die Trauer anderer Menschen ging, doch seit sie das Buch über den Mord an ihrer früheren Freundin Alexandra geschrieben hatte, trennte sie ihre Gefühle prinzipiell von ihrer Arbeit. Außerdem hatten viele ihrer Bücher den Angehörigen geholfen, sich zu verabschieden. In einigen Fällen hatte sie sogar zur Aufklärung eines Falls beigetragen, und auch diesmal wollte sie der Polizei helfen, so gut sie konnte. Sich in alte Mordfälle hineinzudenken war einfach ihre Stärke.

Sie zwang sich, nicht mehr an das Buch zu denken. Fürs neue Jahr hatte sie sich vorgenommen, nicht mehr so oft geistig abwesend zu sein, wenn sie mit den Kindern zusammen war. Nicht ständig an ihre Arbeit zu denken, nicht ständig auf ihr Handy oder den Laptop auf ihrem Schoß zu starren, sondern den dreien ihre volle Aufmerksamkeit zu schenken. Die Zeit, in der sie klein waren, verging so schnell.

Auch wenn die Säuglingszeit nicht gerade ihre Lieblingsphase gewesen war, freute sie sich von ganzem Herzen auf Annas Baby. Hin und wieder ein ganz kleines Kind auf den Arm zu nehmen war das Schönste, was es gab. Wenn man eine Zeitlang mit ihm spielen und schmusen konnte und den Eltern das Bündel zurückgeben durfte, sobald es stank oder schrie, pickte man sich die Rosinen aus dem Kuchen. Sie war auch gespannt, ob Anna einen Jungen oder ein Mädchen ausbrütete. Dan und Anna behaupteten beide, es spiele keine

Rolle für sie. Aus irgendeinem Grund hatte Erica jedoch das Gefühl, die beiden würden ein Mädchen bekommen. Da das ungeborene Kind, das Dan und Anna auf so tragische Weise verloren hatten, ein Junge gewesen war, wäre das vielleicht auch am besten gewesen. Annas Gesicht und ihr Körper waren immer noch gezeichnet von dem Unfall, der sie beinahe das Leben gekostet hätte, aber allmählich schien sie sich mit ihrem veränderten Äußeren abgefunden zu haben. Auf jeden Fall hatte sie schon lange nicht mehr darüber gesprochen.

Erica trat auf die Bremse. Der Gedanke an Anna hatte sie plötzlich an den Junggesellinnenabschied erinnert. Sie hatte ganz vergessen, dass sie selbst den Vorschlag gemacht hatte. Ihre Schwiegermutter ging ihr zwar manchmal auf die Nerven, aber sie nahm ihr jederzeit die Kinder ab. Einen schönen Tag für sie zu organisieren war also das mindeste, was Erica für sie tun konnte. Und zwar einen richtig schönen. Sie würden keinen Unsinn veranstalten, und Kristina würde keine Treppen fegen und keine Küsse verkaufen müssen, das war in ihrem Alter würdelos. Aber sie würde für einen Tag im Mittelpunkt stehen. Doch was sollten sie machen? Und wann? Viel Zeit blieb nicht. Vielleicht schon am kommenden Wochenende? Dann würde sie sich mit den Vorbereitungen allerdings wirklich beeilen müssen.

Als sie einen Zettel am Schwarzen Brett vor dem Campingplatz sah, hielt sie an. Das war eine super Idee. Geradezu brillant. Sie zog das Handy aus der Tasche und machte ein Foto von dem Zettel, dann rief sie Anna an.

»Du, wir haben doch über einen Junggesellinnenabschied für Kristina gesprochen. Was hältst du von diesem Samstag? Ich kümmere mich um alles, und du musst dir nur den Tag freihalten. Kann Dan die Kinder nehmen?«

Anna antwortete einsilbig und wirkte bei weitem nicht so begeistert, wie Erica erwartet hatte. Doch vielleicht hatte sie mit ihrem dicken Bauch einfach keinen guten Tag, und daher plapperte Erica weiter.

»Ich bin mir noch nicht hundertprozentig sicher, was wir machen werden, aber als ich diesen Zettel am Schwarzen Brett sah, kam mir eine spitzenmäßige Idee ...«

Von Anna kam noch immer keine Reaktion. Merkwürdig.

»Alles okay, Anna? Du klingst so komisch.«

»Nein, es ist nichts. Ich bin nur müde.«

»Alles klar, ich nerve dich auch nicht weiter. Ruh dich aus, ich melde mich, wenn die Details feststehen.«

Nachdenklich steckte Erica das Handy in die Hosentasche. Mit Anna stimmte etwas nicht. Sie kannte ihre Schwester gut genug, um zu merken, dass sie etwas vor ihr verbarg. Und in Anbetracht von Annas unvergleichlichem Talent, Unglück anzuziehen, machte Erica sich Sorgen. Nach all den Hindernissen und Problemen hatte es so ausgesehen, als hätte Anna endlich festen Boden unter den Füßen und würde vernünftigere Entscheidungen treffen, doch vielleicht war das reines Wunschdenken gewesen. Aber was hielt Anna vor ihr geheim? Und warum? Erica lief trotz der Hitze ein kalter Schauer über den Rücken. Würde sie jemals aufhören, Angst um ihre kleine Schwester zu haben?

Auf der Fahrt nach Tanum schwieg Patrik verbissen. Sein ohnehin grässlicher Fahrstil verschlimmerte sich noch, wenn er sich aufregte. Ihm war nicht entgangen, dass Gösta sich die ganze Zeit am Griff über der Tür festhielt.

»Geht er immer noch nicht dran?«

Gösta hielt sich mit der freien Hand das Handy ans Ohr und schüttelte dann den Kopf.

»Man kann den Kerl nicht eine Minute allein lassen. Er ist schlimmer als die Kinder.«

Patrik trat noch fester aufs Gaspedal.

Sie befanden sich auf einer geraden Strecke und würden

bald das Ortsschild von Tanum erreichen. Wenn es abwärts ging, spürte er ein leichtes Ziehen in der Magengegend, und Göstas Gesicht nahm einen grünlichen Farbton an.

»Dass wir auf dem Hof nicht fertig geworden sind, gefällt mir gar nicht. Auch wenn wir das Gelände abgesperrt haben, besteht immer die Gefahr der Sabotage«, brummte Patrik. »Sind Paula und Martin unterwegs?«

»Ja, ich habe mit Martin telefoniert. Sie sind wahrscheinlich schon dort.«

Patrik war selbst verwundert über seine Wut, aber Mellberg benahm sich auch zuverlässig immer wieder wie ein Elefant im Porzellanladen. Oftmals versprach er sich davon nur einen kleinen persönlichen Sieg, doch diesmal konnte Patrik ihn nicht gewähren lassen. Nicht, wenn sie versuchten, den Mord an einem kleinen Mädchen aufzuklären.

Auf dem Parkplatz vor der Flüchtlingsunterkunft warteten bereits Paula und Martin auf sie. Er stellte den Wagen neben ihrem ab und knallte seine Autotür etwas zu laut zu.

»Habt ihr ihn gesehen?«, fragte er.

»Nein, wir dachten, es wäre besser, auf euch zu warten. Aber wir haben mit dem Leiter hier gesprochen, und Mellberg ist anscheinend zu dem Haus ganz hinten gegangen.«

Paula zeigte in die Richtung.

»Okay. Dann gehen wir da jetzt einfach hin und schauen uns an, was er diesmal angerichtet hat.«

Als er weitere Autos auf den Parkplatz fahren hörte, drehte sich Patrik um. Torbjörn war ihnen samt seinem Team gefolgt.

»Wozu braucht er die denn?«, fragte Martin. »Wisst ihr was? Hat er mit irgendjemandem gesprochen?«

Patrik schnaubte.

»Er geht nicht ans Telefon. Wir wissen nur, dass er zu Torbjörn gesagt hat, er solle augenblicklich herkommen. Mellberg habe – Achtung, ich zitiere! – den verdammten Fall geknackt wie eine Sardinenbüchse.«

»Ich will es lieber gar nicht wissen«, sagte Paula finster. Dann nickte sie den anderen zu. »Aber was soll's. Bringen wir es hinter uns.«

»Sollen wir die Ausrüstung mitnehmen oder nicht?«, fragte Torbjörn.

Patrik zögerte.

»Ach, Scheiße, nehmt das Zeug mit. Irgendwas muss der Alte ja gefunden haben.«

Patrik winkte Gösta, Paula und Martin heran und machte sich auf den Weg zum letzten Haus. Torbjörn und seine Leute holten ihre Utensilien aus dem Kofferraum und folgten ihnen.

Überall standen Menschen und beobachteten sie ängstlich. Einige schauten aus den Fenstern, andere kamen nach draußen. Aber niemand wagte es, eine Frage zu stellen.

In einer gewissen Entfernung hörte Patrik eine Frau schreien. Er beeilte sich.

»Was ist hier los?«, fragte er, als er das Haus erreicht hatte.

Mellberg gestikulierte mit Händen und Füßen und redete in gebieterischem Ton auf die Frau ein.

In gebrochenem Englisch wiederholte er: *»No no, cannot go in house. Stay outside.«*

Er drehte sich zu Patrik um.

»Gut, dass ihr da seid!«, sagte er erfreut.

»Was ist hier los?«, fragte Patrik noch einmal. »Seit du Torbjörn angerufen hast, versuchen wir, dich zu erreichen, aber du gehst nicht ans Telefon.«

»Nein, ich hatte hier ja auch alle Hände voll zu tun. Diese Frau ist vollkommen hysterisch, und die Kinder plärren, aber ich musste die Herrschaften rausschicken, damit sie keine Beweise vernichten.«

»Beweise? Was denn für Beweise?«

Patriks Stimme war eine Oktave nach oben gesprungen.

Sein Unbehagen nahm von Minute zu Minute zu. Am liebsten hätte er Mellberg geschüttelt.

»Ich habe einen Hinweis bekommen.« Mellberg strotzte vor Selbstzufriedenheit. Mit wichtiger Miene legte er eine Kunstpause ein.

»Was denn für einen Hinweis?«, fragte Paula. »Von wem?«

Sie ging einen Schritt auf Mellberg zu. Den weinenden Kindern warf sie einen mitfühlenden Blick zu, aber genau wie Patrik wollte sie erst einmal verstehen, worum es hier überhaupt ging, bevor sie sich um sie kümmerte.

»Tja, das war ein anonymer Hinweis«, sagte Mellberg. »Es gebe hier Beweise, die uns zum Mörder des Mädchens führen würden.«

»Hier. In diesem Haus? Oder bei den Leuten, die hier wohnen. Was hat der Anrufer denn genau gesagt?«

Mellberg seufzte und sprach dann so langsam und deutlich wie mit einem Kleinkind: »Die Person hat mir die Lage des Hauses sehr genau beschrieben, aber sie hat keine Namen genannt.«

»Und deshalb bist du hergekommen?« Patrik hatte seine Verärgerung kaum noch im Griff. »Ohne uns Bescheid zu sagen?«

Mellberg rümpfte erbost die Nase.

»Ihr wart doch mit anderen Dingen beschäftigt, und ich hatte das Gefühl, unverzüglich handeln zu müssen, damit niemand Beweise vernichten oder verschwinden lassen konnte. Es war eine wohlüberlegte und professionelle Entscheidung.«

»Und du warst nicht der Ansicht, einen Durchsuchungsbeschluss von der Staatsanwaltschaft abwarten zu müssen?«, fragte Patrik.

Er musste sich beherrschen, um ruhig zu bleiben.

»Tja ...« Mellberg wirkte zum ersten Mal ein wenig verunsichert. »Ich war der Meinung, dass ich als Leiter der Ermittlungen darauf verzichten konnte. Es ging darum, Beweise in einem Mordfall zu sichern, und du weißt genauso gut wie ich, dass wir unter diesen Umständen nicht unbedingt eine formale Genehmigung brauchen.«

Patrik sagte langsam:

»Du hast also einem anonymen Anrufer Glauben geschenkt und dich hier einfach reingedrängt, ohne dich vorher mit jemandem abzusprechen. Sehe ich das richtig? Und die Frau, die hier wohnt, hat dich einfach reingelassen? Ohne nachzufragen?«

Patrik warf einen Blick auf die Frau, die ein Stück entfernt stand.

»Nun, da ich ja weiß, dass man in vielen Ländern ein Blatt Papier vorzeigen muss, dachte ich, es ginge vielleicht leichter, wenn ich das auch tue.«

»Ein Blatt Papier?«, fragte Patrik, obwohl er sich nicht sicher war, ob er die Antwort hören wollte.

»Ja. Sie kann kein Schwedisch und anscheinend auch kein Englisch. Ich hatte einen Laborbericht von Ernst in der Tasche, weil ich nämlich gerade mit ihm beim Tierarzt war. Er hat immer so Bauchschmerzen, weißt du?«

Patrik fiel ihm ins Wort.

»Habe ich das richtig verstanden? Anstatt auf uns oder einen Dolmetscher zu warten, bist du unter Vortäuschung falscher Tatsachen einer traumatisierten Flüchtlingsfamilie auf die Pelle gerückt?«

»Hörst du mir denn gar nicht zu?« Mellberg war hochrot im Gesicht. »Was zählt, sind doch die Ergebnisse! Und die habe ich! Ich habe das Höschen des Mädchens gefunden. Das Höschen mit dem Anna-und-Elsa-Motiv, das ihre Mutter erwähnt hat. Es war hinter dem Spülkasten versteckt. Und es ist voller Blut!«

Alle verstummten. Draußen weinten die Kinder. Ein Mann kam angerannt.

»*What is happening? Why are you talking to my family?*«, rief er, sobald er in Hörweite war.

Mellberg machte einen Schritt auf ihn zu, packte seinen Arm und drehte ihn ihm auf den Rücken.

»You are under arrest.«

Im Augenwinkel sah Patrik, wie die Frau sie anstarrte. Die Kinder schrien immer noch. Der Mann setzte sich nicht zur Wehr.

Sie hatte es getan. Jetzt stand sie hier, vor Maries Haus. Sie war sich immer noch nicht sicher, ob es richtig war, aber der Druck auf ihrer Brust war immer größer geworden.

Sanna holte tief Luft und klopfte an die Tür. Das Klopfen klang wie Schüsse aus einer Pistole, und Sanna wurde bewusst, wie verkrampft sie war.

Entspann dich!

Dann ging die Tür auf, und Marie stand vor ihr. Die unerreichbare Marie schaute sie an. Ihre schönen Augen verengten sich.

»Ja?«

Ihr Mund wurde trocken, die Zunge fühlte sich plötzlich dick an. Sanna räusperte sich und zwang sich, etwas zu sagen.

»Ich bin Stellas Schwester.«

Marie stand zunächst einfach in der Tür und zog eine Augenbraue hoch. Dann machte sie einen Schritt zur Seite.

»Komm rein!« Sie ging voraus.

Sanna gelangte in einen großen, hellen Raum. Eine schöne Glastür ging auf einen Steg mit Aussicht auf Fjällbackas Hafeneinfahrt hinaus. Die Abendsonne spiegelte sich im Wasser.

»Möchtest du was trinken? Kaffee? Wasser? Alkohol?«

Marie nahm ein Sektglas von der Arbeitsfläche und nippte daran.

»Nein, danke«, sagte Sanna.

Mehr fiel ihr nicht ein.

In den vergangenen Tagen hatte sie all ihren Mut zusammengenommen und sich Worte zurechtgelegt. Nun war alles wie weggeblasen.

»Setz dich.« Marie ging auf einen großen Holztisch zu.

Von oben war fröhliche Popmusik zu hören. Marie machte eine vielsagende Kopfbewegung.

»Teenager.«

»Habe ich auch zu Hause.« Sanna setzte sich Marie gegenüber.

»Seltsame Wesen. Teenager. Du und ich, wir haben wahrscheinlich beide nicht erlebt, wie es ist, einer zu sein.«

Sanna sah sie an. Wollte Marie ihre eigene Jugend mit ihrer vergleichen? Sanna war, genau wie Marie, die Kindheit und die Jugend gestohlen worden, und daran war Marie schuld. Trotzdem fühlte sie nicht die Wut, mit der sie gerechnet hatte. Und die vielleicht auch angemessen gewesen wäre. Doch der Mensch, der vor ihr saß, erschien ihr wie eine Hülle. Äußerlich makellos, aber hohl.

»Ich habe das von deinen Eltern gehört.« Marie trank einen Schluck aus ihrem Sektglas. »Tut mir leid.«

Sie äußerte die Worte ohne jegliches Gefühl, und Sanna nickte nur. Das war schon so lange her. Sie konnte sich nur noch vage an ihre Eltern erinnern, die Jahre hatten sie verschwinden lassen.

Marie stellte das Glas ab.

»Warum bist du gekommen?«

Sanna spürte, wie sie unter Maries Augen schrumpfte. All der Hass, den sie empfunden hatte, all ihr Zorn und ihre Wut erschienen ihr nur noch wie ein lang vergangener Traum. Die Frau, die vor ihr saß, war nicht das Monster, das sie in ihren Alpträumen verfolgt hatte.

»Habt ihr es getan?«, hörte sie sich schließlich fragen. »Habt ihr Stella umgebracht?«

Marie schaute auf ihre Hände und schien ihre Fingernägel

zu betrachten. Sanna fragte sich schon, ob sie die Frage verstanden hatte. Dann blickte Marie auf.

»Nein«, sagte sie. »Nein, das haben wir nicht.«

»Warum habt ihr dann gesagt, ihr wärt es gewesen?«

Die Musik im oberen Stock verstummte, und Sanna hatte den Eindruck, jemand würde lauschen.

»Das ist so lange her. Was spielt das noch für eine Rolle?«

Zum ersten Mal brachten ihre Augen eine Art von Gefühl zum Ausdruck. Müdigkeit. Marie sah genauso müde aus, wie Sanna sich fühlte.

»Es spielt eine Rolle.« Sanna beugte sich vor. »Die Person, die das getan hat, hat uns alles genommen. Wir haben nicht nur Stella verloren, sondern die ganze Familie, wir haben den Hof verloren, und ich bin allein zurückgeblieben.«

Sie setzte sich wieder gerade hin.

Nur das Gluckern des Wassers unter dem Steg war zu hören.

»Ich habe jemanden im Wald gesehen«, sagte Marie schließlich. »Damals. Ich habe jemanden im Wald gesehen.«

»Wen?«

Sanna wusste nicht, was sie sagen sollte. Wieso hätte Marie ehrlich zu ihr sein sollen, wenn sie und Helen die Schuldigen gewesen wären? Sie war nicht so naiv zu glauben, dass Marie ihr die Wahrheit sagen würde, nachdem sie dreißig Jahre lang alles abgestritten hatte, aber sie hatte zumindest gedacht, an Maries Reaktion ablesen zu können, ob diese log. Doch Maries Gesicht war eine Maske. Nichts war echt.

»Wenn ich das gewusst hätte, dann hätte ich nicht dreißig Jahre lang meine Unschuld beteuern müssen.« Marie stand auf, um sich noch einmal nachzuschenken.

Sie nahm eine halbvolle Flasche aus dem Kühlschrank und hielt sie Sanna hin.

»Hast du deine Meinung inzwischen geändert?«

»Nein, alles gut«, sagte Sanna.

In hintersten Winkel ihres Unterbewusstseins regte sich eine Erinnerung. Da war jemand im Wald gewesen. Jemand, vor dem sie Angst hatte. Oft. Ein Schatten. Sie hatte seit dreißig Jahren nicht an ihn gedacht, aber Maries Worte hatten ihn ans Licht geholt.

Marie setzte sich wieder.

»Warum habt ihr den Mord dann gestanden?«, fragte Sanna. »Wenn ihr sie gar nicht getötet habt?«

»Das verstehst du nicht.«

Marie wandte sich ab, aber Sanna sah ihr schmerzverzerrtes Gesicht trotzdem. Für einen Moment wirkte sie wie ein Mensch und nicht wie eine schöne Puppe. Als sie sich Sanna wieder zuwandte, war jede Spur von Schmerz verschwunden.

»Wir waren Kinder. Wir haben den Ernst der Lage nicht begriffen. Und als wir das endlich taten, war es zu spät. Alle waren mit der Lösung zufrieden, und niemand hörte uns zu.«

Sanna wusste nicht, was sie sagen sollte. Von diesem Augenblick hatte sie jahrelang geträumt. Immer wieder waren ihr die Worte, die sie sagen, und die Fragen, die sie stellen wollte, durch den Kopf gegangen. Nun zeigte sich, dass sie mit ihren Worten am Ende war. Und übrig war nur noch die diffuse Erinnerung, dass da was im Wald gewesen war. Eine Person.

Als Sanna zur Haustür ging, blieb Marie an der Küchenzeile stehen und füllte ihr Glas noch einmal. Oben ging die Musik wieder los. Als Sanna draußen war, sah sie oben ein Mädchen im Fenster sitzen. Sie winkte ihr zu, aber das Mädchen starrte sie nur an. Dann drehte es sich um und war weg.

»Bill! Wach auf!«

Von weitem hörte er Guns Stimme. Er schüttelte sich. Da hatte er doch tatsächlich vergessen, sich den Wecker zu stellen, als er sein Mittagsschläfchen machte.

»Was ist denn los?«, stammelte er.

Gun weckte ihn sonst nie.

»Adnan und Khalil sind hier.«

Er rieb sich den Schlaf aus den Augen.

»Sie warten unten. Es ist was passiert …«

Gun wich seinem Blick aus, und Bill machte sich sofort Sorgen. Gun verlor sonst nie die Fassung.

Als er nach unten kam, sah er Adnan und Khalil im Wohnzimmer auf und ab gehen.

»Hallo, Jungs. Hello boys. *What has happened?*«

Sie redeten auf Englisch durcheinander und Bill musste sich anstrengen, um sie zu verstehen.

»*What?* Was? Karim? Redet doch bitte etwas langsamer, Jungs. *Slowly.*«

Adnan nickte Khalil zu, und dieser erklärte, was passiert war. Mit einem Mal war Bill hellwach. Er sah Gun an, die genauso empört wirkte wie er.

»Völlig verrückt! Die Polizei hat ihn abgeholt? Das können die doch nicht machen!«

Adnan und Khalil redeten immer noch wild durcheinander, Bill hob die Hand.

»Ganz ruhig, Jungs. *Easy, boys.* Ich kümmere mich darum. Wir sind in Schweden. Hier wird niemand einfach verhaftet, das ist keine Bananenrepublik.«

Guns zustimmender Blick wärmte ihm das Herz.

Über ihnen knackte es.

»Ich hab's euch gesagt.«

Nils kam die Treppe runter. Er hatte ein Blitzen in den Augen, das Bill nicht an ihm kannte. Und das wollte er auch gar nicht.

»Hab ich es nicht gesagt? Es muss einer von diesen Arabern gewesen sein, das sagt jeder. Diese Flüchtlinge haben bestimmt von der alten Geschichte gehört und sich gedacht, das ist die Gelegenheit. Ist doch klar, was das für Typen sind.

Die Leute sind so naiv! Wer hierherkommt, braucht keine Unterstützung. Das sind Wirtschaftsflüchtlinge und Kriminelle!«

Die Art, wie Nils Adnan und Khalil ansah, raubte Bill fast den Atem.

»Ihr seid so naiv. Immer denkt ihr, es ginge um humanitäre Hilfe, während in Wirklichkeit Vergewaltiger und Diebe über die Grenzen strömen. Ihr habt euch verarschen lassen. Hoffentlich kapiert ihr jetzt, wie sehr ihr euch getäuscht habt, und der widerliche Kerl, der das Kind ermordet hat, soll im Gefängnis verrotten.«

Mit einem Knall, der durchs ganze Wohnzimmer hallte, landete Guns Hand auf Nils' Wange. Nils schnappte nach Luft und sah geschockt seine Mutter an. Plötzlich war er wieder ein Kind.

»Leckt mich am Arsch!« Er rannte die Treppe rauf.

Bill beobachtete Gun, die nachdenklich ihre Hand betrachtete. Er legte den Arm um sie und wandte sich wieder Adnan und Khalil zu, die völlig verunsichert wirkten.

»Sorry about my son. Don't worry. I will fix this.«

Ihm war das alles so zuwider. Er kannte seinen Heimatort. Und die Menschen hier. Das Fremde und Andere war nie mit offenen Armen empfangen worden. Und falls einer der jungen Männer aus der Flüchtlingsunterkunft des Mordes an einem kleinen Mädchen verdächtigt wurde, war hier bald die Hölle los.

»Ich fahre zur Polizei.« Er schlüpfte in ein Paar leichte Slipper. »Und richte Nils aus, dass ich ein ernstes Wort mit ihm rede, wenn ich nach Hause komme.«

»Aber zuerst bin ich dran«, sagte Gun.

Als sie im Auto saßen, sah Bill im Rückspiegel Guns grimmiges Gesicht. Mit verschränkten Armen stand sie in der Tür. Einen Moment lang tat ihm Nils beinahe leid, aber dann fiel sein Blick auf Adnans und Khalils verängstigte Augen, und sein Mitleid verflüchtigte sich so schnell, wie es gekommen war.

James raste die Stufen hinauf. Das Gerücht, das im Ort kursierte, hatte ihm neue Energie gegeben.

Er riss die Haustür auf.

»Ich wusste es!«, rief er in der Küche und schaute Helen an, die vor Schreck zusammengezuckt war.

»Was ist passiert?«

Sie war blass geworden, und ihm fiel wieder einmal auf, wie schwach sie war. Ohne ihn wäre sie verloren gewesen. Von ihm hatte sie alles gelernt, er hatte sie vor allem beschützt.

Er setzte sich an den Küchentisch.

»Kaffee«, sagte er. »Dann erzähle ich dir alles.«

Helen schien gerade Kaffee aufgesetzt zu haben, denn die dunkle Flüssigkeit begann in diesem Moment, in die Kanne zu tröpfeln. Sie nahm einen Becher aus dem Schrank, schenkte Kaffee ein, obwohl er noch nicht durchgelaufen war, und stellte ihn mit einem Schlückchen Milch drin hin. Nicht zu viel und nicht zu wenig.

»Sie haben jemanden festgenommen. Wegen des Mordes an dem Mädchen«, sagte er, als Helen die Heizfläche der Kaffeemaschine reinigte.

Die Glaskanne fiel auf den Boden. Das plötzliche Geräusch jagte ihm einen solchen Schreck ein, dass er sein Hemd mit Kaffee bekleckerte.

»Was machst du denn?« Er sprang auf.

»Entschuldige bitte!« Hastig holte Helen Schaufel und Besen.

Während sie die Scherben auffegte, griff James nach dem Haushaltspapier und tupfte seine Brust ab.

»Jetzt brauchen wir eine neue Kanne.« Er setzte sich wieder. »Ich bin aber kein Goldesel.«

Helen wischte schweigend den Boden. Das hatte sie im Lauf der Jahre gelernt. Manchmal war Schweigen am besten.

»Ich habe es auf dem Marktplatz gehört«, sagte er. »Es war einer von diesen Flüchtlingen. Niemand ist sonderlich überrascht.«

Helen hielt inne und schien die Schultern sinken zu lassen. Dann wischte sie weiter.

»Sind sie sich sicher?« Sie packte die Scherben sicherheitshalber in einen leeren Milchkarton, den sie vorsichtig in den Mülleimer stellte.

»Einzelheiten sind mir nicht bekannt«, sagte er. »Ich weiß nur, dass sie einen jungen Mann verhaftet haben. Die schwedische Polizei zeichnet sich zwar nicht gerade durch übermäßige Effizienz aus, aber ohne hinreichende Gründe dürfen sie niemanden festnehmen.«

»Na dann.« Helen wischte die Arbeitsfläche mit einem Lappen ab, wrang ihn gründlich aus und hängte ihn ordentlich über den Wasserhahn.

Sie drehte sich zu James um.

»Dann ist es endlich vorbei.«

»Ja, es ist vorbei. Seit langem. Ich sorge für dich. Das habe ich immer getan.«

»Ich weiß.« Helen senkte den Blick. »Danke, James.«

Sie wurden vom Splittern des Türblatts geweckt. In der nächsten Sekunde waren sie im Schlafzimmer, packten ihn an den Armen und schleiften ihn hinaus. Karims erster Impuls war gewesen, sich zu wehren, aber als er die Kinder schreien hörte, ließ er es bleiben. Sie durften auf keinen Fall mit ansehen, wie er zusammengeschlagen wurde. Es war schon so oft passiert, und er wusste, dass Widerstand zwecklos war.

Die folgenden vierundzwanzig Stunden verbrachte er in einem Raum ohne Fenster. Er lag auf einem kalten und feuchten Fußboden und wusste nicht, ob es draußen Tag oder

Nacht war. In seinen Ohren hallten ständig die Schreie der Kinder wider.

Schläge waren auf ihn eingeprasselt, und man hatte ihm immer wieder die gleichen Fragen gestellt. Sie wussten, dass er über Listen von Leuten verfügte, die im Untergrund von Damaskus gegen das Regime kämpften, und diese Dokumente wollten sie haben. Zuerst hatte er sich geweigert, hatte immer wieder erklärt, dass er als Journalist seinen Quellen gegenüber zur Verschwiegenheit verpflichtet war. Aber nach tagelanger Folter gab er ihnen schließlich, was sie von ihm haben wollten. Er nannte Namen und Orte. Wenn er kurzzeitig in unruhigen Schlaf fiel, träumte er von den Personen, die er verraten hatte, und sah vor sich, wie sie unter dem Geschrei ihrer Kinder und den Tränen ihrer Frauen und Männer aus ihren Wohnungen geschleppt wurden.

In jeder wachen Minute zerkratzte er sich die Arme, um nicht an jene denken zu müssen, deren Leben er zerstört hatte. Blut rann aus den Wunden, die schmutzig wurden und sich entzündeten.

Nach drei Wochen ließen sie ihn frei, und nur einen Tag später packten Amina und er das Wenige, was sie mitnehmen konnten. Vorsichtig hatte Amina die Wunden an seinen Armen berührt, aber er erzählte ihr nie, was er getan hatte. Es war sein Geheimnis, er schämte sich dafür und würde es niemals mit ihr teilen können.

Karim lehnte den Kopf an die Wand. Der Raum war zwar nackt und kahl, doch es war sauber hier, und durch ein kleines Fenster schien die Sonne herein. Das Gefühl von Ohnmacht war trotzdem das gleiche. Er glaubte nicht, dass die schwedische Polizei Häftlinge schlagen durfte, aber er war sich nicht sicher. Er war ein Fremder in einem fremden Land und wusste nichts über die Regeln, die hier galten.

Als er in das neue Land kam, hatte er geglaubt, alles hinter sich gelassen zu haben. Nun hörte er wieder die Schreie der

Kinder. Seine Fingernägel gruben sich in die Narben an seinen Armen. Durch das vergitterte Fenster drangen Straßengeräusche herein, und er schlug langsam die Stirn an die Zellenwand.

Vielleicht war das sein Schicksal. Die Strafe für den Verrat an den Leuten, die ihn nachts in seinen Träumen verfolgten. Er hatte geglaubt, ihnen entkommen zu sein, aber Gott sah alles.

Der Fall Stella

»Was passiert denn nun mit den Mädchen?«

Mit ihren starken und geschickten Händen knetete Kate den Teig. Er liebte es, ihr dabei zuzusehen. Vierzig Jahre lang hatte sie so mit Mehl im Gesicht und einer Zigarette im Mundwinkel in dieser Küche gestanden. Immer mit einem Lächeln, das die Mundwinkel umspielte. Viola hatte dieses Lächeln und das sonnige Gemüt geerbt. Und ihre Kreativität. Die Jungs waren mehr wie er. Sie nahmen das Leben etwas zu ernst. Roger, der Älteste, war Wirtschaftsprüfer geworden, und Christer, sein Jüngster, arbeitete als Sachbearbeiter im Arbeitsamt. Keiner von beiden schien besonders viel Spaß zu haben.

»Sie sind noch zu jung, um verurteilt zu werden. Deswegen ist das Jugendamt für die Angelegenheit zuständig.«

»Die Angelegenheit. Igitt, wie steril das klingt. Es geht um zwei Kinder.«

Kate war von einer Mehlwolke umgeben. Hinter ihr schien die Sonne durchs Küchenfenster und umspielte den Flaum auf ihrem Kopf mit einem leuchtenden Schimmer. Ihre Kopfhaut wirkte im Licht rosig und transparent, direkt darunter pulsierten Adern. Leif musste sich beherrschen, um nicht zu ihr zu gehen und sie in die Arme zu schließen. Sie hasste es, behandelt zu werden, als wäre sie schwach.

Kate war nie schwach gewesen, und nach einem Jahr Chemotherapie war sie immer noch der stärkste Mensch, den er kannte.

»Du solltest mit dem Rauchen aufhören«, sagte er sanft, während sie die Asche lässig in den Aschenbecher klopfte, bevor sie auf den Boden gefallen wäre.

Sie war unmöglich. Diese Diskussion hatten sie schon so oft geführt. Immer machte sie sich mehr Sorgen um ihn als um sich selbst. Auch jetzt. Das Absurde daran steigerte seine Liebe zu ihr noch mehr. Obwohl er das für unvorstellbar gehalten hatte.

»Was passiert denn nun?« Sie ließ nicht locker.

»Das Jugendamt wird prüfen, was für die Mädchen das Beste ist. Ich habe keine Ahnung, wie die Empfehlung lauten wird.«

»Was glaubst du denn?«

»Wenn ich raten müsste, würde ich tippen, dass Helen bei ihren Eltern bleiben darf und Marie in einer Pflegefamilie untergebracht wird.«

»Und würdest du diese Entscheidung für richtig halten?« Sie zog an der Zigarette.

Durch jahrelanges Training hatte sie kein Problem, gleichzeitig zu rauchen und zu reden.

Leif dachte nach. Er wollte ja sagen, aber irgendetwas in ihm wehrte sich dagegen. So ging es ihm seit den Vernehmungen der Mädchen, aber er konnte nicht beschreiben, woran es lag.

»Doch, es wäre wahrscheinlich richtig«, sagte er zögernd.

Kate hörte auf zu kneten.

»Du scheinst dir nicht ganz sicher zu sein. Hast du Zweifel daran, dass sie die Schuldigen sind?«

Er schüttelte den Kopf.

»Nein. Ich sehe keinen Grund, warum zwei dreizehnjährige Mädchen einen Mord gestehen sollten, den sie nicht begangen haben. Es ist die richtige Entscheidung. Helen hat ein stabiles Elternhaus, während Marie in einem Milieu lebt, das – ja, das höchstwahrscheinlich der Grund für ihr Verhalten ist und sie zur treibenden Kraft gemacht hat.«

»Zur treibenden Kraft?« Kate hatte Tränen in den Augen. »Sie ist ein Kind. Wie kann man so etwas von einem Kind sagen?«

Wie sollte er es Kate erklären? Sie hatte nicht erlebt, mit welcher Ruhe Marie den Mord an Stella gestanden und dann Schritt für Schritt geschildert hatte, was passiert war. Kate sah immer nur das Gute in den Menschen.

»Ich glaube, es ist das Beste. Für beide.«

Kate nickte.

»Wahrscheinlich hast du recht. Du hattest immer eine gute Menschenkenntnis. Deshalb bist du auch so ein guter Polizist.«

»Dass ich ein guter Polizist bin, habe ich dir zu verdanken, denn du machst mich zu einem guten Menschen.«

Kate hielt mitten in der Bewegung inne. Ihre starken Hände begannen plötzlich zu zittern. Eine bemehlte Hand strich über den flaumigen Haaransatz. Dann brach sie in Tränen aus.

Leif nahm sie in die Arme. Sie war zart wie ein Vogeljunges. Er zog ihren Kopf an seine Brust. Ihnen blieb nicht mehr viel Zeit. Vielleicht ein Jahr. Alles andere war bedeutungslos. Sogar die beiden Kinder, die nun in die Mühlen des Systems geraten würden. Er hatte seine Arbeit gemacht. Nun musste er sich auf das konzentrieren, was wirklich wichtig war.

»ICH HABE EUCH zusammengetrommelt, weil wir dieser Sache sofort auf den Grund gehen müssen.«

Patrik sah die anderen an, Mellberg klopfte sich auf den Bauch.

»Ich kann verstehen, dass ihr ein wenig sprachlos seid. Es ist ja auch alles unheimlich schnell gegangen. Aber wenn man als Polizist gründliche und solide Arbeit macht, kommt früher oder später der entscheidende Moment, in dem man nur noch zur richtigen Zeit am richtigen Ort zu sein braucht. Ich glaube, man kann mir in dieser Hinsicht durchaus ein gewisses Talent ...«

Er holte Luft und schaute in die Runde. Keiner der Kollegen sagte ein Wort. Mellberg runzelte die Stirn.

»Ihr brecht euch keinen Zacken aus der Krone, wenn ihr mich mal lobt. Ich erwarte ja keinen tosenden Applaus, aber dieser offensichtliche Neid steht euch gar nicht.«

Innerlich kochte Patrik vor Wut, doch er wusste nicht, wo er anfangen sollte. Mellbergs monumentale Einfältigkeit war ihm nicht neu, aber diesmal hatte er wirklich den Vogel abgeschossen.

»Bertil. Erstens war es ein schwerer Fehler, deine Kollegen nicht zu informieren, als du diesen Anruf bekamst. Wir waren telefonisch erreichbar, es wäre ein Leichtes gewesen, zum Hörer zu greifen. Zweitens begreife ich nicht, wie du ohne jegliche Unterstützung oder wenigstens einen Dolmetscher zur Flüchtlingsunterkunft fahren konntest. Wenn ich nicht so wütend gewesen wäre, hätte es mir die Sprache verschlagen. Drittens: Einer Frau, die dich nicht versteht, einen Laborbericht vor die Nase zu halten, ist so ...«

Patrik kam aus dem Konzept. Er ballte die Fäuste und atmete tief durch. Sah sich um.

Es war so still im Raum, dass man eine Stecknadel fallen gehört hätte. Alle anderen hatten die Blicke gesenkt und wagten weder Patrik noch Mellberg anzuschauen.

»Das ist doch die Höhe!«, explodierte Mellberg. Sein Gesicht war vor Zorn kreideweiß geworden. »Da serviert man den Herrschaften einen Kindermörder auf dem Silbertablett und bekommt ein Messer in den Rücken gerammt. Von den eigenen Kollegen! Glaubt ihr, ich wüsste nicht, dass ihr nur neidisch seid, weil der Ruhm für die Aufklärung des Falls mir allein gebührt? Aber wisst ihr was? Das ist mir scheißegal, weil ihr nämlich so hirnrissig wart, die Familie zu verdächtigen, als bereits jeder hier im Ort das Offensichtliche durchschaut hatte. Diese Unterkunft ist voll von Kriminellen. Gott sei Dank hat mich mein Bauchgefühl direkt zum Täter geführt. Damit müsst ihr leben. Ich habe hinbekommen, wozu ihr gar nicht in der Lage wart. Eure beschissene politische Korrektheit hat euch verblendet, nehme ich an, aber eins und eins ist immer noch zwei, und ihr könnt mich alle mal kreuzweise!«

Als Mellberg aufsprang, fiel ihm seine Haarpracht über das linke Ohr. Dann knallte er die Tür zu, dass im ganzen Haus die Scheiben klirrten.

Eine Weile sagte keiner ein Wort. Dann holte Patrik tief Luft.

»Super gelaufen«, sagte er. »Wie machen wir jetzt weiter? Wir müssen den Schlamassel irgendwie in Ordnung bringen.«

Martin hob die Hand, Patrik nickte ihm zu.

»Haben wir überhaupt einen Grund, Karim festzuhalten?«

»Da wir das Kinderhöschen mit dem Anna-und-Elsa-Motiv in seinem Haus gefunden haben, ja. Allerdings wissen wir noch nicht, ob es wirklich Nea gehörte, und ob er es dort versteckt hat. Wir müssen behutsam vorgehen. Er und seine Frau haben extrem heftig auf die Verhaftung reagiert. Wer weiß, was die beiden in ihrer Heimat erlebt haben.«

»Und wenn er es tatsächlich war?«, fragte Paula.

Patrik überlegte einen Augenblick.

»Das wäre zwar möglich, aber in Anbetracht dieses seltsamen anonymen Anrufs erscheint es mir äußerst unwahrscheinlich. Genauso gut könnte der Mörder das Höschen dort versteckt haben, um den Verdacht auf jemand anders zu lenken. Wir müssen einen kühlen Kopf bewahren und sorgfältig und gewissenhaft arbeiten.«

»Bevor wir anfangen«, sagte Gösta, »kann ich euch mitteilen, dass ich einen Anruf aus Uddevalla bekommen habe. Tore Carlson war nach Aussage seiner Nachbarn seit Wochen nicht zu Hause, und niemand weiß, wo er sich aufhält.«

Rings um den Konferenztisch wurden Blicke gewechselt.

»Wie gesagt, wir dürfen jetzt nicht den Kopf verlieren. »Das ist mit Sicherheit purer Zufall. Uddevalla soll weiterhin Ausschau nach Tore Carlson halten, und wir kümmern uns um die Fakten, die uns bereits vorliegen.«

Er nickte Annika zu.

»Könntest du versuchen, etwas über diesen anonymen Anruf herauszufinden? Wir nehmen erst mal alle Telefonate auf, wer weiß. Gösta, du zeigst Eva und Peter ein Foto von dem Höschen, das in Karims Haus entdeckt wurde. Vielleicht gehört es Nea. Martin und Paula, ihr nehmt Karim ein wenig unter die Lupe. Überprüft, ob er eine kriminelle Vergangenheit hat. Holt bei den anderen Geflüchteten in der Unterkunft Erkundigungen ein und so weiter.«

Alle, die eine Aufgabe erhalten hatten, nickten. Patrik versuchte, die Schultern zu lockern. Vor Wut war jeder Muskel seines Körpers zum Zerreißen gespannt, und sein Herz machte ein paar zusätzliche Schläge. Stress konnte schwerwiegende Folgen haben, und er wollte auf keinen Fall im Krankenhaus landen. Das konnte er sich einfach nicht erlauben.

Als sein Herzschlag wieder gleichmäßiger geworden war, atmete Patrik erleichtert auf.

»Ich werde mit Karim reden. Er steht unter Schock, aber wenn wir Glück haben, wird er uns helfen, der Sache auf den Grund zu gehen.«

Er schaute in verzagte Gesichter und kam zum Ende.

»Gebt euer Bestes, und dann bringen wir die Ermittlungen wieder auf den richtigen Kurs. Mellberg hat schon oft Schaden angerichtet, und er wird es wieder tun. Dagegen können wir nicht viel machen.«

Ohne eine Antwort abzuwarten, nahm er Block und Stift in die Hand und ging in den Gebäudeteil hinüber, in dem die Arrestzelle untergebracht war. Als er an der Rezeption vorbeikam, klingelte es an der Tür. Bill Andersson stand davor. Patrik seufzte innerlich. Das hatte er befürchtet. Nun würde man ihnen die Hölle heißmachen.

Erica hatte die Kinder früh ins Bett gebracht und sich mit einem Glas Rotwein und einer Schale Nüsse aufs Sofa gekuschelt. Sie war hungrig und hätte eigentlich etwas Vernünftiges essen müssen, aber sie hatte keine Lust, nur für sich selbst zu kochen, und Patrik hatte gesimst, dass er erst nach Hause kommen würde, wenn sie schlief.

Sie hatte einige der Ordner von ihrem Schreibtisch mit nach unten genommen. Das ganze Material durchzugehen erforderte Zeit. Es war Teil ihrer Arbeitsweise, alle Artikel und Ausdrucke immer wieder zu lesen und sich auch die Fotos von Zeit zu Zeit mit neuen Augen anzuschauen.

Nachdem sie eine Weile überlegt hatte, griff sie zu dem Hefter mit der Aufschrift »Leif«. Er würde zweifelsohne eine der Hauptpersonen in ihrem Buch werden, aber einige Fragen waren noch immer nicht beantwortet. Warum hatte er seine Meinung geändert? Wieso waren ihm Zweifel gekommen? War er sich nicht zu Beginn ganz sicher gewesen, dass Helen und Marie Stella ermordet hatten? Und weshalb hatte er sich eigentlich das Leben genommen? Hatte es an der Depression nach dem Tod seiner Ehefrau gelegen? Oder hatte er andere Gründe gehabt?

Sie schaute sich den Obduktionsbericht und die Bilder von

Leifs Leiche an. Er hatte mit einem Whiskyglas neben sich und der Pistole in der rechten Hand auf seinem Schreibtisch gelegen. Sein Gesicht war der Waffe zugewandt gewesen, und unter seinem Kopf hatte sich eine große Blutlache gebildet. An der Schläfe war eine Wunde zu sehen, die Augen waren aufgerissen und wirkten glasig. Laut rechtsmedizinischem Gutachten war er bereits gut vierundzwanzig Stunden tot gewesen, als einer seiner Söhne ihn fand.

Nach Aussage der Kinder war es seine eigene Pistole gewesen, das Waffenregister bestätigte das. Leif hatte sich die private Waffe genehmigen lassen, weil er im fortgeschrittenen Alter das Sportschießen für sich entdeckt hatte.

Erica blätterte ihre Papiere durch, konnte aber keinen ballistischen Bericht finden. Sie runzelte die Stirn. Da sie wusste, dass man ihr die vollständige Akte über den Todesfall ausgehändigt hatte, irritierte sie das ein wenig. Entweder waren Geschoss und Waffe nicht näher untersucht worden, oder der Bericht war verschwunden. Erica griff zu dem Collegeblock, der immer in Reichweite lag, und notierte »ballistischer Bericht«. Sie hatte keinen Grund zu der Annahme, dass bei den Ermittlungen zu Leifs Suizid irgendetwas nicht mit rechten Dingen zugegangen war, aber es gefiel ihr nicht, wenn Puzzleteile fehlten. Vielleicht lohnte es sich, der Sache nachzugehen. Allerdings lag Leifs Tod schon fünfzehn Jahre zurück, und nur mit Glück würde sie im kriminaltechnischen Labor und in der Rechtsmedizin noch die Leute antreffen, die damals die Untersuchungen durchgeführt hatten.

So oder so würde sie damit bis morgen warten müssen. Es war zu spät, um irgendwo anzurufen. Sie lehnte sich zurück und legte die Füße auf den mit Mappen und losen Blättern bedeckten Tisch. Der Wein schmeckte vorzüglich, und sie nahm sich schuldbewusst vor, im Herbst einen abstinenten Monat einzulegen. Sie wusste, dass sie nicht die Einzige war, die sich im Sommer so gut wie täglich ein Glas Wein gönnte, aber das machte die Sache nicht besser. Nein, ein Monat Abstinenz war unumgänglich. Im September. Zufrieden mit ihrem gesundheitsbewussten Entschluss, trank sie noch einen Schluck und genoss, wie sich die Wärme im ganzen Körper ausbreitete. Sie fragte sich, wieso Patrik so lange in der Dienststelle zu tun hatte, doch es hatte keinen Sinn, ihn danach zu fragen, bevor er nicht zu Hause war.

Erica beugte sich wieder vor und betrachtete die Fotos von Leif, der mit dem Oberkörper auf dem Schreibtisch hing. Das Blut umgab seinen Kopf wie ein roter Glorienschein. Die Frage, warum er sich das Leben genommen hatte, ließ ihr keine Ruhe. Sie verstand zwar, dass man die Freude am Leben verlieren konnte, wenn der geliebte Partner von einem ging, aber er hatte doch noch seine Kinder gehabt, und außerdem waren seit dem Tod seiner Ehefrau bereits mehrere Jahre vergangen. Und wozu vertieft man sich in einen alten Fall, wenn man sowieso nicht weiterleben will?

Als sie von der Polizeidienststelle wegfuhren, schlug Bill aufs Lenkrad. Karim saß schweigend neben ihm und starrte aus dem Fenster. Die Abenddämmerung hatte den Himmel rot und lila gefärbt, aber Karim sah nur die Dunkelheit, die er selbst erzeugt hatte. Was heute passiert war, bewies, dass er vor seiner Schuld nicht weglaufen konnte. Gott hatte alles gesehen und bestrafte ihn nun.

Wie viele Menschenleben er auf dem Gewissen hatte, wusste Karim nicht, alle Personen, deren Namen er genannt hatte, waren spurlos verschwunden, und niemand wusste, was mit ihnen geschehen war. Vielleicht lebten sie noch. Vielleicht nicht. Fest stand nur, dass sich ihre Männer, Frauen und Kinder nachts in den Schlaf weinten.

Karim hatte sich selbst und seine eigene Haut auf Kosten von anderen gerettet. Hatte er etwa geglaubt, er könnte damit leben? Auf der Flucht hatte er sich selbst verloren. Er hatte sich in die Vorstellung geflüchtet, es sei möglich, sich irgendwo weit weg ein neues Leben aufzubauen, aber sein altes Leben, sein früheres Land und seine Sünden lebten in ihm weiter.

»It's a scandal, but don't you worry. I will sort this out for you, okay?«

Bills Stimme bebte geradezu scheppernd vor Empörung, und Karim war dankbar, dass ihm jemand glaubte und hinter ihm stand. Trotzdem konnte er Bills Worte nicht akzeptieren, denn er hatte dessen Mitgefühl nicht verdient. »Sag die Wahrheit!«, ging ihm immer wieder auf Arabisch durch den Kopf.

Der dreckige Zellenboden hatte von Kakerlaken gewimmelt. Karim hatte seinen Peinigern alles gesagt, was sie wissen wollten. Und um seiner selbst willen mutige Menschen ans Messer geliefert.

Als der schwedische Polizist sagte, er müsse mit auf die Wache kommen, hatte er sich nicht gewehrt. Er war ja schuldig. Vor Gott. Seine Hände waren mit Blut befleckt. Er hatte es nicht verdient, in einem neuen Land zu leben. Er hatte Amina und Hassan und Samia nicht verdient. Nichts konnte daran etwas ändern. Wie hatte er sich nur jemals etwas anderes einreden können?

Als Bill ihn vor seiner Tür absetzte, erwartete Amina ihn bereits. Ihre dunklen Augen waren von der gleichen Angst erfüllt wie an jenem Morgen in Damaskus, als die Polizei ihn endlich laufenließ. Er wagte nicht, sie anzuschauen, sondern ging direkt an ihr vorbei und ins Bett.

Mit dem Rücken zur Tür starrte er die Wand an. Eine gute Stunde später hörte er, wie sie sich auszog. Dann legte sie sich neben ihn und strich ihm sanft über den Rücken. Er tat, als würde er schlafen.

Dabei wusste er, dass er ihr nichts vormachen konnte. Ihr ganzer Körper zitterte, als sie schluchzend zu beten begann.

Als Mellberg die Wohnungstür zugeknallt hatte, erschien Rita.

»Pst! Leo ist auf dem Sofa eingeschlafen, und Johanna bringt unten gerade Lisa ins Bett. Was ist los?«

Der Duft von Chili con Carne, der aus der Küche zu ihm herüberwehte, brachte Mellberg aus dem Konzept, und für einen Moment gewann der Hunger die Oberhand über seine Wut, doch dann flammte der Zorn erneut auf.

»Meine verfluchten Kollegen haben mir heute ein Messer in den Rücken gerammt.« Er schleuderte die Schuhe von den Füßen.

Nachdem Rita ihn streng angeschaut hatte, stellte er sie ordentlich ins Regal rechts neben der Tür.

»Komm erst mal rein und erzähl in Ruhe.« Rita ging in die Küche. »Ich habe Essen auf dem Herd, das brennt sonst an.«

Knurrend folgte er ihr und sackte auf einen Stuhl. Dann hielt er schnuppernd die Nase in die Luft. Es roch wirklich himmlisch.

»Schieß los«, sagte sie. »Aber weck Leo nicht auf.«

Sie drohte ihm mit dem Holzlöffel, mit dem sie gerade das Chili umgerührt hatte.

»Ich brauche erst mal was im Magen, das Ganze hat mich furchtbar aufgeregt. Noch nie habe ich mich so verraten gefühlt. Doch, vielleicht damals, als 1986 in Göteborg mein damaliger Vorgesetzter ...«

Rita hob die Hand.

»Das Chili ist in zehn Minuten fertig. Setz dich ein bisschen zu Leo und gib ihm ein Küsschen, er ist so süß, wenn er schläft. Und dann erzählst du mir alles beim Essen.«

Mellberg ging brav ins Wohnzimmer. Man brauchte ihm nicht zweimal zu sagen, dass er mit dem kleinen Jungen schmusen sollte, dessen Großvater er war. Er war bei Leos Geburt dabei gewesen, und seitdem bestand zwischen ihnen eine ganz besondere Bindung. Der Anblick des Jungen auf dem Sofa senkte seinen Puls sofort. Leo war das Beste, was ihm je passiert war. Außer Rita vielleicht. Andererseits hatte sie mit ihm auch Glück gehabt. Nicht jede Frau hatte das Vergnügen, einen so verdienstvollen Mann an ihrer Seite zu wissen. Manchmal schien sie das zwar gar nicht zur Gänze zu würdigen, aber mit den Jahren würde sie schon noch begreifen, was für einen Prachtkerl sie sich geangelt hatte.

Leo bewegte sich im Schlaf, und Mellberg schob ihn ein Stück zur Seite, damit er neben ihm Platz hatte. Der Junge war im Urlaub braun geworden, und sein blondes Haar wirkte einen Tick heller. Sacht strich Mellberg ihm eine Strähne aus dem Gesicht. Leo war wirklich unglaublich süß. Mellberg konnte kaum glauben, dass sie nicht miteinander verwandt waren, aber das Umfeld prägte Menschen eben auch.

Aus der Küche rief Rita leise, das Essen sei fertig, und Mellberg stand vorsichtig auf. Leo zuckte zusammen, wurde aber nicht wach. Auf Zehenspitzen tappte Mellberg in die Küche und ließ sich wieder auf dem Stuhl nieder, von dem er vor wenigen Minuten aufgestanden war. Rita schmeckte ein letztes Mal ab und stellte zwei tiefe Teller auf den Tisch.

»Wir können anfangen. Johanna kommt hoch, wenn Lisa eingeschlafen ist. Wo ist Paula?«

»Paula?« Mellberg schnaubte. »Das ist vielleicht ein Ding.«

Er erzählte von dem Anruf und seinem äußerst professionellen und wohlüberlegten Entschluss, die Sache allein in die Hand zu nehmen, von seiner Idee, sich mit Hilfe von Ernsts Laborbericht Zutritt zum Haus zu verschaffen, und von dem Höschen, das hinter der Toilette versteckt war. Mit tosendem Applaus hatte er gerechnet! Und wie schmählich hatten seine Kollegen ihn abserviert. Skandalös! Er machte eine Pause, um Luft zu holen, und sah Rita, die gerade mit einer großen Schöpfkelle seinen Teller füllte, mitleidheischend an.

Doch Rita blieb stumm. Dieser Blick gefiel ihm nicht.

Dann nahm sie ihm den Teller wieder aus der Hand, drehte ihn um und schüttete das Chili zurück in den Topf.

Fünf Minuten später stand Mellberg vor dem Haus. Von ihrem Balkon im zweiten Stock segelte etwas herunter und landete auf dem Gehweg. Eine Reisetasche. Dem verhältnismäßig sanften Aufprall nach zu urteilen, enthielt sie nicht viel mehr als eine Zahnbürste und eine frische Unterhose. Vom Balkon ertönte eine ganze Tirade spanischer Schimpfwörter. Offenbar war es plötzlich nicht mehr so wichtig, Leo nicht zu wecken.

Mit einem schweren Seufzer griff er nach der Tasche und ging los. Die ganze Welt schien gegen ihn zu sein.

Als er die Klinke der Haustür in der Hand hielt, war Patrik todmüde, aber diesen Flur zu betreten war wie eine Umarmung. Vor der Veranda, die aufs Meer blickte, glühte der Abendhimmel, und im Wohnzimmer knisterte ein Feuer. Viele Leute hätten ihn und Erica wahrscheinlich für verrückt erklärt, weil sie auch an so warmen Sommerabenden den Kamin anmachten, aber Gemütlichkeit ging ihnen vor, und wenn es zu heiß wurde, machten sie einfach die Fenster auf.

Im Wohnzimmer flimmerte der Fernseher, und Patrik ging ohne Umweg zu Erica. An Abenden wie diesem brauchte er ihre Nähe mehr denn je.

Sie strahlte, als sie ihn sah, und er warf sich mit vollkommen entnervtem Gesichtsausdruck zu ihr aufs Sofa.

»So schlimm?«, fragte sie. Er nickte nur.

Ununterbrochen hatte das Telefon geklingelt. Unzählige Journalisten, »besorgte Bürger« und Spaßvögel hatten bei Annika angerufen. Alle hatten das Gleiche gewollt und gefragt, ob sie tatsächlich jemanden aus der Flüchtlingsunterkunft wegen des Mordes an dem Mädchen verhaftet hatten. Da die Boulevardzeitungen besonders aufdringlich waren, hatte er für acht Uhr am nächsten Morgen eine Pressekonferenz angesetzt. Viel Schlaf würde er heute Nacht nicht bekommen, er musste noch einiges vorbereiten und sich gründlich überlegen, was er sagen wollte. Die Alternative wäre gewesen, Mellberg der Meute zum Fraß vorzuwerfen, aber in ihrer Dienststelle hielten sie zusammen. Auf Gedeih und Verderb.

»Erzähl!« Erica lehnte sich an ihn.

Sie hielt ihm ihr Glas Rotwein hin, aber er winkte ab. Morgen brauchte er einen klaren Kopf.

Er erzählte ihr alles. Ohne Umschweife.

»Du machst Witze!« Erica setzte sich auf. »Was macht ihr denn jetzt? Wie wollt ihr das wieder in Ordnung bringen?«

»Ich habe mich noch nie so geschämt wie in dieser Arrestzelle. Karim hatte sich die Arme blutig gekratzt. Sein Blick war vollkommen leer.«

»Du brauchst dich nicht zu schämen.« Erica tätschelte seine Wange. »Und die Buschtrommeln funktionieren?«

»Ja, leider. Im Moment bekommen wir die dunkle Seite der Leute zu Gesicht. Plötzlich sagen alle, sie hätten die ganze Zeit gewusst, dass es einer von diesen Ausländern war.«

Patrik massierte seine Stirn.

Das Ganze war auf einmal so kompliziert geworden. Er liebte diesen Ort und die Menschen, die hier lebten, aber er wusste auch, wie leicht sich Angst breitmachte. In Bohuslän legte man Wert auf Tradition, und Misstrauen und Vorurteile waren in dieser Gegend immer auf fruchtbaren Boden gefallen. Manchmal hatte er das Gefühl, dass sich seit Hunderten von Jahren nichts verändert hatte, andererseits bewiesen aufgeschlossene Menschen wie Bill, dass nicht alle hier engstirnig waren.

»Was sagen die Eltern des Mädchens dazu?« Erica machte den Fernseher aus, und das Wohnzimmer wurde nur noch von Kerzen und dem Kaminfeuer beleuchtet.

»Sie wissen es noch nicht, jedenfalls nicht von uns. Aber wahrscheinlich haben sie es trotzdem mitbekommen. Gösta fährt gleich morgen früh hin und zeigt ihnen ein Foto von dem Höschen.«

»Wie ist die technische Untersuchung bei ihnen gelaufen?«

»Wir hatten erst das Wohnhaus geschafft, als Mellberg uns und Torbjörn anforderte. Die Techniker wollten gerade mit der Scheune anfangen, aber nun müssen wir das eben später machen. Vielleicht ist es auch nicht mehr nötig.«

»Was meinst du damit? Glaubst du, Karim könnte es wirklich getan haben?«

»Ich weiß nicht«, sagte Patrik. »Zu vieles daran erscheint mir konstruiert. Wer war der Anrufer? Woher wusste diese Person, dass das Höschen bei Karim zu Hause war? Wir haben inzwischen die Aufnahme des Telefonats gehört, und obwohl ein Stimmenverzerrer benutzt wurde, war deutlich zu erkennen, dass der Anrufer keinen Akzent hatte. Ich vermute daher eher unredliche Motive, aber vielleicht bin ich auch nur zynisch.«

»Nein, ich denke genauso«, sagte Erica.

Patrik sah, wie es hinter ihrer Stirn ratterte.

»Hat sich Karim an der Suchaktion beteiligt?«

Patrik nickte.

»Ja, er war unter den dreien, die sie gefunden haben. An und für sich wäre das eine äußerst günstige Gelegenheit gewesen, um Spuren zu verwischen. Wenn wir Fußspuren, Fasern oder Ähnliches von ihm finden, kann er immer sagen, die hätte er beim Fund der Leiche hinterlassen.«

»Wenn er so überlegt gehandelt hätte, wäre er vermutlich kein Ersttäter«, sagte Erica.

»Da gebe ich dir recht. Das Problem ist nur, dass wir nichts über ihn wissen. Über seine Vergangenheit ist uns nur bekannt, was er selbst angegeben hat. Und seit er in Schweden lebt, hat er sich nichts zuschulden kommen lassen. *Nada*. Im persönlichen Gespräch hat er einen guten Eindruck auf mich gemacht. Als er begriff, worum es ging, sagte er, seine Frau könne sein Alibi bestätigen, und er habe keine Ahnung, wie das Höschen in seinem Haus gelandet sei. Da seine Frau und seine Kinder so erschüttert waren, habe ich ihm das Versprechen abgenommen, morgen zur Vernehmung zu erscheinen, und ihn aus der Untersuchungshaft entlassen.«

Erica trank einen Schluck Wein. Nachdenklich drehte sie den Stiel des Glases hin und her.

»Was ist das?« Er nahm einen bunten Flyer, der zwischen all den Zetteln und Heftern auf dem Tisch lag.

Er war zu müde, um weiter über den Fall zu reden, und wollte an etwas anderes denken, bevor er mit den Vorbereitungen für den nächsten Tag begann.

»Werbung für eine Vernissage morgen. Viola, die Tochter von Leif Hermansson, stellt unten in der Bar *Slajdarns* ihre Bilder aus. Sie hat vor einer Weile angerufen und gesagt, sie hätte eventuell was für mich, und ich solle dort vorbeikommen.«

»Klingt ja spannend.« Er legte den Flyer weg.

Die Bilder waren schön, aber Malerei war nicht sein Ding. Mit Fotografie, gerne in Schwarzweiß, konnte er mehr anfangen. Wenn er ehrlich war, schaute er sich am liebsten ein großes gerahmtes Poster an, das »The Boss« auf der »Born in the USA«-Tournee im Wembley-Stadion zeigte. Da ging ihm das Herz auf. Ganz großes Kino.

Erica legte ihm eine Hand auf den Oberschenkel.

»Ich gehe ins Bett. Kommst du mit, oder bleibst du noch auf?«

Sie sammelte ihre Unterlagen ein und klemmte sie sich unter den Arm.

»Leg dich schon mal hin, Liebling, ich muss noch ein paar Stunden arbeiten. Ich habe morgen früh um acht eine Pressekonferenz angesetzt.«

»Yippie«, sagte Erica trocken und warf ihm eine Kusshand zu.

Aus dem Augenwinkel sah Patrik sein Telefon aufblinken. Er hatte es lautlos gestellt, aber als er bemerkte, dass »Gösta Flygare« auf dem Display stand, griff er rasch mit der Hand danach.

Gösta redete schnell und aufgeregt auf ihn ein, und Patrik rutschte das Herz in die Hose.

»Ich komme.« Er legte auf.

Eine Minute später saß er in seinem Volvo und raste in Richtung Tanum. Im Rückspiegel sah er noch ihr Haus mit den beleuchteten Fenstern. Und den Umriss von Erica, die in der Tür stand und ihm hinterherschaute.

Er schoss einem Mann, der direkt auf ihn zukam, in die Brust.

Khalil blinzelte. Seine Augen waren trocken und gereizt. Nicht nur vom Computerspielen, sondern auch vom Wind, der ihm während des langen Segeltörns heute ins Gesicht geweht hatte. Er hatte immer noch Angst, dennoch machte ihm der Segelkurs mittlerweile großen Spaß.

»Ich habe Karim nach Hause kommen gesehen.« Adnan schoss einem feindlichen Soldaten in den Kopf. »Bill hat ihn hergefahren.«

Da sie alle Lampen ausgemacht hatten, war der Bildschirm die einzige Lichtquelle im Raum.

»Weißt du, warum die Polizei ihn abgeholt hatte?«, fragte Adnan.

Khalil dachte an die weinenden Kinder und an Amina, die einen stolzen Blick in die Runde geworfen hatte, bevor sie die Tür zumachte.

»Keine Ahnung«, sagte er. »Das müssen wir Rolf fragen, wenn er morgen kommt.«

Noch ein feindlicher Soldat musste sein Leben lassen, und

Adnan streckte triumphierend die Faust in die Luft. Das hatte Punkte gegeben!

»Die Polizei hier ist anders als zu Hause«, sagte Khalil, merkte aber selbst, dass er sich da nicht ganz sicher war.

Eigentlich wussten sie nicht viel über die schwedische Polizei. Vielleicht waren sie hier genauso rechtlos wie in Syrien.

»Aber was können sie schon gegen Karim in der Hand haben? Ich glaube nicht, dass er ...«

Khalil unterbrach ihn.

»Pst! Hör mal!«

Er machte den Ton aus, und beide lauschten gespannt. Draußen waren Schreie zu hören.

»Was ist denn jetzt los?«

Khalil legte den Controller weg. Noch mehr Schreie. Er sah Adnan an, der warf seinen Controller ebenfalls auf den Tisch. Gemeinsam stürzten sie nach draußen. Die Schreie wurden immer lauter.

»Es brennt!«, rief jemand. In etwa fünfzig Metern Entfernung stieg eine Rauchsäule auf. Aus Karims Haus.

Die Flammen loderten in ihre Richtung.

Farid kam mit einem Feuerlöscher angerannt, warf ihn aber kurz darauf frustriert zur Seite.

»Er funktioniert nicht!«

Khalil zog Adnan am Arm.

»Wir müssen Wasser holen!«

Sie drehten sich um und riefen allen, die ihnen entgegenkamen, zu, sie sollten Wasser holen. Sie wussten, wo der Schlauch befestigt war, mit dem Rolf den Rasen vor dem Büro wässerte, fanden aber kein geeignetes Gefäß.

»Holt alle Töpfe, Eimer und Schüsseln, die ihr finden könnt!«, brüllte Khalil, raste selbst in sein und Adnans Zimmer und schnappte sich zwei Kochtöpfe.

»Wir müssen die Feuerwehr rufen«, schrie Adnan. Khalil nickte und drehte den Hahn auf.

In diesem Moment näherte sich die Sirene.

Khalil sah sich um und ließ den Topf sinken. Das Wasser lief auf den Boden. Das Feuer hatte sich in Windeseile ausgebreitet und mittlerweile eine ganze Reihe der trockenen alten Holzhäuschen erfasst. Ein Kind weinte laut und gellend.

Dann hörte er Karim, der brüllend aus seinem brennenden Haus kam. In den Armen hielt er einen Menschen. Amina.

Frauen hoben klagend die Hände zum Himmel, vor dem Flammen und Funken ihre eigenen Sternbilder erzeugten. Als die Löschfahrzeuge eintrafen, sank Khalil zu Boden und verbarg das Gesicht in den Händen. Karim hielt noch immer Amina in den Armen und schrie.

Wieder einmal war alles weg.

Bohuslän 1672

Eine Woche lang waren sie sich aus dem Weg gegangen. Was sie erlebt hatten, war so intensiv und für beide so aufwühlend gewesen, dass sie sich anschließend nur ihre Kleider angezogen und die Grashalme aus dem Haar gezupft hatten und dann jeder für sich nach Hause gegangen waren. Aus Angst, Gottes prächtige Natur und sein wunderbarer Himmel würden sich in ihren Augen spiegeln, hatten sie nicht einmal gewagt, sich anzusehen.

Elin hatte das Gefühl, an einem Abgrund zu stehen, der sie mit unüberwindlicher Kraft in die Tiefe zog. Ihr wurde schwindlig, wenn sie in diese Dunkelheit hinabschaute, aber wenn sie Preben in seinem weißen Hemd auf dem Hof arbeiten sah, wurde sie von Sehnsucht erfüllt, sich in diesen Abgrund zu stürzen.

Dann fuhr Britta nach Uddevalla. Drei Tage würde sie weg sein. Kurz nach ihrer Abreise kam Preben zu Elin in die Küche und strich über ihre Hand. Er sah ihr in die Augen, sie nickte langsam. Sie wusste, was er wollte, und ihr Körper und ihre Seele wollten das Gleiche.

Gemächlich verließ er die Küche und ging über den Hof zur Wiese. Dort wartete er, bis es nicht mehr auffiel, dass sie in dieselbe Richtung ging. Sie rannte zu der alten Schäferhütte, wo sie sich beim letzten Mal getroffen hatten. Das Wetter war genauso schön und sonnig wie vor einer Woche, und ihr rannen vor Anstrengung, Aufregung und Hitze Schweißtropfen an der Brust herunter, als sie mit ihren schweren Röcken durchs Gras lief.

Er erwartete sie im Gras. In seinen Augen leuchtete eine Liebe, die so groß war, dass sie ihr beinahe Angst machte. Andererseits spürte sie, wie richtig das hier war. Sie hatte ihn bereits im Blut. Er hatte ihren Leib und ihr Herz erobert, und ihr Glaube an den Allmächtigen sagte ihr, Gott würde ihnen eine solche Liebe doch nicht schenken, wenn er nicht wollte, dass sie sich an dieser erfreuten. So grausam konnte ihr Gott nicht sein. Und Preben war ein Kirchenmann. Wer, wenn nicht er, verstand es, die Absichten des Herrn zu deuten. Wenn er sich nicht auch sicher gewesen wäre, dass diese Liebe für sie bestimmt war, hätte er mit Sicherheit Einspruch erhoben.

Mit zitternden Fingern zog sie ihre Röcke aus. Preben hatte den Kopf aufgestützt und ließ sie keinen Moment aus den Augen. Schließlich stand sie splitternackt vor ihm, empfand aber weder Scham noch den Wunsch, sich vor seinem Blick zu verbergen.

»Elin ist so schön«, keuchte er.

Er streckte die Hand nach ihr aus.

Sie sank neben ihm ins Gras und knöpfte eifrig sein Hemd auf, während er seine Hose runterzog.

Schließlich waren sie beide nackt. Sein Zeigefinger fuhr über die Rundungen ihres Körpers. Bei einem Muttermal unter ihrer rechten Brust verharrte er lachend.

»Das sieht aus wie Dänemark.«

»Dann möchte Schweden es mir vielleicht wegnehmen.« Sie lächelte.

Er streichelte ihr Gesicht.

»Was sollen wir tun?«

Elin schüttelte den Kopf.

»Darüber denken wir jetzt nicht nach. Gott hat sich was dabei gedacht. Davon bin ich überzeugt.«

»Glaubt Elin das wirklich?«

Seine Augen wirkten traurig. Sie beugte sich vor und küsste ihn, während sie ihn gleichzeitig liebkoste. Stöhnend öffnete er die Lippen und reagierte auf die Berührung ihrer Hand.

»Ich weiß es«, murmelte sie, senkte sich auf ihn und nahm ihn in sich auf.

Preben durchbohrte sie fast mit seinem Blick, als er ihre Taille packte und sie an sich drückte. Dann explodierten über ihnen der Himmel und die sengende Sonne, und sie brachen erschöpft zusammen. Das hier muss Gottes Werk sein, dachte Elin und glitt mit der Wange an seiner Brust in den Schlaf.

»Wie geht es Amina?«, fragte Martin, als er und Paula in den Warteraum kamen.

Patrik reckte sich auf dem unbequemen Stuhl.

»Ihr Zustand ist kritisch.« Er stand auf und ging sich einen Kaffee holen.

Den zehnten, seit er hier war. Er hatte die ganze Nacht lang den widerlichen Krankenhauskaffee in sich hineingeschüttet, um sich wach zu halten.

»Und Karim?«, fragte Paula, als er sich wieder hingesetzt hatte.

»Leichte Rauchschäden in der Lunge und Brandwunden an den Händen. Die hat er sich zugezogen, als er Amina und die Kinder aus dem Haus trug. Die Kinder scheinen es zum Glück gut überstanden zu haben. Allerdings haben sie auch Rauch eingeatmet und sind mit Sauerstoff behandelt worden. Sie sollen zur Beobachtung noch ein, zwei Tage hierbleiben.«

Paula seufzte.

»Wer soll sich denn um sie kümmern, wenn ihre Eltern im Krankenhaus sind?«

»Ich warte auf die Frau vom Jugendamt, mal sehen, was die vorschlägt. Wenn ich das richtig sehe, haben sie überhaupt keine Verwandten hier.«

»Sie können zu uns kommen«, sagte Paula. »Meine Mutter hat sich den Sommer über freigenommen, um uns mit dem Baby zu helfen, und ich weiß, dass sie das Gleiche gesagt hätte, wenn sie hier wäre.«

»Schon, aber Mellberg«, sagte Patrik.

Paulas Gesicht verfinsterte sich.

»Den hat meine Mutter vor die Tür gesetzt, als er ihr voller Stolz von seinen Heldentaten erzählte und sich selbst als armes Opfer darstellen wollte.«

»Sie hat was?«, fragte Martin.

Patrik starrte Paula an.

»Rita hat Bertil rausgeworfen? Wo wohnt er denn jetzt?«

»Keine Ahnung«, sagte Paula. »Aber wie gesagt, die Kinder können zu uns kommen. Wenn die Tante vom Jugendamt einverstanden ist.«

»Ich wüsste nicht, was das Jugendamt dagegen haben sollte«, sagte Patrik.

Als ein Arzt auf sie zukam, stand Patrik auf. Derselbe Mediziner hatte ihn die ganze Nacht auf dem Laufenden gehalten.

»Hallo.« Er gab Paula und Martin die Hand. »Mein Name ist Anton Larsson. Ich bin der verantwortliche Arzt.«

»Gibt es was Neues?« Mit gequältem Gesicht trank Patrik seinen Kaffee aus.

»Nein. Aminas Zustand ist immer noch kritisch. Das ganze Team kämpft um ihr Leben. Sie hat viel Rauch eingeatmet und großflächige Verbrennungen dritten Grades am ganzen Körper. Im Moment wird sie künstlich beatmet und hängt am Tropf. Wegen der Brandwunden ist sie völlig dehydriert.«

»Und Karim?«, fragte Martin.

»Nun, ich habe es Ihrem Kollegen ja bereits mitgeteilt, er hat sich lediglich an den Händen Verbrennungen zugezogen und leichte Rauchschäden in der Lunge, ist aber ansonsten im Grunde unverletzt.«

»Warum hat es Amina so viel schlimmer erwischt als Karim?«, fragte Paula.

Sie hatten noch keinen Überblick über den Brand und seinen Verlauf, weil die Brandexperten die Untersuchung noch nicht abgeschlossen hatten, aber sie gingen momentan nicht nur von Brandstiftung aus, sondern von einem Mordanschlag.

»Das können Sie Karim selbst fragen, er ist wach. Ich werde mal schauen, ob er mit Ihnen sprechen möchte.«

»Das wäre sehr gut.« Patrik setzte sich wieder.

Gemeinsam mit Paula und Martin wartete er schweigend. Nach wenigen Minuten kam der Arzt zurück und winkte sie zu sich.

»Das hätte ich nicht gedacht«, sagte Martin.

»Ich auch nicht. An seiner Stelle würde ich nie wieder mit Polizisten reden wollen.« Paula stand auf.

Vorsichtig betraten sie das Zimmer, in dem Dr. Larsson bereits wartete. Im Bett am Fenster lag Karim und sah sie an. Sein Gesicht war von Angst und Müdigkeit zerfurcht. Seine verbundenen Hände lagen auf der Decke.

Der Schlauch neben dem Bett brummte, wenn er Sauerstoff abgab.

»Vielen Dank, dass Sie bereit sind, mit uns zu reden.« Patrik zog sich einen Stuhl ans Bett.

»Ich will wissen, wer das meiner Familie angetan hat«, sagte Karim mit belegter Stimme, sein Englisch aber war flüssiger als das von Patrik.

Als er hustete, tränten seine Augen, doch er wandte sich nicht von Patrik ab.

Martin und Paula blieben im Hintergrund, als wären sie schweigend übereingekommen, Patrik das Gespräch zu überlassen.

»Sie wissen nicht, ob Amina überlebt, sagen sie.« Wieder bekam Karim einen Hustenanfall.

Tränen liefen ihm über die Wangen. Er hielt sich die Sauerstoffmaske vors Gesicht.

»Nein, sie wissen es nicht«, sagte Patrik.

Auch er hatte einen Kloß im Hals und musste wieder und wieder schlucken. Er wusste genau, wie Karim sich fühlte. Nie würde er das Gefühl und die Angst vergessen, als Erica bei einem Autounfall beinahe ums Leben gekommen wäre.

»Was soll ich ohne sie machen? Was sollen die Kinder ohne sie machen?« Diesmal musste Karim nicht husten.

Er verstummte. Patrik wusste nicht, was er sagen sollte. Stattdessen fragte er: »Könnten Sie mir vielleicht erzählen, woran Sie sich noch erinnern? Wie ist der gestrige Tag abgelaufen?«

»Ich weiß es nicht genau.« Karim schüttelte den Kopf. »Es ging alles so schnell. Ich habe geträumt … Zuerst dachte ich, ich wäre wieder in Damaskus. Eine Bombe wäre explodiert. Erst nach einigen Sekunden habe ich begriffen, dass ich … Dann bin ich zu den Kindern ins Zimmer gerannt, ich dachte, Amina wäre hinter mir hergelaufen, als ich wach wurde, hatte ich gehört, wie sie schrie, aber nachdem ich die Kinder rausgetragen hatte, merkte ich, dass sie nicht bei mir war, ich hob ein Handtuch auf, das vor dem Haus lag, hielt es mir vors Gesicht und raste rein …«

Die Worte blieben ihm im Hals stecken, und er bekam einen gewaltigen Hustenanfall. Patrik nahm ein Glas Wasser vom Nachttisch und hielt es Karim so hin, dass er aus dem Strohhalm trinken konnte.

»Danke.« Er lehnte sich in die Kissen zurück. »Ich bin in unser Schlafzimmer zurückgerannt, und sie …« Schluchzend begann er von vorn. »Sie brannte. Amina brannte. Ihr Haar. Ihr Nachthemd. Ich nahm sie hoch und rannte mit ihr nach draußen und habe sie auf der Erde gewälzt. Und die Kinder haben die ganze Zeit geschrien.«

Tränen liefen ihm übers Gesicht, als er den Kopf hob. Sein Blick schien ins Leere zu gehen.

»Geht es den Kindern gut? Lügen mich die Ärzte auch nicht an?«

Patrik schüttelte den Kopf.

»Nein, sie lügen nicht. Die Kinder haben das Ganze gut überstanden. Sie werden nur noch zur …« Fieberhaft suchte er nach dem englischen Wort. »*For observation.* Sie werden nur noch zur Beobachtung dabehalten.«

Karim wirkte einen Moment lang erleichtert. Dann verdüsterten sich seine Züge wieder.

»Wo sollen sie schlafen? Ich muss ein paar Tage hierbleiben, sagt der Arzt, und Amina …«

Paula machte einen Schritt auf ihn zu.

»Ich weiß nicht, was Sie von der Idee halten, aber ich habe vorgeschlagen, dass die Kinder bis zu Ihrer Entlassung bei mir bleiben. Ich … meine Mutter ist auch geflüchtet. Wie Sie. Sie kam 1973 nach Schweden. Aus Chile. Sie kann Sie verstehen. Ich verstehe Sie auch. Ich lebe mit meiner Mutter, meinen beiden Kindern und …« Paula zögerte. »Und meiner Frau zusammen. Wir würden uns gern um Ihre Kinder kümmern. Falls Sie nichts dagegen haben.«

Karim betrachtete sie eingehend. Paula wartete stumm. Dann nickte er.

»Ja. Ich habe ja keine Wahl.«

»Danke«, sagte Paula leise.

»Haben Sie gestern Abend jemanden gesehen?«, fragte Patrik. »Oder gehört? Vor dem Brand?«

»Nein.« Karim schüttelte den Kopf. »Wir waren müde. Nach ... alldem. Deswegen sind wir ins Bett gegangen, und ich bin sofort eingeschlafen. Ich habe nichts gesehen oder gehört. Weiß denn niemand, wer das getan hat? Warum jemand so was tut? Hat es mit dem Mord zu tun, den man mir vorwirft?«

Patrik konnte ihn nicht ansehen.

»Das wissen wir nicht«, sagte er. »Aber wir werden es herausfinden.«

Sam griff nach seinem Handy, das auf dem Nachttisch lag. Seine Mutter hatte ihn nicht geweckt, wie James es sonst von ihr verlangte, er war von Alpträumen aufgewacht. Früher hatten sie ihn nur ein- oder höchstens zweimal im Monat aus dem Schlaf gerissen, aber nun schreckte er jede Nacht schweißgebadet hoch.

Seit er denken konnte, hatte er Angst. Dämonen verfolgten ihn. Wahrscheinlich rannte seine Mutter deshalb die ganze Zeit. Er wünschte, er hätte genau wie sie laufen können, bis der Körper völlig erschöpft war und der Kopf keinen klaren Gedanken mehr fassen konnte.

Er schaute auf das Display. Jessie hatte eine SMS geschickt. Ein warmes Gefühl schoss in seine Lendengegend, wenn er nur an sie dachte. Zum ersten Mal im Leben sah ihn jemand so, wie er wirklich war, und schreckte nicht vor dem Dunklen in ihm zurück.

Ihn erfüllte etwas Schwarzes, das jeden Tag stärker wurde. Dafür hatten sie gesorgt. Er ahnte mehr, als dass er es spürte, sein Notizbuch unter der Matratze. Dort würden Mutter oder James es nicht finden. Es war für keine anderen Augen gedacht als für seine eigenen, aber in letzter Zeit spielte er zu seinem Erstaunen immer öfter mit dem Gedanken, es Jessie zu zeigen. Sie war genauso kaputt wie er. Sie würde ihn verstehen.

Nie würde sie erfahren, warum er sie am Montag auf die Bootsfahrt mitgenommen hatte. Er hatte beschlossen, nie wieder daran zu denken. In seinen Träumen kehrten die Dämonen zurück und quälten ihn, doch sie hatten keine Bedeutung mehr. In seinem Notizbuch hatte er die Zukunft abgesteckt. Der Weg dorthin war breit und gerade wie der Highway 66.

Er hatte keine Angst mehr vor dem, was hinter der nächsten Ecke lauerte. Er wusste, dass er ihr das Notizbuch zeigen konnte. Sie würde ihn verstehen.

Heute wollte er das Ganze mit zu Jessie nehmen. Alles, was er in den letzten Jahren gesammelt hatte. Er hatte alle Mappen und Ordner in eine Reisetasche gepackt, die hinter der Tür stand.

Er simste ihr, sie würden sich in einer halben Stunde treffen, und bekam ein Okay zurück. Hastig zog er sich an und warf sich den Rucksack über die Schulter. Bevor er zur Tür und der schweren Reisetasche ging, drehte er sich noch einmal um und schaute zum Bett.

Nachdem er einige Male geschluckt hatte, hob er die Matratze an.

Jessie öffnete die Tür und blickte in Sams lächelndes Gesicht, das er nur für sie reserviert zu haben schien.

»Hallo.«, sagte sie.

»Hallo.«

Er hatte einen Rucksack auf dem Rücken und eine Reisetasche in der Hand.

»War es nicht schwierig, so Fahrrad zu fahren?«

Sam zuckte mit den Schultern.

»Es ging schon. Ich habe mehr Kraft, als man mir ansieht.«

Er stellte den Rucksack und die Tasche ab, legte die Arme um Jessie und roch an ihrem frisch gewaschenen Haar. Ihr gefiel das Gefühl, dass er ihren Geruch mochte.

»Ich habe ein paar Dinge mitgebracht.« Sam ging hinüber zu dem großen Küchentisch und öffnete die schwere Tasche. »Ich habe dir doch versprochen, dir Sachen zu zeigen. Über unsere Mütter und den Fall.«

Jessie betrachtete die Ordner und Hefter. Es stand »Mathe«, »Schwedisch« und »Bio« auf den Etiketten.

»James und meine Mutter dachten, ich würde Hausaufgaben machen.« Sam setzte sich. »So konnte ich unbemerkt das ganze Material sammeln.«

Jessie setzte sich neben ihn. Als Erstes öffnete sie den Hefter, auf dem »Mathe« stand.

»Wie bist du da rangekommen?«, fragte sie. »Abgesehen von dem Zeug, das man auch im Netz findet, meine ich.«

»Das meiste ist aus dem Zeitungsarchiv in der Schule.«

Jessie betrachtete die Fotos von ihrer und Sams Mutter. Sie stammten aus deren Schulzeit.

»Stell dir mal vor, dass sie jünger waren als wir jetzt«, sagte sie.

Sam fuhr mit dem Zeigefinger über den Artikel.

»Sie müssen so viel Dunkles mit sich herumgeschleppt haben«, sagte er. »Genau wie du und ich.«

Jessie erschauerte. Sie blätterte weiter und entdeckte ein Bild von der lächelnden Stella.

»Warum haben sie es nur getan? Wie kann man so wütend auf ein … auf ein Kind werden?«

Jessie streichelte das Bild, und Sam stand auf. Sein Gesicht war hochrot.

»Das liegt am Dunklen, Jessie. Meine Güte, verstehst du das denn nicht? Das MUSST du doch verstehen!«

Jessie schreckte zurück und starrte ihn einen Moment an. Woher kam diese plötzliche Aggression? Sie brach in Tränen aus.

Sams Wut verflüchtigte sich, und er sank vor ihr auf die Knie.

»Verzeih mir, verzeih mir, verzeih mir!« Er umklammerte ihre Beine und vergrub seinen Kopf in ihrem Schoß. »Ich wollte nicht wütend werden, ich bin nur so wahnsinnig frustriert. Ich koche innerlich und würde am liebsten die ganze Welt in die Luft sprengen.«

Jessie nickte. Sie wusste genau, was er meinte. Es gab nur einen Menschen auf der Welt, der ihr etwas bedeutete, und das war Sam. Alle anderen wollten sie nur erniedrigen.

»Verzeih mir«, sagte er noch einmal und strich ihr die Tränen aus dem Gesicht. »Ich würde dich niemals verletzen. Du bist der einzige Mensch auf der Welt, dem ich nicht weh tun will.«

Der Holzsteg fühlte sich warm, fast heiß an. Das Eis schmolz schneller, als Vendela es essen konnte, doch Basse hatte noch größere Probleme als sie. Hektisch leckte er sich das Schokoladeneis vom Arm. Manchmal war er wie ein Kind.

Vendela konnte sich das Lachen nicht verkneifen. Sie drückte sich an Nils, der den Arm um sie legte. Wenn sie ihm so nah war, fühlte sich alles wieder gut an, und sie konnte die Fotos, die sie heute Morgen im Netz gesehen hatte, vergessen. Die brennenden Gebäude. Dass es so weit gekommen war. Es konnte doch wohl nichts mit ihnen zu tun haben. Oder etwa doch?

Schließlich hatte Basse genug von seinem Eis und warf den Rest ins Wasser, wo es sich sofort eine Möwe schnappte.

»Meine Eltern kommen dieses Wochenende doch noch nicht nach Hause«, sagte er. »Sie sind bis zum nächsten Wochenende weg.«

»Party!« Nils grinste Basse an, der wieder dieses unsichere Gesicht machte, das manchmal so nervte.

Vendela seufzte.

»Jetzt komm schon. Betrachte es als Vorbereitung auf das Schulfest nächsten Samstag im *Heimathof*! Wir laden tolle Leute ein, organisieren Selbstgebrannten und machen eine Bowle.«

»Ich weiß nicht ...«

Aber Nils hatte bereits gewonnen. Da war sich Vendela sicher.

Sie sah wieder das rauchende Haus vor sich, aber sie wollte weg davon. Weg von der Überschrift »Frau schwer verletzt«. Plötzlich wusste sie, was sie zu tun hatte.

Nils hatte das Nacktfoto von Jessie noch nicht verbreitet, weil er abwarten wollte, bis die Schule wieder anfing. Dann würde das Bild die maximale Aufmerksamkeit bekommen. Doch vielleicht konnten sie es auch schon ein wenig früher nutzen.

»Ich habe eine Idee«, sagte sie.

Bengt kam ihm schon auf dem Hof entgegen. Gösta holte tief Luft, bevor er ausstieg. Er ahnte bereits, welchen Verlauf das Gespräch nehmen würde.

»Stimmt es, dass Sie einen von diesen Flüchtlingen verhaftet haben?«

Ruhelos wanderte er auf und ab.

»Angeblich soll es ja sogar einer von denen gewesen sein, die bei der Suchaktion mitgemacht haben. Diese Typen haben überhaupt kein Gewissen. Sie hätten von Anfang an auf mich hören sollen.«

»Wir wissen noch nichts mit Sicherheit.« Gösta ging auf das Haus zu.

Wie immer versetzte es ihm einen Schlag in die Magengrube, Neas Kleidungsstücke auf der Wäscheleine zu sehen.

Die Schadenfreude in Bengts Gesicht war unangenehm, vor allem nach dem Brand, aber andererseits hatte Gösta Mitgefühl. Er konnte verstehen, dass Trauernde nach einfachen Lösungen und Antworten suchten. Das Problem war nur, dass die einfachen Antworten selten die richtigen waren. Die Wirklichkeit hatte die Tendenz, komplizierter zu sein, als die meisten sich das wünschten.

»Darf ich reingehen?«, fragte er Bengt, der ihm die Haustür aufhielt.

»Kannst du Peter und Eva runterholen?«, fragte Bengt seine Frau. Sie nickte.

Peter kam als Erster in die Küche, Eva folgte ihm.

Allmählich gewöhnte sich Gösta daran, an diesem Küchentisch zu sitzen. Er wünschte nur, dass er irgendwann eine endgültige Antwort mitbringen würde. Auch diesmal würde er sie enttäuschen müssen. Zudem hatte ihr Vertrauen seit der gestrigen Hausdurchsuchung deutlich gelitten, und er wusste nicht mehr, wie er auf die Familie zugehen sollte. Der Brand und Mellbergs Verhalten gegenüber Karim regten ihn genauso auf wie Patrik. Andererseits konnte er nicht ausschließen, dass bei Karim wirklich ein Beweis gefunden worden war, der ihn als Täter überführte. Es war alles ein einziges Durcheinander.

»Stimmt das?«, fragte Peter. »Das mit dem Mann aus der Flüchtlingsunterkunft?«

»Das können wir zum gegenwärtigen Zeitpunkt noch nicht sagen.« Aus dem Augenwinkel bemerkte er, dass Bengt beunruhigend rot im Gesicht wurde.

Rasch fuhr er fort.

»Wir haben etwas gefunden, aber aufgrund von gewissen, äh, technischen Fragen können wir noch nicht sagen, was es zu bedeuten hat.«

»Ich habe gehört, es wurde ein Kleidungsstück von Nea bei ihm gefunden. Ist das wahr?«, fragte Peter.

»Die Leute rufen uns an«, sagte Bengt. »Von anderen erfahren wir Einzelheiten, aber von Ihnen nichts. Ich finde das ...«

Wieder wurde er laut, aber Peter hob beschwichtigend die Hand und sagte ruhig: »Ist es wahr, dass in der Flüchtlingsunterkunft ein Kleidungsstück von Nea gefunden wurde?«

»Wir haben ein Kleidungsstück gefunden.« Gösta zog einen Klarsichthefter aus der Tasche. »Aber wir brauchen Ihre Hilfe, um es zu identifizieren.«

Eva schluchzte auf, und Ulla tätschelte ihren Arm. Eva schien die Berührung gar nicht zu bemerken, sie starrte nur die Mappe an.

Gösta breitete ein paar Fotos auf dem Tisch aus.

Eva schnappte nach Luft.

»Das ist Neas Höschen. Das ist ihr Anna-und-Elsa-Höschen.«

Gösta warf einen Blick auf die Bilder von der blauen Unterhose mit den Prinzessinnen auf der Vorderseite und fragte erneut: »Sind Sie sich sicher? Gehörte diese Unterhose Linnea?«

»Ja!« Eva nickte heftig.

»Und Sie haben ihn laufenlassen!«, sagte Bengt.

»Das Kleidungsstück wurde unter etwas problematischen Umständen gefunden ...«

Bengt rümpfte die Nase.

»Problematisch? Da kommt ein Ausländer hierher und bringt ein kleines Mädchen um, und Sie erzählen uns was von Problemen?«

»Ich verstehe Ihre Aufregung, aber Sie müssen auch ...«

»Wir müssen gar nichts! Ich habe Ihnen von Anfang an gesagt, dass es bestimmt einer von diesen Männern war, und Sie haben wertvolle Zeit verschenkt und uns im Ungewissen gelassen, und jetzt ist der Täter auch noch auf freiem Fuß!

Und zu allem Überfluss haben Sie hier das ganze Haus auf den Kopf gestellt und meinen Sohn und seine Frau wie Verbrecher behandelt, schämen Sie sich denn gar nicht?«

»Beruhige dich, Papa«, sagte Peter.

»Wieso sollte er es nicht getan haben? Wenn Sie Neas Höschen bei ihm gefunden haben? Von einem Brand haben wir auch gehört. Hat er vielleicht versucht, Beweise zu vernichten? Wenn Sie ihn laufenlassen, ist es doch logisch, dass er seine Spuren verwischt. Bestimmt hat er sich deshalb auch an der Suche beteiligt ...«

»Wir haben noch keine Ahnung, wie der Brand zustande gekommen ist ...«

Gösta überlegte, ob er erzählen sollte, dass Karim verletzt war, seine Frau auf der Intensivstation lag und unklar war, ob sie jemals wieder zu sich kommen würde, aber er entschied sich, nichts zu sagen. Wahrscheinlich waren sie momentan nicht empfänglich für die Sorgen anderer, und außerdem würde Fjällbackas effektive Buschtrommel sie ohnehin bald auf den neuesten Stand bringen.

»Sind Sie sich ganz sicher, dass dies das Höschen ist, das sie trug, als sie verschwand?« Gösta sah Eva an.

Sie zögerte einen Moment, dann nickte sie.

»Sie hat fünf Stück davon, jedes in einer anderen Farbe. Die übrigen vier haben wir hier.«

»Okay«, sagte Gösta.

Er steckte die Fotos wieder in die Mappe und stand auf.

Bengt ballte die Fäuste.

»Sorgen Sie dafür, dass dieser Araber bald hinter Gitter kommt, denn sonst nehme ich das selbst in die Hand.«

Gösta sah ihn an.

»Ich habe vollsten Respekt vor dem, was Sie durchmachen. Aber niemand, ich wiederhole *niemand*, unternimmt etwas, was diese Situation noch verschlimmert.«

Bengt schnaubte nur vor Wut, aber Peter nickte.

»Hunde, die bellen, beißen nicht«, sagte er.

»Das hoffe ich für ihn«, erwiderte Gösta.

Als er vom Hof fuhr, sah er Peter in der Tür stehen und ihm hinterherschauen. Irgendetwas irritierte ihn, aber er hätte nicht benennen können, was es war. Er hatte etwas übersehen, das spürte er, doch je angestrengter er versuchte, es zu fassen zu bekommen, desto mehr entglitt es ihm. Er warf einen letzten Blick in den Rückspiegel. Peter stand immer noch dort.

»Hallo! Ist hier jemand?«

Das war nicht Ritas Stimme. Verschlafen öffnete Mellberg die Augen. Er hatte keine Ahnung, wo er war. Dann sah er Annika in der Tür stehen.

»Oh! Keine Angst, ich bin es nur.« Er richtete sich auf und rieb sich die Augen.

»Was machst du hier?«, fragte Annika. »Als ich aus deinem Zimmer Geräusche hörte, habe ich mich zu Tode erschreckt. Wieso bist du schon da?«

»Oder immer noch ...« Mellberg lächelte gequält.

Eigentlich wollte er Annika lieber nicht erzählen, was passiert war, aber da sich das Gerücht ohnehin wie ein Lauffeuer in der Dienststelle ausbreiten würde, konnte er den Stier auch gleich bei den Hörnern packen.

»Rita hat mich rausgeschmissen.« Er zeigte auf seine Reisetasche.

Da sein geliebter Flanellpyjama leider nicht darin gewesen war, hatte er in den Sachen vom Vortag geschlafen. Und da der winzige Ruheraum sich zwar für ein Nickerchen, aber nicht für eine Übernachtung eignete, war es da drinnen stickig und heiß wie in einer Sauna.

Er blickte an seiner zerknitterten und verschwitzten Erscheinung herunter.

»Das hätte ich wahrscheinlich auch gemacht!« Annika

machte auf dem Absatz kehrt und marschierte zur Küche. Auf halbem Weg blieb sie stehen und rief: »Ich nehme an, du hast tief und fest geschlafen, und weißt noch nicht, was passiert ist.«

»Dass ich gut geschlafen habe, kann ich nicht direkt behaupten.« Mit der Hand im Kreuz humpelte Mellberg hinter ihr her. »Dieses Feldbett ist schrecklich unbequem, und es gibt keine Klimaanlage. Da meine Haut ein wenig empfindlich ist, fängt sie von minderwertiger Bettwäsche sofort an zu jucken, und diese fühlte sich an wie ein Reibeisen ...«

Er legte den Kopf schief.

»Würdest du mir einen Tee machen, Süße? Du setzt doch sowieso gleich Kaffee auf.«

Er begriff in dem Moment, als das Wort Süße über seine Lippen kam, wie unangemessen es war. Er machte sich auf das Schlimmste gefasst. Doch Annika ging gar nicht darauf ein.

Sie setzte sich an den Küchentisch.

»Heute Nacht hat jemand in der Flüchtlingsunterkunft Feuer gelegt«, sagte sie leise. »Karim und seine Familie sind im Krankenhaus.«

Mellberg griff sich an die Brust. Er konnte Annika nicht in die Augen sehen.

Schließlich sackte er auf einen Stuhl.

»Hat es«, er räusperte sich, »mit dem zu tun, was ich gemacht habe?«

Seine Zunge klebte groß und pelzig am Gaumen.

»Das wissen wir nicht. Aber die Gefahr besteht, Bertil. Da das Telefon ununterbrochen klingelt, habe ich die Anrufe über Nacht zu mir nach Hause umgestellt und kein Auge zugetan. Patrik ist mit Martin und Paula im Krankenhaus. Karims Frau ist in ein künstliches Koma versetzt worden. Sie hat so schwere Verbrennungen, dass noch unklar ist, ob sie überleben wird. Karim hat sich die Hände verbrannt, als er versuchte, sie zu retten.«

»Und die Kinder?« Mellbergs Stimme war belegt, und sein Magen zog sich immer mehr zusammen.

»Die sind bis morgen zur Beobachtung im Krankenhaus, aber sie scheinen es gut überstanden zu haben. Sonst ist niemand verletzt worden, aber da die Häuser zum Teil zerstört wurden, sind einige Geflüchtete in den *Heimathof* evakuiert worden.«

»Oh mein Gott!« Mellberg flüsterte beinahe. »Wisst ihr, wer das getan hat?«

»Nein, bis jetzt haben wir vom Täter keine Spur. Aber wir haben viele Anrufe bekommen und werden den Hinweisen so schnell wie möglich nachgehen. Es ist wie immer das ganze Spektrum dabei. Von Idioten, die behaupten, die Flüchtlinge hätten sich selbst in Brand gesteckt, um Aufmerksamkeit zu erregen, bis zu Leuten, die *Schwedens Freunde* für den Anschlag verantwortlich machen. Der Brand scheint den Ort gespalten zu haben. Einige finden immer noch, es geschehe den Flüchtlingen recht, während es auf der anderen Seite jemanden wie Bill gibt, der ein Hilfsteam organisiert hat und den Umzug in den *Heimathof* in die Hand nimmt. Und viele bringen Kleidung, Spielzeug und alle möglichen Sachen vorbei, die man so braucht. Man kann mit Fug und Recht behaupten, dass dieser Vorfall sowohl die besten als auch die schlechtesten Seiten der Menschen zum Vorschein bringt.«

»Ich, äh, also ...« Mellberg schüttelte hilflos den Kopf. »Ich wollte nicht, dass ... Ich hätte nicht gedacht ...«

»Das ist es ja gerade.« Annika seufzte. »Du denkst nicht nach, Bertil.«

Sie stand auf und ging zur Kaffeemaschine.

»Du wolltest auch eine Tasse?«

»Ja, gern.«

Er schluckte.

»Wie groß sind die Chancen?«

»Welche?« Annika setzte sich ihm gegenüber, während hinter ihr die Kaffeemaschine zu gluckern begann.

»Dass seine Frau durchkommt.«

»Nicht groß, soweit ich weiß«, sagte Annika leise.

Mellberg schwieg. Ausnahmsweise hatte er einen schweren Fehler begangen. Hoffentlich würde er ihn wiedergutmachen können.

Bohuslän 1672

Gegen Ende des Sommers wurde Elin immer unruhiger. Zuerst hatte sie geglaubt, sie habe sich den Magen verdorben, weil sie so oft heimlich hinter die Scheune gehen und sich übergeben musste, aber im Grunde wusste sie es besser. Als sie Märta erwartet hatte, war es genauso gewesen. Jede Nacht betete sie zu Gott. Was wollte ER ihr damit sagen? Welche Prüfung würde er ihr auferlegen. Und sollte sie mit Preben sprechen oder nicht? Wie würde er reagieren? Dass er sie liebte, wusste sie, aber insgeheim hegte sie Zweifel an seiner Charakterstärke. Preben war ein guter Mann, doch er war auch ehrgeizig und wollte es allen recht machen, das hatte sie mittlerweile begriffen. Immer wenn sie ihn fragte, wohin das alles führen und wie es weitergehen solle, brachte er sie mit Küssen zum Schweigen. Allerdings nicht, ohne dass nicht vorher etwas Trauriges in seinen Augen aufgeblitzt wäre.

Und dann war da Britta, ihre eiskalte Schwester. Sie wurde immer mürrischer und misstrauischer. Preben und sie taten ihr Bestes, um ihre Gefühle füreinander zu verbergen, aber Elin wusste, dass es Augenblicke gab, in denen ihnen das nicht gelang, obwohl Britta in der Nähe war. Und sie kannte ihre Schwester. Sie wusste, wozu Britta fähig war. Auch wenn sie den Vorfall nicht mehr zur Sprache brachte, hatte Elin nicht vergessen, dass Märta in dem kleinen See beinahe ertrunken wäre. Und genauso wenig hatte sie vergessen, wer ohne Zweifel schuld daran gewesen war.

Während die Tage kürzer wurden, und alle noch härter arbeiteten, um den Hof auf den Winter vorzubereiten, zog sich Britta immer mehr zurück. Von Tag zu Tag blieb sie morgens länger im Bett und wollte nicht aufstehen. Ihre Kräfte schienen zu schwinden.

Preben bat die Köchin, Brittas Lieblingsgerichte zu kochen, aber Elin räumte jeden Abend einen vollen Teller von Brittas Nachttisch ab. Nachts strich sich Elin über den Bauch und fragte sich, wie Preben reagieren würde, wenn er erfuhr, dass sie ein Kind erwartete. Er würde sich bestimmt freuen, etwas anderes konnte sie sich gar nicht vorstellen. Britta und er bekamen keine Kinder, und außerdem liebte er Britta nicht so wie sie. Und wenn Britta sich nun eine tödliche Krankheit zugezogen hatte? Dann konnten sie und Preben zusammenleben. Als Familie. Wenn ihr solche Gedanken durch den Kopf gingen, betete Elin besonders inständig zu Gott.

Ohne ersichtlichen Grund wurde Britta mit jedem Tag schwächer. Schließlich ließ Preben einen Arzt aus Uddevalla kommen. Elins Körper verkrampfte sich vor Anspannung. Fieberhaft versuchte sie, sich einzureden, sie mache sich Sorgen um ihre Schwester, aber in Wahrheit dachte sie immer nur, dass es vielleicht eine Zukunft für sie gäbe, wenn es wirklich derart schlecht um Britta stand. Es würde zwar Gerede und Getuschel geben, wenn sie sich so rasch, nachdem Preben Witwer geworden war, zusammentaten, aber mit der Zeit würde sich das bestimmt legen.

Als die Pferdekutsche mit dem Arzt eintraf, zog Elin sich zurück, um zu beten. So inbrünstig hatte sie noch nie gebetet. Und sie hoffte, Gott würde sie für das, worum sie ihn bat, nicht bestrafen. Tief in ihrem Herzen glaubte sie, Gott wollte, dass sie und Preben ein Paar würden. Ihre Liebe war so groß, das konnte kein Zufall sein, und Brittas Krankheit war mit Sicherheit Teil seines Plans. Je länger sie betete, desto überzeugter war sie davon. Britta hatte nicht mehr lange zu leben. Elins ungeborenes Kind würde einen Vater haben. Sie würden eine Familie werden. Mit Gottes Hilfe.

Mit klopfendem Herzen ging Elin zurück ins Haupthaus. Da von den anderen Bediensteten noch niemand etwas gesagt hatte, nahm sie an, sie wüssten es noch nicht. Gerüchte breiteten sich auf dem Hof in Windeseile aus, und über sie und Preben wurde natürlich auch geredet. Den Bediensteten auf einem so kleinen Hof entging nichts. Über den Besuch des Arztes, der herausfinden sollte, was ihrer Hausherrin fehlte, sprachen sie seit Tagen.

»Hat Elsa was gehört?«, fragte Elin die Köchin, die das Abendessen vorbereitete.

»Nein, keinen Ton.« Elsa rührte in einem Kessel.

»Dann gehe ich mal fragen.« Elin wagte nicht, die Köchin anzuschauen. »Sie ist ja meine Schwester.«

Sie befürchtete, man könnte ihr ihre Gebete ansehen oder ihr anmerken, dass ihr das Herz beinahe im Leib zersprang. Doch die Köchin, die ihr den Rücken zuwandte, nickte nur.

»Das soll Elin mal ruhig machen. Wenn die Hausherrin nicht mal mehr meine Pfannkuchen isst, stimmt was nicht. Aber mit Gottes Hilfe wird alles wieder gut.«

»Ja, mit Gottes Hilfe«, sagte Elin leise und ging zu der Kammer, in der Britta lag.

Vor der Tür blieb sie lange stehen. Sie wusste nicht, ob sie es wagen sollte anzuklopfen. Dann ging die Tür auf, und ein untersetzter Mann mit üppigem Oberlippenbart kam mit der Arzttasche in der Hand heraus.

Preben schüttelte ihm kräftig die Hand.

»Ich kann Doktor Brorsson gar nicht genug danken.« Zu Elins Verwunderung lächelte er.

Was konnte ihm der Arzt mitgeteilt haben, wenn Preben so strahlte, dass seine Augen im dunklen Flur leuchteten? Elins Magen zog sich zusammen.

»Das ist Brittas Schwester Elin.«

Zögerlich gab sie dem Arzt die Hand. Sie konnte die Mienen der Männer noch immer nicht deuten. Hinter ihnen lehnte Britta mit offenem Haar in den Kissen.

Doktor Brorsson sagte fachmännisch:

»Man darf gratulieren. Sie ist zwar erst am Anfang, aber sie ist zweifelsohne guter Hoffnung. Allerdings hat die Schwangerschaft an ihren Kräften gezehrt. Elin muss dafür sorgen, dass sie viel trinkt und so viel zu sich nimmt, wie sie bei sich behalten kann. Ich empfehle, ihr Bouillon zu verabreichen, bis das Unwohlsein abklingt und der Appetit zurückkehrt.«

»Das macht Elin sicher gern«, sagte Preben freudig.

Warum sah er so glücklich aus? Er wollte doch nicht mit Britta zusammen sein, sondern mit ihr, er hatte selbst gesagt, er habe sich für die falsche Schwester entschieden. Gott hatte nicht gewollt, dass Prebens Samen in Brittas Körper aufging.

Doch da stand er mit breitem Grinsen und lobte gegenüber Doktor Brorsson Elins Fürsorglichkeit. Britta warf ihr einen schadenfrohen Blick zu. Langsam strich sie ihr langes dunkles Haar glatt und jammerte:

»Mir wird schon wieder schlecht, Preben.«

Sie streckte die Hand nach ihm aus, und Elin musste mitansehen, wie er zu ihr stürzte.

»Kann ich irgendwas tun? Du hast doch gehört, was der Doktor sagt. Ruhe und Bouillon. Soll ich Elsa bitten, dir eine zu bringen?«

Britta nickte.

»Nicht, dass ich Appetit hätte, aber unserem Kind zuliebe sollte ich wenigstens versuchen, etwas zu essen. Aber du sollst mich nicht allein lassen. Schick Elin zu Elsa. Elin steht mir gern zu Diensten. Sie möchte doch auch, dass ihre kleine Nichte oder ihr Neffe gesund zur Welt kommt.«

»Da bin ich mir sicher«, sagte Preben. »Aber bevor ich mich zu dir setze, muss ich Doktor Brorsson nach draußen begleiten und mich ordentlich verabschieden.«

»Nein, nein, ich finde mich schon zurecht.« Gutgelaunt glucksend ging der Arzt zur Tür. »Ich habe getan, was ich konnte, nun soll sich der Herr Pfarrer um die werdende Mutter kümmern.«

»Nun denn.« Preben hielt Brittas Hand.

Er sah Elin an, die wie angewurzelt in der Tür stand.

»Es wäre mir recht, wenn Elin sich beeilen könnte. Britta muss den Rat des Arztes befolgen.«

Elin nickte und senkte den Kopf.

Sie konnte nur starr auf ihre Füße blicken, um nicht in Tränen auszubrechen. Hätte sie noch eine Sekunde länger in Prebens glückliches und Brittas triumphierendes Gesicht schauen müssen, wäre sie zerbrochen. Schnell verschwand sie in der Küche.

Die Hausherrin war schwanger und brauchte Bouillon. Und Gott, der Allmächtige, lachte über die dumme Elin, die Ärmste.

Da sie nicht genau wusste, was man auf einer Vernissage trug, hatte sich Erica sicherheitshalber für schlichte weiße Shorts und eine weiße Bluse entschieden. Hätte sie die Kinder nicht vorher bei Kristina abgegeben, wäre sie niemals so wagemutig gewesen, sich in Weiß zu kleiden. Als Mutter von drei kleinen Kindern hatte sie eins gelernt – weiße Sachen zogen klebrige Kinderhände magnetisch an.

Zum wiederholten Mal überprüfte sie die Uhrzeit auf der

Einladung, die sie von Viola bekommen hatte, aber da viele Leute auf die kleine Galerie gegenüber vom *Stora* Hotel zuströmten, war das an sich unnötig. Im Innern des Gebäudes sah Erica sich um. Der Raum war hell und luftig, Violas Bilder waren hübsch aufgehängt, und auf einem Tisch in der Ecke standen Sektgläser und Vasen voller Blumensträuße, die Freunde und Bekannte Viola geschenkt hatten. Plötzlich kam sich Erica dumm vor. Hätte sie auch etwas mitbringen sollen?

»Ach, hallo, Erica. Schön, dass Sie gekommen sind!«

Strahlend kam Viola auf sie zu.

Sie sah wahnsinnig schick aus. Das graue Haar hatte sie zu einem Knoten hochgesteckt, und sie trug einen dunkelblauen Kaftan. Erica hatte Menschen, die in einem Kaftan nicht verkleidet aussahen, immer bewundert.

»Hier, trinken Sie ein Glas Sekt mit mir. Sie müssen doch heute nicht fahren, oder?«

Erica ging im Geiste durch, was heute noch alles anstand, aber da eine Autofahrt nicht dazugehörte, nahm sie ihr das Glas erfreut aus der Hand.

»Schauen Sie sich in aller Ruhe um«, forderte Viola sie auf, »und falls Ihnen etwas gefällt, sagen Sie dem hübschen Mädchen da drüben Bescheid. Sie klebt dann einen roten Punkt auf das Bild. Meine Enkelin übrigens.«

Viola zeigte auf ein junges Mädchen, das an der Tür stand und seine Aufgabe äußerst ernst zu nehmen schien.

Erica sah sich alle Gemälde der Reihe nach an. Einige waren bereits mit einem roten Punkt markiert, das freute sie. Sie mochte Viola. Und ihre Bilder mochte sie auch. Erica verstand nichts von Kunst und konnte mit abstrakten Werken wenig anfangen, aber diese schönen Aquarelle stellten deutlich wiedererkennbare Motive dar, meist Menschen in alltäglichen Situationen. Vor einer blonden Frau, die mit Mehl im Gesicht und einer Zigarette im Mundwinkel Teig knetete, blieb sie stehen.

»Meine Mutter. Auf allen Bildern in der Ausstellung sind Menschen zu sehen, die mir etwas bedeutet haben, und ich habe mich entschieden, sie in ihrem Alltag zu zeigen. Ich wollte keine feierlichen Posen, sondern habe sie so gemalt, wie ich sie in Erinnerung habe. Meine Mutter hat immer gebacken. Mit Leidenschaft. Meistens Brot. Bei uns zu Hause gab es jeden Tag frisches Brot, aber im Nachhinein frage ich mich manchmal, wie viel Nikotin meine Schwester und ich dabei mitgekriegt haben, weil sie beim Teigkneten immer rauchte wie ein Schlot. Doch über so was machte man sich damals keine Gedanken.«

»Sie war schön.« Erica meinte es ernst.

Die Frau auf dem Bild hatte das gleiche Blitzen in den Augen wie ihre Tochter, und Erica schätzte, dass sie auch ungefähr im gleichen Alter war.

»Ja. Sie war die schönste Frau, die ich je gesehen habe. Und die lustigste. Ich wäre froh, wenn ich meinen Kindern wenigstens eine halb so gute Mutter sein konnte.«

»Ganz bestimmt.« Etwas anderes konnte sich Erica kaum vorstellen.

Als ihr jemand auf die Schulter klopfte, entschuldigte sich Viola.

Erica blieb vor dem Porträt von Violas Mutter stehen. Es machte sie glücklich und traurig zugleich. Glücklich, weil sie jedem Menschen eine Mutter wünschte, die so viel Wärme ausstrahlte. Traurig, weil Anna und sie bei weitem nicht so eine schöne Kindheit gehabt hatten. Ihre Mutter hatte nie gebacken, gelächelt oder ihre Kinder geküsst und ihnen gesagt, wie sehr sie sie liebte.

Auf einmal bekam Erica ein schlechtes Gewissen. Sie hatte sich geschworen, das Gegenteil ihrer eigenen Mutter zu werden. Immer präsent, warmherzig, fröhlich und liebevoll hatte sie sein wollen. Aber nun war sie schon wieder beruflich unterwegs und hatte die Kinder zum x-ten Mal bei ihrer Schwiegermutter abgegeben. Andererseits überschüttete diese die Kinder geradezu mit Liebe, und die drei waren gern bei ihrer Oma oder ihrer Tante Anna. Es fehlte ihnen an nichts. Wenn sie nicht hätte arbeiten dürfen, wäre sie nicht Erica gewesen. Sie liebte ihre Kinder und ihren Beruf.

Langsam ging sie an den Bildern entlang und nippte an ihrem Sektglas. Es war angenehm kühl im Raum, und obwohl viele Leute gekommen waren, wirkte die Ausstellung nicht überfüllt. Hier und da wurde ihr Name geflüstert, und sie hatte ein paar Frauen gesehen, die ihrer Begleitung den Ellbogen in die Seite stießen. Sie hatte sich noch immer nicht daran gewöhnt, dass fremde Leute sie erkannten und eine Art Prominente in ihr sahen. Dem größten Promirummel war sie allerdings bislang erfolgreich aus dem Weg gegangen, sie erschien nicht auf Filmpremieren, schlug sich in keinem Camp am Ende der Welt mit Spinnen oder Ratten herum und hatte auch noch niemandem auf einem roten Studiosofa ihr Herz ausgeschüttet.

»Das ist mein Vater«, sagte eine Stimme. Erica zuckte zusammen.

Neben ihr stand Viola und zeigte auf ein großes Bild. Es war ebenfalls schön, aber es brachte ein ganz anderes Gefühl zum Ausdruck. Erica versuchte, dieses Gefühl zu erfassen, ihr fiel aber kein passenderer Begriff als Melancholie ein.

»Mein Vater an seinem Schreibtisch. So habe ich ihn in Erinnerung. Er hat immer gearbeitet. Als Kind konnte ich das nicht verstehen, aber heute habe ich Respekt davor. Er brannte für seinen Beruf, und das ist ein Segen und ein Fluch zugleich. Im Lauf der Jahre fraß ihn die Arbeit auf.«

Viola ließ den Satz im Raum stehen. Dann drehte sie sich hastig zu Erica um.

»Ach ja, entschuldigen Sie bitte. Ich habe Sie ja aus einem ganz bestimmten Grund gebeten zu kommen. Ich weiß nicht, ob Sie etwas damit anfangen können, er hat immer nur Abkürzungen verwendet, aber vielleicht haben Sie ja wenigstens ein bisschen Freude daran. Möchten Sie seinen Taschenkalender haben?«

»Ja, gern. Vielen Dank«, sagte Erica.

Die Frage, warum Leif am Ende seines Lebens plötzlich nicht mehr von der Schuld der Mädchen überzeugt gewesen war, ging ihr nicht aus dem Kopf. Sie musste der Sache auf den Grund gehen. Vielleicht würde der Kalender ihr dabei helfen.

»Hier.« Mit einem abgewetzten schwarzen Taschenkalender in der Hand kam Viola zurück. »Sie können ihn behalten.«

Sie überreichte Erica den Kalender und legte sich die Hand auf die Brust.

»Ich habe meinen Vater hier. Ich kann ihn mir jederzeit ins Gedächtnis rufen. Dann sitzt er wieder an seinem Schreibtisch.«

Sanft berührte sie Erica an der Schulter und ließ sie allein vor dem Bild zurück. Erica betrachtete es noch eine Weile. Dann ging sie zu dem Mädchen mit den roten Aufklebern hinüber.

Von einem Stuhl in der Ecke aus sah Khalil der älteren und schon ein wenig gebeugten Frau zu, die Adnan einen Stapel Wolldecken in die Hand drückte. Ihm ging nicht aus dem Kopf, wie Karim mit Amina im Arm aus dem Haus gerast kam. Der Rauch, der die beiden umgab. Karim hatte geschrien, und Amina war beängstigend still gewesen.

Am Morgen waren Bill, ihr Schwedischlehrer Sture und noch ein paar Leute, die Khalil nicht kannte, aufgetaucht. Offenbar hatten Rolf und Bill sie zusammengetrommelt. Bill hatte herumgefuchtelt, hektisch in seiner seltsamen Mischung aus Schwedisch und Englisch auf sie eingeredet und auf die

Autos gezeigt, aber niemand hatte es gewagt, einzusteigen, bevor nicht Khalil, Adnan und die anderen aus dem Segelkurs jeweils in einem Wagen saßen.

Die übrigen Geflüchteten hatten sich fragend angesehen, als sie vor dem roten Holzhaus am anderen Ende von Tanum ankamen. Was sollten sie hier? Doch seit einer halben Stunde strömten die Menschen in Massen herein. Sprachlos hatten sie verfolgt, wie ein Auto nach dem anderen auf den Parkplatz vor dem *Heimathof* fuhr und Wolldecken, Thermoskannen voller Kaffee, Kinderkleidung und Spielsachen abgegeben wurden. Einige Leute hatten sich sofort wieder verabschiedet, aber manche waren geblieben und unterhielten sich mit ihnen, so gut es ging.

Wo waren diese Schweden bisher gewesen? Sie lächelten, plauderten, erkundigten sich nach den Namen der Kinder und brachten ihnen etwas zu essen und zum Anziehen. Khalil verstand die Welt nicht mehr.

Adnan sah ihn mit hochgezogenen Augenbrauen an. Khalil zuckte die Achseln.

»Hört mal, Jungs«, rief Bill. »Ich habe mit dem Kaufhaus Hedemyrs telefoniert. Sie haben Lebensmittel zu verschenken. Könnte die jemand abholen? Hier ist der Autoschlüssel.«

Bill warf Adnan seinen Schlüsselbund zu.

Khalil nickte.

»Klar, machen wir.«

Auf dem Parkplatz streckte er die Hand aus.

»Gib mir den Schlüssel.«

»Ich will fahren.« Adnan wirkte entschlossen.

»Vergiss es.«

Widerwillig ging Adnan hinüber zur Beifahrertür. Khalil setzte sich auf den Fahrersitz und schaute zwischen Autoschlüssel und Armaturenbrett hin und her.

»Man kann ihn nirgendwo reinstecken.«

»Du drückst einfach auf Start.« Adnan seufzte.

Abgesehen von Computerspielen waren Autos seine große Leidenschaft, aber sein Wissen bezog er hauptsächlich aus YouTube-Videos.

Skeptisch betätigte Khalil den Schalter, auf dem Stopp/Start stand, und der Motor begann zu brummen.

Adnan grinste.

»Ob Bill weiß, dass wir keinen Führerschein haben?«

Trotz allem, was passiert war, musste Khalil grinsen.

»Glaubst du, er hätte uns sonst den Schlüssel gegeben?«

»Natürlich«, sagte Adnan. »Wir reden hier von Bill. Und du *kannst* doch Autofahren, oder? Sonst steige ich gleich wieder aus.«

Khalil legte den Rückwärtsgang ein.

»Ganz ruhig, mein Vater hat es mir beigebracht.«

Er fuhr vom Parkplatz runter und auf die Straße. Bis zu Hedemyrs waren es nur ein paar hundert Meter.

»Die Schweden sind seltsam.« Adnan schüttelte den Kopf.

»Wie meinst du das?« Khalil fuhr hinter das Kaufhaus.

»Sie behandeln uns wie Aussätzige, sie reden schlecht über uns, sie stecken Karim ins Gefängnis und sie fackeln uns beinahe ab. Und dann wollen sie uns plötzlich helfen. Ich kapiere das nicht …«

Khalil zuckte mit den Schultern.

»Ich glaube nicht, dass alle Leute hier Wolldecken und Spielsachen spenden. Einige hätten es wahrscheinlich lieber gesehen, wenn wir verbrannt wären.«

»Meinst du, sie kommen wieder?«, fragte Adnan. »Und versuchen es noch mal?«

Khalil machte die Autotür zu. Er schüttelte den Kopf.

»Menschen, die sich nachts anschleichen und Brandsätze legen, sind Feiglinge. Es gibt jetzt zu viele, die hinschauen.«

»Denkst du, wenn die Polizei Karim nicht abgeholt hätte, wäre es auch passiert?« Adnan hielt Khalil die Eingangstür auf.

»Wer weiß? Es lag schon eine ganze Weile was in der Luft. Die Verhaftung war vermutlich nur der Auslöser.«

Khalil sah sich um. Da Bill nicht gesagt hatte, an wen sie sich wenden sollten, ging er schließlich zu einem jungen Mann hinüber, der in einem der Gänge Konservendosen einräumte.

»Da müsst ihr bestimmt mit dem Chef sprechen, der sitzt im Büro.«

Er zeigte in den hinteren Teil des Ladens.

Khalil zögerte. Wenn nun der Chef gar nicht informiert war? Vielleicht hatte Bill mit dem Falschen gesprochen. Würden die Leute hier sie dann für Bettler halten?

Adnan zog ihn am Arm.

»Komm jetzt. Wenn wir schon mal da sind.«

Zehn Minuten später luden sie Berge von Sandwiches, Getränken, Obst und sogar Süßigkeiten für die Kinder in den Kofferraum. Wieder schüttelte Khalil den Kopf. Die Schweden waren echt merkwürdig.

Es fühlte sich an, als würden ihre Füße über den Sand fliegen. Feste Gewohnheiten hatten sie all die Jahre am Leben erhalten. Jeden Morgen gleich nach dem Aufstehen die Laufschuhe zu schnüren und loszurennen.

Helen hatte ihre Zeit kontinuierlich verbessert. Beim Marathon gab es erfreulicherweise keine Altersdiskriminierung. Den Vorteil, den die Jungen dank ihrer Energie und Kraft hatten, machten ältere Läufer durch Erfahrung wett. Es war immer wieder amüsant, kesse junge Läuferinnen zu beobachten, wenn sie bei ihrem ersten Marathonlauf von Frauen überholt wurden, die ihre Mütter hätten sein können.

Als sie anfing Seitenstiche zu spüren, atmete sie ruhiger. Heute ließ sie sich nicht kleinkriegen.

Der Mann aus der Flüchtlingsunterkunft war auf freien Fuß gesetzt worden, und kurz darauf hatte jemand auf dem

Gelände Feuer gelegt. Mit Entsetzen hatte Helen die Bilder betrachtet, doch dann war ihr der Gedanke gekommen: Jetzt schauen wieder alle auf Marie und mich. Jetzt wird wieder eine von uns verdächtigt. Oder wir beide.

Marie und sie hatten so viele Träume gehabt, so viele Pläne. Mit achtzehn wollten sie alles hinter sich lassen, sich einen einfachen Flug nach Amerika kaufen und dort wunderbare Dinge erleben. Marie hatte es dorthin geschafft. Sie hatte sich ihren Traum erfüllt, Helen war zurückgeblieben. Weil sie so pflichtbewusst war. Und gehorsam. Eigenschaften, die sie zum Opfer prädestiniert hatten. Marie hätte Helens Schicksal niemals hingenommen. Sie hätte sich gewehrt.

Doch Helen war nicht Marie. Ihr Leben lang war sie mit dem Strom geschwommen und hatte getan, was andere von ihr verlangten.

Sie hatte Maries Karriere verfolgt, hatte Artikel über ihr Leben und ihren Ruf als anstrengende, kalte und sogar bösartige Person gelesen. Eine Rabenmutter, die ihre Tochter in immer wieder andere Internate verbannte. Die sich ständig neue Männer anlachte, gern trank und oft Streit mit Leuten bekam. Aber Helen sah etwas anderes in ihr. Sie sah das Mädchen, das sich vor nichts fürchtete, sie vor allem beschützte und ihr die Sonne und den Mond vom Himmel geholt hätte.

Deswegen hatte Helen es nie übers Herz gebracht, Marie etwas zu sagen. Marie war machtlos gewesen, ein Kind. Was hätte sie denn tun sollen?

Beim Einkaufen am Vortag hatte sie geglaubt, Marie zu sehen. Sie hatte zwar eigentlich nur eine Bewegung aus dem Augenwinkel wahrgenommen, doch Maries Anwesenheit hatte trotzdem eine starke Wirkung auf sie ausgeübt. Als Helen aufblickte, stand nur noch ein älterer Herr mit Gehstock da, aber sie hätte schwören können, dass Marie sie beobachtet hatte.

Sie sah nur den Sandweg, der unter ihren rhythmisch auftreffenden Schuhen wegrutschte wie ein Laufband. Die Zehen berührten zuerst den Boden, dann rollte der Fuß bis zur Ferse ab. Rechter Fuß nach vorn bedeutete rechter Arm nach hinten. Sie warf einen Blick auf ihre Pulsuhr. So eine gute Zeit war sie noch nie gelaufen, vielleicht, weil der Rhythmus alles andere verscheuchte.

All die Erinnerungen, an die sie genauso wenig denken durfte wie an Sam. Ihr wundervoller süßer Sam. Der nie eine Chance gehabt hatte. Er war von Anfang an verurteilt gewesen, infiziert von ihren Sünden. Wie hatte sie glauben können, dass die Jahre alles auslöschen würden? Nichts versank für immer im dunklen Wasser des Vergessens. Niemand wusste das besser als sie.

Sie richtete den Blick auf den Horizont und rannte um ihr Leben. Dreizehn Jahre war sie alt gewesen, als sie mit dem Laufen anfing. Und nun konnte sie nicht mehr aufhören.

Jessie schob den letzten Hefter voller Zeitungsartikel über Helen, Marie und Stella weg und betrachtete Sam, der in einem Moment offen und im nächsten vollkommen verschlossen wirkte. Ganz hinten in der Mappe hatte eine Liste der Gedanken gelegen, die er sich selbst zu dem Mord gemacht hatte. Sie zu lesen war, als würde sie schwarz auf weiß vor sich sehen, was in ihrem eigenen Kopf vor sich ging. Allerdings nicht ganz. Er ging noch einen Schritt weiter als sie.

Was sollte sie ihm sagen? Was wollte er hören?

Sam streckte die Hand nach dem Rucksack aus.

»Es gibt da noch etwas, das ich dir zeigen möchte«, sagte er.

Er zog ein abgegriffenes Notizbuch heraus und blätterte darin. Plötzlich wirkte er sehr verletzlich.

»Ich …«, begann Jessie.

Weiter kam sie nicht. Ein festes Klopfen jagte beiden einen Schreck ein.

Nachdem Jessie die Tür aufgemacht hatte, trat sie überrascht einen Schritt zurück. Vendela stand davor. Anstatt Jessie anzuschauen, starrte sie auf ihre Füße und tippelte nervös auf der Stelle.

»Hallo«, sagte sie beinahe schüchtern.

»Hallo«, bekam Jessie heraus.

»Ich weiß nicht, was Sam dir über uns erzählt hat, aber ich dachte, vielleicht ...«

Als Jessie ein Schnauben hinter sich hörte, drehte sie sich um. Sam lehnte im Flur an der Wand. Sein Blick war beängstigend finster geworden.

»Oh, hallo, Sam«, sagte Vendela.

Da Sam nicht reagierte, wandte sich Vendela wieder an Jessie.

»Hast du Lust, mich mal zu besuchen? Mit dem Rad braucht man nur zehn Minuten. Falls du ein Fahrrad hast.«

»Doch, klar, ein Fahrrad habe ich.«

Jessie spürte, wie sie errötete. Vendela war eins von den beliebten Mädchen, das begriff sie, obwohl das Schuljahr noch gar nicht begonnen hatte. Man brauchte sie nur anzuschauen. Von den beliebten Leuten war noch nie jemand zu ihr nach Hause gekommen. Oder hatte sie zu sich eingeladen.

»Sag nicht, dass du darauf reinfällst«, stöhnte Sam.

Er warf ihnen immer noch böse Blicke zu, und allmählich war Jessie fast genervt von ihm. Es war doch supernett von Vendela, einfach vorbeizukommen, und vielleicht war es auch für Sam eine Chance, in der Schule endlich einen besseren Stand zu kriegen. Was hätte sie denn seiner Ansicht nach machen sollen? Ihr die Tür vor der Nase zuknallen?

Vendela hob die Hände.

»Was wir mit Sam gemacht haben, tut uns total leid, ich schwöre. Nils und Basse geht es genauso, sie trauen sich nur nicht, hierherzukommen und dir das zu sagen. Du weißt ja, wie Jungs sind ...«

Jessie nickte. Dann drehte sie sich zu Sam um.

»Können wir uns später noch mal treffen?«, fragte sie leise.

Warum überwand er nicht einfach seinen blöden Stolz und sagte, es sei okay, sie könne ruhig eine Weile zu Vendela fahren? Stattdessen verengten sich seine Augen zu Schlitzen, als er zum Esstisch ging, seine Hefter einsammelte und sie wieder in den Rucksack und die Reisetasche packte. Als er das abgewetzte Notizbuch in den Rucksack warf, meinte sie eine Träne auf seiner Wange zu sehen.

Wortlos ging er an Jessie vorbei und blieb direkt neben Vendela stehen.

»Wenn ich erfahre, dass ihr sie mies behandelt …«

Er sprach nicht weiter, warf ihr aber einen warnenden Blick zu, bevor er zu seinem Fahrrad ging und verschwand.

»Entschuldige bitte, Sam ist so …«

Jessie suchte nach den passenden Worten, aber Vendela schüttelte nur den Kopf.

»Ich verstehe das schon. Wir waren von klein auf gemein zu Sam. Klar ist er sauer. Das wäre ich auch. Aber jetzt sind wir älter und haben Dinge kapiert, für die wir damals noch zu jung waren.«

Jessie nickte.

»Ich weiß genau, was du meinst. Ehrlich.«

Tat sie das wirklich? Jessie wusste es nicht genau, aber Vendela klatschte begeistert in die Hände.

»Na dann!«, sagte sie. »Schnapp dir dein Rad und los.«

Jessie ging zu dem schick und teuer aussehenden Fahrrad hinüber, das sie mit dem Haus gemietet hatten. Sie freute sich über Vendelas bewundernden Blick.

»Ihr wohnt echt toll!«, sagte Vendela, als sie die Hamngata entlangradelten.

»Danke!«, rief Jessie zurück und hatte plötzlich Schmetterlinge im Bauch.

Vendela war so … perfekt. Für Beine, die in einer kurz abgeschnittenen Jeans gut aussahen, hätte Jessie töten können.

Auf dem von Menschen wimmelnden Marktplatz sah sie Marie hinter einigen Filmkameras mit Jörgen reden. Jörgen. Manchmal erzählte Marie von ihm.

Jessie kam plötzlich eine Idee.

»Da ist meine Mutter«, rief sie. »Wollen wir kurz hallo sagen?«

Vendela schaute starr geradeaus.

»Wenn du nichts dagegen hast, würde ich lieber direkt nach Hause fahren und mit dir allein abhängen. Ich will nicht unfreundlich sein, aber …«

Jessies Herz machte einen Luftsprung. Es war das erste Mal, nun, abgesehen von Sam, dass sich jemand nicht für ihre Mutter interessierte. Wenn Sam dabei gewesen wäre, hätte er gemerkt, dass Vendela aufrichtig und ehrlich war.

Auf dem langen und steilen Galärbacken musste sie kräftig in die Pedale treten. In ihrem Innern breitete sich etwas aus, das sie zunächst gar nicht einordnen konnte. Dann begriff sie. So musste sich Glück anfühlen.

Sanna öffnete die Haustür. Ihre Kopfschmerzen waren fast noch schlimmer als sonst. In der Küche füllte sie ein großes Glas mit Leitungswasser. Eigentlich aß sie liebend gern zwischen den Blumen in der Gärtnerei, aber heute hatte sie ihre Lunchbox vergessen und war nach Hause gegangen. Cornelia würde eine Stunde lang die Stellung halten.

Als Sanna den Kühlschrank aufmachte, hätte sie am liebsten geheult. Abgesehen von einer Tube Tomatenmark und einem Glas Senf befand sich darin nur ein wenig Grünzeug, das seine besten Tage längst hinter sich hatte.

Sie wusste, was mit ihr los war. Marie und Helen spukten ihr im Kopf herum. Genau wie Stella und die kleine Nea. Der

Schatten im Wald. Vor dem sie solche Angst gehabt hatte. Seit gestern Abend verfolgten sie die Gedanken. Der Mann, der sie nach dem Schatten gefragt hatte, der wissen wollte, mit wem Stella gespielt hatte, ging ihr nicht aus dem Kopf. Hatte sie ihn angelogen? Sie erinnerte sich nicht. Wollte sich auch nicht erinnern. Dann war er verschwunden, und sie träumte stattdessen von dem Mädchen mit den grünen Augen.

Jedenfalls war er nicht noch einmal wiedergekommen, um ihr weitere Fragen zu stellen.

Sanna zuckte zusammen, als sich helle Mädchenstimmen näherten. Vendela war selten zu Hause, sie war meistens mit diesen beiden Jungs aus ihrer Klasse unterwegs und hatte überhaupt keine Freundinnen. Aber als sie jetzt kam, wie immer schob sie ihr Fahrrad quer über den Rasen, war sie mit einem kräftigen blonden Mädchen zusammen.

Sanna runzelte die Stirn. Das Mädchen kam ihr bekannt vor, aber sie konnte sie nicht einordnen. Bestimmt war sie eins der Mädchen, mit denen Vendela als Kind gespielt hatte, Sanna hatte es nie geschafft und auch keine Lust gehabt, den Überblick über Vendelas Freundschaften zu behalten.

»Hallo!«, sagte Vendela. »*Du* bist zu Hause?«

»Nee, ich bin noch in der Gärtnerei.« Sanna bereute die schnippische Antwort sofort.

Sie hätte die Erwachsenere von beiden sein sollen, aber Vendela hatte so ein enttäuschtes Gesicht gemacht.

»Hallo.« Das kräftige Mädchen gab ihr die Hand. »Ich heiße Jessie.«

»Sanna, Vendelas Mutter.« Sie blickte das Mädchen an.

Doch, sie hatte sie schon mal gesehen. War sie nicht die Tochter dieser Lehrerin? Oder vielleicht eine von denen, die da wohnten, wo die Straße einen Knick macht?

»Welche von Vendelas Freundinnen bist du?«, fragte Sanna schließlich ganz direkt.

»Mama!«

»Ich bin gerade erst hergezogen«, sagte Jessie. »Meine Mutter arbeitet zurzeit hier.«

»Ach, das ist ja nett.«

Sanna hätte schwören können, dass sie das Mädchen kannte.

»Wir gehen in mein Zimmer.« Vendela war schon auf der Treppe.

»Nett, Sie kennenzulernen.« Jessie folgte Vendela.

Eine Tür wurde geschlossen, und kurz darauf erschallte Musik in voller Lautstärke. Das war's mit der ruhigen Mittagspause.

Sie warf einen Blick in die Tiefkühlfächer. Da sah es vielversprechender aus als im Kühlschrank. In der hintersten Ecke fand sie einen halben Beutel Rinderschmaus. Sie holte die Bratpfanne aus dem Schrank, ließ ein großes Stück Butter darin schmelzen und warf die winzigen Kartoffel- und Fleischstücke hinein.

Kurz darauf saß sie mit einer Tasse Kaffee am Küchentisch und blickte nachdenklich in Richtung Obergeschoss, wo irgendeine Art von Tanzmusik lief. Wo hatte sie das Mädchen schon mal gesehen?

Sie griff nach einem Klatschblatt, das auf dem Tisch lag. Vendela schleppte ständig solchen Mist an. Lauter bebilderte Pseudonachrichten über Möchtegernprominente. Sie blätterte um, und da stand sie lächelnd vor ihr. Marie. Plötzlich wusste Sanna, wer das Mädchen war.

Schwarze Flecken tanzten vor ihren Augen. Jessie, natürlich. Maries Tochter. Das Mädchen, das bei Marie zu Hause am Fenster gestanden hatte. Diese grünen Augen hatte Sanna im Lauf der Jahre unzählige Male im Traum gesehen.

Oben drang fröhliches Lachen durch die Musik. Sannas Mund war trocken. Maries Tochter bei ihr zu Hause. Musste sie etwas unternehmen? Sollte sie etwas sagen? Für das, was die Mutter getan hatte, konnte das Mädchen nichts. Aber trotzdem. Es war zu viel für sie. Die Wände kamen näher, und ihr Hals wurde zugeschnürt.

Sanna schnappte sich den Autoschlüssel und rannte raus.

»Nun ja. Wir haben einiges zu besprechen.« Patrik faltete die Hände auf dem Bauch und starrte auf seine Schuhe.

Niemand sagte etwas.

»Was meint ihr? Soll Mellberg dabei sein?«

»Er weiß, dass er Mist gebaut hat«, sagte Annika leise. »Normalerweise bin ich die Letzte, die Mellberg verteidigt, aber in diesem Fall glaube ich wirklich, dass er seinen Fehler eingesehen hat und aufrichtig dazu beitragen will, ihn wiedergutzumachen.«

»Ja, ja, aber wollen und können sind zwei Paar Schuhe«, sagte Paula trocken.

»Er ist der Leiter dieser Dienststelle.« Patrik stand auf. »Wie auch immer wir das finden, es ist Fakt.«

Er verschwand für einige Minuten und kehrte mit einem kleinlauten Mellberg zurück. Ernst trottete mit hängendem Kopf hinter seinem Herrchen her, als wäre er ebenfalls in Ungnade gefallen.

»So.« Patrik setzte sich wieder. »Dann wären wir also alle versammelt.«

Mellberg nahm am Kopfende des Tisches Platz, und Ernst legte sich auf seine Füße.

»Von nun an möchte ich, dass wir alle an einem Strang ziehen. Wir werden nüchtern an die Dinge rangehen und uns nicht von Gefühlen leiten lassen. Und wir müssen uns auf zwei Fälle konzentrieren, zum einen den Mord an Linnea Berg und zum anderen die Brandstiftung in der Flüchtlingsunterkunft.«

»Wie geht es jetzt weiter?«, fragte Martin.

Gösta nickte.

»Ja. Wie sollen wir uns aufteilen?«

»Wir haben einiges zu erledigen. Annika, schreibst du mit?«

Annika hielt ihren Kugelschreiber hoch.

»Zunächst einmal sollten wir noch mehr Leute aus der Unterkunft vernehmen, am besten zuerst die direkten Nachbarn von Karim und seiner Familie. Wenn ich es richtig verstanden habe, sind die Flüchtlinge, deren Wohnungen zerstört wurden, vorübergehend im *Heimathof* untergebracht. Paula und Martin, übernehmt ihr das?«

Die beiden nickten. Patrik sah Gösta an.

»Was haben Eva und Peter zu dem Höschen gesagt, Gösta? Konnten sie bestätigen, dass es Nea gehörte?«

»Ja«, sagte Gösta. »Nea hatte tatsächlich so eine Unterhose, und es ist durchaus möglich, dass sie die am Tag ihres Verschwindens getragen hat, aber ...«

»Aber was?« Patrik runzelte die Stirn.

Gösta war sein erfahrenster Kollege, und was er sagte, hatte meistens Hand und Fuß.

»Ich weiß nicht. Irgendwas irritiert mich daran. Ich kann es aber nicht genau benennen.«

»Denk weiter darüber nach«, sagte Patrik.

Er zögerte.

»Ganz oben auf meiner Liste steht ein weiterer Anruf bei Torbjörn. Dass wir die Hausdurchsuchung bei Familie Berg nicht vollständig durchgeführt haben, belastet mich enorm. Die Staatsanwältin ist ebenfalls der Meinung, wir sollten unsere Arbeit trotz des angeblichen Beweisstücks, das wir bei Karim gefunden haben, zu Ende bringen.«

»Das sehe ich genauso«, sagte Gösta.

Patrik sah ihn nachdenklich an. Gösta hatte tatsächlich Zweifel. Was mochte in ihm vorgehen?

»Gut«, sagte er kurz. »Ich rufe Torbjörn an, und dann fahren wir da so schnell wie möglich hin. Mit ein wenig Glück haben er und sein Team schon heute oder morgen Zeit.«

»Arbeiten sie an der Brandstelle?«, fragte Paula.

Patrik schüttelte den Kopf.

»Nein, das machen spezielle Brandtechniker. Sie sagen, es sei möglicherweise eine Art Molotowcocktail bei Karim ins Fenster geworfen worden. Davon gehen wir jetzt erst mal aus, bis wir Genaueres wissen.«

»Und was ist mit dem anonymen Anruf?«, fragte Paula.

»Annika hat die Aufzeichnung«, sagte Patrik. »Hört sie euch an, vielleicht fällt euch ja was auf. Die Stimme ist verzerrt, aber ich werde sie analysieren lassen. Hoffentlich lässt sich die Verzerrung aufheben oder ein Hintergrundgeräusch isolieren.«

»Okay«, sagte Paula.

»Und Helen und Marie?«, fragte Martin. »Wir wissen immer noch nicht, ob es irgendeine Verbindung zum Mord an Stella gibt.«

»Nein, aber wir haben ja bereits mit ihnen gesprochen und im Moment keinen konkreten Anlass, sie zu vernehmen. Wir müssen abwarten, bis wir mehr in der Hand haben. Ich glaube immer noch, dass ein Zusammenhang besteht.«

»Trotz des Funds bei Karim?«, fragte Paula.

»Ja, trotz des sogenannten ›Funds‹.« Patrik konnte es sich nicht verkneifen, Mellberg einen Blick zuzuwerfen.

Er hielt den Blick gesenkt und hatte während der Sitzung keinen Ton von sich gegeben.

»Meiner Ansicht nach ist das eine falsche Fährte«, fuhr Patrik fort. »Wir können zwar momentan nichts ausschließen, aber für meinen Geschmack ist die Sache mit dem anonymen Anruf und Mellbergs anschließender Entdeckung zu glatt gelaufen. Wer hätte von dem Höschen wissen sollen? Und noch dazu einen Grund haben, uns einen Tipp zu geben? Nein, ich bin nicht überzeugt.«

Gösta war vollkommen in Gedanken versunken. Als Patrik die Sitzung gerade auflösen wollte, blickte er auf.

»Ich glaube, ich weiß jetzt, was mich stört. Und wie ich es beweisen kann.«

Elins Verzweiflung wuchs. Preben widmete Britta jede freie Minute und behandelte Elin wie Luft. Er war nicht unfreundlich, schien aber vergessen zu haben, was zwischen ihnen gewesen war. Nur noch Britta und dem Kind schenkte er seine Aufmerksamkeit, nicht einmal für Märta interessierte er sich noch. Mit Sigrid im Schlepptau irrte Märta verwirrt umher. Es tat Elin in der Seele weh, wie unglücklich und ratlos ihre Tochter über Prebens plötzliche Missachtung war, aber sie wusste nicht, wie sie Märta das seltsame Verhalten von Erwachsenen erklären sollte.

Sie verstand es ja selbst nicht.

Eins war jedoch klar. Es kam nicht mehr in Betracht, Preben von dem Kind zu erzählen. Geschweige denn, es zu behalten. Sie musste es loswerden. Um jeden Preis. Falls ihr das nicht gelang, wären sie und Märta bald obdachlos, sie würden betteln müssen, um nicht zu verhungern. Oder es blühte ihnen das schreckliche Schicksal von Frauen, die kein Zuhause hatten. Das durfte sie nicht zulassen. Sie selbst war nicht in der Lage, das Kind aus ihrem Körper zu vertreiben, doch sie kannte eine Frau, die es konnte. Wenn man in anderen Umständen war, aber keinen Mann hatte, der sich um Frau und Kind kümmern konnte, ging man zu Helga Klippare.

Eine Woche später hatte sie Gelegenheit dazu. Britta bat sie, für sie ein paar Dinge in Fjällbacka zu erledigen. Während der Kutschfahrt wurde es Elin allmählich angst und bange. Sie bildete sich ein, Kindsbewegungen zu spüren, obwohl es dafür noch viel zu früh war. Lill-Jan, der auf dem Kutschbock saß, gab bald den Versuch auf, mit ihr ins Gespräch zu kommen. Sie war nicht in der Stimmung, sich zu unterhalten. Rhythmisch ratterten die Räder über die holprigen Wege. Als sie Fjällbacka erreicht hatten, stieg sie von der Kutsche und ging ohne ein Wort davon. Lill-Jan sollte ebenfalls Besorgungen für den Hausherrn machen, und daher würden sie nicht vor dem Abend zurückfahren. Sie hatte genug Zeit.

Als sie an den Hütten entlangging, schaute man hinter ihr her. Helga wohnte am Ende der Straße. Elin zögerte einen Moment, bevor sie anklopfte.

Gegen die Schmerzen hatte Elin einen hausgebrannten Schnaps bekommen, wobei sie gegen den körperlichen Schmerz eigentlich nichts hatte. Je mehr ihr Unterleib weh tat, desto weniger spürte sie ihr wundes Herz. Alles zog sich rhythmisch zusammen. Die Krämpfe hatten Struktur, genau wie bei Märtas Geburt. Doch diesmal ohne die Freude auf das Ergebnis der harten Arbeit. Diesmal stand ihr am Ende des quälenden Schmerzes und all des Blutes nur Trauer bevor.

Helga zeigte keine Anteilnahme. Sie verurteilte sie auch nicht. Schweigend und methodisch tat sie, was nötig war, und wischte ihr nur hin und wieder den Schweiß von der Stirn.

»Es ist bald vorbei«, sagte sie, kurz nachdem sie sich zu Elin auf den schmutzigen Flickenteppich gekniet und zwischen ihre Beine geschaut hatte.

Durch den Türspalt schien die Nachmittagssonne herein. In wenigen Stunden würde sich Elin zu Lill-Jan auf die Kutsche setzen und zurück zum Pfarrhof fahren müssen. Der Weg war holprig, und sie wusste jetzt schon, dass jedes Schlagloch schmerzen würde. Trotzdem durfte man es ihr nicht ansehen. Niemand durfte davon erfahren.

»Streng dich noch mal an«, sagte Helga. »Bei der nächsten Wehe kommt es raus.«

Elin schloss die Augen und umklammerte die Kanten des Teppichs. Sie wartete, bis sich der Krampf aufgebaut hatte, und presste, als der Schmerz am größten war, so fest sie konnte.

Etwas flutschte aus ihr heraus. Etwas Kleines. Ein Klumpen. Mit einem Schrei war nicht zu rechnen. Und auch mit keinem anderen Lebenszeichen.

Helga arbeitete schnell. Elin hörte, wie etwas in den Eimer neben ihr klatschte.

»Besser so«, sagte Helga trocken und wischte sich die Hände an einem Lappen ab, als sie ächzend aufstand. »Es war nicht, wie es sein sollte. Das wäre sowieso nicht gut gegangen.«

Sie stellte den Eimer an die Tür. Elin spürte ein Schluchzen in der Brust aufsteigen, schluckte es aber wieder herunter, bis es sich in eine kleine harte Kugel in der Herzgegend verwandelt hatte. Nicht einmal die Vorstellung von einem kleinen Sohn oder einer Tochter mit Prebens blauen Augen blieb ihr. Das Kind war nicht, wie es sein sollte. Außer in ihren naiven Tagträumen wären sie niemals eine Familie geworden.

Die Tür wurde aufgerissen, und Ebba aus Mörhult betrat das Haus ihrer Schwester. Als sie Elin auf dem Boden liegen sah, blieb sie wie angewurzelt stehen. Mit offenem Mund ließ sie die Szenerie auf sich wirken, die blutverschmierte Elin mit den gespreizten Beinen, der Eimer samt Inhalt neben der Tür, und Helga, die sich Elins Blut von den Händen wusch.

»Aha!« Ebba sah sie mit blitzenden Augen an. »Sie hatte also was bei Helga zu erledigen. Soweit mir bekannt ist, hat Elin nicht wieder geheiratet. Hat Sie das einem der Knechte zu verdanken? Oder schafft Sie jetzt in der Gastwirtschaft an?«

»Sei still!«, herrschte Helga ihre Schwester an. Ebba schürzte pikiert die Lippen.

Elin hatte nicht die Kraft, etwas zu erwidern, und außerdem brauchte sie auf Ebba keine Rücksicht mehr zu nehmen. Sie würde sich zu Lill-Jan auf den Kutschbock setzen, die Fahrt zum Pfarrhof hinter sich bringen und vergessen, was passiert war.

»Und das ist das Balg?« Ebba trat gegen den Eimer.

Neugierig schaute sie hinein und verzog das Gesicht.

»Es sieht aus wie eine Missgeburt.«

»Wenn du nicht sofort den Mund hältst, vergesse ich mich und knalle dir eine«, zischte Helga.

Sie packte ihre Schwester am Arm und zerrte sie aus dem Haus. Dann drehte sie sich zu Elin um.

»Nicht zu Herzen nehmen. Ebba war schon als Kind ein Miststück. Wenn Elin sich aufsetzt, kann Sie sich waschen.«

Elin gehorchte, musste sich aber abstützen. Ihr Unterleib schmerzte, der Teppich unter ihr war mit Blut durchtränkt.

»Elin hat Glück gehabt, Sie braucht nicht genäht zu werden. Sie hat auch nicht viel Blut verloren, muss aber ein paar Tage ruhen.«

»Mal sehen.« Elin griff nach dem nassen Lappen, den Ebba ihr reichte.

Es brannte zwischen den Beinen, als sie sich wusch. Helga stellte ihr eine Schüssel mit Wasser hin, in der sie den Lappen ausspülen konnte.

»Ich«, begann Helga zögerlich. »Ich habe gehört, dass Elins Schwester guter Hoffnung ist.«

Zunächst antwortete Elin nicht. Dann nickte sie.

»Ja, das stimmt. Im Winter gibt es auf dem Pfarrhof Kindergeschrei.«

»Ich nehme an, dass sich ein vornehmer Arzt aus Uddevalla um die gnädige Frau kümmert, wenn es so weit ist, aber falls es nötig sein sollte, kann man gerne einen Boten nach mir schicken.«

»Ich werde es ausrichten«, sagte Elin mit trockenem Mund.

Sie wollte nicht an Brittas Kind denken. Nicht einmal an ihr eigenes. Das Kind in dem Eimer.

Mühsam richtete sie sich auf und zog den Rock runter. Es wurde Zeit für die Heimfahrt.

»Hier werden keine Türen geknallt!«

James starrte Sam an.

»So laut habe ich die Tür doch gar nicht zugeknallt.« Sam zog im Hausflur die Schuhe aus.

Der gewohnte Zorn stieg in James auf. Ständig diese Enttäuschung. Der schwarze Nagellack und die schwarz geschminkten Augen waren Sams Art, ihm ins Gesicht zu spucken, das wusste er. Er schlug mit der Faust gegen die Blumentapete. Sam zuckte zusammen, und James spürte, wie sich die Anspannung in seinem Körper löste.

Als Sam jünger gewesen war, hatte er seine Wut an ihm ausgelassen. Wenn sie im Wald waren. Oder wenn Helen verreist war, was aber nicht oft vorkam. Unfälle passierten ja leicht. Doch dann hatte Helen ihn ertappt. Sam hockte geduckt auf dem Fußboden und James hatte die Faust erhoben. Sams Lippe blutete, und James war klar, wie das Ganze wirken musste. Trotzdem reagierte Helen beinahe übertrieben. Mit bebender Stimme teilte sie ihm mit, was passierte, würde er sich jemals wieder an Sam vergreifen.

Und James hatte seitdem die Finger von ihm gelassen. Das war jetzt drei Jahre her.

Als Sam die Treppe hinaufstapfte, fragte sich James, wieso er so schlecht gelaunt war. Doch dann zuckte er die Achseln. Teenagersorgen.

Er sehnte seine Abreise herbei. Noch zwei Wochen. Er zählte die Minuten. Kollegen, die Heimweh hatten und sich auf die häusliche Tristesse und ihre Familie freuten, konnte er überhaupt nicht verstehen. Aber das Militär bestand darauf, seinen Angehörigen ab und zu »frei«zugeben. Mit Sicherheit steckte da irgendein psychologischer Unfug dahinter. Für so was hatte er nicht viel übrig.

Er ging zum Waffenschrank in seinem Arbeitszimmer, gab die Zahlenkombination ein und hörte das Klicken, mit dem sich das Schloss öffnete. Hier waren nur die Waffen, die er rechtmäßig besaß, oben im Kleiderschrank befand sich ein Versteck, in dem all die Waffen aneinandergereiht waren, die er im Lauf der vergangenen dreißig Jahre gesammelt hatte, angefangen von einfachen mechanischen Pistolen bis zu Maschinengewehren. Kannte man die richtigen Leute, kam man ohne Problem an Waffen.

In diesem Schrank bewahrte er seinen Colt M1911 auf. Eine richtige Pistole, kein elegantes Leichtgewicht, .45 Kaliber.

Er legte sie wieder zurück. Vielleicht würde er am Nachmittag mit Sam ein paar Übungsschüsse machen. Es war schon absurd, dass Sams einzige Stärke, abgesehen von Computern, auf einem Gebiet lag, das ihm niemals nützen würde. Bürohengste hatten nichts davon, wenn sie zielsicher schießen konnten. James sah Sams Zukunft vor sich. Irgendeine IT-Firma. Langweilige, sinnlose und überflüssige Büroarbeit.

Sorgfältig machte James die Schranktür zu. Mit einem leisen Klick verriegelte sich das Schloss automatisch. Er sah nach oben. Sams Zimmer lag direkt über ihm. Es war still dort, aber das bedeutete vermutlich nur, dass Sam mit Kopfhörern vor dem Computer saß und sich seine widerliche Musik direkt in die Ohren wummern ließ. James seufzte. Je eher er zum Einsatz kommandiert wurde, desto besser. Lange hielt er es hier nicht mehr aus.

Am Ende der Vernissage bat Erica darum, ihr das Gemälde nach Hause zu schicken, und verabschiedete sich von Viola. Kaum hatte sie die Galerie verlassen, piepte ihr Handy. Hastig las sie die Mitteilung. Wunderbar. Die Aktivitäten für den nächsten Tag waren alle gebucht und bestätigt, nun mussten sie sich nur noch überlegen, wie sie Kristina am besten entführten. Erica wählte die Nummer von Anna, vielleicht hatte die eine Idee. Ihre eigenen Ideen tendierten alle zu einer Art von sadistischem Humor, und dafür hatte ihre Schwiegermutter nicht viel übrig, fürchtete sie.

Während Erica es klingeln ließ, fiel ihr auf, dass auf dem Platz offenbar gedreht wurde. Sie reckte den Hals und glaubte, hinter den vielen Kameras Marie Wall zu entdecken, aber ganz sicher war sie sich nicht, weil sie inmitten von Schaulustigen stand.

»Hallo?«, meldete sich Anna. Erica zuckte unmerklich zusammen.

»Ja, ich bin es. Du, es ist alles vorbereitet für morgen, wir sollen um zwölf im Hotel sein. Die Frage ist nur, wie wir Kristina dorthin kriegen, ohne dass sie Verdacht schöpft. Hast du einen Vorschlag? Ich gehe nämlich davon aus, dass du meinen Plan, ein paar muskulöse Kerle anzuheuern, die als Terroristen verkleidet ihr Haus stürmen, nicht so toll findest.«

Anna lachte. Im Hintergrund ertönte ein Martinshorn.

»Oh, ist das die Polizei?«, fragte Erica.

Am anderen Ende wurde es still.

»Hallo? Bist du noch da?«

Erica starrte aufs Display, das Gespräch war aber nicht beendet worden.

»Ja, ja oder, besser gesagt, nein. Es ist nur ein Krankenwagen vorbeigefahren.«

»Ein Krankenwagen. Hoffentlich ist keinem deiner Nachbarn etwas zugestoßen.«

»Äh, nein, ich bin gar nicht zu Hause.«

»Nee? Wo bist du denn?«

»In Uddevalla.«

»Was machst du da?«

Warum hatte sie das nicht erwähnt, als sie dort mit Kristina zur Anprobe waren?

»Ich habe eine Untersuchung.«

»Wieso das denn?« Erica runzelte die Stirn. »Deine Ärztin ist doch gar nicht in Uddevalla.«

»Es ist eine spezielle Untersuchung, die nur im Krankenhaus gemacht wird.«

»Anna, du verheimlichst mir was, das merke ich doch. Ist was mit dem Kind? Oder mit dir? Bist du krank?«

In ihrem Bauch rumorte es vor Sorge. Seit dem Autounfall betrachtete Erica nichts mehr als selbstverständlich.

»Nein, Erica, ich schwöre. Es ist alles in Ordnung. Sie sind wahrscheinlich nur übervorsichtig, weil …«

Anna beendete den Satz nicht.

»Okay. Versprich mir, dass du mir sagst, wenn etwas ist.«

»Versprochen.« Anna wechselte rasch das Thema. »Für morgen lass ich mir was einfallen. Punkt zwölf im *Stora* Hotel, sagst du?«

»Ja. Den Rest des Tages und den Abend habe ich durchgeplant. Du schaust einfach, wie lange du durchhältst. Küsschen.«

Als Erica auflegte, war sie noch immer nachdenklich. Anna verschwieg ihr etwas. Davon war sie fest überzeugt.

Erica ging hinüber zu dem Filmteam. Ja, es war tatsächlich Marie Wall. Erica war beeindruckt von ihrer Leuchtkraft. Man brauchte keine Kamera, um zu erkennen, das Strahlen dieser Frau würde die Leinwand füllen. Sie gehörte zu den Menschen, die mit einem persönlichen Scheinwerfer durchs Leben zu gehen schienen.

Als die Szene abgedreht war, wollte Erica nach Hause gehen, doch da rief jemand ihren Namen. Sie drehte sich nach der Stimme um. Als Erica in Marie Walls Richtung schaute, winkte ihr die Schauspielerin zu und deutete mit dem Kopf auf das Café *Bryggan*.

»Sie sind doch Erica Falck.« Maries Stimme klang genauso rauchig wie im Film.

»Das stimmt.« Erica war auf einmal ungewöhnlich schüchtern.

Sie hatte noch nie mit einem Filmstar gesprochen, und

jemandem gegenüberzustehen, der mit George Clooney geknutscht hatte, imponierte sogar ihr.

»Wer ich bin, wissen Sie ja.« Marie lachte nonchalant und zog ein Päckchen Zigaretten aus ihrer Handtasche. »Möchten Sie auch eine?«

»Nein, danke, ich rauche nicht.«

Marie zündete ihre Zigarette an.

»Ich weiß, Sie wollen mit mir sprechen. Ich habe Ihre Briefe bekommen. Wenn Sie wollen, können wir ein Glas zusammen trinken und uns einen Moment unterhalten, ich habe Pause, solange die Mediafiles kopiert werden.«

Marie zeigte mit der Zigarette auf die Tische vor dem Café *Bryggan.*

»Klar«, antwortete Erica etwas zu willfährig.

Sie hatte keine Ahnung, was Mediafiles waren, traute sich aber nicht zu fragen.

Sie setzten sich an einen Tisch direkt am Wasser, und sofort kam die Kellnerin angelaufen. Offenbar war sie so begeistert davon, Marie bedienen zu dürfen, dass sie vor Aufregung fast einen Herzinfarkt bekam.

»Zwei Gläser Sekt.« Marie machte eine nachlässige Handbewegung, das junge Mädchen eilte breit grinsend ins Lokal. »Jetzt habe ich Sie gar nicht gefragt, ob Sie auch einen möchten, aber bekanntlich trinken nur Langweiler keinen Sekt, und Sie scheinen mir überhaupt nicht langweilig zu sein.«

Marie blies den Rauch aus und musterte Erica dabei von Kopf bis Fuß.

»Äh.«

Erica fiel keine passende Antwort ein. Meine Güte, sie benahm sich ja wie eine Zwölfjährige. Hollywoodstars waren auch nur Menschen. Erica versuchte es mit einem Trick, den ihr Vater ihr für den Fall, dass sie bei Referaten in der Schule nervös war, beigebracht hatte: Sie stellte sich Marie mit heruntergelassener Hose auf dem Klo vor. Leider funktionierte der Trick nicht so gut wie erhofft, denn Marie schaffte es irgendwie, selbst da unendlich elegant auszusehen.

Die Kellnerin kam angehetzt und stellte zwei Sektgläser auf den Tisch.

»Wir bestellen gleich noch mal zwei, das ist ja nur ein Tropfen auf den heißen Stein.« Wieder scheuchte Marie das Mädchen regelrecht davon.

Sie nahm ihr Glas in die rechte Hand und sah Erica an.

»Zum Wohl!« Sie leerte das Glas zur Hälfte.

»Zum Wohl!«, erwiderte Erica und nippte an ihrem.

Wenn sie mitten am Tag so weitermachte, hatte sie bald einen im Kahn.

»Was wollen Sie wissen?« Marie trank ihr Glas aus.

Sie sah sich nach Nachschub um, und die Kellnerin kam sofort mit zwei neuen Gläsern angeflitzt.

Erica trank noch ein paar winzige Schlucke von ihrem ersten Glas und überlegte, wie sie anfangen sollte.

»Nun, zunächst einmal frage ich mich, wieso Sie Ihre Meinung geändert haben und auf einmal bereit sind, mit mir zu reden. Ich versuche schon seit einiger Zeit, Sie zu erreichen.«

»Ich kann verstehen, warum Sie sich das fragen. Schließlich habe ich aus meiner Lebensgeschichte nie einen Hehl gemacht. Aber wie Sie vielleicht wissen, erwäge ich, selbst ein Buch zu schreiben.«

»Ja, das ist mir zu Ohren gekommen.«

Erica leerte ihr Glas und griff zum zweiten. Mit einem internationalen Filmstar am Wasser zu sitzen und Sekt zu trinken war einfach zu schön, um auf die Stimme der Vernunft zu hören.

»Ich weiß noch immer nicht, wie ich es machen werde, aber mit Helen haben Sie ja schließlich auch geredet.«

Marie zuckte mit den Schultern.

»Sie ist gestern bei mir vorbeigekommen«, sagte Erica. »Um nicht zu sagen, vorbeigerannt.«

»Ja, sie scheint regelrecht vom Laufen besessen zu sein. Gesprochen haben wir nicht miteinander, aber ich habe sie hier im Ort trainieren sehen. Sie war kaum wiederzuerkennen. Mager wie ein Windhund. Ich habe nie verstanden, wofür die ganze Schinderei gut sein soll. Solange man Kohlenhydrate scheut wie der Teufel das Weihwasser, hält man seine Figur auch so.«

Sie schlug ein langes wohlgeformtes Bein über das andere. Neidisch betrachtete Erica ihren schlanken Körper, aber der Gedanke an ein Leben ohne Kohlenhydrate versetzte sie trotzdem in Angst und Schrecken.

»Haben Sie in all den Jahren Kontakt zueinander gehabt?«, fragte Erica.

»Nein«, erwiderte Marie kühl. Dann wurden ihre Züge weicher. »Wir haben kurz danach ein paar halbherzige Versuche unternommen, aber dem haben Helens Eltern einen Riegel vorgeschoben. Und in gewisser Weise war es auch leichter, das Ganze zu vergessen und hinter sich zu lassen.«

»Wie haben Sie das alles empfunden? Die Polizei? Die Zeitungen? Die Öffentlichkeit? Sie waren doch Kinder, das muss verstörend gewesen sein.«

»Wir haben den Ernst der Lage wohl nicht erkannt. Helen und ich dachten beide, der Sturm würde sich legen, und alles würde wieder werden wie vorher.«

»Wie konnten Sie das denn glauben? Ein kleines Kind war getötet worden.«

Zuerst antwortete Marie nicht. Sie nippte am Glas.

»Vergessen Sie nicht, dass wir selbst noch Kinder waren«, sagte sie schließlich. »Wir hatten das Gefühl, wir beide gegen den Rest der Welt, und lebten in einer Blase, zu der sonst niemand Zugang hatte. Wie haben Sie denn die Welt mit dreizehn gesehen? Haben Sie Nuancen wahrgenommen? Grauzonen? Oder war alles entweder schwarz oder weiß?«

Erica schüttelte den Kopf.

»Sie haben recht.«

Sie wusste noch, wie sie als Teenager gewesen war. Naiv, unerfahren, mit lauter Klischees und einfachen Wahrheiten im Kopf. Erst wenn man älter wurde, begriff man, wie kompliziert das Leben war.

»Ich habe Helen gefragt, warum Sie den Mord zuerst gestanden und Ihr Geständnis später zurückgezogen haben, aber ich kann nicht behaupten, dass ich eine überzeugende Antwort bekommen hätte.«

»Die kann ich Ihnen vielleicht auch nicht bieten«, sagte Marie. »Es gibt Dinge, über die wir nicht sprechen wollen.«

»Warum?«

»Weil man sie lieber ruhen lässt.«

Marie drückte ihre Zigarette aus und zündete sich eine neue an.

»Aber Sie haben sich doch ansonsten ganz offen über Ihren familiären Hintergrund und Ihre Pflegeeltern geäußert. Ich hatte nicht den Eindruck, dass Sie irgendwas verbergen wollten.«

»Man muss nicht alles erzählen«, sagte Marie. »Vielleicht schreibe ich darüber in meinem eigenen Buch, vielleicht auch nicht. Wahrscheinlich nicht.«

»Zumindest geben Sie ehrlich zu, nicht die ganze Wahrheit zu sagen. So weit ist Helen nicht gegangen.«

»Helen und ich sind unglaublich verschieden. Das sind wir immer gewesen. Sie hat ihre Dämonen, ich habe meine.«

»Haben Sie Kontakt zu Ihrer Familie? Ihre Eltern sind verstorben, ich weiß, aber zu Ihren Brüdern?«

»Meine Brüder?« Marie rümpfte die Nase und aschte auf den Boden. »Das würde denen so passen. Seit meine Karriere richtig läuft und ich in Zeitschriften zu sehen bin, hätten die gern wieder Kontakt zu mir. Aber ich bin fertig mit ihnen. Sie haben ihr Leben beide auf jeweils eigene Weise ruiniert, und daher nein, ich wollte nie etwas mit ihnen zu tun zu haben.

Sie waren schon als Kinder die Pest, und ich kann mir kaum vorstellen, dass sie als Erwachsene sympathischer geworden sind.«

»Aber Sie haben doch eine Tochter?«

Marie nickte.

»Meine Tochter Jessie ist fünfzehn Jahre alt. Mit Leib und Seele Teenager. Leider hat sie mehr Ähnlichkeit mit ihrem Vater als mit mir.«

»Der allerdings nie eine Rolle gespielt hat, wenn man der Klatschpresse Glauben schenken darf.«

»Oh mein Gott, nein, das war ein Quickie auf seinem Schreibtisch, weil ich eine Rolle wollte.« Marie lachte heiser. Sie sah Erica an und zwinkerte. »Ich habe sie bekommen.«

»Weiß sie von Ihrer Geschichte?«

»Ja, natürlich, die Jugend von heute ist online, und sie hat sich mit Sicherheit die Finger nach mir wund gegoogelt. Offenbar ist sie meinetwegen in der Schule gemobbt worden.«

»Wie ist sie damit klargekommen?«

Marie zuckte die Achseln.

»Keine Ahnung. Jugendliche brauchen heutzutage ein dickes Fell. Und bis zu einem gewissen Grad hat sie es sich selbst zuzuschreiben. Wenn sie sich etwas mehr um ihr Aussehen kümmern würde, hätte sie es mit Sicherheit leichter.«

Erica fragte sich, ob Marie wirklich so kalt war, wie sie wirkte, wenn sie über ihre Tochter sprach. Sie selbst würde für nichts garantieren können, wenn jemand gemein zu Maja oder den Zwillingen wäre.

»Wie erklären Sie sich, was kürzlich hier passiert ist? Den Mord an Nea? Es kann doch kein Zufall sein, dass kurz nach Ihrer Rückkehr ein kleines Mädchen ermordet und am selben Ort aufgefunden wird wie das Mädchen, das Sie angeblich ermordet haben.«

»Mir ist klar, das wirkt seltsam. Ich bin ja nicht blöd.«

Marie drehte sich um und winkte die Kellnerin heran. Ihr Glas war leer. Mit fragend hochgezogenen Augenbrauen sah sie Erica an, aber die schüttelte den Kopf. Sie hatte ihr zweites Glas noch nicht ausgetrunken.

»Ich kann nur sagen, dass ich unschuldig bin.« Marie schaute aufs Meer.

Erica beugte sich vor.

»Ich habe neulich einen Artikel gefunden, in dem stand, Sie hätten an dem Tag jemand im Wald gesehen.«

Marie lächelte.

»Ja. Das habe ich der Polizei auch gesagt.«

»Nicht von Anfang an, sondern erst, nachdem Sie Ihr Geständnis zurückgezogen hatten, oder?« Erica beobachtete Maries Reaktion.

»Punkt für Sie.« Marie zeigte mit dem Finger auf sie. »Sie haben sich gründlich vorbereitet.«

»Haben Sie eine Vermutung, wer es getan haben könnte?«

»Nein«, sagte Marie. »Sonst hätte ich es der Polizei gesagt.«

»Und wie werden Sie von der Polizei behandelt? Haben Sie den Eindruck, dass man Ihnen und Helen eine Beteiligung an dem neuen Mord unterstellt?«

»Was die Polizei über Helen denkt, kann ich Ihnen nicht sagen, aber ich habe ein Alibi für den Zeitpunkt, als das Mädchen verschwand. Mich verdächtigen sie also auf keinen Fall. Und Helen hat nichts mit dem Mord zu tun. Genau wie ich hatte sie weder damals noch heute etwas damit zu tun. Die bittere Wahrheit ist, dass die Polizei meinem Hinweis auf die Person im Wald nicht nachgegangen ist, und nun hat diese wahrscheinlich wieder zugeschlagen.«

Erica dachte an die Vernissage.

»Haben Sie je wieder von Leif Hermansson gehört, der damals die Ermittlungen leitete?«

»Ja.« Auf Maries Stirn zeichnete sich eine winzige Falte ab.

Erica dachte unwillkürlich an Botox. »Wo Sie das sagen. Aber das ist viele Jahre her. Er hat versucht, mich über meine Agentur zu erreichen. Hat mehrere Nachrichten hinterlassen. Schließlich habe ich beschlossen, mich tatsächlich bei ihm zu melden, aber als ich ihn anrief, wurde mir mitgeteilt, dass er sich das Leben genommen hatte.«

»Okay.« Erica dachte fieberhaft nach.

Wenn Marie die Wahrheit sagte und bis dahin keinen Kontakt zu ihm gehabt hatte, musste er etwas erfahren haben, das seine Sicht auf den alten Fall veränderte. Was konnte das gewesen sein?

»Marie?«

Ein großer Mann, vermutlich der Regisseur, wie Erica vermutete, rief wild gestikulierend nach Marie.

»An die Arbeit!«

Marie stand auf. Sie leerte ihr Sektglas und lächelte Erica an.

»Wir setzen unser Gespräch bei anderer Gelegenheit fort. Seien Sie doch so lieb, die Rechnung zu übernehmen.«

Elegant bewegte sie sich auf das Filmteam zu. Alle Blicke waren auf sie gerichtet.

Erica winkte der Kellnerin und zahlte. Da sie offensichtlich keinen billigen Sekt getrunken hatten, trank auch sie ihr Glas aus. Man durfte das Zeug nicht verkommen lassen, dafür war es zu schade.

Dass Marie sich bereit erklärt hatte, mit ihr zu reden, war eine große Sache. In der kommenden Woche würde sie ein richtiges Interview mit ihr machen. Auch mit Helen musste sie noch mal sprechen. Die beiden verfügten über einen der Schlüssel zum Buch über den Fall Stella. Ohne ihre Statements würde es niemals ein Erfolg werden.

Doch es gab noch jemanden, der für Ericas Geschichte von Bedeutung war. Sanna Lundgren. Sie hatte ihr Leben lang mit den Nachwirkungen des Mordes zu kämpfen gehabt, und ihre Familie war daran zugrunde gegangen. Erica wollte in ihren Büchern nicht nur von den Morden und den jeweiligen Opfern und Tätern erzählen. Ihre Angehörigen waren genauso wichtig. Familien, deren Leben zerstört worden war, Menschen, die so harte Schicksalsschläge erlitten, dass sich viele davon nie wieder erholten. Sanna wusste auch einiges über Stella. Sie war zwar noch ein Kind gewesen, als ihre kleine Schwester ermordet wurde, und vielleicht waren ihre Erinnerungen im Lauf der Jahre diffuser geworden, aber sie hatte Stella am nächsten gestanden. Das Geheimnis von Ericas Büchern bestand immer darin, das Opfer zum Leben zu erwecken und dem Leser auf diese Weise begreiflich zu machen, dass es ebenfalls ein echter Mensch mit Träumen, Gefühlen und Gedanken gewesen war.

Sie musste so schnell wie möglich Kontakt zu Sanna aufnehmen.

Als Erica an der Menschenmenge vorbeiging, die die Dreharbeiten verfolgte, spürte sie eine Hand auf dem Arm. Eine Frau mit einer Gürteltasche voller Schminkutensilien ließ Marie nicht aus den Augen, während sie sich zu Erica hinüberbeugte.

»Ich habe gehört, wie Marie behauptet hat, sie hätte ein Alibi für die Zeit, als das Mädchen verschwand«, flüsterte sie. »Angeblich hat sie in Jörgens Hotelzimmer übernachtet.«

»Ja?« Erica war gespannt auf die Fortsetzung.

»Das stimmt nicht«, sagte die Frau, die offenbar für die Maske zuständig war, leise.

»Woher wissen Sie das?«, wisperte Erica.

»Ich war in der Nacht bei Jörgen.«

Erica sah die Frau an. Dann warf sie einen nachdenklichen Blick in Maries Richtung, die wieder drehte. Sie war wirklich eine hervorragende Schauspielerin.

Er war benommen von den Medikamenten, die man in ihn hineinpumpte. Schmerzmittel. Beruhigungsmittel. Das Brummen des Sauerstoffgeräts war einschläfernd. Er konnte sich kaum wach halten. In den wenigen Momenten, in denen er wusste, wo er war, kamen ihm die Tränen. Er fragte die Krankenschwestern nach Amina, flehte sie an, sie sehen zu dürfen, aber man murmelte ihm nur zu, er müsse im Zimmer bleiben. Die Kinder hatten ihn besucht, er erinnerte sich an ihre warmen Wangen, als sie in sein Kissen weinten. Am nächsten Tag sollten sie entlassen werden, aber konnte er irgendjemandem vertrauen? Der Polizei? Den Leuten aus der Unterkunft? Er wusste nicht mehr, wer ein Freund und wer ein Feind war.

So viel Hoffnung hatte er in dem neuen Land gespürt. Er wollte arbeiten, seinen Beitrag leisten und miterleben, wie seine Kinder zu starken, selbstsicheren und tüchtigen Schweden heranwuchsen. Zu guten Menschen.

Nun war alles verloren. Amina lag in einem fremden Land in einem Krankenbett, und fremde Menschen kämpften um ihr Leben. Vielleicht würde sie hier sterben. Tausende von Kilometern weg von zu Hause. In einem Land, in das er sie gebracht hatte.

Auf der langen Reise war sie unheimlich stark gewesen. Sie hatte ihm und den Kindern Kraft gegeben, ein stürmisches Meer und Grenzen zu überwinden. Auf ratternden Schienen und monoton zischendem Asphalt hatten Amina und er den Kindern Geschichten ins Ohr geflüstert, wenn sie nicht einschlafen konnten, und ihnen versichert, alles würde wieder gut. Er hatte sie enttäuscht. Und Amina auch.

Die unruhigen Träume verfolgten ihn. In seine Träume von all den Menschen, die er verraten hatte, mischten sich Aminas brennendes Haar und ihr erloschener Blick, mit dem sie ihn fragte, warum er solches Unglück über sie gebracht hatte. Wieso hatte er sie und die Kinder in dieses gottvergessene Land geschleppt, in dem ihnen niemand in die Augen sah und niemand sie mit offenen Armen empfing, aber jemand wollte, dass sie verbrannten?

Karim ließ sich von den Medikamenten in den Schlaf geleiten. Er war am Ende.

»Hier.« Gösta zeigte auf die Abfahrt.

Sie befanden sich auf halber Strecke nach Hamburgsund, und als sie abbogen, wurde die Straße schmal und kurvig.

»Wohnt er mitten im Wald? In seinem Alter?« Patrik wich einer Katze aus, die direkt vor dem Auto über die Straße huschte.

»Am Telefon sagte er, er wohne vorübergehend bei seinem Großvater, und den kenne ich. Sixten ist ein wenig gebrechlich, und daher wusste ich bereits, dass ein Enkelkind zu ihm gezogen ist, um ihm zu helfen. Ich habe nur nicht gleich geschaltet, als ich den Namen Johannes Klingsby hörte.«

»Das hört man nicht oft.« Patrik beschleunigte wieder auf dem Schotterweg. »Ein Enkelkind, das für den Großvater da ist.«

»Hier ist es.« Gösta hielt sich krampfhaft fest. »Meine Güte, die vielen Autofahrten mit dir sind wahrscheinlich ein Nagel zu meinem Sarg.«

Grinsend fuhr Patrik auf den kleinen gepflegten Hof, auf dem einige Fahrzeuge vor einem Wohnhaus standen.

»Hier hat jemand was für Motoren übrig.« Er betrachtete die Reihe von Booten, Autos, Jetskis und Baggern.

»Hör auf zu sabbern und komm!« Gösta schlug ihm auf die Schulter.

Patrik riss sich von den motorisierten Fahrzeugen los, ging die Steinstufen hinauf und klopfte an die Tür. Johannes öffnete fast sofort.

»Kommen Sie rein, ich habe Kaffee aufgesetzt.« Er machte einen Schritt zur Seite, um ihnen Platz zu machen.

Patrik erinnerte sich an ihre letzte Begegnung und war

froh, dass sie sich diesmal unter günstigeren Bedingungen trafen, auch wenn der Anlass genauso ernst war.

»Sie sind da, Großvater!«, rief Johannes, und Patrik hörte, dass im Obergeschoss jemand war. »Warte, ich komme und helfe dir, du weißt doch, was wir besprochen haben. Du darfst die Treppe nicht allein runtergehen!«

»Unfug!«, ertönte eine Stimme von oben, aber Johannes war schon raufgerannt.

Kurz darauf kam er mit einem gebeugten Mann in abgetragener Strickjacke zurück, den er fest am Arm gepackt hielt.

»Alt werden ist die Hölle.« Der Mann gab ihnen die Hand. Er blinzelte Gösta an.

»Dich kenne ich ja schon.«

»Ja, mich kennst du.« Gösta grinste. »Wie ich sehe, bist du gut versorgt.«

»Ohne Johannes wüsste ich nicht, was ich machen soll. Anfangs habe ich protestiert, weil junge Leute nicht mit einem alten Knacker wie mir rumhocken sollen, aber er hat nicht lockergelassen. Mein Johannes ist ein Netter, obwohl er nicht nur die guten Seiten der Menschheit erlebt hat.«

Er tätschelte seinem Enkelsohn die Wange, Johannes zuckte beschämt zurück.

»Das ist doch selbstverständlich.« Johannes ging voraus in die Küche.

Sie setzten sich in eine der kleinen, aber hellen und freundlichen Bauernküchen, von denen Patrik im Lauf der Jahre so viele gesehen hatte. Alles wirkte gepflegt und sauber, auch wenn an der ursprünglichen Einrichtung nichts verändert worden war. Auf dem Boden lag noch das alte Linoleum, die Küchenschränke stammten aus den Fünfzigern, und die Kacheln waren grellgelb. An der Wand tickte eine große goldverzierte Uhr, und auf dem Tisch lag eine ordentlich abgewischte Wachstuchdecke mit Himbeermuster.

»Keine Angst, es gibt keinen Kochkaffee.« Lächelnd ging

Johannes zur Arbeitsplatte hinüber. »Als Erstes habe ich den alten Kessel weggeworfen, und seitdem gibt es hier eine richtige Kaffeemaschine. Du musst doch zugeben, dass der Kaffee jetzt besser schmeckt, Opa.«

Sixten brummelte etwas, doch dann nickte er.

»Tja, manches von dem neumodischen Kram macht man wohl oder übel mit.«

»Nehmen Sie ruhig ein Stück Butterkuchen dazu«, sagte Johannes, als er den Kaffee servierte.

Dann setzte er sich und sah sie ernst an.

»Sie interessieren sich für das, was ich gefilmt habe?«, fragte er.

»Ja«, sagte Patrik. »Gösta hat gesagt, Sie hätten auf dem Hof gefilmt, bevor sich Ihre Gruppe auf die Suche nach dem Mädchen gemacht hat.«

»Ich wusste nicht, dass es verboten ist. Ich habe mich einfach gefreut, weil so viele Leute kamen und mithelfen wollten. Mit dem Video wollte ich zeigen, wie freundlich Menschen sein können.«

Johannes wirkte bedrückt.

»Als Gösta mich zurechtwies, habe ich sofort aufgehört zu filmen, und ich habe das Video nicht auf Facebook oder so gepostet, ich schwöre es.«

Gösta hob besänftigend die Hände.

»Sie brauchen sich absolut keine Sorgen zu machen, Johannes. Das Video könnte uns eine große Hilfe sein. Haben Sie es auf dem Handy gespeichert?«

»Ja, und auf einem Stick. Sie können natürlich auch mein Telefon mitnehmen, aber eigentlich brauche ich es für meine Arbeit, und damit« – er wurde rot – »meine Verlobte mich erreichen kann.«

»Er hat ein unheimlich liebes Mädchen kennengelernt.« Sixten zwinkerte Johannes zu. »Die beiden sind sich in Thailand begegnet, und sie ist mit ihrem dunklen Haar und den dunklen Augen eine echte Schönheit. Ich habe dir doch gesagt, dass du früher oder später die Richtige findest.«

»Ja, hast du.« Das war Johannes nun noch peinlicher. »Wie gesagt, wenn Sie wollen, können Sie mein Telefon mitnehmen, aber ich habe Ihnen das ganze Video auch auf den Stick kopiert. Reicht das?«

»Das reicht«, beruhigte ihn Patrik.

»Wenn es ginge, würden wir den Film allerdings gern sofort sehen.« Gösta zeigte auf das Handy, das vor Johannes auf dem Tisch lag.

Er nickte und öffnete die Galerie.

»Hier ist es.«

Er legte das Display gut sichtbar zwischen Gösta und Patrik. Konzentriert sahen sie sich das Video an. Da sie wussten, wie das Ganze ausgegangen war, wirkte es beklemmend. Als Johannes die Leute filmte, hatten sie alle noch Hoffnung. Das merkte man an den eifrigen Gesichtern der Menschen, ihrer Sprechweise, ihren Gesten und der Art, wie sie Gruppen bildeten und sich auf den Weg in den Wald machten. Als Patrik sich selbst entdeckte, fiel ihm auf, wie verbissen er wirkte. Auch Gösta war zu sehen, er hatte den Arm um Eva gelegt.
»Gute Kamera«, sagte Patrik. Johannes nickte.

»Ja, das ist das neueste Modell von Samsung, die Videofunktion hat echt Qualität.«

»Hm.«

Mit zusammengekniffenen Augen verfolgte Gösta den Film. Die Kamera schwenkte über den ganzen Hof, fing die Scheune und wieder den Hof ein und wanderte dann zum Wohnhaus hinüber.

»Da!« Gösta zeigte auf das Bild.

Patrik drückte auf Pause und spulte ein Stück zurück.

»Da.« Gösta tippte auf den Bildschirm.

Und nun begriff auch Patrik, was er meinte. Es ließ alles in einem vollkommen neuen Licht erscheinen.

Der Fall Stella

Ohne Kate war das Leben leer. Leif wanderte im Haus auf und ab und wusste nicht, wohin mit sich. Seine Trauer war groß, und die vielen Jahre, die seit dem Begräbnis vergangen waren, hatten sie nicht gemildert. Vielmehr war sie durch die Einsamkeit noch schlimmer geworden. Natürlich besuchten ihn die Kinder, sie hatten sie schließlich zu netten Menschen erzogen. Viola kam fast täglich vorbei. Doch sie lebten ihr eigenes Leben. Sie waren erwachsen, hatten Familien und Berufe und sollten sich nicht ständig mit einem traurigen alten Mann herumschlagen müssen. Deswegen tat er, als käme er zurecht. Behauptete, er würde regelmäßig spazieren gehen, Radio hören und Kreuzworträtsel lösen. Und natürlich tat er das alles auch. Aber die Sehnsucht nach ihr machte ihn innerlich kaputt.

Die Arbeit fehlte ihm auch. Er hatte das Gefühl, nie dort gewesen zu sein. Als hätte er nie etwas bewirkt.

Seit er so viel Zeit für sich hatte, dachte er viel nach. Über dieses und jenes. Menschen. Verbrechen. Über Dinge, die im Lauf der Jahre gesagt worden waren. Und Dinge, die nicht gesagt worden waren.

Vor allem dachte er über den Fall Stella nach. Was an sich merkwürdig war. Er war sich so sicher gewesen. Aber Kate hatte ihm Zweifel eingepflanzt, sie hatte immer Bedenken gehabt. Und am Ende war immer deutlicher geworden, dass diese Zweifel sie belasteten. Genau wie ihn jetzt.

Wenn nachts der Schlaf nicht kommen wollte, dachte er über jedes Wort nach. Jede Aussage. Jedes Detail. Und je länger er sich den Kopf darüber zerbrach, desto mehr spürte er, dass irgendetwas nicht stimmte. Irgendetwas war ihm durch die Lappen gegangen. Sein Drang, den Fall so schnell wie möglich zu lösen und die Sache der Familie zuliebe zum Abschluss zu bringen, hatte ihn blind gemacht.

Nun konnte er nicht länger die Augen davor verschließen. Noch wusste er nicht, wie oder wo oder wann, aber er hatte einen furchtbaren Fehler begangen. Und Stellas Mörder lief irgendwo da draußen frei herum.

»Rita! Schatz!«

Mellberg klopfte zum fünften Mal an die Tür, doch die Reaktion war wieder nur eine laute Suada. Sein Spanisch war nicht besonders gut, aber dem Ton nach zu urteilen, wurde da drinnen nichts Liebevolles geäußert.

»Mein Herz! Mein Liebling! Meine wunderbare Rita!«

Er machte seine Stimme so weich, wie er konnte, und klopfte erneut. Dann seufzte er. Sie machte es ihm wirklich nicht leicht, um Verzeihung zu bitten.

»Lass mich bitte rein! Früher oder später müssen wir doch miteinander reden. Denk doch an Leo, er wird seinen Opa vermissen.«

Mellberg hörte ein Knurren, aber keine Schimpftirade. Seine Strategie war also richtig.

»Können wir nicht ein bisschen reden? Ich vermisse dich. Ich vermisse euch.«

Er hielt den Atem an. Im Zimmer war es jetzt mucksmäuschenstill. Dann hörte er, wie der Schlüssel umgedreht wurde. Erleichtert griff er nach der Reisetasche zu seinen Füßen und trat vorsichtig ein, als Rita ihm die Tür aufhielt. Es war nicht ausgeschlossen, dass er buchstäblich etwas an den Kopf bekommen würde, bei Ritas Temperament flogen mitunter Sachen durch die Luft. Doch sie begnügte sich damit, mit verschränkten Armen vor ihm zu stehen und ihn böse anzusehen.

»Verzeih mir, ich habe mich voreilig und dumm verhalten«,

sagte er. Zufrieden beobachtete er, wie Rita die Kinnlade runterfiel.

Er hatte sie wohl noch nie um Verzeihung gebeten.

»Ich weiß, was passiert ist«, sagte Rita. Ihr Tonfall war immer noch hart und wütend. »Ist dir bewusst, dass deine Vorgehensweise zu dem Brand geführt haben könnte?«

»Ja. Und es tut mir unendlich leid.«

»Hast du irgendwas daraus gelernt?« Sie starrte ihn an.

Er nickte.

»Eine Menge. Und ich tu alles, um es wiedergutzumachen.«

»Prima! Dann kannst du schon mal ins Schlafzimmer gehen und deine alten Klamotten einpacken.«

»Packen? Ich dachte, du ...«

Panik stieg in ihm auf. Rita sah ihm das offenbar an, denn sie fügte rasch hinzu:

»Ich habe deinen Kleiderschrank ausgemistet. Meinen auch. Für die Flüchtlinge im *Heimathof*. Pack die Sachen ein, die auf deinem Bett liegen, und dann geben wir sie zusammen ab. Bill hat anscheinend Unglaubliches geleistet, um die Flüchtlinge unterzubringen, deren Zimmer durch den Brand unbewohnbar geworden sind.«

»Was hast du aussortiert?« Mellberg wurde nervös, hielt aber schnell den Mund.

Sogar er begriff, dass dies nicht der Moment war, ihr zu widersprechen. Und falls Lieblingssachen von ihm dabei waren, würde er sie einfach wieder in den Schrank räumen.

Rita schien seine Gedanken gelesen zu haben. »Und wenn du auch nur ein Kleidungsstück zurücklegst, kannst du heute Nacht wieder woanders schlafen! Für immer!«

Verdammter Mist! Rita war ihm immer einen Schritt voraus, dachte er, während er ins Schlafzimmer ging. Der Haufen auf seinem Bett war beunruhigend groß. Ganz oben lag sein Lieblingspullover.

Er gab ja zu, dass er seine besten Tage hinter sich hatte, aber er war ungemein gemütlich, und das eine oder andere Loch hatte noch niemandem geschadet. Mit den Fingerspitzen nahm er ihn hoch und sah sich um. Vielleicht würde sie es nicht merken.

»Hier!«

Rita stand mit einem Müllsack hinter ihm. Seufzend warf er den Pullover und dann den restlichen Haufen hinein. Von ihren eigenen Klamotten hatte Rita nur halb so viel aussortiert, aber auch darauf wies er sie jetzt lieber nicht hin. Zwei Müllsäcke kamen zusammen. Er knotete sie zu und stellte sie in den Flur.

»Dann fahren wir jetzt los.« Rita kam mit zwei vollen Einkaufstüten aus der Küche.

Sie ging als Erste aus der Wohnung, aber als er die Müllsäcke abstellte, um die Tür abzuschließen, drehte sie sich noch einmal um.

»Übrigens haben wir ab morgen Gäste.«

»Gäste?« Er überlegte, wen sie nun wieder eingeladen haben mochte.

Ritas Gastfreundlichkeit war manchmal grenzenlos.

»Ja. Karims Kinder wohnen bei uns, bis er aus dem Krankenhaus entlassen wird. Nach allem, was du angerichtet hast, ist dies das mindeste, was wir tun können.«

Mellberg öffnete den Mund, um etwas zu sagen, doch dann machte er ihn wieder zu. Manchmal gab man sich besser geschlagen.

»Hallo, Bill, was für ein Ansturm!« Paula sah sich auf dem Gelände des *Heimathofs* um.

Immer mehr Menschen waren gekommen, in dem alten Gebäude herrschte fieberhafte Aktivität. Schweden und Flüchtlinge standen in gemischten Grüppchen herum und unterhielten sich freundlich.

»Ja, nicht zu fassen!«, sagte Bill. »Diese Großzügigkeit! So viel Engagement. Wer hätte das gedacht?«

»Dann ist wenigstens auch etwas Gutes dabei rausgekommen«, sagte Paula bissig.

Bill nickte.

»Da haben Sie recht. Natürlich denken wir alle an diejenigen, die im Krankenhaus sind.«

Er biss sich auf die Unterlippe.

Seine Ehefrau Gun kam und hakte sich bei ihm ein.

»Gibt es was Neues?«, fragte sie.

Paula schüttelte den Kopf.

»Karims Kinder sollen noch bis morgen zur Beobachtung bleiben. Karim wird erst in ein paar Tagen entlassen, weil er so schwer verletzt ist, und Amina ... was mit ihr wird, wissen sie nicht.«

Gun klammerte sich fester an Bill.

»Können wir irgendwas tun?«

»Mein Gott, Sie machen doch schon alles Menschenmögliche!« Martin sah sich um.

»Ich habe Karim angeboten, die Kinder aufzunehmen«, sagte Paula.

Gun nickte.

»Das ist nett von Ihnen. Die beiden können auch gern zu uns kommen.«

»Nein, nein«, sagte Paula. »Leo freut sich über Spielkameraden, und meine Mutter kann sich um sie kümmern, wenn ich arbeiten bin.«

Martin räusperte sich.

»Wir müssten mit einigen Leuten sprechen, die in Karims und Aminas Nähe gewohnt haben. Falls jemand was gehört oder gesehen hat. Wissen Sie, wer in Frage kommt?«

»Natürlich«, sagte Bill. »Ich verschaffe mir langsam einen Überblick. Beginnen Sie mit dem Paar dort drüben, und fragen Sie doch auch gleich, mit wem Sie noch sprechen sollten.«

»Danke«, sagte Paula.

Sie und Martin bahnten sich ihren Weg zu dem Ehepaar, auf das Bill gezeigt hatte. Doch das Gespräch war eine Enttäuschung. Auch die anderen Befragungen ergaben nichts. Niemand hatte etwas gehört oder gesehen. Alle hatten im Bett gelegen und waren von den Schreien und dem Rauch aus dem Schlaf gerissen worden. Als sie ins Freie rasten, herrschte überall Chaos.

Paula sackte auf einen Stuhl in der Ecke und spürte, wie die Hoffnung sie verließ. Würden sie den Schuldigen jemals dingfest machen? Martin setzte sich neben sie und begann, laut darüber nachzudenken, wie sie jetzt weitermachen sollten. Plötzlich verstummte er mitten im Satz. Paula schaute in dieselbe Richtung wie er, und augenblicklich überzog ein Lächeln ihr Gesicht.

»Ist sie das?«

Sie stieß ihn in die Seite, Martin nickte. Er brauchte nicht zu antworten, so rot, wie er im Gesicht war. Paula grinste.

»Hübsch.«

»Hör auf.« Er wurde noch röter.

»Wann geht ihr zusammen essen?«

»Samstag.« Martin ließ die Frau mit dem Kind nicht aus den Augen.

»Wie heißt sie?« Paula musterte die Frau.

Sie sah sympathisch aus. Ihre Augen wirkten freundlich, aber sie hatte diesen gestressten Kleinkind-Elternblick, der Paula mittlerweile auch jedes Mal an sich auffiel, wenn sie in den Spiegel sah.

»Mette.« Martin war nun so puterrot, dass Gesicht und Haaransatz beinahe verschwammen.

»Martin und Mette«, sagte Paula. »Das klingt ja richtig gut.«

»Hör endlich auf!« Er stand auf, weil Mette in seine Richtung schaute.

»Wink sie doch mal her«, sagte Paula.

»Nein, nein«, erwiderte Martin nervös, aber Mette kam bereits mit ihrem Sohn auf dem Arm auf sie zu.

»Hallo.« Sie lächelte.

»Hey.« Paula gab ihr schnell die Hand.

»Schrecklich, was passiert ist.« Mette schüttelte den Kopf. »Wie kann jemand nur so was Böses tun? Da haben doch Kinder gewohnt und überhaupt.«

»Ja, es ist immer wieder erstaunlich, wozu Menschen fähig sind«, sagte Paula.

»Wisst ihr, wer das getan hat?«

Mette sah Martin an, der prompt erneut errötete.

»Nein, noch nicht. Wir haben mit ein paar Leuten hier gesprochen, aber leider hat niemand was gesehen.«

»Dann ist es wohl einfach eine weitere brennende Flüchtlingsunterkunft in der Statistik«, sagte Mette.

Weder Paula noch Martin antworteten darauf. Mette hatte recht, fürchteten sie. Wie es aussah, hatten sie nicht den geringsten Anhaltspunkt. In ganz Schweden waren Unterkünfte für Flüchtlinge in Brand gesteckt worden, in den meisten Fällen wurden keine Täter gefasst.

»Wir wollten nur ein paar von Jons alten Spielsachen abgeben.« Mette küsste ihren Sohn auf die Wange. »Jetzt müssen wir wieder los, aber wir sehen uns doch morgen?«

»Ja, ja, klar.« Jetzt war auch Martins Hals rot.

Er winkte Mette und Jon nach, als sie sich durch die Tür nach draußen zwängten, und Paula winkte ebenfalls.

»Meinen Segen hast du«, sagte sie grinsend. Martin seufzte, doch dann hellte sich seine Miene auf.

»Schau mal! Offenbar hat Bertil Absolution erhalten.«

Paula verdrehte die Augen, als sie sah, wie ihre Mutter und Mellberg mit zwei Einkaufstüten und zwei großen Müllsäcken anmarschiert kamen.

»Ich dachte, diesmal müsste er mindestens eine Woche

büßen.« Sie stöhnte auf. »Meine Mutter ist einfach zu nett, aber was soll's. Er meint es ja nicht böse. Im Grunde.«

Martin grinste breit.

»Jetzt frage ich mich, wer hier zu nett ist.«

Paula gab keinen Kommentar dazu ab.

Die ersten fünf Textnachrichten von Jessie ignorierte Sam, dann konnte er nicht mehr. Eigentlich war er nicht wütend. Er konnte sie verstehen. Wenn er Vendela und die anderen nicht besser gekannt hätte, wäre er ihnen vielleicht auch auf den Leim gegangen. Vor allem machte er sich Sorgen. Er traute ihnen nicht. Und er hatte Angst, dass sie Jessie weh tun würden.

Einige Minuten lang hielt Sam das Handy einfach in der Hand. Dann schrieb er:

»Wir treffen uns im Wald bei mir hinterm Haus. An einer großen Eiche. Die ist nicht zu übersehen.«

Nachdem er die SMS abgeschickt hatte, ging er ins Erdgeschoss. James saß am Schreibtisch und starrte auf den Computerbildschirm. Als Sam ins Zimmer kam, blickte er auf. Zwischen seinen Augenbrauen zeichnete sich dieselbe Falte ab wie immer, wenn er Sam ansah.

»Was willst du?«, fragte er.

Sam zuckte mit den Schultern.

»Ich wollte ein paar Schießübungen machen. Kann ich mir den Colt ausleihen?«

»Sicher.« James stand auf und ging zum Waffenschrank. »Ich dachte, wir könnten am Nachmittag zusammen schießen.«

»Da bin ich mit Jessie verabredet.«

»Du schießt also mit deiner Freundin?«

James stellte sich so vor den Schrank, dass Sam nur hörte, wie er die Ziffern eingab und das Schloss sich mit einem Piepen öffnete.

»Sie ist anders«, sagte Sam.

»Okay.« James drehte sich um und gab Sam die Waffe. »Du kennst die Regeln. Bring sie im gleichen Zustand zurück, wie du sie erhalten hast.«

Sam nickte nur.

Er schob die Pistole unter den Gürtel und verließ das Arbeitszimmer. James' Blick spürte er wie ein Brennen im Nacken.

Als Sam an der Küche vorbeikam, stand seine Mutter wie üblich an der Spüle.

»Wo willst du hin?«, fragte sie.

Die Stimme zittrig und schrill.

»Ich mache Schießübungen.« Er sah sie nicht an.

Beide wichen sich aus. Sie hatten Angst zu reden. Angst, es könnte ein Wort zu viel fallen. Seine Mutter hatte erwähnt, dass Erica Falck mit ihm reden wollte, aber er wusste noch nicht, was er tun würde. Wie viel er sagen sollte. Und konnte.

Hinter dem Haus roch es nach frischem Grasschnitt. Sam hatte am Vorabend den Rasen gemäht. James zwang ihn dreimal in der Woche dazu.

Als er nach rechts schaute, fiel sein Blick auf die Scheune neben Neas Haus. Eigentlich hatte er für kleine Kinder nicht viel übrig, die meisten waren ungezogene Rotzlöffel. Aber Nea war anders gewesen. Ein richtiger Sonnenschein. Er spürte eine Faust in der Magengrube und wendete sich ab. Wollte nicht daran denken.

Im Wald entspannte sich sein Nacken. Hier wurde er ruhig. Hier interessierte niemanden, wie er aussah, wie er war, wie er redete. Im Wald konnte er einfach Sam sein.

Er schloss die Augen und legte den Kopf zurück. Atmete durch die Nase. Roch Laub und Kiefernnadeln, hörte Vögel und kleine Tiere auf dem Boden. Manchmal bildete er sich ein, er könnte hören, wie ein Schmetterling mit den Flügeln schlug oder ein Käfer an einem Baumstamm hinaufkletterte. Ganz, ganz sacht drehte er sich mit geschlossenen Augen um.

»Was tust du?«

Sam zuckte zusammen und verlor beinahe das Gleichgewicht.

»Nichts«, sagte er.

Jessie lächelte ihn an. Ihm wurde ganz warm ums Herz.

»Es sah herrlich aus.« Sie schloss die Augen.

Sie legte den Kopf in den Nacken und drehte sich langsam im Kreis. Sie kicherte und stolperte, und er war gleich bei ihr und fing sie auf.

Er steckte die Nase in ihr Haar, legte die Arme um sie und fühlte ihre weiche Haut unter seinen Händen. Er wünschte, sie hätte sich so gesehen wie er sie. Selbst wenn er gekonnt hätte, hätte er nichts an ihr verändert. Aber sie war eben wie er. Innerlich kaputt. Es gab keine Worte, die sie wieder heil gemacht hätten.

Sie sah ihn mit diesen schönen ernsten Augen an.

»Bist du sauer?«, fragte sie.

Er strich ihr eine Strähne aus dem Gesicht.

»Nein.« Es war aufrichtig gemeint. »Ich will nur nicht, dass du enttäuscht wirst. Oder verletzt.«

»Ich weiß.« Sie verbarg das Gesicht an seiner Brust. »Ich weiß, dass du mit Vendela andere Dinge erlebt hast als ich. Aber sie war ganz süß, als ich bei ihr zu Hause war. Ich glaube nicht, dass jemand so gut schauspielern kann.«

Sam brummte nur und merkte, dass er die Hände zu Fäusten geballt hatte. Er kannte Vendela. Und Nils und Basse. Er hatte erlebt, mit welchem Genuss sie ihn gequält hatten.

»Ich bin morgen zu einer Party bei Basse eingeladen«, sagte Jessie. »Du auch.«

Ihre Augen leuchteten. Sam wollte ihr ins Gesicht schreien, sie solle nicht hingehen. Aber sie war ihr Leben lang herumkommandiert worden. Er würde ihr das nicht antun.

»Sei vorsichtig!« Er strich ihr über die Wange.

»Keine Angst, aber wenn du dir Sorgen machst, komm doch mit.«

Er schüttelte den Kopf. Nie im Leben würde er zu Basse nach Hause gehen.

»Ich will die drei nicht sehen, aber du kannst natürlich hingehen. Ich würde dir nie im Leben was verbieten, das weißt du, oder?«

Er nahm ihr Gesicht in die Hände und küsste sie vorsichtig auf den Mund.

Wie immer raubte sie ihm den Atem.

»Komm!« Er zog sie mit sich.

»Wohin?« Keuchend rannte sie hinter ihm her.

»Ich will dir was beibringen.«

Vor einer Zielscheibe blieb er stehen.

»Willst du schießen?«, fragte sie.

Diesen Glanz hatte er in ihren Augen noch nie gesehen.

»Du wirst es auch tun«, sagte er.

Wie gebannt starrte Jessie die Pistole an, die er aus dem Gürtel zog.

»Dass deine Eltern das erlauben.«

Sam schnaubte.

»Mein Vater ermuntert mich dazu. Seiner Ansicht nach ist Schießen das Einzige, wozu ich tauge.«

»Kannst du es gut?«

»Sehr gut.«

Und das stimmte. Sein Körper schien genau zu wissen, was er zu tun hatte, damit die Kugel exakt dort landete, wo sie hin sollte.

»Ich mache es dir vor, und dann zeige ich dir, wie es geht, okay?«

Sie nickte ihn lächelnd an.

Er liebte es, sich selbst mit ihren Augen zu sehen. Mit ihr war er ein besserer Mensch und hatte plötzlich Eigenschaften, die ihm sein Vater niemals zugetraut hätte.

»Stell dich so hin. Bist du Rechtshänderin?«

Sie nickte.

»Ich auch. Nimm die Pistole in die rechte Hand, und zieh den Schlitten nach hinten. Nun ist sie geladen.«

Sie nickte. Ihre Augen leuchteten.

»Du kannst jetzt einen Schuss abfeuern. Halt die Hand ruhig. Hier schaust du durch. Wenn du es schaffst, die Pistole nicht zu bewegen, triffst du.«

Er nahm die richtige Position ein, schloss die Augen, zielte und drückte ab. Jessie zuckte schreiend zusammen. Sam lachte.

»Hast du Angst bekommen?«

Sie nickte, strahlte aber übers ganze Gesicht. Er winkte sie zu sich.

»Jetzt bist du dran.«

Er gab ihr die Pistole und legte von hinten die Arme um sie.

»Halt sie so.«

Er legte ihre Finger um den Kolben und schob ihre Beine in die richtige Stellung.

»Genau so. Zielst du auf die Mitte der Scheibe?«

»Yes.«

»Gut. Dann gehe ich jetzt zur Seite, und du drückst vorsichtig auf den Abzug. Nicht zu fest und plötzlich, sondern als würdest du ihn streicheln.«

Jessie stand sicher auf beiden Beinen und hielt die Waffe richtig. Sie atmete ruhig und gleichmäßig.

Während er auf den Schuss wartete, zog er die Schultern bis zu den Ohren hoch.

Der Schuss traf die Zielscheibe, und Jessie hüpfte auf und ab.

»Vorsicht, mit einer geladenen Pistole darfst du nicht springen!«, rief er. Gleichzeitig wurde ihm ganz leicht ums Herz, als er ihre Freude sah.

Jessie legte die Pistole weg und drehte sich lächelnd zu ihm um. Nie war sie schöner gewesen als jetzt.

»Du bist krass«, sagte er.

Er zog sie an sich. Sie klammerte sich an ihn, als hätte sie außer ihm nichts mehr auf der Welt. Und so war es wahrscheinlich auch.

»Ich liebe dich«, keuchte er.

Eine Weile stand sie stumm da. Dann sah sie ihn mit unsicherem Blick an. Als fragte sie sich, ob die Worte wirklich an sie gerichtet waren. Dann lächelte sie ihr wunderbares, schönes Lächeln.

»Ich liebe dich auch, Sam.«

»Hallo, Kristina!«, sagte Erica etwas zu fröhlich. Der Sekt war nicht spurlos an ihr vorübergegangen, und sie musste sich zusammenreißen. Sicherheitshalber hatte sie auf dem Heimweg Kaugummi gekaut, und als sie in der gewölbten Handfläche einen Atemtest machte, roch sie keinen Alkohol mehr.

»Sieh mal einer an, du hast also schon ein paar Gläser intus.«

Erica seufzte innerlich. Ihre Schwiegermutter hatte eine Nase wie ein Bluthund. Eigentlich verwunderlich, dass Patrik sie nicht bei der Arbeit einsetzte.

»Ach, nur eins auf der Vernissage.«

»Eins? Dass ich nicht lache!« Mit geschürzten Lippen ging Kristina wieder in die Küche.

Dort roch es unglaublich gut.

»Hier gab es wie immer nur so grässliche Fertiggerichte voller Farb- und Konservierungsstoffe. Die Kinder bekommen noch Schwänze, wenn sie weiter so ernährt werden. Hin und wieder selbstgekochtes Essen ist doch wirklich nicht zu viel verlangt.«

Erica stellte auf Durchzug und öffnete den Backofen. Kristinas Lasagne. Vier große Formen voll, die sie auf Vorrat einfrieren konnten.

»Danke.« Sie küsste ihre Schwiegermutter spontan.

Kristina sah sie verblüfft an.

»Das war definitiv mehr als ein Glas.« Sie nahm die Schürze ab, hängte sie auf und ging in den Flur. »Wenn die Lasagne fertig ist, können die Kinder essen. Abgesehen von einem kleinen Zwischenfall mit einem Laster haben sie schön gespielt, aber das Problem haben Maja und ich geschickt gelöst. Die Kleine ist wirklich süß und so brav, genau wie Patrik in dem Alter, er hat nie Unsinn gemacht, sondern saß stundenlang auf dem Fußboden und hat allein spielt. Doch jetzt muss ich mich beeilen, ich muss noch so viel für die Hochzeit vorbereiten, und Gunnar ist keine große Hilfe, er will zwar, aber er kriegt das alles nicht richtig hin, deswegen mache ich es lieber gleich selbst. Und jetzt hat auch noch das *Stora* Hotel angerufen. Ich soll morgen schon kommen und das Geschirr aussuchen, und ich schlichtes Gemüt hatte angenommen, die hätten nur ein Geschirr, aber bei dieser Hochzeit ist eben nichts einfach, und alles muss man selber machen. Um Punkt zwölf habe ich dort den Termin, und es dauert hoffentlich nicht lange. Ich habe sie gebeten, mir Fotos von den verschiedenen Tellern zu schicken, doch es ist offenbar unbedingt notwendig, dass ich sie mir aus der Nähe anschaue. Ich werde noch einen Herzinfarkt bekommen, bevor das alles hier vorbei ist.«

Kristina seufzte. Sie hatte Erica den Rücken zugewendet, während sie sich die Schuhe anzog, und konnte deren breites Grinsen nicht sehen. Anna, dachte Erica, hatte ganze Arbeit geleistet.

Sie winkte Kristina zum Abschied und ging zu den Kindern ins Wohnzimmer, das ungewöhnlich schön und aufgeräumt aussah. Erica empfand eine Mischung aus Dankbarkeit und Scham. Es war zwar etwas peinlich, dass Patriks Mutter den Eindruck hatte, bei ihnen Klarschiff machen zu müssen, aber andererseits gab es eben Dinge, die Erica wichtiger waren als ein perfektes Haus. Natürlich genoss sie es, wenn alles sauber und ordentlich war, doch ihre Arbeit und die Kinder waren ihr wichtiger. Und außerdem wollte sie nicht nur Schriftstellerin und Mutter, sondern auch Ehefrau und manchmal einfach Erica sein. Um das alles zu schaffen, musste sie hin und wieder eine Folge »Dr. Phil« schauen, anstatt sich um den Haushalt zu kümmern. Möglicherweise hatte sie diese Einstellung vor dem Burn-out bewahrt.

Als die Eieruhr klingelte, holte sie die Lasagne aus dem Ofen. Ihr Magen knurrte laut. Sie rief die Kinder, setzte sie rund um den Tisch und servierte ihnen und sich selbst je eine große Portion des köstlich duftenden Gerichts. Es war wunderbar, mit den Kindern zu reden, sie machten sich alle möglichen Gedanken und stellten immer tausendundeine Frage. Dass »darum« als Antwort nicht ausreichte, hatte sie mittlerweile gelernt.

Nach dem Essen wollten die Kinder schnell weiterspielen, und sie konnte in Ruhe die Küche aufräumen und Kaffee aufsetzen. Fünf Minuten später konnte sie sich endlich den Kalender ansehen, den sie von Viola bekommen hatte. Sie blätterte darin. Er war voller einzelner Zeichen und Notizen. Es fiel ihr schwer, die altmodische verschnörkelte Schrift zu entziffern, und außerdem hatte Violas Vater tatsächlich, wie angekündigt, vor allem Abkürzungen verwendet. Dennoch hatte Erica rasch festgestellt, dass Leif im Laufe eines Tages von Terminen bis hin zum Wetter fast alles festgehalten hatte. Es war ein seltsames Gefühl, das Leben eines fremden Menschen in den Händen zu halten. Egal ob an Arbeits- oder Feiertagen, stets hatte er mit blauer Tinte die kleinen und großen Dinge aufgeschrieben. Bis am Ende nichts mehr dastand. Sie schaute nach, wann er den letzten Eintrag gemacht hatte. Am Tag, als er gestorben war.

Nachdenklich strich sie über die Seite. Was hatte ihn veranlasst, sein Leben ausgerechnet an jenem Tag zu beenden. Seine Aufzeichnungen gaben keinen Hinweis. Es waren einfache alltägliche Zeilen. Sonne, leichte Brise, Spaziergang nach Sälvik, eingekauft. Das Einzige, was auffiel, war die Notiz »11«. Worauf bezog sich das?

Erica runzelte die Stirn. Sie blätterte einige Seiten zurück, um zu schauen, ob die gleiche Zahl noch an anderer Stelle zu finden war. Nein. Eine Woche zuvor fand sie jedoch eine andere. »55« stand dort und daneben »zwei Uhr«. War mit »55« eine bestimmte Person gemeint, die er um diese Uhrzeit treffen wollte? Wenn ja, wer war es gewesen? Und waren sie sich wirklich begegnet?

Erica legte den Kalender weg. Draußen war die Sonne nicht mehr gelb, sondern orange, und näherte sich dem Horizont. Es war bald Abend, und wann Patrik nach Hause kommen würde, wussten die Götter. Sie hatte das vage Gefühl, sie hatte ihm unbedingt etwas erzählen wollen, aber es war wie weggeblasen. Sie zuckte die Achseln. Dann war es wohl nicht so wichtig gewesen.

Patrik stand mit dem Folienschreiber in der Hand am Whiteboard und sah sich im Konferenzraum um.

»Wir haben lange, intensive Tage hinter uns«, sagte er. »Im Hinblick auf die jüngsten Ereignisse möchte ich trotzdem, dass wir einmal alles gemeinsam durchgehen und dann die Aufgaben für morgen unter uns aufteilen.«

Paula meldete sich zu Wort.

»Bräuchten wir nicht eigentlich Verstärkung? Uddevalla? Göteborg?«

Patrik schüttelte den Kopf.

»Ich habe mich schon erkundigt. Personalmangel. Kürzungen. Wir müssen leider allein zurechtkommen.«

»Okay.« Paula sah ratlos aus.

Patrik konnte sie gut verstehen. Sie hatte zu Hause noch kleinere Kinder als er und musste ihre Freizeit opfern.

»Habt ihr auf dem *Heimathof* was rausbekommen?«,

fragte er und wunderte sich, weil Paula Martin nun breit angrinste.

»Nein, nichts«, sagte Martin, ohne Paula anzusehen. »Es hat niemand was mitbekommen. Sie haben alle tief und fest geschlafen, bis sie von Geschrei und Chaos geweckt wurden.«

Patrik nickte.

»Okay, trotzdem vielen Dank. Gösta, würdest du bitte berichten, was du heute in Erfahrung gebracht hast.«

»Klar«, sagte Gösta nicht ohne Stolz.

Mit Recht, fand Patrik. Gösta hatte im Laufe des Tages hervorragende Polizeiarbeit geleistet.

»Ich hatte von Anfang an das Gefühl, dass mit diesem anonymen Hinweis auf das Unterhöschen bei Karim etwas nicht stimmt.«

Patrik vermied es, Mellberg anzusehen, der seinerseits wie gebannt ein Astloch in der Tischplatte anstarrte.

»Außerdem wusste ich, dass ich etwas Relevantes gesehen hatte, aber man ist schließlich keine zwanzig mehr.«

Er grinste schief.

Patrik sah, wie gespannt alle warteten. Die Kollegen hatten vermutlich bereits gemerkt, dass etwas los war, als er und Gösta in die Dienststelle zurückgekehrt waren, aber Patrik hatte es ihnen erst erzählen wollen, wenn sie alle versammelt waren.

»Die Sache ist die: Nach Aussage ihrer Mutter hatte Nea vermutlich ein Unterhöschen mit einem Motiv aus dem Disneyfilm *Die Eiskönigin* an. Das Höschen stammte aus einem Fünferpack, jedes Exemplar hatte eine andere Farbe. Das Höschen, das bei Karim aufgetaucht ist, war blau, und irgendwas daran ließ mir keine Ruhe. Am Ende hatte ich eine Idee, ich wusste nur noch nicht, wie ich es beweisen sollte, und hundertprozentig sicher war ich mir auch nicht, aber …«

»Mein Gott, komm endlich zum Punkt«, brummte Mellberg, erntete jedoch ringsum erboste Blicke.

»Ich erinnerte mich, dass einer der jungen Männer aus der Gruppe, die Nea gefunden hat, mit seiner Handykamera gefilmt hat, bevor die Suche losging. Also haben Patrik und ich ihn aufgesucht. Er hat uns eine Kopie des Videos gegeben. Patrik? Könntest du es bitte zeigen.«

Patrik nickte und drückte ein paar Tasten auf seinem Laptop, den er so aufgestellt hatte, dass alle den Bildschirm sehen konnten.

»Worauf sollen wir achten?« Martin beugte sich vor.

»Versucht erst mal, es so zu entdecken. Falls es euch nicht gelingt, spielen wir das Video noch mal ab«, sagte Patrik.

Alle schauten konzentriert hin. Die Kamera schwenkte einmal quer über den Hof und wieder zurück. Es waren das Haus, die Fläche davor, die Scheune und die vielen Leute, die gekommen waren, zu sehen.

»Da«, sagte Gösta. »An der Wäscheleine. Seht ihr?«

Sie gingen noch näher ran.

»Das blaue Höschen!«, schrie Paula auf. »Da hängt es doch!«

»Ganz genau.«

Gösta faltete die Hände hinter dem Kopf.

»Nea kann das Höschen bei ihrem Verschwinden unmöglich angehabt haben, denn als wir nach ihr suchten, hing es an der Wäscheleine.«

»Mit anderen Worten, jemand hat es dort geklaut und bei Karim versteckt. Und dann diesen anonymen Anruf gemacht, den Mellberg entgegengenommen hat.«

»Ja«, sagte Patrik grimmig. »Jemand hat versucht, die Schuld auf Karim zu schieben, und mein hochqualifizierter Tip wäre, dass der gar nicht unbedingt persönlich die Zielscheibe des Angriffs war, sondern der Verdacht einfach auf die Flüchtlingsunterkunft gelenkt werden sollte.«

Paula seufzte.

»Im Ort glauben viele, es wäre jemand von dort gewesen.«

»Und da war anscheinend jemand der Meinung, die Sache selbst in die Hände nehmen zu müssen«, sagte Patrik. »Dahinter könnte ein rassistisches Motiv stecken. Und dann fragt sich, ob dieselbe Person oder dieselben Personen das Feuer gelegt haben.«

»In ganz Schweden haben Flüchtlingsunterkünfte gebrannt«, sagte Gösta finster. »So was machen Leute, die glauben, über dem Gesetz zu stehen.«

»Angesichts der vielen Leute, die bei der letzten Wahl *Schwedens Freunde* gewählt haben, wundert mich das nicht.« Patrik schüttelte den Kopf.

Das Klima in Schweden, ja, in ganz Europa, war härter geworden. Auch für Einwanderer der zweiten Generation wie Paula. Patrik hätte nie gedacht, dass der Hass bis hierher vordringen würde.

»Ich schlage vor, dass wir die Brandstiftung und den Mord an Nea von nun an gesondert betrachten. Meiner Ansicht nach haben die beiden Fälle nichts miteinander zu tun, und wir sollten nicht noch mehr Zeit verschwenden, indem wir Äpfel mit Birnen vergleichen.«

»Das kann man doch gar nicht wissen«, murmelte Mellberg, verstummte aber rasch.

Vermutlich hatte er begriffen, dass er sich vorerst besser zurückhielt.

»Paula, kümmre du dich bitte um die Ermittlungen im Brandfall, Martin soll dich unterstützen. Fragt die Leute nicht nur, wann und wie das Feuer entstanden sein könnte, sondern auch, wann das Höschen möglicherweise bei Karim versteckt wurde. Vielleicht hat jemand eine Person beobachtet, die in der Unterkunft nichts verloren hatte, und so weiter.«

»Ich weiß nicht genau, nach welchem Zeitraum ich mich erkundigen soll«, sagte Paula.

Patrik überlegte einen Augenblick.

»Es müsste ungefähr zur gleichen Zeit gewesen sein wie der anonyme Anruf, also am Donnerstag gegen Mittag«, sagte er. »Das ist zwar nur eine Vermutung, aber fangt mal da an und geht dann zeitlich zurück. Gösta hat Neas Eltern gefragt, aber die haben keine Ahnung, wann das Höschen von der Wäscheleine verschwunden sein könnte. Mit Sicherheit können sie lediglich sagen, dass es während der Suchaktion noch dort hing.«

Paula nickte Gösta zu.

»Hast du die Familie gefragt, ob sie Unbefugte auf dem Hof gesehen haben?«

»Ja, haben sie aber nicht. Andererseits ist es nicht schwer, sich vom Wald auf das Grundstück zu schleichen und diskret ein Wäschestück von der Wäschespinne zu entwenden. Sie steht schräg hinterm Haus vor einer fensterlosen Wand.«

»Okay.« Paula machte sich eine Notiz. »Ich will, dass wir mit unseren Informanten in den fremdenfeindlichen Organisationen in der Gegend sprechen. Angesichts meiner Herkunft bin ich dafür vielleicht nicht besonders geeignet. Martin, könntest du das machen?«

»Unbedingt«, sagte er.

Patrik hoffte, Martin fühlte sich nicht übergangen, weil er nicht ihm, sondern Paula die Verantwortung übertragen hatte. Allerdings hielt er Martin für klug genug, zu wissen, dass seine Zeit kommen würde.

»Gut, ihr seid also für den Brand und den Versuch, Karim etwas anzuhängen, zuständig. Bleibt bitte im Kontakt mit dem Krankenhaus und haltet mich auf dem Laufenden. Wie sieht es mit den Kindern aus, Paula? Hast du ein Okay bekommen? Darfst du sie abholen?«

»Ja, und bei uns zu Hause sind auch alle einverstanden.«

Mellberg, der bis jetzt ungewöhnlich still gewesen war, strahlte.

»Leo wird sich freuen, jemanden zum Spielen zu haben.«

»Gut«, sagte Patrik.

Er verbot sich selbst, zu viel an Karim und seine Familie zu denken. Im Moment konnte er nicht viel für sie tun, außer denjenigen zu finden, der ihnen das angetan hatte.

»Und dann haben wir den Mord an Nea. Wie ihr wisst, bin ich überhaupt nicht damit zufrieden, dass wir die Hausdurchsuchung vorzeitig abgebrochen haben. Ich habe gerade mit Torbjörn telefoniert. Sie stellen uns morgen ein paar Techniker zur Verfügung, damit wir die Durchsuchung abschließen können. Wir haben das Gelände ja abgesperrt und können nur hoffen, dass die Absperrungen respektiert wurden. Aber wir müssen auf alles gefasst sein.«

»Was bleibt uns anderes übrig«, sagte Gösta.

Patrik wusste, dass es ihm unangenehm war, noch einmal Familie Berg heimzusuchen.

»Hat der Vergleich mit dem alten Fall schon etwas ergeben?«, fragte Patrik, und Annika blickte von ihren Notizen auf.

»Ich habe immer noch nicht die alten Verhörprotokolle im Archiv gefunden, aber ich bin zum wiederholten Mal die rechtsmedizinischen und kriminaltechnischen Berichte und das ganze Material, das wir von Erica haben, durchgegangen. Allerdings gibt es da wenig neue Anhaltspunkte. Den Obduktionsbericht habt ihr alle gelesen, ihr habt die Fundstücke vom Tatort gesehen und selbst gehört, was Erica von Marie und Helen erzählt hat.«

»Ja, und bei den Gesprächen mit Helen und Marie ist nichts rausgekommen. Sie behaupten, den Mord an Stella nicht begangen zu haben, und daher muss es jemand anders gewesen sein, und zwar theoretisch die Person, nach der wir jetzt suchen. Marie hat ein Alibi. Helen hat an und für sich keins, aber andererseits deutet nichts auf sie hin.«

Martin nahm sich einen Ballerinakeks und leckte die geschmolzene Schokoladenfüllung von seinen Fingern.

»Lasst uns die Hausdurchsuchung morgen abwarten«, sagte Patrik.

Das Gefühl, vor so vielen Sackgassen und so wenigen Fährten zu stehen, gefiel ihm nicht. Wenn sie nicht bald mehr in der Hand hatten, würden die Ermittlungen stagnieren.

»Was ist eigentlich mit der Schokolade in ihrem Magen. Können wir damit gar nichts anfangen?«, fragte Paula.

Patrik schüttelte den Kopf.

»Wahrscheinlich war es eine ganz normale Waffelschnitte. Die kann man an jeder Ecke kaufen. Da Familie Berg jedoch keine Schokolade zu Hause hatte, muss Nea sie an diesem Morgen woanders herbekommen haben. Oder von jemand anderem.«

»Und was denkst du darüber, dass Leif gegen Ende seines Lebens Zweifel an der Schuld der Mädchen gekommen sind?«

»Soweit ich weiß, beschäftigt sich Erica mit dieser Frage. Ich hoffe, sie bekommt was raus.«

»Zivilisten, die Polizeiarbeit machen«, brummelte Mellberg und kraulte Ernst hinter dem Ohr.

»Und zwar besser als manch ein Kollege«, sagte Martin.

Patrik räusperte sich.

»Wir müssen jetzt alle an einem Strang ziehen«, sagte er. »Alle.«

Martin machte ein betretenes Gesicht. Dann fragte er:

»Wann bekommen wir die Analyse des anonymen Anrufs? Glaubst du, es dauert noch lange, und was haben wir davon eigentlich zu erwarten?«

»Ich weiß auch nicht genau, was technisch möglich ist«, antwortete Patrik, »aber ich hoffe natürlich, dass sich der Filter irgendwie entfernen lässt, damit man die Stimme richtig hören kann. Außerdem gibt es vielleicht ein Hintergrundgeräusch, das den Anrufer verrät.«

»Wie in Filmen, wo immer irgendwo ein Zug pfeift oder eine Kirchenglocke läutet?«, fragte Martin scherzhaft.

»Ja, mit etwas Glück gibt das Tonband solche Informationen her«, sagte Patrik.

Er blickte sich um und sah Gösta ein Gähnen unterdrücken.

»Ich würde sagen, wir machen jetzt Feierabend. Wenn wir morgen nicht ausgeruht sind, bekommen wir nichts Vernünftiges zustande. Also, ab nach Hause mit euch, verbringt Zeit mit euren Familien, esst, schlaft, und dann machen wir mit neuer Kraft weiter!«

Alle standen dankbar auf, und Patrik sah den enormen Druck der vergangenen Tage in den Gesichtern. Die Kollegen mussten liebe Menschen um sich haben und in den Arm genommen werden. Alle. Nach kurzem Zögern drehte er sich zu Gösta um, aber Martin kam ihm zuvor.

»Willst du nicht heute Abend vorbeikommen und mit mir und Tuva essen? Sie vermisst dich.«

Gösta nickte.

»Klar.« Er zuckte mit den Schultern, konnte aber trotzdem nicht verbergen, wie sehr er sich freute.

Patrik blieb noch einen Moment, während einer nach dem anderen den Raum verließ. Sie waren eine Familie. Eine in vieler Hinsicht dysfunktionale, fordernde und konfliktreiche Familie, die aber auch liebevoll und fürsorglich war.

Bohuslän 1672

Körperlich war sie schneller als erwartet zu Kräften gekommen. Ein paar Tage lang hatte es weh getan und gebrannt, doch dann war es, als wäre nichts geschehen. Trotzdem fehlte ihr etwas. Sie tat ihre Pflicht und erledigte ihre Aufgaben, aber ohne Freude.

Märta machte sich Sorgen und schmiegte sich nachts an

Elin, als wollte sie deren Körper wärmen. Sie machte ihrer Mutter kleine Geschenke, damit sie wieder lächelte. Kleine Sträuße, die sie auf den Wiesen gepflückt hatte, ein schöner weißer Stein, eine kleine Dose voller Katzengold. Und Elin gab sich Mühe. Sie bedankte sich bei Märta, tätschelte ihr die Wange und lächelte sie an, aber sie merkte selbst, dass ihr Lächeln nie bis zu den Augen reichte. Und ihre Umarmungen waren hölzern.

Preben sprach nicht mehr mit ihr und Märta. Das Mädchen hatte sich am Ende damit abgefunden und versuchte nicht mehr, dessen Aufmerksamkeit auf sich zu lenken. Sie ging weiterhin zum Küster, um lesen zu lernen, aber die Stunden, die sie mit Preben in der Bibliothek verbracht hatte, schienen nie stattgefunden zu haben. Die Nachricht, dass Britta ein Kind erwartete, hatte alles verändert, und Preben behandelte seine Ehefrau nun wie ein rohes Ei.

Seit ihr Mann ihr so viel Beachtung schenkte, war Brittas Macht noch größer geworden. Auch ihr Groll auf Elin war offenbar gewachsen. Obwohl es nichts mehr zu beobachten gab, spürte Elin ständig den wachsamen Blick der Schwester. Elin tat, was ihr von Britta aufgetragen wurde, aber ansonsten ging sie ihr möglichst aus dem Weg. Mit anzusehen, wie Brittas Bauch immer dicker wurde, während sich ihr eigener flach und leer anfühlte, war quälend.

Eines Morgens hatte Britta etwas in Fjällbacka zu erledigen. Sie hatte es längst sattgehabt, dauernd im Bett zu liegen, und seit der Arzt ihr erlaubt hatte, aufzustehen, war sie unternehmungslustig.

Nachdem sie abgefahren war, schaute ihr Elin noch lange hinterher. Eine Stunde hatte Britta damit verbracht, sich herauszuputzen, was Elin angesichts eines Ausflugs nach Fjällbacka für Zeitverschwendung hielt. Aber nach Uddevalla wäre es in ihrem Zustand zu weit gewesen, und Britta war froh, überhaupt mal etwas anderes als ein Nachthemd zu tragen und sich zumindest in dem kleinen Ort zu zeigen.

Der Tag verging schnell. Sie hatten Waschtag, und auf dem Pfarrhof wurden alle Wäschestücke eingeseift, geschrubbt, in die Sonne gehängt und wieder hineingetragen. Es war schön, alle Hände voll zu tun zu haben, da kam sie nicht zum Nachdenken. Und sie genoss es, dass weder Britta noch Preben zu Hause waren. Preben hatte dienstlich in Lur zu tun und wurde erst in zwei Tagen zurückerwartet, aber Britta sollte am Abend wiederkommen.

Zum ersten Mal, seit sie das Kind hatte abtreiben lassen, ertappte sie sich selbst beim Summen.

Märta warf ihr einen überraschten Blick zu, und die helle Freude in dem kleinen Gesicht schnitt Elin ins Herz. Sie schämte sich, weil ihre Tochter für ihre Sünden büßen musste. Sie ließ den Flickenteppich in den Waschzuber fallen und drückte das Mädchen fest an sich. Es würde alles gut werden. Sie hatten ja sich.

Alles andere war nur ein Traum gewesen. Ein kindischer, unmöglicher Traum. Sie hatte versucht, sich einzureden, Gott wäre auf ihrer und Prebens Seite, aber der Hochmut war ihr gründlich ausgetrieben worden. Sie hatte ihre Strafe auf die Art und Weise bekommen, die Gott für angemessen hielt. Seinen Willen zu hinterfragen stand ihr nicht zu. Sie musste dankbar sein für das, was sie hatte. Märta. Genug zu essen und ein Dach überm Kopf. Viele hatten nicht einmal einen Bruchteil davon, und es wäre vermessen gewesen, sich mehr zu wünschen.

»Wollen wir heute Abend einen Spaziergang machen, du und ich?« Sie hockte sich vor Märta und hielt sie behutsam fest.

Märta nickte eifrig. Sigrid sprang um sie herum, als spürte sie, dass ihr Frauchen wieder froh war.

»Ich dachte, wir könnten vielleicht den Korb mitnehmen,

und ich fange an, Märta beizubringen, was ich von meiner Großmutter gelernt habe. Und die wiederum von ihrer Mutter. Diese Dinge kann Märta später nutzen, um anderen zu helfen, so wie ich es manchmal tue.«

»Oh Mutter!« Märta fiel Elin um den Hals. »Heißt das, ich bin jetzt ein großes Mädchen?«

Elin nickte lachend.

»Ja, das bedeutet es. Märta ist ein großes Mädchen.«

Mit Sigrid auf den Fersen rannte Märta freudestrahlend davon, und Elin sah ihr lächelnd hinterher. Eigentlich hatte sie ein paar Jahre später damit anfangen wollen, aber Märta hatte ohnehin schon früh vernünftig sein müssen.

Sie beugte sich wieder zu dem nassen Teppich hinunter. Ihre Muskeln schmerzten von der harten Arbeit, doch ihr war leichter ums Herz. Sie wischte sich mit dem Handrücken den Schweiß von der Stirn und blickte auf, weil sie Pferd und Wagen kommen hörte.

Sie blinzelte in die Sonne. Britta stieg mit finsterer Miene von der Kutsche. Die Röcke wehten ihr um die Beine, als sie mit raschen Schritten auf Elin zukam und erst direkt vor ihr stehen blieb. Alle auf dem Hof hielten die Luft an. Als sie Brittas Gesichtsausdruck sah, durchfuhr sie ein eiskalter Schauer. Erst als Brittas Handfläche auf ihre Wange traf, begriff sie, was geschah. Dann machte Britta kehrt und stolzierte ins Haus.

Elin senkte den Kopf. Sie brauchte sich nicht umzuschauen, um zu wissen, dass sie angestarrt wurde. Nun wusste sie ganz genau, was los war. Britta hatte in Fjällbacka erfahren, was Elin dort neulich zu erledigen gehabt hatte. Und sie war nicht auf den Kopf gefallen.

Mit nicht nur von der Ohrfeige, sondern auch vor Scham brennenden Wangen hockte sich Elin wieder vor den Zuber. Sie hatte keine Ahnung, was nun passieren würde. Aber sie kannte ihre Schwester. Etwas Übles braute sich zusammen.

»WARUM HAT MIR deine Mutter deiner Ansicht nach erlaubt, mit dir zu reden?« Erica musterte den Teenager, der vor ihr saß.

Sams Anruf hatte sie zwar überrascht, aber in erster Linie sehr gefreut. Vielleicht konnte Sam ihr eine ganz neue Sicht auf Helen eröffnen und ihr vermitteln, wie es gewesen war, im Schatten eines Verbrechens aufzuwachsen.

Er zuckte die Achseln.

»Weiß nicht. Aber sie hat ja auch mit Ihnen geredet.«

»Schon, aber ich hatte das Gefühl, sie wollte dich da raushalten.«

Erica schob ihm einen Teller Zimtschnecken hin. Als er sich eine nahm, bemerkte sie seine Fingernägel mit dem abblätternden schwarzen Lack. Der Versuch, sein letztes bisschen Kindlichkeit zu kaschieren, die Pickel auf Stirn und Nase wie auch die ungelenken und unproportionierten Gliedmaßen hatten etwas Rührendes. Er war ein Kind, das verzweifelt versuchte, erwachsen zu sein und sich gleichzeitig abgrenzen und dazugehören wollte. Erica war plötzlich von einer großen Zärtlichkeit für den Jungen vor ihr erfüllt, sie sah die Einsamkeit und die Unsicherheit und erahnte, welcher Frust hinter dem trotzigen Blick schwelte. Es konnte nicht leicht gewesen sein, mit der Geschichte seiner Mutter aufzuwachsen, in einer Welt voller Gerüchte und Gerede aufzuwachsen, das zwar im Lauf der Jahre leiser geworden, aber nie ganz verstummt war.

»Sie konnte mich da nicht raushalten«, sagte Sam düster, als wollte er Ericas Gedanken bestätigen.

Wie ein typischer Teenager schien er zwar Schwierigkeiten zu haben, ihr in die Augen zu sehen, aber sie merkte, dass er genau zuhörte.

»Wie meinst du das?«, fragte Erica.

Die Aufnahmefunktion ihres Handys erfasste jedes Wort und jeden Wechsel des Tonfalls.

»Ich habe schon als kleines Kind von dieser Geschichte gehört. In welchem Zusammenhang, weiß ich gar nicht mehr. Aber die Leute haben mir Fragen gestellt. Ihre Kinder haben mich geärgert. Irgendwann habe ich auf eigene Faust versucht, mehr rauszufinden. Wie alt werde ich da gewesen sein? Neun vielleicht. Ich habe im Internet nach Artikeln über den Fall gesucht, das war nicht schwer. Und dann habe ich angefangen, alles darüber zu sammeln. Ich habe Ordner zu Hause, ganze Ordner voller Material.«

»Weiß deine Mutter davon?«

Sam zuckte mit den Schultern.

»Nein, das glaube ich nicht.«

»Hat sie mit dir über die Sache gesprochen?«

»Nein, nie. Bei uns zu Hause wurde nie darüber geredet.«

»Hättest du das denn gewollt?«, fragte Erica sanft und stand auf, um Kaffee nachzuschenken.

Sam hatte zwar auch zu einer Tasse Kaffee ja gesagt, sie jedoch gar nicht angerührt. Sie nahm an, er hätte lieber ein Glas Limo gehabt, wollte aber nicht kindlich wirken.

Wieder zuckte Sam mit den Schultern und warf einen sehnsüchtigen Blick auf die Zimtschnecken.

»Bitte bedien dich«, sagte Erica. »Wir dürfen sowieso nicht so viel Süßes essen, also wäre ich froh, wenn du alle aufisst, dann komme ich nicht in Versuchung.«

»Ach, Sie sehen doch toll aus. Sie brauchen sich keine Sorgen zu machen«, sagte Sam großzügig und mit der Unschuld eines Kindes.

Lächelnd setzte sie sich wieder. Sam war wirklich ein netter Junge, und sie wünschte nur, er hätte nicht mit solch einem schweren Gepäck durchs Leben gehen müssen. Er hatte nichts Böses getan, und er hatte es sich nicht ausgesucht, in einen Wust aus Schuld, Vorwürfen und Trauer hineingeboren zu werden. Die Sünden der Eltern lasteten auf ihm, obwohl er überhaupt nichts dafür konnte.

»Wäre es leichter für dich gewesen, wenn ihr offen darüber gesprochen hättet?«, wiederhole Erica.

»Wir reden gar nicht. Wir sind nicht die Art von Familie.«

»Wäre es dir denn lieber gewesen?«, bohrte sie nach.

Er hob den Kopf und sah ihr in die Augen. Der schwarze Lidstrich machte es schwierig, sich auf seinen Blick zu konzentrieren, aber trotzdem erkannte sie tief in seinen Augen ein Glimmen, das nach Sauerstoff lechzte.

»Ja«, sagte er schließlich. »Das wäre mir lieber gewesen.«

Dann zog er wieder die Schultern hoch. Die Geste war seine Rüstung. Seine Verteidigung. Seine Gleichgültigkeit war die Tarnkappe, hinter der er sich versteckte.

»Kanntest du Linnea?«, fragte Erica, um das Thema zu wechseln.

Sam zuckte zusammen. Er biss ein großes Stück von seiner Zimtschnecke ab und starrte auf seine Beine.

»Warum fragen Sie? Was hat das mit Stella zu tun?«

»Ich bin nur neugierig. In meinem Buch wird es um beide Fälle gehen, und da die Bergs Nachbarn von euch sind, dachte ich, du könntest mir vielleicht etwas über sie erzählen. Wie du sie erlebt hast.«

»Ich habe sie oft gesehen.« Sam hatte Tränen in den Augen. »Sie war ja ein kleines Kind, deshalb kann ich nicht behaupten, ich hätte sie gut gekannt, aber ich mochte sie. Und sie mochte mich, glaube ich. Sie hat mir immer gewinkt, wenn ich mit dem Fahrrad am Hof Berg vorbeifuhr.«

»Sonst hast du nichts über sie zu sagen?«

»Nein, wieso?«

Erica zuckte die Achseln. Dann beschloss sie, die Frage zu stellen, auf die sie unendlich gern eine Antwort haben wollte.

»Wer hat Stella deiner Meinung nach ermordet?« Sie hielt den Atem an.

Was dachte Sam eigentlich über die eventuelle Täterschaft

seiner Mutter? Sie selbst hatte in dieser Frage noch immer keinen eindeutigen Standpunkt gefunden. Je mehr sie über den Fall las, je ausführlicher sie mit Leuten darüber sprach, je genauer sie die Fakten überprüfte, desto verwirrter wurde sie. Sie wusste es wirklich nicht. Sams Überzeugung interessierte sie sehr.

Seine Antwort ließ nicht lange auf sich warten. Die Finger mit den schwarzlackierten Nägeln trommelten auf die Tischplatte. Dann hob er den Blick und sah sie ganz ruhig an.

Mit kaum hörbarer Stimme sagte er langsam: »Ich habe keine Ahnung. Aber meine Mutter hat niemanden ermordet.«

Als Sam davonradelte, schaute ihm Erica lange hinterher. Irgendetwas an ihm hatte sie tief berührt. Das Mitgefühl mit dem schwarzgekleideten Jungen, dem nicht die Kindheit vergönnt gewesen war, die er verdient hätte, bedrückte sie. Sie fragte sich, welche Auswirkung diese Prägung auf seine Persönlichkeitsentwicklung hatte. Was für ein Mann er als Erwachsener werden würde. Und sie hoffte von Herzen, der Schmerz, den er ausstrahlte, würde ihn nicht auf den falschen Weg führen, sondern dass ihn unterwegs jemand auffangen und die Lücken, die die Vergangenheit hinterlassen hatte, füllen würde.

Sie hoffte, dass irgendjemand Sam lieben würde.

»Wie sie wohl reagieren wird?«, fragte Anna. »Glaubst du, sie könnte sauer sein?«

Sie standen im Speisesaal des *Stora* Hotel und warteten auf Kristina.

Erica legte den Finger an die Lippen.

»Pst! Sie kann jeden Augenblick kommen.«

»Kristina ist aber kein Fan von Überraschungen. Was, wenn sie wütend wird?«

»Für diese Frage ist es jetzt zu spät«, zischte Erica. »Und hör auf, mich zu schubsen.«

»Tut mir leid, ich kann den Bauch nicht einziehen.« Anna verdrehte die Augen.

»Mädels, wenn ihr nicht leise seid, hört sie uns.«

Kristinas engste Freundin Barbro warf den beiden einen strengen Blick zu, so dass Erica und Anna verstummten. Anlässlich von Kristinas Junggesellinnenabschied hatte sich eine kleine, aber wackere Schar versammelt. Außer Erica und Anna waren die vier Frauen gekommen, mit denen Kristina am meisten zu tun hatte. Erica kannte sie nur flüchtig, im schlimmsten Fall würde es also ein sehr langer Nachmittag und Abend werden.

»Sie kommt!«

Anna winkte aufgeregt, und alle hörten auf zu reden. An der Rezeption war Kristinas Stimme zu hören. Die Empfangsdame hatte die Anweisung bekommen, Kristina in den Speisesaal zu schicken.

»Überraschung!«, riefen sie laut, als sie kam.

Kristina machte vor Schreck einen Satz und griff sich an die Brust.

»Mein Gott, was ist denn das?«

»Das ist dein Junggesellinnenabschied!« Erica ging strahlend auf sie zu, aber innerlich zitterte sie.

Was, wenn Anna recht hatte?

Einen Moment lang stand Kristina schweigend da. Dann lachte sie aus vollem Hals.

»Junggesellinnenabschied! Für eine alte Frau? Ihr seid doch nicht bei Trost. Aber was soll's. Womit fangen wir an? Soll ich in der Innenstadt Küsse verkaufen?«

Sie zwinkerte Erica zu, die erleichtert aufatmete. Vielleicht würde das hier doch keine Katastrophe.

»Nein, das brauchst du nicht.« Erica umarmte ihre Schwiegermutter so herzlich sie konnte. »Wir haben etwas andere Pläne für Dich. Als Erstes sollst du diese Sachen anziehen.«

Als Kristina die Tüte sah, die Erica ihr hinhielt, machte sie ein entsetztes Gesicht.

»Du musst darin nicht vor die Tür, nur wir bekommen dich so zu Gesicht.«

»Okay.« Zögerlich nahm Kristina die Tüte in die Hand. »Dann werde ich mich mal umziehen.« Sie ging zu den Toiletten.

Während Kristina weg war, brachte die Empfangsdame sechs Gläser und eine Flasche Sekt in einem Kühler. Anna warf einen sehnsüchtigen Blick auf die Flasche, musste sich aber wohl oder übel mit Saft begnügen.

»Hurra!« Sie verzog das Gesicht.

Erica legte ihr den Arm um die Schultern.

»Bald.«

Sie schenkte den übrigen Damen und sich selbst Sekt ein und wartete auf Kristina. Als die in der Tür des Speisesaals erschien, ging ein Raunen durch die Gruppe.

»Was habt ihr euch als Nächstes ausgedacht?«

Kristina breitete die Arme aus. Erica unterdrückte ein Kichern, musste aber zugeben, dass ihre Schwiegermutter in dem kurzen roten Kleid mit den Fransen und Pailletten phantastisch aussah. Und was für Beine!, dachte Erica neidvoll. Hätte sie selbst auch nur halb so schöne Stelzen gehabt, wäre sie überglücklich gewesen.

»Was soll ich denn nun in diesem Aufzug machen?«, fragte Kristina, ließ sich aber in den Speisesaal geleiten.

Erica schenkte noch ein Glas ein und drückte es Kristina in die Hand. Vor Aufregung trank ihre Schwiegermutter das halbe Glas leer.

»Das wirst du gleich sehen.« Erica griff zu ihrem Handy und verschickte eine SMS.

»Komm jetzt.«

Während sie auf die Antwort wartete, stapfte sie nervös auf und ab. Es konnte super werden. Oder ein Flop.

Im Obergeschoss ertönten heiße lateinamerikanische Rhythmen, die langsam näher kamen. Kristina trank den Rest aus ihrem Glas. Hastig schenkte Erica ihr nach.

Eine rundliche Gestalt im schwarzen Anzug erschien. Der Mann hatte eine Rose zwischen den Zähnen und öffnete theatralisch die Arme. Anna kicherte, bekam aber von Erica einen Ellbogen in die Rippen gestoßen.

»Mensch, Gunnar …«, sagte Kristina verblüfft.

Dann begann auch sie zu kichern.

»Meine Schöne.« Er nahm die Rose aus dem Mund. »Darf ich bitten?«

Er ging zu ihr und überreichte ihr die Blume mit formvollendeter Geste. Kristina schüttete sich aus vor Lachen.

»Was habt ihr denn bloß vor?« Sie nahm die Rose.

»Ihr lernt jetzt Cha-Cha-Cha.« Erica lächelte.

Sie zeigte auf die Tür.

»Und dazu haben wir eine Fachkraft bestellt.«

»Was? Wen?« Kristina wirkte plötzlich nervös.

Gunnar hingegen strahlte übers ganze Gesicht und konnte vor lauter Vorfreude kaum stillstehen.

»Wir haben professionelle Hilfe engagiert. Jemanden, den du aus *Let's Dance* kennst.«

»Doch nicht etwa Tony Irving?«, fragte Kristina wie vom Donner gerührt. »Vor Irving habe ich panische Angst.«

»Nein, nein, Tony ist es nicht, aber durch eine harte Schule wirst du trotzdem gehen.«

Kristina zog die Stirn in Falten. Wenn sie sich bewegte, raschelten die Pailletten an ihrem Kleid. Erica nahm sich vor, Fotos zu machen. Eine Menge Fotos. Mit denen konnte sie Kristina noch jahrelang erpressen.

Als Kristina ihre Lehrerin erblickte, stieß sie einen Schrei aus.

»Cissi!«

Erica grinste von einem Ohr zum anderen. Kristinas glückliche Miene bestätigte ihr, dass dies ein genialer Schachzug war. Wie niemandem in ihrem Bekanntenkreis entgangen war, ließ sich Kristina keine Folge von *Let's Dance* entgehen, und als Erica den Flyer gesehen hatte, auf dem ein Tanzkurs im *TanumStrand* unter der Leitung von Cecilia »Cissi« Ehrling angekündigt wurde, hatte sie sofort zum Hörer gegriffen.

»Okay, dann geht's jetzt los!«, sagte Cissi enthusiastisch, nachdem sie alle begrüßt hatte.

Auf einmal wirkte Kristina etwas unsicher.

»Soll ich euch etwa was vortanzen? Da mache ich mich doch total lächerlich.«

»Keine Sorge, alle tanzen«, ordnete Cissi an.

Erica und Anna warfen sich einen entsetzten Blick zu. So hatte sich Erica das ganz und gar nicht vorgestellt. Sie hatte sich darauf gefreut, Sekt zu trinken und gemütlich zuzuschauen, während Kristina und Gunnar Tanzunterricht bekamen. Sie wollte jedoch keine Spielverderberin sein, und daher warf sie Anna einen eindringlichen Blick zu und ging zu Cissi hinüber. Anna sollte es bloß nicht wagen, sich zu drücken, nur weil sie schwanger war.

Zwei Stunden später war sie verschwitzt, müde und glücklich. Cissi hatte ihnen mit einer Energie, die zwar ansteckend wirkte, sie aber auch vollkommen ausgelaugt hatte, die Grundschritte beigebracht. Erica ahnte bereits, dass ihr am nächsten Tag alles weh tun würde. Am meisten Spaß hatte es ihr jedoch gemacht, Kristinas Freude zu sehen, als sie mit Füßen und Hüften den richtigen Dreh raushatte, und die Fransen ihres Kleides schwungvoll durch die Luft wirbelten. Auch Gunnar schien sich königlich amüsiert zu haben, aber in seinem schwarzen Anzug lief ihm der Schweiß in Strömen runter.

»Danke.« Erica nahm Cissi spontan in den Arm.

Sie hatte selten so viel Spaß gehabt, doch nun war es Zeit

für den nächsten Programmpunkt. Sie hatte den Tag minutiös durchgeplant, und außerdem stand ihnen der Speisesaal des *Stora* Hotel nur für zwei Stunden zur Verfügung.

Sie schenkte alle Gläser voll.

»Der Bräutigam muss sich nun zurückziehen«, sagte sie. »Für den Rest des Nachmittags und Abends haben die Herren Hausverbot. Wir dürfen uns oben in der Suite zurechtmachen, und in einer Stunde beginnen die Vorbereitungen für das Abendessen.«

Kristina küsste Gunnar, den die Tanzstunde offenbar auf den Geschmack gebracht hatte, denn er beugte sie nach hinten und legte sich in einem eleganten Bogen über sie. Die Zuschauerinnen jubelten, die Stimmung hätte nicht besser sein können.

»Gut gemacht.« Anna tätschelte Ericas Arm. »Allerdings bist du unheimlich steif, sogar die alten Tanten können die Hüften besser schwingen als du.«

»Sei bloß still!« Erica knuffte ihre Schwester in die Seite, aber die grinste nur.

Als sie zur Marco-Polo-Suite hinaufgingen, fiel Erica auf, dass sie seit Beginn des Junggesellinnenabschieds nicht mehr an die Arbeit gedacht hatte. Das war schön. Und dringend notwendig. Nur die Füße taten höllisch weh.

»Haltet ihr die Stellung?«

Sie sahen ihn verwirrt an, und Bill rief sich zum tausendsten Mal ins Gedächtnis, dass er entweder einfachstes Schwedisch oder Englisch sprechen musste.

»Are you okay?«

Sie nickten, aber sie wirkten angespannt. Er konnte sie verstehen. Sie mussten das Gefühl haben, es hörte nie auf. Viele von den Leuten, mit denen er auf dem *Heimathof* gesprochen hatte, sagten das Gleiche. Sie hätten gedacht, wenn sie nur erst in Schweden wären, würde alles gut. Aber sie waren auf Misstrauen und eine schwer zu durchschauende Bürokratie und sogar auf Hass gestoßen.

»Adnan, würdest du bitte übernehmen?« Bill zeigte auf das Steuerrad.

Adnan setzte sich mit einem Anflug von Stolz in den Augen. Bill hoffte von Herzen, dass er ihnen ein anderes Bild von seinem geliebten Land vermitteln konnte. Die Schweden waren nicht böse. Sie hatten Angst. Deswegen wurde die Gesellschaft härter. Ängstlich, ja. Aber nicht böse.

»Holst du das Segel dicht, Khalil?«

Bill zog an einem imaginären Tampen.

Khalil nickte und zog das Segel in vorbildlicher Weise gerade so straff, dass es nicht mehr flatterte.

Das Boot nahm Geschwindigkeit auf und legte sich ein wenig auf die Seite, aber das rief bei Bills Mitseglern keine Panik mehr hervor. Bill wünschte, er wäre so ruhig gewesen wie sie. Bis zur Regatta war es nicht mehr lange hin, und er musste ihnen noch so viel beibringen. Im Moment war er froh, dass sie nicht aufhörten. Er hätte es gut verstanden, wenn sie das Handtuch geworfen und das ganze Projekt aufgegeben hätten, aber sie wollten weitermachen. Karim zuliebe, sagten sie. Als sie an diesem Morgen beim Segelclub angekommen waren, hatte Bill Entschlossenheit in ihren Augen gesehen. Sie gingen die Sache mit ganz anderem Ernst an, und Bill merkte es nicht nur an der Art, wie sie segelten, sondern auch daran, wie sich das Boot im Wasser vorwärtsbewegte.

Reiter betonten immer, wie wichtig es sei, mit dem Pferd zu kommunizieren, für Bill war es bei Booten genauso. Boote waren keine toten, seelenlosen Gegenstände. Manchmal hatte er das Gefühl, sich mit Booten besser auszukennen als mit Menschen.

»Wir machen bald eine Wende«, sagte er, und sie verstanden ihn tatsächlich.

Zum ersten Mal hatte er das Gefühl, in einem Team zu

sein. Es gibt nichts Schlechtes, was nicht auch seine guten Seiten hätte, hatte sein Vater immer gesagt, und in gewisser Weise traf das hier zu. Doch der Preis war hoch gewesen. Am Morgen hatte er beim Krankenhaus angerufen, um sich nach Amina zu erkundigen, aber dort gab man nur Angehörigen Auskunft. Vorerst mussten sie hoffen, dass keine Neuigkeiten gute Neuigkeiten waren.

»Okay, klar zur Wende.«

Als das Segel umgeschlagen war und wieder vom Wind gefüllt wurde, musste er sich beherrschen, um kein Freudengeheul auszustoßen. So eine elegante Wende war ihnen noch nie gelungen. Sie hatten das Boot gelenkt wie eine gutgeölte Maschine.

»Gut, Jungs!« Er hob den Daumen.

Khalil strahlte, die anderen richteten sich auf.

Sie erinnerten Bill an seine älteren Söhne, mit denen er auch Segeln gegangen war. Hatte er Nils jemals mit auf das Boot genommen? Er konnte sich nicht erinnern. Nils hatte von ihm nicht annähernd so viel Aufmerksamkeit bekommen wie Alexander und Philip. Und nun rächte sich das.

Nils war ein Fremder für ihn. Bill verstand nicht, wie Nils' Ansichten und seine Wut ausgerechnet in dem Elternhaus hatten gedeihen können, das er und Gun ihm geboten hatten. Bei ihnen hatte jeder offen seine Meinung sagen dürfen, Toleranz wurde großgeschrieben. Wo hatte Nils all diese Ideen her?

Als er am vergangenen Abend nach Hause gekommen war, hatte er beschlossen, mit Nils zu reden. Richtig mit ihm zu reden. Den Schorf von alten Wunden abzukratzen, den Eiter ablaufen zu lassen, zu Kreuze zu kriechen, sich zu entschuldigen und Nils die Möglichkeit zu geben, ihn mit Enttäuschung und Frust zu überschütten. Doch die Tür war abgeschlossen, und Nils machte sie nicht auf, als er klopfte. Er stellte die Musik nur noch lauter, bis es im ganzen Haus wummerte. Am Ende hatte Gun ihm die Hand auf die Schulter gelegt und ihn gebeten, noch ein bisschen zu warten. Nils Zeit zu lassen. Und sie hatte sicher recht. Das Problem würde sich schon lösen. Nils war jung, und seine Persönlichkeitsentwicklung war nicht abgeschlossen.

»Kurs auf die Heimat.« Er zeigte nach Fjällbacka.

Sam saß zusammengesackt vor einem Teller Joghurt, richtete seine Aufmerksamkeit aber auf sein Handy. Helen schnitt es ins Herz, ihn so zu sehen. Sie fragte sich, wo er am Vormittag gewesen war.

»Du verbringst neuerdings viel Zeit mit Jessie.«

»Ja. Und?«

Sam schob seinen Stuhl zurück und ging zum Kühlschrank. Er schenkte sich ein großes Glas Milch ein und trank es in einem Zug leer. Plötzlich wirkte er klein. Es fühlte sich an, als wären erst ein paar Wochen vergangen, seit er mit seinem geliebten Teddy unter dem Arm in kurzen Hosen herumgewackelt war. Sie fragte sich, wo der Bär abgeblieben war. Bestimmt hatte James ihn weggeworfen. Er mochte es nicht, wenn sie Dinge behielten, die sie nicht mehr benutzten. Etwas aufzubewahren, weil es einen emotionalen Wert hatte, kam in seiner Welt nicht vor.

»Ich dachte nur, es ist vielleicht unklug«, sagte sie.

Sam schüttelte den Kopf.

»Wir wollten doch nicht darüber reden.«

Wie immer, wenn sie darüber nachdachte, drehte sich alles. Als sie die Augen schloss, stand die Welt zum Glück wieder still. Darin hatte sie jahrelange Übung. Seit dreißig Jahren lebte sie im Auge des Sturms. Am Ende gewöhnte man sich daran.

»Ich weiß nur nicht, ob ich es gut finde, wenn ihr so oft zusammen seid.« Sie hörte selbst den flehentlichen Ton in ihrer Stimme. »Papa würde es auch nicht gefallen, glaube ich.«

Früher hatte dieses Argument ausgereicht.

»James.« Sam schnaubte den Namen aus. »Fährt er nicht bald wieder?«

»Ja, in einer Woche.« Auch sie konnte die Erleichterung darüber nicht verhehlen.

Monatelange Freiheit. Atempause. Absurderweise wusste sie, dass es James genauso ging. Sie waren Gefangene eines Gefängnisses, das sie selbst gebaut hatten. Und Sam war ihre Geisel.

Sam stellte das Glas ab.

»Jessie ist der einzige Mensch, der mich je verstanden hat. Du wirst das nie begreifen, aber es ist so.«

Er legte den Tetrapak Milch wieder in den Kühlschrank, in das Fach, das Butter und Käse vorbehalten war.

Sie hätte ihm so gern gesagt, dass sie natürlich verstand, was er meinte. Ganz genau. Doch so wie die Geheimnisse sich auftürmten, wurde die Mauer zwischen ihnen immer höher. Er erstickte an den Geheimnissen, ohne zu wissen, warum. Sie hätte ihn befreien können, aber sie wagte es nicht. Und nun war es zu spät. Nun hatten ihr Erbe und ihre Schuld ihn in einen Käfig gesperrt, aus dem er ebenso wenig entrinnen konnte wie sie aus ihrem. Ihre Lebensschicksale waren ineinander verflochten und konnten nicht voneinander getrennt werden, so gern sie das auch gewollt hätte.

Das Schweigen war unerträglich. Seine Fassade war so undurchdringbar, so hart. Er musste Dinge in sich tragen, die jeden Augenblick explodieren konnten.

Sie nahm Anlauf.

»Denkst du manchmal an ...?«

Er unterbrach sie sofort. Seine Augen waren so kalt wie die von James.

»Wir reden nicht darüber, habe ich gesagt.«

Helen verstummte.

Die Haustür wurde geöffnet, und James' feste Schritte waren zu hören. Ehe sie sich's versah, war Sam in seinem Zimmer verschwunden. Sie schob den Stuhl an den Küchentisch, räumte Teller und Glas in die Spülmaschine und stellte rasch die Milch an die richtige Stelle.

»Na, dann ist es wohl mal wieder so weit«, sagte Torbjörn. Patriks Magen verkrampfte sich.

Alles, was mit dieser Hausdurchsuchung zusammenhing, hatte sich in ein heilloses Durcheinander verwandelt, und er war sich nicht sicher, ob das Auswirkungen auf das Ergebnis haben würde. Aber nun blieb ihm nichts anderes übrig, als die Ärmel hochzukrempeln und loszulegen.

»Im Haus haben wir ja nichts Interessantes gefunden, deshalb machen wir jetzt in der Scheune weiter«, sagte er.

»Und dann sind Dachboden und Grundstück an der Reihe, wenn ich dich richtig verstanden habe.«

Patrik nickte.

»Gut, okay.«

Torbjörn sah ihn über den Rand seiner Brille mit zusammengekniffenen Augen an. Seine Augen waren in letzter Zeit schlechter geworden. Sie wurden beide nicht jünger.

»Ich habe gehört, Mellberg hat den Schlamassel angerichtet.«

»Wer sonst?«, seufzte Patrik. »Wir müssen jetzt das Beste aus der Situation machen. Zumindest ist es ganz angenehm, dass die Familie heute nicht da ist.«

Patrik sah sich auf dem verlassenen Hof um und bedankte sich im Geiste bei Gösta, der Peter während eines langen Telefongesprächs erklärt hatte, dass sie die Hausdurchsuchung unbedingt zu Ende bringen mussten. Und er hatte Peter nahegelegt, das zum Anlass zu nehmen, sich erstmals wieder vom Hof wegzubewegen. Offenbar hatten sie sich den behutsamen Rat zu Herzen genommen, denn als Patrik, Gösta und die Techniker eintrafen, waren sie nicht da.

»Kann ich dabei sein?«, bat er Torbjörn.

An den Orten, die untersucht wurden, durften sich immer nur möglichst wenig Leute aufhalten, doch Patrik wusste nicht, was er sonst machen sollte.

»Na gut«, sagte Torbjörn und richtete einen strengen Zeigefinger auf ihn. »Aber du stehst nicht im Weg und ziehst den Schutzanzug an.«

»Klar.« Allein von der Vorstellung, wie heiß ihm in dem Kunststoffoverall werden würde, wurde ihm schlecht.

Dieser Sommer schlug alle Rekorde, und er schwitzte schon in seiner normalen Kleidung.

Tatsächlich war es in der Schutzkleidung wie in einer Sauna, aber in der Scheune doch kühler als draußen. Er hatte immer etwas für Scheunen und Stallgebäude übriggehabt. Durch die Ritzen zwischen den Brettern drang ein ganz besonderes Licht. In gewisser Weise war es wie an einem heiligen Ort, außerdem in Scheunen meistens friedlich und still. Daher erschien es ihm auch irgendwie nicht richtig, die Ruhe hier mit raschelnder Schutzkleidung, Geräten, Flüssigkeiten und ernstem Gemurmel zu stören.

Patrik stellte sich in eine Ecke und sah sich um. Die Scheune war groß und viel besser in Schuss als viele andere in der Gegend. Sie wurde auch nicht als Lagerraum genutzt. Es standen keine alten Autos, Traktoren und Gerümpel herum, sondern im Prinzip war das Gebäude ordentlich aufgeräumt und leer. Am einen Ende sah er eine Leiter, die zum Dachboden hinaufführte. Es juckte Patrik förmlich in den Fingern, weil er gern hinaufgestiegen wäre.

Er zuckte zusammen. Etwas strich um seine Beine. Er beugte sich zu dem maunzenden Tier hinunter und kraulte es unter dem Kinn. Die Katze schnurrte laut und zog behaglich den Kopf zwischen die Schultern.

»Wie heißt du denn, du Süße?«, sagte er sanft und strich der Katze übers Fell. »Gott, bist du hübsch!«

Wohlig legte sich das Tier auf den Rücken und ließ sich den Bauch kraulen.

»Patrik?«

»Ja?«

Als er aufstand, wirkte die Katze zunächst beleidigt und enttäuscht, aber dann sprang sie auf die Füße und stolzierte davon.

»Kannst du mal hier hochkommen?«

Torbjörn winkte ihm vom Boden.

»Hier oben ist nichts«, sagte Torbjörn, als Patrik die Leiter raufgestiegen war. »Bis auf das hier.«

Er hielt die Verpackung einer Waffelschnitte hoch.

Patrik runzelte die Stirn.

»Pedersen vermutet, dass Nea eine Waffelschnitte mit Schokoladenfüllung im Magen hatte, als sie gefunden wurde.« Sein Herz klopfte schneller.

Es konnte Zufall sein. Aber an Zufall glaubte er selten.

»Ich packe das Papier ein, damit wir es auf Fingerabdrücke untersuchen können«, sagte Torbjörn. »Dass darauf ein paar erstklassige zu finden sind, sehe ich mit bloßem Auge. Die Verpackung war zwischen zwei lockeren Brettern eingeklemmt, es war pures Glück, dass ich sie entdeckt habe. Ansonsten ist es hier oben klinisch sauber. Fast ein bisschen zu sauber.«

Torbjörn ließ den Blick durch den Raum schweifen.

»Könnt ihr jetzt runterkommen?«, fragte einer der Techniker, der am Fuß der Leiter gearbeitet hatte. »Wir müssen die Scheune jetzt abdunkeln.«

Mit der Verpackung in einer Klarsichttüte und Patrik im Schlepptau, stieg Torbjörn die Leiter runter.

»Der nächste Schritt der Untersuchung muss in völliger Dunkelheit durchgeführt werden«, erklärte er. »Wir decken alle Wände mit schwarzen Vorhängen ab. Da das etwas dauert, kannst du auch draußen warten.«

Patrik setzte sich auf einen Gartenstuhl und beobachtete die Techniker, die aus der Scheune kamen und wieder hineingingen. Dann wurde das Scheunentor geschlossen, und es war vollkommen still.

Nach einer ganzen Weile rief Torbjörn ihn wieder rein. Zögerlich öffnete er die Tür und trat in komplette Dunkelheit ein. Nach einiger Zeit hatten sich seine Augen daran gewöhnt, und er erkannte weiter hinten in der Scheune dunkle Schatten.

»Komm her!« Vorsichtig bewegte sich Patrik auf Torbjörns Stimme zu.

Und dann sah er, was Torbjörn und die anderen Techniker mit solchem Interesse betrachteten. Einen leuchtend blauen Fleck auf dem Fußboden. Nach vielen Tatortuntersuchungen wusste er, was das bedeutete. Man hatte den Boden mit Luminol eingesprüht, und das machte Blut sichtbar, das mit bloßem Auge nicht zu erkennen war. Und das hier war ein großer Fleck.

»Ich glaube, wir haben unseren primären Tatort gefunden«, sagte er.

»Jetzt vergaloppier dich bloß nicht gleich«, sagte Torbjörn. »Vergiss nicht, dass dies eine alte Scheune ist. Hier haben sicher auch Tiere gestanden, und es könnte ein alter Blutfleck sein.«

»Oder auch nicht. In Kombination mit der Verpackung, die du gefunden hast, tendiere ich zu der Annahme, dass Nea hier gestorben ist.«

»Ich glaube, du hast recht, aber ich habe mich schon oft geirrt, und es ist immer besser, sich nicht auf eine Theorie zu versteifen, bevor sie nicht anhand von Fakten bewiesen ist.«

»Können wir eine Probe von dem Blut mit dem von Nea vergleichen?«

Torbjörn nickte.

»Siehst du die Ritzen im Boden? Ich schätze, das Blut ist auch zwischen den Dielenbrettern durchgesickert, und selbst wenn hier jemand wie verrückt geputzt hat, werden wir darunter Blut finden.«

»Dann lass uns den Boden aufstemmen«, sagte Patrik.

Torbjörn machte eine abwehrende Handbewegung.

»Zuerst müssen wir alles sorgfältig dokumentieren. Gib uns ein bisschen Zeit. Ich rufe dich, wenn wir die Bodenbretter rausreißen.«

»Okay.« Patrik zog sich wieder in seine Ecke zurück.

Die graue Katze schmiegte sich erneut an ihn, und er ging folgsam in die Hocke und streichelte sie.

Höchstens eine Viertelstunde später ging das Licht an, und Torbjörn teilte ihm mit, sie seien jetzt bereit, den Boden aufzustemmen. Trotzdem war ihm die Zeit wie eine Ewigkeit vorgekommen. Hastig stand Patrik auf, und die Katze raste verängstigt davon. Er ging neugierig zu der Stelle hinüber, die man aus allen Blickwinkeln genauestens fotografiert hatte. Proben waren genommen und eingetütet worden. Nun mussten sie nur noch schauen, was sich unter diesem Teil des Fußbodens befand.

Als das Scheunentor geöffnet wurde, drehte Patrik sich um. Mit dem Mobiltelefon in der Hand kam Gösta auf ihn zu.

»Ich habe gerade mit den Kollegen aus Uddevalla gesprochen.«

»Wegen Tore Carlson?«

Gösta schüttelte den Kopf.

»Nein, es ging um was anderes. Bei meinem letzten Anruf in Uddevalla habe ich mich ein wenig nach Familie Berg erkundigt, und die Kollegen dort sind der Sache offenbar nachgegangen.«

Patrik zog die Augenbrauen hoch.

»Und?«

»Tja, Peter Berg wird offenbar nachgesagt, er würde gewalttätig, wenn er betrunken ist.«

»Sehr gewalttätig?«

»Ja. Es gab eine Reihe von Kneipenschlägereien.«

»Aber keine häusliche Gewalt?«

Gösta schüttelte den Kopf.

»Nein, nichts Derartiges. Und keine Anzeigen wegen Körperverletzung, deswegen haben wir auch nichts gefunden.«

»Okay, gut zu wissen, Gösta. Wir werden wohl mit Peter reden müssen.«

Gösta wies mit einer Kopfbewegung auf die Techniker.

»Und was ist hier los? Habt ihr was gefunden?«

»Oben auf dem Boden die Verpackung einer Schokowaffelschnitte, aber vor allem Blutspuren. Sie sind weggewischt worden, doch die Techniker haben sie mit Luminol sichtbar gemacht, und nun reißen wir den Boden auf, weil Torbjörn glaubt, es könnte Blut zwischen den Ritzen durchgelaufen sein.«

»Das ist doch unglaublich!« Gösta starrte auf die Bodenbretter. »Du glaubst also …?«

»Ja«, sagte Patrik. »Ich glaube, Nea ist hier gestorben.«

Eine Weile standen alle schweigend da. Dann wurde das erste Brett angehoben.

Bohuslän 1672

Tumult vor der Tür weckte Elin. Zum ersten Mal seit langem hatte sie gut und tief geschlafen. Der lange Spaziergang mit Märta, als am Vorabend über den Wiesen die Sonne untergegangen war, hatte ihr gutgetan. Und er hatte auch beinahe die Sorgen wegen Brittas Absichten vertrieben. Britta war sehr bedacht auf den Eindruck, den sie nach außen machte, und sie würde nicht wollen, dass die Leute erführen, was sich zwischen ihrem Mann und ihrer Schwester Schändliches abgespielt hatte. Kurz vorm Einschlafen hatte Elin es geschafft, sich das einzureden. Es würde vorbeigehen, Britta würde mit einem Kind im Haus alle Hände voll zu tun haben, und die Zeit ließ die meisten Dinge verblassen, bis sie am Ende schließlich verschwunden waren.

Als der Lärm draußen Elin aus dem Schlaf riss, hatte sie gerade wundervoll von Märta geträumt. Sie setzte sich auf und rieb sich die Augen. Da sie als Erste der Mägde aufstehen musste, schwang sie die Beine über die Kante des Bettes, das sie mit ihrer Tochter teilte, und stellte die Füße auf den Boden.

»Ich komme.« Sie eilte zur Tür. »Was ist denn das für ein Radau vor Tau und Tag?«

»Ich suche Elin Jonsdotter.«

»Das bin ich«, sagte Elin.

Auch die anderen waren nun wach geworden und lauschten gespannt.

»Elin wird der Hexerei angeklagt und festgenommen«, sagte der Büttel.

Elin starrte ihn an. Was hatte er gesagt? Hexerei? Hatte er den Verstand verloren?

»Das muss ein Missverständnis sein«, sagte sie.

Märta war leise zur ihr gekommen und hielt sich an ihrem Rock fest. Hastig schob sie das Kind hinter sich.

»Es ist kein Missverständnis. Wir haben die Anweisung, Elin zu verhaften. Später wird Sie vor Gericht gestellt.«

»Aber das kann nicht stimmen. Ich bin keine Hexe. Sprechen Sie mit meiner Schwester, sie ist die Pfarrfrau hier auf dem Hof und kann bezeugen …«

»Britta Willumsen hat die Anzeige erstattet«, fiel ihr der Büttel ins Wort und packte sie am Arm.

Elin wehrte sich, als der Mann sie durch die Tür zerrte. Märta klammerte sich schreiend an sie. Elin stöhnte laut auf, als Märta zu Boden fiel. Während sie aus dem Augenwinkel sah, wie Leute zu ihrer Tochter stürzten, wurde der Griff des Büttels fester. Alles drehte sich. Britta hatte sie der Hexerei bezichtigt.

Jessies Hand zitterte ein wenig, als sie vor Vendelas Spiegel stand. Die Wimperntusche durfte nicht klumpen.

Hinter ihr probierte Vendela das vierte Kleid an, riss es sich frustriert vom Leib.

»Ich habe nichts anzuziehen!«, sagte sie. »Ich bin so fett geworden.«

Vendela kniff sich in eine nicht vorhandene Speckrolle in der Taille, und Jessie drehte sich zu ihr um.

»Wie kannst du so was sagen? Ich wünschte, ich hätte so eine tolle Figur wie du.«

Sie stellte das eher nüchtern fest, als dass sie es bedauerte. Seit Sam sie liebte, fand sie ihre überflüssigen Kilos nicht mehr ganz so abstoßend.

Ihr Magen knurrte. Sie hatte den ganzen Tag nichts essen können. In Fjällbacka schien sich ihr Schicksal gewendet zu haben. Sie hatte furchtbare Angst gehabt, hier würde alles noch schlimmer werden, und dann hatte sie Sam kennengelernt und sich mit Vendela angefreundet. Vendela war, ja, perfekt und cool und weltgewandt. Sie war eine Art menschlicher Schlüssel zu einer Welt, nach der Jessie sich gesehnt hatte. All die harten Worte, die kleinen Gemeinheiten, die höhnischen Kommentare und die zahllosen Demütigungen waren wie weggeblasen. Sie würde einen Schlussstrich ziehen und vergessen, wer sie gewesen war. Jetzt war sie eine neue Jessie.

Vendela schien sich für ein Kleid entschieden zu haben, ein enges rotes Schlauchkleid, das kaum ihr Höschen bedeckte.

»Was meinst du?« Sie drehte sich vor Jessie.

»Du bist so schön.« Jessie meinte es ernst.

Vendela sah aus wie eine Puppe. Als Jessie sich selbst hinter Vendelas Spiegelbild entdeckte, verflog ihr frisch gewonnenes Selbstvertrauen. Die Bluse hing an ihr wie ein Sack, und die Haare waren strähnig und fettig. Dabei hatte sie die erst am Morgen gewaschen.

Vendela musste ihre niedergeschlagene Miene bemerkt haben. Sie legte Jessie die Hände auf die Schulter und drückte sie auf einen Stuhl vor dem Spiegel.

»Weißt du was? Ich glaube, ich kann deine Haare richtig schick machen. Soll ich es mal versuchen?«

Jessie nickte, und Vendela holte mehrere Flaschen und Dosen sowie drei verschiedene Lockenzangen und ein Glätteisen hervor. Zwanzig Minuten später hatte Jessie eine vollkommen andere Frisur. Im Spiegel erkannte sie sich kaum wieder.

Sie war eine neue Jessie und wollte auf eine Party. Das Leben hätte kaum schöner sein können.

Martin setzte sich zu Paula an den Küchentisch.

»Wann bekommen wir Bescheid wegen der Aufnahme?«, fragte er.

»Welche Aufnahme?«, fragte Paula, aber im nächsten Augenblick fiel der Groschen.

Mein Gott, dachte sie, bei dieser Hitze funktionierte ihr Hirn wirklich nicht richtig. In der Nacht hatte sie kaum geschlafen. Lisa war weinerlich gewesen und gefühlte hundert Mal aufgewacht. Es hatte sich kaum gelohnt, auch nur zu versuchen, zwischendurch wieder einzuschlafen. Schließlich hatte sie es aufgegeben und sich stattdessen an die Arbeit gemacht, aber nun fielen ihr vor Müdigkeit die Augen zu.

»Eigentlich wollten sie sich diese Woche melden«, sagte sie. »Aber wahrscheinlich sollten wir uns nicht zu große Hoffnungen machen.«

»Sind die Kinder bei euch eingezogen?« Martin schenkte ihr einen großen Becher Kaffee ein.

Ihr achter heute, wenn sie sich nicht verzählt hatte.

»Ja, das hat prima geklappt, sie sind heute Morgen gekommen. Patrik hat sie vom Krankenhaus abgeholt und zu uns gebracht.«

»Hat er etwas Neues von Amina gehört? Und Karim?«

»Aminas Zustand ist unverändert«, sagte Paula. »Aber Karim kann bald nach Hause.«

»Wird er auch bei euch wohnen, oder was habt ihr vor?«

»Nein, nein, so viel Platz haben wir nicht«, sagte Paula. »Die Gemeinde stellt den Betroffenen vorübergehend Unterkünfte zur Verfügung, bis Karim entlassen wird, wollen sie die bewohnbar gemacht haben. Es können ja nicht alle auf dem *Heimathof* untergebracht werden. Ich muss sagen, ich bin positiv überrascht. Privatleute öffnen ihre Türen, bieten ihre Gästezimmer und Sommerhäuschen an, ein junges Paar hat seine Wohnung sogar komplett für eine Familie geräumt und ist zur Tante gezogen.«

Martin schüttelte den Kopf.

»Was für ein Kontrast. Menschen sind merkwürdig. Manche wollen zerstören, andere sind zu allem bereit, um Fremden zu helfen. Schau dir Bill und Gun an, die waren den ganzen Tag auf dem *Heimathof.*«

»Ja, das lässt einen wieder hoffen.«

Paula stand auf, holte die Milch aus dem Kühlschrank und goss ein wenig in ihren Kaffee. Schwarzen Kaffee bekam sie einfach nicht runter.

»Ich fahre jetzt nach Hause. Ihr kommt hoffentlich auch mal ohne mich zurecht.« Mellberg streckte den Kopf durch die Tür. »Es wird Rita sonst zu viel allein mit den Kindern. Unterwegs halte ich beim Bäcker und hole ein paar Zimtschnecken.«

Er zog die Augenbrauen hoch.

»Essen die so was überhaupt?«

Paula verdrehte die Augen und sah Martin an.

»Ja, Bertil, sie essen Zimtschnecken. Sie sind aus Syrien. Nicht aus einer anderen Galaxie.«

»Muss man gleich unfreundlich werden, wenn jemand eine einfache Frage stellt?« Mellberg wirkte gekränkt.

»Zimtschnecken sind bestimmt ein voller Erfolg«, sagte sie. »Hauptsache, du vergisst nicht, Leo einen Kopenhagener mitzubringen.«

Mellberg rümpfte die Nase.

»Wie könnte ich vergessen, Opas Liebling seine Leibspeise zu besorgen?«

Er drehte sich um und zog Ernst hinter sich her.

»Er ist die Strafe für meine Sünden.« Paula blickte Mellberg hinterher.

Martin schüttelte den Kopf.

»Aus ihm werde ich niemals schlau.«

Paula wurde wieder ernst.

»Hast du dich an der rassistischen Front umgehört?«

»Ich habe ein paar meiner Kontakte von früher angerufen, aber von dem Brand weiß angeblich keiner was.«

»Kein Wunder«, sagte Paula. »Wir können nicht erwarten, dass sich jemand freiwillig dazu bekennt.«

»Nein, aber die Typen sind nicht die hellsten, und daher wird sich früher oder später jemand verplappern. Und einen anderen anschwärzen. Ausgeschlossen ist das nicht. Ich fühle denen weiter auf den Zahn.«

Paula trank einen Schluck Kaffee. Vor Müdigkeit fühlte sich ihr Körper schwer und plump an.

»Glaubst du, bei der Hausdurchsuchung kommt was raus?«

Martin zögerte. Dann schüttelte er den Kopf.

»Nein, wahrscheinlich nicht. Wir haben im Wohnhaus nichts entdeckt, und ich glaube nicht, dass die Familie etwas mit dem Mord zu tun hat.«

»Uns gehen allmählich die Spuren aus.« Paula musterte Martin. »Wir haben keine Zeugen, keine handfesten Beweisstücke, und wir haben trotz aller Ähnlichkeiten keine Verbindung zum Fall Stella entdeckt. Langsam glaube ich nicht mehr, dass es überhaupt einen Zusammenhang gibt. Über den Mord an Stella weiß hier in der Gegend jeder Bescheid, jeder kennt die Einzelheiten und den Fundort, das ist alles kein Geheimnis. Es wäre kein Problem gewesen, den Mord zu imitieren. Über das Warum können wir nur spekulieren.«

»Was ist mit Leifs Zweifeln? Dass die Mädchen die Täterinnen waren? Wieso hat er seine Meinung plötzlich geändert? Und sich dann das Leben genommen?«

»Ja, weiß ich auch nicht.« Paula rieb sich müde die Augen. »Ich habe einfach das Gefühl, wir treten auf der Stelle. Und der Brandanschlag auf die Flüchtlingsunterkunft noch obendrauf. Werden wir das alles wirklich aufklären?«

»Na sicher.« Martin stand auf. »Wir schaffen das.«

Paula nickte nur. Sie wünschte, er hätte recht, aber ihre Erschöpfung war ein fruchtbarer Boden für Hoffnungslosigkeit. Sie fragte sich, ob es den anderen genauso ging.

»Ich muss los, ich habe noch einiges zu erledigen.«

Er wippte auf den Fußsohlen vor und zurück.

Im ersten Moment verstand Paula nicht, was er meinte, aber dann grinste sie breit.

»Ach, heute ist ja der große Abend. Das Essen mit dem Mädchen vom *Heimathof*.«

Martin sah aus, als wollte er im Boden versinken.

»Es ist nur ein Abendessen. Erst mal abwarten.«

»Hm.« Paula lächelte ihn vielsagend an, aber er drohte ihr mit dem Zeigefinger.

Als er zur Tür ging, rief sie ihm lachend hinterher: »Keine Angst, es ist wie beim Fahrradfahren.«

Lautstark fiel die Tür ins Schloss. Sie sah auf die Uhr. Eine Stunde würde sie noch arbeiten, beschloss sie, dann reichte es für heute.

Basse wohnte in einem alten Haus mit Erkerfenstern, und Jessie freute sich, als sie davorstand, weil sie noch nie in einem so verwinkelten Gebäude gewesen war, aber als eine wildfremde Person die Tür öffnete, und sie die vielen Leute dahinter sah, bekam sie plötzlich Angst.

Fast alle um sie herum waren angetrunken und gingen so selbstverständlich miteinander um, wie Jessie das gar nicht konnte. Sie war noch nie auf einer solchen Party gewesen. Am liebsten wäre sie einfach weggerannt, aber Vendela hielt sie am Arm fest und zog sie zu einem Tisch am anderen Ende des Wohnzimmers. Darauf standen massenhaft Bier-, Wein- und Schnapsflaschen.

»Gehört das alles Basses Eltern?«, fragte Jessie.

»Nein, das ginge nicht.« Vendela schüttelte ihr langes blondes Haar. »Wenn wir feiern, steuert einfach jeder so viel bei, wie er kann.«

»Ich hätte eine Flasche Sekt mitbringen können«, murmelte Jessie. Sie kam sich blöd vor.

Vendela lachte.

»Ach was, du bist doch die Neue und sozusagen Ehrengast. Was möchtest du trinken?«

Jessie ließ ihre Hand über die Flaschen schweifen.

»Ich habe noch nie was anderes als Sekt getrunken.«

»Dann wird es Zeit für einen richtigen Drink. Ich mixe dir einen.«

Vendela griff nach einem Plastikbecher. Sie schüttete verschiedene klare Flüssigkeiten hinein und rundete das Ganze mit ein bisschen Sprite ab.

»Hier.« Sie überreichte Jessie den vollen Becher. »Das schmeckt superlecker!«

Vendela nahm sich selbst auch einen Plastikbecher und füllte ihn mit Weißwein aus einem Karton mit Zapfhahn.

»Prost!« Sie stieß mit ihrem Becher an Jessies.

Jessie trank einen Schluck und gab sich Mühe, nicht das Gesicht zu verziehen. Das Getränk war bitter, aber sie hatte ja noch nie einen richtigen Drink probiert, vielleicht waren die immer so. Und Vendela schien zu wissen, was sie tat.

Vendela machte eine Kopfbewegung.

»Nils und Basse sitzen da drüben.«

Jessie trank einen großen Schluck. Er schmeckte besser als der erste. So viele Leute. Und niemand sah sie höhnisch oder verächtlich an. Neugierig schon, aber auf angenehme Art. Jedenfalls kam es ihr so vor.

Wieder nahm Vendela sie an der Hand und zog sie an den vielen redenden, tanzenden und lachenden Menschen vorbei.

Die Jungs hatten sich mit je einer Bierflasche in der Hand auf das Sofa gefläzt. Sie nickten Jessie zu, und Vendela warf sich Nils auf den Schoß.

»Mann, seid ihr spät dran.« Nils zog Vendela an sich. »Ihr habt euch bestimmt ewig geschminkt.«

Vendela kicherte, als Nils ihr Haar zur Seite schob und sie im Nacken küsste.

Jessie setzte sich auf einen großen weißen Sessel neben dem Sofa und versuchte, Nils und Vendela nicht zu auffällig anzustarren, während sie knutschten.

Sie beugte sich zu Basse hinüber.

»Wo sind deine Eltern?«, fragte sie.

Hinter ihr dröhnte die Musik auf voller Lautstärke.

»Die sind auf einem längeren Segeltörn.« Basse zuckte die Achseln. »Sie segeln im Sommer immer, aber seit zwei Jahren muss ich nicht mehr mit.«

Vendela hörte auf, Nils zu küssen, und lächelte Jessie an.

»Sie denken, er hat einen Ferienjob«, sagte sie.

»Echt?«

Sie hatte zwar eine Mutter, die gar nicht gemerkt hätte, wenn sie drei Wochen weg gewesen wäre, aber das hier war etwas anderes. Ein richtiges Lügenkonstrukt.

»Sie verlangen von mir, dass ich arbeite, wenn ich zu Hause bleibe.« Basse trank einen Schluck aus seiner Flasche. Versehentlich schüttete er dabei Bier auf sein T-Shirt, aber das schien ihm gar nicht aufzufallen. »Ich sage einfach, ich hätte einen Job im *TanumStrand*, das können sie nicht überprüfen, weil sie dort niemanden kennen.«

»Wollen sie denn nicht wissen, wo das Geld geblieben ist?«

»Sie haben einen krassen Weinkeller voller teurer Weine, von denen sie keine Ahnung haben. Während sie verreist sind, verkaufe ich ein paar Flaschen.«

Jessie sah ihn überrascht an. Für so clever hatte sie Basse nicht gehalten.

»Nils hilft mir dabei«, sagte Basse.

Jessie nickte. Das erklärte alles. Sie trank noch einen Schluck. Es brannte im Hals, aber ihr Magen hüpfte vor Freude. Fühlte es sich so an, dazuzugehören?

»Schade, dass Sam nicht kommen konnte.« Nils lehnte sich zurück.

Jessie verspürte einen Anflug von Sehnsucht. Er war aber auch stur! Sie hatten doch offensichtlich kapiert, dass ihr Verhalten nicht okay gewesen war.

»Er kann heute Abend nicht, aber nächsten Samstag kommen wir beide zum *Heimathof*.«

»Ah, super.« Nils hob seine Bierflasche.

Jessie zog ihr Handy aus der Tasche und schickte Sam schnell eine SMS. »Alles in Ordnung, alle sind nett und ich habe Spaß.« Er antwortete sofort mit einem Daumen-hoch-Emoji und einem Smiley. Lächelnd steckte sie das Telefon wieder in ihre Handtasche. Sie konnte kaum fassen, wie schön alles war. Zum ersten Mal im Leben fühlte sie sich – normal.

»Schmeckt dir dein Drink?« Nils zeigte mit der Flasche auf ihren Becher.

»Ja, total lecker.« Sie trank große Schlucke.

Nils schubste Vendela von seinem Schoß und klatschte ihr auf den Po.

»Kannst du Jessie nicht noch einen machen? Ihr Becher ist fast leer.«

»Klar.« Vendela zog ihr enges Kleid ein Stück runter. »Ich werde uns beiden was zu trinken holen, mein Wein ist auch gleich alle.«

»Bring mir ein Bier mit.« Basse stellte seine leere Flasche auf den Tisch.

»Mal sehen, ob ich das alles tragen kann.«

Vendela zwängte sich durch die Menge zum Getränketisch am anderen Ende des Raums. Jessie wusste nicht, was sie sagen sollte. Schweiß lief ihr den Rücken runter, und sie hatte bestimmt dunkle Ringe unter den Achseln. Am liebsten wäre sie aufgesprungen und weggerannt, aber stattdessen stierte sie angestrengt auf den Teppich.

»Wie ist es, wenn die eigene Mutter ein Filmstar ist?«, fragte Basse.

Jessie verdrehte innerlich die Augen, war aber trotzdem froh, dass jemand ein Gespräch anfing. Auch wenn dies wirklich nicht ihr bevorzugtes Thema war.

»Ach, Mutter ist Mutter. Ich stelle sie mir selten als Filmstar vor.«

»Triffst du denn nicht lauter coole Leute?«

»Ja, klar, aber für meine Mutter sind das einfach Kollegen.«

Sollte sie die Wahrheit sagen? Erzählen, wie wenig sie von Maries Leben mitbekommen hatte? Dass sie als kleines Mädchen mit einer endlosen Reihe von Kindermädchen zu Hause gesessen hatte, während Marie entweder drehte oder irgendwelche Veranstaltungen besuchte? Sobald sie alt genug gewesen war, hatte Marie sie weltweit auf die verschiedensten Internate geschickt. Während Jessie in England zur Schule ging, hatte Marie ein halbes Jahr in Südafrika gedreht.

»Hier kommt Nachschub.« Vendela stellte zwei Plastikbecher und eine Flasche auf dem Tisch ab.

Sie sah Jessie an.

»Probier mal, ob er dir auch so gut schmeckt. Ich habe einen anderen Drink gemixt.«

Jessie trank einen Schluck. Das Brennen im Hals war gleich, aber diesmal schmeckte das Getränk mehr nach Fanta, und das gefiel ihr besser. Sie hob den Daumen.

»Keine Angst, dass du betrunken davon wirst, ich habe kaum harten Alkohol reingetan.«

Jessie lächelte Vendela dankbar an und trank weiter. Wenn ein Drink mit wenig Alkohol schon so im Magen brannte, wie mochte dann wohl ein starker schmecken? Aber ansonsten war Vendela echt lieb zu ihr. Ein Glücksgefühl breitete sich in ihrer Brust aus. Waren das hier ihre neuen Freunde? Das wäre großartig gewesen. Außerdem hatte sie Sam. Den wunderbaren, zauberhaften Sam.

Sie prostete dem Trio auf dem Sofa zu und trank einen großen Schluck. Das Brennen in der Brust war herrlich.

Sorgfältig entfernte Marie ihr Make-up. Die Produkte, die beim Film verwendet wurden, und zwar in großen Mengen, waren Gift für die Haut, und sie wäre im Traum nicht auf die Idee gekommen, ins Bett zu gehen, ohne sich vorher abzuschminken, damit ihre Haut wieder atmen konnte. Sie beugte sich vor und musterte ihr Gesicht im Spiegel. Ganz, ganz zarte Krähenfüße in den Augenwinkeln und ein paar feine Linien um den Mund. Manchmal hatte sie das Gefühl, in einem Zug zu sitzen, der auf einen Abgrund zuraste. Ihre Karriere war alles, was sie hatte.

Aus diesem Film schien nun doch noch etwas zu werden, und falls er ein Erfolg an den Kinokassen wurde, hatte sie sich einige weitere Jahre erkauft. Zumindest in Schweden. Ihre Tage in Hollywood waren gezählt. Die Rollen wurden schlechter und kleiner. Sie spielte mittlerweile immer die Mutter von irgendjemandem und nicht mehr den weiblichen Publikumsmagneten. Blutjunge Sternchen mit hungrigen Augen und Körpern, die bereitwillig unter Regisseuren und Produzenten lagen, waren ihr auf den Fersen.

Marie griff zu der Dose mit der teuren Gesichtscreme und rieb sich gründlich ein. Sie begann mit dem Hals und konzentrierte sich nicht, wie so viele andere, nur aufs Gesicht, während die Partie darunter alt und runzlig wurde.

Sie sah auf die Uhr. Fünf vor zwölf. Sollte sie wach bleiben, bis Jessie zu Hause war? Nein, sie würde schon irgendwann kommen oder bei jemandem übernachten. Marie brauchte ihren Schönheitsschlaf, sie hatte einen langen Drehtag vor sich.

Marie sah ihrem Spiegelbild in die Augen. Ungeschminkt. Ihr Äußeres war schon in der Kindheit eine Rüstung gewesen. Es hielt alle anderen von ihrem Inneren ab. Nach Helen hatte sie niemand mehr wirklich gesehen. Die meiste Zeit war es ihr gelungen, nicht an sie zu denken. Sich nicht umzudrehen. Sie hatte nie zurückgeblickt. Was hätte es auch genützt? Sie waren gewaltsam getrennt worden. Und dann ... dann hatte Helen nichts mehr von ihr wissen wollen.

Sie hatte auf den Tag gewartet, an dem sie achtzehn wurden. Erst vier Monate nachdem Marie volljährig geworden war, sollten sie sich endlich wiedersehen. Im Oktober. Sie würden neue Pläne machen. Und nicht mehr jeden Moment vor Sehnsucht vergehen.

Marie rief sie schon am Morgen an. Sie hatte sich zurechtgelegt, was sie sagen würde, falls Helens Eltern ans Telefon gingen, aber das wäre nicht nötig gewesen. Helens Stimme erfüllte sie mit Glück. Marie war bereit, die vergangenen Jahre auszulöschen und noch einmal von vorn anzufangen. Zusammen mit Helen.

Doch Helen klang wie eine Fremde. Kalt. Nüchtern. Sie sagte, sie wolle keinen Kontakt mehr zu Marie. Bald würde sie James heiraten, und Marie gehöre einer Vergangenheit an, mit der sie nichts mehr zu tun haben wolle. Stumm saß Marie mit dem Hörer in der Hand da. In die Sehnsucht mischte sich Verzweiflung. Sie stellte keine Fragen. Bohrte nicht nach. Legte leise auf und beschloss, nie wieder jemanden an ihr Innerstes heranzulassen. Und daran hatte sie sich gehalten. Sie hatte darauf geachtet, nur an einen einzigen Menschen zu denken. Sich selbst. Alles, was sie haben wollte, hatte sie bekommen.

Aber nun, in diesem dunklen Haus am Meer, fragte sie sich, ob es das wert gewesen war. Sie war leer. Was sie angehäuft hatte, war lediglich Katzengold.

Nur Helen hatte ihr im Leben wirklich etwas bedeutet.

Zum ersten Mal gestattete sich Marie, darüber nachzudenken, wie es hätte werden können. Erstaunt stellte sie fest, dass die Frau im Spiegel weinte. Dreißig Jahre alte Tränen.

Der Fall Stella

Das Gespräch mit ihr hatte seine Gedanken in eine vollkommen neue Richtung gelenkt. Infolgedessen musste er sich, und natürlich auch anderen, eingestehen, dass er einen Fehler gemacht hatte. Einen Fehler, der das Leben vieler Menschen zerstört hatte. Dass er den Irrtum in der Überzeugung begangen hatte, das Richtige zu tun, war keine Rechtfertigung. Denn was er nun begriffen hatte, hätte er auch damals schon erkennen können. Aber er war der einfachen, der auf der Hand liegenden Lösung auf den Leim gegangen. Erst später im Leben hatte er gelernt, dass die Dinge meistens nicht so einfach waren, wie sie auf den ersten Blick wirkten. Und dass das Leben sich in Sekunden von Grund auf ändern konnte. Seit Kates Tod empfand er eine Demut, die ihm damals, als sie dringend nötig gewesen wäre, noch gefehlt hatte.

Es war ihm schwergefallen, ihr in die Augen zu schauen. Denn wenn er es tat, sah er nichts als Einsamkeit und Schmerz. Und er wusste nicht, ob er ihr nicht vielleicht einen Bärendienst erwies, wenn er in der Vergangenheit wühlte. Andererseits war er es ihr schuldig, alles richtigzustellen. Zumindest, so gut das ging. Vieles war nicht mehr zu ändern. Vieles war für immer verloren.

Leif fuhr in die Einfahrt, blieb aber im Auto sitzen. Das Haus war zu leer. Zu erfüllt von Erinnerungen. Er wusste, er hätte es verkaufen und sich eine Wohnung suchen sollen. Aber ihm fehlte die Kraft dazu. Er vermisste Kate, das tat er nun seit Jahren, das Leben ohne sie war eine Qual. Seit er nicht mehr jeden Tag zur Arbeit ging, war das noch deutlicher geworden. Er hatte versucht, sich einzureden, er hätte doch seine Kinder und Enkel, für viele Menschen war das Grund genug, weiterzuleben. Doch Kate war in jede seiner Zellen eingebrannt gewesen, nur ihretwegen hatte er geatmet. Ohne sie war es gar kein Leben.

Widerwillig stieg er aus. Das Haus war unangenehm still. Er hörte nur das Ticken der Küchenuhr, die Kate aus ihrem Elternhaus mitgebracht hatte. Noch eine Erinnerung.

Leif ging ins Arbeitszimmer, mittlerweile der einzige Ort, wo er so etwas wie Frieden empfand. Seit er im Ruhestand war, schlief er hier auf dem Sofa.

Der Schreibtisch war wie immer perfekt aufgeräumt. Er war stolz darauf und hatte es während seines ganzen Berufslebens so gehalten, auch in der Dienststelle. Äußere Ordnung half ihm, seine Gedanken zu sortieren. Scheinbar zusammenhangslose Fakten zu kombinieren.

Er holte den Ordner mit den Unterlagen zu dem Fall hervor. Wie oft er das Material schon durchgesehen hatte, wusste er nicht mehr. Aber diesmal betrachtete er es aus einer neuen Perspektive. Und ja. Vieles passte. Erdrückend vieles. Leif ließ den Ordner sinken. Er hatte sich geirrt. Fürchterlich geirrt.

Auf ihren hohen Absätzen stand Vendela schwankend in der Tür zum Schlafzimmer von Basses Eltern. Vom Wein drehte sich ihr Kopf so schön, alles wirkte wie in Watte gepackt und ein Stück weiter weg. Sie zeigte auf Jessie, die auf dem Bett lag.

»Wie habt ihr sie hier hochbekommen?«

Nils grinste.

»Basse und ich mussten ganz schön ackern.«

»Die Braut verträgt keinen Alkohol«, lallte Basse.

Er trank einen Schluck Bier aus der Flasche.

Vendela musterte Jessie. Sie war vollkommen ausgeknockt und wirkte fast wie eine Tote, aber ab und zu hob sich der Brustkorb leicht. Wie immer, wenn sie Jessie ansah, wurde Vendela wütend. Jessies Mutter hatte ungestraft gemordet. Sie war ein Hollywoodstar geworden, und Vendelas Mutter ertränkte ihren Kummer abends in Alkohol. Und während Jessie die ganze Welt gesehen hatte, war Vendela hier in Fjällbacka verschimmelt.

Als sie ein Klopfen hörte, machte sie auf. Von unten dröhnten »My House« von Flo Rida und die Stimmen der Partygäste herauf, die versuchten, die Musik zu überbrüllen.

»Was macht ihr?«

Drei Jungs aus der neunten Klasse in Strömstad standen mit glasigen Augen vor der Schlafzimmertür.

»Wir machen eine Privatparty.« Nils breitete die Arme aus. »Kommt rein, Jungs!«

»Wer ist das?«, fragte der größte von den dreien.

Vendela glaubte sich an ihn zu erinnern, er hieß Mathias.

»Eine gestörte Braut, die mich und Basse angebaggert hat.« Nils schüttelte den Kopf. »Sie giert schon den ganzen Abend nach einem Schwanz, und deswegen haben wir sie schließlich hier hochgeschleppt.«

»Geile Sau«, sagte Mathias undeutlich, blieb mitten im Raum stehen und starrte Jessie an.

»Guck mal, solche Bilder postet sie.« Nils holte sein Handy hervor.

Er suchte das Foto, auf dem Jessie ihre Brüste zeigte, und die Jungs versuchten, ihre Augen scharf zu stellen.

»Die sind ja abartig groß.« Der eine grinste.

»Sie war so ungefähr mit jedem im Bett.« Nils leerte seine Bierflasche und winkte damit.

»Wer will noch was? Wenn wir nichts zu trinken haben, ist es ja keine Party.«

Alle murmelten irgendwas, Nils sah Vendela an.

»Hol Nachschub!«

Vendela nickte und wankte aus dem Zimmer.

Mit Mühe und Not erreichte sie die Küche, wo Basse Alkohol deponiert hatte. Auf der Arbeitsplatte standen mehrere Flaschen. Sie nahm sich einen Karton Weißwein, griff mit der anderen Hand nach einer Flasche Wodka und klemmte sich einige Plastikbecher zwischen die Zähne.

Auf der Treppe wäre sie mehrmals beinahe gestolpert, aber schließlich schaffte sie es, mit dem Ellbogen an die Schlafzimmertür zu hämmern. Basse machte auf.

Basse ließ sich neben Nils zu der komatösen Jessie aufs Bett sinken. Mathias und die anderen beiden Neuntklässler saßen auf dem Fußboden. Vendela verteilte Becher und füllte sie mit einer Mischung aus Weißwein und Wodka. Mittlerweile schmeckte sowieso niemand mehr was.

»Man sollte ihr eine Lektion erteilen.« Mathias trank einige Schlucke von der Mischung.

Er schwankte im Sitzen.

Vendela sah Nils über die Köpfe der Neuntklässler hinweg an. Sollten sie das hier wirklich zu Ende bringen? Sie dachte an ihre Mutter und all deren Träume, aus denen nie etwas geworden war. An jenem Tag vor dreißig Jahren war ihr Leben zerstört worden.

Sie nickten sich zu.

»Man müsste sie irgendwie markieren«, sagte Nils.

»Ich habe einen Edding.« Vendela kramte in ihrer Handtasche. »Den kriegt man praktisch nicht weg.«

Die Jungs aus Strömstad kicherten. Der Kleinste der drei nickte begeistert.

»Mann, ist das geil. Markier die Hure!«

Vendela ging zum Bett. Sie zeigte auf Jessie.

»Erst mal müssen wir sie ausziehen.«

Sie wollte Jessies Bluse aufknöpfen, aber die Knöpfe waren klein und Vendelas Finger durch den Alkohol so grobmotorisch, dass sie nicht einen einzigen aufbekam. Am Ende riss sie den Stoff einfach auseinander.

Nils lachte.

»That's my girl.«

»Jetzt bist du dran«, sagte sie zu Mathias, der kichernd aufstand und an Jessies Rock zerrte.

Darunter trug sie eine hässliche weiße Baumwollunterhose. Vendela verzog angewidert das Gesicht, obwohl sie nicht überrascht war.

»Hilf mir, sie auf die Seite zu wälzen, damit ich ihren BH aufmachen kann«, sagte sie.

Willige Hände kamen ihr zu Hilfe.

»Wow!«

Basse starrte Jessies Brüste an. Als sie sie wieder auf den Rücken legten, bewegte sie sich ein wenig und murmelte etwas Unverständliches.

»Hier! Trinkt!«

Nils reichte die Wodkaflasche rum. Vendela setzte sich neben Jessie.

»Gib mir mal die Flasche!«

Sie hob Jessies Kopf an und schüttete ihr mit der anderen Hand Wodka in den Mund.

»Sie soll auch ihren Spaß haben«, sagte sie.

Jessie hustete und schnaubte, ohne aufzuwachen.

»Warte, ich muss ein Foto von euch beiden machen!«, sagte Nils.

Mit ungeschickten Händen griff er zum Handy und machte ein paar Bilder. Vendela beugte sich über Jessie. Endlich war ihre Familie an der Macht. Die anderen vier Jungs fotografierten ebenfalls.

»Was sollen wir schreiben?« Basse konnte den Blick noch immer nicht von Jessies Brüsten losreißen.

»Wir wechseln uns ab.« Vendela zog die Kappe vom Stift. »Ich fange an.«

Sie schrieb »Schlampe« quer über den Bauch. Die Jungs jubelten. Jessie räkelte sich ein wenig, ansonsten reagierte sie nicht. Vendela gab den Stift an Nils weiter, der eine Weile überlegte. Dann zog er ihr die Unterhose runter. Er zeichnete einen Pfeil, der auf Jessies Schamhaar zeigte, und schrieb »Glory Hole« daneben. Mathias lachte laut auf, Nils ballte triumphierend die Faust und reichte Basse den Stift. Der wirkte zunächst verunsichert, aber nachdem er einen großen Schluck Wodka getrunken hatte, ging er ans Kopfende, hielt den Kopf mit einer Hand fest und schrieb mit der anderen »Hure« auf die Stirn.

Kurze Zeit später war Jessies Körper mit Worten bedeckt. Alle fotografierten wie verrückt mit ihren Handys. Basse konnte noch immer nicht aufhören, sie anzustarren.

Nils grinste ihn an.

»Hört mal, ich glaube, Basse hätte Jessie gern ein bisschen für sich allein.«

Er scheuchte alle aus dem Zimmer und warf Basse einen aufmunternden Blick zu. Vendela machte die Tür zu. Als Letztes sah sie, wie Basse seine Hose aufknöpfte.

Patrik sah auf die Uhr. Er war überrascht, weil Erica noch nicht da war, aber da das nur bedeuten konnte, dass die Damen sich gut amüsierten, freute er sich. Wenn seine Erica sich langweilte, fand sie immer einen Vorwand, frühzeitig nach Hause zu gehen.

Er ging in die Küche und räumte die Reste des Abendessens weg. Die Kinder waren müde gewesen, nachdem sie wieder einmal den ganzen Nachmittag mit Freunden gespielt hatten, und ungewöhnlich früh eingeschlafen. Im Haus war es still. Nicht einmal der Fernseher lief. Er musste in Ruhe die Gedanken des Tages Revue passieren lassen, die momentan ohne erkennbare Struktur durch seinen Kopf zu schwirren schienen. Sie hatten heute eine wichtige Entdeckung gemacht. Ein Durchbruch war ihnen gelungen. Er wusste nur noch nicht, was das alles zu bedeuten hatte. Da Nea tatsächlich auf dem elterlichen Grundstück gestorben war, mussten sie ernsthaft die Möglichkeit in Betracht ziehen, dass jemand aus ihrer Familie der Täter war. Daher war ihnen nichts anderes übriggeblieben, als Eva und Peter vorerst zu untersagen, auf den Hof zurückzukehren, denn nun mussten das gesamte Grundstück und der Schuppen dahinter genauestens untersucht werden.

Patrik schaltete die Spülmaschine ein und holte eine Flasche Rotwein aus dem Vorratsschrank. Er schenkte sich ein Glas ein und ging hinaus auf die Veranda. Er setzte sich auf einen der Korbstühle und schaute aufs Meer. Es war Mitternacht, aber noch immer nicht richtig dunkel. Über dem Horizont schimmerte der Himmel rosa, und unten am Strand hörte er leise die Wellen plätschern. Dies hier war sein und Ericas Lieblingsplatz, aber in den vergangenen Jahren hatten sie ihn selten genutzt. Bevor sie Kinder bekamen, hatten sie viele Abende auf der Veranda verbracht und miteinander gelacht und über ihre Träume und Hoffnungen geredet, hatten Pläne geschmiedet und sich den Weg in die Zukunft wie eine Eisenbahnschiene ausgemalt. Das war viel zu lange her. Wenn die Kinder schliefen, waren sie zu müde für Pläne. Meistens landeten sie vor einer sinnlosen Fernsehsendung, und am Ende stupste sie ihn nicht selten während eines besonders lauten Schnarchers an und schlug vor, oben im Bett weiterzuschlafen. Er wollte das Leben mit den Kindern gegen nichts auf der Welt tauschen, er wünschte nur, sie hätten etwas mehr Zeit für, ja, für ihre Liebe gehabt. Sie war immer da, auch im Alltag, aber sie beschränkte sich oft auf einen liebevollen Blick, während sie je einem Zwilling die Schuhe zuschnürten, oder einen hastigen Kuss an der Spüle, wenn Erica Maja ein Brot schmierte und er den Brei für die Zwillinge anrührte. Die Maschinerie funktionierte wie geölt, nun fuhr der Zug sicher auf den Gleisen, die sie an den Abenden auf der Veranda aneinandergereiht hatten. Er wünschte nur, sie hätten ab und zu anhalten und die Aussicht genießen können.

Er wusste, dass es vernünftiger gewesen wäre, zu schlafen, aber er ging nicht gern ohne Erica ins Bett. Wenn ihre Seite leer blieb, fühlte er sich nicht wohl. Außerdem pflegten sie abends seit vielen Jahren ein Ritual. Sofern es sich nicht um einen der viel zu seltenen Abende handelte, an dem sie Sex hatten, gaben sie sich einen Gutenachtkuss und hielten unter der Decke Händchen, bis sie eingeschlafen waren. Obwohl er am nächsten Morgen früh rausmusste, wartete er also lieber auf sie, anstatt sich hinzulegen. Er hätte sich ohnehin nur hin und her gewälzt und kein Auge zugetan.

Gegen eins hörte er Geräusche an der Tür. Lautes Fluchen und ein Schlüssel, der im Schloss stocherte. Patrik spitzte die Ohren. Hatte seine liebe Frau womöglich einen über den Durst getrunken? Betrunken hatte er Erica seit ihrer Hochzeitsnacht nicht erlebt, aber ihren Schwierigkeiten mit der Haustür nach zu urteilen, war es wieder einmal so weit. Er stellte sein Weinglas ab, durchquerte das Wohnzimmer, wo er beinahe über das Gemälde stolperte, das Erica von der Galerie nach Hause geschickt worden war, und ging in den Flur. Erica hatte es noch immer nicht geschafft, die Tür aufzuschließen, und fluchte wie ein Seemann. Er drehte den Riegel herum und drückte die Klinke hinunter. Erica stand mit dem Hausschlüssel in der Hand da und blinzelte verwundert zwischen ihm und der offenen Tür hin und her. Dann strahlte sie.

»Hallooo! Liebling!«

Sie fiel ihm um den Hals, und lachend musste er einen Ausfallschritt machen, damit er nicht umfiel.

»Pst, nicht so laut, die Kinder schlafen.«

Erica nickte ernst, legte einen Finger an die Lippen und bemühte sich, das Gleichgewicht zu halten.

»Ich biiin ja schon leise! Die Kinder schlaaafen.«

»Ganz genau, die Süßen schlafen.« Er hielt seiner Frau galant den Arm hin, führte sie in die Küche und setzte sie auf einen Stuhl. Dann füllte er eine Karaffe mit Wasser, stellte ihr ein Glas hin und drückte ihr zwei Ibuprofen in die Hand.

»Nimm die Tabletten und trink das aus, sonst bist du morgen tot.«

»Du bist so lieb.« Erica kniff die Augen zusammen, weil sie Patrik doppelt sah.

Es war offenbar ein feuchtfröhlicher Junggesellinnenabschied gewesen. Er war sich nicht sicher, ob er überhaupt wissen wollte, in welchem Zustand sich seine Mutter befand. Vermutlich nicht.

»Also, Kristiiina.« Erica leerte das erste Wasserglas.

Patrik schenkte es wieder voll.

»Kristiiina, also, deine Mutter …«

»Danke, ich weiß, wer Kristina ist.«

Das Gespräch war äußerst unterhaltsam. Am liebsten hätte er es gefilmt, aber das wagte er nicht, weil Erica ihn umgebracht hätte.

»Deine Mutter ist sooo schön.« Sie nickte.

Sie trank auch das zweite Glas aus und hickste. Er schenkte nach.

»Abartig schöne Beine.« Erica schüttelte den Kopf.

»Wer hat schöne Beine?« Er wurde nicht ganz schlau aus dem Chaos, das offenbar in Ericas Kopf herrschte.

»Deine Mutter. Also, Kristina. Meine Schwiegermutter.«

»Ach so, meine Mutter hat schöne Beine. Okay. Gut zu wissen.«

Er brachte Erica dazu, noch ein drittes Glas Wasser zu trinken. Der nächste Tag würde hart für sie werden. Er musste arbeiten, und Kristina, die Erica sonst oft die Kinder abnahm, würde schätzungsweise nicht in Form sein.

»Sie tanzt tiiierisch gut! Sie hätten sie fragen sollen, ob sie bei *Let's Dance* mitmachen will. Und nicht mich. Ich kann gaaar nicht tanzen.«

Erica schüttelte den Kopf.

»Aber Spaß hat es trotzdem gemacht. Wir haben Cha-Cha-Cha getanzt. Verstehst du? Cha-Cha-Cha.«

Hicksend stand sie auf und legte die Arme um ihn.

»Ich liebe dich so. Ich will Cha-Cha-Cha mit dir tanzen.«

»Mein Herz, ich fürchte, dazu bist du im Moment nicht in der Lage.«

»Ich will aber! Los, komm schon! Ich gehe nicht ins Bett, bevor wir nicht Cha-Cha-Cha getanzt haben.«

Patrik überlegte, welche Alternativen er hatte. Erica die Treppe hinaufzutragen kam nicht in Frage. Wahrscheinlich war es das Beste, dass er nachgab und sie dann dazu überredete, mit nach oben zu kommen.

»Okay, Liebling, wir tanzen Cha-Cha-Cha. Aber wir gehen lieber ins Wohnzimmer, sonst fällt hier noch irgendwas um.«

Er schob sie durch den Flur. Sie stellte sich vor ihn, legte ihm die linke Hand auf die Schulter und griff mit der anderen nach seiner rechten Hand. Zuerst schwankte sie ein wenig, aber dann richtete sie sich kerzengerade auf. Sie warf einen Blick auf das Porträt von Leif, das direkt neben ihnen stand.

»Leif, du kannst gern zuschauen. Du bist unser Cha-Cha-Cha-Publikum.«

Sie lachte über ihren eigenen Witz, aber Patrik schüttelte sie sanft.

»Konzentrier dich! Wir wollten doch tanzen. Und dann gehen wir ins Bett. Okay? Das hast du mir versprochen.«

»Ja, wir gehen ins Bett. Mal sehen, was dann passiert.«

Sie sah ihm tief in die Augen. Seine Augen tränten von ihrer Alkoholfahne, und er musste sich beherrschen, um nicht zu husten. Es war vermutlich das allererste Mal, seit sie sich kannten, dass ihm ein derartiger Vorschlag nicht verlockend erschien.

»Cha-Cha-Cha«, sagte er streng.

»Ach ja.« Erica streckte sich. »Mit den Füßen machst du so: eins, zwei, cha-cha-cha. Alles klar?«

Er versuchte, zu sehen, was ihre Füße machten, aber in ihrer Schrittfolge war kein Muster zu erkennen. Dass sie mehrfach stolperte, machte die Sache nicht besser.

»Und dann rechts und dann links.«

Amüsiert versuchte Patrik, ihrem planlosen Getrippel zu folgen, freute sich aber insgeheim schon darauf, ihr dieses Erlebnis noch jahrelang unter die Nase zu reiben.

»Eins, zwei, cha-cha-cha, dann rechts und jetzt links ...«

Sie fiel über die eigenen Füße, und Patrik fing sie auf. Ihr Blick blieb an dem Porträt von Leif hängen. Schwankend starrte sie es an. Sie runzelte die Stirn.

»Rechts und dann links«, murmelte sie.

Wie vernebelt sah sie Patrik an.

»Jetzt weiß ich, was nicht stimmt.«

Sie lehnte den Kopf an seine Schulter.

»Was? Was stimmt nicht? Erica?«

Er rüttelte sie, aber sie antwortete nicht. Sie schnarchte. Oje. Wie sollte er sie denn ins Obergeschoss verfrachten? Und was hatte sie gemeint? Er wusste nicht, was nicht stimmte.

Bohuslän 1672

Das Gefängnis lag auf dem Hügel gleich neben der Gastwirtschaft, doch Elin hatte ihm bislang kaum Beachtung geschenkt. Sie hatte zwar ein vages Bild von einem Gefängnis im Kopf gehabt, aber diese Feuchtigkeit und die Dunkelheit hätte sie sich nicht vorstellen können.

Die Zellen wurden vor allem zur Ausnüchterung von Besuchern des Gasthofs genutzt, und hin und wieder schlief hier auch ein Familienvater seinen Rausch aus, der es zu Hause mit den Handgreiflichkeiten übertrieben hatte.

Sie war allein.

Bibbernd schlang Elin die Arme um sich. Märtas Schreie hallten in ihren Ohren wider, und sie spürte noch immer, wie sich das Kind an ihrem Rock festgeklammert hatte.

Sie hatten Sachen aus der Mägdekammer mitgenommen. Ihre Kräuter und ihre Extrakte. Das bebilderte Buch, das sie von ihrer Großmutter bekommen hatte. Darin waren die Rezepte und Zubereitungsanleitungen für diejenigen, die des Lesens nicht kundig waren, genauestens dargestellt. Was sie mit diesen Dingen gemacht hatten, wusste Elin nicht.

Sie wusste nur, dass sie in der Klemme steckte.

Doch in zwei Tagen würde Preben zurückkommen und dem Irrsinn ein Ende bereiten. Er kannte den Büttel. Auch mit Britta würde er ein ernstes Wort reden. Sie hatte Elin sicher nur eins auswischen wollen. Damit sie einen ordentlichen Schreck bekam. Den Tod wünschte sie ihr bestimmt nicht.

Andererseits erinnerte sie sich an den Waldsee. Märtas angstgeweitete Augen, als sie unter der dunklen Wasseroberfläche verschwand. Und Viola, die nie zurückkehrte. Doch, vielleicht wünschte ihr Britta wirklich den Tod, aber so weit würde Preben es nicht kommen lassen. Wenn er begriff, was passiert war, würde er Britta nicht schonen. Zwei Tage musste sie es hier aushalten, dann würde sie nach Hause dürfen. Zu Märta. Wo sie dann hinsollten, wusste sie nicht, aber auf demselben Hof wie Britta konnten sie nicht bleiben.

Es rasselte, und der Büttel war vor der Tür. Hastig stand sie auf und klopfte ihren Rock ab.

»Ist es wirklich notwendig, dass ich hier hocke? Wie ein Verbrecher? Ich habe eine Tochter und wüsste doch sowieso nicht, wohin. Kann ich nicht einfach in meiner eigenen Kammer abwarten, bis die Sache geklärt ist? Ich verspreche auch, all Eure Fragen zu beantworten. Es gibt viele, die bezeugen können, dass ich keine Hexe bin.«

»Sie geht nirgendwohin«, zischte der Büttel und baute sich breit vor ihr auf. »Ich weiß nur zu gut, wozu eine wie Sie in der Lage ist, und kenne die Lockrufe, die die Bräute des Satans ausstoßen. Ich bin ein gottesfürchtiger Mann und daher gegen jede Art von Beschwörung oder satanischen Versprechungen gefeit, damit Ihr das ein für alle Mal klar ist!«

»Ich verstehe überhaupt nicht, wovon Er redet«, sagte Elin mit wachsender Verzweiflung.

Wie hatte es nur dazu kommen können? Wie war sie hier gelandet? Womit hatte sie diese Abscheu in den Augen des Büttels verdient? Natürlich hatte sie gesündigt und wusste genau, dass nicht nur ihr Fleisch, sondern auch ihre Seele schwach gewesen war, aber dafür war sie bereits gestraft genug. Sie konnte nicht nachvollziehen, warum Gott wollen sollte, dass sie noch mehr Buße tat. Verzweifelt fiel sie auf die Knie, faltete die Hände und betete mit Inbrunst.

Der Büttel sah sie angewidert an.

»Mit diesem Schauspiel täuscht Sie mich nicht«, sagte er. »Ich weiß, was Sie treibt, und bald weiß es die ganze Gegend!«

Als die Tür geschlossen wurde und es in der Zelle wieder stockdunkel war, betete Elin weiter. Sie betete, bis ihre Beine taub wurden und sie die Hände nicht mehr spürte. Aber niemand hörte ihr zu.

Langsam öffnete Erica die Augen und blinzelte ins Licht. Maja stand vor ihr.

»Wieso schläfst du auf dem Sofa, Mama?«

Erica sah sich um. Tja, warum lag sie auf dem Sofa? Sie konnte sich nicht erinnern, wie sie nach Hause gekommen war.

Das Sofa unter ihr war viel zu weich, und sie musste sich mit der Hand abstützen, um sich aufzusetzen, aber als sie das geschafft hatte, platzte ihr fast der Kopf. Maja stand neben ihr und wartete auf eine Antwort.

»Mama hatte Bauchweh, und da habe ich lieber hier übernachtet, damit ich Papa nicht anstecke«, sagte sie.

»Arme Mama«, sagte Maja.

»Ja, arme Mama.« Erica verzog das Gesicht.

Meine Güte, sie hatte seit der Hochzeit keinen Kater gehabt, und diese Nahtoderfahrung damals hatte sie vollständig verdrängt.

»Ah, die Leiche ist also wach«, sagte Patrik etwas zu fröhlich, als er mit je einem Zwilling auf dem Arm ins Wohnzimmer kam.

»Erschieß mich bitte.« Erica rappelte sich auf.

Der Raum drehte sich, und ihr Mund war staubtrocken.

»Das muss gestern wirklich ein gelungener Junggesellinnenabschied gewesen sein.« Patrik lachte.

Erica spürte, dass er über sie und nicht mit ihr lachte.

»Ja, wir hatten unheimlichen Spaß.« Sie hielt sich den Kopf. »Aber es ist viel Alkohol geflossen. Deiner Mutter geht es wahrscheinlich auch nicht besser.«

»Ich bin froh, dass mir ihr Anblick erspart bleibt. Dich zu sehen, als du nach Hause kamst, hat mir völlig gereicht.«

Er setzte die Zwillinge vor den Fernseher und schaltete den Kinderkanal ein.

Maja ließ sich neben Noel und Anton nieder und sagte mit großem Ernst:

»Mama ist krank. Wir müssen heute ganz lieb zu ihr sein.«

Die Zwillinge nickten und wendeten sich wieder einer Kindersendung zu.

»Wann bin ich nach Hause gekommen?« Verzweifelt versuchte sie, die Erinnerungslücken zu füllen.

»Gegen eins. Du wolltest unbedingt tanzen und hast darauf bestanden, mir Cha-Cha-Cha beizubringen.«

»Oh nein.«

Erica griff sich an die Stirn. Sie wusste, dass sie das noch lange zu hören bekommen würde.

Patrik wurde ernst. Er setzte sich zu ihr aufs Sofa.

»Bevor du umgekippt bist, hast du etwas Merkwürdiges gesagt. Du hast das Gemälde von Leif angeschaut und was von rechts und links gemurmelt, und dann hast du gesagt, du wüsstest jetzt, was nicht stimmt. Erinnerst du dich daran?«

Erica gab sich wirklich Mühe, aber ihr Kopf war leer. Das Letzte, was sie vor sich sah, war ein Long Island Ice Tea. Um solche Getränke hätte sie lieber einen Bogen machen sollen, aber hinterher war man immer klüger. Sie hatte keine Ahnung, wie sie nach Hause gekommen war. Ein Blick auf ihre pechschwarzen Fußsohlen sagte ihr, dass sie vermutlich barfuß heimspaziert war.

»Nein, daran erinnere ich mich nicht«, sagte sie mit schmerzverzerrtem Gesicht. »Tut mir leid.«

»Streng dich an! Rechts. Links. Das hast du unmittelbar davor gesagt. Ich hatte den Eindruck, dadurch wäre etwas ausgelöst worden.«

Erica zermarterte sich das Hirn, aber vor Kopfschmerzen konnte sie nicht denken.

»Nein. Leider. Aber es fällt mir bestimmt wieder ein.« Sie zuckte zusammen. »Dafür erinnere ich mich jetzt an was anderes. Entschuldige, aber ich war so beschäftigt mit diesem Junggesellinnenabschied.«

»Was meinst du?«, fragte Patrik.

»Es ist bestimmt wahnsinnig wichtig, und ich hätte es dir schon vorgestern erzählen sollen, aber du bist so spät nach Hause gekommen, und gestern war so viel los. Ich habe am Freitag zufällig Marie getroffen. Als ich unten am Hafen war, machte das Filmteam gerade eine Drehpause. Marie rief mich und sagte, sie habe gehört, ich wolle mit ihr reden. Wir saßen eine Weile im Café *Bryggan* und sprachen über das, was Stella zugestoßen ist. Aber das war nicht das Wichtigste. Als ich gehen wollte, kam die Maskenbildnerin zu mir und sagte, Marie habe überhaupt kein Alibi. Sie habe nämlich beim Regisseur übernachtet und nicht Marie.«

»Oh, Scheiße«, sagte Patrik. Erica sah es in seinem Kopf rattern.

Er massierte sich die Stirn.

»Eine Sache noch. Marie behauptet, sie habe kurz vor Stellas Verschwinden jemanden im Wald gesehen oder gehört. Die Polizei glaubte ihr nicht, aber da sie es erst erzählt hat, nachdem sie ihr Geständnis zurückgezogen hatte, ist das vielleicht kein Wunder. Jedenfalls nimmt sie an, dass diese Person erneut zugeschlagen hat.«

Patrik schüttelte den Kopf. Das klang weit hergeholt.

»Ich weiß, wahrscheinlich sagt sie das nur so. Ich wollte es dir trotzdem erzählen«, sagte Erica. »Wie kommt ihr voran?«

Sie gab sich Mühe, deutlich zu sprechen, obwohl ihre Zunge am Gaumen klebte.

»Gestern war doch die Hausdurchsuchung auf dem Hof.«

»Die ist gut gelaufen.«

Er berichtete von der Entdeckung in der Scheune, Erica riss die Augen auf. Es war schwer zu sagen, was diese Neuigkeit zu bedeuten hatte, aber nun mit Sicherheit zu wissen, wo Nea getötet worden war, brachte die Ermittlungen ein großes Stück voran.

»Wann bekommt ihr die Ergebnisse der technischen Untersuchung?«

»Mitte der Woche.« Patrik seufzte. »Am liebsten hätte ich sie gestern gehabt. Es ist unglaublich frustrierend, keine Ahnung zu haben, wie man weitermachen soll, aber für heute habe ich die Eltern zur Vernehmung einbestellt. Mal sehen, vielleicht bringt uns das weiter.«

»Glaubst du, einer der beiden könnte es getan haben?«, fragte Erica, war sich jedoch nicht sicher, ob sie die Antwort hören wollte.

»Weiß nicht«, sagte Patrik. »Das ist ja schon die ganze Zeit unser Problem. Es gibt viele verschiedene Möglichkeiten, aber keine deutlichen Spuren. Und nun erzählst du mir auch noch, Marie hat kein Alibi. Es ist alles offen.«

»Das wird schon.« Sie strich ihm über den Arm. »Und wer weiß, vielleicht bekommt ihr in ein paar Tagen mehr brauchbare Informationen.«

»Ja, das kann sein.« Er stand auf.

Er deutete mit dem Kopf auf die Kinder.

»Wirst du in deinem Zustand mit ihnen fertig?«

Erica hätte liebend gern geantwortet, dazu sei sie ganz und gar nicht in der Lage, aber sie riss sich am Riemen. Diesen Kater hatte sie sich selbst eingebrockt, und nun würde sie die Suppe auch selbst auslöffeln. Aber es würde ein langer Tag werden. Mit viel Fernsehen und Bestechung.

Patrik küsste sie auf die Wange und machte sich auf den Weg zur Arbeit. Mit hämmernden Kopfschmerzen starrte Erica das an der Wand stehende Porträt an. Was konnte sie gemeint haben? Sosehr sie sich auch anstrengte, sie kam nicht darauf. Es herrschte noch immer dichter Nebel.

Patrik drückte die Aufnahmetaste und las das Datum und die Namen der Anwesenden vor. Dann saß er eine Weile schweigend da und sah Peter an. Der Mann schien im Lauf der vergangenen Woche zehn Jahre gealtert zu sein. In Patrik wallte eine Woge von Mitgefühl auf, aber er ermahnte sich, sachlich und professionell zu bleiben. Man ließ sich so leicht von dem, was man über andere glauben oder auch nicht glauben wollte, in die Irre führen. Doch Menschen waren vielschichtig.

»Wie oft benutzen Sie die Scheune auf Ihrem Grundstück?«, fragte er.

Peters Augen verengten sich.

»Ich, also, die Scheune? Die benutzen wir eigentlich gar nicht. Abgesehen von der Katze haben wir keine Tiere, und wir bewahren noch nicht mal Sachen darin auf. Wir halten nicht viel davon, alten Kram anzusammeln.«

Er musterte Patrik.

»Wann waren Sie zuletzt in der Scheune?«

Peter kratzte sich am Kopf.

»Wahrscheinlich, als wir nach Nea gesucht haben.«

»Und davor?«

»Tja, weiß ich nicht. Das müsste ungefähr eine Woche vorher gewesen sein. Da habe ich auch nach ihr gesucht. Sie war die Einzige, die sich dort drin aufgehalten hat, sie fand es gemütlich. Oft hat sie in der Scheune mit der Katze gespielt, die sie aus irgendeinem Grund die schwarze Katze nannte.«

Peter lachte, doch dann blieb ihm das Lachen im Hals stecken.

»Wieso fragen Sie nach der Scheune?«, fragte er, bekam aber keine Antwort von Patrik.

»Sind Sie sicher, dass Sie eine Woche vor Neas Verschwinden zuletzt in der Scheune waren, oder können Sie mir vielleicht einen etwas genaueren Zeitpunkt nennen?«

Peter schüttelte den Kopf.

»Nein, ich habe wirklich keine Ahnung.«

»Und Eva? Wissen Sie, wann sie zuletzt in der Scheune war? Abgesehen von der Suchaktion?«

Erneutes Kopfschütteln.

»Ich habe keinen blassen Schimmer. Das müssen Sie sie

selbst fragen. Aber sie hatte ebenfalls keinen Grund, da reinzugehen. Wir haben die Scheune nicht benutzt.«

»Haben Sie sonst jemanden in der Nähe der Scheune gesehen?«

»Nein, nie. Oder doch, einmal dachte ich, dort drin hätte sich etwas bewegt, aber als ich nachschaute, kam mir die Katze entgegen, also wird sie es wohl gewesen sein.«

Er sah Patrik an.

»Glauben Sie etwa, da war jemand? Ich verstehe nicht ganz, worauf Sie hinauswollen.«

»Wie oft war Nea in der Scheune? Wissen Sie, was sie dort gemacht hat?«

»Nein, ich weiß nur, dass sie liebend gern in der Scheune gespielt hat. Sie konnte sich immer gut allein beschäftigen.« Seine Stimme überschlug sich, und er musste husten. »Sie sagte oft: ›Ich gehe in die Scheune und spiele mit der schwarzen Katze‹, daher nehme ich an, dass sie genau das getan hat. Mit der Katze gespielt. Ein sehr verschmustes Tier.«

»Das ist mir auch aufgefallen.« Patrik lächelte. »Wie war es an dem Morgen von Neas Verschwinden? Ist Ihnen da in oder vor der Scheune auch nichts aufgefallen? Das kleinste Detail könnte von Interesse sein.«

Peter runzelte die Stirn. Er schüttelte den Kopf.

»Es war ein ganz normaler Morgen. Ruhig und still.«

»Gehen Sie manchmal auf den Dachboden in der Scheune?«

»Nein, ich glaube nicht, dass jemand von uns dort oben war, seit wir den Hof gekauft haben. Wir haben Nea verboten, die Leiter raufzusteigen. Es gibt kein Geländer und kein Heu, das einen Sturz abfedern würde. Sie wusste, dass sie da nicht rauf durfte.«

»Hielt sie sich an Verbote?«

»Na ja, Nea ist, ich meine, sie war kein Kind, das immer genau das Gegenteil von dem machte, was man sagte. Sie durfte nicht allein auf den Dachboden, und deshalb ist sie nicht raufgegangen.«

»Wie war Nea anderen Menschen gegenüber? Fremden? Hätte sie einem Unbekannten getraut?«

»Wir haben Nea leider nicht beigebracht, dass es auch Menschen gibt, die nicht nett sind. Sie liebte jeden und hielt alle für gut. Wenn sie jemanden kennenlernte, schloss sie gleich innige Freundschaft. Allerdings bezeichnete sie die schwarze Katze auch immer als ihren besten Freund, daher muss ich wohl hinzufügen, dass sowohl Menschen als auch Tiere ihre besten Freunde waren.«

Wieder brach Peters Stimme. Patrik sah, dass er um Beherrschung rang. Er ballte die Fäuste und wusste nicht, welche Frage er als Nächstes stellen sollte.

»Die Polizei Uddevalla hat uns einiges erzählt.«

Peter zuckte zusammen.

»Wovon denn?«

»Von Ihren Gewaltausbrüchen. Wenn Sie getrunken haben.«

Peter schüttelte den Kopf.

»Das ist mehrere Jahre her. Ich hatte damals berufliche Probleme.«

Er sah Patrik an und schüttelte noch heftiger den Kopf.

»Glauben Sie etwa, ich hätte …? Nein, ich hätte Nea niemals etwas antun können. Oder Eva. Die beiden sind meine Familie, verstehen Sie das nicht? Nea war meine Familie.«

Er bedeckte das Gesicht mit den Händen. Seine Schultern zitterten.

»Was soll das alles? Wieso erwähnen Sie meine alten Sünden? Wieso fragen Sie nach der Scheune? Was haben Sie dort gefunden?«

»Darüber kann ich im Moment nicht mehr sagen«, erklärte Patrik. »Und möglicherweise werden wir Ihnen noch mehr Fragen stellen müssen. Wie Sie wissen, wird Eva gerade von Gösta vernommen, und das Gespräch der beiden verläuft vermutlich so ähnlich wie unseres. Wir sind Ihnen dankbar, wenn Sie mit uns kooperieren, aber im Moment müssen Sie uns einfach vertrauen. Wir tun, was wir können.«

»Sind Sie ganz sicher, dass es nicht derjenige ...?« Peter tupfte sich die Augen ab. »Ich weiß, mein Vater ist ziemlich verbohrt, und wir haben uns mitreißen lassen. Es wurde doch auch so viel geredet. Über die Flüchtlingsunterkunft. Und am Ende hört man hin.«

»Der Bezichtigte war es eindeutig nicht. Irgendjemand hat Neas Höschen von Ihrer Wäscheleine entwendet und versucht, ihm etwas anzuhängen.«

»Wie geht es den Leuten?«

Peter sah Patrik nicht in die Augen.

»Um ehrlich zu sein, es geht so. Karim, so heißt der fälschlicherweise Verdächtigte, hat schwere Verbrennungen an den Händen, und die Ärzte wissen nicht, ob seine Frau durchkommt.«

»Und die Kinder?« Schließlich blickte Peter auf.

»Denen geht es gut«, beruhigte ihn Patrik. »Sie wohnen vorübergehend bei einer Kollegin von mir, bis der Vater aus dem Krankenhaus entlassen wird.«

»Es tut mir leid, dass wir ...«

Er schaffte es nicht, den Satz zu beenden.

Patrik nickte.

»Schon okay. Man glaubt, was man glauben will. Und die Flüchtlinge sind leider beliebte Sündenböcke.«

»Ich hätte es verhindern müssen.«

»Das spielt jetzt keine Rolle. Was passiert ist, ist nicht mehr zu ändern, und wir versuchen herauszufinden, wer das Feuer in der Flüchtlingsunterkunft gelegt hat, und wer Ihre Tochter ermordet hat.«

»Das müssen wir wissen.« Verzweiflung blitzte in Peters Augen auf. »Sonst überleben wir nicht. Eva überlebt es nicht. Die Ungewissheit macht uns kaputt.«

»Wir tun, was wir können«, sagte Patrik.

Er machte bewusst keine Versprechungen. Im Moment war er sich selbst nicht sicher, ob sie es schaffen würden. Er erklärte die Vernehmung für beendet und schaltete das Tonbandgerät ab.

Als Erstes nahm sie die Übelkeit wahr. Dann spürte sie das unebene Polster, auf dem sie lag. Ihre Lider waren verklebt, und sie musste sich anstrengen, um die Augen zu öffnen. Die Zimmerdecke, die sich über ihr drehte, hatte sie noch nie gesehen, und auch an die gestreifte Tapete konnte sie sich nicht erinnern. Ihr wurde noch schlechter. Panisch drehte sie den Kopf zur Seite, und das Erbrochene klatschte neben das Bett. Es schmeckte bitter und stank nach Alkohol.

Jessie wimmerte. Als sie sich wieder auf den Rücken wälzte, merkte sie, dass ihre Brüste klebten. Offenbar hatte sie schon einmal gespuckt.

Die Panik wuchs. Wo war sie? Was war passiert?

Langsam setzte sie sich auf. Sie erschauerte, und beinahe hätte die Übelkeit sie wieder übermannt, aber sie schaffte es, sich nicht zu übergeben. Als sie an sich runterblickte, begriff sie zunächst nicht, was sie sah. Sie war vollkommen nackt. Überall waren schwarze Striche. Es dauerte einige Sekunden, bis sie verstand, dass auf ihrem Körper Wörter standen. Eins nach dem anderen hämmerte sich ihr ein.

Hure. Schlampe. Fette Sau.

Es schnürte ihr die Kehle zu.

Wo war sie? Wer hatte das getan?

Erinnerungsfetzen kehrten zurück. Der Sessel. Die Becher, die man ihr in die Hand gedrückt hatte.

Basses Party.

Sie wickelte sich in eine Decke und sah sich um. Der Raum sah aus wie ein Elternschlafzimmer. Auf dem Nachttisch standen Fotos von einer strahlenden Familie. Ja, das war er.

Basse. Grinsend stand er zwischen einem Mann und einer Frau mit kräftigen weißen Zähnen auf einem Segelboot.

Als sie es begriff, kam die Übelkeit wieder. Sie hatten es von Anfang an geplant. Es war alles Fake gewesen. Vendelas spontaner Besuch. Ihre Freundlichkeit. Die Einladung. Nichts davon war echt gewesen.

Genau wie in England.

Sie zog die Knie an den Körper. Den Gestank nahm sie nicht mehr wahr. Sie spürte nur noch das wachsende Loch in ihrer Brust.

Dann das Brennen. Sie schob die Hand zwischen ihre Beine. Auch dort fühlte es sich klebrig an, und obwohl sie unerfahren war, wusste sie sofort, wieso. Diese Schweine.

Mit einer großen Kraftanstrengung stellte sie die Füße auf den Boden. Als sie sich aufrichtete, schwankte sie, und diesmal konnte sie die Übelkeit nicht zurückhalten.

Nachdem Jessie fertiggekotzt hatte, wischte sie sich mit dem Handrücken über den Mund und stieg über den stinkenden Brei auf dem Fußboden. Das Badezimmer lag gleich nebenan.

Sie musste mehrmals die Augen zusammenkneifen, um ihr Spiegelbild durch den Tränenschleier zu erkennen. Das Make-up war verlaufen, am Hals und auf der Brust klebte Erbrochenes. Auf der Stirn stand »Hure«. Die Wangen waren mit hässlichen Wörtern vollgekritzelt.

Tränen liefen ihr in Strömen übers Gesicht, und sie beugte sich schluchzend übers Waschbecken. Minutenlang stand sie so da. Dann ging sie unter die Dusche und drehte kochend heißes Wasser auf. Als die Kabine voller Dampf war, stieg sie hinein und stellte sich unter den Strahl. Ihre Haut wurde knallrot. Als die Kotze abgespült war, traten die schwarzen Wörter noch deutlicher hervor.

Sie schrien ihr ins Gesicht, und im Unterleib spürte sie ein hartes und brennendes Pochen.

Jessie griff zu irgendeinem Duschgel und seifte sich damit ein. Sie wusch sich zwischen den Beinen, bis das Eklige restlos verschwunden war. Nie wieder würde sie irgendjemand dort berühren dürfen. Dieser Bereich war besudelt und zerstört.

Unermüdlich schrubbte sie ihren Körper, aber die Wörter waren nicht wegzubekommen. Sie war gezeichnet, und das würde sie allen, die ihr das angetan hatten, heimzahlen.

Unter dem kochend heißen Wasserstrahl fasste Jessie einen Entschluss. Dafür würden sie büßen. Jeder Einzelne von ihnen.

Dass man sich sogar, wenn man einen Kater hatte, mit Kindern herumschlagen musste, war eine Zumutung. Erica hatte keine Ahnung, wie sie den Tag überstehen sollte. Und wie immer rochen die Kinder sofort Lunte und nutzten die Schwäche ihrer Mutter schamlos aus. Maja war zwar brav und bescheiden wie immer, aber die Zwillinge führten sich auf, als hätten sie sich noch nie in geschlossenen Räumen aufgehalten. Schreiend kletterten sie auf den Möbeln herum oder kloppten sich, und jede Zurechtweisung resultierte in ausdauerndem Geheul, von dem ihr fast der Kopf platzte.

Als das Handy klingelte, wollte sie zuerst nicht rangehen, weil bei dieser Lautstärke ohnehin kein vernünftiges Gespräch möglich war, aber dann sah sie, dass es Anna war.

»Na, wie geht es dir?«

Anna klang unverschämt froh und munter, und Erica bereute sofort, ans Telefon gegangen zu sein. Der Kontrast zu ihrer eigenen Situation war einfach zu groß. Sie tröstete sich allerdings mit dem Gedanken, dass sich Anna wahrscheinlich in einem noch desolateren Zustand befunden hätte, wenn sie nicht schwanger gewesen wäre.

»Bist du gut nach Hause gekommen? Als ich ging, warst du ja noch da, aber ich war mir nicht ganz sicher, ob du dich noch zurechtfindest.«

Anna lachte schallend, und Erica seufzte. Noch jemand, der ihr den Abend bis ans Ende ihrer Tage vorhalten würde.

»Ich bin nachweislich zu Hause angekommen, aber ich kann nicht behaupten, dass ich mich erinnern könnte, wie ich das geschafft habe. Meinen Füßen nach zu urteilen, muss ich barfuß gegangen sein.«

»Mein Gott, was für ein Abend! Wer hätte gedacht, dass die alten Tanten so feiern können! Was für Storys die erzählt haben. Ich dachte, mir fallen die Ohren ab.«

»Oh ja, auch ich sehe Kristina mit anderen Augen.«

»Das Tanzen war toll, oder?«

»Ja, und ich war offenbar wild entschlossen, Patrik Cha-Cha-Cha beizubringen, als ich nach Hause gekommen bin.«

»Ist das wahr?«, fragte Anna. »Das hätte ich zu gern gesehen.«

»Und dann bin ich mitten in der Tanzstunde an seiner Schulter eingeschlafen, und er musste mich aufs Sofa legen. Und jetzt geht es mir dementsprechend. Die Jungs haben natürlich sofort gemerkt, wie k. o. ich bin, und malträtieren mich mit vereinten Kräften.«

»Du Arme«, sagte Anna. »Ich kann sie gern ein Weilchen nehmen, ich bin ja sowieso zu Hause.«

»Nein, schon okay«, sagte Erica.

Das Angebot war zweifellos verlockend, aber da sie zur Selbstgeißelung neigte, glaubte ein Teil von ihr, das Leiden verdient zu haben.

Während des Telefonats war Erica auf und ab gewandert, aber nun blieb sie vor dem Porträt von Leif stehen. Erica kannte Leif zwar nur von Fotos, aber Viola schien ihn wirklich gut getroffen zu haben. Das Gemälde drückte mehr aus als die Fotos, die Erica gesehen hatte. Man bekam einen Eindruck von seiner Persönlichkeit, und er schaute den Betrachter an. Aufrecht und stolz saß er an seinem aufgeräumten Schreibtisch. Ein Stapel Papier vor ihm, ein Stift in seiner

Hand und daneben ein Whiskyglas. Erica starrte das Bild an. Plötzlich lichtete sich der Nebel. Sie wusste genau, was sie bemerkt hatte, bevor sie an Patriks Schulter eingeschlafen war.

»Kann ich mich noch umentscheiden, Anna? Würdest du für eine Weile herkommen? Ich muss nach Tanum.«

Karim drehte den Kopf zum Fenster. Obwohl ihn einige Leute besucht hatten, war die Einsamkeit im Krankenhaus lähmend. Bill war mit Khalil und Adnan vorbeigekommen, aber Karim hatte nicht gewusst, was er sagen sollte. Trotz ihrer Anwesenheit hatte er sich allein und verlassen gefühlt. Mit Amina an seiner Seite war er überall zu Hause gewesen. Sie war seine Welt.

Zuerst war er sich nicht sicher gewesen, ob es eine gute Idee war, die Kinder bei einer Polizistin wohnen zu lassen. Die Polizei hatte den Stein schließlich ins Rollen gebracht. Aber die Frau hatte freundliche Augen. Und außerdem war auch sie ursprünglich nicht von hier.

Am Morgen hatte er mit den Kindern telefoniert. Er konnte hören, dass es ihnen gutging. Nachdem sie besorgt gefragt hatten, wie es ihrer Mutter ging, und wie lange sie noch im Krankenhaus bleiben müsse, erzählten sie von ihrem neuen Spielkameraden Leo und dessen Spielsachen, von dem niedlichen Baby in der Familie und von dem ungewohnten, aber leckeren Essen, das Rita kochte.

Ihre fröhlichen Stimmen machten ihn genauso glücklich, wie seine Sorgen ihn unglücklich machten. Die Gesichter der Ärzte wurden jedes Mal, wenn er nach Amina fragte, ernster. Einmal hatte er sie besuchen dürfen. Es war heiß gewesen in ihrem Zimmer. Die Temperatur betrug zweiunddreißig Grad, hatte ihm die Krankenschwester erklärt. Patienten mit schweren Verbrennungen litten aufgrund des Flüssigkeitsverlusts an Unterkühlung.

Von dem beißenden Geruch hatten seine Augen getränt. Seine geliebte Amina hatte nach gebratenem Schweinefleisch gerochen. Reglos hatte sie im Bett gelegen. Er hatte die Hand nach ihr ausgestreckt, um sie zu berühren, aber dann hatte er es doch nicht gewagt. Man hatte ihr die Haare abrasiert, und er musste weinen, als er die verbrannte Kopfhaut sah. Das schwerverletzte Gesicht war mit Vaseline eingeschmiert, und große Teile des Körpers waren unter Verbänden verborgen.

Amina war in ein künstliches Koma versetzt worden und wurde beatmet. Die ganze Zeit waren Leute in ihrem Zimmer. Sie konzentrierten sich auf Amina und beachteten ihn kaum. Er war froh darüber und dankbar, dass sie alles taten, um Amina zu helfen.

Er selbst konnte nur warten. Und beten. Die Schweden schienen nicht an Gebete zu glauben. Er selbst betete Tag und Nacht für Amina und flehte Gott an, sie ihm und den Kindern noch eine Weile zu lassen.

Draußen vor dem Fenster schien die Sonne, aber es war nicht seine. Und nicht sein Land. Ihm kam ein Gedanke. War auch sein Gott in dem Land zurückgeblieben, aus dem er geflüchtet war?

Als der Arzt mit schleppenden Schritten in sein Zimmer kam, hatte Karim Gewissheit. Ein einziger Blick des Arztes reichte aus, um ihm zu sagen, dass er nun ganz allein war.

»Es gibt wichtige Neuigkeiten.« Patrik war aufgestanden, um alle auf sich aufmerksam zu machen.

Annika hatte Kaffee gekocht und Brot, Butter, Käse und in Scheiben geschnittene Tomaten bereitgestellt.

Das war genau das, was Paula brauchte, nachdem sie am Morgen nur das Knäckebrot gegessen hatte, das Johanna ihr aufgenötigt hatte. Während sie sich ein Brot schmierte, sah sie Martin an. Er wirkte so müde, als hätte er kein Auge zugetan, allerdings nicht auf die »Ich konnte nicht schlafen«-Art, sondern eher auf die »An Schlaf war nicht zu denken«-Art. Als sie ihn vielsagend angrinste, wurde er knallrot. Sie freute sich für ihn, hoffte aber gleichzeitig, dass ihm jegliche Art von Liebeskummer erspart bliebe. Sie hatte selbst mehr als genug darunter gelitten.

Sie sah nun zu Patrik hin.

»Wie ihr wisst, haben wir während der Hausdurchsuchung auf dem Hof von Familie Berg mehrere wichtige Entdeckungen gemacht. In der Scheune haben die Techniker die Verpackung einer Waffelschnitte gefunden. Sie steckte zwischen den Bodenbrettern. Wir wissen zwar nicht, wie das Papier dorthin gekommen ist, aber Nea hatte Keks- und Schokoladenreste im Magen, und daher ist es wahrscheinlich, dass ein Zusammenhang besteht. Vor allem in Anbetracht dessen, was wir anschließend gefunden haben.«

Er verstummte, aber niemand sagte ein Wort. Die Nachricht war am Vortag eingeschlagen wie eine Bombe, hatte den Kollegen wieder Hoffnung geschenkt und den Ermittlungen wieder Leben eingehaucht.

»Wann wissen wir, ob es Neas Blut ist?«, fragte Martin.

»Mitte der Woche, glaubt Torbjörn.« Patrik trank einen Schluck Saft. »Aber jetzt noch etwas, was bisher keiner von euch weiß. Torbjörn hat mich gestern angerufen und mir von noch einem Fund erzählt. Als die Techniker mit der Scheune fertig waren, habe ich sie allein auf dem Hof zurückgelassen. Sie wollten das restliche Grundstück genau untersuchen, und Torbjörn nahm an, dass sie dafür den gesamten Nachmittag und Abend bräuchten. Weder er noch ich glaubten, dass sie weitere Entdeckungen machen würden, aber wir haben uns getäuscht.«

Patrik machte eine Kunstpause.

»Einer der Techniker hat im hohen Gras direkt vor der Scheune eine Uhr gefunden. Eine Kinderuhr mit einem Motiv aus der *Eiskönigin*. Als ich Peter heute Morgen vernommen habe, wusste ich das noch nicht, aber ich habe Bergs natürlich gleich angerufen, und Eva hat bestätigt, dass Nea eine solche Uhr besaß und fast täglich getragen hat. Sie haben die Uhr zwar noch nicht identifiziert, aber ich denke, wir können davon ausgehen, dass sie Nea gehörte.«

Paula hielt die Luft an. Genau wie die anderen im Besprechungsraum begriff sie, was das bedeutete.

»Das Armband war gerissen, das Glas zerbrochen und die Uhr war stehengeblieben. Auf acht Uhr. Wir müssen uns wie üblich hüten, voreilige Schlüsse zu ziehen, aber vermutlich haben wir nicht nur den primären Tatort gefunden, sondern wissen nun auch ungefähr, wann der Tod eingetreten ist.«

Mellberg kratzte sich am Kopf.

»Sie ist also gegen acht Uhr morgens gestorben und dann zum Fundort transportiert worden?«

»Höchstwahrscheinlich.« Patrik nickte.

Martin hob die Hand.

»Ändert das etwas in Bezug auf Helens und Maries Alibis?«

»Eigentlich nicht«, antwortete Patrik. »Helen hatte zu keinem Zeitpunkt ein brauchbares Alibi, weder am Abend noch am Morgen. Sie behauptet, sie hätte eine Schlaftablette genommen, wie ein Stein bis zum nächsten Morgen um neun geschlafen und wäre dann laufen gegangen, aber da ihr Mann verreist war, und ihr Sohn sie erst mittags gesehen hat, kann das niemand bestätigen. Marie hat die ganze Zeit behauptet, sie habe für die Nacht und den Morgen ein Alibi, aber heute Morgen hat mir Erica etwas, gelinde gesagt, Bemerkenswertes erzählt. Sie hat Marie zufällig am Freitag getroffen und ein Weilchen mit ihr im Café *Bryggan* gesessen. Als Marie weiterdrehen musste, kam die Maskenbildnerin auf sie zu und sagte, sie könne Maries Alibi entkräften, denn sie habe selbst die Nacht mit dem Regisseur verbracht. Und nicht Marie.«

»Mist!«, sagte Martin.

»Kann das sein?«, fragte Paula. »Steckt da nicht vielleicht ein Eifersuchtsdrama dahinter?«

»Das werden wir Marie einfach fragen. Wir müssen natürlich auch noch mal mit dem Regisseur und mit dieser Frau sprechen. Wenn sie die Wahrheit gesagt hat, wird Marie uns einiges zu erklären haben. Zum Beispiel, warum sie gelogen hat.«

»Aber dieser Jörgen hat doch auch gesagt, dass Marie bei ihm war«, sagte Martin. »Wieso sollte er das tun, wenn es nicht so war?«

Paula seufzte. Er war ein guter Polizist, aber manchmal war er erschreckend unschuldig und naiv.

»Marie ist der Star in einem Film, der Millionen kostet. Die Produktionsfirma erhofft sich einen Kassenschlager. Ich glaube, Jörgen würde alles tun, um das Projekt nicht zu gefährden.«

Martin erwiderte ihren Blick.

»Oh, Mist, daran habe ich gar nicht gedacht.«

»Du bist einfach zu gutgläubig«, sagte Paula.

Martin wirkte tief gekränkt, aber niemand widersprach, auch er nicht. Im Grunde wusste er, dass Paula recht hatte.

»Mit Marie fangen wir an«, sagte Patrik. »Gösta, ich dachte, wir zwei fahren gleich nach der Besprechung hin. Allerdings weiß ich nicht, wie Marie um acht Uhr morgens Nea umgebracht haben soll, wenn sie schon um neun in Tanum in der Maske saß.«

»Okay«, sagte Paula. »Zurück zu dieser Verpackung. Wann bekommen wir die Laborergebnisse? Es könnten Fingerabdrücke und Spucke drauf sein.«

Patrik nickte.

»Das hoffen wir, aber wie immer können wir nichts Genaues sagen, bevor wir nicht das Ergebnis in der Hand haben. Im Moment ist alles offen.«

»Es sieht also so aus, als bekämen wir die Ergebnisse Mitte der Woche?«, hakte Martin nach.

»Das hat Torbjörn gesagt.«

»Habt ihr sonst noch was gefunden? Fußabdrücke? Fingerabdrücke?«

Paula schluckte den letzten Bissen von ihrem Brot runter und schmierte sich noch eins. Auch in der vergangenen Nacht hatte sie nicht viel Schlaf bekommen, und die Müdigkeit machte sie hungrig.

»Nein, es scheint, als wäre in der Scheune gründlich saubergemacht worden. Die Verpackung hat Torbjörn nur gefunden, weil sie in einer Ritze klemmte. Die Person, die dort geputzt hat, muss sie übersehen haben.«

Wieder meldete sich Martin zu Wort. Seine rot unterlaufenen Augen harmonierten mit seinem Haar.

»Wann hat Pedersen seinen endgültigen Bericht fertig?«

»Jedes Mal, wenn ich danach frage, sagt er: ›In ein paar Tagen‹.« Patrik war die Frustration anzumerken.

Er lehnte sich mit verschränkten Armen an die Spüle.

»Was sagen die Eltern? Ich weise immer wieder darauf hin, dass man zuallererst im engsten Familienkreis suchen muss.« Mellberg baute aus Brot und Käse einen Doppeldecker.

Paula grinste in sich hinein. Am Abend würde er Rita wieder erzählen, er hätte den ganzen Tag so gut wie nichts gegessen und sei vollkommen ausgehungert. Dann würde er nachdenklich hinzufügen, er wisse auch nicht, wieso er so zunehme, obwohl er esse wie ein Spatz.

»Sie wissen nicht, was wir gefunden haben«, sagte Gösta, »aber *dass* wir etwas entdeckt haben, ist ihnen sicher nicht entgangen. Beide sagen, sie hätten die Scheune nie benutzt, und nur Nea sei hin und wieder reingegangen. Sie haben auch nie eine fremde Person in der Scheune oder auf dem Grundstück gesehen.« Gösta sah Patrik an.

»Doch, einmal glaubte Peter, jemanden in der Scheune gesehen zu haben«, widersprach Patrik, »aber als er nachschaute, fand er nur die Katze darin. Der Vorfall ist mit Sicherheit unbedeutend, aber ich wollte ihn nicht unerwähnt lassen.«

»Wovon gehen wir also aus?«, fragte Paula. »Könnte jemand Nea in der Scheune aufgelauert haben? Deutete etwas auf einen sexuellen Übergriff hin? Ist Sperma gefunden worden?«

Das Thema ansprechen zu müssen war ihr ein Gräuel, sexuelle Übergriffe auf Kinder waren ein Alptraum für sie, aber sie wusste, dass sie nicht die Augen davor verschließen durften.

»Das wird der Obduktionsbericht gegebenenfalls zeigen«, sagte Patrik. »Aber klar, es könnte jemand in der Scheune auf Nea gewartet haben. Vielleicht hat er sie mit Schokolade bestochen und dann, ja, was dann passiert ist, wissen die Götter.«

»Ich habe mich mal im Wald hinter dem Haus umgesehen«, sagte Gösta. »Ich wollte wissen, ob es überhaupt möglich war, unbemerkt das Höschen von der Wäscheleine zu stehlen und zu verschwinden. Das hat die betreffende Person nämlich meiner Meinung nach getan, denn wenn sie über den Hof gegangen wäre, hätte man sie vom Haus aus gesehen, aber wenn man aus dem Unterholz kommt, gelangt man mühelos zu der Seite des Hauses, wo die Wäschespinne steht. Von dort aus hat man den ganzen Hof im Blick. Vielleicht hat jemand Nea beobachtet und festgestellt, dass sie sich öfter in der Scheune aufhielt. Und dann könnte diese Person auch gesehen haben, dass der Vater wegfuhr und nur die Mutter zu Hause war. Falls der Täter männlich war, wird er eine Frau als sehr viel geringere Bedrohung empfunden haben als einen Mann im Haus.«

»Sexualstraftäter beobachten ihre Opfer häufig eine längere Zeit, bevor sie das eigentliche Verbrechen begehen«, sagte Paula leise.

Plötzlich war ihr der Appetit vergangen. Sie legte ihr Brot weg und schluckte mühsam runter, was sie noch im Mund hatte.

»Auch das Waldstück hinter dem Haus ist gestern gründlich durchsucht worden«, sagte Patrik. »Aber abgesehen vom üblichen Müll haben wir dort nichts Auffälliges entdeckt.«

Er sah Paula an.

»Was ist mit dem Brand? Und dem Versuch, Karim etwas anzuhängen? Seid ihr da einen Schritt weiter?«

Sie wünschte, sie hätten etwas zu erzählen gehabt, aber wohin sie sich auch wendeten, landeten sie in einer Sackgasse. Niemand wusste etwas. Niemand wollte etwas damit zu tun haben. Möglicherweise murmelte jemand: »Das haben die doch nicht anders verdient«, aber mehr war aus den Leuten nicht rauszubekommen.

Sie holte tief Luft.

»Nein, wir sind noch nicht weiter, aber wir geben nicht auf. Früher oder später wird sich jemand verplappern.«

»Habt ihr den Eindruck, dass es eine geplante Aktion war?«, fragte Mellberg. »Oder könnten da Jugendliche eine spontane Idee gehabt haben?«

Er war während der Sitzung ungewöhnlich still gewesen, weil er möglicherweise klug genug war, sich für seinen Anteil am Geschehen immer noch zu schämen.

Paula ließ sich mit der Antwort Zeit.

»Ich weiß es nicht«, sagte sie schließlich. »Bis jetzt weiß ich nur, dass Hass dahintersteckte. Ob der Anschlag geplant war oder aus einer Laune heraus verübt wurde, kann ich leider nicht sagen. Noch nicht.«

Mellberg nickte. Er tätschelte Ernst, der auf seinen Füßen lag, und stellte keine weiteren Fragen. Paula war dankbar für seine plötzliche Ernsthaftigkeit. Sie glaubte auch zu wissen, worauf sie beruhte. Am Morgen hatte er mit Samia und Hassan und Leo getobt. Er hatte die drei durch die Wohnung gejagt, durchgekitzelt und das Monster gespielt. Karims Kinder hatten wahrscheinlich schon lange nicht mehr so gelacht. Und deswegen liebte sie den Mann, den sich ihre Mutter ausgesucht hatte, in der hintersten Ecke ihrer Seele. Sie hätte es niemals zugegeben, aber er war eine Art Opa für ihre Kinder geworden, und dank der Seiten, die zum Vorschein kamen, wenn es ihm nicht um sein Prestige ging, verzieh sie ihm seine lächerliche Prahlerei. Sie würde sich vermutlich bis zu seinem letzten Atemzug über ihn aufregen, aber sie wusste, dass er für ihre Kinder gestorben wäre.

Als an der Eingangstür gerüttelt wurde, stand Annika auf und kehrte mit einer atemlosen Erica zurück, die allen im Raum zunickte, kurz Luft holte und sich an Patrik wandte.

»Ich weiß wieder, was mir gestern aufgefallen ist. Leif Hermansson hat sich nicht das Leben genommen. Er wurde ermordet.«

Es wurde mucksmäuschenstill im Raum.

Bohuslän 1672

Zwei Tage waren vergangen. Jedes Mal, wenn sich jemand der Tür näherte, lauschte Elin gespannt. Seit sie hier war, hatte sie nichts zu essen bekommen, nur ein wenig Wasser, und der Topf war nicht geleert worden. Sobald sie sich ein wenig drehte, schlug ihr der Gestank entgegen. Sie gab jedoch nicht auf, weil sie wusste, dass Preben bald nach Hause kommen und erfahren würde, was passiert war.

Am Ende rasselte es, und die Tür wurde aufgeschlossen. Und da stand er. Sie wollte sich ihm um den Hals werfen, schämte sich aber, weil sie so schmutzig war.

Sie sah, dass ihm von dem Gestank übel wurde.

»Preben!«, wollte sie rufen, bekam aber nur ein Krächzen heraus.

Sie hatte seit zwei Tagen nicht gesprochen, und ihre Stimme war heiser und rau. Hunger wühlte in ihren Eingeweiden, doch sie würde ja bald rauskommen. Sie konnte es kaum erwarten, Märtas weiche Arme und ihren kleinen Körper zu spüren, wenn er sich an ihren drückte. Solange sie zusammen waren, machte es ihr nichts aus, den Pfarrhof verlassen und betteln zu müssen. Mit Märta an ihrer Seite konnten ihr weder Hunger noch Kälte etwas anhaben.

»Preben«, sagte sie mit festerer Stimme.

Er sah zu Boden und drehte den Hut in den Händen. Ihr wurde mulmig zumute. Warum sagte er nichts? Warum beschimpfte er den Büttel nicht und holte sie hier raus? Brachte sie zu Märta?

»Ist Preben gekommen, um mich abzuholen?«, fragte sie. »Britta ist böse auf mich geworden, weil sie im Ort erfahren hat, was wir beide getan haben. Um sich an mir zu rächen, hat sie behauptet, ich sei eine Hexe, aber inzwischen hat sie sich bestimmt beruhigt, und ich habe meine Strafe bekommen. Es war abscheulich, hier zu sitzen. Ich habe Tag und Nacht zu Gott gebetet und ihn angefleht, uns unsere Sünden zu vergeben. Britta kann ich auch um Verzeihung bitten, das schwöre ich. Wenn Britta will, werfe ich mich vor ihr in den Staub und küsse ihr die Füße, und dann verschwinden Märta und ich für immer aus ihren Augen. Ich bitte Ihn von Herzen, kann Preben nicht endlich den Büttel besänftigen und mich nach Hause bringen?«

Preben ließ noch immer den Hut kreiseln. Hinter ihm erblickte sie nun den Küster und den Büttel. Offenbar hatten die beiden die ganze Zeit dort gestanden und zugehört.

»Ich habe keine Ahnung, wovon Elin spricht«, sagte Preben kühl. »Weil sie zur Familie gehörten, waren meine Frau und ich so großzügig, Elin und ihre Tochter bei uns aufzunehmen, und so hat Sie es uns vergolten. Ich war entsetzt, als ich nach Hause kam und von Britta erfahren musste, sie habe herausgefunden, dass ihre Schwester nicht nur eine Hexe, sondern vermutlich auch für ihre anfänglichen Schwierigkeiten verantwortlich ist, schwanger zu werden. Was Elin uns angetan hat, ist eine Schande. Wenn Elin nun auch noch Lügen über den Mann ihrer Schwester verbreitet, beweist das nur, wie böse und verdorben sie ist. Sie ist ganz offensichtlich in die Klauen des Teufels geraten.«

Elin starrte ihn fassungslos an. Sie sank auf die Knie und verbarg das Gesicht in den Händen. Von ihm vollständig im Stich gelassen zu werden fühlte sich so vernichtend an, dass sie nicht einmal wütend wurde. Was hatte sie ihm entgegenzusetzen? Preben war ein Kirchenmann, seine Stellung und seine Worte hatten Gewicht. Wenn er sich zu denjenigen gesellte, die sie der Hexerei bezichtigten, würde sie hier niemals rauskommen, jedenfalls nicht lebend.

Preben drehte sich um und ging mit dem Küster davon. Der Büttel kam in die Zelle und warf einen verächtlichen Blick auf Elin, die jammernd am Boden lag.

»Sie bekommt eine Chance, zu beweisen, dass Sie keine Hexe ist. Morgen wird die Wasserprobe durchgeführt. Aber an Elins Stelle würde ich mir keine großen Hoffnungen machen. Aller Wahrscheinlichkeit nach wird Sie oben schwimmen.«

Dann machte er die Tür zu, und es wurde wieder dunkel.

SAM GING LANGSAM den Weg entlang. Seit er nach dem Aufwachen als Erstes zum Handy gegriffen und die SMS von Jessie gelesen hatte, beherrschte ihn ein vernichtendes Gefühl. Es brach ihm das Herz. Da sie nicht zu ihm nach Hause kommen wollte, hatten sie sich auf der Waldlichtung hinter dem Haus verabredet. Er hatte eine Einkaufstüte mit Sachen bei sich, die Jessie brauchen würde. Den Nagellackentferner seiner Mutter, Papiertaschentücher und Handtücher. Paracetamol, eine große Flasche Wasser, belegte Brote und saubere Sachen aus Helens Kleiderschrank.

Im Rucksack lag noch sein Notizbuch. Er war noch nicht dazu gekommen, es ihr zu zeigen.

Jessie wartete schon auf ihn. Er zögerte, als er sie entdeckte, sie sah nicht in seine Richtung und schien gar nichts wahrzunehmen. Sie trug eine Jogginghose, die ihr zu lang war, und ein Sweatshirt. Die Kapuze hatte sie sich über den Kopf gezogen.

»Jessie«, sagte er sanft und ging zu ihr.

Sie bewegte sich noch immer nicht. Blickte nicht auf. Er griff nach ihrem Kinn und hob ihren Kopf. Die Scham in ihren Augen fühlte sich an wie ein Schlag in den Bauch.

Sam legte die Arme um sie und drückte sie fest an sich. Sie reagierte nicht. Schluchzte nicht. Rührte sich nicht.

»Die sind Abschaum«, sagte er leise.

Er wollte sie auf die Wange küssen, aber sie drehte sich weg, und er hasste diese drei für alles, was sie in ihr zerstört hatten.

Er holte den Nagellackentferner und ein paar Taschentücher hervor.

»Möchtest du erst was essen?«

»Nein, mach alles weg. Das soll alles weg.«

Behutsam zog er ihr die Kapuze vom Kopf, strich ihr das Haar hinter die Ohren und berührte sie sanft an der Stirn.

»Nicht bewegen, sonst bekommst du Nagellackentferner in die Augen.«

Vorsichtig rieb er die Wörter ab. Jessie zuliebe blieb er ruhig, aber in seinem Innern tobte ein Sturm. Er hatte geglaubt, er würde sie für das hassen, was sie ihm all die Jahre angetan hatten. Aber verglichen mit dem Hass, den er jetzt empfand, waren seine Gefühle harmlos gewesen. Seine schöne, warme, verletzliche Jessie.

Die Schrift ließ sich entfernen, aber die Haut darunter wurde schuppig und rot. Als das Gesicht sauber war, machte er am Hals weiter.

Jessie zog ihr Top zur Seite, um ihm zu helfen.

»Kannst du es ausziehen? Du musst nicht.«

Er wusste nicht, was angemessen war.

Hastig zog sie Pulli und Shirt über den Kopf. Sie trug keinen BH, und er sah die Wörter auf Brust, Bauch und Rücken. Sie bedeckten ihren ganzen Körper.

Dann schaute er Jessie ins Gesicht. Seine Augen brannten.

Sam rieb fieberhaft weiter. Allmählich ging die schwarze Farbe weg. Jessie stand still, schwankte nur hin und wieder ein wenig, wenn er zu fest drückte. Nach einer Weile war er mit ihrem Oberkörper fertig und sah sie fragend an. Wortlos stieg sie aus der Jogginghose. Sie hatte keinen Slip darunter und stand nun splitternackt vor ihm. Sam ging auf die Knie, ihren hasserfüllten und gleichzeitig leeren Blick konnte er nicht ertragen. Vier verschiedene Handschriften. Er hatte so viele Fragen, die er nicht zu stellen wagte. Und er war sich nicht sicher, ob sie diese beantworten konnte.

»Sie haben noch mehr Sachen mit mir gemacht. Ich habe keine Erinnerung daran, aber ich spüre es.«

Für einen Moment hörte er auf, mit dem Papiertaschentuch zu reiben. Ein Teil von ihm wollte den Kopf an ihren Oberschenkel lehnen und weinen, aber er wusste, dass er nun stark für sie beide sein musste.

»Als ich ging, lagen sie da und schliefen tief und fest«, sagte sie. »Wie können sie schlafen? Wie können sie so etwas tun und dann schlafen?«

»Sie sind nicht wie wir, Jessie. Ich habe es immer gewusst. Wir sind besser als sie.«

Er wusste, was sie nun zu tun hatten. Um sich an denen zu rächen, die das getan hatten. Und an denen, die tatenlos zugesehen hatten.

»Du bist aber nicht mit dem Auto gekommen!« Patrik warf Erica einen strengen Blick zu.

Sie verdrehte die Augen.

»Ich bin doch nicht bescheuert. Mit dem Bus natürlich.«

»Wieso soll sie nicht fahren?« Martin sah Erica neugierig an.

»Weil sich meine liebe Frau gestern, gelinde gesagt, einen hinter die Binde gekippt hat.«

»Hinter die Binde!« Erica rümpfte die Nase. »Der Wortschatz der fünfziger Jahre möchte aus dem Kinderparadies abgeholt werden!«

Sie wandte sich an Martin.

»Patriks Mutter hat gestern Junggesellinnenabschied gefeiert, und da habe ich wohl ein wenig übertrieben.«

Mellberg gluckste, aber nach einem warnenden und tiefrot unterlaufenen Blick von Erica war er still.

»Können wir uns vielleicht, nachdem wir diese interessante Information nun abgehakt haben, etwas wichtigeren Dingen zuwenden?«

Patrik nickte. Er hatte in der Nacht lange wach gelegen und sich gefragt, was Erica gemeint haben mochte. Sie verrannte sich selten, und wenn ihr etwas auffiel, war es meistens von Bedeutung.

»Du behauptest also, Leif Hermansson sei ermordet worden«, sagte er. »Worauf gründet sich diese Annahme?«

Er deutete auf einen Stuhl, weil Erica ein wenig blass um die Nase war.

»Setz dich, bevor du umkippst. Ein Käsebrot und eine Tasse Kaffee würden wahrscheinlich auch nicht schaden.«

Dankbar sank sie auf einen Stuhl am Fenster. Paula schob

ihr einen Teller mit einem Käsebrot hin, und Annika stand auf und schenkte ihr einen Becher Kaffee ein.

»Leifs Tochter Viola ist Malerin«, sagte Erica. »Wie ihr wisst, war ich bei ihr, um sie zu fragen, ob Leif Material vom Fall Stella hinterlassen hat. Ich hoffte, ich würde noch Aufzeichnungen oder Ähnliches von ihm finden. Bei meinem Besuch konnte sie sich zunächst nicht an solche Dinge erinnern, aber dann hat sie doch noch etwas gefunden. Leifs Taschenkalender. Ich habe noch nicht alles gelesen, aber er hat sich hauptsächlich Notizen über das Wetter und lauter Alltagskram gemacht. Jedenfalls gab mir Viola den Kalender, als ich am Freitag auf ihrer Vernissage war, und da habe ich mich so in ein Bild verliebt, dass ich es gekauft habe. Es ist ein Porträt von Leif, also ihrem Vater.«

Sie trank einen Schluck Kaffee und biss von dem Käsebrot ab. Nachdem sie mühsam geschluckt hatte, sprach sie weiter.

»Irgendwas an dem Gemälde war irritierend, aber mir fiel einfach nicht ein, was. Ich habe in der letzten Zeit die alten Unterlagen über den Fall Stella gelesen, den Bericht über Leifs Selbstmord studiert und mir die Fotos dazu angeschaut. Ich hatte ein diffuses Gefühl, dass etwas nicht stimmt.«

Sie trank noch einen Schluck Kaffee. Kleine Schweißperlen waren an ihren Schläfen hervorgetreten, und ihre Haut wirkte teigig und weiß. Patrik hatte Mitleid mit ihr, aber vor allem empfand er Bewunderung. In ihrem Zustand konnte die Busfahrt nicht lustig gewesen sein.

»Aber gestern bin ich plötzlich draufgekommen.«

»Leider konnte sie sich am nächsten Morgen an nichts erinnern«, fügte Patrik hinzu.

»Danke für den Hinweis«, sagte Erica trocken. »Am Ende wusste ich wieder, was es war. Rechts und links.«

»Rechts und links?«, fragte Paula verblüfft. »Was soll das heißen?«

»Schaut doch mal!«

Erica kramte die Fotos von Leifs Suizid aus ihrer Handtasche. Sie zeigte auf seine Schläfe.

»Hier ist der Einschuss. An der rechten Schläfe. Und die Pistole liegt in seiner rechten Hand.«

»Ja, und?« Patrik betrachtete die Bilder.

Nach all den Jahren als Polizist war es immer noch merkwürdig, einen Toten zu sehen.

»Das werdet ihr gleich sehen!« Erica öffnete die Fotogalerie ihres Handys. »Ich habe das Gemälde fotografiert, weil es zum Mitbringen zu groß ist. Na, merkt ihr was?«

Sie zeigte auf das Porträt von Leif, und alle beugten sich über das Display. Paula begriff es als Erste.

»Er hält den Stift in der linken Hand! Er war Linkshänder!«

»Genau!«, sagte Erica laut, und Ernst hob erschrocken den Kopf, legte ihn aber, nachdem er sich vergewissert hatte, dass alles in Ordnung war, wieder auf die Füße seines Herrchens.

»Ich verstehe nicht, wie sowohl die Polizei als auch die Angehörigen das übersehen konnten, aber ich habe sicherheitshalber Viola angerufen. Sie hat es bestätigt, Leif war Linkshänder! Er hätte niemals die rechte Hand benutzt. Weder zum Schreiben noch zum Schießen.«

Triumphierend sah sie Patrik an.

Zuerst spürte er vor Aufregung ein Kribbeln im Magen, aber dann dachte er einen Schritt weiter und seufzte.

»Oh nein, sag das bitte nicht!«

»Doch«, erwiderte Erica. »Du solltest umgehend die Person anrufen, die dir für so was auch sonst immer die entsprechende Genehmigung erteilt. Ihr werdet nicht umhinkommen, Leif zu exhumieren.«

Als die Haustür aufging, saßen Bill und Gun am Küchentisch. Während des späten Frühstücks hatten sie nicht viele Worte gewechselt. Bill hatte mehrmals zum Handy gegriffen und die Nachricht gelesen, die mitten in der Nacht gekommen war. »*Ich schlafe bei Basse.*«

Er ging in den Hausflur und betrachtete seinen Sohn, während der sich die Schuhe auszog. Bill verzog das Gesicht.

»Du stinkst wie eine Schnapsfabrik«, sagte er, obwohl er sich vorgenommen hatte, sich zurückzuhalten. »Und uns einfach mitten in der Nacht eine SMS zu schicken! Du weißt, dass wir vorgewarnt werden möchten.«

Nils zuckte die Achseln, und Bill drehte sich zu Gun um, die am Türrahmen lehnte.

»Ich habe doch schon unendlich oft dort übernachtet«, sagte Nils. »Und ja, wir haben gestern ein paar Bier getrunken, aber ich bin fünfzehn und kein Kind mehr.«

Bill suchte nach Worten, konnte aber nur Gun ansehen. Die zeigte nach oben.

»Geh erst mal duschen. Und dabei denkst du bitte über deine Einstellung nach. Wenn du wieder unten bist, reden wir.«

Nils öffnete den Mund, aber Gun deutete erneut in Richtung Obergeschoss. Kopfschüttelnd ging er zur Treppe. Wenige Minuten später hörten sie die Dusche.

Bill schaute lange die Treppe an. Dann ging er ins Wohnzimmer. Stellte sich ans Fenster und blickte aufs verlockende Meer hinaus.

»Was sollen wir mit ihm machen?«, fragte er. »Alexander und Philip waren nie so.«

»Ach, die hatten auch ihre Phasen«, sagte Gun. »Aber immer wenn irgendwas vorfiel, warst du plötzlich sehr mit deinen Booten beschäftigt.«

Sie schüttelte den Kopf.

»Aber du hast recht, so waren die beiden nie. Und ja. Wahrscheinlich waren wir zu alt für noch ein Kind.«

Als er ihren Blick sah, pochte das schlechte Gewissen noch heftiger in seiner Brust.

Gun hatte ihr Bestes gegeben, das wusste Bill. Es war seine Schuld, dass etwas schiefgelaufen war. Seine Abwesenheit, seine Gleichgültigkeit. Kein Wunder, dass Nils ihn hasste.

Er ließ sich auf das geblümte Sofa fallen.

»Was sollen wir machen?«, fragte er.

Wieder schaute er aus dem Fenster. Es würde ein guter Tag zum Segeln werden, aber ihm war die Lust vergangen, und Khalil und Adnan waren heute auf Wohnungssuche.

»Er ist so wütend.« Bill löste den Blick nicht vom Wasser. »Ich verstehe nicht, wo all diese Wut herkommt.«

Gun setzte sich neben ihn und drückte seine Hand.

Ein Gedanke, der ihm die ganze Nacht keine Ruhe gelassen hatte, setzte sich immer mehr fest. Er wollte ihn eigentlich nicht aussprechen, aber er teilte seit vierzig Jahren alles mit Gun.

»Glaubst du, er könnte etwas damit zu tun haben?«, flüsterte er. »Mit dem Brand?«

Guns Schweigen sagte ihm, dass er nicht der Einzige war, der sich in der Nacht mit dunklen Gedanken herumgeschlagen hatte.

Hektisch hob Sanna einen Blumentopf nach dem anderen hoch. Sie zwang sich, zu atmen und ruhig zu bleiben. So dornig und hart die Zweige auch sein mochten, Rosen waren empfindliche Pflanzen und gingen leicht kaputt, aber Sanna wusste vor Wut weder aus noch ein.

Wie hatte sie Vendela nur abkaufen können, dass sie nach der Party bei ihrem Vater übernachten würde? Da Niklas mit seiner Familie in Basses Nähe wohnte, wäre das einfacher gewesen. Es war ihr so einleuchtend erschienen, dass sie sich nicht die Mühe gemacht hatte, sich mit Niklas abzusprechen.

Doch am Morgen war Vendela nicht an ihr Handy gegangen, und als Sanna Niklas anrief, erfuhr sie, dass Vendela nicht bei ihm geschlafen hatte. Niklas sagte, er habe überhaupt nichts von ihr gehört. Sollte ich mir Sorgen machen?, fragte er. Nein, du solltest sauer werden, sagte Sanna. Dann legte sie auf.

Sie hatte Vendela an die zehn Nachrichten geschickt, und wenn sie nicht bald auftauchte, würde sie noch zehn bekommen.

Als Sanna einen Rosenbusch abstellte, fiel Erde aus dem Topf. Sie blieb mit dem Handschuh an einem Dorn hängen und zog sich einen langen Kratzer zu.

Sie fluchte so laut, dass sich ein paar Kunden nach ihr umdrehten. Sanna lächelte sie an und ermahnte sich erneut, weiter zu atmen. Sie war aus dem Gleichgewicht. Es war so viel passiert. Neas Tod. Maries Rückkehr. Der Besuch ihrer Tochter Jessie. Sie wusste, dass nichts von dem, was vor dreißig Jahren passiert war, die Schuld des Mädchens war. Ihre logische und rationale erwachsene Seite wusste das. Trotzdem war es unheimlich, das Mädchen zu sehen und zu wissen, wer ihre Mutter war.

Schlaf hatte sie in dieser Nacht nicht gefunden. Stattdessen hatte sie wach gelegen und an die Decke gestarrt, während Bilder, die sie seit Jahrzehnten nicht gesehen hatte, sie verfolgten. Von Stella, die vom grünen Onkel erzählte, ihrem Freund im Wald. Im Lauf der Ermittlungen hatte Sanna mit ihren Eltern über den grünen Onkel gesprochen, und sie hatte ihn auch gegenüber der Polizei erwähnt. Niemand hatte ihr zugehört. Jetzt war ihr klar, dass es nach einem Märchen geklungen haben musste. Und wahrscheinlich war es das auch gewesen. Eine Geschichte, die Stella sich ausgedacht hatte. Und wozu alte Wunden aufreißen? Sie hatten eine Antwort bekommen, jeder wusste, wer ihre kleine Schwester umgebracht hatte. Es würde nichts Gutes dabei herauskommen, wenn sie nun noch einmal in der Vergangenheit wühlen würden.

»Warum musste ich unbedingt herkommen? Hätten wir uns nicht zu Hause treffen können?«

Sanna schreckte zusammen. Vendela stand mit verschränkten Armen neben ihr. Sie trug eine große Sonnenbrille. Ihr Kleid war fleckig. Und auch wenn sie offenbar geduscht hatte, roch sie nach Alkohol.

»Sag nicht, du bist verkatert.«

»Was? Ich habe nichts getrunken. Ich bin nur müde, weil wir spät ins Bett gegangen sind.«

Vendela wich ihrem Blick aus. Sanna ballte die Fäuste. Ihre Tochter stand vor ihr und log ihr ins Gesicht.

»Du hast gelogen, als du sagtest, du würdest bei Papa übernachten, und jetzt lügst du schon wieder!«

»Das stimmt gar nicht!«

Sanna spürte, dass die Kunden sie beobachteten. Cornelia an der Kasse wirkte verunsichert. Aber dagegen konnte sie im Moment nichts machen.

»Du hast gesagt, du würdest bei Papa schlafen, aber er wusste überhaupt nichts davon!«

»Warum sollte ich es ihm auch erzählen, ich habe doch meinen eigenen Schlüssel. Es ist superspät geworden, und die anderen haben sich Sorgen um mich gemacht. Sie wollten nicht, dass ich mitten in der Nacht rausgehe, und deshalb durfte ich auf dem Sofa schlafen.«

Ihre Stimme zitterte jetzt.

»Ich mache alles richtig, und ihr werdet trotzdem sauer. Das ist so ungerecht!«

Vendela drehte sich um und raste davon. Sanna hörte die Kunden tuscheln. Sie holte tief Luft und wandte sich wieder den Rosenbüschen zu. Sie wusste, wann sie sich geschlagen geben musste.

»Was hat er gesagt?« Gösta bemühte sich, auf dem Weg zum Filmstudio mit Patrik Schritt zu halten.

»Wahrscheinlich haben ihn meine vielen Graböffnungen in den vergangenen Jahren mürbe gemacht.« Patrik grinste schief. »Er hat nur geseufzt und gesagt, sobald ich die notwendigen Formulare vorlege, gibt er mir die Genehmigung. Er fand auch, dass die Sache näher untersucht werden sollte.«

»Wann kann das Grab geöffnet werden?«

»Sein Einverständnis habe ich ja, es ist also nur noch eine praktische Frage. Wenn alles so klappt, wie ich mir das vorstelle, am Dienstag.«

»Donnerwetter.« Gösta war beeindruckt.

Normalerweise gingen die Dinge viel schleppender voran, aber er spürte Patriks Rastlosigkeit und seinen Willen, endlich voranzukommen, und er nahm an, der Kollege hatte einen Gang hochgeschaltet. In solchen Phasen war er nicht zu bremsen, das wusste Gösta aus Erfahrung, und daher wunderte es Gösta auch nicht, dass es Patrik gelungen war, die Mühlen des Gesetzes und der Verwaltung zu beschleunigen.

»Was machen wir denn nun mit Marie? Wie sollen wir vorgehen? Freundliche Anfrage? Angriff?«

»Ich weiß nicht«, sagte Patrik. »Mir scheint, der Umgang mit ihr ist nicht einfach. Wir brauchen da ein wenig Fingerspitzengefühl.«

Gösta drückte auf einen Klingelknopf neben dem Tor, und nachdem sie erklärt hatten, sie seien von der Polizei, wurden sie aufs Gelände gelassen. Sie gingen hinüber zum eigentlichen Studio und traten ein. Gösta fühlte sich an einen Hangar erinnert, obwohl die Halle voller Menschen, Scheinwerfer und Kulissen war. Da ihnen eine Frau mit einem Schreibblock in der Hand bedeutete, leise zu sein, nahm Gösta an, sie wären mitten in einen Dreh geplatzt. Neugierig schaute er nach rechts, wo die Dreharbeiten stattzufinden schienen, aber da das Filmteam von Kulissen verdeckt wurde, sah er nichts, hörte aber einzelne Worte.

Vorsichtig gingen sie weiter herein und verstanden den Dialog nun besser, aber erkennen konnten sie noch immer nichts. Es klang, als würde sich die Szene zwischen zwei

Frauen abspielen, beide sprachen laut und aufgeregt. Nachdem eine männliche Stimme »Cut!« gerufen hatte, wagten sie sich näher heran. Gösta staunte. Hinter den Sperrholzwänden verbarg sich ein bis ins kleinste Detail rekonstruiertes Zimmer, das ihn wie eine Zeitmaschine in die Siebziger zurückversetzte.

Mitten im Raum standen zwei Frauen und unterhielten sich mit dem Regisseur. Die Ältere der beiden kannte Gösta. Ihr Make-up ließ Marie ausgezehrt und krank wirken. Die Szene spielte sich wahrscheinlich gegen Ende von Ingrids Leben ab, als der Krebs sie bereits in seiner Gewalt hatte. Er fragte sich, wen die jüngere Frau darstellte, und tippte auf eine der Töchter Ingrid Bergmans.

Als Marie sie erblickte, verstummte sie mitten im Satz. Patrik winkte ihr, sie sagte ein paar Worte zu der anderen Frau und dem Regisseur und kam schnell auf sie zu.

»Entschuldigen Sie bitte diesen Aufzug.« Sie nahm das Kopftuch ab.

Ihr Gesicht war in einem gräulichen Ton geschminkt, und die Maskenbildnerin hatte Falten und Runzeln hinzugefügt, die sie fast noch schöner machten.

»Wie kann ich Ihnen behilflich sein?«, fragte sie lässig und zeigte auf eine Sitzgruppe.

Als sie sich hingesetzt hatten, sah Patrik Marie an.

»Wir haben neue Informationen bezüglich Ihres Alibis.«

»Meines Alibis?«, fragte sie. Die einzige Regung, die Gösta an ihr wahrnahm, waren die etwas schmaler gewordenen Augen.

»Ja«, sagte Patrik, »uns wurde mitgeteilt, dass es falsch ist. Uns interessiert vor allem, wo Sie am Montagmorgen gegen acht waren.«

»Aha.« Marie zündete sich eine Zigarette an. Nach mehreren Zügen sagte sie: »Und wer behauptet, mein Alibi sei falsch?«

»Das brauchen wir Ihnen nicht mitzuteilen. Unsere Frage hingegen müssen Sie beantworten. Beharren Sie immer noch darauf, in der Nacht zum Montag bei Jörgen Holmlund gewesen zu sein und gemeinsam mit ihm morgens um acht das Hotelzimmer verlassen zu haben?«

Marie schwieg. Sie zog noch einige Male an ihrer Zigarette. Dann seufzte sie.

»Nein, ich gebe alles zu.« Lachend hob sie die Hände. »Ich habe mir einen süßen kleinen Leckerbissen von der Feier mit nach Hause genommen und dachte, das wäre Ihnen vielleicht ein Dorn im Auge, und daher habe ich zu einer harmlosen kleinen Notlüge gegriffen.«

»Einer Notlüge?«, fragte Gösta. »Ist Ihnen klar, dass wir in einem Mordfall ermitteln?«

»Ja, natürlich. Aber ich weiß auch, dass ich unschuldig bin, und dass Jörgen, mein Regisseur, die Wände hochgehen würde, wenn ich in irgendwas verwickelt wäre, was die Dreharbeiten verzögern könnte. Deswegen habe ich ihn gebeten, mir ein Alibi zu geben, als ich von dem Mord an dem kleinen Mädchen hörte. Ich habe mir gleich gedacht, dass Sie in meinem Privatleben rumschnüffeln werden.«

Sie lächelte sie an.

Göstas Ärger wuchs. Es war nicht nur arrogant, die Situation so leichtzunehmen, es war gefühllos und unmenschlich. Nun würden sie wieder kostbare Zeit damit verschwenden müssen, ihr Alibi zu überprüfen.

»Hat denn der junge Mann, mit dem Sie die Nacht verbracht haben, einen Namen?«, fragte Patrik.

Marie schüttelte den Kopf.

»Es ist ein bisschen peinlich, aber ich habe keine Ahnung, wie er heißt. Ich habe ihn Schätzchen genannt, das reichte mir vollauf. Und um ehrlich zu sein, war ich mehr an seinem Körper als an seinem Namen interessiert.«

Sie aschte im gut gefüllten Aschenbecher ab.

»Okay.« Patrik bemühte sich, nicht die Geduld zu verlieren. »Sie wissen nicht, wie er hieß, aber vielleicht können Sie ja sein Aussehen beschreiben. Oder es fällt Ihnen was anderes ein, das uns hilft, ihn zu identifizieren. Vielleicht haben Sie mitbekommen, mit wem er unterwegs war?«

»Nein, leider stehen mir derartige Informationen nicht zur Verfügung. Er war mit ein paar Jungs in seinem Alter in dem Hotel, aber die sahen alle nicht so gut aus wie er und interessierten mich nicht. Um ehrlich zu sein, hat er persönlich mich auch nicht so wahnsinnig interessiert. Ich habe ihm vorgeschlagen, mich zu begleiten, was er gern getan hat, und das war's. Als ich am nächsten Morgen zum Dreh musste, habe ich ihn noch ein Stück mitgenommen, und mehr gibt es dazu nicht zu sagen.«

»Wie sah er aus?«, insistierte Patrik.

»Meine Güte, ungefähr so wie die meisten jungen Kerle um die zwanzig, die hier im Sommer rumhängen. Blond, blauäugig, zurückgegelte Haare, teure Markenkleidung und leicht versnobtes Auftreten. Das Geld hatte er wahrscheinlich von Papa.«

Sie fuchtelte mit ihrer Zigarette herum.

»Sie glauben also nicht, dass er aus dieser Gegend stammt?« Gösta musste husten.

»Nein, er hatte einen leichten Göteborger Dialekt. Wahrscheinlich ein Segler, aber das ist nur eine Vermutung.«

Sie lehnte sich zurück und rauchte den letzten Zug.

Gösta seufzte. Ein namenloser junger Segler aus Göteborg. Das schränkte die Auswahl nicht gerade ein. Die Beschreibung traf auf Tausende zu, die im Sommer in Fjällbacka haltmachten.

»Hat Ihre Tochter ihn gesehen?«, fragte er.

»Nein, die hat geschlafen«, sagte Marie. »Sie wissen ja, wie Teenager sind. Die verschlafen den halben Tag.«

Patrik zog die Augenbrauen hoch.

»Meine Frau hat mir erzählt, Sie hätten kurz vor Stellas Verschwinden jemanden im Wald gehört.«

Marie lächelte ihn an.

»Sie haben eine sehr intelligente Frau. Und ich sagen Ihnen das Gleiche wie ihr: Die Polizei hat es damals versäumt, diese Spur zu verfolgen, und aufgrund dieser Schlamperei hat derselbe Mörder nun noch einmal zugeschlagen.«

Patrik stand auf.

»Falls Ihnen irgendwas einfällt, das uns hilft, Ihren Besucher zu finden, rufen Sie uns bitte sofort an«, sagte er. »Ihre Aussage allein wird als Alibi nicht ausreichen.«

Gösta stand auf und sah Marie verwundert an. Sie lächelte, als würde die ernste Lage, in der sie sich befand, sie überhaupt nicht belasten.

»Selbstverständlich«, sagte sie sarkastisch. »Ich tue doch alles, um der Polizei zu helfen.«

Als das Filmteam nach ihr rief, stand sie ebenfalls auf.

»Zeit für den nächsten Take. Wir sind fertig, oder?«

»Vorläufig ja«, sagte Patrik.

Als sie aus dem kühlen Studio in die Sommerhitze hinauskamen, blieben sie eine Weile hinter dem Tor stehen.

»Kaufst du ihr ihre Version ab?«, fragte Gösta.

Patrik überlegte lange.

»Ich weiß es wirklich nicht. Spontan würde ich sagen, nein. Ich kann mir gut vorstellen, dass sie einen jungen Mann mit nach Hause nimmt, ohne ihn nach seinem Namen zu fragen, aber dass sie es uns verheimlicht haben will, damit wir nicht in ihrem Privatleben schnüffeln, erscheint mir unglaubwürdig.«

»Ja, ich bin auch skeptisch«, sagte Gösta. »Die Frage ist nur, was sie vor uns geheim hält. Und warum.«

Marie war plötzlich nicht mehr da gewesen. Sie hatten sich eingebildet, Einfluss nehmen und die Dinge in ihrem eigenen Sinne steuern zu können, aber bald war ihnen klargeworden, dass sie vollkommen machtlos waren. Und dann war Marie weggeschickt worden.

Manchmal war Helen neidisch auf Marie. Vielleicht hatte sie es dort, wo sie war, besser. Vielleicht lebte sie jetzt bei freundlichen Menschen. Die sie mochten. Das hoffte sie jedenfalls. Obwohl der Gedanke sie mit Neid erfüllte.

Sie selbst war in einem Gefängnis gelandet, das schlimmer war als eins mit Gittern vor den Fenstern. Ihr Leben gehörte ihr nicht mehr. Tagsüber ließen ihre Eltern sie nicht aus den Augen. Nachts hatten die Träume sie im Griff, und es verfolgten sie immer wieder die gleichen Bilder. Nicht eine Sekunde war sie frei.

Sie war dreizehn Jahre alt, und ihr Leben war vorbei, bevor es angefangen hatte. Es war alles eine Lüge. Manchmal sehnte sie sich nach der Wahrheit, aber sie wusste, dass ihr diese niemals über die Lippen kommen würde. Dafür war sie zu überwältigend. Sie hätte alles zerstört.

Aber sie vermisste Marie. Immer. In jedem Augenblick. Sie vermisste sie, wie sie einen Arm oder ein Bein vermisst hätte. Wie einen Teil von sich selbst. Sie hatten zusammengehört. Sie und Marie gegen den Rest der Welt. Und nun war sie vollkommen allein.

Es war extrem befreiend, endlich zu wissen, was sie an dem Gemälde irritiert hatte. Nun waren Patrik und seine Kollegen an der Reihe. Doch obwohl Erica einsah, dass sie um eine neuerliche Untersuchung der Leiche nicht herumkommen würden, fragte sie sich skeptisch, was man nach so vielen Jahren noch entdecken würde. Der Verwesungsprozess schritt schnell voran.

Viola war geschockt gewesen, als Erica anrief und ihr erzählte, was sie vermuteten, und was sie jetzt vorhatten. Trotzdem hatte sie Viola gebeten, mit ihren Brüdern zu sprechen, und zehn Minuten später kam der Rückruf. Alle Geschwister standen hinter der Entscheidung der Polizei, das Grab zu öffnen. Auch sie wollten die Wahrheit wissen.

»Du siehst wirklich nicht fit aus.« Paula schenkte Erica Kaffee nach.

Die beiden waren mit Leifs persönlichem Kalender in der Teeküche der Dienststelle sitzen geblieben. Gemeinsam hatten sie versucht, sein Gekrakel zu entziffern. Am interessantesten war die mysteriöse Eintragung »11«, die er an seinem Todestag gemacht hatte. Leif hatte nicht nur eine für seine Generation typische verschnörkelte Handschrift, sondern auch eine Vorliebe für seltsame Abkürzungen gehabt. Die Aufzeichnungen hatten Ähnlichkeit mit einem Geheimcode.

»Könnte er die Temperatur gemeint haben?« Paula kniff die Augen zusammen, als hätte sie die Eintragungen auf diese Weise besser entschlüsseln können.

»Na ja«, sagte Erica. »Eine Woche vorher steht da ›55‹, also ging es bestimmt nicht ums Wetter.«

Sie stöhnte.

»Mathematik und Zahlen waren immer meine Schwachstelle, und heute bin ich wahrlich nicht auf der Höhe. Ich hatte vollkommen vergessen, wie schlecht es einem gehen kann.«

»Hoffentlich hattet ihr wenigstens Spaß.«

»Erstaunlicherweise ja! Ich habe schon mehrmals versucht, Kristina anzurufen, aber die liegt bestimmt noch flach.«

»Das würde dir auch guttun.«

»Stimmt«, brummte Erica, ohne die vertrackten Zeichen in dem Kalender aus den Augen zu lassen.

Gösta kam in die Küche.

»Hallo, Mädels. Sitzt ihr hier immer noch? Gehörst du nicht eigentlich ins Bett, Erica? Du siehst furchtbar aus.«

»Wenn man mich nicht ständig darauf hinweisen würde, ginge es mir schon viel besser.«

»Wie ist es gelaufen?«, fragte Paula. »Was hat Marie gesagt?«

»Sie hat angeblich einen jungen Kerl abgeschleppt, dessen Namen sie nicht weiß, und sich das Intermezzo mit dem Regisseur nur ausgedacht, damit wir sie in Ruhe lassen.«

»Glaubt ihr das?«, fragte Paula.

»Wir sind beide skeptisch.« Er nahm sich eine Tasse Kaffee.

Dann schaute er Erica über die Schulter.

»Habt ihr was rausgefunden?«, fragte er.

»Nein, diese Zeichen sind mir ein Rätsel. Hast du eine Ahnung, wofür ›11‹ und ›55‹ stehen könnten?«

»Wieso ›55‹ und ›11‹?«, erwiderte Gösta. »Da steht doch ›SS‹ und ›JJ‹.«

Paula und Erica starrten ihn an. Gösta lachte über ihre verblüfften Gesichter.

»Ich kann verstehen, dass das nicht leicht zu erkennen ist, aber meine Mutter hatte die gleiche Handschrift. Das sind Buchstaben und keine Zahlen. Ich tippe auf Initialen.«

»Du hast recht«, rief Erica aus. »Es sind Buchstaben.«

»SS und JJ«, sagte Paula langsam.

»James Jensen vielleicht?«, schlug Gösta vor.

»Das ist möglich«, antwortete Paula. »Diese Initialen kommen nicht häufig vor. Fragt sich nur, warum Leif die Initialen von Helens Mann in seinen Kalender eingetragen hat. Waren sie verabredet? Haben sie sich getroffen?«

»Das werden wir James wohl einfach fragen müssen«,

sagte Erica. »Und SS? Wer könnte das sein? Viola hat mir erzählt, dass Leifs Gedanken am Ende seines Lebens nur noch um den Fall Stella kreisten, es wird also jemand gewesen sein, der etwas damit zu tun hatte.«

»Gut möglich«, sagte Gösta.

»Ich rufe sicherheitshalber Viola an. Wer weiß, vielleicht mühen wir uns hier unnötig ab, und sie kennt die Person.«

»Während wir auf des Rätsels Lösung warten, können wir nur hoffen, dass bei der erneuten Untersuchung der Leiche etwas herauskommt«, sagte Gösta.

»Wenn ein Fall so lange zurückliegt, ist es immer schwierig«, sagte Paula. »Die Leute haben vieles vergessen, Beweise wurden vernichtet, und diese Graböffnung ist auch nur ein Versuch. Wir haben keine Ahnung, ob sich daraus ein Hinweis auf Leifs Mörder ergibt.«

Erica nickte.

»Als Leif sich das Material des Falls ansah, muss er vor der gleichen Herausforderung gestanden haben. Es war viel Zeit vergangen. Und es stellt sich noch immer die Frage, ob er neue Informationen erhalten oder in den alten Unterlagen etwas entdeckt hatte. Ich wünschte, ich hätte die Protokolle der Vernehmungen von Helen und Marie lesen können.«

Sie fuhr sich über den schmerzenden Haaransatz.

»Wenn JJ wirklich für James Jensen steht, kann Helens Mann uns vielleicht sagen, ob sie am Tag, als Leif starb, nur verabredet waren«, sagte Gösta, »oder ob sie sich tatsächlich getroffen haben.«

Er sah Paula an.

»Was meinst du? Sollen wir mal kurz nach Fjällbacka fahren und mit James Jensen reden? Dann können wir dich nach Hause bringen, Erica. Falls du nicht lieber den Bus nimmst.«

»Nein, danke.« Erica wurde schon bei dem Gedanken schlecht.

»Wir rufen ihn vorher an und fragen, ob er zu Hause ist,

aber wir verraten ihm nicht, worum es geht. Und dann fahren wir los. Okay?«

Gösta sah Paula und Erica an, beide nickten.

Paula beugte sich zu Erica hinüber.

»Keine Angst, wir haben Kotztüten im Auto.«

»Halt die Klappe«, sagte Erica.

Grinsend ging Paula zum Telefon.

Basse wurde wach, weil die Sonne ihm ins Gesicht schien. Vorsichtig machte er ein Auge auf. Sein Kopf schien zu explodieren. Der Mund fühlte sich klebrig und trocken zugleich an. Er schaffte es, auch das andere Auge zu öffnen, und setzte sich ächzend auf. Er hatte merkwürdig verkrümmt auf dem Sofa im Wohnzimmer gelegen, und nun tat ihm der Nacken weh.

Er sah auf die Uhr. Halb eins. Wie lange hatten sie eigentlich gefeiert?

Basse stand auf, hätte sich aber am liebsten gleich wieder hingesetzt. Überall lagen schlafende Menschen. Zwei Lampen waren kaputtgegangen. Das Parkett war zerkratzt. Das Sofa, auf dem er geschlafen hatte, war voller Essensreste und halb ausgetrunkener Bierflaschen. Der Bezug war vollkommen hinüber. Auf dem weißen Sessel waren Rotweinflecken, und die geliebten Whiskyflaschen seines Vaters standen leer im Regal.

Oh Gott. In einer Woche würden seine Eltern nach Hause kommen, aber er würde es niemals schaffen, das Haus bis dahin wieder aufzuräumen. Sie würden ihm den Hals umdrehen. Nie hätte er gedacht, dass so viele zu seiner Party kommen würden. Die Hälfte der Leute, die im Wohnzimmer auf dem Boden schliefen, kannte er gar nicht. Es war ein Wunder, dass die Polizei nicht geklingelt hatte.

An alldem waren Nils und Vendela schuld. Es war ihre Idee gewesen. Er wusste nicht mehr genau, wer davon angefangen hatte. Er musste die beiden finden, damit sie ihm halfen, das hier wieder in Ordnung zu bringen.

Nach ein paar Schritten auf dem Teppich waren seine Socken nass. Der Boden war überall feucht und klebrig, und es roch nach Bier. Basse hatte das Gefühl, sich übergeben zu müssen, konnte sich aber zurückhalten. Vendela und Nils waren nicht unter den Schlafenden im Wohnzimmer. Ein Junge hatte eine offene Hose, und Basse überlegte kurz, ob er ihn zudecken sollte, aber an sich hatte er kein Problem damit, wenn irgendein Typ seinen Schwanz zeigte.

Er schleppte sich die Treppe hinauf ins Obergeschoss. Von der Anstrengung brach ihm kalter Schweiß aus. Er wollte sich nicht umdrehen, wollte das Bild der Zerstörung da unten nicht noch einmal sehen.

In seinem Zimmer schliefen drei Leute, aber Vendela und Nils waren nicht darunter. Es stank fürchterlich. Irgendjemand hatte auf die Tastatur gekotzt, und der Inhalt seiner Schreibtischschubladen war auf dem Boden verstreut.

Im Schlafzimmer seiner Eltern hielt sich die Verwüstung in Grenzen, aber auch hier stank es nach Erbrochenem. Hinter dem Bett, das nicht nur vollgekotzt, sondern auch mit schwarzem Edding beschmiert war, sah man eine große Lache auf dem Fußboden.

Basse hielt inne. Auf seiner Netzhaut tauchten Erinnerungsfetzen auf wie verblasste Polaroidbilder. Sie waren doch hier gewesen, oder etwa nicht? Er sah vor sich, wie Nils Vendela angrinste. Sie hatte einen randvollen Becher in der Hand. Und er hörte Jungenstimmen. Wer war noch dabei gewesen? Je mehr er sich bemühte, sich zu erinnern, desto verschwommener waren seine Erinnerungen.

Er trat auf etwas Hartes und fluchte. Ein Edding ohne Kappe lag auf dem Boden. Er hatte Flecke auf dem weiß gebeizten Holzfußboden hinterlassen, auf den seine Mutter so stolz war. Edding. Jessie. Vendelas Plan. Was hatten sie vorgehabt? Was hatten sie getan? Er sah Brüste vor sich. Große weiße, volle Brüste. Er lag auf jemandem und hielt den Blick auf diese Brüste gerichtet. Er hatte sie angefasst. Er schüttelte den Kopf, damit es darin klarer wurde, aber sein Schädel fühlte sich an, als würde er gespalten.

Als es in der rechten Hosentasche vibrierte, fummelte er mit zittrigen Fingern das Handy heraus. Eine Nachricht von Nils. Massenhaft Fotos. Und mit jedem Bild wurden seine Erinnerungen deutlicher. Er hielt sich die Hand vor den Mund und raste ins Badezimmer seiner Eltern.

Patrik saß in seinem Büro in der Dienststelle und schrieb seinen Bericht über die bizarre Begegnung mit Marie, aber seine Gedanken wanderten immer wieder zu Leifs Kalender. Gösta hatte ihm von seiner und Ericas Theorie erzählt, und nun zerbrach sich auch Patrik den Kopf über die geheimnisvollen Initialen. Er hatte Gösta sofort erlaubt, James gemeinsam mit Paula einen Besuch abzustatten. Es war ein Schuss ins Blaue, aber gerade die waren manchmal Volltreffer und brachten die Ermittlungen einen entscheidenden Schritt voran.

Das Klingeln seines Handys riss ihn aus seinen Grübeleien.

»Hallo, hier ist Pedersen«, sagte eine energische Stimme. »Bist du gerade beschäftigt?«

»Nein, oder besser gesagt, ich kann meine Arbeit kurz unterbrechen. Aber wieso arbeitest du am Sonntag?«

»Diesen Sommer habe ich nicht viel frei. Im Juli hatten wir so viele Leichen wie seit dreißig Jahren nicht, und der August scheint auch nicht viel besser zu werden.«

»Oh Mist«, sagte Patrik.

Aber seine Neugier war geweckt. Wenn Pedersen anrief, hatte er meistens etwas Interessantes zu berichten. Und Beweismittel waren momentan Mangelware. Außer Indizien, Spekulationen, Gerüchten und Annahmen hatten sie nichts in der Hand.

»Ich habe gehört, du hast uns gleich noch eine Leiche eingebrockt. Irgendeinen alten Selbstmord.«

»Ja, Leif Hermansson. Er hat die Ermittlungen im Fall Stella geleitet. Wir exhumieren ihn übermorgen, mal sehen, was wir finden.«

»Das kann dauern«, sagte Pedersen. »Was das Mädchen angeht, habe ich den endgültigen Bericht diese Woche fertig, aller Voraussicht nach am Mittwoch. Das hoffe ich jedenfalls. Ich rufe aber wegen einer anderen Sache an. Vielleicht bringt sie dich weiter.«

»Ja?«

»Ich habe Fingerabdrücke an der Leiche gefunden. Auf den Lidern. Der Körper war gewaschen, da war also nichts. Aber die Lider sind offenbar vergessen worden. Ich schätze, die Fingerabdrücke sind dort hingelangt, als der Täter ihr die Augen schloss.«

»Ah.« Patrik dachte nach. »Könntest du mir die Fingerabdrücke schicken? Im Moment haben wir keine zum Vergleich, aber Torbjörn Ruud hat am primären Tatort welche entdeckt.«

»Ich schicke sie dir sofort«, sagte Pedersen.

»Danke. Und vielen Dank, dass du dir Zeit genommen hast, mich anzurufen, obwohl ihr so viel zu tun habt. Hoffentlich wird es bald ruhiger.«

»Das hoffe ich auch«, seufzte Pedersen. »Wir gehen hier auf dem Zahnfleisch. Alle.«

Nachdem sie aufgelegt hatten, starrte Patrik ungeduldig auf den Bildschirm.

Es war eins der Mysterien des Lebens, dass es desto länger zu dauern schien, bis man etwas bekam, je dringender man darauf wartete. Doch schließlich machte das interne Mailprogramm *Ping*, und in Patriks Posteingang tauchte die Nachricht von Pedersen auf.

Patrik öffnete das angehängte Dokument. Zwei schöne Fingerabdrücke.

Er griff zum Telefon und wählte Torbjörns Nummer.

»Hedström hier. Du, ich flehe dich jetzt auf Knien an. Ich brauche in einer superwichtigen Angelegenheit deine Hilfe. Pedersen hat mir zwei Fingerabdrücke von Neas Leiche geschickt, und es wäre toll, wenn du die mal schnell mit denjenigen vergleichen könntest, die du auf der Verpackung aus der Scheune gefunden hast.«

Torbjörn knurrte.

»Kann das nicht warten, bis wir hier fertig sind? Ich würde lieber erst mal alles durchgehen. Außerdem vergleichen wir die Fingerabdrücke mit unserer Datenbank. Reicht das nicht?«

»Torbjörn, ich verstehe das alles, aber mein Bauchgefühl sagt mir, dass diese Fingerabdrücke übereinstimmen.«

Er merkte selbst, dass er Torbjörn unter Druck setzte, und ließ ihn in Ruhe nachdenken.

Nach einer gefühlten Ewigkeit sagte Torbjörn grimmig: »Okay. Schick mir die Fingerabdrücke, und ich sorge dafür, dass sie so schnell wie möglich verglichen werden. Okay?«

»Danke!«, sagte Patrik. »Du bist ein Schatz.«

Torbjörn brummte zum Abschied. Patrik atmete auf. Vielleicht hatten sie endlich einen konkreten Anhaltspunkt.

»Hallo?«, rief Erica ins Haus.

Anna telefonierte in der Küche. Als sie Erica bemerkte, legte sie hastig auf.

»Hallo.«

Erica sah sie argwöhnisch an.

»Mit wem hast du geredet?«

»Mit niemandem. Das war nur Dan.« Anna wurde rot.

Ericas Magen zog sich zusammen. Wenn sie eins wusste, dann, dass Anna nicht mit Dan gesprochen hatte. Mit dem hatte sie nämlich selbst gerade telefoniert. Sie hätte Anna darauf ansprechen und sie direkt fragen können, was sie ihr verheimlichte, aber andererseits wollte sie Anna nicht spüren lassen, dass sie ihr nicht vertraute. Ihre kleine Schwester hatte so hart daran gearbeitet, ihren Fehler wiedergutzumachen, und sie hatten die Geschichte alle hinter sich gelassen. Anna jetzt auszufragen oder zu behaupten, sie würde lügen, hätte das Vertrauen zerstört, das sie mühsam wieder aufgebaut hatten. Sie war lange Zeit labil gewesen, und jetzt, da sie endlich wieder auf dem Damm war, wollte Erica sie nicht ohne schwerwiegenden Grund aus dem Gleichgewicht bringen. Also atmete sie tief durch und ließ die Sache auf sich beruhen. Vorerst.

»Wie geht es dir, du Arme?«, fragte Anna.

Erica sackte auf einen Küchenstuhl.

»Den Umständen entsprechend. Dass mich alle darauf hinweisen, wie schrecklich ich aussehe, macht es nicht besser.«

»Das verstehe ich, aber du warst wirklich schon mal hübscher.« Anna setzte sich Erica grinsend gegenüber.

Sie schob einen Teller Zimtschnecken zu ihr hinüber. Erica betrachtete das Gebäck eine Weile und focht einen inneren Kampf aus, aber wenn es irgendjemand an diesem Tag verdient hatte, in reinen Kohlenhydraten zu schwelgen, dann war sie das. Außerdem gierte ihr Körper nach Pizza. Sie würden also heute Abend essen gehen müssen. Die Kinder würden jubeln, und Patrik würde nur zum Schein protestieren, insgeheim würde er Luftsprünge machen.

Sie nahm sich eine Schnecke und biss die Hälfte ab.

»Was haben sie gesagt? Zu deiner Theorie, dass es kein Selbstmord war?«

Anna nahm sich auch eine Zimtschnecke. Wie Erica feststellte, eignete sich ihr Bauch mittlerweile wunderbar als Krümelfänger.

»Sie geben mir recht. Patrik hat bereits eine Graböffnung veranlasst. Hoffentlich exhumieren sie ihn übermorgen.«

Anna verschluckte sich.

»Übermorgen? Geht das so schnell? Ich dachte, die Mühlen der Verwaltung mahlen langsam.«

»Er hat den Staatsanwalt dazu gebracht, einen Eilantrag beim Amtsgericht zu stellen, und mit etwas Glück dürfen sie das Grab am Dienstag öffnen. Patrik hat jedenfalls schon mit den praktischen Vorbereitungen begonnen.«

»Na ja, die wissen ja auch, wie gern Patrik Leute ausbuddelt«, sagte Anna. »Vielleicht sollten sie ihm sicherheitshalber eine Dauergenehmigung erteilen.«

Erica konnte sich ein Grinsen nicht verkneifen.

»Interessant wird es auf jeden Fall. Und die Familie steht dahinter, das freut mich.«

»Die wollen natürlich auch wissen, was eigentlich passiert ist.«

Anna nahm sich noch eine Zimtschnecke. Die Überbleibsel der ersten waren auf ihrem dicken Bauch verstreut.

Erica sah sich um. Erst jetzt fiel ihr auf, wie still es im Haus war.

»Wo sind die Kinder? Hast du sie betäubt?«

»Nein, die sind bei den Nachbarn und spielen schön«, sagte Anna. »Und mit unseren Kindern ist Dan segeln gegangen, ich kann hier also noch eine Weile die Stellung halten. Leg dich hin! Du siehst schrecklich aus.«

»Danke.« Erica streckte ihr die Zunge heraus.

Das Angebot nahm sie jedoch dankbar an. Ihr Körper gab ihr unmissverständlich zu verstehen, dass sie keine zwanzig mehr war. Trotzdem dauerte es eine Weile, bis der Schlaf kam. Sie konnte nicht aufhören, sich zu fragen, mit wem Anna telefoniert hatte. Und warum sie so überstürzt aufgelegt hatte, als Erica kam.

Bohuslän 1672

Der Morgen war kühl und neblig. Elin hatte einen Eimer Wasser und einen Lappen bekommen, um sich notdürftig zu waschen. Außerdem hatte man ihr ein sauberes weißes Unterkleid gegeben. Von der Hexenprobe hatte sie gehört, aber wie sie vonstattenging, wusste sie nicht. Würde man sie hier am Kai ins Wasser werfen und zuschauen, wie sie mit den Armen ruderte? Wollte man, dass sie ertrank? Würde ihr Körper im Frühjahr an die Oberfläche kommen?

Die Wächter führten sie unsanft bis an die Kante der Kaimauer. Es herrschte großes Gedränge, und sie fragte sich, ob sie das Ereignis absichtlich in Fjällbacka stattfinden ließen, wo die Demütigung besonders groß war.

Als Elin sich umsah, entdeckte sie viele bekannte Gesichter. Die Stimmung war ausgelassen. Ebba aus Mörhult stand nur wenige Meter entfernt. Ihre Augen leuchteten vor Aufregung.

Elin wandte sich ab. Ebba sollte nicht sehen, wie viel Angst sie hatte. Sie blickte ins Wasser hinunter. Es war so dunkel. So tief. Wenn man sie hier hineinwarf, würde sie ertrinken, da war sie sich sicher. Sie würde hier sterben. Am Kai in Fjällbacka. Während alte Freunde, frühere Nachbarn und alte Feinde zusahen.

»Fesselt sie!«, sagte der Büttel zu den Wächtern. Sie warf ihm einen entsetzten Blick zu.

Gefesselt hatte sie im Wasser keine Chance, sie würde auf den Grund sinken und dort zwischen Krebsen und Tang sterben. Schreiend versuchte sie, sich loszureißen, aber sie waren stärker und drückten sie zu Boden. Sie schlangen ihr dicke Seile um die Fußgelenke und verschnürten ihre Hände hinter dem Rücken.

Ein Stück entfernt entdeckte sie einen vertrauten Rock. Elin schaffte es, den Kopf anzuheben. Mitten in der Menschenmenge stand Britta. Und an ihrer Seite Preben. Er hielt seinen Hut genauso nervös in den Händen wie bei seinem Besuch in der Zelle, aber Britta schaute sich lachend an, wie Elin in dem weißen Unterkleid gefesselt auf der Erde lag. Preben drehte sich weg.

»Nun werden wir sehen, ob sie oben schwimmt!« Der Büttel wandte sich an die Menge.

Ganz offensichtlich genoss er in vollen Zügen die Aufmerksamkeit, die er bekam, und die angespannte, aber heitere Atmosphäre.

»Wenn sie oben schwimmt, ist sie zweifellos eine Hexe, wenn sie untergeht, ist sie es nicht. Dann müssen wir sie rasch wieder rausziehen.«

Er gluckste in sich hinein und genoss sichtlich die Lacher, die er erntete. Elin lag gefesselt am Boden, die Seile scheuerten an Hand- und Fußgelenken, sie betete zu Gott. Es war die einzige Möglichkeit, die Angst in Schach zu halten. Sie war kurzatmig, als wäre sie gerannt. Es rauschte in ihren Ohren.

Als man sie hochhob, schnitten ihr die Seile in die Haut. Sie schrie laut auf, aber der Schrei verstummte jäh, als das eiskalte Wasser ihren Körper umschloss und ihr Mund sich mit Salzwasser füllte. Sie wartete darauf, dass sie unter der Oberfläche verschwand und auf den Grund sank, doch nichts passierte. Sie lag bäuchlings auf dem Wasser, konnte den Kopf aber heben und atmen.

Sie trieb auf dem Wasser. Die Menschen, die sich am Kai versammelt hatten, schnappten nach Luft. Dann schrien alle durcheinander.

»Hexe!«, brüllte einer, und andere taten es ihm nach. »Hexe!«

Genauso unsanft, wie man sie hineingeworfen hatte, zog man Elin aus dem Wasser, aber der Schmerz war kein Teil mehr von ihr.

»Ihr habt es mit eigenen Augen gesehen!«, rief der Büttel. »Sie schwamm oben wie ein Schwan, die Hexe!«

Das Publikum grölte, und Elin hob mühsam den Kopf. Bevor sie ohnmächtig wurde, sah sie noch flüchtig Preben und Britta, die ihr den Rücken zuwandten und davongingen. Während sie in Bewusstlosigkeit versank, ahnte sie noch, wie Ebba aus Mörhult sie anspuckte.

James war nicht ans Telefon gegangen, aber Gösta und Paula hatten beschlossen, es trotzdem bei ihm zu Hause zu versuchen.

»Oh, will die süße alte Tante etwa ihr Haus verkaufen?«, rief Paula, als sie an dem roten Häuschen vorbeifuhren.

»Welche süße alte Tante?« Gösta warf einen Blick auf das Zu-verkaufen-Schild.

»Martin und ich haben mit ihr gesprochen, als wir die Nachbarn befragten. Sie ist über neunzig und sah sich gerade einen MMA-Kampf an.«

Gösta lachte.

»Warum nicht. Vielleicht werde ich auf meine alten Tage auch noch MMA-Fan.«

»Ja, es ist wahrscheinlich gar nicht so einfach, sich die Zeit zu vertreiben, wenn man so abgelegen wohnt und nirgendwo mehr hinkommt. Sie sitzt meistens am Küchenfenster, sagte sie, und beobachtet das Geschehen draußen auf dem Weg.«

»Das hat mein Vater auch gemacht«, sagte Gösta. »Ich frage mich, wieso. Meinst du, man versucht, das Leben unter Kontrolle zu behalten, wenn man spürt, dass es einem entgleitet?«

»Kann sein«, antwortete Paula. »Ich glaube aber, es ist eher ein schwedisches Phänomen. Ihr lasst eure Alten zu Hause vereinsamen. In Chile käme das nicht in Frage, da kümmert man sich bis zu ihrem Tod um die Alten.«

»Wenn ich das richtig verstehe, werden du und Johanna für den Rest des Lebens deiner Mutter mit ihr und Mellberg zusammenwohnen.« Gösta gluckste.

Paula sah ihn entsetzt an. »Stimmt. So gesehen, ist das schwedische Modell ungemein verlockend.«

»Dachte ich's mir doch«, sagte Gösta.

Sie hatten das Haus von Helen und James erreicht, und Paula parkte neben dem Familienauto. Als sie anklopften, öffnete Helen sofort. Mit keiner Regung verriet sie, was sie empfand, als sie die Besucher erkannte.

»Tag, Helen«, sagte Gösta. »Wir müssten mal mit James sprechen. Ist er zu Hause?«

Gösta meinte, dass ihre Lider flatterten, aber das leichte Zittern war kurz darauf verschwunden, und möglicherweise hatte er es sich nur eingebildet.

»Er macht im Wald hinterm Haus Schießübungen.«

»Können wir da hingehen, ohne unser Leben aufs Spiel zu setzen?«, fragte Paula.

»Ja, keine Sorge. Rufen Sie laut nach ihm, dann ist er vorgewarnt.«

Tatsächlich hörte Gösta vereinzelte Schüsse und ging mit Paula in die Richtung, aus der das Geräusch kam.

»Ich traue mich gar nicht, nachzurechnen, gegen wie viele Gesetze er damit verstößt«, sagte Paula.

Gösta nickte.

»Nein, im Moment ist es wahrscheinlich klüger, beide Augen zuzudrücken. Dass er hier nicht rumballern darf, verklickern wir ihm ein andermal.«

Die Schüsse wurden immer lauter.

Gösta schrie: »James! Gösta und Paula von der Polizeidienststelle Tanum. Nicht schießen!«

Es wurde still, aber Gösta ging auf Nummer sicher. »James! Bitte bestätigen Sie, dass Sie uns gehört haben!«

»Ich höre Sie«, rief James.

Sie beschleunigten das Tempo und sahen ihn kurz darauf. Er hatte die Waffe auf einen Baumstumpf gelegt und stand mit verschränkten Armen da. Gösta kam nicht umhin, einen Augenblick zu denken, dass der Mann etwas Furchteinflößendes an sich hatte. Seine Vorliebe für Tarnanzüge machte es nicht besser. Er hätte in einem amerikanischen Kriegsfilm mitspielen können.

»Ich weiß, ich weiß, es ist verboten, hier zu üben.« James hob entschuldigend die Hände.

»Damit werden wir uns zu einem späteren Zeitpunkt befassen.« Gösta nickte. »Heute wollen wir mit Ihnen über etwas anderes sprechen.«

»Lassen Sie mich nur die Pistole wegräumen.« James hob die Waffe vom Baumstumpf auf.

»Ist das ein Colt?«, fragte Paula.

James nickte stolz.

»Ja, ein Colt M1911. Von 1911 bis 1985 eine Standardwaffe der amerikanischen Streitkräfte. Sie wurde in beiden Weltkriegen und sowohl im Korea- als auch im Vietnamkrieg verwendet. Ich habe sie von meinem Vater bekommen, als ich sieben war. Mit ihr habe ich schießen gelernt.«

Gösta verkniff sich einen Kommentar zu diesem äußerst unangebrachten Geschenk für einen Siebenjährigen, weil er annahm, dass James ohnehin nicht verstanden hätte, was er meinte.

»Haben Sie Ihrem Sohn das Schießen beigebracht?«, fragte er stattdessen, während James die Waffe behutsam, beinahe zärtlich einpackte.

»Ja. Er ist ein unheimlich guter Schütze«, sagte James. »Ansonsten taugt er nicht viel, aber schießen kann er. Er hat übrigens den ganzen Tag geübt, ich habe ihn hier abgelöst.

Beim Militär könnte er ein guter Scharfschütze werden, aber den körperlichen Anforderungen würde er niemals gerecht werden.«

Er schnaubte.

Gösta warf einen vorsichtigen Blick in Paulas Richtung. Man sah ihr an, was sie von James' Art, über seinen Sohn zu sprechen, hielt.

»Worum geht es denn nun?« James stellte die Tasche mit der Pistole auf die Erde.

»Es geht um Leif Hermansson.«

»Diesen Polizisten, der meiner Frau einen Mord angehängt hat?« James runzelte die Stirn. »Warum wollen Sie mit mir über ihn sprechen?«

»Was meinen Sie mit ›angehängt‹?«

James reckte sich und verschränkte die Arme wieder vor der Brust, was den Umfang seiner Oberarme gigantisch wirken ließ.

»Ich will damit nicht sagen, er hätte etwas Ungesetzliches getan, aber er war geradezu versessen darauf, meine Frau eines Mordes zu überführen, den sie nicht begangen hat. Meiner Ansicht nach hat er andere Möglichkeiten gar nicht in Betracht gezogen.«

»Es scheint, als wären ihm am Ende seines Lebens Zweifel gekommen«, sagte Paula. »Und wir haben Grund zu der Annahme, dass er am Tag seines Todes in irgendeiner Form Kontakt zu Ihnen hatte. Können Sie sich daran erinnern?«

James schüttelte verblüfft den Kopf.

»Das ist unheimlich lange her, aber ich bin mir ziemlich sicher, dass wir an diesem Tag keinen Kontakt hatten. Wieso sollten wir auch? Wir haben äußerst selten miteinander gesprochen.«

»Vielleicht war es ein erster Schritt«, sagte Gösta, »um Kontakt zu Helen aufzunehmen. Ich nehme an, sie war ihm gegenüber nicht gerade wohlwollend eingestellt.«

»Da haben Sie recht«, sagte James. »Hätte er mit ihr sprechen wollen, wäre es über mich vermutlich am leichtesten gewesen, an sie heranzukommen. Es waren so viele Jahre vergangen, und wir hatten uns bemüht, das Ganze hinter uns zu lassen.«

»Es muss jetzt schwer für sie sein.« Paula sah ihn an.

Ruhig erwiderte er ihren Blick.

»Ja, es ist eine Tragödie, aber für die Eltern des Mädchens ist es viel schlimmer als für uns. Uns steht es nicht zu, laut zu jammern, auch wenn das natürlich ein gefundenes Fressen für die Boulevardpresse wäre. Es standen sogar schon Reporter vor unserer Tür, aber die kommen bestimmt nicht wieder ...«

James grinste schief.

Gösta hakte lieber nicht nach. Außerdem war er der Meinung, Journalisten hätten es sich zu einem gewissen Teil selbst zuzuschreiben, wenn man sie nicht mit Samthandschuhen anfasste. Sie waren in den vergangenen Jahren immer aufdringlicher geworden und überschritten allzu oft die Grenzen des Anstands.

»Okay, dann wäre das im Moment alles.« Gösta sah Paula fragend an, sie nickte.

»Wenn mir was einfällt, rufe ich Sie an«, sagte James dienstfertig.

Er zeigte auf das Haus hinter den Bäumen.

»Ich begleite Sie.«

Er ging voraus, und Gösta wechselte einen Blick mit Paula. Offensichtlich glaubte auch sie James kein Wort.

Als sie das Haus erreicht hatten, schaute er zu einem Fenster im oberen Stock hinauf. Ein Junge im Teenageralter betrachtete ihn mit leerem Blick. Das schwarzgefärbte Haar und die stark geschminkten Augen verliehen ihm etwas von einem Gespenst. Gösta lief ein Schauer über den Rücken. Dann war der Junge weg.

Als Marie nach Hause kam, saß Jessie auf dem Steg. Sie hatte Körper und Gesicht dick mit einer bestimmt teuren Creme eingeschmiert, die sie im Badezimmer gefunden hatte. Die roten Flecken waren davon zwar nicht weggegangen, aber ihre Haut juckte seitdem nicht mehr so stark. Jessie wünschte, es hätte auch eine Creme für ihre Seele gegeben, oder wie auch immer sie das nennen sollte, was in ihr kaputtgegangen war.

Mehrmals hatte sie sich den Unterleib gewaschen, aber sie fühlte sich immer noch schmutzig. Eklig. Die Kleidungsstücke von Basses Mutter hatte sie weggeworfen. Nun trug sie ein altes T-Shirt und eine weiche Jogginghose und schaute aufs Meer. Marie stellte sich neben sie.

»Was hast du mit deinem Gesicht gemacht?«

»Sonnenbrand.«

Marie nickte.

»Ein bisschen Sonne tut deinen Pickeln vielleicht ganz gut.« Kein Wort darüber, dass Jessie am Abend zuvor nicht nach Hause gekommen war. Hatte Marie es überhaupt bemerkt? Vermutlich nicht.

Sam war wunderbar gewesen. Er hatte ihr angeboten, sie nach Hause zu bringen. Und bei ihr zu bleiben. Aber sie musste eine Weile allein sein. Sie musste in Ruhe dasitzen und spüren, wie der Hass in ihr wuchs. Sie pflegte ihn. In gewisser Weise war es befreiend, dem Hass endlich nachzugeben und ihn ungebremst auszukosten. All die Jahre hatte sie dagegen angekämpft, weil sie nicht schlecht von anderen Menschen denken wollte. Wie naiv sie gewesen war.

Den ganzen Tag über waren Nachrichten auf ihrem Handy eingetroffen. Sie hatte keine Ahnung, woher all diese Leute ihre Nummer hatten. Aber wahrscheinlich war sie genauso schnell verbreitet worden wie die Fotos. Sie hatte nur das erste angeklickt. Danach hatte sie nur noch auf »Löschen« gedrückt. Alle Bilder hatten das gleiche Thema. Hure. Schlampe. Fette Sau.

Sam hatte die Mitteilungen auch bekommen. Und die Fotos. Sie waren bereits eingetroffen, während er sich noch mit der schwarzen Farbe abmühte. Er hatte das Telefon beiseitegelegt, ihr Gesicht in beide Hände genommen und sie geküsst. Zuerst wollte sie sich von ihm abwenden. Sie kam sich eklig vor, schmutzig, und sie wusste, dass ihr Atem nach Kotze stank, obwohl sie sich im Badezimmer von Basses Eltern die Zähne geputzt hatte. Aber ihm war das egal gewesen. Er küsste sie lange, und sie spürte, wie ihr glühender Hass und seiner miteinander verschmolzen. Nun teilten sie den Hass.

Die Frage war nur, was sie jetzt tun sollten.

Als die Sonne sich rot färbte, hielt sie das Gesicht hinein. Sie hörte, wie Marie drinnen eine Flasche Sekt öffnete. Es war alles genau wie vorher. Und doch war alles anders.

Patrik trank bereits die dritte Tasse Kaffee seit dem Telefonat mit Torbjörn Ruud. Der Rechtsmediziner hatte sich noch immer nicht gemeldet.

Seufzend warf er einen Blick in den Flur, wo Martin mit einer Tasse in der Hand langsam auf ihn zukam.

»Du siehst etwas müde aus«, sagte er. Martin blieb stehen.

Es war Patrik bereits während des morgendlichen Meetings aufgefallen, aber er hatte Martin nicht vor den anderen darauf ansprechen wollen. Er wusste, dass Martin seit Pias Tod an Schlafstörungen litt.

»Ach, alles okay.« Martin kam in Patriks Zimmer.

Patrik stutzte. Martin war über und über rot geworden.

»Was verheimlichst du mir?« Patrik lehnte sich zurück.

»Es ist nur, ich habe …«, stammelte Martin und starrte auf seine Schuhe.

Er schien sich nicht recht entscheiden zu können, auf welchem Fuß er stehen sollte.

Patrik betrachtete ihn belustigt.

»Setz dich hin und spuck es aus. Wie heißt sie?«

Martin grinste verlegen.

»Mette.«

»Und?« Patrik sah ihn erwartungsvoll an.

»Sie lebt getrennt und hat einen einjährigen Sohn. Sie kommt aus Norwegen und arbeitet in Grebbestad als Buchhalterin. Wir waren gestern zum ersten Mal verabredet, ich weiß also noch gar nicht, was daraus wird.«

»So kaputt, wie du aussiehst, ist es gut gelaufen.«

»Ja, schon.«

»Wo habt ihr euch denn kennengelernt?«

»Auf dem Spielplatz.« Martin wand sich wie ein Aal.

Patrik beschloss, ihn nicht weiter zu löchern.

»Schön, dass du dich mit einer Frau triffst«, sagte er. »Und dass du anscheinend bereit bist, dich zu öffnen. Was daraus wird, wird sich zeigen. Und das ist okay. Pia kann niemand ersetzen. Es wird so oder so etwas anderes sein.«

»Ich weiß.« Martin starrte wieder auf seine Schuhe. »Ich glaube, ich bin so weit.«

»Na dann.«

Das Telefon klingelte, aber Patrik hob die Hand, damit Martin im Zimmer blieb.

»Hedström, du hattest recht«, knurrte Torbjörn.

»Was sagst du da?«, fragte Patrik. »Stammen die Fingerabdrücke von derselben Person?«

»Zweifellos. Ich habe sie auch durch unsere Datenbank gejagt aber dort keine Übereinstimmung gefunden. Auch mit den Fingerabdrücken der Eltern sind sie nicht identisch.«

Patrik seufzte. Ganz so einfach würde es also doch nicht werden, aber immerhin würden sie wahrscheinlich die Eltern ausschließen können.

»Das ist zumindest ein Anhaltspunkt. Danke.«

Nachdem er aufgelegt hatte, sah er Martin an.

»Die Fingerabdrücke auf Neas Augenlidern stimmen mit denen auf der Verpackung überein.«

Martin zog die Augenbrauen hoch.

»Dann sollte man sie mit der Datenbank abgleichen.«

Patrik schüttelte den Kopf.

»Das hat Torbjörn schon gemacht. Kein Treffer.«

An Mörder, die ihre Opfer zufällig auswählten, hatte er nie geglaubt, und auch dieser Fall erschien ihm dafür zu komplex und zu persönlich. Außerdem konnten die Parallelen zum Fall Stella unter keinen Umständen Zufall sein. Nein, es wunderte ihn nicht, dass die Fingerabdrücke noch nicht polizeilich erfasst waren.

»Es gibt eine ganze Reihe von Leuten, mit denen wir sie abgleichen sollten.« Martin zögerte. »Ich sage es nicht gern, aber zum Beispiel mit den Eltern des Mädchens. Und mit ...«

»... Helen und Marie«, fügte Patrik hinzu. »Glaub mir, darüber habe ich auch schon nachgedacht, aber noch reicht der Verdacht gegen sie nicht aus, um sie zur Abgabe von Fingerabdrücken zwingen zu können. Die von Peter und Eva haben wir bekommen, als wir die Scheune untersucht haben, und Torbjörn hat sie auch gleich gecheckt. Keine Übereinstimmung.«

»Sind denn Helens und Maries Fingerabdrücke nicht erfasst worden?«, fragte Martin. »Es wurde doch gegen sie ermittelt.«

Patrik schüttelte den Kopf.

»Nein, sie waren noch Kinder, als der Mord begangen wurde, sie bekamen keine Strafe und keinen Eintrag in der Kartei. Trotzdem würde ich mir die Fingerabdrücke gern anschauen. Vor allem da sich Maries Alibi in Luft aufgelöst hat. Die Tatsache, dass sie uns angelogen hat, macht mich nachdenklich.«

»Ich gebe dir recht, irgendwas stimmt da nicht«, sagte Martin. »Hast du eigentlich schon was von Gösta und Paula gehört?«

»Ja, Paula hat angerufen. James behauptet steif und fest, überhaupt keinen Kontakt zu Leif gehabt zu haben. Gösta und Paula kaufen ihm das jedoch nicht ab.«

»Aber so lange wir nicht mehr in der Hand haben als eine vage Vermutung, können wir ihn nicht unter Druck setzen.«

»Genau«, sagte Martin.

»Dann hoffen wir mal, dass Leif noch ein paar Geheimnisse preisgibt. Wann erfährst du, ob du die Genehmigung bekommst?«

»Morgen Vormittag«, sagte Patrik. »Aber der Staatsanwalt denkt nicht, dass es Probleme gibt. Wir haben alles für die Exhumierung am Dienstag vorbereitet.«

Seufzend stand er auf.

»Ich glaube nicht, dass wir heute noch rausbekommen, wie wir diese Information am besten nutzen. Lass uns lieber darüber schlafen. Vielleicht hat ja einer von uns über Nacht eine geniale Eingebung.«

Er packte seine Unterlagen zusammen und legte sie in einen Sammelordner, den er in seine Aktentasche steckte. Plötzlich hielt er inne.

»Wann seht ihr euch wieder?«

»Heute Abend. Ihr Ex nimmt zwei Tage das Kind, und da nutzen wir gleich die Gelegenheit.«

»Natürlich, aber pass auf, dass du ein wenig Schlaf bekommst.« Er legte Martin beim Hinausgehen den Arm um die Schultern.

Martin brummte etwas Unverständliches.

Sie waren fast draußen, als Annika nach ihnen rief. Als sie sich umdrehten, stand sie mit dem Telefonhörer in der Hand da und zeigte darauf.

»Die Klinik ist dran. Sie haben vergeblich versucht, dich zu erreichen.«

Patrik warf einen Blick auf sein Handy. Tatsächlich. Drei entgangene Anrufe von derselben Nummer.

»Was wollen die von mir?«, fragte er, aber Annika winkte ihn wortlos heran.

Patrik ging zur Rezeption und nahm den Hörer. Er hörte zu und antwortete in kurzen Sätzen, dann legte er auf und drehte sich zu Annika und Martin um, die ihn gespannt ansahen.

»Amina ist vor ein paar Stunden gestorben.« Es fiel ihm schwer, mit fester Stimme zu sprechen. »Jetzt geht es nicht mehr nur um Brandstiftung, sondern um Mord.«

Er machte sich auf den Weg zu Mellbergs Büro. Sie mussten Karim fragen, wie sie sich gegenüber den Kindern verhalten sollten. Ihre Mutter war tot. Und irgendjemand musste es ihnen sagen.

Über sich hörten sie das dumpfe Geräusch eines Fernsehers. Khalil sah Adnan an, der sich Tränen aus dem Gesicht wischte. Sie hatten darum gebeten, weiterhin in einer gemeinsamen Wohnung untergebracht zu werden, und das war kein Problem. Der Verwaltung war es ohnehin am liebsten, wenn sie so viele Leute wie möglich zusammenpferchen konnte, damit die provisorischen Unterkünfte, die man kurzfristig zur Verfügung gestellt hatte, für alle reichten.

Und nun saßen sie also hier. In einem kleinen Raum im dunklen Keller eines Einfamilienhauses aus den Fünfzigern. Es roch muffig nach Feuchtigkeit und Schimmel, aber die alte Frau, der das Haus gehörte, war nett. Sie hatte ihnen etwas zu essen gemacht, und es war gemütlich bei ihr gewesen, auch wenn sie sich kaum verständigen konnten und das Essen, eine Art Dillfleisch, etwas merkwürdig geschmeckt hatte.

Wieder wischte sich Adnan Tränen ab.

»Dürfen wir Karim besuchen? Vielleicht kann Bill uns mit dem Auto hinbringen.«

Khalil betrachtete Adnans Zehen, mit denen der immer wieder über ein paar eingetrocknete Flecken auf der hässlichen alten Auslegeware fuhr. Hier unten war offenbar schon lange niemand mehr gewesen.

»So spät ist Besuch nicht erlaubt«, sagte er. »Vielleicht morgen.«

Adnan faltete die Hände. Seufzte.

»Dann eben morgen.«

»Glaubst du, sie haben es den Kindern erzählt?«

Khalils Stimme prallte von den kahlen Wänden ab.

»Das überlassen sie bestimmt Karim.«

»Falls er dazu in der Lage ist.«

Wieder rieb sich Adnan das Gesicht.

»Wie konnte es nur so weit kommen?«

Khalil wusste nicht, ob die Frage an ihn oder an Gott gerichtet war.

Schweden. Dieses reiche und freie Land.

»Viele waren nett zu uns«, sagte er. »Es gibt auch Menschen wie Bill. Bill und Gun. Und Sture. Das dürfen wir nicht vergessen.«

Er konnte Adnan nicht ansehen, während er das sagte. Adnan rieb mit dem großen Zeh noch fester an einem der Flecken.

»Sie hassen uns so«, sagte Adnan. »Ich verstehe das nicht. Sie kommen in der Nacht und zünden uns an, obwohl wir ihnen nichts getan haben. Ja, ich weiß schon, was du immer sagst. ›Sie haben Angst.‹ Aber wenn man einer Familie eine brennende Fackel ins Haus wirft, ist das keine Angst, sondern etwas anderes.«

»Bereust du es?«, fragte Khalil.

Adnan schwieg lange. Khalil wusste, dass er an seinen erschossenen Cousin dachte. Und an seinen Onkel, dem bei einer Explosion das Bein abgerissen worden war. Er rief nachts ihre Namen.

Die Antwort hätte ihm leichtfallen müssen, aber das tat sie nicht mehr. Nicht seit Amina.

Adnan schluckte.

»Nein, ich bereue es nicht. Es gab keine andere Wahl. Aber ich habe etwas begriffen.«

»Was?«, fragte Khalil in die Dunkelheit.

»Ich werde nie wieder ein Zuhause haben.«

Über ihnen wurde die fröhliche Musik noch lauter gestellt.

Bohuslän 1672

Wie eine Schlafwandlerin ließ sich Elin vor Gericht führen. Sie konnte noch immer nicht verstehen, warum sie bei der Wasserprobe nicht untergegangen war. Alle Bänke waren voll besetzt, anscheinend hatten viele Leute draußen bleiben müssen.

Der Büttel hatte gesagt, man würde ihr den Prozess machen, aber was bedeutete das? Bestand noch irgendeine Hoffnung für sie? Konnte irgendjemand sie retten?

Sie musste ganz vorn sitzen. Die Blicke der Zuschauer quälten sie. Einige starrten sie neugierig an, andere ängstlich, wieder andere voller Hass. Britta war auch da, aber Elin wagte nicht, in ihre Richtung zu schauen.

Mit einem Hammerschlag sorgte der Richter für Ruhe. Nervös betrachtete Elin die ernsten Männer da vorn. Sie kannte nur Lars Hierne. Die fremden Gesichter waren noch furchteinflößender.

»Wir sind heute hier, um zu ermitteln, inwieweit Elin Jonsdotter eine Hexe ist. Wir haben sie oben schwimmen sehen und werden nun einige Zeugen zu ihren Taten befragen. Elin Jonsdotter stehen jedoch auch Zeugen zu, die sich über ihren Charakter äußern. Gibt es da jemanden?«

Elin drehte sich um. Sie sah die Mägde vom Hof, die Nachbarn aus Fjällbacka, Britta und Preben und viele Frauen und

Männer, denen sie Mittel gegen Zahnschmerzen, Kopfschmerzen, Liebeskummer und Hexenschuss gegeben hatte. Flehentlich wanderte ihr Blick über die Menge, aber alle wandten sich ab. Niemand stand auf. Niemand sagte ein Wort.

Niemand würde sie verteidigen.

Zuletzt fiel ihr Blick auf Britta. Sie lächelte versonnen und hatte die gefalteten Hände auf ihren noch immer nicht besonders großen Bauch gelegt. Preben saß neben ihr. Er hatte den Kopf gesenkt, und das blonde Haar fiel ihm ins Gesicht. Wie sie sein Haar geliebt hatte. Sie hatte ihm über den Kopf gestrichen, während sie miteinander schliefen. Sie hatte ihn geliebt. Nun wusste sie nicht mehr, was sie für ihn empfand. Ein Teil von ihr erinnerte sich daran, wie sehr sie ihn geliebt hatte. Ein anderer Teil hasste ihn. Ein Teil von ihr war angewidert von seiner Schwäche. Er war nicht standhaft und beugte sich dem geringsten Widerstand. Sie hätte es wissen müssen, doch sie hatte sich von seinen freundlichen Augen und seiner Fürsorglichkeit gegenüber ihrer Tochter blenden lassen. Sie hatte sich ihren Träumen hingegeben und mit ihnen die Lücken gefüllt, vor denen sie geflissentlich die Augen verschloss. Und nun musste sie den Preis dafür zahlen.

»Da niemand vorgetreten ist, um sich für Elin Jonsdotters Charakter zu verbürgen, rufen wir diejenigen in den Zeugenstand, die etwas über ihre Taten zu sagen haben. Als Erste rufen wir Ebba aus Mörhult auf.«

Elin ächzte. Das war keine Überraschung. Sie wusste, dass Ebba nur auf eine Gelegenheit gewartet hatte, sich zu rächen. Wie eine fette Spinne, die seelenruhig auf die Fliege lauert. Während sie nach vorn ging, würdigte sie Elin keines Blickes.

Als Ebba vereidigt worden war, begannen die Fragen. Sie plusterte sich auf und unterstrich ihre Aussage mit ausladenden Gesten.

»Als Erstes fiel uns auf, dass sie Dinge tun konnte, die ein Mensch eigentlich nicht können sollte. Die Frauen im Dorf kamen mit den verschiedensten Problemen zu ihr, egal ob schlimme Füße oder verdorbener Magen. Und die jungen Dinger nahmen Elins Hilfe in Anspruch, um die Kerle anzulocken. Mir war gleich klar, dass da etwas nicht stimmte, denn es liegt nicht in der Natur des Menschen, solche Dinge zu steuern, so was ist Teufelswerk, das wusste ich sofort. Aber hat jemand auf Ebba aus Mörhult gehört? Nein, die rannten alle weiter zu ihr und wollten Mittelchen gegen ihre Gebrechen. Aber bei Elin gab es nicht nur Salben und Tinkturen, sondern auch Beschwörungen, und mit so was sollte sich eine gottesfürchtige Frau nicht befassen.«

Sie sah sich um. Viele nickten zustimmend. Auch einige von denen, die Elins Hilfe dankbar angenommen hatten.

»Wie war das mit dem Hering?« Hierne beugte sich zu Ebba hinüber.

Sie nickte eifrig.

»Ja, als der Hering wegblieb, wusste ich, dass Elin das gemacht hatte.«

»Gemacht?«, fragte Lars Hierne. »Wie?«

»Eines Abends habe ich gesehen, wie sie etwas ins Wasser trug, und wenn man Kupferpferde auf dem Grund aufstellt, bleibt der Hering weg, das weiß doch jeder.«

»Aber was hatte sie für ein Motiv? Sie und ihr verstorbener Mann lebten doch auch vom Fischfang?«

»Dass sie ihre eigene Familie hungern ließ, nur weil sie mit uns anderen eine Rechnung offen hatte, zeigt doch, wie böse sie war. Am Tag zuvor hatte sie mit den Ehefrauen der anderen Fischer Streit gehabt. Danach war das Meer wie leergefegt. Kein Hering weit und breit.«

»Und was war mit dem Strandreiter? Was ist an dem Tag passiert, als er davonritt, nachdem er Per mitgeteilt hatte, der Staat würde sein Boot konfiszieren, weil er eine Tonne Salz aus Norwegen geschmuggelt hatte?«

»Ich habe gehört, wie sie ihn verfluchte. Diese bösen Worte

konnte ihr nur der Teufel in den Mund gelegt haben. Niemand, der Gott im Herzen trägt, würde so etwas je über die Lippen bekommen. Und auf dem Heimweg …«

Sie machte eine Pause. Die Zuschauer hielten den Atem an.

»Der Strandreiter wird später selbst erzählen, was ihm zustieß«, sagte Hierne. »Aber zunächst hören wir, wie Ebba es erlebt hat.«

»Auf dem Heimweg wurde er vom Sturm in den Graben geweht. Ich wusste gleich, es war Elins Werk.«

»Danke, Ebba. Wir werden, wie gesagt, in dieser Angelegenheit auch die Aussage von Strandreiter Henrik Meyer hören.«

Er räusperte sich.

»Kommen wir nun zu dem schwerwiegendsten Vorwurf, der Elin zur Last gelegt wird. Sie soll ihre Hexenkünste genutzt haben, um das Boot ihres Mannes untergehen zu lassen.«

Elin schnappte nach Luft und starrte Ebba fassungslos an. Sie wusste, dass sie nicht sprechen durfte, bevor sie nicht dazu aufgefordert wurde, aber sie konnte sich nicht zurückhalten.

»Hat Ebba den Verstand verloren? Ich soll dafür verantwortlich sein, dass Pers Boot gesunken ist? Mit der ganzen Mannschaft an Bord? Das ist doch Wahnsinn!«

»Elin Jonsdotter soll schweigen!«, brüllte Hierne.

Ebba aus Mörhult griff sich an die Brust und wedelte mit einem Taschentuch vor ihrem Gesicht herum.

Elin rümpfte die Nase über das Schauspiel.

»Schenke Sie der Angeklagten keine Beachtung.« Hierne legte Ebba besänftigend eine Hand auf den Arm. »Fahre Sie fort.«

»Ja, sie war furchtbar böse auf Per, ihren Mann. Sie war böse wegen der Tonne Salz, und weil er an dem Morgen wieder rausfahren wollte. Ich habe gehört, wie sie sagte, wenn er mit dem Boot hinausführe, könne er ruhig sterben.«

»Was passierte dann?«, fragte Hierne.

Gespannt beugten sich alle vor. Niemand wusste, wann man wieder so gut unterhalten werden würde.

»Als sie in den Sturm hinausfuhren, sah ich eine Taube hinter ihnen herfliegen. Und das war Elin. Irgendwie habe ich sie erkannt, obwohl sie keine menschliche Form hatte. Da wusste ich, dass ich meinen Mann nie wiedersehen würde. Und so kam es auch.«

Sie schluchzte laut und schnäuzte sich.

»Er war so ein guter Mann, ein wunderbarer Vater für unsere fünf, und nun liegt er auf dem Meeresgrund und wird von den Fischen gefressen, nur weil diese … diese Hexe böse auf ihren Mann war!«

Sie zeigte auf Elin, die nur den Kopf schütteln konnte. Es war alles so unwirklich. Wie ein böser Traum, aus dem sie bestimmt jeden Augenblick erwachen würde. Doch dann fiel ihr Blick wieder auf Britta, auf deren selbstzufriedenes Lächeln und Prebens gesenkten Kopf.

Da wusste sie, es war die bittere Wahrheit.

»Ebba soll von der Missgeburt erzählen.«

Elin wurde übel. War Ebba denn nichts heilig?

»Sie muss schwanger geworden sein, nachdem sie sich mit dem Teufel eingelassen hat«, sagte Ebba aus Mörhult, und ein Raunen ging durch den Saal. »Dann ist sie zu meiner Schwester gegangen, um die Missgeburt loszuwerden. Ich habe das Monstrum mit eigenen Augen gesehen. Als ich hereinkam, lag es in einem Eimer an der Tür. Es sah nicht wie ein Kind, sondern wie ein Abbild des Teufels aus, völlig verrenkt und so hässlich, dass es mir den Magen umdrehte.«

Einige Frauen schrien auf. Die Vorstellung, mit dem Teufel zu schlafen und von ihm schwanger zu werden, versetzte sie in höchste Aufregung.

»Ebbas Schwester hat Elin also von der Missgeburt entbunden. Wir werden auch ihre Zeugenaussage hören.« Hierne nickte.

Es wurden hier schwerwiegende Dinge verhandelt, und er war sorgsam darauf bedacht, dies mit seiner Haltung zu unterstreichen.

Elin schüttelte den Kopf. Ihre Hände zitterten, und unter dem Gewicht der Vorwürfe, die gegen sie erhoben wurden, sackte ihr Kopf immer weiter nach unten. Und dabei ahnte sie nicht, was sie noch erwartete.

Zwei frustrierende Tage, an denen sie nichts anderes tun konnten, als zu warten, lagen hinter ihnen. Auch wenn die Ermittlungen ins Stocken geraten waren, mangelte es Gösta nicht an Aufgaben. Immer noch bekamen sie unzählige Hinweise aus der Bevölkerung, insbesondere seit die Zeitungen ihre Titelseiten nicht nur mit dem Fall, sondern auch mit Artikeln zu Aminas Tod füllten. Das hatte zu einer hasserfüllten Debatte über die Flüchtlingspolitik geführt, bei der beide Seiten den Brand und Aminas Tod als Argument für ihre Position benutzten. Einige waren der Meinung, der Brandanschlag wäre das Resultat der fremdenfeindlichen Propaganda, die *Schwedens Freunde* verbreiteten, andere meinten, das schwedische Volk sei eben frustriert von einer unhaltbaren Flüchtlingspolitik. Manche glaubten sogar, die Flüchtlinge hätten das Feuer selbst gelegt.

Gösta war die ganze Diskussion ein Graus. Auch er fand, dass die Flüchtlings- und Einwanderungspolitik überprüft, diskutiert und teilweise verbessert werden musste. Man konnte nicht einfach die Grenzen öffnen und jeden reinlassen, denn man brauchte ja auch eine funktionierende Infrastruktur, damit die aufgenommenen Einwanderer auch in die schwedische Gesellschaft integriert werden konnten. Aber die Rhetorik von *Schwedens Freunden* und ihren Wählern ging ihm gegen den Strich. Sie vermittelten den Eindruck, die Einwanderer hätten selbst Schuld an den Problemen. Sie wären die Schurken. Weil sie hergekommen waren.

Natürlich waren schwarze Schafe darunter, als Polizist konnte er davor nicht die Augen verschließen, aber die meisten Menschen, die nach Schweden kamen, waren in Lebensgefahr gewesen und wollten sich mit ihren Familien einfach ein besseres Leben in einem neuen Land aufbauen. Niemand verließ doch seine Heimat, vielleicht für immer, wenn er nicht vollkommen verzweifelt war. Gösta fragte sich, wie sich wohl all die Schweden, die nun jammerten, die Flüchtlinge würden ihnen auf der Tasche liegen, verhalten hätten, wenn in Schweden ein Krieg gewütet hätte und ihre eigenen Kinder ständig in Gefahr gewesen wären.

Seufzend legte er die Zeitung weg. Annika legte sie morgens immer auf den Tisch in der Küche, aber meistens überflog er das Elend höchstens. Doch nun mussten sie natürlich im Blick behalten, was über den Fall berichtet wurde. Spekulationen und falsche Behauptungen erschwerten es oft erheblich, einen Fall aufzuklären.

Paula kam in die Küche. Sie sah noch müder aus als sonst.

»Ist es anstrengend mit den Kindern?«

Sie nickte, nahm sich eine Tasse Kaffee und setzte sich ihm gegenüber.

»Ja. Sie weinen die ganze Zeit. Und wachen nachts schreiend auf. Als Karim es ihnen erzählt hat, war meine Mutter mit ihnen im Krankenhaus. Ich begreife nicht, wie sie das ausgehalten hat. Sie macht das ganz großartig, und wir versuchen, eine Wohnung bei uns im Haus für Karim und die Kinder zu bekommen. Die Wohnung neben uns steht seit einiger Zeit leer, und der Vermieter hätte nichts dagegen. Das Problem ist nur, dass das Amt die Miete zu hoch findet. Mal sehen, was passiert.«

Paula schüttelte den Kopf.

»Die Exhumierung ist unproblematisch verlaufen, habe ich gehört«, sagte sie dann.

»Ja, den Umständen entsprechend würdevoll. Nun warten wir nur noch auf das Ergebnis. Aber von der ersten Obduktion fehlt immer noch die Kugel. Sie ist nicht registriert worden. Es ist alles durchsucht worden, was damals archiviert wurde, aber ein Geschoss war nicht dabei. Beweismittel müssen eigentlich siebzig Jahre aufbewahrt werden. Es wäre schön, wenn sich die Kollegen damals an diese Regel gehalten hätten.«

»Wir wissen ja nicht, warum das Geschoss nicht aufzufinden ist«, sagte Paula diplomatisch. »Aber es hat eben niemand einen Mord in Erwägung gezogen. Alle gingen von Selbstmord aus.«

»Egal. Beweismittel dürfen nicht verschwinden«, sagte Gösta grimmig.

Gleichzeitig wusste er, wie ungerecht er war. Das Nationale Forensikzentrum hatte phantastische Arbeit geleistet. Die Rechtsmedizin im Grunde auch. Und das trotz Überlastung und zu geringen Budgets. Aber das fehlende Geschoss war ein weiteres Ärgernis im Laufe von Ermittlungen, die immer wieder in Sackgassen zu enden schienen. Er war fest davon überzeugt, dass der mutmaßliche Mord an Leif Hermansson mit dem Fall Stella zusammenhing. Er wünschte nur, er könnte diese These auch beweisen.

»Und über Maries angeblichen jungen Hengst gibt es auch noch nichts Neues, nehme ich an?«

Gösta nahm sich einen Ballerinakeks, teilte ihn vorsichtig in zwei Hälften und leckte die Schokoladenfüllung ab.

»Nein. Wir haben einige Leute im Hotel befragt, aber niemand hat was gesehen. Und der Regisseur hat bestätigt, dass in jener Nacht die Maskenbildnerin bei ihm war und nicht Marie. Er behauptet, Marie hätte ihn gebeten, eine Falschaussage zu machen, weil sie gewusst habe, dass man sie verdächtigen würde, wenn sie kein Alibi hätte. Von dem mysteriösen jungen Mann soll sie ihm auch erzählt haben, aber zusammen gesehen hat er die beiden an dem Abend nicht.«

»Ich bezweifle, dass es ihn gibt«, sagte Gösta.

»Nehmen wir mal an, sie lügt. Warum? Und falls sie etwas mit dem Mord zu tun hat, warum? Was ist ihr Motiv?«

Paulas Handy unterbrach sie.

»Ach, hallo, Dagmar.« Sie warf Gösta einen fragenden Blick zu.

Sie hörte konzentriert zu, dann strahlte sie.

»Nein, mein Gott, es ist überhaupt nicht schlimm, dass du das vergessen hast. Hauptsache, es ist dir wieder eingefallen! Wir kommen sofort.«

Sie legte auf und sah Gösta an.

»Jetzt weiß ich, wie wir rausfinden, welche Fahrzeuge am Morgen, als Nea verschwunden ist, am Hof Berg vorbeikamen. Komm!«

Sie stand auf. Dann hielt sie inne und grinste noch breiter.

»Ich nehme lieber Martin mit. Alles Weitere später.«

Patrik saß am Schreibtisch und versuchte, sich einen Plan für den Tag zu machen. Wie sollte er weiterarbeiten, wenn sie immer wieder in Sackgassen landeten? Er setzte seine ganze Hoffnung auf die Exhumierung. Pedersen hatte versprochen, gleich morgens anzurufen, und tatsächlich klingelte um Punkt acht das Telefon.

»Hallo«, sagte Patrik. »Das ging ja schnell.«

»Ja, und ich rufe aus zwei Gründen an.«

Patrik setzte sich aufrecht hin. Das klang vielversprechend.

»Zuallererst habe ich jetzt den abschließenden Bericht über Linnea Berg. Du bekommst ihn im Lauf der nächsten Stunde. Allerdings steht nicht viel mehr drin als in den vorläufigen und alles andere als vorschriftsmäßigen Berichten, die ich dir schon gegeben habe. Was übrigens unter uns bleibt!«

»Wie immer. Das weißt du«, beteuerte Patrik.

Pedersen räusperte sich.

»Eine Sache betrifft die Leiche, die ihr uns gestern geschickt habt. Leif Hermansson.«

»Ja?«, sagte Patrik. »Was kann das sein? Mit ihm habt ihr doch wahrscheinlich noch gar nicht angefangen.«

Pedersen seufzte.

»Du weißt schon, die verschwundene Kugel, die nirgendwo registriert wurde und sich in Luft aufgelöst zu haben schien.«

»Hm.« Patrik wurde immer gespannter.

Wenn Pedersen nicht bald zum Punkt kam, platzte er.

»Wir haben sie gefunden.«

»Herrlich!«, sagte Patrik. Endlich ein bisschen Glück. »Wo denn? Ganz hinten in einem verstaubten Archivregal?«

»Nein, im Sarg.«

Patrik fiel die Kinnlade runter. Hatte er sich verhört? Er versuchte, diese Information in einen logischen Zusammenhang zu bringen, aber es gelang ihm nicht.

»Im Sarg? Wie ist das Geschoss denn da reingekommen?«

Er lachte, doch Pedersen blieb ernst. Müde sagte er:

»Ich kann verstehen, wenn es in deinen Ohren wie ein Scherz klingt, aber wie üblich steckt menschliches Versagen dahinter. Einer der Pathologen machte gerade eine schwierige Scheidung und einen Sorgerechtsstreit durch und hat wohl zu tief in die Whiskyflasche geguckt. Er hat sein Leben später wieder in den Griff bekommen, aber seine Arbeit wies in diesem Krisenjahr gewisse Mängel auf.«

»Du denkst also, dass …?«

»Ich denke, der Rechtsmediziner, der die Leiche damals obduzierte, hat die Kugel gar nicht entfernt. Sie steckte noch im Kopf, und als im Lauf der Jahre die Weichteile verwesten, kullerte sie heraus.«

»Du machst Witze«, sagte Patrik.

»Glaub mir, ich wünschte, es wäre so«, seufzte Pedersen. »Und leider können wir ihm nicht mal mehr Vorwürfe machen, er ist nämlich letztes Jahr an einem Herzinfarkt gestorben. Kurz nach seiner dritten Scheidung.«

»Aber die Kugel habt ihr jetzt?«

»Nicht ich. Ich habe sie sofort zu Torbjörn nach Uddevalla geschickt, weil ich vermute, dass du so schnell wie möglich eine Analyse brauchst. Ruf ihn an und frag, ob er heute Nachmittag einen ersten Bericht für dich hat. Ich muss mich wirklich für die Arbeitsweise meines Vorgängers entschuldigen. Gott hab ihn selig, aber so was darf einfach nicht passieren.«

»Ach, das Wichtigste ist doch, dass wir jetzt die Kugel haben«, sagte Patrik. »Jetzt können wir sie mit Leifs Waffe vergleichen und feststellen, ob es sich um einen Selbstmord handelt oder nicht.«

Basse ließ sich auf das Sofa sinken, das er noch immer nicht ganz sauber gekriegt hatte. Seit zwei Tagen putzte er, aber das Haus sah nach wie vor schlimm aus. Angst schnürte ihm die Kehle zu. Als seine Eltern ihn anriefen, hatte er ihnen versichert, es sei alles in Ordnung, doch als er auflegte, zitterten seine Knie. Er würde ein Jahr Hausarrest bekommen. Mindestens. Wahrscheinlich würde er nie wieder raus dürfen.

Und es war alles Nils' und Vendelas Schuld. Er hätte wissen müssen, dass er nicht auf sie hören durfte, aber er tat schon seit der Vorschule, was sie sagten. Nur deswegen ließen sie ihn mitmachen. Außerdem hätte er sonst genauso gut ihr Opfer sein können wie Sam.

Beim Saubermachen hatten sie ihm nicht geholfen. Nils hatte nur gelacht, als er ihn darum bat, und Vendela hatte gleich gar nichts gesagt. Und das Chaos war nicht das einzige Problem. Der Schmuckkasten seiner Mutter war weg. Und die Zigarrenkiste seines Vaters. Irgendjemand hatte sogar den großen Engel aus Stein mitgenommen, den seine Mutter in den Garten gestellt hatte. Als Vogelbad.

Basse beugte sich vor und legte die Arme auf die Oberschenkel. Das mulmige Gefühl in seinem Bauch war von Tag zu Tag stärker geworden, und bald würden seine Eltern nach Hause kommen. Er hatte überlegt, abzuhauen. Aber wo sollte er hin? Allein würde er niemals zurechtkommen.

Wimmernd sah er Jessies Körper vor sich, und immer wenn er die Augen schloss, hatte er ihren Anblick im Kopf. Nachts weckten ihn Alpträume von ihr. Ständig fielen ihm weitere Details ein. Er erinnerte sich an die schwarze Farbe auf ihrer Haut und fühlte ihren Körper unter seinem. Er hörte sein eigenes Keuchen, als er sich wieder und wieder in sie hineinpresste. Und das Brüllen, als sein eigener Körper explodierte.

Er erinnerte sich an den Genuss, an den Reiz des Verbotenen, an ihre totale Hilflosigkeit. An das erhebende Gefühl, mit ihr machen zu können, was er wollte. Macht. Seine Empfindungen waren noch immer so widersprüchlich, dass ihm schlecht davon wurde.

Alle hatten die Fotos bekommen, das wusste er. Irgendwann hatte er nicht mehr mitgezählt, es waren so viele Bilder. Nils und Vendela waren wahrscheinlich zufrieden, ihr Plan, Jessie ein für alle Mal zu erniedrigen, war aufgegangen.

Jessie selbst war seitdem nicht aufgetaucht. Niemand hatte von ihr gehört. Auch nicht von Sam. Doch niemand wunderte sich darüber. Nun saß er hier in diesem verwüsteten Haus und wurde immer unruhiger. Irgendwas sagte ihm, dass die Geschichte nicht so enden würde. Dafür war es zu still. Vielleicht war das nur die Ruhe vor dem Sturm.

Erica fuhr rückwärts aus der Parklücke und dachte darüber nach, wie viel Glück sie in der letzten Zeit gehabt hatte. Immer wenn die Kinder sich selbst beschäftigten, arbeitete sie an ihrem Buch, und nun sah es tatsächlich so aus, als nähme das Puzzle Gestalt an.

Erica hatte kaum zu hoffen gewagt, dass Sanna bereit war, mit ihr zu sprechen, aber einen Versuch konnte man machen, denn die Kinder waren mit Kristina im Abenteuerland in Strömstad. Nach gewissem Zögern hatte Sanna schließlich eingewilligt und sie gebeten, zu ihr in die Gärtnerei zu kommen, und nun war sie auf dem Weg zu einer der Personen, die Stella am besten gekannt hatten.

Irgendetwas sagte Erica, dass sie bald erfahren würde, wer sich hinter den Initialen »SS« verbarg.

Nachdem sie das Auto auf einer großen Schotterfläche abgestellt hatte, sah sie sich um und ging dann durch ein Rosenspalier, das offenbar als Eingang diente. Die Gärtnerei lag nur zehn Minuten von Fjällbacka entfernt, aber Erica war noch nie hier gewesen. Sie hatte nicht das geringste Interesse an Gärten und Pflanzen, und nach einem tapferen, aber von vornherein zum Scheitern verurteilten Versuch, eine Orchidee am Leben zu erhalten, die Kristina ihr geschenkt hatte, legte sie den Plan, so etwas wie einen grünen Daumen zu entwickeln, ad acta. Ihr eigener Garten sah eher wie ein Spielplatz aus, und Erica glaubte sowieso nicht, dass ihre wilden Zwillinge Blumen oder Büsche am Leben gelassen hätten.

Während Sanna auf Erica zukam, zog sie sich die erdigen Handschuhe aus. Die beiden Frauen waren sich im Lauf der Jahre des Öfteren über den Weg gelaufen und grüßten sich, wie es in kleinen Ortschaften üblich ist, aber sie hatten noch nie unter vier Augen miteinander gesprochen.

»Hallo.« Sanna gab ihr die Hand. »Wir setzen uns da drüben in die Laube. Cornelia hat den Laden im Griff.«

Sie gingen zu einer verschnörkelten weißen Gartenbank, die von üppigen Rosen umrankt war. Als Erica las, was auf dem Preisschild stand, zuckte sie vor Schreck zusammen. Touristenpreise.

»Es war wohl an der Zeit, dass wir uns kennenlernen.« Sanna sah Erica an, als versuchte sie, deren Gedanken zu lesen.

Erica war der intensive Blick etwas unangenehm, aber andererseits war sie Skepsis gewohnt. Angehörige von Mordopfern waren oft von sensationslüsternen Menschen bedrängt worden, die sich wie die Geier auf ihre Schicksalsschläge stürzten. Sanna hatte durchaus Grund zu der Annahme, Erica könnte eine von ihnen sein.

»Sie wissen ja, dass ich ein Buch über Stella schreibe«, sagte Erica. Sanna nickte.

Erica mochte sie auf Anhieb. Sie hatte etwas Handfestes an sich und wirkte geerdet. Das blonde Haar hatte sie zu einem lockeren Knoten zusammengebunden, sie trug kein Make-up, und Erica schätzte, dass sie zu den Frauen gehörte, die sich auch bei festlichen Anlässen nur äußerst dezent schminken. Ihre Kleidung war praktisch und bequem. Sanna trug hohe Stiefel, Jeans und ein weites Jeanshemd und schien keinen Wert darauf zu legen, ihre äußeren Reize zu betonen.

»Was halten Sie davon?«, fragte Erica ganz direkt.

Oft war dies bei ihren Interviews der Knackpunkt.

»Ich habe nichts dagegen«, sagte Sanna. »Ich bin aber auch nicht glücklich darüber. Es hat eigentlich gar keine Bedeutung für mich. Das Buch ist nicht Stella. Mit dem, was damals passiert ist, lebe ich nun schon so lange. Ob Sie darüber schreiben oder nicht, macht für mich keinen Unterschied.«

»Ich möchte Stella gerecht werden«, sagte Erica. »Und ich wäre Ihnen dankbar, wenn Sie mir dabei helfen könnten. Ich möchte sie so lebendig wie möglich schildern. Und Sie können Sie am besten beschreiben.«

Erica zog ihr Handy aus der Tasche und hielt es Sanna hin.

»Ist es okay, wenn ich das Gespräch aufnehme?«

»Ja, klar«, sagte Sanna.

Sie runzelte die Stirn.

»Was wollen Sie wissen?«

»Erzählen Sie mir in eigenen Worten von Stella«, sagte

Erica. »Und von Ihrer Familie. Wie Sie damit fertig geworden sind. Wie Sie das alles damals erlebt haben.«

»Es sind dreißig Jahre vergangen«, sagte Sanna schroff. »Das Leben geht weiter. Ich habe versucht, nicht allzu oft daran zu denken. Sonst frisst die Vergangenheit die Gegenwart auf. Aber ich will es versuchen.«

Sanna redete zwei Stunden lang, und je länger sie redete, desto deutlicher sah Erica Stella als lebendige Person vor sich. Nicht mehr nur als das Opfer aus den Zeitungsartikeln und Polizeiberichten, sondern als eine Vierjährige aus Fleisch und Blut, die gern den rosaroten Panther im Fernsehen sah, morgens lange schlief und abends nie ins Bett wollte. Die am liebsten Milchreis mit Zucker, Zimt und einer »Butterkuhle« gegessen hatte, immer zwei Zöpfe und nicht einen tragen wollte, nachts zu ihrer großen Schwester ins Bett krabbelte und all ihren Sommersprossen Namen gegeben hatte. Ihre Lieblingssprosse mitten auf der Nase hieß Hubert.

»Sie konnte mich zur Weißglut treiben, aber gleichzeitig war sie der lustigste Mensch auf der Welt. Oft ging sie mir auf die Nerven, weil sie eine Vorliebe dafür hatte, sich lautlos anzuschleichen und heimlich Leute zu belauschen. Anschließend erzählte sie dann herum, was sie gehört hatte. Manchmal hätte ich ihr am liebsten den Hals umgedreht.«

Sanna verstummte, weil sie offenbar ihre Wortwahl bereute. Sie holte tief Luft.

»Ständig musste ich im Wald nach ihr suchen«, fuhr sie fort, »dabei habe ich mich gar nicht weit hineingetraut. Ich fand es unheimlich dort. Aber Stella hatte nie Angst. Sie liebte den Wald. Sobald sie unbeobachtet war, ist sie dort verschwunden. Wahrscheinlich war es deshalb so unvorstellbar, dass etwas Schlimmes passiert sein könnte. Sie war schon so oft weg gewesen, aber jedes Mal wieder aufgetaucht. Und das war nicht mir zu verdanken, denn ich habe nie richtig nach ihr gesucht. Ich bin immer nur so tief in den Wald hineingegangen, dass meine Eltern glaubten, ich würde nach ihr suchen. Stattdessen setzte ich mich neben eine große Eiche gleich hinterm Haus, vielleicht fünfzig Meter vom Waldrand entfernt, und wartete dort. Früher oder später kam sie von allein. Sie fand immer den Weg nach Hause. Nur nicht beim letzten Mal.«

Plötzlich musste Sanna lachen.

»Stella hatte nicht viele Freunde, aber sie hatte einen ausgedachten Freund. Merkwürdigerweise habe ich in der letzten Zeit hin und wieder von ihm geträumt.«

»War es ein Er?«, fragte Erica.

»Ja. Stella nannte ihn den grünen Onkel. Ich schätze, sie meinte einen moosbewachsenen Baum oder einen Busch, der in ihrer Phantasie zum Leben erwacht war. In dieser Hinsicht war sie unnachahmlich. Sie konnte ganze Welten in ihrem Kopf entstehen lassen. Manchmal frage ich mich, ob es in ihrer Welt womöglich genauso viele erfundene Personen wie echte gab.«

»Meine Älteste ist auch so.« Erica lächelte. »Am beliebtesten ist momentan ihre fiktive Freundin Molly, die auch immer Kekse und Süßigkeiten verlangt, wenn Maja welche essen darf.«

»Oh, eine geniale Methode, um die doppelte Portion zu bekommen.« Sanna lächelte, und ihre Züge wurden weicher. »Ich hingegen habe ein Teenagermonster zu Hause. Manchmal frage ich mich, ob daraus jemals ein Mensch wird.«

»Wie viele Kinder haben Sie?«, fragte Erica.

»Eine Tochter«, seufzte Sanna. »Aber oft habe ich das Gefühl, es wären zwanzig.«

»Mir graut auch schon vor dieser Zeit. Wenn sie noch klein sind, kann man sich nur schwer vorstellen, dass sie irgendwann vor einem stehen und ›blöde Kuh‹ zu einem sagen, aber eins nach dem anderen.«

»Glauben Sie mir, die sagen heutzutage noch viel schlimmere Dinge«, sagte Sanna mit einem resignierten Lachen. »Ich zum Beispiel zerstöre ja das Leben meiner Tochter, weil ich sie zwinge, hier zu arbeiten. Wir hatten am Wochenende einen kleinen Zwischenfall, der in irgendeiner Form Konsequenz erforderte, aber körperliche Arbeit fällt anscheinend unter Kindesmisshandlung.«

»Ich bin plötzlich richtig dankbar, dass Majas zuckersüchtige Phantasiefreundin mein größtes Problem ist.«

»Hm.« Auf einmal wurde Sanna ernst. Sie zögerte. »Was meinen Sie? Könnte es ein Zufall sein? Dass das kleine Mädchen, das auf unserem Hof wohnte, nun auch ermordet worden ist?«

»Ich glaube, es hängt alles zusammen«, sagte Erica schließlich. »Ich weiß nur noch nicht, wie. Es wäre zu einfach, mit dem Finger auf Helen und Marie zu zeigen. Ich möchte Ihnen nicht zu nahetreten, denn ich weiß ja, dass es für Sie eine Erleichterung war, als Marie und Helen für schuldig erklärt wurden, aber es gibt viele offene Fragen. Und Leif Hermansson, der damals die Ermittlungen leitete, sagte kurz vor seinem Tod zu seiner Tochter, ihm seien Zweifel gekommen. Wir wissen allerdings nicht, wieso.«

Sanna starrte auf ihre Stiefel. In ihrem Kopf schien irgendetwas abzulaufen. Dann blickte sie auf.

»Wissen Sie was? Ich habe schon so lange nicht mehr daran gedacht, aber wenn Sie das so sagen, fällt mir wieder ein, dass Leif Kontakt zu mir aufgenommen hat. Nicht lange vor seinem Tod haben wir uns mal zum Kaffee getroffen.«

Erica nickte. Jetzt passte alles zusammen. In der Dienststelle lief Sanna immer nur unter dem Namen Sanna Lundgren, aber für Leif musste sie Sanna Strand gewesen sein.

»Worüber wollte er reden?«, fragte Erica.

Sanna machte ein verblüfftes Gesicht.

»Das war ja das Seltsame. Er hat mich nach dem grünen Onkel gefragt. Ich hatte Stellas ausgedachten Spielkameraden kurz nach ihrem Tod erwähnt. Und viele Jahre später wollte dieser Polizist plötzlich über ihn reden.«

Erica starrte sie an. Wieso hatte sich Leif nach Stellas erfundenem Freund erkundigt?

»Hallo! Jemand zu Hause?«, rief Paula, nachdem sie vorsichtig die Tür geöffnet hatte.

Sie hatten mehrmals geklopft, aber offenbar hatte sie niemand gehört. Zufrieden hatte sie Martins interessierten Blick auf das »Zu verkaufen Schild« registriert.

»Ach, hallo, kommen Sie doch rein«, ertönte ein dünnes Stimmchen aus dem Innern des Hauses. Sorgfältig streiften sie die Schuhe an der Fußmatte ab, bevor sie eintraten.

»Schon wieder feiner Besuch!«, sagte Dagmar. »Wie schön!«

»Das Haus steht also zum Verkauf?«, fragte Paula. »Ich habe das Schild draußen gesehen.«

»Ja, es ist wohl das Beste. Alte Dickschädel brauchen manchmal etwas länger, um der Wahrheit ins Auge zu sehen, aber meine Tochter hat recht. Das Haus ist abgelegen, und ich bin nicht mehr zwanzig. Ich kann mich ja glücklich schätzen, eine Tochter zu haben, die mich bei sich aufnehmen will. Die meisten Leute können es ja gar nicht erwarten, ihre alten Eltern ins Heim abzuschieben.«

»Stimmt. Ich habe neulich gerade zu meinem Kollegen gesagt, dass die Schweden nicht gut mit der älteren Generation umgehen. Gibt es denn Interesse?«

»Noch nicht.« Dagmar bedeutete ihnen, sich zu setzen. »Wer will denn schon noch so wohnen wie ich. Ländlich, einfach. Heutzutage muss doch alles neu sein, am besten mitten im Zentrum, und bloß keine Ritzen oder schiefe Böden. Ich finde das schade. In diesem Haus steckt viel Liebe.«

»Ich finde es wunderbar«, sagte Martin.

Paula musste sich auf die Zunge beißen, um nichts zu sagen. Manche Dinge brauchten Zeit.

»Aber jetzt reicht es mit meinen altmodischen Weisheiten. Ich nehme nicht an, dass Sie über das Haus sprechen wollten, sondern über mein Notizbuch. Wie konnte ich das nur vergessen, als Sie das letzte Mal bei mir waren.«

»So was passiert leicht«, sagte Martin. »Wahrscheinlich waren Sie, wie alle anderen, geschockt von der Nachricht, dass Nea tot ist. Da denkt man nicht rational.«

Paula nickte.

»Zum Glück ist es Ihnen wieder eingefallen. Erzählen Sie, was ist das für ein Notizbuch?«

»Sie haben mich doch gefragt, ob ich an dem Morgen, als Nea verschwand, etwas Ungewöhnliches gesehen hatte. Mir ist immer noch nichts eingefallen, aber heute Morgen wurde mir klar, dass es Ihnen vielleicht leichter fällt als mir, ein Muster zu erkennen. Und da dachte ich, Sie möchten sich vielleicht mal diese Aufzeichnungen ansehen, die ich allein zur Zerstreuung mache. Sie helfen mir bei meinen Kreuzworträtseln. Wenn ich dabei nur eine Sache mache, fällt es mir unheimlich schwer, mich zu konzentrieren, ich brauche immer eine Ablenkung. Deswegen schreibe ich alles, was vor meinem Fenster geschieht, in dieses Buch.«

Sie reichte Paula das Notizbuch. Rasch blätterte die bis zu dem Morgen, an dem Nea verschwunden war. Es gab nicht viele Eintragungen. Nichts davon weckte ihr Interesse. Drei Autos und zwei Fahrräder waren vorbeigekommen. Die Radfahrer hatten offenbar wie »zwei dicke deutsche Touristen« ausgesehen, also schloss Paula sie aus. Blieben die Autos. Dagmar hatte sich lediglich die Farbe und die Marke notiert, aber das war besser als nichts.

»Kann ich das Buch mitnehmen?«, fragte Paula. Dagmar nickte.

»Gern. Hoffentlich ist es zu was nütze.«

»Wie alt ist das Haus?«, fragte Martin.

»Mein Vater hat es 1902 gebaut. Eigenhändig. Ich bin auf einer Küchenbank an der Wand da drüben zur Welt gekommen.«

»Ist das Haus schon begutachtet worden?«

Dagmar warf ihm einen verschmitzten Blick zu.

»Der junge Mann ist ganz schön neugierig.«

»Ach, es hat mich nur interessiert«, sagte Martin.

Er vermied es, Paula anzusehen.

»Ja, es war ein Gutachter da. Das Dach muss dringend gemacht werden. Im Keller ist es feucht, aber das kann warten. Der Makler hat die Unterlagen. Falls jemand Interesse hat, kann er sich hier natürlich umschauen.«

»Hm.« Martin senkte den Kopf.

Dagmar musterte ihn. Die Sonne schien ihr ins Gesicht und offenbarte jede freundliche Falte. Sie legte ihm die Hand auf den Arm und wartete, bis er wieder aufblickte.

»Es ist ein guter Ort, um noch mal neu anzufangen«, sagte sie. »Das Haus muss wieder mit Leben gefüllt werden. Und mit Liebe.«

Martin drehte sich weg, aber Paula hatte bereits gesehen, dass sich seine Augen mit Tränen füllten.

»Das Labor ist dran. Wegen des anonymen Anrufs, den du entgegengenommen hast. Es geht um die Verzerrung. Soll ich versuchen, Paula zu erreichen? Sie und Martin sind ja dafür zuständig.«

Annika hatte den Kopf in Mellbergs Büro gesteckt und ihn aus dem Tiefschlaf gerissen.

»Wie? Was? Ach so, der Anruf.« Er setzte sich auf. »Nein, stell das Labor zu mir durch.«

Innerhalb von Sekunden war Mellberg hellwach. Er wollte nichts lieber, als den Dreckskerl in die Finger zu bekommen, der das ganze Elend angerichtet hatte. Wenn nicht jemand versucht hätte, Karim etwas anzuhängen, wäre der Brand nie passiert, davon war er überzeugt.

»Mellberg«, sagte er in ernstem Ton, als sein Telefon klingelte.

Zu seinem Erstaunen ertönte am anderen Ende eine weibliche Stimme. Da es sich um ein technisches Problem handelte, hatte er einen Mann erwartet.

»Hallo, ich rufe wegen der Tonaufnahme an, die Sie uns geschickt haben.«

Die Frau klang so mädchenhaft, dass Mellberg sich fragte, ob sie überhaupt volljährig war.

»Ja. Ich nehme an, Sie konnten nichts für uns tun.«

Er seufzte. Wenn in diesem Labor Schülerinnen mit so schweren und wichtigen Aufgaben betraut wurden, musste dort wirklich Personalmangel herrschen. Er würde wohl ihren Chef anrufen müssen, damit sich jemand Kompetenteres um die Sache kümmerte. Am besten ein Mann.

»Doch. Ich habe es tatsächlich geschafft, das Problem zu lösen. Es war etwas *tricky*, aber ich will Sie nicht mit den technischen Details langweilen. Wenn mich nicht alles täuscht, bin ich der Originalstimme so nahe wie möglich gekommen.«

»Ach, das ist ja ein Ding.«

Mellberg wusste nicht, was er sagen sollte. Er hatte sich bereits das Telefonat mit ihrem Chef zurechtgelegt.

»Dann lassen Sie mal hören«, sagte er schließlich »Wer versteckt sich hinter dem Schleier der Anonymität?«

»Soll ich Ihnen die bearbeitete Sounddatei gleich am Telefon vorspielen und anschließend per Mail schicken?«

»Ja, das klingt gut.«

»Okay. Dann schalte ich sie jetzt ein.«

Im Hörer ertönte eine Stimme. Die Worte, die sie sagte, hatte Mellberg schon einmal gehört, aber nun klang der anonyme Anrufer nicht mehr tief und undeutlich, sondern hell und klar. Stirnrunzelnd versuchte Mellberg, ein charakteristisches Merkmal zu erkennen. Er hätte nicht auf Anhieb sagen können, ob er die Stimme schon mal gehört hatte, aber das wäre vielleicht auch zu viel verlangt gewesen.

»Schicken Sie die Datei an meine Adresse«, sagte er.

Höchstens eine Minute später gab sein Computer ein *Ping* von sich. Er hörte sich die Aufnahme noch mehrere Male an. Dann kam ihm eine Idee. Er überlegte kurz, ob er zuerst Rücksprache mit Patrik halten sollte, aber er und Gösta kauften gerade für das Mittagessen ein, und dabei wollte er nicht stören. Außerdem war seine Idee genial, wieso hätte Patrik also Einwände dagegen haben sollen? Und für vierzehn Uhr hatte Patrik sowieso eine Besprechung angesetzt, und Mellberg konnte ihn dann informieren. Er freute sich bereits darüber, welche Anerkennung er bekommen würde. Genau diese Art von Eigeninitiative unterschied einen guten Polizisten von einem brillanten Polizisten. Man musste über den eigenen Tellerrand schauen. Probleme aus anderen Blickwinkeln betrachten. Neue Wege gehen und die moderne Technik nutzen. Mit einem zufriedenen Grinsen auf dem Gesicht wählte Mellberg eine Nummer, die er auf seinem Handy gespeichert hatte. Seine Kollegen würden staunen.

»Du wirst immer besser.« Sam korrigierte Jessies Haltung ein wenig. »Aber du drückst beim Schießen immer noch zu fest und zu schnell zu. Du musst die Waffe streicheln.«

Jessie nickte. Sie konzentrierte sich auf die Zielscheibe am Baum. Diesmal streichelte sie den Abzug tatsächlich und traf mitten ins Schwarze.

»Du bist super«, sagte er.

Und er meinte es so, wie er es sagte. Sie hatte Talent. Einen natürlichen Instinkt. Aber auf eine feste Scheibe zu zielen würde nicht ausreichen.

»Du musst auch mit beweglichen Zielen üben«, sagte er. Sie nickte.

»Das verstehe ich. Wie machen wir das? Wie hast du es gelernt?«

»Tiere.« Er zuckte die Achseln. »Mein Vater hat mir beigebracht, auf Eichhörnchen, Mäuse und Vögel zu schießen. Was immer gerade auftauchte.«

»Alles klar, machen wir.«

Als er Jessies düsteren Blick sah, hätte er am liebsten die Arme um sie gelegt und sie an sich gezogen. Alles Weiche an ihr war verschwunden. Er wusste, dass sie nicht ordentlich aß. Schon in den wenigen Tagen seit dem Wochenende war ihr Gesicht schmaler geworden. Das war nicht schlimm. Er liebte sie in jeder Form. Er hatte auch ihre Naivität geliebt, aber ihre neue Sicht auf die Welt passte besser zu seiner eigenen.

Er besaß den gleichen harten Kern wie sie, und das war ihrer beider Stärke. Er selbst hatte die Grenze längst überschritten. Er hatte alle Brücken hinter sich abgebrochen und würde nie zurückkehren können. Kein Gegenstand war unendlich belastbar, irgendwann brach er. Bei Menschen war es genauso. Nun war Jessie ihm gefolgt. In das Land jenseits der Grenze.

Es war schön, dort nicht mehr allein zu sein.

Er wusste, dass er ihr alles erzählen musste. Seine dunkelsten Geheimnisse musste er vor ihr ausbreiten. Das war das Einzige, wovor er noch Angst hatte. Er glaubte nicht, dass sie ihn verurteilen würde, aber ganz sicher war er sich nicht. Ein Teil von ihm wollte noch immer vergessen, während ein anderer wusste, dass er sich erinnern musste, weil es ihn weiterbrachte. Stillstand kam nicht in Frage. So, wie es war, konnte es nicht bleiben. Er konnte nicht mehr nur ein Opfer sein.

Er nahm den Rucksack ab und zog das Notizbuch heraus. Es war an der Zeit, ihr seine größten Geheimnisse zu erzählen. Sie war so weit.

»Ich will dir was zeigen«, sagte er. »Etwas, das ich tun muss.«

Eine ganze Reihe von Zeugen wurde aufgerufen. Der Strandreiter erzählte, wie Elin ihn verflucht hatte und sein Pferd vom Weg heruntergeweht worden war. Nachbarn aus Fjällbacka und Leute aus Tanum berichteten, wie sie ihre Hexenkünste genutzt hatte, um Krankheiten zu heilen. Dann war Britta an der Reihe. Schön und bleich schwebte sie durch den Saal und setzte sich vorn hin. Sie machte ein trauriges Gesicht, aber Elin wusste, dass sie mit ihrem Werk zufrieden war. Nach all den Jahren hatte sie Elin endlich dort, wo sie sie immer hatte haben wollen.

Britta senkte den Blick, und ihre langen dunklen Wimpern legten sich wie Fächer über ihre Wangen. Unter dem Kleid zeichnete sich eine leichte Wölbung ab, aber ihrem schmalen Gesicht war noch nichts anzusehen, es wirkte so fein gemeißelt wie immer.

»Britta möchte doch bitte von sich erzählen.« Hierne lächelte sie an.

Er war noch genauso hingerissen von ihr wie an dem Abend auf dem Pfarrhof, stellte Elin fest.

»Ich bin Elins Schwester. Ihre Halbschwester«, fügte sie hinzu. »Wir haben denselben Vater, aber nicht dieselbe Mutter.«

»Und Elin hat seit dem Tod ihres Mannes bei Britta gewohnt? Britta und Ihr Mann, Pastor Preben Willumsen, waren so großzügig, Elin und ihre Tochter Märta bei sich aufzunehmen?«

Britta lächelte schüchtern.

»Ja. Nachdem Per ertrunken war, wollten wir Elin und der lieben Märta helfen. Wir sind schließlich eine Familie.«

Hierne schaute sie mit leuchtenden Augen an.

»Wahrlich ein großherziges Angebot. Und Ihr wusstet nicht, dass ...«

»Nein, wir wussten es nicht.«

Britta schüttelte heftig den Kopf und schluchzte.

Hierne reichte ihr ein Taschentuch.

»Wann fiel es Britta zum ersten Mal auf?«

»Das dauerte eine Weile. Sie ist ja meine Schwester, und da denkt man an so was nicht.«

Wieder schluchzte sie.

Dann richtete sie sich auf und hob das Kinn.

»Sie brachte mir jeden Morgen ihr Kräuterextrakt. Weil sich bei mir nichts tat. Und ich war dankbar, weil ich wusste, dass sie anderen Frauen in unserer Gegend auch geholfen hatte. Jeden Morgen trank ich das scheußliche Gebräu. Elin murmelte seltsame Worte, während sie mir den Becher reichte. Doch die Monate vergingen, und nichts geschah. Ich fragte Elin oft, ob mir das Mittel wirklich helfen würde. Sie sagte immer, es würde alles gut werden, und ich solle nur das Gebräu trinken.«

»Und am Ende schöpfte Britta Verdacht?«

Hierne beugte sich vor, Britta nickte.

»Ja. Am Ende schwante mir, dass nicht Gott hinter Elin stand, sondern dunkle Mächte. Es verschwanden Tiere vom Hof. Eine Katze. Viola. Ich fand sie am Schwanz aufgehängt hinter dem Haus. Sie hing vor meinem Schlafzimmer, und da wusste ich es genau. Hinter Elins Rücken schüttete ich das Getränk heimlich weg, und sofort wurde ich schwanger.«

Sie strich sich über den Bauch.

»Da wurde mir klar, dass Elin mir gar nicht helfen wollte, ein Kind zu bekommen. Im Gegenteil. Sie wollte verhindern, dass ich schwanger wurde.«

»Und wieso wollte sie das Brittas Ansicht nach?«

»Elin ist immer neidisch auf mich gewesen. Ihre Mutter starb, als sie noch ganz klein war, und unser Vater hatte meine Mutter lieber. Außerdem war ich sein Augenstern. Ich konnte nichts dafür, aber Elin ließ ihre Wut an mir aus. Sie wollte alles haben, was ich hatte, und als ich einen Pastor heiratete und sie sich mit einem armen Fischer begnügen musste, wurde es natürlich noch schlimmer. Ich nehme also an, dass Elin mir kein Kind gönnte. Und sie hatte es wohl auch auf meinen Mann abgesehen.«

Sie sah sich im Saal um.

»Ihr könnt euch alle vorstellen, was für ein Triumph das für den Teufel gewesen wäre. Wenn eine seiner Bräute es geschafft hätte, einen Kirchenmann zu verführen. Zum Glück hat Preben einen starken Charakter und ist nicht auf ihre Verführungskünste hereingefallen.«

Sie warf Preben ein Lächeln zu, aber er senkte den Blick. Elin beobachtete ihn. Wie konnte er einfach dasitzen? Sich ihre eiskalten Hexenlügen anhören? Soweit sie wusste, würde er nicht als Zeuge befragt werden. Als Pastor blieb ihm diese Erfahrung erspart. Und wahrscheinlich war das ein Glück, denn sie wusste nicht, ob sie es ertragen hätte, wenn er die falschen Behauptungen geäußert hätte, die Britta an seiner Stelle aussprach.

»Sie soll vom Teufelsmal erzählen«, sagte Hierne.

Das Publikum lauschte andächtig. Sie hatten schon davon gehört. Der Teufel hinterließ ein Mal auf dem Körper der Frauen. Hatte Elin Jonsdotter auch eins? Gespannt warteten sie auf Brittas Aussage.

Sie nickte.

»Ja, sie hat eins. Gleich unter der einen Brust. Es ist feuerrot und hat die Form von Dänemark.«

Elin schnappte nach Luft. In ihrer Kindheit war das Muttermal kaum zu sehen gewesen. Und Britta konnte nicht wissen, dass sein Umriss dem von Dänemark ähnelte. Nur einer hätte diesen Vergleich ziehen können.

Preben.

Er hatte Britta diesen Beweis verraten. Sie versuchte, Preben dazu zu bringen, ihr in die Augen zu schauen, aber dieser

Feigling starrte die ganze Zeit zu Boden. Sie wollte aufstehen und die Wahrheit erzählen, doch sie wusste, dass es nichts genützt hätte. Niemand hätte ihr geglaubt. In den Augen der Leute war sie eine Hexe.

Das Einzige, was ihr noch übrigblieb, war, die Dinge für Märta nicht noch schlimmer zu machen. Das Mädchen hatte niemanden außer Britta und Preben. Andere Verwandte gab es nicht. Elin konnte nur hoffen, dass Britta und Preben sie großziehen würden. Daher schwieg sie. Märta zuliebe.

Während Britta über das Teufelsmal auf Elins Haut sprach und tausend andere Lügengeschichten erzählte, die deren Tod besiegelten, ersehnte Elin das Ende des Prozesses. Sie würde sterben, das wusste sie nun, aber für ihre Tochter erhoffte sie sich noch immer ein gutes Leben. Märta war das Wichtigste für sie. Alles andere bedeutete ihr nichts mehr.

»ALLMÄHLICH KOMMEN DIE Dinge in Bewegung.« Patrik spürte das vertraute Kribbeln, das sich in seinem Bauch immer dann bemerkbar machte, wenn sich die Knoten langsam lösten.

Das gehörte zu den spannenden Seiten seines Berufs. Im einen Moment erschien die Lage hoffnungslos, und im nächsten trat der berühmte Ketchup-Effekt ein, und plötzlich tauchte ein fehlendes Puzzleteil nach dem anderen auf.

»Pedersen hat angerufen. Ihr werdet es nicht glauben, die fehlende Kugel war im Sarg. Bei der ersten Obduktion wurde versäumt, die Kugel zu entfernen.«

»Ach, deswegen konnte sie keiner finden«, sagte Gösta.

»Das ist jetzt nicht mehr zu ändern«, sagte Patrik. »Jedenfalls ist die Kugel wieder da. Und ich habe einen ersten Bericht von Torbjörn. Es ist ein .45-Kaliber-Vollmantelgeschoss. Ich könnte jetzt ins Detail gehen, aber ihr kennt euch da sowieso besser aus als ich. Als wichtigste Information habe ich von ihm bekommen, dass das Geschoss zu einem Colt gehört.«

»Bestätigt das denn nun, dass Leifs Selbstmord eigentlich ein Mord war?«, fragte Martin.

Patrik überlegte eine Weile. Bei polizeilichen Ermittlungen durfte man auf keinen Fall voreilige Schlüsse ziehen, so glaubhaft sie auch erscheinen mochten. Doch schließlich sagte er:

»Leif war Linkshänder, aber die Einschussstelle war an der rechten Schläfe, und er hielt die Pistole in der rechten Hand, nicht in der linken. Die Waffe, eine Walther PPK mit .32 Kaliber, gehörte ihm. Die .45-kalibrige Kugel aus dem Sarg kann also nicht mit dieser Waffe abgefeuert worden sein. Daher wage ich mit ziemlicher Sicherheit zu behaupten, dass es sich um Mord und nicht um Selbstmord handelt. Einen Verdächtigen haben wir auch. Leif hatte ›JJ‹ in seinen Taschenkalender eingetragen, und wir wissen, dass James Jensen einen Colt M1911 besitzt, der gut zu der Kugel passen würde, die bei der Leiche beziehungsweise ihren Überresten gefunden wurde.«

»Er hat uns seine Lieblingswaffe ja stolz gezeigt, als wir bei ihm waren«, sagte Paula angewidert.

»Was haben wir für Möglichkeiten, ihn mit der Kugel in Verbindung zu bringen? Und mit dem Mord an Leif?«, fragte Gösta. »Das sind doch alles nur Vermutungen. In Schweden gibt es mit Sicherheit Tausende von Menschen, die einen Colt besitzen, mit oder ohne Genehmigung. Und dass ›JJ‹ für James Jensen steht, nehmen wir an, aber beweisen können wir es nicht.«

»Wir müssen herausfinden, ob Kugel und Waffe zusammengehören«, sagte Patrik nachdenklich. »Ich bezweifle, ob das dem Staatsanwalt für einen Durchsuchungsbeschluss ausreicht, also lautet die entscheidende Frage – wie ermitteln wir, ob die Kugel aus der Waffe abgefeuert wurde?«

Paula hob die Hand. Patrik nickte ihr zu.

»Er macht Schießübungen außerhalb seines Privatgrundstücks. Als Gösta und ich bei ihm im Wald waren, schoss er gerade mit dem Colt. Da müssen Geschosse in Massen rumliegen, und wir brauchen noch nicht mal eine Genehmigung, um nach ihnen zu suchen.«

»Genial«, sagte Patrik. »So machen wir es. Du sammelst mit Gösta Geschosse ein, und dann lassen wir sie von einem Ballistiker mit der Kugel aus dem Sarg vergleichen.«

Patrik warf einen Blick auf sein Handy. Zehn verpasste Anrufe. Was war denn nun los? Einige der Nummern kannte er. Er überlegte, was diesen Ansturm der Boulevardpresse bewirkt haben konnte. Schließlich bat er um eine kleine Unterbrechung, damit er seine Mailbox abhören konnte. Nachdem er aufgelegt hatte, sah er Mellberg böse an.

»Anscheinend sind wir mit der Bitte an die Öffentlichkeit gegangen, uns bei der Identifizierung einer Stimme zu helfen. Die Sounddatei kann man auf der Homepage vom *Expressen* hören. Kommt das irgendjemandem bekannt vor?«

Mellberg richtete sich auf.

»Die Sounddatei kam bei mir an, als ihr unterwegs wart. Ihr werdet es nicht glauben, die technischen Probleme hat eine Frau gelöst.«

Er sah sich begeistert um, erntete aber nicht den erhofften Beifall.

»Da ich selbst die Stimme nicht wiedererkannt habe«, fuhr er fort, »beschloss ich, mir ein wenig Unterstützung zu holen, und die Öffentlichkeit ist doch eine gute Quelle. Ich habe auf eigene Initiative beim *Expressen* angerufen, und da war man gleich sehr hilfsbereit. Nun brauchen wir nur noch abzuwarten, bis die Hinweise eintrudeln!«

Zufrieden lehnte er sich zurück.

Patrik zählte stumm bis zehn und entschied sich, den Weg des geringsten Widerstands zu gehen. Er holte tief Luft.

»Bertil«, begann er, aber dann verlor er den Faden.

Es hätte so viel mehr zu sagen gegeben, doch es hätte zu nichts geführt.

Er nahm neuen Anlauf.

»Du nimmst die Hinweise entgegen, Bertil.«

Mellberg nickte und hielt den Daumen hoch.

»Sobald ich ihn gewittert habe, sage ich Bescheid.«

Patrik lächelte Mellberg gequält an.

»Findest du nicht, dass wir uns die Stimme auch anhören sollten?«

»Doch, klar, Mist!« Bertil griff zu seinem Handy. »Ich habe die Sounddatei an mein Handy geschickt. Habe ich schon erzählt, dass ein Frauenzimmer das Problem gelöst hat?«

»Ja, das hast du bereits«, sagte Patrik. »Spielst du uns die Datei jetzt vor?«

»Mann, seid ihr ungeduldig.«

Er drückte eine Taste, dann kratzte er sich am Kopf.

»Wie findet man die Datei noch mal? Diese modernen Telefone machen mich ganz verrückt.«

»Brauchst du Hilfe von einem Frauenzimmer?«, fragte Paula zuckersüß.

Mellberg überhörte die Frage und drückte weiter.

»Jetzt!«, sagte er triumphierend.

Alle lauschten gespannt.

»Na?«, fragte Mellberg. »Erkennt jemand die Stimme? Oder hört ein interessantes Geräusch?«

»Nein.« Martin zögerte. »Aber es hört sich nach einer jüngeren Person an. Und dem Dialekt nach zu urteilen, würde ich sagen, es ist jemand aus der Gegend.«

»Seht ihr? Ihr habt auch keinen blassen Schimmer. Seid froh, dass ich die Sounddatei schon veröffentlicht habe.«

Patrik ignorierte Mellberg.

»Okay, dann machen wir weiter. Vor einer Weile rief mich Erica an. Sie hat höchstwahrscheinlich rausbekommen, wer hinter dem Kürzel ›SS‹ steckt. Heute Morgen hat sie für ihr Buch Sanna Lundgren interviewt. Sanna Lundgren hieß früher Sanna Strand und ist vermutlich diejenige, die mit ›SS‹ gemeint ist, denn sie hat Erica erzählt, dass Leif sich eine Woche vor seinem Tod mit ihr verabredet hat.«

»Was wollte er von ihr?«, fragte Gösta.

»Tja ...«

Patrik wusste selbst nicht, wie er das, was Erica ihm erzählt hatte, in einen logischen Zusammenhang bringen sollte.

»Leif wollte mehr über einen ausgedachten Freund wissen, den Stella als Kind hatte.«

Martin verschluckte sich. Ungläubig sah er Patrik an.

»Ein ausgedachter Freund? Wieso das?«

»Gute Frage.« Patrik öffnete die Arme. »Stella hatte einen erfundenen Freund, den sie den grünen Onkel nannte.«

»Du machst Witze!« Mellberg musste lachen. »Grüner Onkel? Ein erfundener Freund? Das klingt geistesgestört.«

Wieder ignorierte Patrik ihn.

»Laut Sanna hat Stella oft im Wald gespielt und anschließend von einem erfundenen Freund erzählt, den sie dort hatte«, fuhr er fort. »Sie nannte ihn den grünen Onkel, und Sanna hatte der Polizei, kurz nachdem man die Leiche gefunden hatte, davon erzählt, aber niemand nahm sie ernst. Viele Jahre später rief Leif sie an und fragte nach dem grünen Onkel. Sanna kann sich nicht mehr genau erinnern, wann sie sich getroffen haben, glaubt aber, dass es der Tag gewesen sein könnte, an dem Leif ›SS‹ eingetragen hatte. Eine gute Woche später erfuhr sie von Leifs Selbstmord. Sie hat über die ganze Sache erst nachgedacht, als Erica sie zu Stella befragte.«

»Jagen wir jetzt eine Märchenfigur?« Mellberg grinste.

Alle anderen blieben ernst. Patrik schaute auf sein Handy. Wieder zwölf entgangene Anrufe. Als ob sie nicht schon genug Probleme gehabt hätten.

»Ich glaube, es ist was dran«, sagte Patrik. »Wir sollten uns nicht vor der Möglichkeit verschließen. Vielleicht hatte Leif etwas Wichtiges entdeckt.«

»Was machen wir denn nun mit James?«, fragte Gösta.

»Im Moment nichts«, antwortete Patrik ruhig. »Erst mal sammeln wir im Wald Geschosse ein.«

Er verstand die Ungeduld. Am liebsten hätte er James umgehend festgenommen, aber ohne Beweise hatten sie zu wenig gegen ihn in der Hand.

»Wir müssen noch ein wichtiges Thema besprechen«, sagte Paula. »Ich habe einen Anruf von der alten Dame bekommen, die neben Bergs wohnt. Bei unserem ersten Besuch sagte sie, ihr sei an dem Morgen, als Nea verschwand, nichts Ungewöhnliches aufgefallen, aber nun ist ihr wieder eingefallen, dass uns ihr Notizbuch, in dem sie alles aufschreibt, was vor ihrem Küchenfenster passiert, vielleicht etwas nützen könnte. Martin und ich waren bei ihr, um es zu holen, und auf den ersten Blick sieht es tatsächlich so aus, als ob sie recht hätte. Ich kann nichts Ungewöhnliches erkennen.«

Paula zögerte.

»Irgendwas kommt mir trotzdem seltsam vor, ich weiß nur nicht, was.«

»Bleib dran«, sagte Patrik. »Du weiß, wie das ist. Früher oder später fällt es einem ein.«

»Ja.« Paula sah skeptisch aus. »Ich hoffe es.«

»Und das Motiv?«, fragte Martin leise. Als alle sich ihm zugewandt hatten, sprach er weiter. »Ich meine, wenn wir mal annehmen, James hätte Leif erschossen. Warum?«

Lange war es still. Patrik zerbrach sich nicht zum ersten Mal den Kopf über diese Frage, war aber bislang zu keinem Ergebnis gekommen.

»Jetzt verknüpfen wir erst mal James und das Geschoss. Dann sehen wir weiter.«

»Wir können gleich hinfahren.« Gösta sah Paula an.

Sie nickte gähnend.

»Achtet auf eine korrekte Arbeitsweise«, sagte Patrik. »Fein säuberlich beschriftete und dokumentierte Papiertüten. Nicht dass später irgendjemand die Beweiskraft in Frage stellt.«

»Versprochen«, sagte Gösta.

»Ich kann auch mitfahren«, sagte Martin. »Ich komme sowieso nicht weiter mit meinen Informanten an der fremdenfeindlichen Front. Da weiß niemand was von dem Brand. Angeblich.«

»Mach das«, sagte Patrik. »Eine bessere Spur haben wir im Moment ohnehin nicht. Und dann glaube ich wirklich, dass an dieser Sache, nach der Leif gefragt hat, etwas dran ist. Stellas erfundener Freund. Kannst du dich da an was erinnern, Gösta?«

Gösta legte die Stirn in tiefe Falten. Zuerst schien er den Kopf schütteln zu wollen, doch dann riss er plötzlich die Augen auf.

»Marie. Wir haben doch darüber gesprochen, dass Marie behauptete, im Wald wäre ihnen jemand gefolgt. An dem Tag, als Stella starb. Ich weiß, es klingt abwegig, aber könnte Stellas erfundener Freund eine reale Person gewesen sein?«

»Könnte es James gewesen sein?«, fragte Paula.

Alle sahen sie an. Sie zuckte mit den Schultern.

»Denkt doch mal darüber nach. James ist Soldat. Wenn Sanna ›grüner Onkel‹ sagt, habe ich sofort grüne Kleidung vor Augen. Ein Tarnanzug. Könnte Stella im Wald regelmäßig James getroffen haben? Und könnte James derjenige gewesen sein, den Marie gehört haben will?«

»Das sind reine Vermutungen«, sagte Patrik langsam.

Es klang verrückt. Aber undenkbar war es nicht.

Er warf einen Blick auf sein Handy, auf dem weitere zwanzig Anrufe eingegangen waren.

»Während die anderen Beweismittel sichern, unterhalten wir zwei uns mal, Bertil«, seufzte er.

Anna wurde immer nervöser. Zu viele Fragen waren offen, zu viele Dinge konnten schiefgehen. Und Erica war misstrauisch, das merkte sie. Ihre Schwester beobachtete sie genau, aber noch hatte sie nichts gesagt.

In der Küche bereitete Dan pfeifend ein spätes Mittagessen vor. Je dicker sie geworden war, desto mehr Hausarbeit hatte er ihr abgenommen, aber er hatte Freude daran. Um ein Haar hätten sie alles verloren, aber nun hatten sie sich den Alltag, ihre Familie und einander zurückerobert. Die Narben in ihren Herzen waren noch da, doch sie hatten gelernt, damit zu leben. Mit den äußeren hatte sie sich abgefunden. Ihr Haar war wieder gewachsen, und die Narben verblassten allmählich. Auch wenn sie sie hin und wieder mit Make-up abdeckte, würden sie immer zu sehen sein. Sie waren ein Teil von ihr.

Dan hatte sie einmal gefragt, wie sie es geschafft hatte, nicht zu verbittern. Ihr Leben hatte sich so anders entwickelt als das von Erica. Manchmal sah es so aus, als würde sie das Unglück anziehen, während bei Erica alles harmonisch war, aber Anna wusste, so einfach war es nicht. Sie hätte leicht in die Falle geraten können, sich selbst zu bemitleiden und Erica zu beneiden. Aber dann hätte sie geleugnet, dass sie zum Teil auch selbst dafür verantwortlich war, welchen Verlauf ihr Leben genommen hatte. Sie hatte sich für Lucas entschieden, den Vater ihrer Kinder. Niemand sonst. Sie hatte Ericas Warnungen ignoriert. Niemand sonst. Sie hatten beide den Unfall erlebt, der ihren Körper gezeichnet hatte, aber dass Anna diejenige war, die ein Kind verlor, war Pech. Und an dem, was beinahe ihre und Dans Liebe zerstört hatte, war sie ganz allein schuld. Viele Stunden hatte sie sich damit auseinandergesetzt. Nein, Verbitterung oder Eifersucht hatte sie nie empfunden. Erica hatte sich von klein auf um sie gekümmert, und das musste mitunter eine schwere Bürde für sie gewesen sein. Anna hatte auf Ericas Kosten ein Kind sein dürfen, und dafür war sie ihr ewig zu Dank verpflichtet.

Doch nun hatte sie sich nicht an ein Versprechen gehalten, das sie ihrer Schwester gegeben hatte. Sie hatte ihr versprochen, keine Geheimnisse vor ihr zu haben. Geschirr klirrte, als Dan den Tisch deckte. Er sang jetzt zur Musik aus dem Radio. Sie beneidete ihn um seine Sorglosigkeit. Er war immer unbekümmert. Sie hingegen machte sich Sorgen. Und fragte sich, ob sie die richtige Entscheidung getroffen hatte. Sie hatte solche Angst, jemanden zu verletzen, und spürte, dass sie sich bereits auf dünnem Eis befand. Denn sie hatte gelogen. Aber nun war es zu spät. Mühsam rappelte sie sich vom Sofa auf. Als sie in die Küche kam und Dan lächeln sah, wurde ihr im ganzen Körper warm, und für eine Weile legte sich die Unruhe. Trotz allem, was sie durchgemacht hatte, war sie ein vom Leben reich beschenkter Mensch. Und als aus allen möglichen Ecken des Hauses und von draußen die Kinder an den Tisch kamen, fühlte sie sich wie eine Millionärin.

»Glaubst du, James hat Stella ermordet?« Paula betrachtete Gösta von der Seite. »Und dass er Leif umgebracht hat, weil Leif kurz davor war, ihn zu überführen?«

Er hatte darum gebeten, fahren zu dürfen, und sie hatte ihm den Wunsch widerwillig erfüllt, obwohl sie wusste, dass sie im Schneckentempo durch ganz Fjällbacka schleichen würden.

»Ich weiß nicht, was ich glauben soll«, sagte Gösta. »Soweit ich mich entsinne, gehörte er während der ersten Ermittlungen nicht zu den Verdächtigen. Das kann natürlich daran liegen, dass Leif sich nach kurzer Zeit auf die Mädchen konzentriert hat, und diese dann ja auch ein Geständnis ablegten. Es bestand kein Grund, einen anderen Täter in Erwägung zu ziehen. Und von der Person im Wald hat Marie erst erzählt, als sie ihr Geständnis zurücknehmen wollte, und da haben wir wohl alle gedacht, sie würde auf kindliche Weise versuchen, sich rauszureden.«

»Kanntest du ihn?«, fragte Paula. In dem Moment wurde ihr bewusst, dass sie auf ein imaginäres Gaspedal trat.

Herrgott, wie langsam und vorsichtig er fuhr. Da war ihr sogar Patriks geistesgestörte Raserei lieber.

»Natürlich, in Fjällbacka kennen sich fast alle. Und James war immer eine Type gewesen. Sein großes Ziel war es gewesen, Soldat zu werden, und als er seinen Militärdienst leistete, ging er zu einer besonders harten Truppe, ich glaube, zu den Kampfschwimmern oder den Fallschirmjägern. Und dann nahm seine Karriere bei der Armee ihren Lauf.«

»Ich finde es so merkwürdig, dass einer die Tochter seines besten Freundes heiratet«, sagte Martin auf der Rückbank. »Und dieser Altersunterschied.«

»Ja, darüber haben sich alle gewundert«, sagte Gösta.

Er fuhr noch langsamer, blinkte links und bog in einen Schotterweg ein.

»Es kam so überraschend, weil ihn bis dahin niemand mit einer Freundin gesehen hatte. Und Helen war erst achtzehn. Aber du weißt ja, wie das ist. Am Anfang sind die Leute entsetzt, dann haben sie ein neues Gesprächsthema und schließlich gelten die merkwürdigsten Dinge als normal. Als sie Sam bekamen, verstummte das Gerede. Und da sie nun schon so lange verheiratet sind, hat es offenbar funktioniert.«

Er hielt an.

Sie hatten beschlossen, James nicht vorzuwarnen, und Gösta hatte ein Stück vom Haus entfernt geparkt, damit sie zu dem illegalen Übungsplatz gehen konnten, ohne vom Haus aus gesehen zu werden.

»Was machen wir, wenn er da ist?«, fragte Martin.

»Dann werden wir wohl offen sagen müssen, was wir vorhaben. Und hoffen, dass es keine Komplikationen gibt. Wir tun ja nichts Verbotenes.«

»Ich weiß, aber ich habe keine Lust, mich mit einem kampflustigen eventuellen Mörder anzulegen, während ich nach Beweisen gegen ihn suche«, brummte Martin.

»Ach, komm schon, dann hättest du ja auch in der Dienststelle bleiben können.« Paula ging voran.

Als sie die Waldlichtung erreichten, blieben sie stehen. James war zum Glück nirgendwo zu entdecken, aber dafür erkannte Paula auf Anhieb, wie viel Arbeit vor ihnen lag. Jahrelange Schießübungen hatten Massen von Projektilen und Patronenhülsen hinterlassen, und alle möglichen Sorten lagen auf dem Waldboden. Paula war keine Expertin, aber dass hier ein ganzes Arsenal von Waffen benutzt worden war, begriff auch sie.

Gösta sah sich um und drehte sich dann zu Paula und Martin um.

»Ist das hier nicht ein hinreichender Grund für den Verdacht, James habe auch nicht genehmigte Waffen zu Hause? Dass er hier Schießübungen gemacht hat, wissen wir. Und wenn ich mir all diese Hülsen und Patronen anschaue, vermute ich mal, er hat nicht alle Waffen in seinem Besitz korrekt registrieren lassen.«

»Er hat Genehmigungen für einen Colt, eine Smith & Wesson und ein Jagdgewehr«, sagte Martin. »Das habe ich überprüft.«

»Ich rufe Patrik an und frage ihn, ob das für einen Durchsuchungsbeschluss reicht. Macht ihr Fotos, bevor wir hier was anfassen?«

»Klar.« Paula zog für sich und Martin zwei Kameras aus der Tasche. Es waren nicht die neuesten Modelle, aber sie waren okay.

Gösta ging ein paar Schritte, während er telefonierte, kam aber rasch zurück.

»Er ruft den Staatsanwalt an, doch er glaubt, in Kombination mit der Kugel im Sarg müsste das hier einen Besuch bei James rechtfertigen.«

»Was wir wohl bei ihm finden werden«, sagte Martin. »Maschinenpistolen?«

Er ging in die Hocke und betrachtete kopfschüttelnd die Massen von Patronenhülsen auf der Erde.

»Durchaus möglich.« Paula fotografierte weiter.

»Nicht dass mir besonders wohl dabei wäre, mir James mit einer MP5 vorzustellen«, sagte Gösta.

»Wenn er eine Maschinenpistole verwendet hätte, wäre es schwierig gewesen, einen Suizid vorzugaukeln«, sagte Paula. »Aber es ist bestimmt auch schon vorgekommen.«

»Kurt Cobain hat sich mit einer Selbstladeflinte erschossen, einer Browning Auto-5«, sagte Martin.

Paula warf ihm einen verwunderten Blick zu. Sie hatte nicht gewusst, dass er über diese Art von Wissen verfügte.

Göstas Telefon klingelte.

»Hallo, Patrik.«

Er hob die Hand, damit Paula und Martin aufhörten, die Munition einzusammeln. Als er aufgelegt hatte, sagte er:

»Der Staatsanwalt will, dass wir die Untersuchung hier Technikern überlassen. Er war nicht begeistert von unserer Aktion.«

»Na dann.« Paula schürzte die Lippen. »Hat er wenigstens die Hausdurchsuchung genehmigt?«

»Ja«, sagte Gösta. »Patrik ist schon unterwegs. Er will dabei sein, wenn wir reingehen.«

»Und Mellberg?«, fragte Paula besorgt.

Gösta schüttelte den Kopf.

»Der hat alle Hände voll zu tun. Die Sounddatei auf der *Expressen*-Homepage hat offenbar ein Chaos angerichtet, und nun muss er lauter Interviews geben, während Annika die Tipps entgegennimmt. Das Telefon klingelt am laufenden Band. Jeder glaubt, die Stimme zu kennen, und die Liste der Namen wird immer länger.«

»Es würde mich nicht wundern, wenn der Alte ausnahmsweise mal was richtig gemacht hätte«, sagte Paula grimmig. »Vielleicht kommt wirklich was dabei raus. Alleine hätten wir die Stimme sowieso nicht identifiziert.«

»Was hat Patrik über James gesagt?«, fragte Martin, während sie langsam zurück zum Auto gingen.

»Wir werden ihn mitnehmen und verhören, nachdem wir das Haus durchsucht haben. Und währenddessen soll einer von uns draußen mit ihm warten.«

»Das kann ich machen«, sagte Martin. »Er interessiert mich.«

Nils knabberte an ihrem Ohr. Normalerweise durchfuhr Vendela dabei ein wohliger Schauer, aber nun empfand sie nichts als Unbehagen. Sie wollte ihn nicht hier in ihrem Bett haben.

»Also, als Jessie …«, begann er.

»Was werden Basses Eltern sagen, wenn sie nach Hause kommen?« Sie rückte ein Stück von ihm ab.

Über Jessie wollte sie nicht reden. Es war ihre Idee gewesen, und alles war genauso abgelaufen, wie sie es geplant hatte. Und trotzdem hatte sie jetzt ein komisches Gefühl. Sie hatte Marie bestrafen wollen. Und ihre Tochter. Warum war sie jetzt nicht froh?

»Sie kürzen Basse bestimmt das Taschengeld.« Nils grinste bis über beide Ohren.

Als er ihr über den Bauch strich, wurde ihr übel.

»Glaubst du, er gibt uns die Schuld?«, fragte sie.

»Niemals. Er will bestimmt nicht an die große Glocke hängen, was an dem Abend passiert ist.«

Sie hatten die Schlafzimmertür zugemacht. Und Basse mit der ausgeknockten Jessie allein gelassen. Vendela war auf dem Höhepunkt ihres Rausches gewesen, und alles hatte sich richtig angefühlt, aber jetzt ... jetzt hatte sie das Gefühl, auf einen Abgrund zuzurasen.

»Meinst du, sie wird es jemand erzählen? Ihrer Mutter?«

Genau das hatte sie ja gewollt. Ihre Mutter bestrafen.

»Denkst du etwa, sie möchte, dass es sich noch weiter rumspricht? Bist du verrückt?«

»Sie und Sam kommen am Samstag bestimmt nicht.«

Das zumindest hatte sie erreicht. Jessie würde sich kaum noch vor die Tür wagen.

Wieder biss Nils ihr sanft ins Ohr und fasste ihr an die Brust, aber sie schob ihn weg. Aus irgendeinem Grund wollte sie heute Abend nicht mit ihm zusammen sein.

»Sie muss es Sam erzählt haben. Ist es nicht seltsam, dass er nicht stinksauer geworden ist?«

Seufzend zog Nils seine Boxershorts aus.

»Scheiß auf Sam, die Pussy. Scheiß auf die fette Sau. Und jetzt halt die Klappe und blas mir lieber einen.«

Mit einem Stöhnen drückte er ihren Kopf nach unten.

Als die Autos in die Einfahrt einbogen, blickte Helen auf. Die Polizei. Was wollten die von ihr? Ausgerechnet jetzt? Sie ging zur Haustür und öffnete sie, bevor die Besucher angeklopft hatten.

Patrik Hedström stand mit Paula, Martin und einem älteren Polizisten, den sie noch nie gesehen hatte, davor.

»Hallo, Helen«, sagte Patrik. »Wir haben die Genehmigung, Ihr Haus zu durchsuchen. Ist James zu Hause? Und Ihr Sohn?«

Helen bekam weiche Knie und musste sich an der Wand stützen. Während sie nickte, wurde sie von dreißig Jahre alten Erinnerungen überschwemmt. Der Polizist hatte im gleichen Ton wie Patrik gesprochen. Ernst. Durchdringende Blicke schienen sie zwingen zu wollen, mit der Wahrheit rauszurücken. Die Luft im Verhörzimmer war stickig gewesen. Die schwere Hand ihres Vaters auf ihrer Schulter. Stella. Die kleine Stella. Der rotblonde Schopf hatte vor ihnen auf und ab gewippt, während sie mehr hüpfte als ging, selig, mit zwei großen Mädchen ein Abenteuer zu erleben. Immer neugierig. Immer überall dabei.

Helen wankte ein wenig, als sie merkte, dass Patrik mit ihr redete. Sie riss sich zusammen.

»James ist im Arbeitszimmer, und Sam ist in seinem Zimmer.«

Obwohl ihr Herz so kräftig schlug, klang ihre Stimme erstaunlich normal.

Sie machte einen Schritt zur Seite und ließ die Polizisten durch den Flur gehen. Während sie sie im Arbeitszimmer mit James sprechen hörte, rief sie nach Sam.

»Kannst du mal runterkommen?«

Die Antwort war nur ein Murren, aber eine Minute später kam er die Treppe runtergeschlendert.

»Die Polizei ist da.« Sie sah ihn an.

Seine blauen Augen mitten in dem vielen Schwarz verrieten nichts. Sie wirkten vollkommen leer. Helen erschauerte, wollte die Hand nach ihm ausstrecken, seine Wange streicheln und sagen, es werde alles gut. Sie sei ja da. Wie immer. Aber sie blieb mit hängenden Armen stehen.

»Es wäre uns lieb, wenn Sie rausgehen könnten.« Paula hielt ihnen die Haustür auf. »Und kommen Sie nicht ins Haus, bevor wir fertig sind.«

»Worum geht es überhaupt?«, fragte Helen.

»Das können wir Ihnen im Moment nicht sagen.«

Helens Herzschlag beruhigte sich allmählich wieder.

»Sie können selbst entscheiden, wie Sie es machen wollen«, fuhr Paula fort. »Vielleicht möchten Sie so lange zu Freunden oder Verwandten fahren. Es kann lange dauern.«

»Also, ich warte hier«, sagte James.

Sie wagte nicht, ihn anzuschauen. Ihr Herz schlug so schnell, dass sie fürchtete, es würde ihr aus der Brust springen. Sie stupste Sam an, der reglos neben ihr stand.

»Komm, wir gehen nach draußen.«

Trotz der Hitze war die frische Luft eine Befreiung. Erleichtert atmete sie tief ein. Sie griff nach Sams Arm, aber er zog ihn weg.

Im sonnigen Garten betrachtete sie ihren Sohn. Zum ersten Mal seit sehr langer Zeit schaute sie ihn sich richtig an. Sein Gesicht hob sich schneeweiß vom schwarzen Haar und dem schwarzen Kajal ab. Die Jahre waren so schnell vergangen. Wo war der pausbäckige Blondschopf mit dem gluckernden Lachen geblieben? Im Grunde wusste sie das ja. Sie hatte zugelassen, dass James diesen Jungen und den Mann, der aus ihm hätte werden können, restlos ausradierte. Er hatte ihm eingebläut, dass er zu nichts taugte. In Wahrheit standen sie hier, weil sie niemanden hatten. Keine Freunde. Keine Familie. Nur Helens Mutter, aber die mochte es nicht, wenn man ihr Umstände machte.

Helen und Sam. Sie hatten in ihrer eigenen Blase gelebt.

Aus dem Haus hörten sie James' aufgebrachte Stimme. Sie wusste, dass Grund zur Sorge bestand. Und dass nun möglicherweise eins der vielen Geheimnisse, auf denen sie ihr Leben aufgebaut hatten, entdeckt wurde. Sie hob die Hand, um Sam über die Wange zu streichen. Er drehte sich weg, und sie ließ die Hand langsam wieder sinken. Einen Moment lang sah sie vor sich, wie Stella sich im Wald nach ihr umdrehte. Das rotblonde Haar in scharfem Kontrast zu ihrer weißen Haut. Dann war sie weg.

Helen zog ihr Handy aus der Tasche. Es gab nur einen Ort, der jetzt in Frage kam.

»Jessie, ich muss los!«

Marie blieb ein paar Sekunden unten an der Treppe stehen, aber es kam keine Antwort. Jessie war in der Phase, in der Teenager die Zeit zu Hause vor allem in ihrem Zimmer verbringen. Wenn Marie aufwachte, war Jessie meistens schon weg. Sie wusste zwar nicht genau, wo sie sich herumtrieb, aber sie sah endlich etwas schlanker aus. Dieser Sam schien ihr gutzutun.

Marie ging zur Tür. Der Dreh lief immer besser. Sie hatte ganz vergessen, wie es war, in einem guten Film mitzuspielen, und nicht nur in dem Fast Food, das sich die Leute abends reinzogen und vergessen hatten, sobald der Abspann kam.

Sie wusste, dass sie gut spielte. Sogar ausgezeichnet. Nach jeder Szene sah sie es in den Augen des Teams. Zum Teil hing das mit ihrem schwesterlichen Gefühl für ihre Rolle zusammen. Ingrid hatte einen komplexen Charakter gehabt. Sie war stark und freundlich gewesen, konnte aber auch rücksichtslos ihre Ziele verfolgen. Marie erkannte sich in ihr wieder. Doch im Unterschied zu ihr hatte Ingrid auch Liebe erlebt. Sie hatte geliebt und war geliebt worden. Als sie starb, trauerten nicht nur Fremde um sie, die sie auf der Leinwand bewundert hatten, sondern auch enge Vertraute, die offen zeigten, wie viel sie ihnen bedeutet hatte.

Marie hatte niemanden, der ihr nahestand. Nicht auf diese Art. Sie hatte nur Helen an sich herangelassen. Vielleicht wäre alles anders gekommen, wenn Helen an jenem Tag nicht aufgelegt hätte. Dann würde es in ihrem Leben vielleicht Menschen geben, die nach ihrem Tod um sie trauerten, wie um Ingrid getrauert worden war.

Doch es war zu spät, sich darüber zu grämen. Manche Dinge ließen sich nicht ändern. Langsam schloss Marie die Haustür und machte sich nach der kurzen Mittagspause wieder auf den Weg zum Dreh. Jessie würde schon allein klarkommen. Das hatte sie in ihrem Alter auch gemusst.

Auf der Rathaustreppe zitterte Helen im kalten Wind. Es ließ sich nicht länger leugnen. Sie hatte Angst. So wie man Angst hatte, wenn man etwas tat, was nicht richtig war. An dem billigen Kleid von H&M hing noch das Schild und kratzte sie im Nacken, aber sie riss es nicht ab. So hatte sie wenigstens eine Ablenkung.

Eigentlich wusste sie gar nicht genau, wann es entschieden worden war. Oder wann sie eingewilligt hatte. Plötzlich war es einfach eine Tatsache. Abends hörte sie ihre Eltern streiten. Nicht, dass sie einzelne Wörter verstanden hätte, aber sie wusste, worum es ging. Um ihre Heirat mit James.

KG, ihr Vater, hatte ihr versichert, es wäre zu ihrem Besten. Er wisse, was gut für sie sei. Sie hatte nur genickt. Denn es stimmte ja. Sie kümmerten sich um sie. Sorgten für sie. Obwohl sie es nicht verdient hatte. Sie war ihnen zu Dank verpflichtet. Sie hatte Glück gehabt.

Vielleicht würde die Welt auch größer werden, wenn sie tat, was sie sagten. Die Jahre nach dem schrecklichen Ereignis hatte sie in einem engen Käfig verbracht. Auch dagegen hatte sie nicht aufbegehrt. Es war eben so. Nach der Schule ging sie direkt nach Hause, dort war ihre Welt, und die einzigen Menschen darin waren ihre Eltern – und James.

James war oft im Ausland. Im Kriegseinsatz. Oder knallte Neger ab, wie ihr Vater das nannte.

Wenn James keinen Einsatz hatte, war er genauso oft bei ihnen wie bei sich zu Hause. Die Stimmung war so sonderbar, wenn er zu Besuch kam. James und ihr Vater befanden sich gewissermaßen in einer eigenen Welt, zu der außer ihnen niemand Zutritt hatte. »Wir sind wie Brüder«, sagte KG immer, bevor all das passiert war. Und sie umziehen mussten.

Vor ein paar Tagen hatte Marie angerufen. Obwohl ihre Stimme älter und reifer geworden war, hatte Helen sie sofort erkannt. Sie fühlte sich wieder wie der Mensch, von damals. Eine Dreizehnjährige, deren Leben nur um Marie kreiste.

Doch was hätte sie sagen sollen? Sie würde James heiraten. Nach allem, was passiert war, gab es keine andere Möglichkeit. Nach allem, was James für sie getan hatte.

James war zwar so alt wie ihr Vater, aber er sah schick aus, als er in seiner Uniform neben ihr stand, und obwohl sich ihre Eltern noch am Abend vor der Hochzeit laut gestritten hatten, war ihre Mutter froh gewesen, sich ausnahmsweise richtig herausputzen zu können.

Alles andere hatte wie immer ihr Vater bestimmt.

Sie hatten sich gegen eine kirchliche Trauung entschieden. Nach dem Standesamt würden sie im Hotel *Gestgifveri* essen gehen. Anschließend sollten sie und James bei ihren Eltern übernachten, bevor sie zu seinem Haus, mittlerweile ihrem gemeinsamen Haus, nach Fjällbacka fuhren. Aus diesem Haus war ihre Familie einst geflohen. Niemand hatte Helen nach ihrer Meinung gefragt, aber wie hätte sie widersprechen können? Die Schlinge um ihren Hals war ihr Tag und Nacht bewusst und erinnerte sie an tausend Gründe, die Augen zu verschließen und sich zu fügen. Doch ein Teil von ihr sehnte sich nach Freiheit.

Als sie auf den Standesbeamten zugingen, der sie trauen sollte, betrachtete sie James von der Seite. War er bereit, ihr die zu geben? Wenigstens ein kleines bisschen Freiheit? Sie war jetzt achtzehn, sie war erwachsen. Kein Kind mehr.

Sie tastete nach seiner Hand. Machte man das nicht so, wenn man heiratete? Hielt man nicht Händchen? Er tat jedoch, als würde er die zarte Berührung nicht bemerken und verschränkte seine Finger. Sie spürte das kratzende Preisschild im Nacken, während sie die Worte des Standesbeamten hörte. Er stellte ihnen Fragen, die sie eigentlich noch nicht beantworten konnte, aber sie sagte an den richtigen Stellen ja. Als es besiegelt war, sah sie ihrer Mutter in die Augen. Harriet wandte sich mit verkrampfter Hand vor dem Mund ab, aber sie tat nichts, um zu verhindern, was hier geschah.

Das Abendessen wurde genauso rasch durchgezogen wie die Zeremonie. KG und James tranken Whisky, und Harriet nippte an ihrem Wein. Helen hatte auch ein Glas Wein bekommen, ihr allererstes. Innerhalb von wenigen Minuten war sie vom Kind zur erwachsenen Frau geworden. Sie wusste, dass ihre Mutter ihnen das Schlafsofa im Gästezimmer bezogen hatte. Wenn man unten einen Kasten herauszog, war es ein Doppelbett. Blaue Bettwäsche. Während des Essens sah Helen das blaue Laken vor sich, auf dem sie mit James liegen würde. Das Essen schmeckte bestimmt gut, aber sie schob es nur auf dem Teller hin und her.

Als sie zu Hause ankamen, sagten ihre Eltern gute Nacht. KG wirkte plötzlich angestrengt. Er hatte eine Fahne von dem vielen Whisky. Auch James roch nach Alkohol und Rauch, als er ins Gästezimmer stolperte. Helen zog sich aus, während James auf der Gästetoilette lautstark Wasser ließ. Sie zog ein weites T-Shirt an und verkroch sich unter der Bettdecke an der Wand. Nachdem James das Licht ausgemacht hatte, wartete sie stocksteif auf das, was kommen würde. Auf die Berührung, die alles verändern würde. Aber es passierte nichts. Einige Sekunden später schnarchte James. Als sie schließlich einschlief, träumte sie von dem Mädchen mit dem rotblonden Haar.

»Ich habe Ihnen doch gesagt, dass Sie keine Waffen finden würden, die nicht registriert sind.« James lehnte sich in dem kleinen Vernehmungszimmer zurück.

Patrik hätte ihm am liebsten in sein selbstgefälliges Gesicht gebrüllt, wusste aber, dass er sich neutral verhalten musste.

»Ich habe die Genehmigungen für einen Colt M1911, eine Smith & Wesson und ein Jagdgewehr, Modell Sauer 100

Classic«, ratterte James runter und sah Patrik unbeirrt in die Augen.

»Wieso haben wir an Ihrem Übungsplatz auch Projektile und Hülsen anderer Waffen gefunden?«, fragte Patrik.

James zuckte die Achseln.

»Woher soll ich das wissen? Dass ich dort Schießübungen mache, ist ja kein Geheimnis. Bestimmt werden die Zielscheiben, die ich dort aufgehängt habe, auch von anderen Leuten genutzt.«

»Ohne dass Sie das merken?« Patrik gab sich keine Mühe, seine Skepsis zu verbergen.

James lächelte nur.

»Ich bin oft monatelang im Auslandseinsatz und kann unmöglich beaufsichtigen, was dort vor sich geht. Wenn ich zu Hause bin, nutzt sicherlich niemand meinen Schießstand, aber die meisten Leute im Ort wissen, wann und für wie lange ich verreist bin. Das waren wahrscheinlich Jugendliche.«

»Jugendliche? Mit Maschinenpistolen?«, fragte Patrik.

James seufzte.

»Tja, die Jugend von heute. Schlimm.«

»Wollen Sie mich auf den Arm nehmen?« Patrik ärgerte sich über sich selbst, dass er James' Unverschämtheit persönlich nahm.

Im Allgemeinen bemühte er sich, keine Vorbehalte zu haben, aber mit diesem Typ von Mann hatte er Schwierigkeiten: der arrogante Macho, der an Darwins Lehre glaubte und sich selbst für die Krone der Evolution hielt.

»Natürlich nicht.« James grinste noch breiter.

Es war Patrik ein Rätsel. Sie hatten das ganze Haus durchsucht, aber sie hatten nur drei Waffen gefunden, und die waren korrekt registriert. Andererseits wusste er, dass James log. Er besaß noch mehr Waffen. Und die konnten nicht weit weg sein. James wollte sie bestimmt in Reichweite haben. Außer dem Wohnhaus hatten sie noch einen kleinen Schuppen durchsucht, in dem Gartengeräte aufbewahrt wurden. Ansonsten gab es auf dem Grundstück nicht viele Möglichkeiten, etwas zu verstecken, und den ganzen Wald konnten sie leider nicht durchkämmen.

»Hat Leif Hermansson Sie nicht am dritten Juli, dem Tag, als er starb, kontaktiert?«

»Wie ich Ihnen schon gesagt habe, ich hatte überhaupt keinen Kontakt zu Leif Hermansson. Ich weiß über ihn nur, dass er die Ermittlungen gegen meine Frau geleitet hat.«

»Ihre Frau wurde für schuldig befunden«, sagte Patrik hauptsächlich, um James' Reaktion zu sehen.

»Ja, allerdings nur auf der Grundlage eines Geständnisses, das sie später zurückgezogen hat«, antwortete James

In seinen Augen war keine Regung zu erkennen.

»Warum gesteht man, wenn man unschuldig ist?«, fragte Patrik.

James seufzte.

»Sie war ein Kind und wahrscheinlich durcheinander, weil sie gedrängt wurde, etwas zu tun, was sie nicht wollte. Aber was hat das mit dieser Sache hier zu tun? Worum geht es? Warum interessieren Sie sich für meine Waffen? Sie wissen doch, was ich beruflich mache. Waffen sind ein wichtiger Teil meines Lebens, und daher ist es nicht verwunderlich, wenn ich auch privat welche besitze.«

»Sie haben einen Colt M1911«, sagte Patrik, ohne auf seine Frage einzugehen.

»Das ist richtig.« James nickte. »Das Juwel meiner Sammlung. Eine legendäre Waffe. Zudem habe ich das Original und keine der vielen Kopien.«

»Man lädt sie mit dem Munitionstyp .45 ACP, einem Vollmantelgeschoss mit 0,45 Zoll Kaliber beziehungsweise Durchmesser, nicht wahr?«

»Wissen Sie überhaupt, was das bedeutet?«, fragte James. Wieder zwang sich Patrik, bis zehn zu zählen.

»Waffenkunde gehört zur Polizeiausbildung«, erwiderte Patrik kühl. Er ließ sich nicht anmerken, dass er Torbjörn um Nachhilfe gebeten hatte.

»In der Großstadt kennt man sich vielleicht aus, aber hier draußen auf dem Land setzt altes Schulwissen schnell Rost an«, sagte James.

Patrik überhörte die Bemerkung.

»Sie haben meine Frage nicht beantwortet. Stimmt das?«

»Ja, das stimmt. Man lernt es in der ersten Klasse.«

»Seit wann haben Sie diese Waffe?«

»Oh, schon lange. Es war meine erste. Ich habe sie von meinem Vater bekommen, als ich sieben war.«

»Sie sind also ein guter Schütze?«, fragte Patrik.

James drückte den Rücken durch.

»Einer der Besten.«

»Wie sicher verwahren Sie Ihre Waffen? Könnte sie sich jemand ohne Ihr Wissen ausgeliehen haben? Während Sie im Ausland waren?«

»Ich weiß immer genau, wo meine Waffen sind. Warum interessieren Sie sich für meinen Colt? Und für Leif? Wenn ich mich recht entsinne, hat er sich vor zig Jahren das Leben genommen. Weil seine Frau an Krebs gestorben war oder so.«

»Ach, dann haben Sie es noch gar nicht gehört?«

Es befriedigte ihn, endlich einen Hauch von Unsicherheit in James' Augen aufblitzen zu sehen.

»Was denn?«, fragte James in so sachlichem Ton, dass Patrik sich fragte, ob er sich getäuscht hatte.

»Wir haben ihn exhumiert.«

Bewusst ließ er den Satz im Raum stehen. James schwieg. Dann richtete er sich auf.

»Exhumiert?«, wiederholte er, als verstünde er nicht, was Patrik meinte.

Patrik begriff, dass er Zeit zu gewinnen versuchte.

»Ja, wir haben neue Informationen erhalten«, sagte er.

»Deswegen haben wir das Grab geöffnet. Es hat sich herausgestellt, dass es doch kein Selbstmord war. Mit der Waffe, mit der er in der Hand aufgefunden wurde, kann er sich unmöglich erschossen haben.«

James blieb stumm. Seine Arroganz war nicht vollständig verflogen, hatte aber einen erkennbaren Dämpfer bekommen. Patrik meinte, einen verwundbaren Punkt entdeckt zu haben, und beschloss, James' Schwäche auszunutzen.

»Außerdem haben wir erfahren, dass Sie an dem Tag, als Stella ermordet wurde, im Wald waren.« Nach kurzem Zögern griff er zu einer so starken Übertreibung, dass sie glatt als Lüge hätte klassifiziert werden können: »Sie wurden gesehen.«

James reagierte nicht, aber an seiner Schläfe pulsierte eine kleine Ader. Offenbar überlegte er, wie er sich verhalten sollte.

Schließlich stand er auf.

»Ich nehme an, Sie haben nicht genug in der Hand, um mich zu verhaften«, sagte er. »Dann ist das Gespräch für mich beendet.«

Patrik lächelte. Endlich war das Grinsen verschwunden. Und James hatte seine Schwachstelle offenbart. Nun brauchten sie nur noch Beweise zu finden.

»Kommen Sie rein«, sagte Erica zögerlich.

Sie war mehr als überrascht gewesen, als Helen anrief und fragte, ob sie vorbeikommen könne.

»Haben Sie Sam mitgebracht?«, fragte sie.

Helen schüttelte den Kopf.

»Nein, den habe ich bei einer Freundin abgesetzt.« Sie senkte den Blick.

Erica machte einen Schritt zur Seite und ließ sie ein.

»Ich bin froh, dass Sie da sind.« Erica biss sich auf die Zunge, um nicht noch mehr Fragen zu stellen.

Patrik hatte kurz zuvor angerufen und ihr erzählt, dass James vermutlich der grüne Onkel war. Er war im Tarnanzug durch den Wald gelaufen, und Stella hatte ihn auf ihren Streifzügen getroffen. Sie hielten es auch für wahrscheinlich, dass er derjenige war, den Marie im Wald gehört hatte.

»Haben Sie Kaffee?«, fragte Helen. Erica nickte.

Im Wohnzimmer waren Noel und Anton wieder aneinandergeraten. Majas Einschreiten zeigte keinerlei Wirkung. Seufzend ging Erica zu ihnen hinüber und ermahnte sie mit ihrer strengsten Stimme, endlich aufzuhören. Da dies auch nichts nützte, griff sie zum letzten Mittel: Sie gab jedem Kind ein Eis aus dem großen Karton, den sie beim Eiswagen gekauft hatten. Zufrieden schleckten die drei ihr Eis, während sie mit dem quälenden Gefühl, eine schlechte Mutter zu sein, in die Küche ging.

»Daran erinnere ich mich noch.« Helen lächelte.

Mit einer Tasse Kaffee in der Hand setzte sie sich an den Küchentisch. Eine Weile saßen sie schweigend da. Dann stand Erica auf und holte eine Tafel Schokolade.

Helen schüttelte den Kopf.

»Nein, danke, ich vertrage keine Schokolade. Ich bekomme Ausschlag davon.« Sie trank einen Schluck Kaffee.

Erica brach sich einen ganzen Riegel ab und beschloss, ab Montag auf Zucker zu verzichten.

In dieser Woche hatte sie schon so viel gesündigt, dass es sich nicht mehr lohnte, damit anzufangen.

»Ich denke oft an Stella«, sagte Helen.

Erica zog verwundert eine Augenbraue hoch. Kein Wort darüber, warum sie plötzlich hier auftauchte. Kein Wort über das, was passiert war. Denn irgendwas war passiert, das fühlte sie im ganzen Körper. Helen strahlte eine Nervosität aus, die ansteckend wirkte. Doch Erica wagte nicht, Fragen zu stellen. Sie wollte nicht, dass Helen Angst bekam und verstummte. Sie wollte ihre Geschichte hören. Und deswegen aß sie schweigend noch ein Stück Schokolade und wartete ab.

»Ich hatte keine Geschwister«, sagte Helen schließlich. »Ich weiß nicht, warum. Ich hätte mich nie getraut, meine Eltern danach zu fragen. Über solche Dinge wurde bei uns nicht geredet. Deshalb war ich gern mit Stella zusammen. Wir waren Nachbarn, und sie freute sich immer, wenn ich rüberkam. Es hat Spaß gemacht, mit ihr zu spielen. Sie war ein fröhliches Kind. Daran erinnere ich mich genau. Sie hatte so viel Energie. Hüpfte herum wie ein Gummiball. Und dazu diese rotblonden Haare. Und die Sommersprossen. Sie hasste ihre Haarfarbe, bis ich sagte, ich hätte noch nie eine schönere gesehen. Da änderte sie ihre Meinung. Sie stellte Tausende von Fragen. Ständig. Warum es so warm ist, warum es Wind gibt, warum manche Blumen weiß und andere blau sind, warum das Gras grün und der Himmel blau ist und nicht umgekehrt. Sie fragte mir ein Loch in den Bauch. Und sie gab sich erst zufrieden, wenn sie eine einleuchtende Antwort bekommen hatte. Man konnte nicht einfach ›darum‹ sagen oder sich irgendeinen Unsinn ausdenken, denn dann bohrte sie weiter.«

Helen hielt inne, um Luft zu holen.

»Ich mochte ihre Familie. Sie war ganz anders als meine. Dort wurde gelacht und geschmust. Mich nahmen Stellas Eltern auch in den Arm, wenn ich zu Besuch kam, und Stellas Mutter machte Scherze mit mir und strich mir übers Haar. Stellas Vater sagte immer, ich müsse aufhören zu wachsen, damit ich nicht an die Wolken stieße. Manchmal habe ich auch mit Sanna gespielt, aber sie war ernster und eher eine kleine Mama für Stella. Sie wich ihrer Mutter nicht von der Seite und wollte ihr beim Kochen oder Wäscheaufhängen helfen. Sie wollte erwachsen sein, während Stella von morgens bis abends gespielt hat. Und ich war so glücklich, wenn ich hin und wieder auf sie aufpassen durfte. Ich glaube, sie merkten das, denn manchmal schienen sie eigentlich gar keinen Babysitter zu brauchen. Sie wollten mir wohl einfach eine Freude machen.«

Helen machte eine Pause.

»Darf ich unverschämt sein? Kann ich noch einen Kaffee haben?«

Erica nickte und stand auf, um Helen nachzuschenken. Ein Damm schien gebrochen zu sein, und nun sprudelte alles aus ihr heraus.

»Als Marie und ich uns anfreundeten, haben meine Eltern zunächst nicht reagiert.« Dankbar nahm Helen die Tasse in die Hände. »Sie waren mit ihrem eigenen Leben beschäftigt, gingen ständig auf Feste, Vereinssitzungen und irgendwelche Veranstaltungen. Eigentlich hatten sie keine Zeit, sich zu fragen, mit wem ich unterwegs war. Als sie merkten, dass unsere Freundschaft enger geworden war, standen sie ihr immer kritischer gegenüber. Marie war bei uns zu Hause nicht gern gesehen, und zu ihr konnten wir auch nicht, weil ihr Elternhaus ... kein angenehmer Ort war. Wir sahen uns trotzdem so oft wie möglich. Am Ende bekamen meine Eltern Wind davon und verboten mir, Marie zu treffen. Wir waren dreizehn und konnten nicht viel dagegen machen. Was ihre Eltern sagten, war Marie egal, und die interessierte auch gar nicht, was ihre Tochter machte und mit wem. Aber ich wagte nicht, meine Eltern zu hintergehen. Ich bin nicht so stark wie Marie. Ich war es gewohnt, zu tun, was meine Eltern sagten. Ich kannte es nicht anders. Deswegen habe ich versucht, Marie nicht mehr zu sehen. Ich habe es wirklich versucht.«

»Aber an diesem einen Tag durften Sie doch zusammen auf Stella aufpassen«, sagte Erica.

»Ja. Stellas Vater war meinem Vater über den Weg gelaufen und hatte ihn gefragt. Er wusste ja nicht, dass wir uns nicht treffen durften. Mein Vater war wahrscheinlich ausnahmsweise mal überrumpelt gewesen und hatte ja gesagt.«

Sie schluckte.

»Wir hatten so viel Spaß an diesem Tag. Stella fand den Ausflug nach Fjällbacka wunderschön. Sie ist den ganzen Weg nach Hause gehüpft. Deswegen sind wir auch durch den Wald gegangen. Stella liebte den Wald, und da die Karre ohnehin nicht schwer war, war das kein Problem.«

Ihre Stimme zitterte. Sie sah Erica an.

»Als wir sie am Hof zurückließen, war sie vergnügt. Das weiß ich noch. Sie war so fröhlich. Wir hatten Eis gegessen, und sie hatte uns an den Händen gehalten und war den ganzen Weg gehüpft. Ich weiß gar nicht, woher sie die Kraft nahm. Wir hatten all ihre Fragen beantwortet, und sie umarmte uns zum Abschied wie ein Äffchen, das sich festklammert. Ich erinnere mich noch, dass ihr Haar mich in der Nase kitzelte. Sie wollte sich ausschütten vor Lachen, als ich niesen musste.«

»Und der Mann im Wald?«, fragte Erica, ohne nachzudenken. »Stellas erfundener Freund, den sie grüner Onkel nannte? Könnte das eine reale Person und keine Phantasiefigur gewesen sein? War es James? War Ihr Mann der Mann im Wald? Könnte Marie James gemeint haben?«

Erica sah Panik in Helens Augen. Sie wusste, dass sie einen großen Fehler begangen hatte. Helen rang nach Luft und riss die Augen auf wie ein gejagtes Tier kurz vor dem Schuss. Als sie rausraste, blieb Erica am Küchentisch sitzen und verfluchte sich selbst. Helen war so kurz davor gewesen, etwas preiszugeben, das ein Schlüssel zur Vergangenheit hätte sein können. Ericas Übereifer hatte alles kaputtgemacht. Müde räumte sie die Tassen weg. Draußen ließ Helen den Motor an und fuhr davon.

»Die analysieren die Projektile heutzutage mit 3-D-Technik«, sagte Gösta, als Paula in die Küche kam.

»Woher weißt du das?« Sie setzte sich und legte Dagmars Notizbuch auf den Tisch.

Manchmal fragte sie sich, ob sie nicht mehr Zeit in der kleinen, gelb gestrichenen Küche verbrachten als in ihren

Büros, aber seine Ideen mit den Kollegen durchzuspielen half, Dinge aus einem anderen Blickwinkel zu betrachten. Außerdem war die Küche viel gemütlicher als ihre kleinen Zimmer. Und der Kaffee war immer griffbereit.

»Das habe ich im *Kriminaltechniker* gelesen«, sagte er. »Ich liebe diese Zeitschrift. Jedes Mal, wenn ich darin lese, lerne ich was Neues über Forensik.«

»Okay«, sagte sie, »aber man kann doch Geschosse nicht mit hundertprozentiger Sicherheit einer Waffe zuordnen. Oder erkennen, ob zwei Geschosse garantiert mit derselben Waffe abgefeuert wurden.«

»Nein, laut dem Artikel sind die Furchenmuster nie identisch. Und es kann auch ein Problem sein, wenn die Waffe zu zwei verschiedenen Zeitpunkten benutzt wurde. Waffen altern und haben, je nach Pflege, Abnutzungsspuren.«

»Aber kann man nicht meistens eine Übereinstimmung erkennen?«

»Ich glaube schon«, sagte Gösta. »Und diese neue 3-D-Technik ist bestimmt viel besser.«

»Angeblich hat Torbjörn gesagt, es sehe so aus, als hätte jemand den Lauf des Colts mit einer Feile bearbeitet.« Paula drehte sich ein wenig, weil die Sonne sie blendete.

»Jemand«, schnaubte Gösta. »Das hat James wahrscheinlich als Erstes gemacht, nachdem wir ihn gefragt haben, ob er Kontakt zu Leif hatte. Gerissen ist er ja.«

»Wenn die Kugel aus dem Sarg mit den Patronen hinter seinem Haus übereinstimmt, steckt er trotzdem in der Klemme.« Paula schlürfte einen Schluck aus ihrem Becher und verzog das Gesicht. Gösta musste den Kaffee gekocht haben, denn er machte ihn immer viel zu dünn.

»Ja, aber ich befürchte, er könnte das Land verlassen. Er hält sich sowieso überwiegend im Ausland auf. Und es wird dauern, bis wir das Ergebnis vom Forensikzentrum bekommen. Vorher können wir ihm aber nichts nachweisen.«

»Er hat Familie hier.«

»Hattest du den Eindruck, dass ihm die viel bedeutet?«

»Nein, da hast du eigentlich recht.« Paula seufzte.

Daran hatte sie gar nicht gedacht. James würde womöglich versuchen, sich ins Ausland abzusetzen.

»Können wir ihn mit Stella in Verbindung bringen?«

»Ich weiß nicht.« Gösta klang ratlos. »Das ist dreißig Jahre her.«

»Auf jeden Fall sieht es so aus, als ob Leif recht gehabt hätte und die Mädchen unschuldig waren. Das muss die Hölle für sie gewesen sein.«

Sie schüttelte den Kopf. Draußen im Flur klingelte pausenlos das Telefon. Die Leute riefen immer noch wegen der anonymen Stimme an.

»Stimmt.« Gösta zögerte. »Allerdings frage ich mich immer noch, warum Marie wegen ihres Alibis lügt. Und wir wissen, dass James nicht in Fjällbacka war, als Nea starb. Er kann den Mord also gar nicht begangen haben.«

»Nein, sein Alibi für den Mord ist wasserdicht«, sagte Paula. »Er war bereits am Abend vorher losgefahren, das *Scandic* Hotel hat bestätigt, dass er dort übernachtet hat. Außerdem haben sie ihn beim Frühstück gesehen. Bis zum späten Nachmittag hatte er Sitzungen dort, und anschließend ist er nach Hause gefahren. Dass Neas Uhr um acht Uhr stehengeblieben ist, deutet darauf hin, dass um diese Zeit der Tod eingetreten ist. Und da war James in Göteborg. Es ist natürlich gut möglich, dass Nea früher gestorben ist und die Uhr erst beim Transport der Leiche beschädigt wurde, aber das würde nichts ändern, weil James von Sonntagabend bis Montagnachmittag in Göteborg war.«

»Ich weiß.« Gösta kratzte sich frustriert am Kopf.

Paula griff erneut zu dem Notizbuch.

»Ich finde einfach nicht raus, was mich an Dagmars Aufzeichnungen irritiert«, sagte sie. »Ich wollte Patrik bitten, einen Blick darauf zu werfen. Vielleicht ist er nicht so betriebsblind wie ich.«

»Tu das.« Mit knackenden Gelenken stand Gösta auf. »Ich gehe langsam nach Hause. Arbeite nicht zu lange, morgen ist auch noch ein Tag.«

»Hm.«

Völlig versunken blätterte Paula in dem Buch und merkte kaum, wie er ging. Was hatte sie bloß übersehen?

James ging ins Schlafzimmer. Bei der schwedischen Polizei arbeiteten richtige Stümper, nicht einmal eine ordentliche Hausdurchsuchung brachten die zustande. Aber das hing wohl mit den Vorschriften in diesem von Weicheiern regierten Land zusammen. Man musste auf Zehenspitzen rumschleichen und alles mit Samthandschuhen anfassen. Wenn James und seine Truppe nach einem Gegenstand oder einer Person suchten, blieb kein Stein auf dem anderen.

Seinen Colt würde er vermissen, aber die übrigen Waffen bedeuteten ihm nicht viel. Außerdem waren die meisten noch da, in dem Waffenschrank hinter der beweglichen Rückwand des Kleiderschranks, in dem seine Hemden hingen. Sie hatten sich nicht einmal die Mühe gemacht, dagegenzuklopfen.

Er ging alle Waffen durch und überlegte, welche er mitnehmen sollte. Lange konnte er nicht mehr bleiben. Allmählich wurde es eng. Er würde alles hinter sich lassen. Er empfand keinerlei Wehmut bei dem Gedanken. Alle hatten ihre Rollen gespielt. Das Spiel war aus.

So langsam kam er sowieso in die Jahre. Seine Karriere in der Armee ging unweigerlich zu Ende. Er würde sich vorzeitig pensionieren lassen. Die Mittel waren vorhanden. Er hatte im Lauf der Jahre genügend Gelegenheit gehabt, sich Bargeld oder auch Dinge zu beschaffen, die er zu Geld machen konnte. In weiser Voraussicht hatte er alles auf ein Konto im Ausland eingezahlt.

Als er Helens Stimme an der Tür hörte, zuckte er zusammen.

»Wieso kommst du so angeschlichen?«, fragte er verärgert. Sie wusste, dass er das nicht mochte. »Wie lange seid ihr schon zu Hause?«

Er machte den Waffenschrank zu und setzte die Rückwand des Kleiderschranks wieder ein. Einen Großteil seiner Waffen würde er zurücklassen müssen. Das war bedauerlich, aber nicht zu ändern. Aber er würde sie ohnehin nicht brauchen.

»Eine halbe Stunde. Ich jedenfalls. Sam ist seit einer Viertelstunde da. Er ist zu Fuß gekommen und ist jetzt in seinem Zimmer.«

Helen schlang sich die Arme um den mageren Körper und sah ihn an.

»Du gehst weg, nicht wahr? Du verlässt uns. Du hast nicht nur einen Auslandseinsatz. Du gehst für immer.«

Sie sagte es nicht nur ohne Traurigkeit, sondern auch ohne jegliches Gefühl.

Zunächst antwortete James nicht. Er wollte ihr seine Pläne nicht offenbaren, wollte ihr nicht so viel Macht über sich geben. Andererseits wusste er, dass er die Macht hatte, nicht sie. Schon lange.

»Ich habe die Papiere vorbereitet und werde dir das Haus überschreiben. Mit dem, was auf dem Konto ist, könnt ihr euch eine Weile über Wasser halten.«

Sie nickte.

»Warum hast du das getan?«, fragte sie.

Er brauchte sie nicht zu fragen, was sie meinte. Er machte den Kleiderschrank zu und drehte sich zu ihr um.

»Das weißt du doch«, sagte er trocken. »Deinem Vater zuliebe. Ich habe es ihm versprochen.«

»Nichts von alldem hast du je für mich getan, oder?«

James sagte nichts.

»Und was ist mit Sam?«

»Sam?« Er schnaubte. »Aus meiner Sicht war Sam ein notwendiges Übel. Etwas anderes habe ich nie behauptet. Wenn er mir wichtig gewesen wäre, hätte ich nicht zugelassen, dass du ihn so verziehst. Er ist immer ein nutzloses Muttersöhnchen gewesen.«

Hinter der Wand war ein scharrendes Geräusch zu hören, und sie schauten in die Richtung. Dann drehte sich James wieder zu ihr um.

»Ich bleibe noch bis Sonntag«, sagte er. »Danach müsst ihr allein zurechtkommen.«

»Ich bin völlig am Ende.« Patrik sackte neben Erica aufs Sofa.

Sie drückte ihm ein Glas Wein in die Hand, und er nahm es dankbar an. Da Martin Bereitschaftsdienst hatte, konnte er sich guten Gewissens ein Gläschen gönnen.

»Wie ist es mit James gelaufen?«, fragte sie.

»Ohne konkrete Beweise kriegen wir ihn nicht. Die Kugeln sind ins Labor geschickt worden, aber das Forensikzentrum ist total überlastet.«

»Schade, dass die Fingerabdrücke nicht in der Datenbank registriert sind. Dein Bauchgefühl hat sich wieder mal bewährt, als du die Idee hattest, die Fingerabdrücke auf Neas Augenlidern mit denen auf der Verpackung dieser Waffelschnitte zu vergleichen.«

Erica beugte sich zu ihm hinüber und küsste ihn.

Als er ihre vertrauten Lippen auf der Haut spürte, entspannte sich sein Körper.

Patrik lehnte sich zurück und seufzte tief.

»Mein Gott, ist das schön, mal kurz zu Hause zu sein. Leider muss ich noch arbeiten. Ich kann einfach keine Struktur in dem Ganzen erkennen.«

»Denk laut.« Erica warf ihr Haar zurück. »Wenn man seine Gedanken ausspricht, werden sie meistens klarer. Ich habe übrigens auch einiges zu erzählen.«

»Ach, was denn?«, fragte Patrik neugierig.

Erica schüttelte den Kopf und trank einen Schluck.

»Nein, du zuerst. Schieß los. Ich höre.«

»Das Problem ist, dass einige Dinge sonnenklar und andere undurchschaubar wirken, und ich verstehe einfach nicht, wie das alles zusammenhängt.«

»Erklär mal«, sagte Erica.

Er nickte.

»Ich bezweifle nicht, dass James Leif erschossen hat. Mit seinem Colt. Und dass er anschließend Leifs Waffe in dessen rechte Hand gelegt hat, weil er davon ausging, er wäre Rechtshänder.«

Er legte eine Pause ein, bevor er fortfuhr.

»Das passierte offenbar, nachdem Leif ihn wegen des Falls Stella kontaktiert hatte. Sie machten einen Termin aus, und Leif starb.«

»Zwei Fragen.« Erica hielt zwei Finger hoch. »Erstens: Welches Motiv hatte er, Leif zu erschießen? Meiner Ansicht nach gibt es nur zwei Möglichkeiten: entweder um seine Frau zu schützen, oder um sich selbst zu schützen.«

»Da hast du recht. Und ich weiß es auch nicht. Ich schätze, er wollte sich selbst schützen. Wir sind ziemlich sicher, es war James, dem Stella im Wald über den Weg gelaufen ist. Er war immer ein einsamer Wolf.«

»Habt ihr Neas Eltern gefragt, ob sie auch erwähnt hat, sie würde im Wald jemand treffen?«

»Nein«, sagte Patrik. »Aber ihren Eltern zufolge hat sie auch nicht im Wald gespielt, sondern meistens in der Scheune. Mit der schwarzen Katze, wie sie das graue Kätzchen nannte, mit dem ich mich während der Hausdurchsuchung angefreundet habe.«

»Okay.« Erica schien weniger zuzuhören, als nachzudenken. »Nehmen wir mal an, du hast recht, und James hat die kleine Stella und später Leif getötet, um den ersten Mord zu vertuschen – das wirft eine Reihe von Fragen auf. Warum haben die Mädchen den Mord gestanden? Und ist es nicht merkwürdig, dass James Helen geheiratet hat?«

»Doch, natürlich«, sagte Patrik. »Diese Geschichte scheint noch viele Lücken zu haben, und ich befürchte, es wird uns nie gelingen, sie alle zu füllen. Gösta ist felsenfest davon überzeugt, dass James sich ins Ausland absetzen wird, bevor wir ihn überführt haben.«

»Lässt sich das denn nicht irgendwie verhindern? Könnt ihr ihm kein Ausreiseverbot erteilen? In amerikanischen Filmen heißt es doch immer: ›*You are not allowed to leave this town*‹.«

Patrik lachte.

»Schön wär's. Nein, solange wir keine konkreten Beweise haben, können wir nicht verhindern, dass er sich aus dem Staub macht. Und wie gesagt, das dauert. Ich hatte gehofft, wir würden illegale Waffen bei ihm finden, das hätte ausgereicht, um ihn eine Weile festzuhalten. So hätten wir zumindest ein bisschen Zeit gewonnen.«

Er verstummte.

»Und die andere Frage? Du hattest doch zwei.«

»Wie konnte er glauben, dass ein so ungeschickt durchgeführter Mord unentdeckt bleiben würde? Ich meine den Mord an Leif. Wenn die Obduktion ordnungsgemäß verlaufen wäre, hätte man gleich gemerkt, dass das Geschoss nicht aus Leifs Waffe stammen konnte. Sie haben vollkommen verschiedene Kaliber.«

»Das habe ich mich zuerst auch gefragt.« Nachdenklich ließ Patrik sein Weinglas kreisen. »Aber nachdem ich James ein bisschen kennengelernt habe, kann ich es dir mit einem Wort beantworten: Arroganz.«

Erica nickte.

»Und der Mord an Nea? Wie hängt er mit dem an Stella zusammen? Wenn wir davon ausgehen, dass James Stella und später Leif ermordet hat, um den ersten Mord zu vertuschen, wie passt Nea ins Bild?«

»Das ist der Knackpunkt«, sagte Patrik. »James hat ein wasserdichtes Alibi für den Mord. Und glaub mir, wir haben es wirklich überprüft. Er war ohne jeden Zweifel in Göteborg, als sie starb.«

»Wer könnte es also gewesen sein? Von wem stammen die Fingerabdrücke auf der Verpackung und Neas Lidern?«

Patrik öffnete die Arme.

»Wenn ich das wüsste, säßen wir nicht hier. Dann würde ich jetzt ihren Mörder verhaften. Am liebsten würde ich die Fingerabdrücke mit denen von Marie und Helen abgleichen, aber da ich nicht genug gegen sie in der Hand habe, um sie vorläufig festzunehmen, kann ich sie nicht zwingen, ihre abzugeben.«

Erica stand auf. Als sie an Patrik vorbeiging, strich sie ihm über die Wange.

»Ich kann dir leider nicht bei beiden weiterhelfen, aber bei der einen.«

»Was?«

Erica verschwand in der Küche und kam mit einer Kaffeetasse zurück, die sie vorsichtig in einen Gefrierbeutel gehüllt hatte.

»Möchtest du Helens Fingerabdrücke haben?«

»Was meinst du damit?«, fragte Patrik.

»Sie war heute hier. Sag nichts, ich war genauso erstaunt wie du. Aber sie hat mich angerufen. Jetzt ist mir klar, dass es zu der Zeit gewesen sein muss, als ihr das Haus durchsucht habt.«

»Was wollte sie?« Patrik starrte die Tasse an, die Erica auf den Wohnzimmertisch gestellt hatte.

»Über Stella reden.« Erica setzte sich neben ihn. »Es sprudelte nur so aus ihr heraus. Ich hatte das Gefühl, dass sie kurz davor war, etwas Wichtiges zu sagen, aber ich Idiotin habe sie unterbrochen und gefragt, ob James etwas damit zu tun habe. Und da hat sie das Haus mehr oder weniger fluchtartig verlassen.«

»Aber dafür hast du ihre Kaffeetasse konfisziert.«

Patrik zog vielsagend die Augenbrauen hoch.

»Ich bin eben noch nicht zum Abwaschen gekommen«, sagte Erica. »Außerdem wolltest du doch Helens Fingerabdrücke haben. Die von Marie musst du dir leider selbst besorgen. Hätte ich das eher gewusst, hätte ich im Café *Bryggan* ihr Sektglas mitgehen lassen.«

»Hinterher ist man immer klüger«, sagte Patrik lachend und schmiegte sich zärtlich an Erica.

Dann wurde er plötzlich ernst.

»Du. Paula hat mich gebeten, ihr bei einer Sache zu helfen. Es ist eine lange Geschichte, aber ich mache es kurz. Genau an der Ecke, wo man zum Hof Berg und zu Helen und James abbiegt, wohnt eine charmante alte Dame. In dem kleinen roten Haus, du weißt schon.«

»Ich weiß, welches du meinst. Es ist zu verkaufen.« Wieder einmal bewies Erica, dass ihr in Fjällbacka nichts entging.

»Ja, genau. Sie hat die Angewohnheit, vormittags am Fenster zu sitzen und Kreuzworträtsel zu lösen, und währenddessen schreibt sie alles, was draußen passiert, in dieses Notizbuch.«

Er holte Dagmars dunkelblaues Notizbuch und legte es auf den Wohnzimmertisch.

»Paula beharrt darauf, dass irgendwas darin seltsam ist, aber ihr fällt beim besten Willen nicht ein, was es ist. Vielleicht was mit den Autos? Sie hat nur die Farben und Modelle notiert, keine Kennzeichen, so können wir die Halter nicht identifizieren, aber möglicherweise hat es damit ja auch gar nichts zu tun. Paula hat das Buch durchgeblättert, ich habe das Buch durchgeblättert, aber keiner von uns kann etwas Ungewöhnliches erkennen.«

»Gib mal her!« Erica griff nach dem Notizbuch.

Sie nahm sich viel Zeit. Zum Glück konnte sie Dagmars verschnörkelte Handschrift lesen. Patrik bemühte sich, sie in Ruhe zu lassen. Er nippte an seinem Wein und zappte zwischen den Sendern hin und her. Schließlich legte Erica das Buch wieder auf den Tisch. Es war aufgeschlagen am Tag, als Nea starb.

»Ihr habt auf die falschen Dinge geachtet. Ihr habt nach etwas Auffälligem gesucht, und nicht nach dem, was fehlt.«

»Wie meinst du das?« Patrik runzelte die Stirn.

Erica zeigte auf die Aufzeichnungen vom Montagvormittag.

»Hier fehlt was. An allen anderen Vormittagen kommt es vor.«

»Was denn?« Patrik starrte auf die Notizen.

Er blätterte ein paar Wochen zurück, und schließlich fiel der Groschen.

»An jedem anderen Montagmorgen ist Helen vorbeigejoggt. Aber an jenem Montag ist sie erst um die Mittagszeit laufen gegangen.«

»Merkwürdig, was? Das muss die Sache gewesen sein, die Paula unbewusst registriert hat, ohne dass sie es benennen konnte. So was macht einen verrückt. Wie wenn einem ein Wort auf der Zunge liegt.«

»Helen«, sagte er. Er starrte die Tasse auf dem Tisch an. »Die muss ich morgen sofort einschicken. Aber es kann eine Weile dauern, bis sie mit den Fingerabdrücken von der Verpackung und Neas Lidern verglichen wird.«

Erica sah ihn an und hob ihr Glas.

»Das weiß Helen aber nicht.«

Seine Frau hatte recht. Wie so oft.

Ein Zeuge nach dem anderen hatte ausgesagt. Elin hatte es geschafft, in einer Art Dämmerzustand zu versinken und die phantasievollen Berichte von ihrem teuflischen Tun nicht mehr an sich heranzulassen. Sie wollte nur noch, dass es vorbei war. Doch am dritten Tag ging ein Raunen durch die Menge und riss Elin aus dem Halbschlaf. Was hatte diese Aufregung bewirkt?

Dann sah sie ... sie. Mit ihren blonden Zöpfen und den blauen Augen.

Ihr Leben. Ihr Herz. Ihre Märta. An Brittas Hand kam sie in den Gerichtssaal und sah sich verwirrt um. Elins Herz raste. Was machte ihre Tochter hier? War es eine weitere Demütigung, dass Märta hier sitzen und sich anhören musste, was über ihre Mutter gesagt wurde? Dann sah sie, wie Britta Märta zum Zeugenstand führte. Elin verstand es nicht. Wieso sollte das Mädchen da vorn sitzen und nicht bei den anderen? Aber sie begriff. Am liebsten hätte sie laut geschrien.

»Nein, nein, nein, tun Sie das Märta nicht an«, sagte sie verzweifelt.

Märta wirkte durcheinander. Elin streckte die Arme nach ihr aus. Märta wollte aufstehen und auf sie zurennen, aber Hierne hielt sie mit sanfter Gewalt am Arm fest. Elin brannte darauf, ihn in Stücke zu reißen, weil er es wagte, ihre Tochter anzufassen, doch sie wusste, dass sie sich beherrschen musste. Märta sollte nicht mit ansehen müssen, wie sie von den Wächtern aus dem Saal geschleift wurde.

Also biss sie die Zähne zusammen und lächelte ihre Tochter an, aber die Tränen konnte sie nicht zurückhalten. Sie sah so klein aus. So wehrlos.

»Die Frau da ist Märtas Mutter, nicht wahr? Elin Jonsdotter?«

»Ja, meine Mutter heißt Elin, da drüben sitzt sie«, sagte Märta mit heller und klarer Stimme.

»Märta hat ihrer Tante und ihrem Onkel ein paar Dinge erzählt, die sie mit ihrer Mutter gemacht hat.« Hierne schaute in die Menge. »Kann Märta uns davon erzählen?«

»Ja. Mutter und ich sind immer auf den Blocksberg geflogen!«, sagte Märta aufgeregt.

Das Publikum kreischte. Elin schloss die Augen.

»Wir sind auf unserer Kuh Rosa geflogen«, fuhr Märta entzückt fort. »Zum Blocksberg. Und da wurde gefeiert und getanzt. Und alles machte man rückwärts. Man saß mit dem Rücken zum Tisch und aß über die eine Schulter von umgedrehten Tellern, den Nachtisch zuerst. So etwas Lustiges hatte ich noch nie erlebt.«

»Gefeiert und getanzt, so, so.« Hierne lachte nervös. »Kann Märta ausführlicher von diesen Festen berichten? Wer war da? Was wurde noch gemacht?«

Mit zunehmender Verwunderung lauschte Elin dem lebhaften Bericht ihrer Tochter von Ausflügen zum Blocksberg. Hierne brachte sie sogar dazu, im Flüsterton zu sagen, sie hätte gesehen, wie ihre Mutter mit dem Teufel Unzucht getrieben habe.

Elin fragte sich, wie sie Märta dazu überredet hatten, sich solche Dinge auszudenken. Sie sah Britta an, die übers ganze Gesicht strahlte und schon wieder ein neues Kleid trug. Sie winkte Märta und zwinkerte ihr zu, Märta winkte fröhlich zurück. Britta musste sich seit Elins Verhaftung wirklich ins Zeug gelegt haben, um Märtas Herz zu gewinnen.

Märta begriff nicht, was sie da sagte. Sie lächelte Elin an und erzählte arglos ihre Geschichten. Für sie waren es Märchen. Von Hierne ermuntert, beschrieb sie die anderen Hexen auf dem Blocksberg und die Kinder, mit denen Märta dort gespielt hatte.

Für Märta hatte sich der Teufel ganz besonders interessiert.

Sie hatte auf seinem Schoß sitzen und zuschauen dürfen, während ihre Mutter splitternackt tanzte.

»Im Zimmer nebenan waren Engel, die mit uns Kindern gespielt haben. Sie waren so herrlich und so wunderschön, dass ich meinen Augen kaum glauben konnte!«

Entzückt klatschte Märta in die Hände.

Elin sah überall geöffnete Münder und weit aufgerissene Augen. Sie sackte immer mehr in sich zusammen. Was hatte sie dem entgegenzusetzen? Ihre eigene Tochter sagte aus, Elin habe sie mit auf den Blocksberg genommen und dort mit dem Teufel persönlich Unzucht getrieben. Ihre Märta. Ihre schöne, naive, unschuldige Märta. Sie betrachtete sie von der Seite, während das Kind dem begeisterten Publikum Märchen erzählte. Schmerz und Sehnsucht brachen Elin fast das Herz.

Schließlich hatte niemand mehr eine Frage an Märta, und Britta kam mit ihrem eiskalten Lächeln nach vorn, um sie abzuholen. Hexe, dachte Elin. Wenn jemand eine Hexe ist, dann sie. Als Britta mit Märta zum Ausgang gehen wollte, drehte sich das Kind noch einmal um und winkte Elin strahlend zu. Dann verschwand ihre Tochter an der Hand der Eishexe.

»Hoffentlich kommt Mutter bald nach Hause!«, sagte sie. »Ich vermisse sie!«

Elin hatte keine Kraft mehr. Sie schlug sich die Hände vors Gesicht und weinte die Tränen der Verurteilten.

»FÜHLT IHR EUCH in der neuen Unterkunft wohl?«, fragte Bill. Zu seiner großen Freude konnten sie mittlerweile sein Schwedisch verstehen. Zumindest wenn er langsam und deutlich sprach.

»Ja«, sagte Khalil.

Bill fragte sich, ob sie die Wahrheit sagten. Adnan und Khalil sahen müde aus, und auch Adnan, der immer ein rebellischer Teenager gewesen war, wirkte, als wären ihm die Flügel gestutzt worden.

Am nächsten Tag sollte Karim aus dem Krankenhaus entlassen werden. Er durfte zu den Kindern nach Hause, aber nicht zu seiner Amina.

»In den Wind drehen, *turn up in the wind*!« Er deutete mit dem Kopf in Richtung Luv.

Adnan tat, was er sagte. Sie waren ganz passable Segler geworden. Aber sie hatten keine Freude mehr daran.

Er hatte noch nicht mit Nils gesprochen, und er wusste selbst, dass er sich davor drückte. Aber er hatte keine Ahnung, was er dem Jungen sagen sollte. Sie waren meilenweit voneinander entfernt. Nicht einmal Gun kam an ihn heran. Wenn Nils abends nach Hause kam, ging er direkt in sein Zimmer, und kurz darauf ertönte dröhnende Musik. Er sagte kaum hallo. Knurrte nur.

Bill holte vorsichtig dicht. Er hätte mehr Anweisungen geben und den Moment nutzen sollen, um ihnen vor der Regatta rund um die Insel Dannholmen so viel wie möglich beizubringen, aber ihre Gesichter sahen vor den weißen Segeln grau aus, und er nahm an, dass er genauso resigniert wirkte. Begeisterungsfähigkeit war immer sein Markenzeichen gewesen. Nun ließ sie ihn im Stich, und er erkannte sich ohne sie selbst nicht wieder.

Als er die Wende ankündigte, hielten sie sich genau an die Anleitung. Stumm und widerspruchslos. Seelenlos. Wie auf einem Geisterschiff.

Zum ersten Mal, seit er das Projekt ins Leben gerufen hatte, kamen ihm Zweifel. Wie sollten sie ohne Lebensfreude segeln? Segelboote wurden nicht nur vom Wind angetrieben.

Es war früh am Morgen, als sie bei Helen und James klopften. Patrik hatte Paula gleich nach dem Aufwachen angerufen und sie gebeten, ihn zu begleiten. Er hatte keine Ahnung, ob der Plan von Erica und ihm funktionieren würde, aber wenn er Helen richtig einschätzte, war es durchaus möglich. Die Tür ging auf, und Helen sah sie fragend an. Sie war vollständig angezogen und sah aus, als wäre sie schon lange wach.

»Wir möchten ein paar Fragen stellen. Können Sie mitkommen?«

Patrik hielt den Atem an. Hoffentlich war James nicht zu Hause. Sonst hätte es eventuell Probleme gegeben. Der Staatsanwalt hatte die Vorladung nicht angeordnet. Sie konnten sie nicht zwingen, sondern waren von Helens gutem Willen abhängig.

»Klar.« Sie warf einen Blick ins Haus.

Sie schien etwas vorzuhaben, entschied sich dann aber offenbar anders, nahm eine Windjacke vom Kleiderhaken im Flur und ging mit ihnen hinaus. Sie fragte nicht, was sie von ihr wollten, erhob keinerlei Einwand. Mit gesenktem Kopf stieg sie ins Auto. Während der Fahrt zur Dienststelle versuchte Patrik, sich mit ihr zu unterhalten, aber ihre Antworten waren einsilbig.

Nachdem er sie ins Vernehmungszimmer gebracht hatte, holte er zwei Becher Kaffee aus der kleinen Küche. Helen war immer noch schweigsam. Er fragte sich, was in ihrem Kopf vorging. Er selbst gähnte und hatte Schwierigkeiten, klar zu denken. Die ganze Nacht hatte er wach gelegen, war den Fall, oder besser gesagt die Fälle, immer wieder Schritt für Schritt durchgegangen. Trotz Ericas Erkenntnissen begriff er noch immer nicht, wie alles zusammenhing, aber er war fest überzeugt, dass Helen eine Schlüsselfigur war. Auch sie wusste vielleicht nicht alles, aber viel.

»Darf ich unser Gespräch aufnehmen?« Er zeigte auf das Tonbandgerät.

Helen nickte.

»Wir haben gestern mit James gesprochen, Ihrem Mann«, begann er. Da sie nicht darauf reagierte, fuhr er fort: »Wir können beweisen, dass er etwas mit dem Mord an Leif Hermansson zu tun hat. Ich nehme an, der Name sagt Ihnen etwas?«

Wieder nickte Helen.

»Ja, er leitete die Ermittlungen im Mordfall Stella.«

»Genau«, sagte Patrik. »Wir glauben, dass Ihr Mann Leif ermordet hat.«

Wieder wartete er ihre Reaktion ab. Aber es kam keine. Ihm fiel nur auf, dass sie nicht erstaunt wirkte.

»Wissen Sie etwas darüber?«

Er fixierte sie, doch sie schüttelte den Kopf.

»Nein, nichts.«

»Des Weiteren haben wir Grund zu der Annahme, dass Ihr Mann zu Hause nicht genehmigte Waffen aufbewahrt. Ist Ihnen das bekannt?«

Sie schüttelte erneut den Kopf und antwortete nicht.

»Entschuldigen Sie, aber für das Tonband brauche ich eine mündliche Antwort von Ihnen.«

Nach kurzem Zögern sagte Helen: »Nein, das ist mir nicht bekannt.«

»Wissen Sie, was für ein Motiv Ihr Mann gehabt haben könnte, den Kommissar umzubringen, der den Mord aufgeklärt hatte, der Ihnen und Marie zur Last gelegt wurde?«

»Nein.« Ihre Stimme klang schrill. Sie räusperte sich und wiederholte: »Nein, das weiß ich nicht.«

»Sie wissen nicht, warum er es getan hat?«

»Nein, ich weiß nicht, ob er Leif getötet hat, und daher kann ich auch keine Vermutungen über sein mögliches Motiv anstellen.« Zum ersten Mal sah sie ihm in die Augen.

»Und wenn ich Ihnen sage, dass wir es beweisen können? Was sagen Sie dann?«

»Dann sage ich: Zeigen Sie mir doch die Beweise!« Helen wirkte auf einmal gefasst.

Patrik wartete eine Minute, bevor er weitersprach. »Dann können wir vielleicht über den Mord an Linnea Berg sprechen.«

Helen starrte ihn an. »Da war mein Mann verreist.«

»Das wissen wir«, antwortete Patrik ruhig. »Aber Sie waren zu Hause. Was haben Sie an dem Morgen gemacht?«

»Das habe ich Ihnen schon erzählt. Das Gleiche wie immer. Jeden Morgen. Ich bin laufen gegangen.«

Ihre Lider flatterten.

»Sind Sie nicht, Helen. Sie haben ein kleines Mädchen getötet. Warum, wissen wir nicht. Deswegen möchten wir, dass Sie es uns sagen.«

Helen schwieg. Sie starrte auf die Tischplatte. Sie hatte die Hände in den Schoß gelegt und bewegte sich nicht.

Einen Augenblick lang empfand Patrik Mitleid mit ihr, aber dann dachte er an das, was sie getan hatte, und fuhr mit eisiger Stimme fort.

»Helen. Die Hausdurchsuchung, die wir gestern durchgeführt haben, ist nichts gegen die Untersuchungen, die wir anstellen werden, wenn wir nach den Spuren eines Mordes an einem unschuldigen Kind suchen. Eines Mordes, den Sie begangen haben. Wir werden keinen Stein auf dem anderen lassen und Ihr Leben komplett auseinandernehmen.«

»Sie haben keine Beweise«, sagte Helen heiser.

Aber er sah, dass ihre Hände unter dem Tisch zitterten.

»Helen«, sagte er freundlicher. »Sie haben Fingerabdrücke auf einer Süßigkeitenverpackung hinterlassen, die wir in der Scheune gefunden haben. Ihre Fingerabdrücke sind auf der Haut des Mädchens. Es ist vorbei. Wenn Sie es nicht zugeben, werden wir Ihre Welt auf den Kopf stellen, bis wir auch das letzte Geheimnis von Ihnen und Ihren Angehörigen entdeckt haben. Wollen Sie das?«

Er legte den Kopf schief.

Helen starrte ihre Hände an. Dann blickte sie langsam auf.

»Ich habe sie getötet«, sagte sie. »Und Stella habe ich auch getötet.«

Erica betrachtete alles, was sie an die Wand gehängt hatte. Die vielen Fotos, Artikel, Auszüge aus alten rechtsmedizinischen und kriminaltechnischen Berichten, ihre Reinschriften der Gespräche mit Harriet, Viola, Helen, Marie, Sam und Sanna. Sie schaute das Bild von Stella an, das neben dem von Nea hing. Endlich gab es einen Abschluss. Die Angehörigen hatten Antworten auf ihre Fragen bekommen, auch wenn sie in Stellas Fall zu spät kamen. Doch nun würde Sanna wenigstens erfahren, was ihrer kleinen Schwester wirklich zugestoßen war. Als Patrik anrief, um ihr zu erzählen, dass Helen beide Morde gestanden hatte, war ihr erster Gedanke Sanna gewesen. Sie, die allein zurückgeblieben war.

Erica fragte sich, wie Neas Eltern die Mitteilung aufgenommen hatten. Ob es für sie schlimmer war, weil die Mörderin ihrer Tochter eine Bekannte gewesen war, eine Nachbarin sogar, mit der sie freundlichen Umgang gepflegt hatten. Oder ob es schlimmer gewesen wäre, wenn sie den Mörder nicht gekannt hätten. Wahrscheinlich spielte es keine Rolle. Sie hatten ihr kleines Mädchen verloren. Erica überlegte, ob sie den Hof behalten würden. Sie glaubte nicht, dass sie selbst dort noch länger hätte leben können. An dem Ort, wo sie ständig an ein lebendiges, lachendes Kind erinnert wurde, das nun nie wieder fröhlich herumrennen würde.

Sie schaltete den Computer an und öffnete das Textprogramm. Dank monatelanger Recherche, während der sie die Beteiligten kennengelernt, Fakten in Erfahrung gebracht und fehlende Bindeglieder gefunden hatte, konnte sie nun anfangen, ihr Buch zu schreiben. Sie wusste genau, womit sie beginnen würde. Mit zwei kleinen Mädchen. Zwei kleine Mädchen, denen nur wenige Jahre auf Erden vergönnt gewesen waren. Sie wollte sie so darstellen, dass die Leser sie leibhaftig vor sich sahen und sie noch lange, nachdem sie das Buch durchgelesen hatten, in lebendiger Erinnerung behielten. Sie atmete tief durch und legte die Finger auf die Tastatur.

Stella und Linnea ähneln sich in vielerlei Hinsicht. Sie lebten ein Leben voller Phantasie und Abenteuer, und ihre Welt bestand aus einem alten Bauernhof am Waldrand. Stella liebte den Wald. Sie verschwand dort, so oft sie konnte, und spielte mit dem grünen Onkel. Ob sie ihn sich ausgedacht hat, werden wir vielleicht nie erfahren. Da nicht alle Fragen beantwortet sind, können wir nur Vermutungen anstellen. Linneas Lieblingsort war die dunkle und stille Scheune. Dort spielte sie so oft wie möglich. Im Gegensatz zu Stella hatte sie sich ihren besten Freund nicht ausgedacht, es war die Katze der Familie. Für Stella und Linnea gab es keine Grenzen. Ihre Phantasie konnte sie an jeden Ort bringen. Sie fühlten sich sicher. Sie waren glücklich. Bis sie eines Tages einem Menschen begegneten, der ihnen etwas antat. Dies ist die Geschichte von Stella und Linnea. Die Geschichte von zwei Mädchen, die viel zu früh erfahren mussten, dass die Welt nicht gut ist.

Erica nahm die Finger von der Tastatur. In den kommenden Monaten würde sie an diesen Worten und Sätzen noch oft feilen, aber sie wusste, dass das Buch genauso anfangen sollte. In ihren Büchern war nichts schwarzweiß. Manchmal warf man ihr vor, zu nachsichtig gegenüber denen zu sein, die zum Teil grausame und abstoßende Morde begangen hatten, aber sie glaubte, dass kein Mensch böse zur Welt kam. In gewisser Weise wurde jeder von seinem Schicksal geformt. Einige wurden Opfer. Andere Täter. Sie wusste nicht, welches Motiv Helen gehabt hatte, diese kleinen Mädchen zu töten, und was sie dazu gesagt hatte. Es war eigentlich kaum vorstellbar, dass die zurückhaltende Frau, die bei ihr in der Küche gesessen hatte, zwei Kinder umgebracht hatte. Gleichzeitig passte jetzt vieles zusammen. Sie wusste nun, dass Helen am Vortag eine so massive Nervosität ausgestrahlt hatte, weil sie schuldig war. Und sie verstand jetzt auch, warum Helen Panik bekommen hatte, als Erica nach James fragte. Sie hatte natürlich Angst bekommen, man könnte ihm die Schuld an dem Mord geben, den sie selbst begangen hatte.

Wenn ein Mensch starb, waren viele andere betroffen. Die Wirkung breitete sich aus wie Ringe auf dem Wasser, aber wer sich im Mittelpunkt befand, litt am meisten. Und die Trauer wurde an die kommenden Generationen weitergegeben. Sie fragte sich, was aus Helens Sohn werden würde. Sam hatte so verletzlich gewirkt. Auf den ersten Blick sah er mit seinem pechschwarzen Haar, der schwarzen Kleidung, dem schwarzen Nagellack und den kohlschwarz umrandeten Augen cool und abweisend aus, aber hinter der harten Fassade hatte sie Empfindsamkeit gespürt. Und sie hatte tatsächlich das Gefühl, an ihn herangekommen zu sein. Als ob er geradezu danach gelechzt hätte, sich jemandem anzuvertrauen. Nun würde er allein mit seinem Vater zurückbleiben. Noch ein Kind, dessen Leben zerstört worden war. Und wieder ging Erica die gleiche Frage durch den Kopf: Warum?

Gösta war zu den Bergs hinausgefahren, um es ihnen zu erzählen. Er wollte es ihnen nicht am Telefon sagen, das kam ihm zu kalt und unpersönlich vor. Neas Eltern mussten es von Angesicht zu Angesicht erfahren.

»Helen?«, fragte Eva ungläubig. Sie griff nach Peters Hand. »Warum?«

»Das wissen wir noch nicht«, sagte Gösta.

Peters Eltern saßen schweigend dabei. Ihre Bräune war verblasst, und sie waren älter geworden, seit Gösta sie zum ersten Mal gesehen hatte.

»Ich begreife das nicht.« Peter schüttelte den Kopf.

»Helen? Wir hatten kaum Kontakt mit Jensens. Hin und wieder haben wir ein paar Worte gewechselt. Das war alles.«

Er sah Gösta flehentlich an, aber der wusste auch keine Antwort. Er stellte sich dieselben Fragen.

»Sie hat auch den Mord an Stella gestanden. Wir vernehmen sie jetzt und werden ihr Haus nach Beweisen durchsuchen, haben aber bereits einiges in der Hand. Helens Geständnis ist nur der letzte Mosaikstein.«

»Wie ist sie gestorben? Was hat sie getan?«

Eva war kaum zu verstehen. Sie richtete die Fragen nicht an eine bestimmte Person, sondern stellte sie eher in den Raum.

»Wir wissen noch nicht viel darüber, aber wir halten Sie auf dem Laufenden.«

»Und was ist mit James?«, fragte Peter verwirrt. »Wir haben gehört, dass Sie ihn abgeholt haben, um ihn zu vernehmen. Daher dachten wir, er ...«

»Da ging es um etwas anderes«, sagte Gösta.

Mehr konnte er Neas Eltern nicht sagen. Ohne die Laborergebnisse hatten sie keinen wirklichen Beweis, dass James Leif umgebracht hatte. Gösta merkte wieder einmal, dass Gerüchte in Fjällbacka, oder besser gesagt in der ganzen Gemeinde Tanum, schnell die Runde machten. Sowohl die Hausdurchsuchung als auch James' Vernehmung hatten sich in Windeseile herumgesprochen.

»Der arme Junge«, sagte Eva langsam. »Der Sohn von Helen und James sieht sowieso schon immer so verloren aus. Und nun das.«

»Seinetwegen brauchst du dir keine Sorgen zu machen«, sagte Peter leise. »Er lebt. Im Gegensatz zu Nea.«

Am Küchentisch wurde es still. Nur das Ticken der Küchenuhr war zu hören. Schließlich räusperte sich Gösta.

»Ich möchte, dass Sie alles von mir persönlich erfahren. Im Ort wird es viel Gerede geben. Bitte geben Sie nichts auf Spekulationen. Ich verspreche Ihnen, Sie auf dem Laufenden zu halten.«

Niemand antwortete. Er holte kurz Luft, bevor er zum nächsten Thema überging.

»Ich möchte Ihnen auch mitteilen, dass wir mit der ... Obduktion fertig sind. Sie bekommen sie jetzt zurück und können die ...«

Er beendete den Satz nicht.

Peter sah ihn an.

»Beerdigung vorbereiten.«

Gösta nickte.

»Ja.«

Dann gab es nicht mehr viel zu sagen.

Als er vom Hof fuhr, warf er noch einen Blick in den Rückspiegel. Einen Moment lang glaubte er, zwei kleine Mädchen zu sehen, die ihm noch winkten. Er kniff die Augen zusammen, und dann waren sie verschwunden.

»Diese verfluchten Geier!«, zischte James.

Er knallte das Telefon auf den Tisch und ging in der Küche auf und ab. Sam beobachtete ihn träge. Ein Teil von ihm genoss es, James, der sonst immer alles unter Kontrolle hatte, in dieser Verfassung zu sehen.

»Glauben die Arschlöcher wirklich, ich gebe Interviews?«, fragte er. »Ein Unding ist das.«

Sam lehnte sich an den Kühlschrank.

»Hauptsache, sie ist klug genug, den Mund zu halten.« James blieb stehen.

Dann schien ihm plötzlich bewusst zu werden, dass Sam zuhörte. Er schüttelte den Kopf.

»Ich habe alles für euch getan. Euretwegen habe ich alles geopfert. Und niemand dankt es mir, verdammt!« James setzte sich wieder in Bewegung. »Dreißig Jahre lang habe ich für Zucht und Ordnung gesorgt. Und jetzt dieses elende Chaos.«

Sam hörte die Worte, er bekam alles mit, aber er schien sich außerhalb des eigenen Körpers zu befinden. Nichts berührte ihn mehr. Er würde alles richtigstellen. Es würde keine Geheimnisse mehr geben, er würde sie alle aufklären. Bis dahin war er in einer Blase eingeschlossen. Zusammen mit Jessie. Nichts kam mehr an sie heran. Nicht die Hausdurchsuchung, von der er zunächst geglaubt hatte, sie gälte ihm und seinen Plänen. Nicht die Vernehmung seiner Mutter, die in diesem Moment stattfand. Nichts.

Sie hatten mit den Vorbereitungen begonnen. Jessie hatte seine Aufzeichnungen gelesen und verstanden. Sie hatte verstanden, was er vorhatte und warum es nötig war.

Er betrachtete James, der bebend vor Ärger am Küchenfenster stand.

»Ich weiß, dass du mich verachtest«, sagte er ruhig.

James drehte sich um und starrte ihn mit weit aufgerissenen Augen an.

»Wovon redest du?«, fragte James.

»Du bist ein armseliger Mensch«, sagte Sam langsam. James ballte die Fäuste.

Die dicke Ader an seinem Hals pulsierte, und Sam genoss die Reaktion, die er hervorgerufen hatte. Er sah James in die Augen. Zum ersten Mal in seinem Leben wich er dem Blick seines Vaters nicht aus.

Sein ganzes Leben lang hatte Sam Angst gehabt, immer hatte er sich um Gleichgültigkeit bemüht, und doch hatte er wieder und wieder zugelassen, dass er verletzt wurde. Die Wut war sein größter Feind gewesen, aber nun war sie sein Freund. Seit er sich mit seiner Wut verbündet hatte, gab sie ihm Kraft. Wirkliche Macht hatte man erst, wenn man keine Angst mehr hatte, etwas zu verlieren. Das hatte James nie begriffen.

Sam sah, dass James zögerte. Ein Blinzeln. Ein kurzer Blick zur Seite. Dann der Hass. James machte einen Schritt auf ihn zu, hob die Hand. Da klopfte es. James zuckte zusammen. Nach einem letzten intensiven Blick in Sams Augen, ging er zur Tür.

»Guten Tag, James. Wir haben die Genehmigung, das Haus noch einmal zu durchsuchen.«

Sam lehnte den Kopf an den Kühlschrank. Dann ging er durch die Terrassentür nach draußen. Jessie erwartete ihn.

Der ganze Ort war in Aufruhr. Die Nachricht hatte sich verbreitet wie ein Lauffeuer.

Sanna erfuhr es unten am Centrumkiosk. Sie hatte keine Lust gehabt, zu kochen, und wollte sich eine Wurst mit Kartoffelbrei holen. In der Schlange hörte sie die Leute reden. Über Stella. Über Helen. Über Linnea. Der Mann hinter ihr war kein Tourist, das wusste sie. Sie fragte ihn, worum es ging. Er sagte, Helen sei wegen Mordes an Nea festgenommen worden, nachdem sie gestanden hatte, sowohl Nea als auch Stella getötet zu haben.

Sanna schwieg. Ihr war klar, dass alle, die sie vom Sehen kannten, gespannt auf ihre Reaktion warteten. Aber sie musste die Leute enttäuschen. Die Neuigkeit bestätigte nur, was sie ohnehin gewusst hatte. Eine der beiden war es gewesen. Es war nur so seltsam. Sie hatte Helen und Marie immer als Paar betrachtet. Nun hatte sie endlich ein Gesicht vor Augen. Eine Verantwortliche. Der kleine Zweifel, der seit dreißig Jahren an ihr nagte, war weg. Nun wusste sie die Wahrheit. Ein unvergleichliches Gefühl.

Sie trat aus der Schlange heraus, sie hatte keinen Hunger mehr. Sie ging an der Touristeninformation vorbei und ans Wasser. Am Ende des Schwimmstegs setzte sie sich. Eine leichte Brise in ihrem Haar. Sie schloss die Augen und genoss den kühlen Hauch. Menschen redeten und Möwen kreischten, im Café *Bryggan* klirrte Geschirr, und hin und wieder fuhr ein Auto vorbei. Und sie sah Stella. Sie sah sie mit schnippischem Blick auf den Waldrand zurennen, während Sanna hinter ihr herjagte. Sie sah sie winken, und sie sah den schiefen Vorderzahn, der nur zum Vorschein kam, wenn sie lachte. Sie sah ihre Eltern, damals, bevor all das passierte, bevor die Trauer und die vielen Fragen keinen Platz mehr für sie gelassen hatten. Sie sah Helen. Die dreizehnjährige Helen, die sie heimlich bewundert hatte. Und die erwachsene Helen mit dem ausweichenden Blick und der gekrümmten Haltung. Bald würde sie nach dem Warum fragen, aber jetzt noch nicht, nicht solange die herrliche Brise ihr Gesicht kühlte und sie im ganzen Körper die Erleichterung spürte, weil sie endlich die Wahrheit wusste.

Dreißig Jahre. Dreißig lange Jahre. Sanna hielt das Gesicht in den Wind. Endlich kamen ihr die Tränen.

Bohuslän 1672

Drei Tage nach Abschluss des Hexenprozesses kam Lars Hierne zum Gefängnis. Elin wartete im Dunkeln. Erschöpft und allein. Sie hatten ihr etwas zu essen gegeben, aber nicht viel. Ranziger Fraß, den sie ihr in einer Schüssel hinstellten. Sie fror und war so schwach, dass sie es aufgegeben hatte, sich gegen die Ratten zur Wehr zu setzen, die nachts ihre Zehen anknabberten. Man hatte ihr alles genommen, was machte es da, wenn die Ratten ihr auch noch das Fleisch von den Knochen rissen.

Als die Tür aufging, kniff sie die Augen zusammen. Lars Hierne stand vor ihr. Er war wie immer elegant gekleidet und hielt sich ein weißes Taschentuch vor die Nase. Sie selbst bemerkte den Gestank nicht mehr.

»Elin Jonsdotter wird der Hexerei angeklagt und hat nun die Gelegenheit, ein Geständnis abzulegen.«

»Ich bin keine Hexe«, sagte sie leise und stand auf.

Sie versuchte vergeblich, den Schmutz von ihrem Kleid abzuklopfen. Hierne betrachtete sie mit Abscheu.

»Es ist bereits bewiesen. Wie ich hörte, ist Elin auf dem Wasser geschwommen wie ein Schwan. Dazu die Zeugenaussagen vor Gericht. Ein Geständnis ist nur noch zu Ihrem eigenen Besten. Damit Sie für Ihre Verbrechen büßen und wieder in die christliche Gemeinschaft aufgenommen werden kann.«

Elin stützte sich an der kalten Mauer ab.

Der Gedanke war verführerisch. In den Himmel zu kommen war doch das Ziel allen irdischen Lebens, wer wollte sich nicht einen Platz an Gottes Seite sichern und freute sich auf das ewige Leben ohne die tägliche Mühsal der Armen?

Doch Elin schüttelte den Kopf. Lügen war eine Sünde. Sie war ja keine Hexe.

»Ich habe mir nichts vorzuwerfen.« Sie warf den Kopf in den Nacken.

»Nun denn.« Er winkte den Wächtern.

Sie zerrten sie durch den Gang und stießen sie in einen anderen Raum. Elin schnappte nach Luft, als sie hereinkam. Ein großer Mann mit langem roten Bart stand vor ihr. Überall standen und hingen seltsame Geräte. Elin sah Hierne fragend an.

Er lächelte sie an.

»Das ist Meister Anders. Wir arbeiten seit vielen Jahren gemeinsam daran, das Werk des Teufels ans Licht zu bringen. Er hat schon Hexen aus ganz Bohuslän dazu gebracht, ein Geständnis abzulegen. Elin bekommt jetzt auch die Möglichkeit dazu. Daher frage ich Elin noch einmal: Möchte Sie diese Gelegenheit nutzen und die Verbrechen gestehen, die Sie begangen hat?«

»Ich bin keine Hexe«, flüsterte Elin, ohne die Werkzeuge im Raum aus den Augen zu lassen.

Hierne schnaubte.

»Nun, dann lasse ich Meister Anders jetzt seine Arbeit machen.« Und ging.

Der große Mann mit dem üppigen Bart betrachtete sie wortlos. Sein Blick war nicht unfreundlich, sondern eher gleichgültig. In gewisser Weise war das beängstigender als der Hass, an den sie sich mittlerweile gewöhnt hatte.

»Bitte nicht«, sagte sie, aber er reagierte nicht.

Er griff nach einer Kette, die an der Decke hing, und Elin riss die Augen auf.

Schreiend wich sie zurück, bis sie die kalte Mauer im Rücken spürte.

»Nein, nein, nein.«

Ohne etwas zu sagen, packte er sie an den Handgelenken. Sie krallte die nackten Zehen in den Steinfußboden, doch es nützte nichts. Mühelos fesselte er sie an Händen und Füßen. Er hielt Elin eine Schere vors Gesicht, während sie wie von Sinnen schrie. Sie warf sich auf dem Boden hin und her, aber er umfasste seelenruhig ihr schönes langes Haar und schnitt es Strähne für Strähne ab, während sie ohnmächtig schluchzte.

Meister Anders stand auf und holte eine Flasche vom Tisch. Als er den Korken herausgezogen hatte, roch sie den Alkohol. Wahrscheinlich musste er sich stärken. Sie hoffte, dass er ihr auch einen wohltuenden Schluck geben würde, der die Schmerzen ein wenig dämpfte, aber stattdessen hielt er ihr die Flasche über den Kopf. Die Flüssigkeit brannte in den Augen.

Da sie nichts mehr sah, musste sie sich auf ihr Gehör verlassen. Sie hörte ein Ratschen und ein Knistern und kurz darauf roch sie das Feuer auch. Entsetzt wand sie sich hin und her.

Dann kam der furchtbare Schmerz. Meister Anders hielt die Flamme an ihren Kopf, und der Alkohol auf ihrer Haut vernichtete auch den letzten Rest ihrer Haare und Augenbrauen.

Es tat so ungeheuer weh, dass sie das Gefühl hatte, aus ihrem Körper herauszutreten und sich selbst von oben zu sehen. Als das Feuer erloschen war, behielt sie den Geruch von versengtem Haar in der Nase. Ihr wurde augenblicklich übel.

Das Erbrochene fiel auf ihr schmutziges Kleid. Meister Anders knurrte, sagte aber noch immer kein Wort.

Er zog sie hoch, befestigte etwas an ihren Händen und hievte sie nach oben. Die Verbrennungen schmerzten immer noch so sehr, dass sie um Luft rang, doch nun schrie sie auf, weil die Kette ihr tief ins Fleisch schnitt und den Blutfluss abklemmte.

Elin hatte vollkommen die Fassung verloren und begriff zunächst nicht, was er ihr in die Achselhöhlen schmierte, aber dann roch sie den Schwefel und hörte wieder den Zündfunken. Wie verrückt strampelte sie mit den Beinen.

Als er den Schwefel in ihren Achselhöhlen anzündete, schrie Elin. Nachdem das Feuer erloschen war, ließ sie entkräftet den Kopf hängen. Der Schmerz war so groß, dass sie nicht einmal mehr wimmern konnte.

Sie wusste nicht, wie lange sie dort hing. Ob es Minuten oder Stunden waren. Meister Anders hatte sich jedenfalls in aller Ruhe an den Tisch gesetzt und sich satt gegessen. Als er fertig war, wischte er sich den Mund ab. Da das Brennen in den Augen ein wenig nachgelassen hatte, konnte Elin zumindest schemenhaft wahrnehmen, wie die Tür aufging und jemand hereinkam, doch die Stimme erkannte sie nicht.

»Ist Sie bereit, ein Geständnis abzulegen?«, fragte Hierne langsam und deutlich.

Elin focht einen inneren Kampf aus. Sie wollte, dass die Schmerzen aufhörten, das wollte sie wirklich, und zwar um jeden Preis, aber wie sollte sie denn etwas gestehen, das sie nicht getan hatte? War es nicht eine Sünde zu lügen? Würde Gott Erbarmen mit ihr haben, wenn sie log?

Elin schüttelte ihren verunstalteten Kopf und versuchte, etwas zu sagen, aber die Lippen gehorchten ihr nicht.

»Ich ... bin ... keine ... Hexe.«

Eine Weile war es still. Dann ergriff Hierne das Wort.

»Nun denn. Meister Anders soll die Arbeit fortsetzen.«

Die Tür ging zu, und sie war wieder allein mit Meister Anders.

»WIE IST ES gelaufen?«

Mellberg steckte den Kopf aus seiner Tür, als Patrik vorbeikam. Patrik sah ihn verwundert an. Die Tür zu Mellbergs Büro stand selten offen. Aber dieser Fall oder, besser gesagt, diese beiden Fälle ließen niemanden kalt.

Patrik blieb stehen und lehnte sich an den Türrahmen.

»Volltreffer. Im Kamin im Wohnzimmer haben wir Reste von Neas Kleidung gefunden. Einen Großteil hatte Helen erfolgreich verbrannt, aber Neas Sachen enthielten zum Glück auch Kunststoff. Außerdem haben wir an Putzgeräten Blutspuren und im Kühlschrank Waffelschnitten gefunden. Allerdings gibt es die wahrscheinlich in vielen Haushalten. Jedenfalls haben wir jetzt genügend Beweise in der Hand, um Helens Geständnis zu untermauern.«

»Hat sie gesagt, warum?«, fragte Mellberg.

»Nein, aber ich werde noch mal mit ihr sprechen, wenn wir das Ergebnis der Hausdurchsuchung haben. Außerdem wollte ich sie ein paar Stunden schmoren lassen, damit sie gesprächiger wird.«

»Sie hält aber schon seit dreißig Jahren die Klappe«, sagte Mellberg skeptisch.

»Stimmt. Aber sie hat gestanden. Ich glaube, sie will reden.«

Patrik sah sich um.

»Wo ist Ernst?«

Mellberg knurrte.

»Ach, Rita hat doch so ein weiches Herz, es ist zum Lachen.«

Er verstummte.

Patrik wartete kurz, dann fuchtelte er mit den Händen.

»Ernst ist also …?«

Mellberg kratzte sich verlegen am Kopf.

»Weißt du, die Kinder sind ganz vernarrt in ihn. Und sie haben es wirklich nicht leicht. Also habe ich ihn zu Hause gelassen.«

Patrik musste sich das Lachen verkneifen. Bertil Mellberg. Insgeheim war er ein richtiger Softie.

»Gute Idee«, sagte er, aber Mellberg schnaubte nur. »Ich gehe jetzt zu Helen. Was ich dir eben erzählt habe, gibst du doch nicht an die Presse weiter, ja?«

»Ich?« Gekränkt griff sich Mellberg an die Brust. »Ich schweige wie ein Grab.«

»Hm.« Grinsend ging Patrik weiter.

Als er an Paulas Zimmer vorbeikam, forderte er sie mit einer Handbewegung auf, ihn in den Vernehmungsraum zu begleiten. Annika hatte Helen geholt und für Kaffee und belegte Brote gesorgt. Da niemand befürchtete, Helen könnte aggressiv werden oder einen Fluchtversuch unternehmen, wurde sie eher wie ein Gast behandelt und nicht wie eine Verbrecherin. Patrik hatte immer an dem Glauben festgehalten, man fange mehr Fliegen mit Honig als mit einer Fliegenklatsche.

»Hallo, Helen. Wie geht es Ihnen? Möchten Sie einen Anwalt haben?« Er schaltete das Tonbandgerät ein.

Paula setzte sich neben ihn.

»Nein, nein, nicht nötig«, sagte Helen.

Sie war blass, aber gefasst, und wirkte weder nervös noch empört. Das dunkle Haar mit den vereinzelten grauen Strähnen hatte sie zu einem schlichten Pferdeschwanz zusammengebunden und die gefalteten Hände vor sich auf den Tisch gelegt.

Patrik sah sie eine Weile ruhig an. Dann sagte er:

»Wir haben bei Ihnen zu Hause Dinge gefunden, die Ihre Behauptungen bestätigen. Neas Kleidungsstücke haben im Kamin Spuren hinterlassen, und an einem Mopp, einem Wischlappen und einem Putzeimer wurde Blut nachgewiesen.«

Helen erstarrte. Nachdem sie Patrik längere Zeit gemustert hatte, schien sie sich wieder zu entspannen.

»Ja, das stimmt«, sagte sie. »Ich habe die Sachen des Mädchens im Kamin verbrannt und die Scheune geputzt. Wahrscheinlich hätte ich die Lappen auch ins Feuer werfen sollen.«

»Wir verstehen aber nicht, warum. Warum haben Sie Stella und Nea getötet?«

Paulas Stimme klang sanft.

Helen nickte. Es war nicht ein Hauch von Wut im Raum, keine Aggression. Im Gegenteil, die Stimmung war eher einschläfernd. Vielleicht lag es an der Hitze, vielleicht daran, dass Helen resigniert hatte. Sie schaute zur Seite. Dann begann sie zu reden.

»Marie und ich waren so froh, endlich eine Gelegenheit zu haben, zusammen zu sein. Das Wetter war so schön, wie es schon den ganzen Sommer gewesen war. Aber in den Sommern der Kindheit scheint wahrscheinlich immer die Sonne. Jedenfalls habe ich im Nachhinein immer diesen Eindruck. Wir beschlossen, mit Stella Eis essen zu gehen. Sie freute sich sehr, aber eigentlich war sie immer vergnügt. Obwohl wir viel älter waren als sie, spielten wir hin und wieder gerne mit ihr. Sie liebte es, sich heimlich anzuschleichen. Am liebsten sprang sie dann plötzlich auf und jagte einem einen Riesenschreck ein. Und wir ließen ihr das Vergnügen. Wir mochten sie. Beide. Wir mochten Stella sehr.«

Helen verstummte und pulte an ihrer Nagelhaut herum. Patrik wartete ab.

»Wir nahmen die Karre mit und mussten sie geradezu zwingen, sich auf dem Weg nach Fjällbacka reinzusetzen. Und wir haben ihr das größte Eis ihres Lebens gekauft. Sie plapperte ununterbrochen. Ich weiß noch, dass ihr das Eis über Hände und Gesicht lief. Wir holten Servietten und machten sie sauber. Stella war irgendwie intensiv.«

Wieder zupfte sie an der Nagelhaut, obwohl sie bereits blutete.

»Auf dem Rückweg hat sie auch die ganze Zeit geredet. Sie hüpfte vor uns her, und Marie und ich fanden beide, dass ihr rotblondes Haar so schön in der Sonne leuchtete. Es glänzte richtig. Ich habe dieses Köpfchen oft in meinen Träumen gesehen.«

Die Wunde blutete nun stärker, und Patrik reichte ihr ein Taschentuch.

»Als wir am Hof ankamen, sahen wir das Auto ihres Vaters.« Helen wickelte sich das Taschentuch um den Finger. »Wir sagten, sie solle nach Hause gehen, ihr Papa sei schon da. Wir wollten sie loswerden und noch ein bisschen Zeit für uns haben. Wir sahen sie aufs Haus zugehen und nahmen an, sie würde reingehen. Dann haben Marie und ich uns zu dem kleinen Waldsee geschlichen und gebadet. Und geredet. Es hatte uns sehr gefehlt. Miteinander zu reden.«

»Worüber haben Sie gesprochen?«, fragte Paula. »Wissen Sie das noch?«

Helen runzelte die Stirn.

»Nicht mehr ganz genau, aber ich glaube, über unsere Eltern. Wie Teenager das so machen. Wir haben uns beklagt, weil unsere Eltern gar nichts kapierten und ungerecht waren. Marie und ich taten uns zu diesem Zeitpunkt unheimlich leid. Wir fühlten uns wie die Opfer und gleichzeitig die Helden in einem großen Drama.«

»Und was ist dann passiert?«, fragte Patrik. »Was ging schief?«

Zuerst antwortete Helen nicht. Sie streifte das Taschentuch ab, das sie sich um den Finger gewickelt hatte, und riss es in kleine Stücke. Sie holte tief Luft, stieß einen schweren Seufzer aus, und erzählte mit leiser Stimme weiter. Patrik schob das Tonbandgerät näher an sie heran, und er und Paula beugten sich vor.

»Wir haben uns abgetrocknet und angezogen. Marie ging in die eine Richtung, und ich musste in die andere. Ich weiß noch, dass ich ängstlich überlegte, wie ich meinen Eltern die nassen Haare erklären sollte. Ich beschloss, zu behaupten, Stella und wir hätten mit dem Rasensprenger gespielt. Doch in dem Moment tauchte Stella auf. Anstatt ins Haus zu gehen, war sie uns heimlich gefolgt. Und sie war sauer, weil wir ohne sie gebadet hatten. Richtig sauer. Sie stampfte mit dem Fuß auf und schrie uns an. Sie hatte schon auf dem Heimweg gefragt, ob wir nicht mit ihr baden gehen könnten, und wir hatten nein gesagt. Und dann hat sie ...«

Helen schluckte. Sie schien zu zögern. Patrik beugte sich noch weiter vor und sah sie eindringlich an.

»Dann hat sie gesagt, sie würde allen erzählen, dass sie uns beim Baden erwischt hatte. Stella war nicht blöd, und sie hatte aufgeschnappt, dass unsere Eltern uns verboten hatten, uns allein zu sehen, und sie wollte sich auf kindliche Weise rächen. Und ich ... Ich kann nicht erklären, wie oder warum es passiert ist. Ich habe Marie schrecklich vermisst, und ich wusste, dass wir nie wieder die Gelegenheit bekommen hätten, uns zu treffen, wenn Stella uns verpetzt hätte.«

Sie biss sich auf die Unterlippe. Dann schaute sie Patrik und Paula an.

»Wissen Sie noch, wie das war, wenn man mit dreizehn einen Freund oder eine Freundin hatte, und dachte, das würde für immer so sein? Man glaubte, ohne diesen Menschen würde die

Welt untergehen. Genau das habe ich für Marie empfunden. Und Stella stand da und schrie und schrie, und ich wusste, sie würde alles kaputtmachen, und als sie sich umdrehte, um nach Hause zu laufen, da wurde ich wütend. Ich war in Panik und wollte nur noch, dass sie den Mund hielt. Und da habe ich mich nach einem Stein gebückt und ihn nach ihr geworfen. Ich glaube, ich wollte sie nur zum Schweigen bringen, damit ich sie überreden oder bestechen oder sonst irgendwie dazu bringen konnte, uns nicht zu verpetzen. Aber der Stein traf sie mit einem dumpfen Knall am Hinterkopf, und sie verstummte mitten im Schrei und fiel einfach zu Boden. Ich bekam Angst und rannte weg, ich rannte den ganzen Weg bis nach Hause und schloss mich in meinem Zimmer ein. Und dann kam die Polizei.«

Taschentuchfetzen waren auf dem Tisch verstreut. Sie atmete heftig, und Patrik ließ ihr ein wenig Zeit, sich zu sammeln, bevor er fragte:

»Worum ging es, als Sie beide die Tat gestanden haben? Und als Sie Ihr Geständnis später zurückzogen? Warum hat Marie behauptet, an der Tat beteiligt gewesen zu sein?«

Helen schüttelte den Kopf.

»Wir waren Kinder. Wir waren dumm. Wir wollten zusammen sein und konnten an nichts anderes denken. Marie hasste ihre Familie und wollte weg von zu Hause. Ich weiß nicht genau, wir haben nie darüber gesprochen, aber ich glaube, wir dachten, wir würden am selben Ort landen, wenn wir beide ein Geständnis ablegten. Außerdem dachten wir, wir würden ins Gefängnis kommen. Und Marie wollte lieber mit mir zusammen dort sein als zu Hause.«

Sie blickte zwischen Paula und Patrik hin und her.

»Jetzt wissen Sie, wie schlecht es ihr ging. Als wir begriffen, dass man uns trennen würde, versuchten wir, alles zurückzunehmen, aber da war es zu spät. Mir war bald klar, dass ich mein Geständnis besser nicht zurückgezogen, sondern ehrlich gesagt hätte, was ich getan hatte, aber ich hatte solche Angst.

Alle Erwachsenen um mich herum waren böse auf mich. Alle schrien mich an. Drohten mir. Alle waren verzweifelt und außer sich, und ich konnte die vielen Gefühle nicht verkraften. Deswegen habe ich gelogen und gesagt, ich hätte Stella nicht getötet. Aber es spielte ja sowieso keine Rolle. Ich hätte es auch ruhig zugeben können. Am Ende lautete das Urteil, wir seien schuldig, und hier hat man mir seitdem immer argwöhnische Blicke zugeworfen. Die meisten Leute glauben wahrscheinlich, dass ich Stella getötet habe. Ich weiß, ich hätte die Wahrheit sagen sollen, um Marie von jedem Verdacht reinzuwaschen, aber wir haben ja eigentlich keine Strafe bekommen, und um ehrlich zu sein, dachte ich, sie würde es in einer Pflegefamilie besser haben als zu Hause. Und später schien sie von dem dunklen Schatten, der über ihr genauso hing wie über mir, ja eher Vorteile zu haben. Also habe ich geschwiegen.«

Patrik nickte langsam. Sein Nacken war verspannt.

»Okay. Jetzt verstehe ich es etwas besser«, sagte er.

»Wir müssen aber auch über Nea sprechen. Möchten Sie vorher eine Pause machen?«

Helen schüttelte den Kopf.

»Nein, aber ich hätte gerne noch eine Tasse Kaffee.«

»Die hole ich Ihnen.« Paula stand auf.

Patrik und Helen saßen schweigend da, bis Paula zurückkam. Sie hatte die ganze Kanne und einen Tetrapak Milch mitgebracht und schenkte drei Tassen voll.

»Nea«, sagte Patrik. »Was ist passiert?«

Es lag kein Vorwurf in seiner Stimme. Keine Aggressivität. Im gleichen Ton hätten sie auch über das Wetter reden können. Er wollte, dass Helen sich sicher fühlte. Und seltsamerweise war er nicht wütend auf sie. Er wusste, dass das seltsam war, weil sie zwei Kinder getötet hatte, aber die Frau auf der anderen Seite war ihm zu seiner eigenen Verwunderung sympathisch.

»Sie …« Helen richtete den Blick nach oben, als könnte sie es dann genau vor sich sehen. »Sie … kam zu uns rüber. Ich war im Garten, und plötzlich stand sie da. Das machte sie hin und wieder. Sie stahl sich einfach davon. Ich sagte dann immer, sie solle wieder nach Hause gehen, damit sich ihre Eltern keine Sorgen machten, aber sie wollte mir etwas zeigen. Und sie war so fröhlich und aufgeregt, dass ich nachgegeben habe.«

»Was wollte sie Ihnen zeigen?«, fragte Paula.

Sie hielt die Milch hoch, aber Helen schüttelte den Kopf.

»Sie wollte, dass ich mit in die Scheune komme. Sie fragte mich, ob ich mit ihr spielen wolle, aber ich sagte nein, ich hätte zu tun. Da sie so ein enttäuschtes Gesicht machte, erlaubte ich ihr, mir etwas zu zeigen, dann müsse ich wieder nach Hause.«

»Haben Sie sich gefragt, wo Neas Eltern waren? Es war doch ganz früh am Morgen.«

Helen zuckte mit den Schultern.

»Nea war oft schon früh auf den Beinen und hat draußen gespielt. Ich dachte wahrscheinlich, sie hätten sie gleich nach dem Frühstück rausgelassen.«

»Wie ging es weiter?«, ermahnte Patrik sie behutsam.

»Ich sollte mit ihr in die Scheune kommen. In der war eine kleine Katze, ein graues Kätzchen, das um unsere Beine strich. Sie wollte mir den Dachboden zeigen. Ich fragte sie, ob sie dort überhaupt rauf dürfe, und sie sagte ja, das dürfe sie, und kletterte voraus. Ich stieg hinter ihr die Leiter rauf, und dann …«

Sie trank einen Schluck Kaffee und stellte die Tasse so vorsichtig ab, als wäre sie aus empfindlichem Porzellan.

»Dann wandte ich ihr den Rücken zu, nur eine Sekunde, und da muss sie runtergefallen sein. Ich hörte nur einen kurzen Schrei und den Aufprall. Als ich nach unten schaute, lag sie da. Ihre Augen waren offen, und von ihrem Kopf lief Blut runter. Ich wusste, dass sie tot war. Genau wie damals, als ich Stella den Stein an den Kopf geworfen hatte. Ich geriet in Panik.«

»Warum haben Sie Nea woanders hingebracht?«

»Ich weiß es nicht.« Helen schüttelte den Kopf, und ihre Hände zitterten leicht. »Ich habe Stella gesehen. An dem See. Ich wollte das Mädchen zu ihr bringen. Und ich wollte alle Spuren verwischen. Ich habe doch jetzt einen Sohn. Sam braucht mich.«

Sie blinzelte ein paar Tränen weg. Ihre Hände zitterten stärker. Gegen seinen Willen wurde Patrik von Mitgefühl überwältigt. Er verstand es einfach nicht. Er wollte kein Mitleid mit ihr haben, aber er konnte nichts dagegen machen.

»Sie haben also Ihre Spuren verwischt.«

Helen nickte.

»Ich habe sie zu dem kleinen See geschleppt. Ausgezogen, gewaschen und unter den Baum gelegt. Da es so heiß war, hatte ich keine Angst, sie könnte frieren.«

Sie verstummte. Wahrscheinlich merkte sie selbst, wie absurd der Gedanke war. Sie umklammerte ihre Tasse.

»Ich habe lange am See gesessen, aber dann ging ich nach Hause und habe die Sachen geholt, die ich brauchte, um in der Scheune sauberzumachen. Nachdem Eva mit dem Auto weggefahren war, konnte ich ungestört arbeiten.«

Patrik nickte.

»Nea hatte Schokolade gegessen. Und Kekse oder Waffeln. Bei ihr zu Hause gab es so was nicht.«

Helen schluckte.

»Nein, die Waffelschnitte hatte sie von mir. Sie hatte gesehen, wie ich sie aß, als sie zu mir in den Garten kam. Da habe ich ihr ein Stück abgegeben.«

»Wir haben die Verpackung in der Scheune gefunden«, sagte Patrik.

Helen nickte.

»Ja, ich hatte sie ihr geschenkt.«

»Wo? Unten? Oder oben auf dem Dachboden?«

Helen dachte nach. Dann schüttelte sie den Kopf.

»Das weiß ich nicht mehr. Ich weiß nur noch, dass ich ihr eine Waffelschnitte geschenkt habe.«

»Okay.« Patrik warf Paula einen Blick zu. »Ich glaube, wir sollten kurz unterbrechen und später weiterreden.«

»Okay«, sagte Helen.

»Brauchen Sie etwas?«

»Nein. Nein, ich brauche nichts.«

Patrik hatte plötzlich das Gefühl, dass sie nicht nur von ihren momentanen Bedürfnissen sprach. Er wechselte einen Blick mit Paula. Sie hatten Antworten erhalten. Aber es waren neue Fragen hinzugekommen.

Karim schaute durchs Seitenfenster hinaus. Mit jedem Meter verkrampfte sich sein Magen mehr. Er hatte die Kinder schrecklich vermisst, aber nun graute ihm davor, sie wiederzusehen. Er hatte keine Kraft, auch noch ihre Sehnsucht nach ihrer Mutter zu ertragen. Sein eigener Schmerz war schon viel zu groß für ihn.

Bill war so nett gewesen, ihn vom Krankenhaus abzuholen. Karim wusste das wirklich zu schätzen, doch er war nicht in der Lage, sich mit ihm zu unterhalten. Bill versuchte eine Zeitlang, ein Gespräch anzufangen, aber dann gab er es auf und ließ Karim in Ruhe. Als er ihn absetzte, warf er noch einen Blick auf Karims Verbände und fragte ihn, ob er Hilfe brauche. Karim sagte, er solle ihm nur die Reisetasche über den Arm hängen. Er hielt die mitleidigen Blicke nicht mehr aus.

Die Frau, die ihm die Tür öffnete, sah nicht schwedisch aus. Sie musste die Mutter der Polizistin sein, die angeboten hatte, sich um die Kinder zu kümmern. 1973 war sie aus Chile geflohen. Wie stand sie zu Schweden? Begegnete man ihr auch mit Misstrauen und Hass? Doch sie war in anderen Zeiten nach Schweden gekommen.

»Papa!«

Hassan und Samia rannten auf ihn zu. Sie fielen ihm um den Hals, und er wäre unter ihrem Gewicht beinahe umgefallen.

»They missed you.« Die Frau strahlte übers ganze Gesicht.

Sie hatten sich noch gar nicht begrüßt, aber er musste erst einmal den Geruch seiner Kinder einatmen, der ihn an Aminas Duft erinnerte, und ihre Züge im Gesicht seiner Tochter und in den Augen seines Sohnes wiederfinden. Sie waren alles, was ihm von ihr geblieben war, und gleichzeitig erinnerten sie ihn schmerzhaft an das, was er verloren hatte.

Schließlich ließ er die Kinder los und stand auf. Sie liefen ins Wohnzimmer und setzten sich wieder zu einem kleinen Jungen, der mit einem Schnuller im Mund unter einer Schmusedecke auf dem Sofa lag. Das Kinderprogramm war einfach zu verlockend.

Karim stellte seine Tasche ab und sah sich um. Die Wohnung wirkte hell und freundlich, aber er fühlte sich fremd und verloren. Wo sollte er jetzt hin? Er und die Kinder waren ganz allein und hatten kein Zuhause mehr. Sie besaßen nicht einmal das Allernötigste. Waren auf Almosen von Leuten angewiesen, die sie hier nicht haben wollten. Was, wenn sie auf die Straße gesetzt wurden? Er hatte Bettler gesehen, die mit leerem Blick und einem beschrifteten Stück Pappkarton vor dem Supermarkt saßen.

Er war für die Kinder verantwortlich und hatte alles getan, was in seiner Macht stand, um ihnen Sicherheit und die Aussicht auf eine bessere Zukunft zu bieten. Doch nun stand er im Wohnungsflur fremder Menschen und hatte nichts mehr. Er konnte nicht mehr.

Er sackte auf dem Fußboden zusammen und fing an zu

weinen. Er wusste, dass die Kinder einen Schreck bekommen würden, und er ihnen eigentlich keine Angst machen durfte, sondern stark sein musste, aber er hatte einfach keine Kraft mehr.

Das Gewicht warmer Hände auf seinen Schultern. Die Frau legte die Arme um ihn, er spürte ihre Wärme, und plötzlich begannen sich Verhärtungen zu lösen, die seine Brust in eine Art Korsett geschnürt hatten, seit sie aus Damaskus weggegangen waren. Sie hielt ihn fest und wiegte ihn. Und er ließ es zu.

Heimweh schnitt ihm ins Herz, und Reue machte seine Hoffnung auf ein besseres Leben zunichte. Er war ein Schiffbrüchiger.

»Hallo?«

Als Martin sah, wer an der Rezeption stand, blieb er abrupt stehen. Belustigt stellte er fest, dass sogar Annika ausnahmsweise sprachlos war. Schweigend saß sie da und starrte Marie Wall an.

»Wie können wir Ihnen weiterhelfen?«, fragte Martin.

Marie schien zu zögern. Sie wirkte bei weitem nicht so forsch wie sonst, sondern regelrecht unsicher. Es stand ihr, stellte er unwillkürlich fest. Sie sah jünger aus.

»Am Set hat jemand erzählt, Sie hätten Helen verhaftet. Wegen des Mordes an dem Mädchen. Ich muss jemanden sprechen, der dafür zuständig ist. Es kann nicht stimmen.«

Sie schüttelte den Kopf, und das blonde Haar, das in Fünfzigerjahrewellen gelegt worden war, fiel ihr glänzend ins Gesicht. Aus dem Augenwinkel sah Martin, dass Annika immer noch der Mund offen stand. Filmstars tauchten in der Polizeidienststelle Tanum selten auf. Wenn er es sich genau überlegte, war es wahrscheinlich das erste Mal.

»Sie können mit Patrik sprechen.« Er nickte ihr zu.

Vor Patriks Zimmer blieb er stehen und klopfte leise an die geöffnete Tür.

»Patrik? Hier ist jemand, der mit dir reden will.«

»Hat das nicht Zeit?«, fragte Patrik, ohne von seinem Schreibtisch aufzublicken. »Ich muss noch die Vernehmung von Helen protokollieren, und dann will ich …«

Martin fiel ihm ins Wort.

»Ich glaube, dieses Gespräch möchtest du gern sofort führen.«

Patrik hob den Kopf und machte fast unmerklich die Augen etwas weiter auf, als er Marie sah.

»Selbstverständlich. Martin, kommst du mit?«

Martin nickte.

Sie setzten sich in denselben Raum, in dem sie eine Weile zuvor mit Helen gewesen waren. Die Taschentuchfetzen lagen noch da, aber Patrik fegte sie rasch mit der Hand zusammen und warf sie in den Papierkorb.

»Nehmen Sie bitte Platz.« Er zeigte auf den Stuhl am Fenster.

Marie schaute sich stirnrunzelnd um.

»Hier war ich schon lange nicht mehr.«

Martin begriff, dass sie vor dreißig Jahren offenbar im selben Raum vernommen worden war. Unter anderen, aber ähnlich beklemmenden Umständen.

»Möchten Sie einen Kaffee?«, fragte Patrik, aber sie schüttelte den Kopf.

»Nein, danke. Stimmt es, dass Sie Helen wegen Mordes an Linnea Berg verhaftet haben? Und dass sie den Mord an Stella gestanden hat?«

Patrik sah Martin zögernd an, und nickte dann kurz.

»Das stimmt, doch es ist noch nicht offiziell. Aber der Buschfunk hier im Ort funktioniert ja einwandfrei.«

»Ich habe es eben erst erfahren«, sagte Marie.

Sie holte eine Zigarettenschachtel heraus und sah Patrik fragend an, er nickte. Eigentlich herrschte in den Räumlichkeiten der Polizei Rauchverbot, aber wenn es je eine Gelegenheit gegeben hatte, eine Ausnahme zu machen, war sie jetzt gekommen.

Nachdenklich zündete sich Marie eine Zigarette an und rauchte einige Züge, bevor sie weitersprach.

»Ich habe nie geglaubt, dass Helen Stella getötet hat, und ich glaube es noch immer nicht. Egal, was sie sagt. Aber vor allem weiß ich, dass sie dieses andere kleine Mädchen nicht getötet haben kann.«

»Woher wissen Sie das?« Patrik beugte sich vor.

Er zeigte auf das Tonbandgerät, Marie nickte. Nachdem der Apparat mit leisem Schnarren angesprungen war, nannte Patrik Datum und Uhrzeit. Dies war zwar, formal betrachtet, keine Vernehmung, aber man nahm immer besser zu viel als zu wenig auf. Die menschliche Erinnerung war trügerisch und manchmal geradezu irreführend.

»Helen war mit mir zusammen, als das Mädchen starb. Sie wollten doch sowieso wissen, was ich am Montagmorgen um acht gemacht habe.« Sie sah Patrik und Martin unsicher an.

Martin musste vom Rauch husten, er hatte schon immer empfindliche Atemwege gehabt.

»Und wo waren Sie da?«, fragte Patrik.

Maries Körper wirkte angespannt.

»Bei Helen. Sie hatten also recht. Wegen meines Alibis habe ich gelogen, es hat mich niemand nach Hause begleitet. Ich war schon morgens um acht bei Helen. Ich hatte meinen Besuch nicht angekündigt, weil ich mir sicher war, sie hätte nein gesagt, wenn ich sie vorher angerufen hätte.«

»Wie sind Sie hingekommen?«, fragte Patrik.

Martin warf einen verstohlenen Blick auf ihre hohen Absätze unter dem Tisch. Nein, dass sie zu Fuß gegangen sein könnte, war unwahrscheinlich.

»Zu dem Haus, das ich gemietet habe, gehört ein Auto, über das ich frei verfügen kann. Ein weißer Renault, der auf dem großen Parkplatz neben dem Haus steht.«

»Die Besitzer des Hauses haben kein Auto, das haben wir bereits überprüft.«

»Es ist auf die Mutter des Mannes angemeldet. Sie benutzen es nur, wenn sie in Schweden sind.«

»In Dagmars Aufzeichnungen kommt an dem Morgen ein weißer Renault vor«, bestätigte Martin.

»Zuerst wollte sie mich nicht reinlassen, aber ich kann ziemlich hartnäckig sein, und am Ende hat sie nachgegeben. Wir hatten am Vorabend telefoniert, und daher wusste ich, dass ihr Mann verreist war. Sonst wäre ich nicht hingefahren. Im Grunde glaube ich, sie hat es erwähnt, weil sie insgeheim wollte, dass ich zu ihr kam.«

»Und ihr Sohn? Sam?«

Marie zuckte die Achseln und zog an ihrer Zigarette.

»Weiß nicht. Entweder schlief er, oder er war nicht zu Hause. Gesehen habe ich ihn jedenfalls nicht. Aber er ist mir zusammen mit meiner Tochter über den Weg gelaufen. Offenbar hat irgendeine Laune des Schicksals die beiden zusammengeführt, und jetzt sind sie Freunde oder vielleicht sogar mehr als das. Aber sie sind ja beide etwas seltsam.«

»Was wollten Sie von Helen?«, fragte Patrik.

Auch er hustete diskret.

Der verletzliche Ausdruck in Maries Gesicht kehrte zurück. Sie drückte die Zigarette aus.

»Ich wollte wissen, warum sie mich verlassen hat«, sagte sie. »Ich wollte wissen, warum sie aufgehört hat, mich zu lieben.«

Es wurde still im Raum. Nur eine Fliege, die am Fenster surrte, war zu hören. Patriks Gesicht war leer. Martin versuchte, zu begreifen, was Marie gesagt hatte. Er warf Patrik einen Blick von der Seite zu, doch der musterte Marie stumm und schien auch nicht zu wissen, was er dazu sagen sollte.

»Sie waren also ein Paar«, sagte er schließlich.

Aus dem Zusammenhang gerissene Sätze, Andeutungen, eine Geste, ein Blick, so viele Dinge, die plötzlich Bedeutung bekamen.

»Erzählen Sie!« Patrik schaute sie an.

Marie holte langsam Luft und atmete genauso langsam wieder aus.

»Zuerst wussten wir selbst nicht, was mit uns los war. Sie wissen doch, wie das damals war, wenn man hier aufgewachsen ist. Es war anders als heute, man hatte keine Ahnung. Es gab Vater, Mutter, Kind und sonst nichts. Von Frauen, die Frauen, und Männern, die Männer lieben, hatte ich noch nie gehört. Es dauerte also lange, bis wir begriffen, dass wir ineinander verliebt waren. Wir hatten uns beide noch nie verliebt, wir waren eben noch Kinder und redeten, wie alle dreizehnjährigen Mädchen, über Jungs. Aber wir fühlten etwas anderes. Allmählich verschoben wir die Grenzen. Wir berührten uns. Streichelten uns. Wir forschten spielerisch, und ich hatte etwas so Intensives noch nie empfunden. Wir hatten eine Welt, die nur aus uns bestand, und das reichte uns, mehr brauchten wir nicht. Irgendwann müssen Helens Eltern etwas geahnt haben. Sie verstanden es vielleicht nicht genau, aber sie haben wohl gemerkt, dass da etwas vor sich ging, das in ihren Augen nicht akzeptabel war. Daher beschlossen sie, uns zu trennen. Die Welt brach zusammen. Wir waren verzweifelt. Wochenlang weinten wir. Wir hatten schreckliche Sehnsucht nacheinander und konnten es nicht ertragen, uns nicht berühren zu können. Wir dachten an nichts anderes, und es zerriss uns fast. Ich weiß, es klingt lächerlich, weil wir so jung waren, wir waren ja Mädchen und keine Frauen, aber andererseits sagt man, die erste Verliebtheit sei die intensivste. Und wir standen Tag und Nacht in Flammen.

Helen aß nichts mehr, und ich fing mit allen Streit an. Die Situation bei mir zu Hause wurde noch schlimmer, weil meine Eltern mich buchstäblich mit Gewalt zur Vernunft bringen wollten.«

Marie zündete sich noch eine Zigarette an.

Patrik stand auf, um das Fenster zu öffnen, und die Fliege flog raus.

»Jetzt wissen Sie, was für ein besonderer Tag es für uns war, als wir auf Stella aufpassen durften. Wir hatten uns zwar in der Zwischenzeit auch heimlich getroffen, aber nur ein- oder zweimal und immer nur kurz. Helens Eltern beobachteten sie auf Schritt und Tritt. »

»Helen hat uns erzählt, Sie beide wären mit Stella in den Ort gegangen, um dort mit ihr Eis zu essen, seien anschließend durch den Wald zurückgelaufen und hätten sich am Hof von ihr verabschiedet, als Sie das Auto ihres Vaters sahen. Stimmt das? Auch dass Sie danach zusammen baden gegangen sind?«

Marie nickte.

»Ja, das stimmt. Auf dem Rückweg haben wir uns beeilt, weil wir noch ein bisschen Zeit für uns haben wollten. Wir badeten, wir küssten uns und ... Sie wissen schon. Plötzlich glaubte ich, im Wald jemanden gehört zu haben, und hatte das Gefühl, wir würden beobachtet.«

»Was ist dann passiert?«

»Wir zogen uns an. Ich ging zu mir nach Hause und Helen zu sich. Dass sie behauptet, sie hätte Stella ermordet, nachdem ich weg war ...« Sie schüttelte den Kopf. »Ich kann das kaum glauben, mein Gott, wir waren dreizehn! Es muss die Person gewesen sein, die ich im Wald gehört habe, und ich kann mir auch vorstellen, wer das war. James war damals schon ein unangenehmer Typ. Ständig hing er im Wald rum, und manchmal fanden wir tote Tiere, die er wahrscheinlich als bewegliche Zielscheibe benutzt hatte. Er war immer schon besessen von Waffen, vom Krieg und vom Töten. Jeder wusste, dass er nicht richtig tickte. Alle außer Helens Vater, die beiden waren unzertrennlich. Wenn James nicht im Wald war, war er bei Helens Familie. Dass er Helen geheiratet hatte, war beinahe inzestuös.«

Marie rümpfte die Nase.

»Warum haben Sie dann ein Geständnis abgelegt?«, fragte Patrik. »Warum einen Mord gestanden, den Sie nicht begangen haben?«

Würde sich Maries Antwort von Helens unterscheiden?

»Ich war naiv. Und mir war der Ernst der Lage nicht klar. Für mich war das alles irgendwie nicht real. Ich weiß noch, dass ich es in gewisser Weise spannend fand. Mein Plan war, an denselben Ort wie Helen zu kommen. Ich hatte die romantische Vorstellung im Kopf, wir würden gemeinsam verurteilt und weggesperrt werden. Dann wäre ich endlich meine Familie los gewesen und hätte nur noch mit Helen zusammen sein können. Und wenn wir unsere Strafe abgesessen hätten, würden wir gemeinsam die Welt entdecken. Sie hören es selbst, es waren die kindischen Phantasien einer Dreizehnjährigen. Die Konsequenzen meiner Dummheit hätte ich mir niemals ausmalen können. Ich legte ein Geständnis ab und hoffte, Helen würde meinen Plan durchschauen und mitmachen. Und das tat sie auch. Der Fall war sauber gelöst und abgeschlossen, man hätte ihn in einen Präsentkorb packen und eine Schleife drumbinden können. Niemand hatte ein Interesse daran, unsere Aussage in Zweifel zu ziehen oder die Ermittlungen fortzusetzen.«

Sie schluckte einige Male.

»Sie haben uns getrennt. Ich landete in diversen Pflegefamilien, während Helen nach einem kurzen Aufenthalt im Heim mit ihren Eltern nach Marstrand zog. Ich zählte jedoch die Sekunden, bis wir beide achtzehn wären.«

»Was geschah, als Sie achtzehn waren?«, fragte Martin.

Er hing an Maries Lippen. Die Geschichte, die sie vor ihnen ausbreitete, war unglaublich, aber trotzdem vollkommen einleuchtend und einfach. Sie erklärte auch die Dinge, die sie bis dahin zwar geahnt hatten, aber nicht genau benennen konnten.

»Ich habe sie angerufen. Und sie wies mich ab. Sagte, sie würde James heiraten und wolle keinen Kontakt mehr mit mir. Es sei alles ein Irrtum gewesen. Zuerst glaubte ich ihr nicht. Als ich begriff, dass sie es ernst meinte, war ich am Boden zerstört. Ich liebte sie noch immer. Meine Gefühle hatten nicht nachgelassen. Es war keine alberne Teenagerliebe gewesen, aus der man herauswuchs. Der zeitliche Abstand und die Umstände hatten meine Liebe zu ihr eher noch verstärkt. Doch sie wollte nichts von mir wissen. Ich konnte es nicht verstehen, aber was sollte ich tun? Am schlimmsten fand ich, dass sie von allen Menschen auf der Welt ausgerechnet James heiraten wollte. Irgendetwas stimmte da nicht. Aber mir blieb nichts anderes übrig, als es hinzunehmen. Bis jetzt. Dass ich diese Rolle bekam und in meine Heimat zurückkehren musste, kann kein Zufall gewesen sein. Es hat einen Sinn. Endlich werde ich die Antwort auf all meine Fragen bekommen. Ich habe Helen nie vergessen. Sie war meine große Liebe. Und ich glaube, ich war ihre.«

»Sind Sie deshalb an jenem Morgen zu ihr gefahren?«, fragte Patrik.

Marie nickte.

»Ja, ich hatte beschlossen, sie zu zwingen, mir die Wahrheit zu sagen. Und wie ich Ihnen bereits erzählt habe, wollte sie mich zuerst nicht reinlassen.«

»Was geschah dann?«, fragte Patrik.

»Wir gingen auf die Terrasse hinter dem Haus und redeten miteinander. Am Anfang behandelte sie mich wie eine Fremde. Kühl und abweisend. Aber ich sah die Helen, die ich gekannt hatte, hinter der Fassade. Vor mir konnte sie sich nicht verstecken. Also habe ich sie geküsst.«

»Wie hat sie reagiert?«

Marie berührte mit den Fingerspitzen ihre Lippen.

»Zuerst gar nicht. Dann erwiderte sie meine Küsse. Es war, als hätte es die dreißig Jahre nie gegeben. Sie war meine Helen, sie klammerte sich an mich, und ich wusste, ich hatte die ganze Zeit recht gehabt, sie hatte niemals aufgehört, mich zu lieben. Und das sagte ich ihr. Sie leugnete es nicht, aber sie hat mir auch keinen vernünftigen Grund genannt, warum sie mich im Stich gelassen hat. Sie konnte oder wollte es mir nicht erklären. Ich fragte sie nach James, und ich sagte ihr ins Gesicht, ich könne einfach nicht glauben, dass sie im Alter von achtzehn Jahren freiwillig seine Frau geworden sei, und dass sie ihn unmöglich geliebt haben könne. Irgendetwas sei faul an der Sache gewesen. Aber sie beharrte darauf, dass sie sich in ihn verliebt habe. Deshalb habe sie ihn mir vorgezogen, das müsse ich einfach akzeptieren. Aber sie hat gelogen, das weiß ich genau. Am Ende wurde ich wütend und bin weggefahren. Ich ließ sie allein auf der Terrasse zurück. Als ich ins Auto stieg, sah ich auf die Uhr, ich musste doch zum Dreh und war bereits spät dran. Es war zwanzig nach acht. Wenn das Mädchen um acht gestorben ist, kann Helen sie unmöglich getötet haben. Da war sie mit mir zusammen.«

»Warum behauptet sie es dann?«, fragte Patrik.

Marie zog an ihrer Zigarette und dachte lange nach.

»Ich glaube, Helen hat viele Geheimnisse«, sagte sie dann. »Aber den Schlüssel dazu hat nur sie selbst.«

Abrupt stand sie auf.

»Ich muss zurück ins Studio. Meine Arbeit ist das Einzige, was mir etwas bedeutet.«

»Sie haben eine Tochter.« Martin runzelte die Stirn.

Marie sah ihn an. Der nackte und verletzliche Ausdruck in ihrem Gesicht war weg.

»Ein Arbeitsunfall.« Dann drehte sie sich um und ließ Patrik und Martin in einem Raum voller Rauch und schweren Parfüms zurück.

»Jetzt halt endlich still, Bertil!«, zischte Paula.

Mellberg eine Krawatte umzubinden stellte sich als ein Ding der Unmöglichkeit heraus. Rita hatte es murrend und fluchend schon vor einer ganzen Weile aufgegeben, und nun drängte allmählich die Zeit, wenn sie es pünktlich zu Kristinas und Gunnars Hochzeit schaffen wollten.

»Wer ist bloß auf die idiotische Idee gekommen, dass Männer eine Schlinge um den Hals tragen müssen, um gut angezogen zu sein.« Mellberg zerrte am Knoten, den Paula gerade fabriziert hatte, und löste ihn auf diese Weise.

»Ach, Scheiße, das darf doch nicht wahr sein«, fluchte sie, bereute ihre Ausdrucksweise aber sofort, weil Leo übers ganze Gesicht strahlte und laut »Scheiße! Scheiße! Scheiße!« rief.

Bertil drehte sich glucksend zu Leo um, der auf dem Bett saß und die beiden beobachtete.

»Das machst du prima, dieses Wort kann man manchmal gut gebrauchen. Kannst du denn auch schon Arschloch sagen?«

»Arschloch! Arschloch!«, schrie Leo. Paula streckte Mellberg die Zunge raus.

»Du bist wie ein Kind. Was soll denn das?« Sie schaute Leo an und sagte in scharfem Ton: »Die Wörter, die Opa dir beibringt, darfst du nicht benutzen! Hast du mich gehört?«

Leo wirkte enttäuscht, nickte aber.

Mellberg zwinkerte ihm zu und flüsterte: »Drecksau!«

»Drecksau!«, wiederholte Leo kichernd.

Paula stöhnte. Oh mein Gott! Es war eine unlösbare Aufgabe. Und damit meinte sie nicht nur die Krawatte.

»Was machen wir, wenn Karim und die Kinder die Wohnung nicht bekommen?«, fragte sie, während sie einen letzten Versuch unternahm. »Ich sehe Karim doch an, dass es ihm unangenehm ist, unser Untermieter zu sein, und für uns ist das auf die Dauer auch nicht machbar. Sie brauchen was

Eigenes. Es wäre perfekt, wenn sie die Wohnung nebenan haben könnten, aber ich erreiche den Vermieter einfach nicht. Und die Gemeinde scheint auch keine freien Unterkünfte mehr zu haben.«

»Ach, das wird schon«, sagte Mellberg.

»Das wird schon? Du hast leicht reden, dir ist es ja völlig egal. Du hast noch keinen Finger gerührt, um Karim zu helfen, dabei ist es letztendlich auch deine Schuld, dass alles so gekommen ist.«

Sie biss sich auf die Lippe. Nun war sie zu hart gewesen. Aber offenbar konnte niemand der Familie helfen, und das machte sie so wütend, dass sie am liebsten jemandem vors Schienbein getreten hätte. Und zwar kräftig.

»Du hast genauso viel Temperament wie deine Mutter«, sagte Mellberg vergnügt, als wäre der Angriff spurlos an ihm vorübergegangen. »Manchmal ist das okay, aber ihr solltet euch auch in Geduld und Beherrschung üben, ihr beide. Auf diesem Gebiet könnt ihr viel von mir lernen. Am Ende wird immer alles gut, oder, wie sie im *König der Löwen* sagen: *Hakuna matata.*«

»*Hakuna matata!*«, schrie Leo glücklich und sprang auf dem Bett auf und ab.

König der Löwen war sein Lieblingsfilm. Mittlerweile sah er ihn ungefähr fünfmal am Tag.

Wütend ließ Paula Mellbergs Krawatte los. Sie wusste, dass sie sich von ihm nicht provozieren lassen durfte, aber seine Bequemlichkeit trieb sie in den Wahnsinn.

»Bertil, ich habe mich daran gewöhnt, dass du im Alltag ein egozentrisches Männerschwein bist, damit kann ich leben, aber dass es dir scheißegal ist, was aus Karim und den armen Kindern wird, die gerade ihre Mutter verloren haben, das ist zum Kotzen!«

Während sie aus dem Schlafzimmer stürmte, hörte sie Leo munter »zum Kotzen, zum Kotzen« rufen, aber mit ihm würde sie später ein ernstes Wörtchen reden. Nun würde sie sich erst mal diesen verdammten Vermieter vorknöpfen, und wenn sie ihn dafür in aller Herrgottsfrühe aus dem Bett klingeln musste. Sie hielt ihren langen Rock hoch und stakste auf hohen Absätzen die Treppe hinunter. Sich schick anzuziehen war sowieso nicht ihre Stärke, und im Kleid kam sie sich komplett lächerlich vor. Unpraktisch war es auch noch, dachte sie, während sie vor der Tür des Vermieters beinahe ausrutschte. Sie hämmerte mit der Faust dagegen und wollte gerade noch einmal zuschlagen, als die Tür geöffnet wurde.

»Was ist los?«, fragte der Vermieter. »Brennt es?«

»Nein, nein.« Paula ignorierte den verwunderten Gesichtsausdruck, mit dem er Kleid und Schuhe betrachtete.

Sie drückte den Rücken durch, aber es war nicht so einfach, in einem geblümten Kleid und Riemchensandaletten einen respekteinflößenden Eindruck zu machen.

»Es geht um die Wohnung. Für die Flüchtlingsfamilie, die bei uns wohnt. Ich weiß, dass die Kommune etwas weniger zahlt als die übliche Miete, aber dafür müsste es doch eine Lösung geben. Die Wohnung steht leer, diese Leute brauchen dringend ein Dach über dem Kopf, und da wir genau nebenan wohnen, würden sie sich hier nicht einsam fühlen. Wir bürgen für Karim, wir unterschreiben Ihnen, was Sie wollen! Hat denn niemand Mitgefühl mit einer Familie in Not?«

Sie stemmte die Hände in die Seiten und schaute ihn wütend an. Er starrte sie verwirrt an.

»Aber das haben wir doch schon alles geklärt«, sagte er. »Bertil war gestern bei mir, er übernimmt die Differenz so lange wie nötig. Am Montag können sie einziehen.«

Paula stand der Mund offen.

Der Vermieter schüttelte verwundert den Kopf.

»Bertil hat mir ausdrücklich verboten, Karim etwas davon zu erzählen, falls ich ihm zufällig über den Weg laufe, weil er unbedingt wollte, dass Sie es ihm sagen.«

»Drecksack«, murmelte Paula.

»Wie bitte?«, fragte der Vermieter.

»Ach, nichts.« Sie machte eine abwehrende Geste.

Langsam stieg sie die Treppe hinauf zu Mellbergs und Ritas Wohnung. Sie wusste genau, dass er dort oben stand und sich königlich über sie amüsierte. Zu Recht. Sie wurde einfach nicht schlau aus dem Kerl. Er konnte der nervigste, schwachsinnigste, verbohrteste und starrsinnigste alte Sack auf Erden sein, aber andererseits verehrte er ihren Leo wie niemand sonst. Allein deshalb verzieh ihm Paula fast alles. Aber dass er Karim und seinen Kindern eine Wohnung besorgt hatte, würde sie ihm auch nie vergessen.

»Komm her, ich binde dir jetzt die Scheißkrawatte um«, rief sie, als sie in die Wohnung kam.

Im Schlafzimmer hörte sie Leo fröhlich »Scheißkrawatte« krakeelen.

»Sehe ich dick darin aus?«, fragte Erica besorgt.

Sie drehte sich zu Patrik um.

»Du siehst toll aus.« Er legte von hinten die Arme um sie. »Und du riechst so gut.«

Er schmiegte das Gesicht an ihren Nacken.

»Vorsicht, meine Frisur!« Sie lachte. »Miriam hat anderthalb Stunden gebraucht, um das so hinzukriegen, also komm bloß nicht auf dumme Ideen.«

»Ich weiß gar nicht, was du meinst.« Er biss ihr zärtlich in den Hals.

»Hör auf!«

Sie wand sich aus seiner Umarmung und betrachtete ihr Spiegelbild.

»Das Kleid ist gar nicht schlecht, nicht? Ich hatte schon befürchtet, ich müsste was in Lachsrosa mit Schleife am Hintern anziehen, aber deine Mutter hat mich wieder einmal überrascht. Ihr Kleid ist auch toll.«

»Ich finde immer noch alles, was mit dieser Hochzeit zusammenhängt, seltsam«, brummte Patrik.

»Sei nicht albern«, seufzte Erica. »Eltern haben ein Recht auf ein eigenes Leben. Und ich werde auf jeden Fall noch mit dir schlafen wollen, wenn ich siebzig bin.«

Sie lächelte ihn im Spiegel an.

»Ich bin übrigens gespannt, wie Anna wohl aussieht. Ein Brautjungfernkleid für sie zu schneidern war eine echte Herausforderung.«

»Ja, sie wird langsam dick.« Patrik setzte sich aufs Bett, um sich die Schuhe zuzubinden.

Erica legte kleine glitzernde Ohrstecker an und drehte sich zu ihm um.

»Was hältst du eigentlich von dieser Geschichte, die Helen und Marie erzählen? Steigst du da durch?«

»Keine Ahnung.« Patrik rieb sich die Augen. »Meine Gedanken haben sich die ganze Nacht im Kreis gedreht, und ich weiß nicht, was ich glauben soll. Helen bestreitet, eine Liebesbeziehung zu Marie gehabt zu haben. Sie sagt, Marie würde sich das alles ausdenken und sei auch nicht an jenem Morgen bei ihr gewesen. Dagmars Notizbuch bestätigt jedoch, dass ein weißer Renault vorbeigefahren ist. Vielleicht sagt Marie also doch die Wahrheit. Aber für diesen Zeitpunkt haben wir nur ihre Aussage. Und selbst wenn sie wirklich um acht Uhr morgens dort gewesen wäre, wissen wir nicht, ob Neas Uhr genau in dem Moment stehenblieb, als sie vom Dachboden fiel und starb. Die Uhr könnte vorher schon falsch gegangen sein.

Es ist also vieles noch unklar, und mir wird sehr viel wohler sein, wenn wir die Laborergebnisse bekommen. Wir hätten allerdings jetzt schon genug in der Hand, um Helen vorläufig festzunehmen. Ihr Geständnis ist in so vielen Punkten plausibel, dass eigentlich kein Grund besteht, es anzuzweifeln. Die Spuren in der Scheune, die Waffelschnitte, die sie Nea geschenkt hat, die verbrannte Kleidung im Kamin, auch die Fingerabdrücke.«

Erica sah ihm an, dass ihn etwas quälte.

»Aber?«

»Ich mag einfach keine offenen Fragen, und es gibt Dinge, die nicht zusammenpassen. Helen behauptet zum Beispiel, sie hätte Stella einen Stein an den Kopf geworfen und wäre nach Hause gerannt, als sie sah, dass das Mädchen tot war, aber dem damaligen Obduktionsbericht zufolge muss Stella mehrere Schläge auf den Kopf gekriegt haben. Außerdem wurde sie im Wasser gefunden. Wie ist sie da hingekommen?«

»Es sind dreißig Jahre vergangen, die Erinnerung könnte sich in der Zwischenzeit verzerrt haben.« Erica warf einen letzten Blick in den Spiegel.

Sie drehte sich vor Patrik.

»Kann ich so gehen?«

»Du bist unfassbar schön.«

Er stand auf und schlüpfte in sein Jackett. Dann imitierte er ihre Pirouette.

»Und ich?«

»Superschick, mein Herz.« Sie beugte sich vor, um Patrik auf den Mund zu küssen.

Dann hielt sie inne. Patrik hatte irgendwas gesagt, das sie irritierte. Aber was war es gewesen?

Patrik nahm sie in den Arm, und der Gedanke war weg. Er roch heute so gut. Vorsichtig küsste sie ihn.

»In welchem Zustand mögen unsere kleinen Wilden sein?«, fragte er. »Meinst du, sie sind noch sauber und ordentlich gekleidet, oder müssen wir von vorn anfangen?«

»Drück die Daumen.« Erica ging vor ihm die Treppe runter.

Hin und wieder geschieht ein Wunder, dachte sie, als sie ins Wohnzimmer kam. Noel und Anton saßen artig auf dem

Sofa und sahen in ihren weißen Hemden samt Weste und Fliege bezaubernd aus. Vermutlich hatten sie es Maja zu verdanken, die ihre Brüder mit Argusaugen bewachte. Und Maja sah aus wie eine Prinzessin. Sie hatte sich ihr Kleid selbst aussuchen dürfen und, wie zu erwarten gewesen war, eins aus rosafarbenem Tüll ausgewählt. Das i-Tüpfelchen war eine rosa Blüte im Haar, das Erica mit einer Lockenzange bearbeitet hatte. Ihr dabei nicht das Haar zu versengen war an sich schon eine Meisterleistung gewesen.

»Na dann!« Sie strahlte ihre feingemachte Familie an. »Auf zu Omas Hochzeit!«

Als sie bei der Kirche ankamen, hatten sich dort bereits viele Gäste versammelt. Obwohl sie in Tanum wohnten, hatten sich Kristina und Gunnar entschieden, in Fjällbacka zu heiraten, und Erica konnte sie gut verstehen. Die rote Granitkirche von Fjällbacka, die hinter dem glitzernden Meer und dem kleinen Ort aufragte, war unglaublich schön.

Die Jungs stürmten als Erste hinein, und leichten Herzens übergab Erica Patrik die Verantwortung für sie. Dann nahm sie Maja an die Hand und suchte Kristina. Gleichzeitig hielt sie Ausschau nach Anna, die ebenfalls zum Brautzug gehörte, konnte sie und Dan aber nirgendwo entdecken. Typisch Anna, immer zu spät.

»Wo ist Emma?«, fragte Maja.

Annas Tochter Emma war ihre Lieblingscousine, und dass sie und Emma gleiche Kleider tragen würden, war in Majas Leben ein unfassbar bedeutsames Ereignis.

»Sie kommen gleich«, beruhigte Erica sie und unterdrückte ein Seufzen.

Sie ging in die Sakristei, wo die Pastorin und das Gefolge der Braut warteten, bis alle Gäste in den Kirchenbänken saßen.

»Wow«, sagte sie, als sie ihre Schwiegermutter erblickte. »Wie schön du bist!«

»Danke, gleichfalls.« Kristina nahm sie herzlich in den Arm. Dann schaute sie mit betrübtem Gesicht auf ihre Armbanduhr. »Wo ist Anna?«

»Spät dran, wie immer«, sagte Erica. »Sie kommt bestimmt jeden Augenblick.«

Sie zog ihr Handy aus der Handtasche, um zu sehen, ob Anna eine Nachricht geschickt hatte, und tatsächlich stand »Anna« auf dem Display.

Sie las die Mitteilung und sagte dann mit gequältem Grinsen: »Du wirst es nicht glauben. Sie sind nach Munkedal gefahren, um Bettina abzuholen. Auf dem Rückweg fing das Auto an zu kochen, und nun stehen sie am Straßenrand und warten auf den Abschleppwagen. Anna versucht seit einer halben Stunde, ein Taxi zu bekommen.«

»Und das sagt sie uns jetzt?«, rief Kristina mit schriller Stimme.

Erica hatte das Gleiche gedacht, zwang sich aber, ruhig zu bleiben. Dies war der große Tag ihrer Schwiegermutter, und den sollte nichts kaputtmachen.

»Sie werden es schon schaffen. Und wenn nicht, müsst ihr eben ohne sie anfangen.«

»Sieht so aus.« Kristina seufzte. »Die Leute warten, und zum Essen im *Stora* Hotel müssen wir auch pünktlich kommen. Aber eins sage ich dir, es ist mir wirklich ein Rätsel, wie sie das immer wieder hinkriegt.«

Erica merkte jedoch, dass ihr Ärger sich schon gelegt hatte. Manchmal musste man fünfe gerade sein lassen. Es war ohnehin niemand verwundert. Irgendwie brachte sich Anna ständig in Schwierigkeiten.

Als die Kirchenglocken läuteten, reichte Erica Kristina den Brautstrauß.

»Es ist so weit.« Gunnar gab seiner Zukünftigen einen Kuss.

Er trug einen eleganten dunklen Anzug und strahlte über das ganze, ohnehin freundliche Gesicht, als er die Braut sah.

Das ist gut, dachte Erica. Es ist gut und richtig und wunderbar. Sie hatte bereits ein Tränchen im Auge und ermahnte sich, jetzt bloß nicht die Fassung zu verlieren. Was Hochzeiten anging, war sie schrecklich sentimental, aber es wäre schön gewesen, wenn das tolle Make-up wenigstens bis zur Trauung gehalten hätte.

»So, jetzt gehen Sie hinein«, sagte der Küster.

Erica warf schnell einen Blick durch die Tür, aber keine Anna weit und breit. Länger konnten sie nun wirklich nicht warten.

Von der Orgel dröhnte ein Hochzeitsmarsch, und Kristina und Gunnar gingen Hand in Hand durch den Mittelgang. Erica betrachtete lächelnd ihre Tochter, die ihre Aufgabe todernst nahm. Auch sie schritten Hand in Hand zum Altar und winkten majestätisch den Gästen zu.

Vorne am Altar stellten sie und Maja sich auf die linke Seite, während Kristina und Gunnar zur Pastorin gingen. Patrik, der mit Noel und Anton in der ersten Reihe saß, flüsterte: »Wo ist Anna?« Erica schüttelte diskret den Kopf und verdrehte die Augen. Wie blöd konnte man sich eigentlich anstellen? Emma hatte sich so darauf gefreut, mit Maja Blümchen zu streuen.

Die Zeremonie nahm stimmungsvoll ihren Verlauf, und das Brautpaar antwortete erwartungsgemäß mit Ja. Erica tupfte sich noch eine Träne ab, hatte sich aber ansonsten erstaunlich gut im Griff. Sie lächelte Kristina an, während sie auf die Orgel warteten.

Aber anstatt den Marsch zu spielen, der für den Auszug vorgesehen war, ließ der Organist noch einmal den Hochzeitsmarsch vom Anfang erklingen. Verwundert blickte Erica nach oben. War der Mann betrunken? Doch dann sah sie die beiden. Und plötzlich war ihr alles klar. All ihre Sorgen lösten sich in Luft auf, und Tränen liefen ihr übers Gesicht. Sie sah Kristina, die ihr unauffällig zublinzelte. Sie und Gunnar waren ein Stück zur Seite getreten und standen Erica und Maja nun direkt gegenüber.

Ein Raunen ging durch die Reihen, als das Brautpaar vorbei an staunenden, lächelnden Gesichtern zum Altar ging. Als sie an ihr vorbeikam, drehte sich Anna zu Erica um, und Erica musste so heftig weinen, dass sie kaum noch Luft bekam. Dankbar griff sie nach dem Taschentuch, das ihr irgendjemand in die Hand drückte, und als sie die Augen öffnete, sah sie, dass es Patrik gewesen war.

Anna war so schön. Sie trug ein enganliegendes besticktes weißes Kleid, das ihren Bauch hervorhob. Das blonde Haar trug sie offen, und der Schleier war an einem schlichten Diadem befestigt. Erica erkannte den Schleier wieder. Sie hatte ihn auch getragen, als sie Patrik heiratete, genau wie ihre Mutter. Mit seinen breiten Schultern und dem blonden Haar sah Dan aus wie ein Wikinger, aber der dunkelblaue Anzug stand ihm gut.

Als sie ihre Eheversprechen abgegeben hatten und zu Mann und Frau erklärt worden waren, schaute Anna Erica an. Zum ersten Mal im Leben sah Erica in den Augen ihrer rastlosen Schwester so etwas wie Ruhe. Sie begriff, was Anna ihr wortlos zu sagen versuchte. Sie konnte jetzt loslassen. Sie brauchte sich keine Sorgen mehr zu machen.

Die Sonne wärmte noch, als sich Marie auf dem amerikanischen Liegestuhl auf dem Steg ausruhte. Nachmittags war es hier atemberaubend schön. Da Jessie eine halbe Stunde zuvor gegangen war, hatte Marie das Haus für sich. Jessie wollte mal wieder zu Sam, und am nächsten Tag würde sie auf irgendeine Party gehen. Offenbar wurde sie jetzt regelmäßig eingeladen. Das Mädchen schien sich ja doch noch zu mausern.

Marie hatte mehr getrunken als sonst, aber das machte nichts. Sie musste erst morgen Nachmittag wieder drehen. Gierig trank sie die letzten Tropfen aus ihrem Glas und griff nach der Flasche auf dem Tisch. Leer. Sie versuchte aufzustehen, plumpste aber sofort nach hinten.

Schließlich stand sie aufrecht. Mit der leeren Flasche in der Hand taumelte sie in die Küche. Sie öffnete den Kühlschrank und holte eine kalte Flasche Sekt heraus. Es war schon die dritte an diesem Abend, aber heute brauchte sie das, um ihren Schmerz zu betäuben.

Sie wusste nicht genau, was sie gedacht hatte. Hatte sie geglaubt, dass Helen endlich zu ihr stehen würde, wenn sie sich ihr offenbarte und alle Karten auf den Tisch legte? Doch Helen hatte sie wieder einmal abgewiesen. Sie hatte ihr eine Abfuhr erteilt und sie gedemütigt.

Marie war erstaunt, dass es nach dreißig Jahren immer noch genauso weh tat. Ein ganzes Leben lang hatte sie sich bemüht zu vergessen und hatte Erfolge vorzuweisen, von denen Helen nur träumen konnte. Sie hatte ihr Leben voll ausgekostet, ohne angezogene Handbremse, ohne Tabus und ohne Scheuklappen. Und währenddessen hatte sich Helen hier in ihrem grauen Alltag mit ihrem langweiligen Mann und ihrem seltsamen Sohn verkrochen. Sie war in Fjällbacka geblieben, wo die Leute schon die Köpfe zusammensteckten, wenn man sich an einem gewöhnlichen Dienstag ein Glas Wein genehmigte oder sich das Haar nicht aschblond färbte.

Wieso hatte Helen sie abgewiesen?

Marie ließ sich in den Liegestuhl fallen und leckte sich den Sekt, den sie versehentlich verschüttet hatte, von der Hand. Sie schenkte ihr Glas halbvoll und füllte es mit Pfirsichsaft auf. Der Alkohol machte so schön träge. Sie dachte an das, was sie zu diesem bezaubernden rothaarigen Polizisten gesagt hatte. Jessie war ein Arbeitsunfall gewesen. In gewisser Hinsicht meinte sie das ernst. Sie hatte nie die Absicht gehabt, Kinder zu bekommen. Sie hatte immer gut aufgepasst. Trotzdem war sie schwanger geworden. Von einem fetten kleinen Produzenten. Verheiratet, natürlich. Aber das waren sie ja alle.

Die Schwangerschaft war ein Graus gewesen, und während der Entbindung hatte sie ernsthaft geglaubt, sie müsse nun sterben. Das Kind war ein klebriges rotes Ding gewesen, das ständig schrie und immer Hunger hatte. Sie hatte zahllose Kindermädchen engagiert und das Kind auf Internate geschickt, sobald es alt genug war. Sie selbst hatte sich so gut wie nie mit ihm beschäftigt.

Sie fragte sich, was aus Jessie werden würde. Bis zum achtzehnten Geburtstag der Tochter würde Marie eine monatliche Zahlung von dem dicken Produzenten bekommen. Wenn Jessie achtzehn war, erfüllte sie in Maries Leben keine Funktion mehr. Sie versuchte, sich ein Leben ohne Jessie vorzustellen. Einsamkeit und Freiheit waren ihr willkommen. Menschen waren ohnehin eine Enttäuschung. Liebe war eine einzige Enttäuschung.

Es war nur eine Frage der Zeit, wann die Presse von ihr und Helen erfahren würde. Ihr war nicht ganz klar, wieso hier alles so schnell die Runde machte, aber es schien eine Art kollektives Bewusstsein zu geben. Nachrichten, Informationen, Gerüchte, Fakten, Lügen – alles sprach sich in Windeseile herum.

Sie war sich nicht sicher, ob das von Nachteil war. Es war doch heutzutage in. In Schauspieler- und Künstlerkreisen war es doch geradezu Mode, mit Menschen desselben Geschlechts ins Bett zu gehen. Es würde ihrem Image eine ganz neue Note hinzufügen. Den Eindruck erwecken, sie ginge mit der Zeit. Die Geldgeber würden jubeln. Ein kontrovers diskutierter Filmstar war ein Sechser im Lotto. Zuerst die vielen Artikel über die Morde. Ihre dunkle, gefährliche und verbotene Vergangenheit. So was zog immer. Dann die Liebesgeschichte. Die unerwartete Wendung. Zwei junge Mädchen von verständnislosen Erwachsenen auseinandergerissen. So banal. So dramatisch. So wirkungsvoll.

»Hallo?«

Mellberg ging ein paar Schritte zur Seite und hielt sich ein Ohr zu. Mann, war das laut hier.

»Ja?« Er versuchte, die Person am anderen Ende zu verstehen.

Nachdem er sich noch ein Stück weiter entfernt und endlich guten Empfang hatte, erkannte er seine Kontaktperson beim *Expressen*.

»Habt ihr Hinweise reinbekommen? Bei uns klingelt auch ununterbrochen das Telefon. Jeder meint, die Stimme zu erkennen. Angeblich ist es der Briefträger, mein Nachbar oder … Was? Wer wurde mit dem Auto mitgenommen? Wann? Sprich lauter!«

Er hörte aufmerksam zu. Dann legte er auf und ging zurück ins Restaurant. Patrik saß auf einem Sofa neben einer Dame, die nicht nur ihre besten Zeiten hinter sich zu haben schien, sondern offenbar auch etwas zu tief ins Glas geguckt hatte.

»Kannst du mal kommen, Hedström?«

Patrik sah ihn dankbar an und entschuldigte sich.

»Wer war denn die Schreckschraube?«, zischte Mellberg.

»Keine Ahnung. Irgendeine angeheiratete Schwägerin meiner Oma oder so ähnlich. Hier sind lauter Verwandte von mir, die ich noch nie gesehen habe.«

»Das ist das Schlimmste an Hochzeiten. Deswegen würde ich im Traum nicht heiraten«, sagte Mellberg. »Da kann Rita betteln und flehen, aber es wird nie passieren. Echte Freigeister kann man nicht zähmen.«

»Du wolltest was sagen«, unterbrach ihn Patrik.

Sie waren hinüber an die Bar gegangen und lehnten sich an den Tresen.

»Der *Expressen* hat angerufen. Ein Mann hat sich gemeldet. Am Abend, bevor wir den anonymen Anruf bekamen, nahm er drei junge Tramper aus Fjällbacka mit. Zwei Jungs und ein Mädchen. Vor der Flüchtlingsunterkunft hat er sie abgesetzt. Er meint, gehört zu haben, wie sie über etwas kicherten, was sie vorhatten. Er hat es zunächst nicht ernst genommen, aber nach allem, was in der Zeitung stand, ist er nachdenklich geworden.«

»Okay. Das klingt interessant.« Patrik nickte.

»Warte«, sagte Mellberg, »Es kommt noch besser. Einen der Jungs hat er erkannt. Es war der Sohn von Bill.«

»Bill? Segel-Bill?«

»Ja, der Anrufer hat offenbar mal ein Kind in Bills Segelschule geschickt, und daher kannte er seinen Sohn.«

»Was wissen wir über ihn?« Patrik bestellte beim Barkeeper Bier, indem er zwei Finger hochhielt. »Hältst du es für wahrscheinlich, dass da etwas dran ist?«

»Heute Abend unternehmen wir jedenfalls nichts mehr.« Mellberg deutete auf die beiden Biergläser.

»Nein, nicht heute Abend«, bestätigte Patrik. »Aber am Montag knöpfe ich mir die jungen Leute gerne mal vor. Willst du mitkommen?«

Mellberg schaute sich um. Dann tippte er sich selbst auf die Brust.

»Ich?«

»Ja, du.« Patrik trank ein paar Schlucke Bier.

»Du fragst mich sonst nie. Normalerweise fragst du immer Martin. Oder Gösta. Oder Paula.«

»Ja, aber jetzt frage ich dich. Dir haben wir diesen Hinweis zu verdanken. Ich hätte es anders gemacht, aber es hat funktioniert. Und deswegen will ich dich dabeihaben.«

»Ja, verdammt, natürlich will ich mit«, sagte Mellberg. »Du kannst jemanden an deiner Seite gebrauchen, der ein wenig Erfahrung hat.«

»Unbedingt.« Patrik lachte.

Dann wurde er ernst.

»Du, Paula hat mir von Karim und der Wohnung erzählt. Ich wollte nur sagen, dass ich das richtig nett von dir finde.«

Er hob sein Glas.

»Ach.« Mellberg stieß mit ihm an. »Rita hat nicht lockergelassen. Du weißt ja, wie das ist. *Happy wife, happy life.*«

»Hört, hört!«

Patrik prostete ihm noch einmal zu. Heute Abend würde er ein bisschen Spaß haben und sich entspannen. Wie schon lange nicht mehr.

Bohuslän 1672

Meister Anders griff zur Schnapsflasche. Er zog den Korken heraus, und Elin begann zu beten. Sie hatte zwar den Verdacht, Gott habe sie aufgegeben, aber sie konnte trotzdem nicht damit aufhören.

Als ihr die kalte Flüssigkeit über den Rücken rann, erschauerte sie. Sie wusste, was passieren würde. Sie wehrte sich nicht mehr, denn davon riss nur die Haut an ihren Handgelenken auf. Sie holte tief Luft, als sie das Ratschen hörte, den Funken roch und kurz darauf ihr Rücken in Brand gesteckt wurde.

Nachdem das Feuer erloschen war, wimmerte sie nur noch. Wie ein Stück Fleisch hing sie von der Decke. Sie konnte nur noch an den Schmerz denken. Und ans Atmen. Bald war sie am Ende ihrer Kräfte.

Als die Tür aufging, nahm sie an, dass Lars Hierne zurückgekehrt war. Wollte er sie fragen, ob sie jetzt ein Geständnis ablegen würde?

Doch die Stimme gehörte einem anderen. Sie war ihr nur allzu vertraut.

»Oh mein Gott!«, sagte Preben, und ein Funken Hoffnung flackerte in ihr auf.

Sein Herz musste doch weich werden, wenn er sie so sah. Nackt und geschändet und auf schrecklichste Weise misshandelt.

»Preben«, brachte sie schließlich heraus. Sie versuchte, sich in seine Richtung zu drehen, aber die Kette zog sie immer wieder zurück. »Hilf mir«, flüsterte sie.

Sie wusste, dass er sie gehört hatte. Er atmete schnell und stoßweise, aber er schwieg. Nachdem unendlich viel Zeit vergangen war, sagte er:

»Ich bin als Elins Pastor gekommen, um Ihr zu befehlen, die Verbrechen, für die Sie verurteilt wurde, zu gestehen. Wenn Elin bekennt, eine Hexe zu sein, sind Ihre Schandtaten gesühnt. Ich werde mich persönlich um Ihr Begräbnis kümmern. Wenn Sie ein Geständnis ablegt.«

Als sie den ängstlichen Ton seiner Stimme hörte und die Worte begriff, schwanden ihr die Sinne. Mit heiser krächzender Stimme gab sie sich nackt, verbrannt und geschändet an einer Kette hängend dem Wahnsinn hin. Sie lachte, bis die Tür geschlossen wurde. Und sie traf eine Entscheidung. Niemals würde sie etwas gestehen, was sie nicht getan hatte.

Vierundzwanzig Stunden später bekannte sich Elin Jonsdotter dazu, eine Hexe zu sein und die Werke des Teufels ausgeführt zu haben. Meister Anders' Künste waren am Ende stärker gewesen als sie. Nachdem er Gewichte an ihren Füßen befestigt und sie rücklings auf ein Nagelbrett geworfen, die Haut zwischen ihren Fingern mit einer Stahlfeile entfernt, ihre Daumen im Schraubstock gebrochen und Holzsplitter unter die Nägel an Fingern und Zehen getrieben hatte, konnte Elin nicht mehr.

Das Urteil des Gerichts in Uddevalla wurde vom Göta Hofgericht bestätigt. Sie sollte zunächst geköpft und anschließend auf dem Scheiterhaufen verbrannt werden.

»Du musst ordentlich essen«, sagte Sam.

Er öffnete den Kühlschrank. Jessie saß am Küchentisch und zuckte mit den Schultern.

»Ich schmiere uns ein paar Brote.«

Er stellte Butter, Käse und Schinken auf die Arbeitsplatte, nahm aus einem Korb Brot und belegte es. Zwei Scheiben legte er auf einen Teller, den er Jessie hinstellte. Dann bekam sie ein Glas Kakao.

»Kakao ist für Kinder.«

»Kakao tut gut.«

Er beobachtete sie, während sie vornübergebeugt am Tisch saß und das eine Brot aß. Sie war so schön. So schön, dass es weh tat. Er war bereit, mit ihr bis ans Ende der Welt zu gehen. Er hoffte nur, dass sie das Gleiche empfand.

»Du hast dich nicht anders entschieden?«

Jessie schüttelte den Kopf.

»Wir können nicht mehr zurück.«

»Wir müssen noch mal checken, ob wir alles dabeihaben. Es muss alles perfekt sein. Elegant. Und schön.«

Jessie nickte und aß das zweite Brot auf.

Sam setzte sich neben sie und drückte sie an sich. Er strich ihr mit dem Finger vom Ohrläppchen bis zu den Lippen. Die schwarze Farbe, die ihren ganzen Körper bedeckt hatte, war nicht mehr zu sehen, aber unter der Oberfläche war sie noch da. Es gab nur eine Möglichkeit, sie abzuwaschen. Er wollte Jessie helfen. Und er würde ihr helfen. Auf diese Weise würde er auch die Schwärze loswerden, die an ihm klebte.

»Wie sieht es mit der Zeit aus?«

Er sah auf die Uhr.

»In einer halben Stunde sollten wir uns ungefähr auf den Weg machen. Aber es ist fast alles fertig. Ich habe die Waffen.«

»Was war das für ein Gefühl?« Sie zog sich die Kapuze über den Kopf. »Hat es sich gut angefühlt?«

Sam überlegte. Genau. Sah James' verblüfftes Gesicht noch einmal vor sich.

»Tierisch gut.«

Von oben dröhnte Musik. Verärgert stapfte Sanna die Treppe rauf. Als sie die Tür aufriss, fuhren Vendela und Nils auseinander.

»Was soll das?«, schrie Vendela. »Hat man hier keine Privatsphäre mehr?«

»Stell die Musik leiser! Und die Tür bleibt von nun an offen!«

»Bist du verrückt?«

»Wenn ihr nicht sofort die Musik leiser stellt und die Tür offen lasst, bringe ich euch nicht nach Tanum.«

Vendela wollte etwas sagen, aber dann machte sie den Mund wieder zu. Einen Augenblick lang glaubte Sanna, eine gewisse Erleichterung in Vendelas Gesicht zu sehen.

»Kommt Basse auch mit?«

Vendela schüttelte den Kopf.

»Mit dem hängen wir nicht mehr rum«, sagte Nils.

»Ach, wieso denn nicht?«

Nils wurde plötzlich ernst.

»Man entwickelt sich eben weiter. Man wächst. Als Mensch. Das gehört dazu, wenn man langsam erwachsen wird. Oder etwa nicht, Sanna?«

Er legte den Kopf schief. Dann grinste er Vendela an. Vendela schien zu zögern, bevor sie zurücklächelte.

Sanna ging aus dem Zimmer. Irgendetwas hatte ihr an Nils nie gefallen. Basse war zwar nicht der Hellste, aber im Grunde wirkte er lieb. Nils hingegen strahlte eine merkwürdige Härte aus. Dabei waren Bill und Gun doch richtig süß. Und fürsorglich. Ganz anders als Nils.

»Macht die Musik leise und die Tür auf. Um zehn fahren wir zum *Heimathof*.«

»Kannst du Autofahren?«, fragte Jessie, als Sam den Autoschlüssel auf den Wagen richtete.

Er öffnete den Kofferraum und stellte ihr Gepäck hinein.

»Meine Mutter hat es mir beigebracht. Auf dem Hof.«

»Ist es da nicht anders als auf der Straße?«, fragte sie.

»Was schlägst du vor? Sollen wir den Bus nehmen?«

Jessie schüttelte den Kopf. Er hatte natürlich recht. Außerdem war das jetzt auch egal.

»Haben wir alles dabei?«

»Ich glaube schon«, sagte Sam.

»Steckt der USB-Stick noch im Computer?«

»Ja. Der ist nicht zu übersehen.«

»Hast du die Kanister eingepackt?«

»Ja.« Er machte die Kofferraumklappe zu und lächelte sie an. »Keine Sorge. Wir haben alles.«

»Okay.« Sie stieg auf der Beifahrerseite ein.

Sam setzte sich ans Steuer und ließ den Motor an. Er wirkte gelassen und selbstsicher, und sie entspannte sich. Sie schaltete das Radio ein und fand einen Sender, der fröhliche Musik spielte. Es lief irgendein alberner Song von Britney Spears, aber er eignete sich zum Mitsingen, und heute war alles erlaubt. Sie machte das Fenster weit auf, steckte den Kopf raus und ließ sich den Wind ins Gesicht wehen. Sie war frei. Nach all den Jahren war sie endlich frei. Frei, zu werden, wie sie sein wollte.

Es war alles da, alles durchdacht, alles vorbereitet. In seinem Notizbuch hatte Sam alles minutiös geplant, und er hatte alle Eventualitäten bedacht. Er hatte viel Zeit gehabt, um über diesen Abend nachzudenken. Was er nicht wusste, hatte er gegoogelt. Eigentlich war es nicht schwer. Man musste nicht besonders intelligent sein, um sich auszurechnen, wie man größtmöglichen Schaden anrichtete.

Die Zerstörung sollte reinigend wirken und ein Gleichgewicht herstellen. Denn sie waren alle beteiligt gewesen. Auf ihre Weise. Diejenigen, die geschwiegen hatten, und diejenigen, die immer zuschauten, aber nie etwas sagten. Die lachten. Mit dem Finger auf sie zeigten. Die schubsten und anfeuerten. Sogar die, die leise protestierten, so leise, dass niemand sie hörte, aber sie selbst das Gefühl hatten, gute Menschen zu sein.

Auch sie hatten es verdient, die Konsequenzen zu spüren zu bekommen.

Sie waren früh da. In den Räumen des *Heimathofs* wurde gerade die abendliche Disco vorbereitet. Niemand sah sie. Es war kein Problem, unbemerkt den Kofferraum auszuladen und alles, was sie brauchten, bereitzustellen. Die Benzinkanister waren schwer, aber gemeinsam ging es, jeder wuchtete einen ins Gebüsch, und dann deckten sie die Kanister mit Zweigen ab. Die Abenddämmerung kam ihnen zu Hilfe.

Sam behielt die Ausgänge im Blick. Er hatte lange überlegt, bis ihm die einfachste Lösung eingefallen war. Große Vorhängeschlösser. Natürlich hätte man eine Fensterscheibe einschlagen können. Aber für so einfallsreich und mutig hielt er sie nicht. Sie waren alle so feige.

Sie warteten im Auto, tief in die Sitze gesunken und die Köpfe eingezogen. Sie redeten nicht, sondern hielten sich nur an den Händen. Das würde er vermissen. Aber es war wahrscheinlich das Einzige, was er vermissen würde. Es tat zu sehr weh. Das Leben tat einfach zu weh.

Endlich kamen Leute. Sam und Jessie starrten durch die Scheibe und beobachteten alles genau. Sie durften nicht anfangen, bevor die Hauptpersonen eingetroffen waren.

Schließlich sahen sie die drei. Vendela und Nils zuerst, Basse eine Weile später. Das Trio schien sich aufgelöst zu haben. Sam beugte sich zu Jessie rüber und küsste sie. Ihre Lippen waren ein wenig spröde und angespannt, aber dann wurden sie weicher.

Der Kuss dauerte nicht lange. Sie waren so weit. Es war alles gesagt, alles getan.

Niemand schaute in ihre Richtung, als sie aus dem Auto stiegen. Sie gingen in einem großen Bogen um den *Heimathof* herum und betraten ihn durch den Hintereingang. Die Benzinkanister und die Reisetasche schleppten sie mit. Niemand bemerkte sie, als sie die Rasenfläche überquerten, und im Gebäude war es dunkel, die Fenster waren mit schwarzem Molton oder Plastikfolie abgedeckt. Die Musik dröhnte in voller Lautstärke, und vorn über der Tanzfläche blitzte eine Discokugel.

Nachdem sie die Kanister und die Reisetasche hinter der Tür deponiert hatten, gingen sie wieder raus, legten von außen eine Kette um die beiden Türknäufe und befestigten ein Vorhängeschloss daran. Als sie sich auf den Eingang zubewegten, hatten sie nur noch das Geld für den Eintritt und eine weitere Kette und noch ein Vorhängeschloss bei sich. Zielstrebig reihten sie sich in die Schlange ein. Niemand nahm Notiz von ihnen. Alle unterhielten sich laut und hatten bereits einen leichten Rausch, weil sie bei irgendwelchen Freunden zu Hause zum Vorglühen gewesen waren.

Sie kamen an der Kasse vorbei, ohne angesprochen zu werden. Das Haus war jetzt voll. Im Saal wogte eine tanzende, kreischende Masse mit vielen Köpfen. Sam erinnerte Jessie leise an ihren Plan. Sie nickte. Sie gingen an den Wänden entlang. Hinten am Ausgang stand ein knutschendes Pärchen. Die beiden gingen in Sams Parallelklasse und waren so damit beschäftigt, sich gegenseitig die Hände unter die Klamotten zu schieben, dass sie weder Sam noch Jessie bemerkten. Die öffneten die Reisetasche und steckten sich die Waffen schnell unter die weiten Kapuzenpullover. Die Kanister ließen sie stehen. Die würden sie erst später brauchen. Erst einmal mussten sie die Eingangstür verschließen. Dann würde es lustig werden.

Aus dem Augenwinkel sah er Vendela und Nils mitten auf der Tanzfläche. Basse war nicht dabei. Sam hielt Ausschau nach ihm und entdeckte ihn schließlich in einer Ecke am anderen Ende des Raums. Mit vor der Brust verschränkten Armen lehnte er an der Wand und starrte Nils und Vendela an.

Vor dem Eingang war immer noch eine zehn Meter lange Schlange aus Feierfreudigen. Der Kassierer stand direkt hinter der Tür. Sam ging zu ihm.

»Wir müssen überprüfen, ob sich die Türen schließen lassen. Sicherheitsvorschriften. Es dauert nur zwei Minuten.«

»Okay«, sagte der junge Mann, bei dem sie den Eintritt bezahlt hatten. »Klar.«

Sam zog die Türen zu und befestigte rasch die Kette und das Vorhängeschloss daran. Er ließ die Schultern sinken und zwang sich, tief Luft zu holen. Konzentration. Niemand konnte mehr raus. Und niemand rein. Sie hatten den Raum unter Kontrolle. Sam drehte sich um und nickte Jessie zu. Von außen wurde bereits an die Tür gehämmert, aber das ignorierte er. Die Musik war so laut, dass nur er es hörte.

Der Kasten mit den Lichtschaltern hing in einem kleinen Flur links vom Eingang. Er warf Jessie einen letzten Blick zu, sie hatte die Hände bereits unter dem Pullover. Er drehte die Sicherung der Musikanlage raus und schaltete das Licht an. Nun gab es wirklich kein Zurück mehr.

Als die Musik verstummte und es taghell im Raum wurde, herrschte zunächst bestürztes Schweigen. Dann wurde etwas gerufen, und kurz darauf schrie ein Mädchen. Bald waren mehrere empörte Stimmen zu hören. Im grellen Licht sahen die Jugendlichen blass und lächerlich aus. Sam spürte, wie ihn Selbstvertrauen erfüllte und ihn Gefühle, die er jahrelang angestaut hatte, sanft, aber kraftvoll durchströmten.

Er postierte sich vorm Eingang und drehte sich zur Tanzfläche um, damit ihn alle sehen konnten.

Jessie stellte sich neben ihn.

Langsam holte er die Waffen raus. Sie hatten vereinbart, dass jeder von ihnen zwei Pistolen benutzen sollte. Gewehre wären zu auffällig gewesen.

Er schoss an die Decke, und sofort war es still. Alle starrten ihn an. Endlich hatte sich die Situation umgekehrt. Er hatte immer gewusst, dass er besser war als sie. Diese jämmerlichen Gestalten mit ihren jämmerlichen und banalen Gedanken. Sie würden bald vergessen sein. Ihn und Jessie würde niemand vergessen.

Sam ging auf die Tanzfläche zu. Nils und Vendela glotzten ihn dämlich an. Sam genoss die Angst in Nils' Augen. Er sah ihm an, dass er Bescheid wusste. Ohne zu zittern, hob Sam die Pistole. Langsam, um jede Sekunde zu genießen, betätigte er den Abzug. Der Schuss traf Nils mitten in die Stirn, und er fiel sofort um. Mit offenen Augen lag er auf dem Boden. Aus dem makellosen Einschussloch floss ein schmales Rinnsal von Blut.

Sie liefen und liefen. Jeden Abend gingen sie spazieren. Die Luft im Keller war zum Ersticken, und wenn sie einzuschlafen versuchten, schienen die Wände näher zu kommen. Oben war bis zwei oder drei Uhr nachts der Fernseher an, die alte Frau konnte offenbar auch nicht schlafen. Nur Spazierengehen half. Stundenlang. Bis sie müde waren und genug Sauerstoff für eine ganze Nacht im Keller getankt hatten.

Auf ihren Spaziergängen redeten sie nicht miteinander. Die Gefahr war zu groß, dass sie die Vergangenheit geweckt und ihren Alpträumen von Ruinen und zerfetzten Kindern zusätzliche Nahrung gegeben hätten. Außerdem bestand die Gefahr, sie könnten über die Zukunft sprechen und begreifen, dass es auch dort keine Hoffnung für sie gab.

Die Menschen in den Häusern, an denen sie vorbeikamen, schienen sich in einer anderen Welt zu befinden.

Hinter den Fenstern war der Teil von Schweden, den sie gern kennengelernt hätten. Sie versuchten es jeden Abend. Sie gingen in den Ort, und schauten in die Wohnungen mit den seltsam aufgeräumten Balkons. Keine Wäsche, keine Lampions, höchstens eine kleine Lichterkette. Einmal hatten sie eine Yuccapalme auf einem Balkon gesehen. Der Anblick war so ungewohnt gewesen, dass Adnan Khalil darauf hinwies.

Vom Ort gingen sie immer zur Schule runter. Es war faszinierend, eine schwedische Schule zu sehen. Sie sah so neu aus. Und so schick.

»Im roten Haus scheint ein Fest zu sein.« Adnan deutete auf den *Heimathof*.

Bill hatte versucht, ihnen das Wort zu erklären, aber da es im Arabischen nichts Entsprechendes gab, nannten sie den *Heimathof* nur »das rote Haus«.

»Sollen wir mal gucken?«, fragte er.

Khalil schüttelte den Kopf.

»Das sind wahrscheinlich Jugendliche. Die haben bestimmt Alkohol getrunken. Und dann gibt es immer jemanden, der sich mit Arabern prügeln will.«

»Muss nicht sein.« Adnan zog Khalil am Arm. »Und vielleicht lernen wir Mädchen kennen.«

Khalil seufzte.

»Wie gesagt: Das gibt nur Ärger.«

»Ach, komm schon.«

Khalil zögerte. Er wusste, dass er übertrieben vorsichtig war. Aber war das ein Wunder?

Adnan ging los, doch Khalil hielt ihn am Arm fest.

»Hör mal!«

Adnan blieb stehen und lauschte. Dann drehte er sich mit weit aufgerissenen Augen zu Khalil um.

»Ein Schuss«, sagte er.

Khalil nickte. Dieses Geräusch war ihnen vertraut. Und es kam vom *Heimathof*. Sie sahen sich an. Dann rannten sie auf das Geräusch zu.

»Was für eine phantastische Hochzeit!« Erica kuschelte sich an Patrik. »Ich war so unglaublich überrascht, als Anna und Dan gestern in die Kirche kamen. Ich wusste, dass sie mir etwas verheimlichten, aber mit einer Doppelhochzeit hätte ich nie im Leben gerechnet.«

Sie stand immer noch unter Schock, aber sie hatte sich so gut wie noch auf keiner Hochzeit amüsiert, ihre eigene eingeschlossen. Alle waren so baff gewesen, dass sich die Partystimmung bereits in der Kirche einstellte. Nach einem wunderbaren Essen und unzähligen Reden hatte die Tanzfläche die ganze Nacht gebrodelt.

Nun saßen sie auf der Veranda, schauten sich den Sonnenuntergang an und genossen ihre Erinnerungen.

»Meine Güte«, sagte Patrik. »Du hättest dein Gesicht sehen sollen, als Anna und Dan reinkamen. Ich dachte schon, ich kann dich vom Boden aufwischen. Ich hatte gar nicht gewusst, dass man so viel weinen kann. Du warst total süß. Wimperntusche lief dir übers Gesicht, und du sahst aus wie ein niedlicher Pandabär. Oder eine Katze. Weißt du, eine schwarze Katze mit einem süßen Näschen.«

»Super«, seufzte Erica, aber er hatte ja recht.

Im Hotel hatte sie als Erstes ihr Make-up in Ordnung gebracht. Wimperntusche und Eyeliner waren komplett verschmiert, und sie sah aus wie eine …

Erica erstarrte.

»Was ist los?«, fragte Patrik verwundert. »Hast du ein Gespenst gesehen?«

Erica stand ruckartig auf. Ihr war noch etwas eingefallen, das sie irritiert hatte. Etwas, das Patrik über Helen gesagt hatte.

»Als wir gestern über Helen sprachen, hast du eine Süßigkeit erwähnt. Worum ging es da noch mal?«

»Nea hatte Schokolade und eine Art Waffelgebäck im Magen. Pedersen glaubt, sie könnte eine Waffelschnitte gegessen haben. Als ich Helen danach fragte, sagte sie, Nea habe gesehen, wie sie eine Waffelschnitte aß, und die wollte sie probieren. Also hat sie ihr was davon abgegeben. Die Verpackung haben wir tatsächlich auf dem Dachboden gefunden.«

»Helen kann keine Schokolade gegessen haben. Sie hat eine Allergie. Hat sie die Waffelschnitte zuerst erwähnt? Oder du?«

Patrik überlegte kurz, dann schüttelte er den Kopf.

»Ich weiß es nicht. Könnte sein, dass ich davon angefangen habe.«

»Und wie nannte Nea ihre Katze? Ihren Freund aus der Scheune?«

»Die schwarze Katze.« Patrik lachte. »Kinder sind so witzig.«

»Patrik.« Erica schaute ihn ernst an. »Ich weiß, wie alles zusammenhängt. Ich weiß, wer es getan hat.«

»Was getan hat?«

Erica wollte es Patrik gerade erklären, als Patriks Telefon klingelte.

Ihr Magen verkrampfte sich, als sie seinen Blick sah.

Patrik hörte verbissen zu, dann legte er auf.

»Ich muss los«, sagte er. »Martin hat angerufen. Auf dem *Heimathof* fallen Schüsse.«

»Was wissen wir?« Martin drehte sich zu Paula und Mellberg um, die auf der Rückbank saßen. Er hatte Bereitschaftsdienst gehabt und war nach dem Anruf bei Patrik sofort zu ihnen gefahren. »Wissen wir, wer schießt?«

Ihre Blicke trafen sich im Rückspiegel.

»Nein«, sagte Paula. »Aber ich bin mit Annika in Kontakt, wir bekommen allmählich Anrufe.«

»Könnte es wieder was mit den Flüchtlingen zu tun haben?«, fragte Mellberg.

»Glaube ich nicht.« Martin schüttelte den Kopf. »Es war

offenbar eine Art Schulfest, weil nächste Woche die Sommerferien zu Ende gehen. Die sind aus der Mittelstufe.«

»Verdammt, das sind doch Kinder«, sagte Mellberg. »Wie weit ist es noch?«

»Ach, Bertil, bitte, du bist die Strecke schon genauso oft gefahren wie ich«, sagte Martin ungeduldig.

»Brauchen wir Verstärkung?«, fragte Paula. »Soll ich in Uddevalla anrufen?«

Martin überlegte einen Augenblick, obwohl er die Antwort instinktiv wusste. Er wusste, dass es schlimm war. Richtig schlimm.

»Ja, ruf in Uddevalla an«, sagte er, ohne sich mit Mellberg abzusprechen.

Dann drückte er das Gaspedal durch.

»Wir sind gleich da. Seht ihr Patrik und Gösta?«

»Nein, die sind aber unterwegs«, sagte Paula.

Als Martin auf das Gelände des *Heimathofs* fuhr, sah er zwei Jungs, die vom Gebäude wegrannten.

»Was ist los?«

»Someone is shooting in there!«, rief der eine. Martin kannte ihn von der Flüchtlingsunterkunft. »Es ist *crazy. People are panicking.*«

Eine Mischung aus Englisch und Schwedisch sprudelte aus ihm heraus. Martin hob die Hand, damit er langsamer sprach.

»Wisst ihr, wer?«

»Nein, wir haben es nicht gesehen, *we just heard shots and people screaming.*«

»Okay, danke. Haut ab.« Martin schob sie weg.

Er sah zum *Heimathof* rüber und drehte sich dann zu Paula und Mellberg um.

»Wir müssen rausfinden, was hier los ist. Ich gehe näher ran.« Er richtete seine Waffe zu Boden.

»Wir kommen mit«, sagten Paula und Mellberg.

Martin nickte.

Weitere Jugendliche rannten auf sie zu, aber Martin hatte den Eindruck, dass sie nur draußen gewesen waren. Aus dem Gebäude selbst kam niemand.

»Wir teilen uns auf«, sagte er. »Geht vorsichtig so nah wie möglich an die Fenster ran. Wir müssen wissen, was da drin abgeht.«

Beide nickten und schlichen auf den *Heimathof* zu. In höchster Anspannung schaute Martin durch ein Fenster. Ihm wurde eiskalt. Nun wusste er, was sie zu tun hatten. Doch das bedeutete nicht, dass er gewusst hätte, wie er mit der Situation umgehen sollte. Patrik und Gösta waren auf dem Weg, aber bis die Verstärkung aus Uddevalla eintraf, würde es eine Weile dauern. Und sein Bauchgefühl sagte ihm, dass ihnen nicht viel Zeit blieb.

Immer mehr und immer lautere Schreie ertönten. Sam schoss in die Luft.

»Schnauze!«

Alle verstummten, aber vereinzelt hörte man Jugendliche weinen. Sam nickte Jessie zu, und sie ging zum Hinterausgang. Mühsam schleppte sie die Benzinkanister heran und stellte sie Sam vor die Füße.

»Du da.« Sam zeigte auf einen großen Jungen, der ein weißes Hemd und eine braune Chino trug. »Du nimmst diesen Kanister und schüttest ihn da drüben aus.«

Er zeigte auf die linke Längswand des Raums.

»Und du.« Er nickte einem dunkelhaarigen Jungen in einem rosa Hemd zu. »Du übernimmst die andere Seite. Vergesst nicht, was auf die Vorhänge zu gießen.«

Er zeigte auf den Stoff vor den Fenstern.

Beide Jungs standen zunächst wie gelähmt da, aber als Sam eine Waffe auf sie richtete, setzten sie sich in Bewegung. Sie holten sich je einen Benzinkanister, doch an den Längswänden des Raumes blieben sie zögernd stehen.

»Los, macht schon!«, schrie Sam.

Er wandte sich an Jessie.

»Du passt auf, dass sie es ordentlich machen. Sonst schießt du.«

Sam betrachtete das zitternde, heulende, armselige Grüppchen. Einige suchten nach einem Fluchtweg, überlegten, ob sie einfach nach draußen stürmen sollten.

»Da kommt ihr nicht raus, die Türen sind abgeschlossen.« Er grinste. »Macht keine Dummheiten!«

»Warum tut ihr das?«, schluchzte Felicia aus seiner Klasse. »Warum?«

Sie gehörte zu den Beliebten. Große Brüste und lange blonde Haare. Dumm wie Brot.

»Tja, was glaubt ihr denn?«

Er schaute Vendela an, die noch dort stand, wo Nils zu Boden gegangen war. Sie zitterte in ihrem kurzen Rock und dem winzigen Top.

»Hast du vielleicht eine Theorie, Vendela?«

Er sah sich im Raum um.

»Na, Basse? Was denkst du? Warum machen wir das?«

Basse weinte dicke, stumme Tränen.

»Du solltest da nicht alleine stehen«, sagte Sam. »Los, geh zu Vendela rüber! Ihr seid doch Freunde.«

Langsam bewegte sich Basse auf Vendela zu, die vor sich hin stierte. Er stellte sich neben sie, ohne die Leiche von Nils anzuschauen.

Sam legte den Kopf schief.

»Wen von euch werde ich wohl zuerst erschießen? Ihr könnt es euch aussuchen, ist das nicht toll? Oder soll ich bestimmen? Keine einfache Entscheidung. Soll ich erst die Sau abknallen, die die Befehle erteilt, oder das arme Schwein, das sie ausführt?«

Sie antworteten nicht. Vendela lief Wimperntusche übers Gesicht.

Kontrolle. Jetzt hatte er sie.

Sam zielte. Drückte ab. Ohne einen Laut sank Vendela zu Boden. Schrille Schreie hallten von den Wänden wider.

»Ruhe!«, brüllte Sam.

Einige heulten jetzt hemmungslos, und ein kleiner Achtklässler musste sich übergeben. Vendela war direkt neben Nils zu Boden gestürzt, aber Sam hatte diesmal nicht ganz so gut getroffen. Die Kugel war durch das rechte Auge eingedrungen, aber das Ergebnis war dasselbe.

Sie war tot.

Erica saß auf dem Beifahrersitz neben Patrik, der so schnell fuhr wie noch nie. Er wusste, dass er damit gegen alle Vorschriften verstieß, aber sie hatte ihn gezwungen, sie mitzunehmen. »Das Leben von Jugendlichen ist in Gefahr«, hatte sie gesagt. »Ihr werdet viele Erwachsene vor Ort brauchen, die Trost spenden können.« Sie hatte natürlich recht gehabt. Er drückte ihre Hand. Sie schaute hinaus in die schöne Sommernacht. Es hatte etwas Einschläferndes, über die dunklen, leeren Straßen zu fahren, aber er war hellwach.

Endlich sah er die Abzweigung zum *Heimathof*. Mit quietschenden Reifen fuhr er um die Kurve und parkte neben den Autos von Martin und Gösta. Er sagte Erica, sie solle im Wagen warten, und ging los, um sich einen ersten Überblick zu verschaffen.

»Helens Sohn ist da drin! Mit Maries Tochter!« Martin sah ihn an wie ein gehetztes Tier.

Mellberg und Paula nickten.

»Es besteht akute Gefahr. Was machen wir. Sam und ...?« Martin fiel der Name nicht ein.

»Jessie, sie heißt Jessie«, sagte Patrik.

»Ja, Sam und Jessie sind bewaffnet und haben die Jugendlichen da drin als Geiseln genommen. Ein Junge liegt reglos auf dem Boden, aber da er von anderen verdeckt wird, konnten wir nicht erkennen, wie schlimm es um ihn steht. Ein

Krankenwagen ist unterwegs, es kann aber eine Weile dauern, bis er hier ist.«

»Und die Verstärkung aus Uddevalla?«, fragte Patrik.

»Das dauert mindestens eine halbe Stunde«, sagte Paula. »Ich glaube nicht, dass wir so lange warten sollten.«

Im *Heimathof* ertönte ein Schuss, der alle zusammenzucken ließ.

»Was machen wir?«, fragte Gösta. »Wir können doch nicht einfach hier rumstehen und auf Verstärkung warten, während die da drin noch mehr junge Leute abknallen.«

Patrik überlegte einige Sekunden lang. Dann traf er einen schnellen Entschluss. Er öffnete die Beifahrertür und bat Erica auszusteigen. Erklärte ihr, was passiert war, und was auf dem Spiel stand.

»Du hast doch bestimmt Sams Telefonnummer«, sagte er.

Sie nickte.

»Ja, die hat er mir bei dem Interview gegeben.«

»Gibst du sie mir? Unsere einzige Chance besteht darin, Kontakt zu ihm aufzunehmen, mit ihm zu reden und ihm und Jessie klarzumachen, was das für ein Wahnsinn ist.«

Erica las ihm die Nummer vor, und er gab sie mit zitternden Fingern ein. »Helen müsste hier sein. Vielleicht würde Sam drangehen, wenn sie ihn anruft. Aber es ist jetzt zu spät, um sie zu holen. Wir müssen Sam sofort erreichen, sonst erschießen die beiden noch mehr Jugendliche!«

Erica kam zu ihm.

»Soll ich es mal versuchen?«, fragte sie leise. »Vielleicht geht er ans Telefon, wenn er sieht, dass ich es bin. Wir haben ein wirklich gutes Gespräch geführt. Ich hatte das Gefühl, dass er mich an sich heranlässt und sich öffnet.«

Patrik sah sie ernst an.

»Einen Versuch ist es wert.«

Erica klickte die Nummer an und wartete gespannt.

»Mach den Lautsprecher an«, sagte er leise.

»Wieso rufen Sie an?«

Gespenstisch hallte Sams Stimme über den Parkplatz.

Erica holte tief Luft.

»Ich habe gehofft, du würdest mit mir reden«, sagte sie. »Bei unserem Treffen hatte ich den Eindruck, dass du das Gefühl hast, dir hört niemand zu. Aber ich tue es.«

Er schwieg. Im Hintergrund waren Schluchzer und Gemurmel und vereinzelte Schreie zu hören.

»Sam?«

»Was wollen Sie?« Seine Stimme klang auf einmal uralt.

Patrik signalisierte ihr, dass sie ihm das Handy geben sollte, und nach einem gewissen Zögern drückte Erica es ihm in die Hand.

»Sam? Hier ist Patrik Hedström. Von der Polizei.«

Stille.

»Wir wollen nur ein bisschen reden. Braucht da drin jemand Hilfe? Ein Krankenwagen ist unterwegs.«

»Dafür ist es zu spät.«

»Wie meinst du das?«, fragte Patrik.

»Es ist zu spät.«

Sam sagte nichts mehr. In seiner Nähe herrschte Jessie jemanden an, er solle die Schnauze halten.

Patrik war sich unsicher. Er sah Erica an, sie nickte. Es war ein Versuch. Entweder kam er an Sam heran, oder sie machten alles nur noch schlimmer. Aber der Kontakt zu Sam war ihre einzige Chance. Solange die Verstärkung nicht da war, konnten sie den *Heimathof* nicht stürmen. Also mussten sie irgendwie versuchen, das Gespräch in Gang zu halten.

»Wir wissen Bescheid, Sam«, sagte Patrik. »Wir wissen, was passiert ist. Wir wissen, dass deine Mutter versucht hat, die Schuld auf sich zu nehmen. Kannst du die Jugendlichen nicht einfach laufenlassen? Sie haben dir doch nichts getan. Und dann reden wir darüber?«

»Nichts getan? Was wissen Sie denn schon?« Sams Stimme

überschlug sich. »Sie sind total widerlich, sie waren schon immer widerlich, und sie haben den Tod verdient!«

Sam schluchzte auf. Patrik ahnte einen Riss, eine Öffnung. Solange Sam etwas fühlte, konnten sie ihn erreichen. Menschen, die sich verschlossen hatten, waren am gefährlichsten.

»Und Nea?«, fragte er. »Was ist mit ihr passiert? Hatte sie auch den Tod verdient?«

»Nein, das war ein Unfall«, sagte Sam leise. »Ich wollte das nicht. Ich habe gesehen, wie meine Mutter Marie küsste. Sie dachten, sie wären allein, aber ich konnte sie von meinem Versteck in der Scheune deutlich sehen. Ich wollte einfach meine Ruhe haben, aber Nea ließ nicht locker. Sie wollte unbedingt mit mir spielen, und zum Schluss habe ich die Geduld verloren und sie weggeschubst. Sie ist gefährlich nah an der Kante gelandet, und ich habe die Hand ausgestreckt, um sie von dort wegzuziehen, aber sie hat offenbar Angst vor mir bekommen, weil ich sie wohl etwas fester geschubst habe als gewollt. Sie ist vor mir zurückgewichen. Und gefallen.«

Es wurde still. Patrik sah Erica an.

»Und dann hat deine Mutter dir geholfen.«

Schweigen. Nur die unsichtbaren Jugendlichen, die im Hintergrund jammerten und heulten, waren zu hören. Und Hilferufe.

»Es tut mir leid«, sagte Sam leise. »Sagen Sie meiner Mutter, dass es mir leidtut. Alles.«

Dann legte er auf.

Fieberhaft versuchte Patrik, ihn erneut anzurufen. Keine Antwort. Noch ein Schuss fiel, und alle zuckten zusammen. Grimmig sah Patrik auf die Uhr.

»Wir können nicht warten. Wir müssen näher ran. Erica, du bleibst hier bei Mellberg. Du gehst unter keinen Umständen vom Auto weg. Okay?«

Erica nickte.

»Paula, Martin und Gösta, ihr kommt mit. Mellberg, du informierst die Kollegen, wenn sie eintreffen. Alles klar?«

Alle nickten. Patrik überprüfte den Sitz seiner Waffe und fixierte den *Heimathof*. Er hatte keine Ahnung, wie er die nahende Katastrophe verhindern sollte. Aber er musste es wenigstens versuchen.

Als Sam auflegte, zitterte er leicht. Sie wussten Bescheid. Sie wussten, was er getan hatte. Einen Augenblick lang sah er den kleinen Kinderkörper vor sich, der den Halt verlor. Er hatte doch nur gewollt, dass sie wegging und ihn in Frieden ließ. Ihr Gesichtsausdruck, als sie fiel, war eher erstaunt als verängstigt. Er war an die Kante gehechtet, um sie zu packen, aber es war zu spät, sie lag bereits auf dem Boden, und rings um ihren Kopf hatte sich eine Blutlache gebildet. Ein paarmal hatte sie noch rasselnd geatmet, dann sank ihr Körper langsam in sich zusammen, und ihr Blick wurde leer.

Wäre es nicht passiert, hätte er jetzt nicht hier gestanden. Die Pläne in seinem Notizbuch waren nur ein Spiel gewesen, eine Phantasie, die dazu diente, ihm das Gefühl zu geben, er könnte jeden Moment die Kontrolle übernehmen. Doch nach allem, was sie Jessie angetan hatten, und dem, was er Nea angetan hatte, war alles egal. Er hatte nichts mehr zu verlieren.

»Die Polizei steht vor der Tür«, sagte er zu Jessie. »Es wird Zeit, dass wir die Sache zu Ende bringen.«

Jessie nickte.

Sie ging zu Basse und stellte sich direkt vor ihn. Breitbeinig. Ruhig. Sie hielt ihm die Pistole an die Stirn. Tränen liefen ihm übers Gesicht, und seine Lippen formten lautlos »Verzeih mir!«. Einzelne Schluchzer waren alles, was zu hören war. Jessies Arm zuckte, als sie abdrückte. Basses Kopf knallte nach hinten, und Basse fiel auf den Rücken.

Um sie herum wurde wieder geschrien, als Sam und Jessie

das Trio einen Augenblick betrachteten. Sam hielt seine Pistole hoch, sofort waren alle still.

Jessie steckte die Hand in die Hosentasche und zog zwei Feuerzeuge heraus. Sie warf sie den Jungs zu, die das Benzin im Raum verteilt hatten.

»Anzünden«, sagte Sam.

Sie rührten sich nicht. Starrten die Feuerzeuge an.

Ruhig schoss Sam dem großen Jungen in das weiße Hemd. Verwundert blickte der an seinem Brustkorb runter, auf dem sich ein roter Fleck ausbreitete. Dann sackte er auf die Knie und fiel auf den Bauch. Das Feuerzeug lag noch in seiner Hand.

»Hol dir das Feuerzeug.«

Sam zeigte auf einen kleinen Jungen mit Brille, der sich zitternd runterbeugte.

»Anzünden!« Wieder hob Sam seine Waffe.

Beide Jungs hielten die brennenden Feuerzeuge an die mit Benzin getränkten Vorhänge. Kurz darauf züngelten die Flammen an der Decke und an den Seiten. Es wäre unmöglich gewesen, die Schreienden zum Schweigen zu bringen. In Panik drängten sich die Jugendlichen auf die Türen zu.

Sam stellte sich Rücken an Rücken mit Jessie hin. Genauso hatten sie es geübt. Dann zielten sie. Er spürte Jessies warmen Körper und die rhythmischen Stöße, die durch ihn hindurchgingen, als die Schüsse abgefeuert wurden. Keiner durfte ihnen entkommen, keiner von ihnen hatte es verdient, zu entkommen, alle oder keiner, das hatte er von Anfang an gewusst. Und das galt auch für ihn. Und für Jessie. Einen Augenblick lang bereute er, dass er sie mit hineingezogen hatte. Dann hatte er vor Augen, wie Nea fiel.

Die Polizisten hatten gesagt, sie sollten nach Hause gehen. Khalil war dazu mehr als bereit, aber Adnan zog ihn am Ärmel.

»Wir können nicht einfach gehen, wir müssen helfen!«

»Wie denn?«, fragte Khalil. »Die Polizei ist doch schon da. Was sollen wir denn tun?«

»Weiß ich auch nicht, aber da sind Jugendliche drin. In meinem Alter.«

»Wir dürfen da nicht hin.« Khalil zeigte auf das Haus.

Die Polizisten schlichen auf das Fenster zu, durch das man reinschauen konnte.

»Mach, was du willst.« Adnan drehte sich um.

Khalil begriff, dass er hinter das Haus wollte.

»Scheiße«, sagte er und folgte ihm.

Vor den Scheiben in der Tür hingen Vorhänge, aber da sie verrutscht waren, blieb ein Spalt frei, durch den sie hineinschauen konnten. Und dann entdeckten sie auch schnell die Täter. Einen Jungen und ein Mädchen. Sie sahen so jung aus. Auf dem Boden lagen auch ein Mädchen und ein Junge. Das Mädchen mit der Pistole ging auf einen Jungen zu. Khalil spürte, wie Adnan ihn am Arm packte. Ungerührt erschoss das Mädchen den Jungen. Sein Kopf sank nach hinten, und er fiel neben die beiden anderen auf den Boden.

»Warum tut die Polizei nichts?«, flüsterte Adnan mit tränenerstickter Stimme. »Warum tun die nichts?«

Er riss an der Kette mit dem Vorhängeschloss.

»Sie sind zu wenige und warten bestimmt auf Verstärkung.« Khalil schluckte. »Wahrscheinlich haben die beiden das Gebäude abgeriegelt. Wenn die Polizei reingeht, riskiert sie, dass noch mehr Leute erschossen werden.«

»Ja, aber einfach hier rumstehen und zuschauen?«

Adnan klammerte sich an seinen Arm.

Wieder wurde ein Junge erschossen, und dann zeigte der Junge mit der Pistole auf einen kleinen Kerl mit Brille.

»Was machen sie denn jetzt?«

»Ich glaube, ich weiß es«, sagte Khalil.

Er drehte sich um und übergab sich. Das Erbrochene landete auch auf seinen Schuhen. Dann wischte er sich den Mund mit dem Handrücken ab. Drin schlugen die Flammen bis an die Decke. Laute Schreie. Angst und Panik wurden von Sekunde zu Sekunde größer. Alle stürmten zum Eingang. Es fiel ein Schuss nach dem anderen. Entsetzt sahen Adnan und Khalil immer mehr Jugendliche zu Boden stürzen.

Khalil sah sich um. Ein Stück entfernt entdeckte er einen lockeren Pflasterstein. Er holte ihn und hob ihn über den Kopf. Immer wieder ließ er ihn auf die Türknäufe donnern, bis sich die Kette endlich löste und er die Türen aufreißen konnte.

Das Feuer kam ihnen mit Wucht entgegen. Genau wie die Schreie und die Todesangst. Der schwarze Rauch war dicht und brannte in den Augen, aber die Leute, die auf sie zustürzten, sahen sie trotzdem.

»Hier, hier!«, riefen sie und halfen einem nach dem anderen durch die Tür ins Freie.

Ihre Augen tränten und durch den beißenden Rauch konnten sie nichts sehen, und trotzdem geleiteten sie einen verängstigten Jugendlichen nach dem anderen ins Freie. Neben sich hörte Khalil, wie Adnan nach einem vollkommen verstörten Mädchen rief, und sah noch, wie Adnan ihr hinaushalf. Dann erfassten Adnan die Flammen.

Khalil hörte seine Schreie.

Bohuslän 1672

Auf dem Galgenberg herrschte Gedränge. Als Elin von der Kutsche heruntergehoben wurde, erwartete der Scharfrichter sie bereits neben dem Holzblock. Die Versammelten hielten den Atem an. Sie trug ein neues weißes Unterkleid, aber ihr Kopf war kahl und von Verbrennungen verunstaltet, ihre Hände hingen kraftlos und verdreht herunter, und sie konnte kaum einen Fuß vor den anderen setzen, als die beiden Wächter sie nach vorn schleiften.

Vor dem Holzblock fiel sie auf die Knie. Ängstlich schaute sie in die geifernde Menge. Seit sie ein Geständnis abgelegt hatte, und das Urteil verkündet worden war, konnte sie nur noch an eines denken. Würde Märta auch da sein? Würde sie mit ansehen müssen, wie ihre Mutter starb?

Zu ihrer Erleichterung konnte Elin sie nirgendwo entdecken. Britta stand neben Preben. Ebba aus Mörhult ein Stück entfernt von ihnen. Und so viele andere, die ihre und Pers Nachbarn gewesen waren oder mit ihr auf dem Pfarrhof gelebt hatten.

Lars Hierne war nicht da. Er war weitergezogen an andere Orte, wo er wieder Hexen überführen und unermüdlich gegen die Werke des Teufels vorgehen würde. Für ihn war Elin Jonsdotter nur ein Vermerk in seinen Büchern. Eine der vielen Hexen, die die Hexenkommission verurteilt und hingerichtet hatte.

Brittas Bauch war dick geworden, ihre gepflegten Hände ruhten zufrieden darauf. Ihr Gesicht leuchtete vor Rechtschaffenheit. Preben hatte den Arm um sie gelegt. Er starrte zu Boden und hielt den Hut in der anderen Hand. Sie waren so nah. Nur wenige Meter von ihr entfernt. Ebba aus Mörhult plauderte mit den Frauen rechts und links von ihr. Sie wiederholte Teile ihrer Zeugenaussage. Elin fragte sich, wie oft Ebba ihre Lügen schon erzählt haben mochte. Ein loses Mundwerk hatte sie immer gehabt.

Hass flackerte in ihr auf. In ihrer dunklen Zelle hatte sie viele Stunden Zeit gehabt, sich alles wieder und wieder ins Gedächtnis zu rufen. Wort für Wort. Jede Lüge. Märtas Lachen, als sie ahnungslos Dinge nachplapperte, die man ihr eingebläut hatte. Brittas Lächeln, als sie Märta an die Hand nahm und mit ihr das Gericht verließ. Wie sollte sie damit leben, wenn sie älter wurde und begriff, was sie getan hatte?

Ein rasender Zorn erfüllte Elin. Sie hasste sie alle mit einer

Heftigkeit, die ihr weißes Unterkleid erzittern ließ. Auf wackligen Beinen richtete sie sich auf. Die Wächter machten einen Schritt nach vorn, aber der Scharfrichter hielt sie zurück. Mit Augen, die vor Wut funkelten, fixierte sie Britta, Preben und Ebba. Alle waren verstummt und sahen sie ängstlich an. Sie war schließlich eine Hexe. Wer wusste, wozu sie fähig war, wenn der Tod vor der Tür stand?

Ohne diejenigen aus den Augen zu lassen, die sie zum Tode verurteilt hatten, diese drei, die dort so selbstgefällig standen, sagte sie mit kräftiger und fester Stimme ganz ruhig:

»Ihr mögt alle glauben, ihr hättet ein gutes gottgefälliges Werk getan. Aber ich weiß es besser. Britta, du bist ein falscher und böser Mensch, das bist du gewesen, seit du aus dem Schoß deiner falschen Mutter gekrochen bist. Preben, du bist ein Hurenbock und Lügner, ein schwacher und feiger Mann. Du weißt, dass du hinter dem Rücken deiner Ehefrau und hinter dem Rücken Gottes nicht nur einmal, sondern mehrmals bei mir gelegen hast. Und Ebba aus Mörhult, du missgünstiges und böses Lästermaul, hast deinen Nachbarn den schimmligen Brotkanten nicht gegönnt, den sie mehr hatten als du. Ihr sollt alle in der Hölle schmoren. Ja, eure Nachkommen sollen Schande, Tod und Feuer erleiden. Und ihre Kinder und Kindeskinder auch. Ihr könnt meinen Körper heute auf den Scheiterhaufen werfen, aber meine Worte werden weiterleben, wenn mein Leib längst verkohlt ist. Ich, Elin Jonsdotter, schwöre euch das vor Gott dem Allmächtigen.«

Sie drehte sich zum Scharfrichter um und nickte. Dann fiel sie auf die Knie, legte den Kopf auf den Hackklotz und richtete den Blick zu Boden. Aus dem Augenwinkel sah sie, wie der Scheiterhaufen entzündet wurde, auf den ihr enthaupteter Körper bald gelegt werden würde.

Als das Beil fiel, betete Elin Jonsdotter ein letztes Gebet. Von ganzer Seele spürte sie, dass der Gott, an den sie sich kurz zuvor gewendet hatte, ihr zuhörte.

Sie würden ihre Strafe bekommen.

Nachdem er vom Leib getrennt worden war, rollte der Kopf auf die Erde und blieb mit zum Himmel gerichteten Augen liegen. Zuerst schnappten die Leute sprachlos nach Luft. Dann jubelten sie. Die Hexe war tot.

Patrik hatte sich den ganzen Vormittag auf das Gespräch mit Helen vorbereitet. Sie spielte so viele Rollen in dieser Geschichte. Als Mutter eines toten Jungen im Teenageralter hätte man sie eigentlich in Ruhe trauern lassen sollen. Aber als Mutter eines Mörders war sie verpflichtet, ihnen weiterzuhelfen. Patrik begriff, dass er sich über seine eigene Haltung klarwerden musste. Als Vater wollte er sie in Ruhe lassen. Aber als Polizist war er es den Angehörigen der Opfer schuldig, Antworten auf die offenen Fragen zu finden. Und davon gab es viele. Der ganze Ort versuchte verzweifelt zu verstehen, was geschehen war. Ja, das ganze Land. Die Titelseiten der Zeitungen waren tiefschwarz und schrien die Botschaft von der Tragödie in Tanum heraus.

Als es die ersten Berichte über die Massenschießerei in Tanum gab, hatten *Schwedens Freunde* mit Hilfe der sozialen Medien rasch das Gerücht verbreitet, ein oder mehrere Ausländer hätten einen Terroranschlag verübt. Doch bald wurde klar, dass schwedische Jugendliche diese entsetzliche Gräueltat angerichtet hatten, und nun lief diese Nachricht über die Ticker der ganzen Welt. Dass die Medien auch von den beiden Helden berichteten, denen es gelungen war, zahllosen Jugendlichen das Leben zu retten, brachte *Schwedens Freunde* zum Schweigen. Die schwedische Bevölkerung empfand Respekt und Dankbarkeit. Und das ganze Land hatte Mitgefühl mit Tanum. Schweden stand unter Schock. Tanum trauerte.

Doch nun sah Patrik nur eine einzige trauernde Frau vor sich. Ihr Mann und ihr Sohn waren tot. Wie sprach man mit einem Menschen, der vom Schicksal so hart getroffen worden war? Er hatte keine Ahnung.

Als sie zum Haus von Helen und James hinausgefahren waren, hatten sie James erschossen vor seinem im Kleiderschrank versteckten Waffenarsenal aufgefunden. Sie nahmen an, dass Sam seinen Vater zunächst gezwungen hatte, die bewegliche Rückwand des Kleiderschranks zu entfernen, hinter der er die Waffen aufbewahrte, und ihm dann in den Kopf geschossen hatte.

Sie hatten Helen erzählt, was Sam getan hatte, und dass James tot war. Helen hatte hysterisch geweint, aber nur um ihren Sohn. Ihren Mann erwähnte sie mit keiner Silbe.

Sie hatten Helen eine halbe Stunde in Ruhe gelassen, doch länger konnten sie nicht warten.

»Mein aufrichtiges Beileid«, sagte Patrik jetzt. »Und ich muss um Entschuldigung bitten. Es geht nicht anders.«

Helen nickte. Ihr Blick war leer, ihr Gesicht blass. Ein Arzt war bei ihr gewesen, aber sie hatte ein Beruhigungsmittel vehement abgelehnt.

»Ich verstehe das«, sagte sie.

Die schmalen Hände zitterten leicht, aber sie weinte nicht. Der Arzt sagte, sie befinde sich wahrscheinlich noch in einem Schockzustand, eine Vernehmung sei aber trotzdem vertretbar. Sie hatten ihr juristischen Beistand angeboten, doch auch den wollte sie nicht.

»Wie schon gesagt, ich habe Stella ermordet.« Sie sah ihm in die Augen.

Patrik holte tief Luft. Dann legte er einige lose Blätter auf den Tisch und drehte sie so, dass Helen den Text lesen konnte.

»Dies sind Kopien von Dokumenten, die wir im Waffenschrank Ihres Mannes gefunden haben. Er hat diverse Schriftstücke für den Fall hinterlassen, dass er im Auslandseinsatz getötet würde.«

Patrik holte Luft.

»Darunter finden sich praktische Anweisungen, die das Haus, die Bankkonten und seine Beerdigung betreffen. Ich möchte Ihnen aber etwas anderes zeigen. Das hier. Es ist, tja, wie nennt man das? Ein Bekenntnis.«

»Ein Bekenntnis?«, fragte Helen.

Sie starrte auf das handgeschriebene Dokument, dann schob sie es weg.

»Erzählen Sie mir, was drinsteht.«

»Sie haben Stella nicht getötet«, sagte Patrik ernst. »Sie haben das geglaubt, aber als Sie weggerannt sind, hat Stella noch gelebt. James hatte eine Beziehung mit Ihrem Vater und begriff, dass es zu einer Katastrophe für diesen und seine Familie kommen konnte, falls Stella überlebt und womöglich erzählt hätte, was Sie getan hatten. Deshalb hat er sie getötet. Und ließ sowohl Sie als auch Ihren Vater in dem Glauben, Sie hätten es getan, und er habe Ihnen nur geholfen, Stellas Leiche zu verstecken. Auf diese Weise stand er als Retter in der Not da, und Ihr Vater war in seiner Schuld. Deshalb willigte Ihr Vater in Ihre Heirat mit James ein. In der Armee war man stutzig geworden, Gerüchte waren aufgekommen. James brauchte eine Familie als Tarnung. Deswegen überzeugte er KG davon, dass es das Beste für alle Beteiligten wäre, wenn er Sie heiratete. Sie waren in seinen Augen ein Konfliktherd, und wenigstens an dieser Front herrschte nach der Heirat Ruhe. In Wahrheit waren Sie die Rettung für einen Mann, dessen Doppelleben ihn seine Karriere hätte kosten können.«

Helen starrte ihn an. Ihre Hände zitterten nun stärker, und sie rang nach Luft, sagte aber noch immer nichts. Dann griff sie nach dem Blatt Papier. Langsam knüllte sie James' persönliche Erklärung zu einem harten Ball zusammen.

»Er ließ mich in dem Glauben …« Ihre Stimme versagte.

Sie atmete stoßweise, und die Tränen strömten ihr übers Gesicht. Zorn funkelte in ihren Augen.

»Sam.« Ihre Stimme war abgehackt. »Weil er mich in dem Glauben ließ, ich wäre eine Mörderin, hat Sam …«

Sie war nicht in der Lage, den Satz zu beenden. Als jahrzehntelang aufrechterhaltene Dämme brachen und ihren angestauten Zorn nicht mehr zurückhielten, brach ihre Stimme, und der ganze Raum schien zu explodieren.

»Das alles hätten wir Sam ersparen können! Seine Wut. Seine Schuld. Er kann nichts dafür. Verstehen Sie das nicht? Er trägt keine Schuld! Er ist nicht böse. Er hat noch nie jemandem etwas zuleide getan. Ich glaube, auf ihm lastete so viel von meiner Schuld, dass er es am Ende nicht mehr ausgehalten hat.«

Sie schrie, und die Tränen liefen in Strömen. Als sie verstummte, wischte sie sich mit dem Ärmel übers Gesicht und sah Patrik mit irrem Blick an.

»All das hier. Es war alles eine Lüge. Sam hätte niemals … Wenn James nicht all die Jahre gelogen hätte …«

Mehrmals ballte und öffnete sie die Fäuste, dann nahm sie den Papierball und knallte ihn an die Wand. Sie hämmerte auf den Tisch.

»Die vielen jungen Leute gestern! Diese vielen Jugendlichen! Nichts davon wäre passiert, wenn … Und Nea … Es war ein Unfall. Er hatte nichts Böses im Sinn!«

Erschöpft schaute sie an die Wand. Dann fuhr sie mit ruhigerer und unendlich trauriger Stimme fort:

»Er muss schrecklich gelitten gehaben, um so etwas tun zu können, die Last, die wir auf seine Schultern geladen haben, muss ihn erdrückt haben, aber das wird niemand verstehen. Niemand wird meinen wunderbaren Jungen sehen, sondern ein Monster, und so wird man ihn auch darstellen. Wie einen abscheulichen Jungen, der Kinder getötet hat. Wie soll ich deren Eltern dazu bringen, meinen wunderbaren Sam zu sehen? Diesen warmherzigen, liebevollen Jungen, den unsere Lügen kaputtgemacht haben? Wie soll ich sie dazu bringen, mich zu hassen und James zu hassen, aber nicht Sam? Es war nicht seine Schuld! Er war das Opfer unserer Angst, unserer Schuld und unserer Egozentrik. Wir haben zugelassen, dass unser eigener Schmerz alles zerstörte, was wir hatten und was er hatte. Wie mache ich den Leuten begreiflich, dass nichts davon seine Schuld ist?«

Helen sank vornüber und klammerte sich an die Tischplatte. In seiner Funktion war es Patrik nicht erlaubt, Mitgefühl zu zeigen, aber als Vater sah er eine von Trauer und Schuld gelähmte Mutter. Er konnte diesen Teil seiner Persönlichkeit nicht unterdrücken. Deshalb stand er auf, ging um den Tisch herum, setzte sich neben Helen und nahm sie in den Arm. Langsam wiegte er sie, während ihre Tränen sein Hemd durchnässten. Es gab keinen Täter in dieser Geschichte. Keinen Gewinner. Nur Opfer und Tragödien. Und eine Mutter in Trauer.

Sie war erst im Morgengrauen nach Hause gekommen. Die Löschfahrzeuge. Das Krankenhaus. Die Sanitäter. Alles wie hinter einem Nebelschleier. Marie wusste noch, dass sie von der Polizei vernommen worden war, aber sie erinnerte sich kaum daran, was sie gesagt hatte. Nur dass sie etwas geahnt hatte. Nicht verstanden, nur geahnt.

Jessies Leiche hatte sie nicht sehen dürfen. Sie wusste nicht einmal, wo sie sich im Moment befand. Wie viel noch von ihr übrig war. Und wie viel Schaden das Feuer angerichtet hatte. Und die Schüsse der Polizei.

Marie sah ihrem Spiegelbild in die Augen. Ihre Hände hatten Routine. Ein Band aus Frottee hielt die Haare aus dem Gesicht. Drei Kleckser Reinigungslotion aus dem Pumpspender auf einem Wattepad. Kreisende Bewegungen. Dann die Flasche mit dem Gesichtswasser. Ein frisches Wattepad. Die angenehme Kühle auf der Haut, als sie die schmierige Reinigungslotion entfernte. Noch ein Pad. Jetzt das Augen-Make-up. Vorsichtig die Wimperntusche abreiben, ohne die Wimpern abzubrechen. Am Ende war das Gesicht nackt. Sauber. Bereit, verjüngt und erneuert zu werden. Sie griff nach der flachen silbergrauen Dose. Die Nachtcreme von La Prairie. Sündhaft teuer, aber hoffentlich so wirksam, wie der Preis suggerierte. Sie nahm den kleinen Spachtel und tunkte ihn in die Creme. Dann massierte sie diese sanft mit den Fingerspitzen ein. Die Wangen zuerst. Dann den Bereich um Mund und Nase. Nicht zu fest reiben, damit die zarte Haut rund um die Augen keinen Schaden nahm.

So. Fertig. Eine Tablette, damit sie tief und fest schlief, während sich ihre Hautzellen verjüngten und ihre Erinnerungen verschwammen.

Sie durfte an nichts anderes denken. Würde sie an etwas anderes denken als an silbergraue Dosen und Haut, die jung und elastisch bleiben musste, damit Geldgeber auf sie setzten, dann brächen die Dämme. Äußerlichkeit war ihre Rettung gewesen, das Scheinwerferlicht und der Glamour hatten sie davor bewahrt, sich an den Schmutz und den Schmerz zu erinnern. Nur in einer einzigen Dimension zu leben schützte sie vor der Erinnerung an das, was sie verloren hatte, und das, was sie nie bekommen hatte.

Ihre Tochter hatte in einer Parallelwelt existiert, der sie selbst nur sporadische Besuche abgestattet hatte. Hatte sie jemals Liebe für Jessie empfunden? Ihre Tochter hätte die Frage wohl mit Nein beantwortet. Sie wusste, wie sehr sich Jessie ein Leben lang nach ein klein wenig Zärtlichkeit von ihr gesehnt hatte. Und es gab Momente, in denen sie bereit war, sie ihr zu geben. Als sie ihr zum ersten Mal auf den Bauch gelegt wurde. Jessie war verschmiert und warm gewesen, aber sie hatte sie schon so neugierig angeschaut. Und ihre ersten Schritte. Das Glück in Jessies Augen, wenn sie etwas geschafft hatte, das Menschen seit Millionen von Jahren beherrschten.

Der Stolz, den Marie empfand, hätte sie beinahe umgeworfen, und sie musste sich wegdrehen. Der erste Schultag. Das kleine blonde Mädchen mit dem Pferdeschwanz und dem Ranzen auf dem Rücken, das voller Vorfreude auf alles, was sie über die Welt und das Leben lernen würde, an der Hand ihres Kindermädchens Juanita davongehopst war. Sie drehte sich ein letztes Mal um und winkte Marie, die vor der Tür des schönen Hauses stand, das sie in Hollywood Hills gemietet hatte. Sie war so kurz davor gewesen. So kurz davor, hinter ihrer Tochter herzurennen, sie in den Arm zu nehmen, sie an sich zu drücken und die Nase in das blonde Haar zu bohren, das immer nach teurem Kindershampoo duftete. Aber sie hatte der Versuchung nicht nachgegeben. Der Preis wäre zu hoch gewesen.

Ihr ganzes Leben hatte sie gelehrt, dass man dafür bezahlte, wenn man etwas für jemanden empfand. Sie hatte Helen geliebt. Und Helen hatte sie geliebt. Trotzdem hatte sie Marie im Stich gelassen und sich für jemand anders entschieden. Sie hatte ihre Liebe weggeworfen und ihr all ihre Hoffnung ins Gesicht geklatscht. Das durfte nicht mehr passieren. Niemand würde sie jemals wieder verletzen.

Jessie hatte sie auch verlassen. Sie hatte sich entschieden, geradewegs ins Feuer zu gehen. Auch Jessie hatte sie am Ende im Stich gelassen.

Marie konnte den Rauch riechen. Sie nahm ein frisches Wattepad und reinigte gründlich ihre Nasenlöcher. Sie musste niesen, und ihre Augen tränten, aber der Geruch blieb. Sie griff nach einem Kleenex und wollte sich die Augen abtupfen, aber die Tränen waren nicht zu stoppen.

Im Moment wurde sie nicht gebraucht, es war Drehpause. Sie war ganz allein. Und sie hatte immer gewusst, dass sie am Ende allein sein würde. Aber sie würde nicht daran zerbrechen. Sie musste stark sein. *The show must go on.*

»Das war gestern ein schwarzer Tag in Tanums Geschichte«, sagte Patrik.

Einige nickten, doch die meisten in dem jetzt so beklemmenden Besprechungsraum starrten auf die Tischplatte.

»Wie lautet der aktuelle Bericht aus dem Krankenhaus?«, fragte Gösta.

Sein Gesicht war grau und zerfurcht. Keiner von ihnen hatte ein Auge zugetan. Die herzzerreißende Aufgabe, die Angehörigen zu informieren, hatte ungeheuer viel Zeit in Anspruch genommen, und sie waren dabei ständig von aufdringlichen Reportern gestört worden, die so viel wie möglich über das Geschehen erfahren wollten.

Darüber hatte man lange gesprochen. Genau davor hatte allen gegraut. Dass sich die Massenschießereien an amerikanischen Schulen bis hierher ausbreiten könnten und früher oder später jemand auf die Idee käme, seine Mitschüler zu töten. Sam und Jessie hatten ihre Tat nicht an einer Schule verübt, aber das Muster war dasselbe.

»Vor einer Stunde ist ein weiteres Mädchen gestorben. Wir haben jetzt neun Tote und fünfzehn Verletzte.«

»Gott im Himmel!« Gösta schüttelte den Kopf.

Patrik konnte die Zahlen nicht begreifen. Sein Gehirn wehrte sich dagegen. Es war einfach unvorstellbar, dass so viele Jugendliche ums Leben gekommen oder verletzt und für immer gezeichnet waren.

»Zehn Tote, wenn wir James mitzählen«, sagte Martin.

Patrik nickte.

»Was sagt Helen?«, fragte Gösta. »Und Marie? Haben sie was gemerkt? Haben sich Sam und Jessie seltsam benommen oder Andeutungen gemacht?«

Patrik schüttelte den Kopf

»Angeblich haben sie nichts geahnt. Zu Hause bei Sam haben wir allerdings ein Notizbuch gefunden, in dem er die Durchführung sorgfältig vorbereitet hat. Er hat Skizzen vom

Heimathof und Ähnliches angefertigt. Offenbar hat er die Sache schon länger geplant, und dann hat er Jessie anscheinend irgendwie dazu gebracht, mitzumachen.«

»Hat sie zu aggressivem Verhalten geneigt?«, fragte Paula.

»Laut Marie nicht. Sie sagt, ihre Tochter sei eine Einzelgängerin gewesen. Vielleicht wurde sie in der Schule gemobbt, aber Marie war sich nicht sicher. Sie scheint ihrer Tochter wenig Aufmerksamkeit geschenkt zu haben.«

»Die Sache mit Nea muss für Sam der Auslöser gewesen sein«, sagte Martin. »Stellt euch mal vor, ihr seid fünfzehn und müsst mit dieser Schuld leben. Und dazu ein dominanter Vater und eine schwache Mutter. Ganz zu schweigen von dem Stigma, im Schatten von Helens Tat aufzuwachsen. Er hat es nicht leicht gehabt.«

»Hab bloß kein Mitleid mit ihm, verdammt noch mal«, sagte Mellberg. »Wie viele Leute haben eine noch schlimmere Kindheit und knallen ihre Klassenkameraden nicht ab?«

»So habe ich es doch nicht gemeint«, erwiderte Martin kleinlaut.

»Was sagt Helen?«, wiederholte Gösta.

»Sie ist verzweifelt. Vernichtet. Ihr Sohn und ihr Mann sind tot. Ihr wird Strafvereitelung vorgeworfen. Das akzeptiert sie.«

Paula hielt die Zeitung hoch.

»Adnan wird überall gefeiert wie ein Held. Der Flüchtling, der sein Leben geopfert hat, um das von schwedischen Jugendlichen zu retten.«

»Schwachkopf«, sagte Mellberg nicht ohne Bewunderung in der Stimme.

Patrik nickte. Was Adnan und Khalil getan hatten, war furchtbar dumm und furchtbar mutig gewesen. Dreißig Jugendliche hatten sie gerettet. Dreißig Jugendliche, die sonst dem sicheren Tod geweiht gewesen wären.

Er hatte die ganze Nacht mit Bildern gerungen, die sich für

immer in seine Netzhaut gegraben hatten. Nachdem das Feuer und die Schüsse sie gezwungen hatten, auf Gedeih und Verderb einen schnellen Entschluss zu fassen, waren Patrik und Paula durch die Tür gegangen, die die Feuerwehrleute aufgebrochen hatten. Zum Nachdenken war keine Zeit gewesen. Keine Zeit zu zögern. Sam und Jessie standen Rücken an Rücken in der Mitte des brennenden Raums und schossen auf die Jugendlichen, die schreiend auf den Hinterausgang zurannten, den Adnan und Khalil geöffnet hatten. Patrik wechselte einen kurzen Blick mit Paula, sie nickte. Beide hoben ihre Dienstwaffen und schossen. Sam und Jessie fielen gleichzeitig zu Boden.

Der Rest lag im Nebel. Krankenwagen waren die ganze Nacht zwischen *Heimathof* und Rettungsstationen gependelt, alle Kliniken im Bezirk wurden genutzt, und Privatpersonen halfen mit, die Verletzten zu transportieren.

Vor dem *Heimathof* versammelten sich immer mehr Menschen. Man zündete Kerzen an und weinte, nahm sich gegenseitig in die Arme und stellte Fragen, auf die es vielleicht nie eine Antwort geben würde. Tanum gehörte jetzt zu den anderen historischen Orten, die für immer mit einer Tragödie verknüpft sein und Bilder des Grauens hervorrufen würden. Aber daran dachte in diesem Moment niemand. Die Leute trauerten um ihre Söhne und Töchter, ihre Geschwister und Freunde, um Nachbarn und Bekannte. Man konnte sich nicht länger einreden, in einer Kleinstadt von allem Bösen verschont zu bleiben, was in der Zeitung stand. Von nun an würden sie abends ihre Türen abschließen und sich beim Zubettgehen sorgenvoll fragen, was nachts alles passieren konnte.

»Geht es euch einigermaßen?« Annika sah Patrik und Paula an.

Er warf Paula einen Blick zu, beide zuckten mit den Schultern. Was sollten sie darauf antworten?

»Es gab keine Alternative«, sagte Paula kraftlos. »Wir haben getan, was wir tun mussten.«

Patrik sagte nichts, er nickte nur. Sie hatte recht. Daran bestand kein Zweifel. Sam und Jessie zu erschießen war die einzige Möglichkeit gewesen, das Leben der Jugendlichen zu retten. Er wusste, es war die richtige Entscheidung gewesen, und niemand würde sie ihnen zum Vorwurf machen. Doch das Gefühl, ein Kind erschießen zu müssen ... Das würden er und Paula für den Rest ihres Lebens mit sich herumschleppen. Denn unabhängig davon, was Sam und Jessie getan hatten, waren sie nur zwei orientierungslose Teenager gewesen, die sich gegenseitig zu einer unfassbar grauenvollen Handlung angestachelt hatten. Vielleicht würde er nie verstehen, was sie dazu getrieben hatte. Wie sie eine solche Tat vor sich hatten rechtfertigen können.

Patrik räusperte sich.

»Als die Techniker heute Morgen Sams Zimmer durchsuchten, fanden sie einen USB-Stick, auf dem intime Fotos von James und einem Mann gespeichert sind, den wir mittlerweile identifiziert haben. Es ist KG Persson, mit anderen Worten, Helens Vater.«

»Könnte das der auslösende Faktor gewesen sein?«, fragte Martin. »Mit ansehen zu müssen, wie die eigene Mutter eine Frau küsst und dann diese Fotos von seinem Vater zu finden?«

Paula schüttelte den Kopf.

»Ich weiß nicht«, sagte Patrik. »Alles werden wir wohl nie erfahren. Und es gibt noch eine andere Frage, zu der wir Stellung beziehen müssen.«

Er deutete auf Mellberg.

»Auf der Hochzeit erzählte mir Bertil, er habe einen Anruf von einem Mann bekommen, der drei Jugendliche im Auto mitgenommen und ungefähr zu dem Zeitpunkt, als Neas Unterhöschen in Karims Badezimmer gelegt wurde, vor der Flüchtlingsunterkunft abgesetzt hat. Der Mann hat Bills Sohn

Nils erkannt. Die beiden anderen waren Freunde von ihm, ein Mädchen und ein Junge. Die drei sind gestern erschossen worden. Ich sehe keinen Sinn darin, der Sache nachzugehen. Hat jemand Einwände?«

Er sah sich um. Alle schüttelten den Kopf.

»Was den Brand in der Flüchtlingsunterkunft anbelangt, setzen wir die Ermittlungen fort, aber ich glaube, es wird schwierig, den oder die Täter zu finden. In ganz Schweden brennen Flüchtlingsunterkünfte, ohne dass die Schuldigen gefasst werden. Haltet bitte Augen und Ohren offen.«

Seine Kollegen nickten. Es wurde still im Raum. Patrik war bewusst, dass sie eine Nachbesprechung hätten machen müssen, aber Müdigkeit übermannte sie, und von der stickigen Hitze wurden alle noch schläfriger. Sie waren traurig, geschockt, erschöpft und erschüttert. An der Rezeption klingelte ununterbrochen das Telefon. Nicht nur ganz Schweden, sondern die ganze Welt schaute auf Tanum und die Tragödie, die sich hier abgespielt hatte. Jeder in der kleinen Dienststelle spürte, dass sich etwas für immer verändert hatte. Nichts würde je wieder sein wie vorher.

Er hatte Angst, sie könnten ihn für undankbar halten, aber er wusste zu schätzen, was sie für ihn getan hatten. Nie hätte er geglaubt, dass ein Schwede ihn und seine Kinder bei sich aufnehmen und ihm helfen würde, eine eigene Wohnung zu finden. Diese Leute hatten seine Kinder ins Herz geschlossen und ihn wie einen gleichwertigen Menschen behandelt. Er war froh, auch diese Seite von Schweden kennengelernt zu haben.

Und doch konnte er hier nicht bleiben. Sie konnten hier nicht bleiben. Schweden hatte ihm zu viel genommen. Amina war jetzt bei den Sternen und in den Strahlen der Sonne, und er vermisste sie jede Minute und Sekunde. Er wickelte die Fotos von ihr in weiche Kleidungsstücke und legte sie vorsichtig in die Reisetasche. Sie war größtenteils mit den Sachen der

Kinder gefüllt. Da er nicht mehr tragen konnte, hatte er nur das Allernötigste eingepackt. Er brauchte nichts. Sie brauchten alles. Hatten alles verdient.

Es war unmöglich, die vielen Spielsachen mitzunehmen, die Rita, Bertil und Leo ihnen geschenkt hatten. Karim wusste, dass sie traurig darüber sein würden, aber er und die Kinder hatten nicht genug Platz. Wieder einmal würden sie Dinge, an denen ihr Herz hing, zurücklassen müssen. Das war der Preis, den sie für die Freiheit bezahlt hatten.

Er betrachtete seine Kinder. Samia schlief mittlerweile immer mit einem grauen Kaninchen im Arm, das Leo ihr gegeben hatte. Das Stofftier durfte sie mitnehmen, aber mehr nicht. Hassan hielt ein Säckchen voller bunter Murmeln in der Hand. Sie schimmerten durch das schwarze Netz, und Hassan konnte sie stundenlang anschauen. Sie kamen auch mit. Sonst nichts.

Er hatte die Geschichte von Adnan und Khalil gehört. Alle hatten herumtelefoniert und es sich, schwankend zwischen Stolz und Entsetzen, gegenseitig erzählt. Von den Schweden wurden sie gefeiert wie Helden. War das nicht absurd? Karim sah vor sich, wie Adnan ihm enttäuscht von den Blicken der Schweden erzählt hatte, die ihn behandelten wie einen Außerirdischen. Er hatte wirklich versucht, sich anzupassen. Wollte akzeptiert werden. Und nun war er ein Held, aber was nützte ihm das? Er erlebte es nicht mehr.

Karim sah sich in der Wohnung um. Sie war hell und schön. Geräumig. Er wusste, sie hätte ein gutes Zuhause für ihn und die Kinder werden können. Wenn die Trauer um Amina ihm nicht das Herz zerrissen hätte. Wenn er noch Hoffnung auf eine bessere Zukunft in diesem Land gehabt hätte. Doch Schweden bedeutete nur Ablehnung und Schmerz für ihn. Er spürte den Hass und das Misstrauen und wusste, dass er sich hier niemals sicher fühlen würde. Sie würden weiterziehen. Er und die Kinder. Bis sie einen Ort gefunden hatten, wo sie sich ausruhen konnten. Wo sie Geborgenheit und Zuversicht fanden. Einen Ort, an dem er Aminas Lächeln vor sich sah, ohne dass Trauer ihm das Herz zerriss.

Mühsam umfasste er mit seinen kaputten Händen einen Stift. Die Verbände waren abgenommen worden, aber die Wunden schmerzten noch und würden das vielleicht auch für immer tun und wulstige Narben hinterlassen. Er riss ein Blatt von einem Notizblock, wusste aber nicht, was er sagen sollte. Er war nicht undankbar. Wirklich nicht. Er hatte Angst. Und er fühlte sich leer.

Schließlich schrieb er ein einziges Wort auf den Zettel. Es war eins der ersten Wörter, die er auf Schwedisch gelernt hatte. »Danke.« Dann weckte er die Kinder. Sie hatten eine lange Reise vor sich.

FAST EINE WOCHE war seit der Tragödie im *Heimathof* vergangen, die Trauerarbeit war allmählich in eine neue Phase übergegangen und der Alltag begann. Wie immer. Zumindest für diejenigen, die nicht im Mittelpunkt der Tragödie gestanden hatten. Alle, die jemanden verloren hatten, würden noch lange brauchen, bis sie zu etwas Alltagsähnlichem zurückgefunden hatten.

Martin zerbrach sich schon den ganzen Morgen den Kopf über den seltsamen Anruf des Rechtsanwalts am Vortag. Er starrte an die Zimmerdecke, als Mette sich schlaftrunken auf seine Seite wälzte. »Wann wolltest du dahin?«

»Um neun.« Er sah auf die Uhr.

Er musste bald los, stellte er fest.

»Worum es wohl geht? Ob mich jemand angezeigt hat? Habe ich bei jemand Schulden?«

Frustriert breitete er die Arme aus, und Mette lachte über

ihn. Er liebte ihr Lachen. Eigentlich liebte er alles an ihr. Er hatte noch nicht gewagt, ihr das so zu sagen. Jedenfalls nicht mit Worten. Sie gingen es langsam an. Schritt für Schritt.

»Vielleicht bist du ein Multimillionär. Vielleicht hat dir ein ekliger Verwandter aus den USA, von dem du gar nichts wusstest, ein Vermögen vererbt?«

»Ha! Wusste ich's doch!«, sagte er. »Es geht dir nur ums Geld.«

»Ja, mein Gott, dachtest du, ich hätte dich wegen deiner muskulösen Arme genommen?«

»Pass auf, was du sagst!« Er stürzte sich auf sie und kitzelte sie.

Sie wusste genau, dass seine untrainierten Arme ein wunder Punkt waren.

»Wenn du es rechtzeitig schaffen willst, musst du dich jetzt anziehen«, sagte sie, und er riss sich widerwillig von ihr los.

Eine halbe Stunde später war er auf dem Weg nach Fjällbacka. Der Rechtsanwalt hatte ihm nicht verraten wollen, warum er ihn in sein Büro bestellte. Martin sollte um Punkt neun erscheinen, und damit basta.

Er parkte vor der Villa, in der sich die Kanzlei befand, und klopfte vorsichtig an die Tür. Ein grauhaariger Mann um die sechzig machte ihm auf und schüttelte ihm eifrig die Hand.

»Nehmen Sie Platz.« Er zeigte auf einen Stuhl vor seinem aufgeräumten Schreibtisch.

Martin setzte sich vorsichtig. Penible Ordnung machte ihn misstrauisch.

»Worum geht es?«, fragte er.

Er hatte feuchte Hände und nahm an, dass sich in seinem Gesicht und am Hals die verhassten roten Flecken zeigten.

»Keine Sorge, um nichts Unangenehmes«, sagte der Rechtsanwalt. Martin zog die Augenbrauen hoch.

Er sah den Mann an.

Nun war er erst recht neugierig. Vielleicht hatte er wirklich reiche Verwandte in Amerika.

»Ich bin der Testamentsvollstrecker von Dagmar Helin«, sagte der Anwalt. Martin zuckte zusammen.

»Ist Dagmar gestorben?«, fragte er verwirrt. »Wann denn? Wir haben doch vor einer Woche noch mit ihr geredet.«

Er verspürte einen Hauch von Wehmut. Er hatte die alte Dame gemocht. Sehr sogar.

»Vor ein paar Tagen. Es dauert immer ein bisschen, bis solche Dinge in Gang kommen«, sagte der Anwalt.

Martin murmelte etwas. Was sollte er hier?

»Dagmar hat ausdrücklich einen Wunsch geäußert, der Sie betrifft.«

»Mich?«, fragte Martin. »Wir kannten uns gar nicht. Ich habe sie nur zweimal gesehen, und da waren wir in einer polizeilichen Angelegenheit bei ihr.«

»Ach, wirklich?«, erwiderte der Anwalt erstaunt. »Dann müssen Sie einen sehr guten Eindruck auf sie gemacht haben. Dagmar hat ihrem Testament nämlich eine Ergänzung hinzugefügt und Ihnen das Haus vererbt.«

»Das Haus? Was meinen Sie damit?«

Martin war verwirrt. Erlaubte sich jemand einen Scherz mit ihm? Doch der Anwalt machte ein ernstes Gesicht.

»Dagmars Testament zufolge erben Sie das Haus. Es seien ein paar Reparaturen nötig, schrieb sie, sie glaube aber, dass Sie sich darin wohl fühlen werden.«

Martin konnte nicht fassen, was der Anwalt sagte. Dann kam ihm ein Gedanke.

»Sie hat doch eine Tochter. Wird sie mir das nicht übelnehmen? Vielleicht will sie das Haus haben.«

Der Anwalt tippte auf einen Stapel Papier.

»Dieses Dokument ist eine Verzichtserklärung von Dagmars Tochter. Am Telefon sagte sie mir, sie sei zu alt, um sich auch noch um einen alten Kasten zu kümmern, und das Geld benötige sie nicht, sie habe alles, was sie brauche. ›Wenn meine Mutter es so will, wird es wohl das Beste sein‹, lauteten ihre Worte.«

Zu seinem eigenen Entsetzen kamen Martin die Tränen.

Langsam wurde es ihm bewusst. Dagmar hatte ihm ihr schönes rotes Haus geschenkt. Das Haus, das ihm nicht mehr aus dem Kopf gegangen war. Tag und Nacht hatte er überlegt, ob er es sich leisten konnte. Er hatte alles genau vor sich gesehen, die Schaukel, die er für Tuva im Garten aufstellen wollte, das kleine Beet, in dem Tuva Gemüse anpflanzen konnte, das Kaminfeuer im Winter. Er hatte sich sogar ausgemalt, wie er auf dem kleinen Plattenweg vor dem Haus Schnee schippen würde, aber am Ende war er immer wieder zu dem Schluss gekommen, dass sein Geld nicht reichte.

»Warum?« Er konnte die Tränen nicht mehr zurückhalten, denn nun musste er auch noch an Pia denken, deren innigster Wunsch es gewesen war, dass Tuva in einem kleinen roten Haus auf dem Land aufwuchs. Mit einer Schaukel im Garten und einem eigenen Gemüsebeet.

Er weinte nicht nur, weil Pia es nicht mehr erleben durfte, sondern weil er wusste, dass sie sich über alles Neue in seinem Leben gefreut hätte, auch wenn sie nicht mehr dabei war.

Der Rechtsanwalt reichte ihm ein Papiertaschentuch.

»Dagmar sagte, Sie und das Haus bräuchten einander. Und wissen Sie was? Ich glaube, sie hatte recht.«

Seit er aus dem Krankenhaus entlassen war, kümmerten sich Bill und Gun um ihn. Obwohl sie trauerten. Khalil hatte ein schönes helles Gästezimmer im Erdgeschoss bekommen. Seine Sachen waren bereits aus dem Keller geholt worden. Die von Adnan auch. Bill hatte versprochen, mit ihm einen Brief an Adnans Eltern zu schreiben. Sie sollten wissen, dass ihr Sohn als Held gestorben war. Dass in seinem neuen Land jeder seinen Namen kannte und sein Bild gesehen hatte. Er war zum Symbol geworden und hatte auf diese Weise eine Brücke zu den Schweden gebaut. Der Ministerpräsident erwähnte ihn in einer Rede im Fernsehen. Adnan habe gezeigt, dass Menschlichkeit nichts mit nationalen Grenzen, Kultur oder Hautfarbe zu tun habe. Der Ministerpräsident sprach lange über den Mut von Adnan, der so vielen Jugendlichen das Leben gerettet hatte. Adnans Eltern sollten das erfahren.

Über Khalil hatte der Ministerpräsident auch etwas gesagt, aber da hatte er nicht mehr zugehört. Er war kein Held. Und er wollte auch keiner sein. Er wollte nur dazugehören. In seinen Alpträumen sah er die Gesichter. Die Todesangst in den Augen. Er hatte geglaubt, so etwas nie wieder erleben zu müssen, aber das Entsetzen in Kinderaugen sah überall gleich aus. Es gab keinen Unterschied.

Abends schauten Bill und Gun fern. Manchmal hielten sie sich an den Händen. Sie durften ihren Sohn Nils noch nicht begraben. Die Polizei hatte die Untersuchungen nicht abgeschlossen. Ihre älteren Söhne kamen zu Besuch und fuhren zurück zu ihren eigenen Familien. Die Trauer konnten sie Bill und Gun nicht abnehmen, sie hatten mit ihrer eigenen genug zu tun.

Khalil war davon ausgegangen, dass sie ohne Adnan nicht an der Regatta teilnehmen würden. Und ohne Karim. Er vermisste ihn sehr und fragte sich, wo er und die Kinder jetzt waren. Sie waren einfach verschwunden.

Als er zum dritten Mal bei Bill und Gun aufwachte, sagte Bill beiläufig beim Frühstück, er habe mit den anderen gesprochen, und sie würden sich um zehn am Boot treffen. Mehr nicht. Und Khalil fragte nicht nach.

Jetzt waren sie hier. Und warteten auf den Startschuss. Einige andere Bootsklassen waren bereits gesegelt, und die Insel Dannholmen war voller Menschen. Die Veranstalter hatten außerordentliches Glück mit dem Wetter, die Sonne schien von einem strahlend blauen Himmel. Viele waren gekommen, um sich einen Eindruck von Bills Projekt zu verschaffen. Presse und Neugierige. Einheimische und Touristen. Ganz Fjällbacka samt Umgebung schien sich auf die kleine kahle Insel begeben zu haben. Khalil hatte im Internet gelesen, dass hier eine berühmte Schauspielerin gewohnt hatte. Auf dem kleinen Platz im Zentrum von Fjällbacka hatte man ihr ein Denkmal errichtet. Er kannte sie nicht, aber Bill und Gun hatten am Abend zuvor einen Film mit dem Titel *Casablanca* eingelegt. Sie war so schön gewesen. Ein wenig traurig. Aber schön. Auf diese kühle schwedische Art.

Er betrachtete Bill, der am Ruder stand. Gemeinsam mit den anderen Booten ihres Typs, der C55 genannt wurde, wie Bill ihm erklärt hatte, segelten sie nervös hin und her, während sie auf den Startschuss warteten. Niemand erwähnte Adnan, aber sie wussten alle, dass dies hier kein reiner Zeitvertreib mehr war.

Drei Minuten vor Beginn der Regatta warf Khalil erneut einen verstohlenen Blick in Richtung Insel. Das Stimmengewirr der vielen Menschen, die fotografierten, sich unterhielten oder picknickten, war plötzlich verstummt. Alle warteten auf den Start. Erwachsene, Kinder, Reporter. Urlauber. Viele unbekannte und einige bekannte Gesichter. Er sah auch ein paar Leute aus der Flüchtlingsunterkunft. Rolf von der Flüchtlingsunterkunft war gekommen. Gun stand neben ihren beiden älteren Söhnen. Ein paar Polizisten hatten sich auch eingefunden. Kein Laut war zu hören außer dem Plätschern des Wassers und den flatternden Segeln. Bills Hand legte sich krampfhaft um die Ruderpinne, er biss die Zähne zusammen.

Ein kleines Kind begann zu winken. Dann winkte noch jemand. Nun winkten alle auf Dannholmen ihrem Boot zu. Die Geste traf Khalil mitten ins Herz. Um sie zu verstehen, brauchte er sich nicht anzustrengen. Diese Sprache wurde auf der ganzen Welt gesprochen. Es war ein universelles Zeichen der Liebe. Er winkte zurück. Ibrahim und Farid winkten auch, aber Bill starrte stur geradeaus. Nur seine feuchten Augen verrieten, dass er etwas gemerkt hatte.

Dann fiel der Startschuss. Genau im richtigen Moment überquerten sie die Startlinie. Das Publikum auf Dannholmen winkte weiter, Anfeuerungsrufe und Pfiffe stiegen zum strahlend blauen Himmel hinauf. Der Wind füllte die Segel, und das Boot legte sich auf die Seite. Einen Augenblick lang glaubte Khalil in der Menge die Gesichter von Amina, Karim und Adnan zu erkennen, aber als er noch einmal hinsah, waren sie verschwunden.

»Schön, dass es dir schmeckt.« Erica legte ihrer Schwester noch eine Portion Kartoffelgratin auf den Teller.

Wenn sie schwanger war, konnte Anna offenbar so viel essen wie ein Zweimetermann.

»Da bist du nicht die Einzige.« Patrik griff nach der Pfanne mit dem Schweinefilet. »Ich habe auch endlich wieder Appetit.«

»Wie geht es dir denn?«, fragte Dan. »Die Tragödie im *Heimathof* hat uns alle mitgenommen, aber für dich muss es entsetzlich gewesen sein.«

Er nickte Erica zu, die ihm eine Flasche Mineralwasser hingehalten hatte. Sie wusste, dass er nicht wagte, Alkohol zu trinken, weil bei Anna jederzeit die Wehen einsetzen konnten.

Patrik legte sein Besteck auf den Teller. Erica sah ihm an, dass er nicht wusste, wie er die Frage beantworten sollte. Es gab so viele Verlierer, so viele Trauernde, so viele Opfer.

»Wir haben jemand, mit dem wir reden können.« Er drehte sein Weinglas. »Zuerst fand ich es merkwürdig, mit einem Psychologen zu reden, aber dann … so was lässt man nicht einfach hinter sich.«

»Ich habe gehört, der Film ist für den Guldbagge nominiert«, sagte Anna, um das Thema zu wechseln. »Der mit Marie, meine ich.«

»Angesichts der medialen Aufmerksamkeit, die der Film bekommen hat, wundert mich das nicht«, sagte Erica. »Aber Marie scheint sich seit Jessies Tod verändert zu haben. Sie hat seitdem kein einziges Interview gegeben.«

»Sie soll ein Buch über die ganze Sache schreiben.« Dan streckte die Hand nach der Salatschüssel aus.

Erica nickte.

»Sie will die Dinge aus ihrer Sicht schildern. Aber sie und Helen sind trotzdem weiterhin bereit, mit mir zu sprechen. Und Sanna auch.«

»Wie geht es Sanna?«, fragte Patrik.

»Ich habe gestern mit ihr telefoniert.« Sie dachte an die arme Frau, die nun auch ihre Tochter verloren hatte. »Na ja. Sie schlägt sich tapfer, würde ich sagen.«

»Und Helen?«

»Sie wird wahrscheinlich wegen Strafvereitelung verurteilt«, sagte Patrik. »Ich weiß nicht, wie ihr das seht, aber in meinen Augen ist sie in diesem tragischen Fall auch ein Opfer. Wie so viele andere.«

»Wie kommen Neas Eltern zurecht?« Anna legte das Besteck hin.

»Sie werden den Hof verkaufen«, sagte Patrik nur.

Erica warf ihm einen mitfühlenden Blick zu. Der ganze Fall war ihm persönlich außerordentlich nahegegangen. Nachts lag er wach, weil ihn Bilder und Erinnerungsfetzen verfolgten, die ihn wahrscheinlich nie wieder loslassen würden. Genau dafür liebte sie ihn. Er war nicht gleichgültig. Er war mutig. Er war stark und loyal. Er war ein besserer Ehemann, als sie sich je erträumt hatte, und ihren Kindern war er ein phantastischer Vater. In ihrem Leben herrschte nicht permanent eitel Sonnenschein, und es war nicht immer leicht. Es war chaotisch und stressig, und auch sie hatten ihre kleinen Alltagskonflikte. Sie hatten drei Kinder im Trotzalter, sie bekamen zu wenig Schlaf, hatten zu wenig Sex, zu wenig Zeit für sich und viel zu wenig Zeit, um über die wirklich wichtigen Dinge zu reden. Aber es war ihr Leben. Ihren Kindern ging es gut, sie wurden gesehen, und sie waren glücklich. Sie griff nach Patriks Hand, und er erwiderte den sanften Druck. Sie waren ein Team. Eine Einheit.

Anna stöhnte auf. Da sie vier Portionen Schweinefilet mit Kartoffelgratin gegessen hatte, war es kein Wunder, dass ihr Magen rebellierte. Doch ihr Gesicht verzog sich immer mehr. Wie erstarrt sah Dan seine Frau an, die langsam an sich runterblickte. Dann hob sie den Kopf wieder und atmete stoßweise.

»Ich blute«, sagte sie. »Hilfe! Ich blute.«

Ericas Herz machte einen zusätzlichen Schlag. Dann stürzte sie zum Telefon.

Bohusläningen

Der Fluch der Hexe

Ein Zufall? Oder hat der gut dreihundert Jahre alte Fluch einer Hexe neue Opfer gefordert?

Lisa Hjalmarsson, 15, hat eine Entdeckung gemacht, die den Lesern garantiert einen Schauer über den Rücken jagt.

Lisa Hjalmarsson aus der Klasse 9b im Mittelstufenzentrum Hamburgsund hat einen Aufsatz über Elin Jonsdotter aus Fjällbacka geschrieben, die im Jahr 1672 als Hexe verurteilt und hingerichtet wurde. Kurz vor ihrer Enthauptung verfluchte Jonsdotter die Menschen, die sie der Hexerei bezichtigt hatten: ihre Schwester Britta Willumsen, deren Mann Preben und eine Frau namens Ebba aus Mörhult.

Eine ebenso grauenerregende wie fesselnde Geschichte, die offenbar noch längst nicht zu Ende ist, wie Lisa Hjalmarssons Nachforschungen zeigen.

Es hat sich nämlich herausgestellt, dass die Nachfahren der Beteiligten in zahlreiche menschlichen Tragödien verwickelt waren: Morde, Selbstmorde und Unglücksfälle.

Tragödien, die in diesem Sommer möglicherweise ihren Höhepunkt erreicht haben, denn das Massaker von Tanum könnte auf den vor gut dreihundert Jahren ausgestoßenen Fluch von Elin Jonsdotter zurückzuführen sein. Lisa Hjalmarsson ist es gelungen, nachzuweisen, dass die Jugendlichen, die das Feuer im *Heimathof* gelegt und so viele junge Menschen erschossen haben, direkte Nachfahren von Preben und Britta Willumsen sowie Ebba aus Mörhult sind.

Zufall?

Oder wirkt Elin Jonsdotters Fluch bis heute?

Danke

Über das siebzehnte Jahrhundert zu schreiben war eine Herausforderung, hat aber großen Spaß gemacht. Ich habe stapelweise Bücher gewälzt, im Netz recherchiert und Experten befragt. Trotzdem habe ich nur an der Oberfläche dieser faszinierenden Zeit gekratzt, und alle Fehler im Buch habe ich, bewusst oder unbewusst, selbst gemacht. Für die Erzählung in der Gegenwart gilt das Gleiche. Ich habe mir gewisse Freiheiten genommen und nicht nur historische Fakten an meine Geschichte angepasst. Das ist das Privileg von Autoren und Märchenerzählern.

Wie immer bin ich vielen Menschen zu Dank verpflichtet. Auch wenn ich diejenige bin, die an der Tastatur sitzt, entsteht so ein Buch nicht in einem Vakuum, sondern im Team.

In der ständigen Angst, eine wichtige Person zu vergessen, möchte ich mich hiermit zumindest bei den Hauptfiguren in meinem privaten und beruflichen Leben bedanken.

Meine Verlegerin Karin Linge Nordh und mein Lektor John Häggblom haben enorm viel Arbeit in das Manuskript gesteckt, zumal es diesmal so umfangreich war. Sorgfältig und liebevoll haben sie in meinem Beet das Unkraut gejätet. Ich bin euch unheimlich dankbar. Auch bei Sara Lindegren vom Forum-Verlag und bei Thérèse Cederblad und Göran Wiberg vom Bonnier Verlag möchte ich mich bedanken. Bei der Recherche haben mich Niklas Ytterberg, Miriam Säfström, Ralf Tibblin, Anders Torewi, Michael Tärnfalk, Kassem Hamadè, Lars Forsberg und Christian Glaumann unterstützt. Ihr wart mir eine unglaubliche Hilfe!

Und dann sind da noch die Leute, die mein Leben zusammenhalten. Meine Mutter Gunnel Läckberg, Anette und Christer Sköld, Christina Melin, Sandra Wirström, Andreea Toba und Moa Braun. Und meine wunderbaren älteren Kinder, Wille, Meja und Charlie, die manchmal außer der Reihe beim Abwasch geholfen und eine Weile auf Polly aufgepasst haben, wenn ich arbeiten musste. Ihr seid ganz, ganz toll!

Joakim und alle anderen von der Nordin Agency, ihr rockt, und ich freue mich schon auf zukünftige gemeinsame Heldentaten.

Dank an meine Freundin und Schwester (wenn wir auch nicht blutsverwandt sind) Christina Saliba und an Sean Canning, er ist nicht nur ein phantastischer Zuwachs in meinem Team, sondern auch ein guter Freund geworden. Ich danke auch den anderen begabten Mitarbeitern bei euch.

Ganz besonders möchte ich Johannes Klingsby erwähnen, der mich zu einer wichtigen Figur im Buch inspiriert hat. Er hat die Rolle, die er in meiner Geschichte spielt, bei einer Spendenaktion im Radio gewonnen. Fredrik Danermark hingegen, der Verlobte meiner Freundin Cecilia Ehrling, die ich während meiner Teilnahme bei *Let's Dance* kennenlernte, war furchtbar enttäuscht, dass er bei der Verlosung nicht gewonnen hat, weil er Cecilia den Auftritt in meinem Buch zur Hochzeit schenken wollte. Daher beschloss ich, sie ihr als kleines Hochzeitsgeschenk von Simon und mir zu schenken. Johannes und Cecilia, ich danke euch beiden, weil ihr dazu beitragt, meiner Geschichte Echtheit und Charakter zu verleihen.

Und dann alle meine Freunde. Wie immer will ich niemanden hervorheben, weil ihr so viele seid, und es furchtbar wäre, wenn ich einen von euch tollen Menschen vergessen würde. Als würdige Vertretung von euch allen nenne ich Denise Rudberg. Wir sehen uns viel zu selten, aber du bist immer nur einen Anruf weit entfernt, und du hast mir im Lauf meiner Karriere die klügsten und besten Ratschläge gegeben. Und apropos kluge Ratschläge, auch Mia Törnblom darf ich nicht vergessen. Danke. Du machst mir Mut!

Und ja, mein geliebter Simon. Wo soll ich anfangen? Als ich die *Schneelöwin* schrieb, haben wir unsere wundervolle Tochter bekommen. Polly. Sie ist unser Sonnenschein und der Liebling der ganzen Familie. Dieses Buch habe ich im Laufe ihres ersten Lebensjahrs geschrieben. Wenn du nicht der phantastische Mann wärst, der du bist, wäre das nicht gegangen. Du bist mein Fels in der Brandung. Ich liebe dich. Danke für alles, was du für mich und die Kinder tust. Danke, dass du uns liebst.

Camilla
Gamla Enskede,
Sonntag, 5. März 2017